# AGLAJA
# REWKINAS
# LETZTE
# LIEBE

# Wladimir Woinowitsch

## AGLAJA REWKINAS LETZTE LIEBE

Roman

Aus dem Russischen
von Alfred Frank

BERLIN VERLAG

Die Originalausgabe erschien 2000 unter dem Titel
*Monumentalnaja Propaganda*
bei EKSMO-Press, Moskau
© 2000 Wladimir Woinowitsch
Für die deutsche Ausgabe
© 2002 Berlin Verlag, Berlin, ein Unternehmen
der Verlagsgruppe Random House GmbH
Alle Rechte vorbehalten
Umschlaggestaltung:
Nina Rothfos und Patrick Gabler, Hamburg
Gesetzt aus der Stempel Garamond
durch psb, Berlin
Druck & Bindung:
Friedrich Pustet, Regensburg
Printed in Germany 2002
ISBN 3-8270-0076-9


Die Arbeit des Übersetzers an diesem Buch wurde
vom Deutschen Übersetzerfonds e. V. gefördert.

# INHALT

# PROLOG

Ich öffnete des Kuvert, und heraus fiel ein schief geschnittener Zeitungsausschnitt von der Größe einer Streichholzschachtel. Eine schwarz umrandete Anzeige, mit der eine Gruppe von Genossen aus der Stadt Dolgow den Lesern in tiefer Trauer den tragischen Tod der Rentnerin Aglaja Stepanowna Rewkina, Mitglied der KPdSU seit 1933, Teilnehmerin am Großen Vaterländischen Krieg, namhafte Persönlichkeit des öffentlichen Lebens, zur Kenntnis brachte.

Verwundert überlegte ich, dass mir jemand einen Text aus vergangenen Zeiten geschickt haben musste. Doch als ich das Papierchen umdrehte, stieß ich auf die Worte »Neues im Internet«, »Pager« und »Steuerinspek« (das Ende des Wortes fehlte) und wunderte mich noch mehr. Wem mochte wohl der Sinn danach stehen, in diesen Zeiten einer Mitgliedschaft in der KPdSU zu gedenken?

Der unbekannte Absender des Zeitungsausschnitts war offensichtlich davon ausgegangen, dass mich die Nachricht nicht gleichgültig lassen würde, womit er Recht hatte. Lange nicht mehr in Dolgow gewesen, wusste ich nicht, dass Aglaja ein so hohes Alter erreicht hatte, und konnte mir nur schwer vorstellen, wie sie wohl zuletzt gelebt haben mochte. Ich machte mich unverzüglich auf den Weg, quartierte mich im ehemaligen Haus des Kolchosbauern, dem heutigen Hotel »Continental«, ein, verbrachte an die zwei Wochen in der Stadt und befragte diverse Leute, die wenigstens etwas über die letzten Jahre Aglajas oder Oglaschennajas (die Rasende), Oglojedkas (die Blutsaugerin), wie sie ihrem Charakter entsprechend auch genannt wurde, zu berichten wussten. Ihre frühere Biographie war mir gut bekannt. Im *Tschonkin* und im *Vorhaben* (»Samyssel«) ist sie teilweise dargestellt. Unnötige Wiederholungen vermeidend, möchte ich kurz in Erinnerung rufen: Als junge und leidenschaftliche Komsomolzin hatte sie sich mit einer Korrektur ihrer Papiere mindestens fünf Jahre älter gemacht und kopfüber in den Klassenkampf gestürzt. Hoch zu Pferde, in Lederjacke und mit einem Nagant-Revolver bewaffnet, zog sie durch die Gegend, um die Reichen zu entkulakisieren und die Armen in die Kolchose zu treiben. In späteren Jahren leitete sie ein Kinderheim und heiratete den Kreissekretär Andrej Rewkin, den sie dann höheren Zielen opferte. Im Herbst des Jahres einundvierzig jagte Aglaja beim Einmarsch der deutschen Truppen in Dolgow das städtische Kraftwerk in die Luft, ehe ihr mit dem Anbringen der Sprengladungen beauftragter Mann die Zeit fand, es zu verlassen. »Die Heimat wird dich nicht vergessen!«, rief sie ihm per Telefon zu und schloss den Kontakt.

Während des Krieges befehligte Aglaja Stepanowna eine Partisaneneinheit, wofür sie mit zwei Orden dekoriert wurde. Nach dem Krieg war sie selbst Kreissekretärin, bis sie von noch blutgierigeren Genossen »aufgefressen« wurde und an ihre Wirkungsstätte vor dem Krieg zurückkehrte, als Leiterin des Kinderheims, das den Namen Felix Edmundowitsch Dsershinskis trug. Hier ereilte sie im Februar 1956 jenes historische Ereignis, mit dessen Beschreibung unser Roman beginnt.

# ERSTER TEIL

Verdichtete Wohnraumbelegung

**1** Im Februar 1956, am Abschlusstag des XX. Parteitags der KPdSU, bekam im Dolgower Haus des Eisenbahners das Kreisparteiaktiv Chruschtschows Geheimrede über den Personenkult Stalins zu hören. Verlesen wurde sie durch den zweiten Kreissekretär Pjotr Klimowitsch Porossjaninow, einen wohlgenährten, rotwangigen, kahlköpfigen Mann mit dicken, feuchten, weiß beflaumten Ohren – sein mit Ferkelinski wiederzugebender Name passte ganz zu ihm. In Dolgow gab es übrigens viele sprechende Familiennamen. Irgendwann lebten in dieser Stadt zur gleichen Zeit ein Milizchef, der Tjurjagin (Knaster) hieß, der Staatsanwalt Strogi (Strenger), sein Stellvertreter Worowaty (Klauer), der Richter Schemjakin (Rechtsverdreher) und der Leiter des Kreisvolksbildungsamtes Bogdan Filippowitsch Netschitailo (Nichtleser).

Porossjaninow las langsam, unter lautem Geschmatze, als wäre er damit beschäftigt, Kirschen zu essen und die Steine auszuspucken. Dabei nuschelte er und verhaspelte sich bei jedem zweiten Wort, besonders wenn es fremdländischer Herkunft war.

Porossjaninow las, und die Mitglieder des Parteiaktivs hörten schweigend zu – mit angestrengten Gesichtern, dicken Hälsen und hoch geschorenen Nacken.

Dann musste der Vorleser Fragen beantworten: ob es eine Säuberung der Partei geben werde und was mit den Stalinbildern zu geschehen habe, ob sie von den Wänden abzunehmen und aus den Büchern herauszureißen seien, wie es oft genug mit den ehemaligen Revolutionsführern und den Helden des Bürgerkriegs geschehen war. Porossjaninow wandte unwillkürlich den Kopf, schielte zu dem Stalinbild, das neben dem von Lenin hing, und sagte, wenn auch erschauernd, so doch mit fester Stimme, eine

Säuberung sei nicht zu erwarten und mit den Bildern brauche man nichts übers Knie zu brechen. Wenn Stalin auch einzelne Dinge falsch gemacht habe, bleibe er der hervorragende Führer unserer Partei und der kommunistischen Weltbewegung, der er gewesen sei, keiner beabsichtige, ihm seine Verdienste abzusprechen.

Aglaja Rewkina, die in ihrem Leben so manches durchgemacht hatte, traf dieser Schlag unvorbereitet. Einige hörten beim Verlassen des Klubs ihre an niemand konkret gerichteten, jedoch laut geäußerten Worte:

»Was für ein Schmutz! Was für ein Schmutz!«

Da an diesem Abend draußen kein Schmutz zu sehen war, im Gegenteil, es war kalt und stöberte, der Sturm trieb weißen, ja blütenweißen Schnee durch die Straßen, nahm keiner Aglajas Ausspruch wörtlich.

»Ja, ja«, pflichtete ihr Valentina Semjonowna Botschkarjowa, Planerin bei der Landwirtschaftstechnik, bei. »Wem haben wir da bloß geglaubt!«

Jelena Murawjowa (Deckname Mura) meldete diesen beiläufigen Dialog der örtlichen Abteilung des KGB, und ihr Bericht wurde von der Botschkarjowa selbst in dem mit ihr geführten prophylaktischen Gespräch bestätigt.

Indessen hatte die Botschkarjowa Aglaja falsch verstanden. Das mit dem Schmutz war bildlich gesprochen, aber nicht in dem Sinne, wie ihn die Botschkarjowa aufgefasst hatte.

Nach Hause zurückgekehrt, kam Aglaja nicht zur Ruhe. Nein, nicht die Verbrechen Stalins hatten sie so erschüttert, sondern die Kritik, die an ihm geübt wurde. Wie konnten sie es nur wagen, wie konnten sie? Sie lief in den drei Zimmern ihrer Wohnung hin und her, schlug die kleinen harten Fäuste gegen die kleinen harten Hüften und wiederholte laut, an unsichtbare Opponenten gewandt: »Wie könnt ihr es bloß wagen? Wer seid ihr denn? Gegen wen habt ihr eure Hand erhoben?«

»Und ihr vermessnen Nachfahrn …«, kam es, längst vergessen geglaubt, aus verborgenen Winkeln ihres Gedächtnisses hoch.

Obwohl sie nie gottgläubig gewesen war, hätte es sie überhaupt nicht verwundert, wenn Porossjaninow beim Verlesen der Chruschtschow-Rede die Sprache verloren oder plötzlich ohne Nase dagestanden oder der Schlag ihn getroffen hätte. Gar zu lästerlich waren die im Haus des Eisenbahners gesprochenen Worte.

An den himmlischen Gott glaubte Aglaja nicht, ihr irdischer Gott war Stalin. Das berühmte Bild, auf dem er beim Anrauchen der Pfeife zu sehen war, das entzündete Streichholz am leicht versengten Schnurrbart, hing noch aus Vorkriegszeiten über ihrem Schreibtisch, während des Krieges hatte es sie durch die Partisanenwälder begleitet, um danach an seinen Platz zurückzukehren. Ein schlichtes Bild in einem schlichten Lindenholzrahmen. In Momenten dramatischster Entscheidungen, wenn ihr Zweifel gekommen waren, hatte sie den Blick zu dem Bild emporgehoben, und Genosse Stalin hatte ihr mit zusammengekniffenen Augen und gütigem weisem Lächeln gleichsam zugeredet: Ja, Aglaja, das kannst du tun, du musst das tun, und ich glaube daran, dass du es tun wirst. Ja, sie hatte in ihrem Leben schwierige, für diesen oder jenen harte, ja grausame Entscheidungen treffen müssen, doch war alles für die Partei, das Volk und die künftigen Generationen geschehen. Stalin hatte sie gelehrt, dass um der hehren Idee willen alles geopfert zu werden verdiene und niemand zu schonen sei.

Natürlich hatte sie auch vor anderen Führern, den Mitgliedern des Politbüros und den ZK-Sekretären, Hochachtung, doch die waren für sie nur Menschen. Sehr klug, kühn, rückhaltlos unseren Idealen ergeben, aber Menschen. Sie konnten Fehler begehen in Gedanken, Worten und Taten, er allein war unerreichbar groß und unfehlbar, und jedes seiner Worte, alles, was er tat, war so genial, dass Zeitgenossen wie Nachfahren es als völlig unbezweifelbar und für jedermann verbindlich zu begreifen hatten.

**2** Die große Stalinstatue stand im Zentrum von Dolgow auf dem Stalinplatz, vormals Kirchplatz, vormals Platz der gefallenen Helden. Sie war im Jahre neunundvierzig zum siebzigsten Geburtstag Stalins aufgestellt worden, und zwar auf ihre, Aglajas Initiative. Obwohl Aglaja zu der Zeit erste Kreissekretärin gewesen war, hatte sie das Denkmal gegen Widerstände durchsetzen müssen. Allen war klar gewesen, was für eine enorme erzieherische Bedeutung es haben konnte, und keiner hätte gewagt, sich offen dagegen auszusprechen, doch fanden sich verkappte Volksfeinde und Demagogen, die unter Hinweis auf die Kriegszerstörungen und ihre Auswirkungen Einwände erhoben. Sie wurden nicht müde, daran zu erinnern, dass es im Kreis Engpässe bei der Lebensmittelversorgung gebe, dass das Volk darbe und hungere und die Zeit für derart grandiose, die finanzielle Kraft des Kreises überfordernde Projekte noch nicht gekommen sei.

Einer der Hauptgegner des Denkmals war der verantwortliche Redakteur der Zeitung *Bolschewistskije tempy* Wilhelm Leopoldowitsch Liwschiz. Er verfasste und veröffentlichte in seiner Zeitung den Artikel »Bronze statt Brot«, in dem er behauptete, monumentale Propaganda sei natürlich eine wichtige Angelegenheit – das hat schon Lenin betont –, aber haben wir das moralische Recht, heute, da unser Volk Not leidet, so viel Geld für ein Denkmal auszugeben? »Wessen ist denn Ihr ›unser Volk‹?«, wollte Aglaja in einem Brief an die Redaktion wissen und stellte klar, dass unser russisches ein geduldiges Volk sei, es werde den Gürtel noch enger schnallen und die zeitweiligen Entbehrungen auf sich nehmen, das von ihm errichtete Denkmal aber werde Jahrhunderte überdauern. Liwschiz erwiderte darauf, wir alle hätten nur ein Volk, das Sowjetvolk nämlich, das Denkmal sei notwendig, könne jedoch später errichtet werden, wenn die wirtschaftliche Lage im Lande und im Kreis besser geworden sei. Und besaß auch noch die Dreistigkeit, Stalin selbst zu seinem Bundesgenossen zu machen: als weiser und bescheidener Mensch hätte der, so Liwschiz, derartige Verschwendung in einer für die Heimat dermaßen schwere Zeit niemals gutgeheißen.

Natürlich war das Demagogie. Liwschiz wusste ohne jeden Zweifel – alle wussten es, nur sprach man nicht laut darüber –, dass die wirtschaftliche Lage erst im Kommunismus nicht mehr schwierig sein würde. Wie denn, sollen wir nun die Hände in den Schoß legen und bis zum Anbruch des Kommunismus nichts bauen, nichts sägen, nichts nähen, nichts hobeln, nichts schmieden und nichts bildhauern? War es nicht das, worauf der entwurzelte Liwschiz spekulierte? Doch er verrechnete sich. Nicht lange, und er war überführt, im Dienst der zionistischen Spionageorganisation »Joint« zu stehen, und bekam seine verdiente Strafe. Zu stiller Stunde, vor Tagesanbruch, fuhr an Liwschiz' Haus ein »schwarzer Rabe« vor, im Volksmund auch »schwarze Marussja« genannt, der den ungebetenen Fürsprecher des Volkes weit weg von Dolgow brachte.

Liwschiz war nicht der Einzige. Andere äußerten sich weniger direkt, machten aber auch Andeutungen.

Nachdem der Widerstand gebrochen war, setzte Aglaja ihr Vorhaben durch und errichtete das Denkmal. Allerdings nicht aus Bronze, wie zunächst vorgesehen, sondern aus Gusseisen. Denn der aus Jushnouralsk auf die Reise geschickte Waggon mit der Bronze kam in Dolgow nie an. Wo er schließlich gelandet ist, weiß bis heute keiner. Böse Zungen konnten ihre Freude nicht verbergen. Möglicherweise teilte auch der im Gefängnis auf seinem Kübel sitzende Wilhelm Leopoldowitsch Liwschiz diese Freude, doch tat er es zu früh. Aglajas Feinde kannten sie, aber sie kannten sie nicht gut genug: unterschätzten ihren Siegeswillen und dass sie ihre Ziele niemals aufgab. Aglaja fuhr nach Moskau, beriet sich mit dem Bildhauer Max Ogorodow und beauftragte ihn mit der Anfertigung einer Statue aus Temperguss.

3 Am Mittwoch, dem 21. Dezember 1949, wurde Stalin siebzig. Fürs ganze Leben prägte sich Aglaja jener düstere, frostkalte und neblige Morgen ein, der Granitsockel und die in weiße Leinwand gehüllte, umschnürte Denkmalsfigur.

Ein böiger Wind zerrte an der Leinwand, wirbelte trockenen grauen Schnee auf, der dicht über dem Platz dahintrieb. Obwohl es ein Wochentag war, fehlte nicht einer von denen, die im Kreis das Sagen hatten – die Männer in dunklen Mänteln und mit Renkalbfellmützen, während Aglaja ein leichtes Orenburger Tuch um den Kopf trug. Gekommen war auch der Gebietssekretär Gennadi Kushelnikow, in wattiertem Wollmantel mit Persianerkragen, Persianermütze und Stiefeln mit Galoschen aus der Produktion der Fabrik »Rotes Dreieck«. Der Leiter der Kreisabteilung des KGB, Iwan Kusmitsch Dyrochwost, stach unter den Versammelten mit seinem pelzgefütterten Ledermantel und seiner Ledermütze hervor. Die Kolchosvorsitzenden, durchweg rotwangig und rotnasig, hatten Lammfelljacken, Lammfellmützen und Filzstiefel an. Als Schöpfer des Denkmals war selbstverständlich der Bildhauer Ogorodow zugegen, der sich in einem dünnen Übergangsmantel mit rotem Schal, einer schief aufs Ohr gesetzten Baskenmütze aus dunkelblauem Samt und in ganz und gar nicht zur Witterung passenden Lackschuhen von Moskau an den Ort des Geschehens begeben hatte. Seine Frau Sinaida war ebenfalls dabei.

Im Handlungsablauf unseres Buches kann Sinaida freilich keine allzu große Rolle spielen, aber da sie nun schon einmal in Erscheinung getreten ist, wollen wir anmerken, dass sie eine füllige, herrschsüchtige Frau und vier Jahre älter war als Ogorodow, eine heisere Raucherstimme besaß und das Obszönvokabular mit einer Virtuosität beherrschte, die in jenen keuschen Zeiten weniger verbreitet war als heutzutage.

Ogorodow hatte sie auf dem Müll aufgegabelt. So erzählte sie es jedenfalls. In Wirklichkeit war sie ihm in einem Wohnheim in Malachowka begegnet, wo er, aus Kostroma oder Kaluga stammend, während seines Studiums in Moskau untergekommen war. Er bot einen verlotterten Anblick, schlug sich von Stipendium zu Stipendium mit Brot und Wasser durch, besaß nichts, als was er am Leibe trug und in seinem grün angestrichenen Koffer hatte, dazu den Sperrholzkoffer selbst, eine Art Patronenkiste mit einem fünf Millimeter starken Griff aus gebogenem Draht.

Sinaida nahm den künftigen Bildhauer mit in die Gemein-schaftswohnung, in das Zimmer, das sie mit ihrer alten nörgle-rischen Mutter bewohnte, befreite ihn von Dreck und Speck und lebte fortan mit ihm zusammen. Gemeinsam überstanden sie die materielle Not seiner Studentenjahre. Ogorodow modellierte Ton-pfeifen in Form von Gockelhähnen, Wölfen, Bären und Hasen, die er in der Bratröhre trocknete, und Sinaida verkaufte sie auf dem Tischinski-Markt. Von Skulpturen konnte zu dieser Zeit keine Rede sein – wo, für wen und woraus hätte er sie anfertigen sollen?

Nach dem Krieg dann, als er mit vier Medaillen, dem roten Auf-näher für eine leichte Verwundung und dem Abzeichen »Garde« zurückkehrte, machte Sinaida für ihn Reklame als Frontkämpfer, Helden und Genie. Sie ging mit seinen Verdiensten hausieren, putzte Klinken, knüpfte Beziehungen an, ohne dabei gewisse Grenzen zu überschreiten (und sofern sie es doch tat, geschah es nur in Ausnahmefällen, im Interesse der Sache). Sie sorgte dafür, dass er in den Künstlerverband aufgenommen wurde, dass er ein eigenes Studio und eine Wohnung in einem Holzhaus bekam. Eine mit Holzofen, aber ohne Nachbarn. Sie machte alles für ihn, und ab und zu, besonders in angetrunkenem Zustand, gestand er: »Sinka, mein Engel, ohne dich wäre ich zugrunde gegangen.«

Sinaida achtete darauf, dass ihr Mann stets sauber und ordent-lich, doch mit der Saloppheit des Künstlers gekleidet war. Sie nähte ihm eigenhändig weite Blousons und Hosen sowie samtene Baskenmützen, in denen er, wie sie fand, Rembrandt ähnlich sah, sie bereitete Fischgerichte zu, da Fisch viel Phosphor enthalten und dadurch die intellektuellen Fähigkeiten, die künstlerische Be-gabung und die männliche Potenz fördern sollte. In die Lage ver-setzt, unter ganz passablen Bedingungen zu arbeiten, wollte Max nun seine Gockelhähne und Bären in noch größerem Umfang pro-duzieren, doch da gab Sinaida seinem Schaffen eine neue Orien-tierung – sie sagte, jetzt sei es seine Aufgabe, Plastiken der Führer anzufertigen.

Max entschied sich verständlicherweise für Stalin und erzielte mit seiner Statuenproduktion schon bald enorme Erfolge.

**4** Die um den Denkmalsockel Versammelten waren zugleich Teilnehmer und Zuschauer der Zeremonie. Wegen des unfreundlichen Wetters hatten sich keine fremden Zuschauer eingefunden, und die, die anwesend waren, wirkten nicht wie Akteure eines festlichen politischen Ereignisses von staatlichem Rang, sondern wie die ungeduldige Verwandtschaft eines armen Schluckers, die ihn möglichst schnell unter die Erde bringen wollte.

Die Einweihung des Denkmals nahm Aglaja Stepanowna persönlich vor. Die wenigen Augenzeugen erinnerten sich später, dass sie akzentuiert, mit fester Stimme gesprochen hatte, nicht die geringste Aufregung sei ihr anzumerken gewesen, obwohl sie natürlich aufgeregt war.

»Genossen«, begann sie ihre Rede mit erkälteter Raucherstimme und rieb sich die frierende Nase, »heute feiern alle Sowjetmenschen, die gesamte fortschrittliche Menschheit das ruhmreiche Jubiläum unseres größten Zeitgenossen, unseres weisen Führers, Lehrers der Völker, hervorragenden Heerführers, unserer Koryphäe auf allen Gebieten der Wissenschaft, unseres heiß geliebten Genossen Stalin.«

Sie redete, und die Versammelten klatschten wie gewohnt, wenn die entsprechenden Vokabeln fielen. Aus ihrer kurzen Ansprache erfuhren die Zuhörer nichts, was sie nicht schon aus den wöchentlichen Politveranstaltungen gewusst hätten. Die Biografie des Führers enthielt die bekannten Fakten der schwierigen Umstände seiner Kindheit, seiner frühen Teilnahme an der revolutionären Bewegung, seiner Rolle im Bürgerkrieg, bei der Kollektivierung, bei der Industrialisierung, bei der Liquidierung des Kulakentums, bei der Zerschlagung der Opposition und schließlich beim historischen Sieg über den deutschen Faschismus.

Mit wenigen Worten gelang es ihr, dem Gedanken Ausdruck zu verleihen, von welch außerordentlichem Nutzen und wie notwendig Propaganda aller Art und insbesondere auf Jahrhunderte ausgelegte großformatige, monumentale Sichtpropaganda gerade in gegenwärtigen Zeiten sei.

Dieses gegen den Widerstand unserer Feinde aufgestellte

Denkmal, sagte sie, wird hier Tausende von Jahren stehen und die künftigen Erbauer des Kommunismus zu neuen Großtaten inspirieren. Dieser Satz entging Gebietssekretär Kushelnikow nicht. Was will sie damit sagen? überlegte er. Dass das Sowjetvolk noch Tausende von Jahren braucht, um den Kommunismus zu erbauen? Ein dummer Versprecher oder Subversion? Ehe er seinen Gedanken zu Ende gedacht hatte, verkündete Aglaja die Enthüllung des Denkmals und reichte ihm eine große Schere, wie man sie bei Schafen verwendete. Ohne die Handschuhe auszuziehen, griff Kushelnikow mit beiden Händen nach der Schere, drückte die Schneiden zusammen, und die Schnurenden flogen flatternd auseinander. Die Hülle ließ sich nur mit großer Mühe entfernen, sie bauschte sich wie ein Fallschirm und riss sich immer wieder los. Als sie schließlich bezwungen war, traten die Teilnehmer des Ereignisses einige Schritte zurück.

Alle diese Leute, bis auf Ogorodow und Sinaida natürlich, wussten mit Kunst, egal welcher Art, und erst recht mit Bildhauerei nichts anzufangen, doch selbst sie erkannten, dass sie nicht einfach eine Skulptur, sondern etwas Außergewöhnliches vor sich hatten. Stalin war in kompletter Paradeuniform dargestellt, mit den Schulterstücken des Generalissimus, in leicht geöffnetem Militärmantel, damit man die Uniformjacke und die Orden sah, die Rechte angehoben, offenbar um die vorbeiziehenden Volksmassen zu grüßen, die Linke, die die Handschuhe hielt, herabhängend. Stalin sah die Versammelten an wie lebendig. Er blickte von oben nach unten, schmunzelte geheimnisvoll in seinen Schnurrbart, winkte, wie alle deutlich zu sehen glaubten, mit der Rechten, bewegte die Linke und schlug die Handschuhe gegen das Knie.

Max Ogorodow traute zunächst seinen Augen nicht, als er sich dann doch dazu entschloss, öffnete sich sein Mund, und er erstarrte mit einem beinahe dümmlich zu nennenden Gesichtsausdruck – man konnte meinen, er hätte sich plötzlich selbst in Gusseisen verwandelt.

Die ganzen letzten Jahre hatte er lauter Stalinplastiken ge-

19

macht, nichts als Stalin in allen Varianten: Stalins Kopf, Stalins Büste, Stalin in Lebensgröße, Stalin stehend und sitzend (nur liegend nicht), im Militärrock, mit Feldbluse, im langschößigen Kavalleristenmantel und in den letzten Jahren in der Generalissimusuniform. Zu guter Letzt hatte er sich so eingearbeitet, dass er Jossif Wissarionowitsch mit geschlossenen Augen modellieren konnte.

Bei den Machthabern fand er Anerkennung als Meister seines Faches, man bescheinigte ihm Vollkommenheit in der Methode des sozialistischen Realismus. Er wurde geschätzt, anderen als Vorbild hingestellt, moralisch wie materiell gefördert, mit Ehrungen, Orden, Preisen und lobenden Zeitungsartikeln bedacht, sein Name figurierte in Enzyklopädien, in Verzeichnissen hervorragender Klassiker und in Versorgungslisten, die zum Bezug diverser Mangelwaren, insbesondere von Lebensmitteln, berechtigten. Für seine Kollegen indessen war er die Mittelmäßigkeit in Person, ein skrupelloser Pfuscher, ja Stümper, und überhaupt, wenn die Rede auf ihn kam, hieß es:»Ach, der!« Man winkte ab, da man ihm keine Gottesgabe zutraute und meinte, er kenne selbst seinen wahren Wert, murkse vor sich hin und trachte nach keiner herausragenden Stellung in der Kunst. Womit sie einen schweren Fehler begingen. In Wirklichkeit trachtete der Bildhauer Ogorodow, obwohl ihm bewusst war, dass er Schund produzierte, sehr wohl nach einer herausragenden Stellung, womöglich nach dem Olymp, und er pfuschte nicht, wenn er eine neue Stalinskulptur herstellte, sondern ging schöpferisch zu Werke, zauberte, vollführte ein heiliges Ritual. Er variierte jedes Mal ein wenig die Haltung, die Neigung des Kopfes, das Zusammenkneifen von Augen und Lippen. Wenn er letzte Hand anlegte, lief er bald ein Stück zurück, bald näherte er sich wieder der Skulptur, schloss zuweilen die Augen und versuchte intuitiv, hier drückend, da quetschend, etwas nachzubessern, stocherte mit dem Fingernagel in der irren Hoffnung, das Wunder werde plötzlich geschehen. Abermals lief er zurück und wieder dicht heran, behauchte seine Schöpfung durch die röhrenförmig zusammengelegten Hände – für einen unbeteiligten Beobachter sicher ein komischer Anblick, wie er versuchte, ihr Leben einzuhauchen. Vergebens – wieder blieb sie leblos, nichts von Geheimnis oder Wunder. Ogorodow litt, weinte mitunter, zauste seine spärlichen Haare, schlug sich die Fäuste gegen den Kopf und nannte sich einen Nichtskönner, womit er denn doch nicht Recht hatte: ein Nichtskönner ist jemand, der nicht einmal begreift, dass er nichts kann.

Auch diese Skulptur war Ogorodow, solange sie sich in seiner Werkstatt befunden hatte, so unbedeutend wie die anderen erschienen, jetzt aber, auf das Postament erhoben (das also hatte ihr gefehlt!), war sie zum Leben erwacht und sah spöttisch und siegreich und mit einer (bis zu einem gewissen Grade sogar dreisten) Miene auf alle einschließlich ihres Schöpfers herab, als habe sie sich selbst erschaffen.

»Großer Gott! Großer Gott!«, murmelte der verdatterte Schöpfer, der kein Auge von der Statue wenden konnte. »Er ist ja lebendig, lebendig – wirklich und wahrhaftig lebendig?«, fragte er sich selbst, verwundert, dass er das nicht eher bemerkt hatte.

»Beruhige dich!«, sagte Sinaida leise, aber herrisch zu ihrem Mann und steckte das zum Eiszapfen gefrorene Mundstück ihrer Papirossa zwischen die Lippen.

»Nein«, sagte Ogorodow, wobei unklar blieb, was er eigentlich verneinte. Und seiner Schöpfung die Arme entgegenreckend, rief er: »Na!« Und noch einmal: »Na! Na!«

»Mit wem reden Sie?«, verwunderte sich Kushelnikow hochmütig.

»Mit Ihnen nicht«, erklärte Ogorodow mit einer wegwerfenden Handbewegung und unter Missachtung des hohen Rangs des Fragenden. Und wieder rief er: »Na! Na! Na!«

Die in der Nähe Stehenden wichen vorsichtshalber zur Seite, während Ogorodow mit leidenschaftlich hochgerissenen Armen auf das Monument zuging und ihm zurief: »Na, nun sag doch was!«

Natürlich war er nicht der Erste, der eine solche Bitte an sein Kunstwerk richtete. Lange vor ihm hatte der große Michelangelo den von ihm erschaffenen Moses um dasselbe gebeten. Doch die auf dem Platz Versammelten, die von einem Plagiat nichts ahnten, warfen sich Blicke zu, einige übrigens durchaus respektvoll, da der Schöpfer möglicherweise nicht ganz bei sich war, Künstler eben. Der Lyriker Serafim Butylko hingegen trat zu seinem Künstlerkollegen, klopfte ihm auf die Schulter, hauchte ihm seinen nach Schnaps, Knoblauch und kranken Zähnen riechenden Atem ins Gesicht und sagte ehrerbietig: »Wirklich, wie lebendig.«

»Unsinn!«, widersprach der Bildhauer flüsternd, »was heißt ›wie‹? Er ist nicht wie, er ist lebendig. Sehen Sie doch: Er sieht uns an, er atmet, aus seinem Mund steigt Dampf auf!«

Eine völlig abwegige Behauptung. Die eisernen Lippen blieben fest geschlossen, nichts von aufsteigendem Dampf. Woher auch. Möglich, dass in den Unebenheiten der Skulptur irgendwo zufällig Schnee aufwirbelte – nicht nur der Bildhauer, auch alle anderen hatten das Gefühl, unter dem eisernen Schnurrbart tue sich tatsächlich etwas.

Während Ogorodow lauthals ungereimte Dinge von sich gab, dachte seine an der wieder erloschenen Papirossa kauende Frau Sinaida über ihre nächste Zukunft nach. Als sie beharrlich an Ogorodows Aufstieg gearbeitet hatte, war für sie absehbar gewesen, dass ihn, sobald sein Stern aufgegangen war, junge raubgierige Verehrerinnen umschwärmen und ihre Position als über all den Mühen dahingewelkte Ehefrau untergraben würden. Ogorodow indessen, der kein Auge dafür hatte, was seine Frau bewegte, riss sich die Baskenmütze vom Kopf, warf sie zu Boden und begann mit dem Schrei »Ich habe mein Leben gerechtfertigt!« wie wild darauf herumzutrampeln, als sei sie schuld daran, dass sein Leben nicht schon eher seine Rechtfertigung gefunden hatte. »Gerechtfertigt, gerechtfertigt, gerechtfertigt habe ich mein Leben!« Er hörte nicht mehr auf zu schreien, da ihm nicht bewusst war, dass uns das Leben, wie es ist, ohne Auferlegung irgendwelcher Verpflichtungen gegeben wird und keine Notwendigkeit besteht, auf allzu aufwendige Weise für eine Rechtfertigung zu sorgen.

Er trampelte so lange auf der Baskenmütze herum, bis der

Wind sich des unglücklichen Stoffstücks erbarmte, es Ogorodow entriss und in die trübe Kälte davontrug, während Ogorodow mit unbedecktem halb erkahltem Kopf abermals die Arme dem Denkmal entgegenreckte und es beschwor:

»Sag, dass du lebendig bist! Bestätige es, beweg dich, gib ein Zeichen. Hörst du mich, oder hörst du nicht?«

In dem Moment kam es zu einem in der winterlichen Natur seltenen Ereignis: weit weg rollte Donner, nicht laut, so als rumpelte ein Fuhrwerk über Steinpflaster.

Die hinter Ogorodow stehenden Genossen waren ausnahmslos eingefleischte Materialisten, offiziell glaubte keiner von ihnen an ein höheres Wesen oder an den Bösen, doch je weniger sie offiziell daran glaubten, desto mehr hegten sie den Verdacht, dass es beides gebe. Deshalb fuhren sie beim Grollen des Donners alle instinktiv zusammen, die vorderen prallten zurück, wobei sie den hinteren auf die Füße traten, und als dann am Winterhimmel ein Blitz aufzuckte, ohne dass ein Donnerschlag gefolgt wäre, gerieten die Anwesenden vollends in Verwirrung. Der Blitz zuckte, und die Augen des gusseisernen Generalissimus leuchteten als gierige orangefarbene Flamme auf. Die Flamme loderte in den Augenhöhlen, bevor sie, gleichsam nach innen gezogen, zu erlöschen begann. Da bemächtigte sich einiger Teilnehmer der Zeremonie eine unerklärliche Angst, unwillkürlich fiel ihnen ein, wie sie sich vor ihrer Frau, der Heimat, der Partei und Genossen Stalin persönlich schuldig gemacht hatten, sie erinnerten sich der begangenen Unterschlagungen, der angenommenen Schmiergelder, der nicht in voller Höhe entrichteten Parteibeiträge und standen bei dem Gedanken an die möglicherweise ihrer harrende Vergeltung wie gebannt. Als sich die Erstarrung dann langsam löste, war wieder eine Bemerkung von Serafim Butylko zu hören. Um sich selbst und die anderen aufzumuntern, sagte er, dass es in der Natur noch zu wissenschaftlich unerklärbaren Erscheinungen komme.

»Ja«, versetzte Gebietssekretär Kushelnikow vieldeutig, »in manchen Kreisen gibt es noch solche unerklärbaren Dinge.« Damit schlurfte er in seinen Galoschen zu dem auf ihn wartenden

Pobeda und überließ es den Teilnehmern der Veranstaltung, darüber zu grübeln, wie seine Replik wohl zu verstehen war und worauf sie anspielte. Darauf, dass der Kreis nicht zu den Vorbildern gehörte? Aber was hatten Naturerscheinungen damit zu tun? Die Naturerscheinung sucht sich selbst ihren Erscheinungsort aus und holt bei den Kreisoberen keine Genehmigung dafür ein. Nichtsdestoweniger hatte der ranghöchste Parteifunktionär seine Unzufriedenheit zum Ausdruck gebracht, und seine Untergebenen zogen daraus den Schluss, dass mit Kaderveränderungen zu rechnen sei. Einige der Versammelten stimmte dieser Gedanke besorgt, andere hingegen hoffnungsfroh. Und es entbrannte ein Kampf des Guten mit dem noch Besseren, wie man damals zu sagen pflegte, der damit endete, dass Aglaja auf ihrem verantwortungsvollen Posten von einem gewissen Wassili Sidorowitsch Netschajew abgelöst wurde, der bis dato als Parteisekretär in einer Ölmühle gearbeitet hatte. Aglaja versetzte man, wie bereits gesagt, in das Kinderheim, wo sie die heranwachsende Generation erziehen durfte.

5 Ein Übermaß an Dichtern zeugt von der Wildheit eines Volkes.

Diese Ansicht vertrat mein älterer Freund Alexej Michailowitsch Makarow, genannt der Admiral, von dem noch die Rede sein wird. Als ich diese Behauptung zum ersten Mal von ihm hörte, erschien sie mir widersinnig, doch er zählte mir Länder und Erdteile auf, wo die Menschen in Not und Unwissenheit dahinvegetieren – manche von ihnen kennen weder Elektrizität noch Toilettenpapier –, aber über eine Unzahl von Akyns und Aschugs, Volks- und Hofdichtern verfügen. Die Machthaber beweisen dort ein ehrfürchtiges Verhältnis zum dichterischen Wort, gute Dichter (die gut über die Machtverhältnisse in ihrem Land schreiben) kommen in den Genuss aller möglichen Vergünstigungen, während schlechte Dichter (die schlecht über diese Machtverhältnisse schreiben) den Kopf abgehackt kriegen. Die Gefahr, seinen Kopf zu verlieren, vermag eine so starke Wirkung auf das menschliche Bewusstsein auszuüben, dass schlechte Dichter mitunter viel besser schreiben als gute, die Gedichte schlechter Dichter werden von den Menschen in Heften aufgeschrieben, auswendig gelernt und von Generation zu Generation weitergegeben. Obwohl die Erziehung der Dichter in Dolgow nach einem moderaten System erfolgte (den Kopf bekam man nicht abgehackt, doch auch leben ließen sie einen nicht), ging die Zahl der Verseschmiede pro Kopf der Bevölkerung hier ganz eindeutig über den Bedarf hinaus. Am bekanntesten und bedeutendsten war Ende der vierziger Jahre natürlich unser Meisterdichter und Aksakal Serafim Butylko, der allerdings langsam alt wurde, ja in jeder Hinsicht alterte. Er hatte oben sechs Vorderzähne verloren, war ergraut, ging schlurfend und gebeugt, beherrschte weder Metaphern noch Versmaß, verwendete dürftige Reime: »Liebe – Diebe«, »Blut – Mut«, »wollen – sollen«, »Morgen – Sorgen«. Und das zu einer Zeit, da die Jungen dabei waren, wagemutig Assonanzen, Dissonanzen und alle möglichen verzwickten Binnenreime, formidable Bilder und Metaphern zu meistern. Der versierteste Verfasser von Texten mannigfaltigster Art war bei uns Wlad Raspadow – als Lyriker, Kunstwissenschaftler, Essayist, Publizist und überhaupt als vielseitig begabter Wortkünstler. Im Jahre 1949, zu der Zeit noch Schüler der achten Klasse, schrieb er einen Aufsatz über besagtes Denkmal. Diese Schülerarbeit erschien so interessant, dass die *Dolgowskaja prawda* sie abdruckte. Der Essay war mit »Eine Melodie, erstarrt zu Metall« betitelt. Oder »Musik, gefroren zu Gusseisen«. Jedenfalls in der Richtung, genau weiß ich es nicht mehr. Es war ein hervorragend geschriebener Aufsatz, bildhaft, mit einem tiefsinnigen Subtext. Über die Skulptur Ogorodows hieß es da, sie hätte nicht so ausfallen können, gäbe es nicht die wunderbare Verbindung zwischen dem Talent ihres Schöpfers und seiner unverfälschten Liebe zu ihrem Prototyp, die eine harmonische Einheit bildeten. »Betrachtet man dieses Wunder«, schrieb Raspadow, »ist es kaum vorstellbar, dass es modelliert oder behauen oder überhaupt mit körperlicher Kraft hergestellt worden ist.

Nein, da hat sich einfach ein seelischer Hauch des Bildhauers zum Lied emporgeschwungen, das zu unserem Erstaunen menschliche Gestalt annahm.«

Vom Standpunkt des sozialistischen Realismus aus nicht ganz korrekt, beeindruckte Raspadows Aufsatz gleichwohl die Leser und fand Anerkennung bei den für die Ideologie zuständigen Organen. Als Pjotr Klimowitsch Porossjaninow ihn las, sagte er: »Das ist unser Mann!« Und nach kurzem Überlegen fügte er hinzu: »Ja, unser Mann!«

Was Max Ogorodow anbelangt, so machte er durch die Schaffung eines so unzweifelhaften Meisterwerks viel von sich reden, erhielt zahlreiche Staatsaufträge, den Stalinpreis dritter Klasse, dann zweiter Klasse und schließlich erster Klasse. Seine Frau Sinaida tauschte er, wie sie es befürchtet hatte, bald schon gegen eine neue, erster Klasse ein: achtzehn Jahre jünger. Und natürlich war er sehr von sich überzeugt, behauptete, alle zeitgenössischen Bildhauer, selbst Tomski und Konenkow, in den Schatten gestellt zu haben. Und von den Bildhauern der Vergangenheit ließ er allein Myron, Praxiteles, Michelangelo und teilweise Rodin als ebenbürtig gelten.

Das Wunder, das Ogorodow vollbracht hatte, war in der Tat ein Wunder. Es setzte selbst die beschlagensten, argwöhnischsten und missgünstigsten Kunstkenner in Staunen. Kunstwissenschaftler unternahmen extra Fahrten nach Dolgow nicht nur der sechsundzwanzig Rubel Tagesspesen wegen, sondern um sich mit eigenen Augen ein Bild zu machen. Einer von ihnen zog, nachdem er sich ein Bild gemacht hatte, das Taschentuch heraus, wischte sich die Augen und sagte: »So, nun kann man auch sterben.« Und niemand fand diese Reaktion zu rührselig. Alle sahen, dass das Denkmal sich tatsächlich vor allem Vergleichbaren durch die geheimnisvolle Kraft auszeichnete, die es ausstrahlte. Es stand in der Mitte eines Platzes, auf dem sich große und kleine Straßen sternförmig vereinigten. Früher waren sie einfach so, infolge des jahrhundertelangen chaotischen Städtebaus, hier gemündet. Jetzt dagegen spürte jeder körperlich, dass diese Straßen und Gassen auf

Grund des vom Denkmal ausgehenden ungewöhnlichen Magnetismus hierher strebten, dass hier das natürliche Zentrum der Stadt war, mehr noch, ein Zentrum, ohne das die Stadt so wenig zu funktionieren vermochte wie ein Rad ohne Achse. Wer zu dieser Zeit einen Besuch in Dolgow machte, für den war es einfach unvorstellbar, wie diese Stadt so viele Jahrhunderte ohne diese Statue hatte existieren können.

Scharen von Menschen, Ortsansässigen wie Durchreisenden, kamen sie besichtigen und stellten fest, dass der eiserne Führer, egal, ob man sich dem Denkmal von links oder von rechts näherte, einen immer betrachtete, selbst wer von hinten herantrat, hatte das Gefühl, von der Statue auch noch durch ihren Rücken hindurch gesehen zu werden. Der direkte Blick des Eisenmannes aber versetzte jeden in nicht recht begreifliche Angst, die sich zu lähmendem Entsetzen steigern konnte. Das betraf nicht nur Menschen, sondern auch niederes Getier. Die Tauben wagten es nicht, sich auf die eiserne Mütze zu setzen, obwohl die, oben rund und flach, zum Starten und Landen wie zur Verrichtung der Vogelnotdurft günstige Bedingungen bot. Außerdem (aber das sind bereits Nebensächlichkeiten) zeigten sich an der Statue niemals Spuren von Korrosion.

Das Gerücht von der außergewöhnlichen Schöpfung des Bildhauers Ogorodow drang bis nach Moskau, und eines Tages reiste ein einflussreiches Mitglied des Politbüros an, um zu prüfen, ob man das monumentale Meisterwerk nicht besser nach Moskau überführte. Er erschien in Begleitung Kushelnikows auf dem Platz, besah sich die Statue, und auch ihn ergriff starke Unruhe. Zu sich gekommen, sagte er: »Können wir nicht gebrauchen!« Und wieder endete die Sache mit einer Personalfrage. Kushelnikow wurde abgesetzt und als Botschafter nach Afrika geschickt. Doch auch das Politbüromitglied verschwand binnen kurzem von der Bildfläche, und zwar wegen seines Satzes »Können wir nicht gebrauchen!« Der Satz kam Stalin zu Ohren, und er überlegte, was wohl damit gemeint war – Stalin selbst doch wohl und nicht die Skulptur. Das Politbüromitglied verschwand also auf Nimmerwiedersehen, sein Name wurde in allen Verzeichnissen, Lehrbüchern, Nachschlagewerken und Enzyklopädien getilgt, und jetzt können selbst Historiker nicht mehr mit letzter Sicherheit sagen, ob es diesen Mann überhaupt irgendwann gegeben hat.

Als das Denkmal errichtet wurde, fand kaum jemand Aglajas Annahme, es werde Tausende von Jahren hier stehen, zu kühn. Völlig unvorstellbar aber wäre es erschienen, dass, ehe die in jenem Jahr geborenen Kinder in die Schule kämen, der Boden bereits nicht nur unter dem Monument, sondern unter dem gesamten Werk des großen Führers ins Wanken geriet.

6 Nach der Parteiaktivtagung kam Aglaja einfach nicht zur Ruhe. Sie trank Wodka, dann Baldriantropfen, dann wieder Wodka, sie legte sich hin, sprang auf, lief im Zimmer hin und her, grübelte und konnte nicht begreifen, wie das alles gekommen war. Worte waren gesprochen worden, die die Fortsetzung des bisherigen Lebens, wenn nicht das Leben selbst unmöglich machten. Chruschtschow war vorgeprescht, Mikojan hatte ihn unterstützt, Molotow, Malenkow, Woroschilow und Kaganowitsch hatten geschwiegen. Dabei waren sie doch alle treue Schüler und Kampfgefährten des Genossen Stalin. Sie hatten geschworen, bereit zu sein, ihr Leben für ihn hinzugeben. Was war mit ihnen passiert? Hatten sie den Verstand verloren? Sich als Verräter entpuppt? Einer wie der andere? Noch ein Zweifel bedrängte sie: Und was war mit ihm? Trotz seiner Weisheit, trotz seines Scharfsinns, dem nichts verborgen blieb, hatte er sie nicht zu durchschauen vermocht?

Jetzt fiel ihr ein, dass es gewisse Anzeichen, die auf ein verändertes Verhältnis zu Stalin schließen ließen, bereits gegeben hatte. Porossjaninow war Ende vergangenen Jahres zu ihr ins Kinderheim gekommen und hatte ihr wie beiläufig, aber nachdrücklich geraten, das in der Halle hängende Transparent mit den Worten »Unser Dank dem Genossen Stalin für unsere glückliche Kindheit!« zu entfernen. »Eine veraltete Losung«, hatte er mit vielsagendem Blick bemerkt. Und als sie ihn fragte, was für eine Losung sie an Stelle der veralteten aufhängen solle, sagte Pjotr Klimowitsch, sie könne bleiben, wenn die Worte »dem Genossen Stalin« durch »der Kommunistischen Partei« ersetzt würden.

»Etwas lang«, meinte Aglaja skeptisch.

»Lang ist nicht so schlimm, Hauptsache, politisch stimmt's.« Er sah sie fest an und fügte hinzu, man müsse das Leben realistisch – »rilisistisch« sprach er das Wort aus – betrachten.

Aglaja hielt sich an ihre in solchen Fällen schon oft erprobte Taktik. Sie versprach, das Transparent abzunehmen, dachte aber in Wirklichkeit gar nicht daran. Sie glaubte, Porossjaninow werde es vergessen, doch schon tags darauf rief er an, um sich zu erkundigen, ob sie das Abgesprochene erledigt habe. Und als er hörte, sie sei noch nicht dazu gekommen, sagte er mit Nachdruck:

»Schieb es nicht auf die lange Bank!«

Sie unterwarf sich. Parteianweisungen waren für sie Gesetz. Zudem befanden sich die Dinge in der Schwebe, und in ihr lebten einstweilen zwei Lieben in völliger Eintracht: die zu Stalin und die zur Partei. Allerdings wurde sie nun zu etwas veranlasst, wofür sie keinerlei theoretische Begründung fand. Sie stand vor der Wahl, entweder zur Partei oder zu Stalin zu halten. Eine unmögliche, widernatürliche Wahl. Stalin war für sie die Partei, die Partei war Stalin. Beide, die Partei und Stalin, waren für sie das Volk, die Ehre und das Gewissen des ganzen Landes und auch ihr eigenes Gewissen. Mit ihrer schroffen, unverblümten Art, die ihr den bereits erwähnten Spitznamen der Oglaschennaja eingetragen hatte, war sie es gewohnt, unbeirrt ihren Weg zu gehen, doch bisher war es der Weg gewesen, den Stalin gewiesen hatte, und auf ihm ging es sich leicht und froh. Jetzt hingegen war ihr Leitstern in zwei Hälften zerfallen, in zwei getrennte Fixsterne, die sie in verschiedene Richtungen riefen.

In derselben Nacht erkrankte sie, es seien die Nerven gewesen, erzählte sie später, obwohl die von einer Nachbarin herbeigeholte Ärztin gesagt hatte, sie habe eine ganz normale Grippe. Eine ziemlich böse freilich, entweder aus asiatischen Gegenden eingeschleppt oder, wahrscheinlicher noch, aus Amerika. Da züchtete man ja bekanntlich in wissenschaftlichen Labors gezielt alle möglichen Viren und Mikroben sowie Insekten und Ratten, um sie auf die vertrauensseligen und schutzlosen Sowjetmenschen loszulassen.

Bis zum Abend des folgenden Tages stieg das Fieber über vierzig Grad. Aglaja warf sich hin und her, wurde von Kälteschauern geschüttelt, schwitzte, verlor das Bewusstsein, fantasierte. Wenn sie fantasierte, stellten sich frohe Gefühle ein, die Vorahnung von etwas Außergewöhnlichem. Nicht umsonst. In der ersten und zweiten Nacht besuchte sie ein paarmal Genosse Stalin höchstpersönlich, lebendig, gemütlich, leutselig, in einem Militärrock von Vorkriegszuschnitt und mit weichen Chromlederstiefeln. Er öffnete lautlos die Tür, trat lautlos an ihr Bett, setzte sich ans Fußende, sog rauchlos an seiner Pfeife und sah Aglaja freundlich an. Beim ersten Mal verkannte sie die Situation und wollte ihn ansprechen, doch kaum öffnete sie die Lippen, da löste er sich unverzüglich in Luft auf. Bei seinen folgenden Besuchen unternahm sie keine Versuche mehr, mit ihm ins Gespräch zu kommen, sondern schwieg, und auch er schwieg, doch sie fühlte, dass es zwischen ihnen eine Kommunikation ohne Worte gab, und das war sogar besser als mit Worten.

Wieder gesund geworden, behielt sie das Gefühl im Gedächtnis, zwischen ihnen habe ein sehr wichtiges Gespräch stattgefunden, worum es dabei gegangen war, wollte ihr nicht einfallen, trotzdem stand für sie fest, dass sich ihr eine unumstößliche Wahrheit erschlossen hatte, eine Wahrheit, die alle Worte und alles Wissen der gesamten Menschheit verblassen ließ.

7 Dolgow war eine Stadt mittlerer Größe. Für eine Kreisstadt ziemlich groß, für eine Gebietsstadt nicht groß genug. Etliche Betriebe hatte sie aufzuweisen, Dienstleistungskombinate, Geschäfte, ein Tanklager, ein Kraftfahrzeugdepot, eine Geflügelfarm, das Kreiskomitee der Partei, das Kreisexekutivkomitee – die staat-

liche Verwaltung –, die Staatsanwaltschaft, die Miliz, eine Ausnüchterungsanstalt und eine Abteilung des KGB. Direkt im Zentrum, auf der anderen Seite des Platzes, an dem das Kreiskomitee der KPdSU seinen Sitz hatte, in Richtung Kolchosmarkt, stand ein halb verfallenes Gebäude, das von den einen als Kreml, von den anderen als Passage bezeichnet wurde und die Kreisverwaltung für Kommunalwirtschaft, eine Maßschneiderei, eine Kfz-Werkstatt und eine Eisenwarenhandlung beherbergte. Unweit des Platzes erhob sich die Kosmas-und-Damian-Kirche, die, auf Grund des Kampfes gegen die Religion, bald geschlossen, bald aus wirtschaftlichen Erwägungen wieder geöffnet wurde. Denn obwohl die Religion als Opium für das Volk betrachtet wurde, verschaffte sie der Staatskasse doch beträchtliche Einnahmen. Mit richtigem Opium lässt sich freilich auch allerhand Geld verdienen.

Das Haus, in dem Aglaja wohnte, war im Jahre sechsundvierzig auf ihre Anordnung für die Kreisnomenklatura gebaut worden. Die hatte nach dem Krieg Wohnungen nötiger als die einfachen Sowjetmenschen. Überhaupt hatte sie natürlich immer alles nötiger. Je knapper etwas war, desto mehr beanspruchte sie. Nach dem Krieg hatte sie Wohnungen besonders nötig, weil die Häuser der Nomenklatura als die besten in der Stadt von den abziehenden Deutschen zerstört worden waren. Nur das Kinderheim hatten sie aus Versehen verschont.

Andere anständige Häuser gab es nicht in der Stadt, und in nicht anständigen zu wohnen hätte der Nomenklatura nicht angestanden, noch weniger aber, mit Gemeinschaftswohnungen vorlieb zu nehmen. Nicht nur deshalb, weil die Nomenklatura kein beengtes Leben zu führen verstand, sondern auch weil dann den einfachen Sowjetmenschen Details ihres Lebens bekannt geworden wären, und das durfte auf keinen Fall sein. Getrennt von den anderen Bürgern lebend, sollte die damalige – wie die heutige – Nomenklatura als besondere Menschengattung erscheinen (und das tat sie auch): unzugänglich, rätselhaft und im Besitz des gesamten Wissens der Menschheit. Fremd waren und sind diesen Leuten unsere Ängste und Schwächen, wohl bekannt die Geheimnisse unseres Seins. Sie wissen, was ist und was sein wird, kennen aber keine anderen Interessen als die unablässige Sorge um das Wohl des Vaterlandes und unser Heil. Und wenn sie bessere Lebensbedingungen brauchen als wir, so einzig und allein, damit sie an uns denken können, ohne dabei durch irgendetwas abgelenkt zu werden. Für uns hingegen, die wir lediglich an uns und unsere kleinen Belanglosigkeiten denken, sind die Verhältnisse, unter denen wir das tun, ohne jede Bedeutung.

Das Haus, in dem Aglaja wohnte, war ordentlich gebaut und einzigartig in der ganzen Stadt, mit einem für hiesige Gegenden unerhörten Komfort, mit Gas, Warmwasser und selbst mit Kanalisation – dass es so etwas gab, hatte bis dahin außerhalb der Vorstellungswelt der Dolgower gelegen.

An der Peripherie verrichteten die Leute damals ihre Notdurft einfach noch an der frischen Luft, während es in Zentrumsnähe kultivierter zuging, hier konnte man entsprechende kommunale Einrichtungen benutzen. Es handelte sich um eine Art Bretterschuppen mit zwei getrennten Eingängen, zwei oft aus den Angeln gerissenen Türen. Auf der einen stand ein M, auf der anderen ein F. In diesen Schuppen war der Holzfußboden (die jungen Generationen können sich das möglicherweise gar nicht mehr vorstellen) sowohl auf der M- wie der F-Seite mit einem Dutzend in einer Reihe angebrachter großer Löcher und um sie verstreuten beziehungsweise hingesetzten Haufen verziert, die aussahen, als hätte es einen Beschuss nicht aus nächster Nähe, sondern aus Ferngeschützen mit zu nahen und zu weiten Einschlägen gegeben.

Der Autor weiß wohl, dass die Beschreibung dieser Einrichtungen sich nicht sehr appetitlich ausnimmt, doch wir müssen Zeugnisse einer so wesentlichen Seite unseres Daseins hinterlassen. Sonst werden sie für künftige Generationen überhaupt unvorstellbar sein, diese Löcher und diese Haufen, die mit Karbolsäure übergossen und mit Kalk bestreut wurden, wodurch sich im Sommer ein Gestank verbreitete, dass es in der Nase zwickte und die Augen tränten, als hätte jemand eine Hand voll Tabak hineingeworfen. Diesen Gestank ertrugen allein die Sowjetmenschen und die Fliegen, grüne und große, halbe Spatzen. Bei Hitze war es hier zu heiß und bei Kälte zu kalt, glitschig aber war es immer. Die hingekauerten Benutzer nahmen sich aus wie Hocken auf dem Feld, und mit besonderem Mitgefühl denkt man an die alten Leute, die, unter Arthrose, Verstopfung und Hämorrhoiden leidend, vor Anstrengung blau anliefen, krächzten, ächzten und stöhnten, dass es sich anhörte wie im Kreißsaal.

Alexej Michailowitsch Makarow, genannt der Admiral, sagte, hätte er darüber zu entscheiden, was für ein Denkmal unserer Sowjetära errichtet werden sollte, würde er es weder Stalin noch Lenin, noch wer weiß wem weihen, sondern dem Unbekannten Sowjetmenschen, der dem Adler gleich auf dem Gipfel des von ihm hingesetzten hohen Berges (Pik Kommunismus) sitzt.

Doch zurück zu Aglajas Haus. Es war zu einer ungünstigen Jahreszeit, im Herbst und Winter, und in aller Eile gebaut worden. Mit armseliger Bautechnik. Auf einem sehr schwachen Fundament, das heißt im Grunde ohne. Im Souterrain war ein Kollektor mit zwölf untereinander verbundenen Gasflaschen installiert worden. Von ortsansässigen Erfindern konstruiert, hatte er den Chef der Brandschutzinspektion höchst bedenklich gestimmt. Doch Aglaja hatte mit dem Fuß gestampft, woraufhin der Brandschutzchef seine Bedenken für sich behielt und das Abnahmeprotokoll unterschrieb.

Es war ein Ziegelhaus, die Decken jedoch aus Holz, und zwar minderwertigem (später wurde Schädlingsarbeit vermutet), pilzbefallenem. Aglaja, die man befragte, hatte verlangt: Baut weiter, baut, wenn wir erst über den Berg sind, das Volk versorgt haben, dann können wir uns um uns selbst kümmern. Bescheiden, wie sie war, nahm sie sich, zu zweit mit ihrem Sohn, eine Dreizimmerwohnung, obwohl man ihr vier Räume anbot. Nutzfläche siebenundfünfzigeinhalb Quadratmeter. Sie begnügte sich zeitweilig damit, bis die Wohnungsnot überwunden sein würde. Doch mit der Wohnungsnot war es wie mit dem Horizont, den man zu erreichen sucht und der immer weiter zurückweicht. Die Wohnungsnot nahm nie ein Ende, Villen begann man aber trotzdem zu bauen. Für Aglaja fand sich freilich in keiner Platz – sie war inzwischen aus der Nomenklatura ausgeschieden. Als der Sohn zum Studium wegfuhr, war sie zudem praktisch alleinstehend geworden. So blieb sie denn in ihren drei Zimmern im ersten Stock des Hauses allein zurück. Das erste Zimmer fungierte als Wohnzimmer. Ein runder Ausziehtisch (ausgezogen wurde er nie) mit acht Eichenholzstühlen stand darin und ein Schlafsofa für potentielle Gäste (die es bei ihr nie gab). In der Mitte lag das Fell eines Braunbären mit gläsernen Augen und aufgerissenem Maul – ein Geschenk hiesiger Jäger. Die beiden anderen waren das Arbeitszimmer, das ihr als Kreissekretärin von Amts wegen zugestanden hatte, und das Schlafzimmer. Die Einrichtung bestand aus sperrigem Standardmobiliar: im Schlafzimmer ein großes Metallbett mit stark durchhängendem Drahtnetz, im Arbeitszimmer ein schwerer Eichenholzschreibtisch mit Schubkästen zu beiden Seiten, bedeckt mit einst grünem, vom Staub grau gewordenem Stoff (nie hatte jemand daran gearbeitet), ein Eichenholzsessel, eine Tischlampe mit grünem Glasschirm, eine schwere Schreibtischgarnitur mit Bronzevogel und zwei ausgetrockneten steinernen Tintenfässern.

Aglajas nicht aus der Nomenklatura ausgeschiedene Kollegen hatten nach und nach dieses Haus verlassen, der frei gewordene Wohnraum war unverzüglich in Gemeinschaftswohnungen umgewandelt und mit Leuten aus den niedersten Gesellschaftsschichten belegt worden, einschließlich zweier bis zu ihrer Rehabilitierung hier ansässiger Professoren: für Landwirtschaftswissenschaften und für Marxismus-Leninismus. Eine Zeit lang wohnten auch ein Shakespeare-Forscher, eine Geigerin von internationalem Ruf und der Mörderarzt Iwan Iwanowitsch Rabinowitsch in dem Haus. Letzterer wurde so genannt, obwohl er niemanden ermordet hatte, lediglich Arzthelfer war und nicht auf dem Gebiet der Human-, sondern der Veterinärmedizin arbeitete. Dennoch hatte auch er das Schicksal derer teilen müssen, die die Sowjetmacht zunächst mit Lagerhaft quälte und ihnen anschließend durch Verbannung die Möglichkeit nahm, in Großstädten zu leben. Und die Kleinstädte, die man ihnen zubilligte, mussten auch mindestens hundert Kilometer von Moskau entfernt liegen. Dolgow war so eine Stadt. Was ihr ganz offensichtlich zum Vorteil gereichte – im Hinblick auf ihr intellektuelles und kulturelles Durchschnittsniveau, das hier stieg, während es in den Metropolen sank. Das Gesetz der kommunizierenden Röhren gilt, wie man sieht, nicht nur für Flüssigkeiten. Weiterhin wohnten in diesem Haus die Deutschlehrerin Ida Samoilowna Bauman mit ihrer greisen Mutter, der Obergeistliche der Kosmas-und-Damian-Kirche Vater Jegori mit seiner Frau Wassilissa und seinem Sohn Deniska, der der größte Rabauke des Karrees war. Dazu kamen die sechsköpfige Familie des Badewärters Renat Tuchwatullin – er, seine Frau und vier Kinder im Alter von vierzehn bis vier Jahren –, die lahme, schwerhörige und einäugige Katzenfreundin Schurotschka, Schurotschka-Durotschka, wie sie von allen genannt wurde, weil sie als etwas unterbelichtet galt, und in dem an Aglajas Schlafzimmer angrenzenden Zimmer der stille, stets lächelnde Saweli Artjomowitsch Teluschkin, der seinerzeit beim NKWD Todesurteile vollstrecken durfte. Lange Jahre war er dort tätig gewesen. In seiner Dienstzeit hatte er 249 (er wusste noch die genaue Zahl) Menschen einzeln erschossen und viele weitere gewissermaßen in Gefechten, zusammen mit seinesgleichen (zum Beispiel war er während des Krieges an der Exekution der polnischen Offiziere beteiligt gewesen), doch den Verstand hatte er darüber nicht verloren, weder spürte er Gewissensbisse, noch quälten ihn Selbstzweifel, und seine Traumbilder waren von stiller, idyllischer Art: Wiesen, Gänseblümchen, Kühe und Erste-Mai-Demonstrationen.

Völlig klar, dass das Haus im Laufe seiner Existenz ständige Veränderungen erlebt hatte, Leute zogen ein und aus, tauschten ihre Zimmer, starben, gingen zur Armee oder ins Gefängnis, wie sollte man sich an alle erinnern, die hier gewohnt hatten.

Besondere Erwähnung verdienen die Hausmeisterin Valentina Shukowa und ihr Sohn, deren Namen man sich auch gleich einprägen sollte. Valentina war eine kräftige Frau mit breitem Gesicht und breitem leicht gebeugtem Rücken. Sie ging schwerfällig mit nach innen gedrehten Fußspitzen und vorgehaltenen Händen, als wolle sie jemandem ans Leder. Trotz ihres offenkundig wenig anziehenden Aussehens hatte sie in ihrer Jugend großen Erfolg gehabt bei den Männern, unter denen sie sich den Harmonikaspieler, Spaßvogel und Streithahn Serjoga Schukow zum Partner erwählte. Serjoga ging gleich zu Beginn des Krieges, ohne die Einberufung abzuwarten, als Freiwilliger an die Front. Valentina verbrachte einen Teil der Kriegszeit in Aglajas Partisaneneinheit, wo sie sich mit ihrer außergewöhnlichen Kraft und Beherztheit hervortat. In einem Handgemenge schlug sie zwei Deutsche erst einmal mit der Faust k. o., bevor sie sie fesselte, zusammenband und als Gefangene in ihre Abteilung schleppte. Nach dem Krieg arbeitete Valentina eine Zeit lang bei der Kreissekretärin Aglaja Rewkina als Fahrerin. Dann ging sie, um ein Zimmer im Souterrain des Hauses zu bekommen, unter die Hausmeister. Einen Mann hatte sie nicht mehr. Serjoga war aus dem Krieg nicht zurückgekehrt und galt als vermisst. Da es keine Beweise dafür gab, dass er sich nicht lebend, gesund und mit der Waffe in der Hand dem Feind ergeben hatte, galt der Vermisste als Verräter und Valentina als Frau eines Verräters. Deshalb bekam sie nicht nur keine Rente für ihren Mann, sondern musste auch auf die Partisanenmedaille für ihre eigenen Verdienste verzichten. Auf sich allein gestellt, zog Valentina ihren Sohn auf, so gut sie konnte. Aus alter Bekanntschaft wurde sie hin und wieder von Aglaja gegen geringes Entgelt zum Saubermachen, Wäschewaschen und Einkaufen angestellt. Valentinas Sohn hieß übrigens Georgi Schukow, genauso wie der berühmte Marschall. Dieser Georgi Schukow (oder einfach Shora) diente auch in der Armee, aber bis zum Marschall brachte er es nicht, sondern lediglich zum Unteroffizier. Der Unachtsamkeit seiner Obrigkeit hatte er es zu verdanken, dass er trotz seines vor der Heimat schuldig gewordenen Vaters als Panzersoldat nach Ungarn kam, von wo er ein Akkordeon mitbrachte, auf dem er sonntags die Walzer *Donauwellen, Auf den Höhen der Mandschurei* und den Tango von der ermüdeten Sonne spielte.

Zunächst spielte er im Hof seines Hauses, später bekam er Einladungen zu Hochzeiten und Jubiläen.

Natürlich gab es zwischen den Bewohnern des Hauses von Zeit zu Zeit Streit wegen solcher Dinge wie einem zu Bruch gegangenen Fenster, Lärm nach dreiundzwanzig Uhr, übermäßigem Wartenmüssen vor der Toilette, der Reinigung der Fußböden und der Müllbeseitigung. Aglaja war jedoch von alldem nicht betroffen, da sie für sich wohnte, eine eigene Toilette und Küche hatte und sich mit niemandem anzulegen brauchte. Von den Nachbarn, vielleicht mit Ausnahme von Schurotschka-Durotschka, wurde sie gefürchtet. Schurotschka sagte man eine seherische Gabe nach. Ob sie sie besaß oder nicht, jedenfalls versuchte sie sich im Weissagen, und wenn sie Aglaja traf, prophezeite sie jedes Mal mit näselnder Stimme, dass ein Feuer ausbrechen, eiserne Vögel durch die Gegend fliegen, eiserne Pferde dahingaloppieren, die Erde erbeben und ein Toter auf einen Lebenden fallen werde.

8 Am fünften März wurde Aglaja Stepanowna durch die unerträglich grelle Sonne mit klarem Kopf und dem Gefühl geweckt, dass sie gesund sei und es deshalb Zeit werde, aufzustehen, zu leben und zu arbeiten. »Schluss jetzt«, sagte sie laut und streng, wie sie mit sich selbst zu sprechen gewohnt war, »was soll das Herumliegen und Simulieren.« Während sie sich die Strümpfe über die Beine zog, fiel ihr ein: Heute ist der Todestag Jossif Wissarionowitschs. Und sie nannte sich selbst eine dumme Trine, dass sie ihn beinahe verpasst hätte. An diesem Tag hatte sie im letzten wie im vorletzten Jahr das Denkmal mit einem kleinen Strauß Geranien aufgesucht, die sie auf dem Fensterbrett zog. Auch heute verließ sie mit diesem Geschenk das Haus und stellte fest, dass es Frühling war. Der frisch gefallene Schnee glitzerte in der Sonne, sackte tauend in sich zusammen und entblößte, von den Hügeln weggeleckt, den mit spärlichem Gras bedeckten Boden. Über die dunklen Wege flossen seitlich Rinnsale, von den Dachtraufen fielen klirrend Eiszapfen. Über das Ödland vor dem

Haus liefen und hüpften schwarze Vögel, Dohlen oder Krähen (Aglaja konnte sie nicht auseinander halten, verabscheute jedoch die einen wie die anderen), vor dem Haus saßen auf der Bank (ebenfalls ziemlich widerwärtige) alte Frauen, genauso schwarz und wie mit gesträubtem Gefieder. Die Zahl der Frauen vor dem Haus wechselte, aber zwei von ihnen waren immer dabei. Die eine wurde Oma Nadja gerufen, die andere, griechischer Herkunft, war unter dem Spitznamen Gretschka[*] bekannt. Die beiden saßen ständig vor dem Haus, viele Jahre schon, eine ganze Ewigkeit. Sie sahen aus, als ob sie nie geboren worden wären und niemals sterben würden, niemals jung, sondern immer schon so gewesen seien, hier säßen, wie sie immer schon hier gesessen hatten und immer sitzen würden. Sie saßen da und sahen sich das vor ihren Augen dahinfließende Leben an wie eine endlose Seifenoper, um es in der Sprache von heute auszudrücken. Ohne Radio zu hören und Zeitungen zu lesen, wussten sie alles über alle, die in Dolgow lebten, und zum Teil auch über die Leute aus der Umgebung: wer in der Obligationsauslosung gewonnen hatte, wer wegen Unterschlagung eingesperrt worden, bei wem der Mann in der Ausnüchterungsanstalt gelandet war, wem Zwillinge geboren worden waren, wo es gebrannt hatte, wessen Schwiegermutter vom Zug überfahren oder wer Opfer eines Messerstechers geworden war. Diese Informationen verschafften sie sich, indem sie alle, die vorbeikamen, befragten, was es Neues gab, vieles aber fanden sie selbst heraus. Wenn ein Unbekannter ins Gesichtsfeld der Alten geriet, schalteten sie ihren Intellekt ein und ermittelten auf oft unerklärliche Weise nahe an der Wahrheit, wer er war, wohin er ging, was er trieb und welche Absichten er verfolgte. Manchmal bemerkten sie einfach so, dass letzten Montagvormittag ein Mann mit Hut vorbeigekommen sei. Jetzt saßen sie auch auf der Bank, sahen vor sich in den Schnee, in die Sonne, auf die spielenden und herumtollenden Kinder. Ein unbekannter Mann und eine ebenso

---

[*] Falsche Bezeichnung, richtig wäre »Gretschanka«; »Gretschka« ist der volkstümliche Ausdruck für Buchweizengrütze. (A. d. Ü.)

unbekannte und unscheinbare Frau gingen vorbei, die beiden Alten betrachteten sie eingehend, und als sie sich entfernt hatten, sagte Oma Nadja:

»Was denkst du, ob er mit ihr schlafen tut?«

»Wer weiß«, sagte Gretschka, »ich denke, dass er's tut.«

»Ja, wahrscheinlich schläft er mit ihr«, pflichtete Oma Nadja seufzend bei, und es war offensichtlich, dass sie es nicht guthieß.

»Die Kosaken«, nuschelte die alte Bauman mit zahnlosem Mund und schüttelte den in ein flauschiges Tuch gehüllten Kopf, »das sind solche Leute – nein! Niemand haben sie geschont. Meine Schwester Mira war schwanger, da haben sie zu ihr gesagt, du kriegst gleich mal deine Entbindung, und sie begannen ihr auf dem Bauch herumzutanzen, dass sie eine Fehlgeburt bekam, sie selber blieb am Leben, wurde aber ganz verdreht.«

Oma Nadja und Gretschka hörten mitleidig zu und verziehen der Erzählerin vorübergehend die Kreuzigung Christi und die mit Blut von Christenkindern angesetzten Matzen. Ihr Bericht über die Kosaken wurde durch das Erscheinen Aglajas unterbrochen, die aus dem Haus trat und, von der Sonne geblendet, mit zusammengekniffenen Augen stehen blieb. Mit ihrem schwarzen Mantel, den schwarzen Stiefeln und der schräg aufs Ohr gesetzten schwarzen Baskenmütze sah sie schwarz aus wie eine Zigeunerin, schwarz wie diese Alten und wie die Dohlen oder Krähen auf dem Feld. Sie sah die Alten verächtlich an, denn sie mochte keine Leute, die untätig herumsaßen, und ging, ohne ihnen auch nur »Tag« zu sagen, schnellen leichten Schrittes davon, als wäre sie niemals krank gewesen. Bei ihrem Auftauchen waren die Alten verstummt, doch als sie sich entfernt hatte, sagte Oma Nadja: »Seht euch bloß diese Zimtzicke an!«

»Ja, wirklich«, stimmte ihr Gretschka zu, obwohl weder die eine noch die andere hätte erklären können, was dieses Wort eigentlich bedeutete.

Aglaja verließ den Hof und nahm den noch festen, vereisten, in der Sonne aber tauenden Weg über das Ödland, sie ging leichtfüßig, von Freude erfüllt über das Licht, die Farbigkeit und den

Geruch des Frühlings, ohne recht zu begreifen, weshalb sie ein so starkes Gefühl bewegte. Ihr Organismus indessen begriff es, er wusste, dass Aglaja eine ernsthafte Krankheit hinter sich hatte, dass sie wie durch ein Wunder gesund geworden war und jetzt jede Zelle dieses Organismus sich über die glückliche Verlängerung ihres Lebens freute.

9 Von der Komsomolgasse, einer Sackgasse, kam man auf die Rosenblumstraße, die unweit des Stalinplatzes auf den Stalinprospekt mündete.

Das Denkmal stand dem Gebäude des Kreiskomitees der KPdSU zugewandt, das für sie einmal so viel bedeutet hatte. Hierher war sie seinerzeit (nicht zu Fuß, sondern im Auto, zu Fuß zu gehen, erlaubte ihr ihre Funktion nicht) wie zu sich nach Hause gekommen. Der Milizionär am Eingang stand grüßend stramm, die Sekretärin im Vorzimmer sprang auf und korrigierte ihre Frisur, und die ihr in den Gängen begegnenden dicken Funktionsträger drückten sich mit dem Rücken gegen die Wand und öffneten, Knoblauch- und Fuselgeruch verbreitend, ihre mit Gold oder schlichterem Metall vollgestopften Münder. Sie lächelten oder lachten sogar, dass ihre Bäuche wackelten, und zeigten damit, wie glücklich sie waren, sie zu sehen, und einige vollführten reverenzartige Verrenkungen.

Das größte Zimmer dieses Hauses, mit nussbaumgetäfelten Wänden und zahlreichen Telefonen, hatte Aglaja gehört. Hier, im graublauen Papirossaqualm, hatte sie, der energiesprühenden Pasionaria gleich, hinter einem riesigen Tisch unter den Bildern Lenins und Stalins gesessen. Hierher waren von ihr Leute bestellt worden, die sich mit ihrer Arbeit hervorgetan hatten, ihre Zahl war allerdings wesentlich kleiner gewesen als die der Sünder, die sie, mit der Faust auf den Tisch schlagend, herunterputzte und unflätig beschimpfte. Hier hatten hoch gestellte, kräftig gebaute Männer gezittert, geschwitzt, gestottert, sich ans Herz gefasst und das Bewusstsein verloren. Einmal hatte sich einer von ihnen im wahrsten Sinne des Wortes in die Hosen gemacht, und einen anderen, einen Sowchosdirektor, der das Halbjahresbudget seines Staatsgutes versoffen hatte, ohne erklären zu können, wie ihm das gelungen war, hatte vor ihren Augen der Schlag getroffen.

Von großer Macht Abschied zu nehmen fällt genauso schwer wie von großem Reichtum. Unangenehm, ja erniedrigend ist es, zu Fuß zu gehen, wo man einmal im Auto gefahren wurde, genauer gesagt, dahinbrauste mit lautem Gehupe: Bleibt stehen, macht den Weg frei, seht ihr denn nicht – da kommt die Rewkina angefahren! Schwer ist es, sich darauf einzustellen, dass man nicht mehr aller Welt befehlen kann, was sie zu tun und zu lassen hat, was vorzulegen, worüber Bericht zu erstatten ist. Ungewohnt ist es, in den Gesichtern derer, die man trifft, kein schmeichlerisches Lächeln und in den Augen keine Frage und keine Anbiederung zu lesen. Doch allmählich gewöhnte sich Aglaja daran, nicht mehr oben zu stehen, sie tröstete sich damit, dass sie in ihrem Leben nicht wenig Gutes getan hatte. Das Kolchossystem hatte sie eingeführt, an der Zerschlagung der Opposition ihren Anteil gehabt, im Partisanenkampf ihren Mann gestanden, den Kreis aus Ruinen wieder aufgebaut, als ihr größtes Verdienst, als Krönung ihres Wirkens aber betrachtete sie das Denkmal, ohne das die Stadt einfach nicht wäre, was sie war.

Das Gebäude des Kreiskomitees, nun ja … ihr Zuhause war für sie zur Fremde geworden. Hier gab es für sie nichts mehr zu tun. Und sie war jetzt nicht zu ihm, sondern zu Stalin unterwegs. An der Allee des Ruhms, die sich unmittelbar vor dem Gebäude des Kreiskomitees befand, machte sie Halt. Was hier als Erstes ins Auge sprang, war die Ehrentafel, an der in zwei Reihen die Bilder der Helden der Arbeit und der Schrittmacher der Produktion ausgehängt waren: Aglaja Stepanowna gut bekannte Vorbilder unter den Kolchosvorsitzenden, Agronomen, Ärzten, Lehrern, Melkerinnen, Traktoristen, den Arbeitern der Kartonage- und der Garnfabrik. Dazwischen hing hier auch ihr eigenes Porträt, denn das von ihr geleitete Kinderheim hatte im letzten Jahr eine rote Wanderfahne erhalten. Hinter der Ehrentafel befanden sich die

Gräber der ruhmreichen Kämpfer für unsere Zukunft und Gegenwart, denen die Allee ihren Namen verdankte. Das erste war das des roten Kommissars Matwej Rosenblum. Der seinerzeit mit dem Panzerzug »Der Entschlossene« hier eingetroffen war, um dem Volk die endgültige Errichtung der Sowjetmacht in diesem Landstrich zu verkünden, woraufhin er an Ort und Stelle von dem Sozialrevolutionär Abram Zirkes erschossen wurde. Was Anlass bot, einer der Hauptstraßen der Stadt den Namen Rosenblums zu verleihen. Obwohl später, als solche Witzeleien möglich geworden waren, einige meinten, eigentlich hätte die Straße ja nach Zirkes benannt werden müssen, schließlich habe er getroffen. Nach dem Grab Rosenblums kamen in zwei Reihen, wie an der Ehrentafel, Blechobelisken mit Stern und Grabsteine für die Helden des Bürgerkriegs, des Großen Vaterländischen Kriegs, des Finnlandfeldzugs und der harten Kämpfe aus Friedenszeiten. Genau in der Mitte der einen Reihe ruhten unter dem Namen Afanassi Miljagas die Gebeine des Wallachs Ossoawiachim, der beinahe ein Mensch geworden wäre (wer den *Tschonkin* gelesen hat, weiß Bescheid). Der stark bemooste und verschimmelte Grabstein gleich daneben trug die irreführende Aufschrift: »Andrej Jeremejewitsch Rewkin. 1900–1941. Vollbrachte einen Akt der Selbstaufopferung. Sprengte beim Heranrücken der deutschfaschistischen Okkupanten ein wichtiges Industrieobjekt und kam dabei ums Leben.«

Wer zufällig hierher kam, neigte vor dem Stein den Kopf oder stand, ohne ihn zu neigen, einfach nachdenklich davor, meinte er doch, hier liege tatsächlich ein Held, der eine bewundernswerte Tat vollbracht hatte. In Wahrheit lag hier niemand. Denn Rewkins Leichnam konnte nach der Explosion nicht gefunden werden, zumal niemand nach ihm suchte und es auch gar nichts zu suchen gab, da durch die Explosion alles zerfetzt worden war und der Rest verbrannte, und selbst wenn er nicht verbrannt wäre, wer hätte unter den Bedingungen der deutschen Besatzung auf dem Gelände des Kraftwerks nach Leichen suchen können, um sie ehrenvoll zu bestatten? Bluff war das und nichts weiter. Aglaja wusste natürlich, dass hier keiner lag, oder musste es wissen, doch das Gehirn eines ideologisch orientierten Menschen ist so beschaffen, dass er das eine weiß und das andere glaubt. Aglaja wusste, dass Rewkin nicht hier lag, und dennoch glaubte sie, dass er hier liege.

Der Schnee war oben weggetaut, so dass die mit vertrocknetem Gras bedeckten Hügel hervortraten. Aglaja blieb an dem Grab stehen und versprach in Gedanken dem, der nicht hier lag, dass sie zu Sommerbeginn wiederkommen, das alte Gras entfernen und neues säen würde.

Ihr weiterer Weg war gerade und kurz.

Sie ging zum Denkmal, legte die Blumen am Sockel nieder, dann trat sie zurück, hob den Kopf und bemerkte erst jetzt, dass da etwas nicht stimmte. Stalin stand an seinem alten Platz und in seiner alten Pose, die Rechte, wie gewohnt, erhoben, doch sein Blick war traurig und seine Haltung verändert, der Rücken (aber das konnte doch nicht sein!) irgendwie leicht gekrümmt. Und auf seiner Mütze (war denn das die Möglichkeit!) saßen turtelnd zwei graublaue fette, widerliche Tauben. Was ist schon dabei, könnte man meinen, was will man von diesen hirnlosen Geschöpfen verlangen, sie haben ja noch nie Denkmäler verschont. Doch dieses Denkmal unterschied sich eben von allen anderen, und sie hatten auch selbst einen Unterschied gemacht. Die ganze Zeit hatte nicht ein Vogel gewagt, der Statue zu nahe zu kommen, weder mit dem Fuß noch mit dem Flügel. Das heißt, einen Fall hatte es gegeben, einen einzigen, eine Krähe hatte sich mit einem Stück Brotrinde auf die Mütze gesetzt, doch kaum dass sie ihre Oberfläche berührte, ließ sie ihre Nahrung fallen, um mit einem wilden Schrei zur Seite zu fliegen und wie ein Stein auf den Asphalt zu stürzen. Seitdem jedenfalls, das stand fest, hatte nicht ein geflügeltes Geschöpf auch nur den Versuch unternommen, die Statue als Landeplatz zu benutzen. Und nun plötzlich diese dummen Vögel! Wie waren sie bloß dahinter gekommen, dass man sich jetzt auch auf dieses Denkmal setzen und es verdrecken konnte? Schon hatten sie die Mützenfläche mit ihrem weißen Kot besudelt, der auf den

Schirm, die linke Schulter und das Mantelrevers herabgeflossen war.

»Ksch!«, schrie Aglaja mit schwacher Stimme. »Ksch, ihr Verfluchten!«

Doch die Verfluchten reagierten auf ihren Schrei mit größter Missachtung. Das fettere Exemplar, wahrscheinlich das Männchen, neigte den Kopf und warf Aglaja einen schrägen Blick aus einem Auge zu, bevor es sich dem Weibchen zuwandte, um ihm etwas zuzugurren, und das gluckste ihm irgendeine Antwort. Aglaja hatte das Gefühl, dass sie einfach über sie lachten. Sie sah sich um, ob da nicht irgendwo ein Stein lag, entdeckte einen grauen Kiesel von der Größe eines Hühnereis und holte aus zum Wurf. Der Stein schlug gegen den linken Stiefelschaft und fiel vor dem Denkmalssockel zu Boden. Aglaja, die sein Fallen beobachtet hatte, entdeckte im Schnee neben ihrem Geranensträußchen einen kümmerlichen einsamen Mimosenzweig, den sie vorhin übersehen hatte. Freudig beschleunigte sich ihr Herzschlag. Also war sie nicht die Einzige in dieser Stadt, die sich des teuren, geliebten, einzig Unersetzlichen erinnerte und ihn verehrte.

»Ja«, vernahm sie von hinten eine dünne einschmeichelnde Stimme, »noch haben nist alle alles vergessen. Die Mensen lieben das Eisen, die Vögel lieben das Eisen, aber wenn das Eisen fallen wird, werden die Vögel auffliegen, die Mensen aber können nist fliegen. Sie sind swer, haben keine Flügel, sie können nist fliegen, und Eisen wird auf Eisen fallen.«

Aglaja wandte sich um. Schurotschka-Durotschka, in einer Plüschjacke und zusätzlich in Sackleinen gehüllt, sah sie mit rätselhaft funkelnden irren Augen an.

»Was faselst du da!«, sagte Aglaja entrüstet. »Was für Eisen? Wohin wird es fallen?«

»Die Mensen können nist fliegen«, wiederholte Schurotschka überzeugt. »Und das Eisen fällt von oben nach unten.«

»Verschwinde!«, sagte Aglaja und ging mit raschen Schritten davon.

**10** Das Kinderheim war in einer alten, mit sechs Säulen geschmückten Villa untergebracht, die sich einst im Besitz des hiesigen Adelsmarschalls befunden hatte. Der verkommenen Fassade und den spärlichen Farbresten an den Säulen nach zu urteilen, hatte dieses Haus niemals eine Renovierung erlebt. Doch dafür war es eines der wenigen wertvollen Gebäude, die den Krieg unversehrt überstanden hatten.

Zwei schwere Türen musste Aglaja bewältigen, bevor sie die Halle betrat, und das Erste, was ihr auffiel, war die Wandzeitung »Glückliche Kindheit«. Sweta Shurkina, Schülerin der 7B, stand davor und schrieb, die Zunge nach links herausgesteckt, etwas in ihr Heft. Als sie Aglaja bemerkte, grüßte sie, klappte verlegen ihr Heft zu und ging weg.

Das Verhalten der Schülerin erschien Aglaja verdächtig. Sie trat zu der Wandzeitung und erstarrte. Das Gedicht, das Sweta Shurkina nicht vollständig abzuschreiben geschafft hatte, stand in der dritten Spalte, neben dem Leitartikel, in dem es um die Arbeitserziehung der Jugend ging.

Das mit keiner Unterschrift versehene Gedicht trug den Titel »Und wir haben so an dich geglaubt«. Es enthielt Vorwürfe gegen einen gewissen Heerführer, dessen Name nicht genannt wurde, doch wer gemeint war, daran konnte es für niemanden einen Zweifel geben. Es war die Rede davon, dass der Heerführer uns von Sieg zu Sieg geführt, dabei aber unser grenzenloses Vertrauen missbraucht habe, um sehr schlechte Dinge zu tun. Die Schlussstrophe drückte die tiefe Enttäuschung des Verfassers darüber aus, dass er dem Heerführer so sehr angehangen habe, doch wurde der optimistischen Hoffnung Ausdruck verliehen, dass in Zukunft alles besser werde. Die Strophe endete mit der polemischen Aufforderung: »Nicht immer läuft gleich alles glatt, wenn es zu neuen Höhen geht. Ich glaube an den Kollektivverstand. Sag mir, wie du denn dazu stehst.«

Das Blatt mit dem Gedicht haftete schlecht, wahrscheinlich war es mit Kartoffelbrei angeklebt. Oder mit Mehlkleister. Oder einfach mit Spucke. Aglaja riss das Papier herunter, presste es wie einen Schlangenhals in der Faust zusammen und ging in ihr Zimmer. Die Sekretärin Rita war, das eine Auge zugekniffen, gerade dabei, vor einem kleinen Spiegel mit der Pinzette Brauenhaare auszuzupfen. Als sie Aglaja eintreten sah, fuhr sie hoch.

»Guten Tag, Aglaja Stepanowna. Sind Sie wieder gesund?«

»Bin ich«, brummte Aglaja. »Wo ist Schubkin?«

»Er war eben noch hier. Ich glaube, er ist zum Schlafsaal der Mädchen gegangen den Bettenbau kontrollieren.«

»Soll bei mir vorbeikommen«, ordnete sie an und verschwand in ihrem Zimmer.

Das Papier warf sie auf den Fußboden. Hob es auf. Legte es auf den Tisch. Warf es wieder auf den Fußboden und hob es wieder auf. Sie zog den Mantel aus und begann im Zimmer auf und ab zu laufen. Aber das ermüdete sie bald, sie kam schwitzend außer Atem. Die Schwäche war doch noch nicht überwunden. Als sie im Vorzimmer Stimmen hörte, setzte sie sich an den Tisch, und ihr Gesicht nahm einen steinernen Ausdruck an.

Mark Semjonowitsch Schubkin war ein vielleicht fünfzigjähriger groß gewachsener, zur Fülle neigender Mann mit gelichtetem Haar und einer frischen Gesichtsfarbe, wie sie für Dorfbewohner typisch ist und manchmal auch bei Häftlingen vorkommt. Übrigens sah er Lenin ähnlich. Zwar wesentlich größer, hatte er genauso einen Riesenschädel wie Lenin – Größe sechsundsechzig, seiner eigenen Aussage zufolge.

Er arbeitete als Erzieher in einer Vorschulgruppe und redigierte ehrenamtlich die Wandzeitung. Diese Arbeit war ihm unbedachterweise anvertraut worden. Freiwillig wollte die Zeitung keiner übernehmen, und er hatte sich darum gerissen, um sie immerfort mit seinen Gedichten und Artikelchen zu füllen. Was die Zeitung sich als Ehre hätte anrechnen können. Dolgow hatte seine eigenen Dichter wie Butylko, Raspadow und andere, aber über die Gebietszeitung hinauszukommen war ihnen nicht vergönnt gewesen, während von Schubkin in den dreißiger Jahren sogar in der *Iswestija*, der *Komsomolskaja prawda* und im *Ogonjok* Gedichte erschienen waren.

»Treten Sie näher, hier an den Tisch«, befahl Aglaja, ohne Schubkins Gruß zu erwidern. »Wer hat diesen Mist geschrieben?« Ihre Lippen verzogen sich angeekelt zu einer Grimasse, und mit den Augen wies sie auf die Papierspirale.

Schubkin streckte die Hand aus, nahm das Papier dann aber doch nicht.

»Ich habe Sie nicht verstanden«, sagte er sanft und sah Aglaja an.

»Ich frage Sie«, wiederholte sie, mit den Fingern auf den Tisch klopfend, »wer diesen Mist geschrieben hat.«

»Sie meinen dieses Gedicht?«, versuchte er sie zur Korrektur ihrer Wortwahl zu bewegen.

»Ich meine diesen Mist«, beharrte Aglaja Stepanowna.

»D-dieses Ge-ge-gedicht«, stotterte Schubkin vor Aufregung, »habe ich geschrieben.«

»Und wer hat Ihnen erlaubt, diesen Mist zu schreiben?«, verlangte sie mit unbeirrbarer Feindseligkeit Auskunft.

»Diesen M-mist zu sch-schreiben hat mir d-die Pa-partei erlaubt«, sagte Schubkin erbleichend und reckte die Brust.

»Ach, die Pa-partei«, äffte ihn Aglaja nach. »Die Partei hat es erlaubt. Nein, mein Lieber, die Partei erlaubt es dir einstweilen nicht, allen möglichen Dreck zu schreiben und im Trüben zu fischen. Hier, das mache ich mit diesem Dreck.« Papierfetzen flogen durch die Luft. »Wenn du glaubst, auf dem XX. Parteitag wäre die Generallinie aufgehoben worden, täuschst du dich. Die Partei war gezwungen, gewisse Korrekturen vorzunehmen, aber den Kern der Sache in Frage zu stellen, werden wir niemandem erlauben. Stalin war und bleibt Geist, Ehre und Gewissen unserer Epoche. Er war und bleibt es. Punkt, aus. Und wenn es da jemanden gibt, der sich über ihn äußern darf, heißt das nicht, dass so etwas jedem erlaubt wird. Fehlte noch!« Allmählich beruhigte sie sich. »Dass jeder schreibt, was ihm so einfällt. ›Ich glaube an den Kollektivverstand.‹ Hat sich ein Gläubiger gefunden! Wenn du so ein großer Satiriker bist, hättest du mal besser über die Mülltonnen geschrieben. Stehen ohne Deckel da, verstehst du – Gestank, Fliegen, unhygienische Zustände. Wie lange soll man noch davon reden, bis endlich Deckel gemacht werden? Zweimal habe ich dem Wirtschaftsleiter schon eine reingewürgt, bald kriegt er seine dritte Rüge verpasst, eine strenge mit Verwarnung, aber ihn juckt das überhaupt nicht. Wenn du also ein Talent, ein Satiriker bist, dann hau doch mal mit deiner Satire auf die Mülltonnen drauf.«

Schubkin erbleichte noch mehr und sagte, gepresst:

»Ich will aber nicht mit Satire auf To-tonnen draufhauen. Ich haue mit Satire auf Sta-ta-ta …«

»Alles klar«, lautete Aglajas Fazit. »Sie sind entlassen. Holen Sie sich morgen Ihre Abrechnung in der Buchhaltung.«


**11** Diesen Kerl hatte sie längst durchschaut. Schon als er sich in ihrem Heim beworben hatte. Sie brauchte damals einen Literaturlehrer, und da war der dahergekommen, mit dem roten Diplom des IFLI, jenes Instituts für Philosophie und Literatur, an dem vor dem Krieg viele unserer hervorragenden Persönlichkeiten studiert hatten, so auch der Lyriker Twardowski und der Jugendfunktionär Schelepin, der Erster Sekretär des ZK des Komsomol werden sollte.

»Sieh einer an!«, sagte Aglaja erstaunt, während sie das Diplom betrachtete. »Was doch für Leute unser Provinznest beehren!«

In Dolgow gab es aus den bereits erläuterten Gründen etliche Leute mit Hochschulabschluss, aber mit so einem, das kam doch ziemlich selten vor.

»Und wo haben Sie nach dem Studium gearbeitet?«

»In der Holzfällerei«, sagte Schubkin schlicht.

»Warum das?« Sie begriff sofort ihren Patzer, was gab es da zu fragen.

Während er noch etwas von unbegründeten Repressalien und Überspitzungen laberte, stand ihre Entscheidung bereits fest.

»Verstehe«, fiel sie ihm ins Wort, »und warum wollen Sie eigentlich zu uns?«

»Nun, erstens, weil ich den Aushang gelesen habe, zweitens, weil ich die erforderliche Ausbildung besitze, und drittens …«, er machte eine Pause und verdrehte ein wenig die Augen, »ich habe Kinder sehr gern.«

»Kinder haben alle gern«, bemerkte Aglaja. »Erst recht unsere sowjetischen.« Sie unterstrich das Wort »unsere«, was heißen sollte: eure nicht. »Haben Sie übrigens eigene Kinder?«

»Nein«, sagte Schubkin, als müsse er sich deswegen entschuldigen. »Mit Kindern ist es bei mir nichts geworden. Weil … Sie verstehen schon.«

»Nun ja«, verzieh sie ihm großmütig, »das kann man verstehen, bloß«, sie zog die Schultern hoch, »tut mir Leid, wir haben keine Stelle für Sie.«

Und um ihm zu verstehen zu geben, dass das Gespräch beendet sei, griff sie sich die nächste Papirossa aus ihrer Belomor-Schachtel.

Doch er ließ sich Zeit mit dem Gehen.

»Aber Sie haben doch eben gesagt, dass bei Ihnen eine Stelle frei ist.«

»Das habe ich, aber ich sehe, dass Ihnen die pädagogische Erfahrung fehlt. Ihre Bildung ist natürlich sehr hoch. Für uns vielleicht sogar zu hoch. Nur, wir haben unsere Spezifik. Das sind schwierige Kinder bei uns, elternlose. Es ist besser für Sie, es erst einmal in einer normalen Schule zu versuchen.«

Völlig klar, dass seine mangelnde Erfahrung ein bloßer Vorwand war. In Wirklichkeit hatte sie Schubkin einen Korb gegeben, weil sie solche Leute wie ihn nicht mochte. Sie war der festen Überzeugung, dass *dort* keiner unverschuldet hinkam. Ihre Überlegungen folgten der bekannten Logik: Ich zum Beispiel habe ein redliches Leben geführt, und mich hat keiner eingesperrt. Der hier ist auch nicht eingesperrt worden und jener ebenso wenig. Kein Rauch ohne Feuer, hat man jemanden eingesperrt, muss es einen Grund gegeben haben. Gut, jetzt sind andere Zeiten. Die sozialistische Gesellschaftsordnung hat sich gefestigt, und die Partei ist stark, sie kann es sich leisten, den Feinden gegenüber eine gewisse Nachsicht zu üben, mit Herabsetzung der Strafe und Zuweisung einer Arbeit. Aber solchen Leuten die Erziehung der heranwachsenden Generationen anzuvertrauen – das darf niemals und unter keinen Umständen zugelassen werden.

Ihre Entscheidung war jedoch revidiert worden. Auch das ein Vorzeichen nahender Veränderungen. Schubkin hatte beim Kreisvolksbildungsamt eine Klage eingereicht. Von dort kam die Anordnung: einstellen. Mit Widerstreben unterwarf sich Aglaja, setzte den neuen Pädagogen aber nicht in den höheren Klassen ein, wie es sein Wunsch gewesen war, sondern in der ältesten Vorschulgruppe.

Und hegte unveränderten Argwohn gegen ihn. Ihr gefiel es nicht, was er seinen kleinen Schützlingen von irgendwelchen Fliegen Plappermäulchen, von hässlichen Entlein, Zicklein, Ferkeln und Wölfen erzählte.

»Wenn Sie ihnen schon von diesen Ferkeln erzählen«, belehrte sie ihn, »dann stellen Sie die Sache auf eine ideologische Basis. Erklären Sie ihnen, dass die Ferkel die Entwicklungsländer in Afrika, Asien und Lateinamerika sind, und der graue Wolf – wer ist das?«

»Wer denn?«, erkundigte sich Schubkin, der diesbezüglich seine eigenen Vorstellungen hatte.

»Der graue Wolf«, erklärte Aglaja, »das ist der amerikanische Imperialismus.«

»Aber die Kinder sind doch noch zu klein für solche Denkmuster«, hielt Schubkin dagegen.

»Das ist ja gerade das Gute, dass sie klein sind, kleine Kinder lernen leichter.«

Schubkin widersprach nicht länger, seinen Augen sah sie indessen an, dass er ihre Ansicht nicht teilte. Schlimmer noch, sie argwöhnte, dass er mit seinen Ferkeln ganz bewusst eine fremde Ideologie einschleuste. Und damit hatte sie – doch davon später – merkwürdigerweise im Großen und Ganzen Recht.

Schubkins Verhalten und sein Gedicht waren für Aglaja jetzt die Bestätigung, dass er nicht zufällig eine solche Vergangenheit hatte. Er hielt es nicht mehr für nötig, sich zu tarnen, und kam herausgekrochen aus seinem Versteck wie die Schabe aus der Ritze. Hatte seine Zicklein und Ferkel vergessen und war zu offenen Angriffen auf das Allerkostbarste übergegangen.

**12** Bald musste sie feststellen, dass Schubkin in seinen Bestrebungen nicht allein war. Im Kreisvolksbildungsamt, wo er abermals Klage führte, wurde ihre Anordnung nicht bestätigt. Sie beschloss, dem Amtsleiter einen Besuch abzustatten.

Beim Betreten seines Zimmers sah sie ihn unter Bildern Lenins und der Krupskaja sitzen. Bogdan Filippowitsch Netschitailo, ein älterer, trübsinnig dreinblickender Mann, trug ein Baumwolljackett und darunter ein dunkles Hemd mit geöffnetem oberstem Knopf. Zu der Zeit lebten noch viele Natschalniks auf Kreisebene unter dürftigen Verhältnissen und kleideten sich ärmlich. Denn ihr Gehalt war niedrig, und die Schmiergelder vertranken sie auf der Stelle. Was für Schmiergelder konnte allerdings der Leiter des Kreisvolksbildungsamtes schon bekommen?

Der unrasierte angetrunkene Netschitailo faltete seine *Prawda* so zusammen, dass unter den tabakgelben Fingern eine Art Büchlein entstand.

»Ich möchte zu Ihnen«, sagte Aglaja, plötzlich zaghaft geworden, und blieb an der Tür stehen.

»Das sehe ich, dass Sie zu mir wollen«, sagte Netschitailo mit sonderbarer Dialektfärbung. »Hier«, er drehte den Kopf hin und her, »ist niemand außer mir. Und womit, Aglaja Stepanowna, kann ich Ihnen zum Beispiel dienen?«

Während Aglaja ihr Anliegen vortrug, wurde er mit seinem Büchlein fertig, riss ein Blättchen heraus, bog es zu einer kleinen Rinne und griff nach dem vor ihm liegenden seidenen Beutel, auf den in ausgeblichener Schnörkelschrift der Spruch »Rauche und huste nicht« gestickt war. Dieser Beutel enthielt Tabak Marke Eigenbau, den Netschitailo trocknete und klein schnitt. Verarbeitete man die Wurzeln mit, ergab solcher Tabak verhältnismäßig schwachen Machorka, verwendete man aber nur die Blätter, wurde der Tabak so stark, dass selbst Kettenrauchern die Luft wegblieb und ihnen Tränen aus den Augen spritzten wie bei Zirkusclowns. Dieser Tabak trug in der Volkssprache die Bezeichnung »Samson« und hatte, einer verbreiteten Überzeugung zufolge, die Wirkung, dass er bei den jungen Rauchern den Geschlechtstrieb erhöhte, während er die alten schläfrig machte. Freilich war schwer vorstellbar, dass jemand, der regelmäßig dieses Gift rauchte, reelle Chancen haben konnte, alt zu werden. Netschitailo entnahm seinem Tabaksbeutel eine ordentliche Prise »Samson«, streute sie gleichmäßig in die Rinne, bespeichelte den Papierrand und biss mit den Vorderzähnen darauf herum, um die Klebefähigkeit zu erhöhen, rollte eine pralle Selbstgedrehte von Daumenstärke zusammen und langte sein aus einer Gewehrpatrone gefertigtes Feuerzeug aus der Tasche.

»Noch von der Front«, sagte er zu Aglaja und schlug mit dem Rädchen Feuer. Es stank nach miesem Tabak und verbranntem Papier. Mit hervorquellenden Augen versuchte Netschitailo seine Selbstgedrehte zum Brennen zu bringen, blies die Wangen auf, zog sie wieder ein, brachte Geräusche hervor wie eine Lokomotive: »Uch-puch-uch-puch-puch.«

Netschitailo schnaufte, der Tabak prasselte und schoss, Funken stoben nach allen Seiten. Endlich hatte er es geschafft, sog den Rauch genussvoll ein, bekam einen Hustenanfall, krächzte wie in Todesqualen und verschwand vorübergehend in einer dunkelgrauen Rauchwolke.

»Ich frage Sie also«, schloss Aglaja ihren Bericht ab, »kann man einen Menschen wie Schubkin zur Erziehung unserer sowjetischen Kinder zulassen?«

»Ich denke, man kann«, war aus dem Qualm zu hören, der sich langsam lichtete, bis Netschitailo aus ihm auftauchte wie ein Flugzeug aus einer Wolke. »Ich denke, man kann«, wiederholte er, wobei er die Selbstgedrehte in der Linken hielt und mit der Rechten den Rauch wegwedelte, »und überhaupt würde ich es etwa so sagen, Genossin Rewkina. Die Partei hat jetzt, wie Sie wissen,

Kurs auf einen behutsameren Umgang mit den Kadern genommen. Nicht so wie früher – beim geringsten Anlass gleich Rübe ab. Mit den Menschen muss man doch, möchte ich sagen, human umgehen. Erst recht mit solchen wie Schubkin. Das ist doch ein Mann, kann man sagen, mit einzigartigem Intellekt. Er hat doch zwei Hochschulabschlüsse, spricht zwölf Sprachen fließend und beherrscht die übrigen mit Wörterbuch. Und sein Gedächtnis, na, das ist einfach sagenhaft. Er weiß, kann man sagen, die *Odyssee* auswendig«, Netschitailo bog den kleinen Finger ein, »die *Ilias*«, er bog den Ringfinger ein und setzte, mit Einbiegen der restlichen Finger, seine Aufzählung fort: »*Eugen Onegin*, das Mendelejewsche Periodensystem, die ›immergrüne‹ Schachpartie, Gorkis *Lied vom Sturmvogel*, das vierte Kapitel der *Geschichte der KPdSU (B)* und Lenins Schrift *Was sind die ›Volksfreunde‹?*. Ich wollte es selbst nicht glauben, Aglaja Stepanowna, ich habe mitgelesen – Wort für Wort kann er's hersagen. Kein Kopf ist das, kann man sagen, sondern ein Ministerrat.«

»Genosse Stalin hat uns gelehrt«, versetzte Aglaja, »dass der Feind, je klüger er ist, eine umso größere Gefahr darstellt.«

»Ach, was erzählen Sie mir vom Genossen Stalin.« Bogdan Filippowitsch seufzte, tat einen neuen Zug und bekam einen neuen Hustenanfall, dass er sich, über den Tisch gebeugt, an die Brust fasste. »Beim Genossen Stalin«, er hustete wieder, »das wissen wir ja jetzt, hat es auch gewisse Fehler gegeben. Sogar im Krieg, da erfolgte die Truppenführung bei ihm nach dem Globus. Dreht den Globus und sagt, diese Stadt ist zum Jahrestag des Oktober zu nehmen und die da zum Tag der Roten Armee. Wie sie genommen wird, von welcher Seite vorzurücken, welche Reserven heranzuziehen sind, das, sagt er, ist nicht meine Sache, ich, sagt er, bin der Oberbefehlshaber und leite von oben. Verstehen Sie? Über die Details, sagt er, da soll sich mal Shukow den Kopf zerbrechen oder Tolbuchin.«

»Unsinn!«, entrüstete sich Aglaja. »Genosse Stalin war ein Genie und hat sich persönlich über alle Details ins Bild gesetzt.«

»Ach was«, Netschitailo machte ein gelangweiltes Gesicht, »ich werde mich mit Ihnen, Aglaja Stepanowna, auf keinen ideologischen Streit einlassen. Zumal die Führung unserer Partei eine andere Auffassung vertritt.«

»Hast du«, Aglaja ging unvermittelt zum Du über, »eigentlich eine eigene Meinung?«

»Habe ich«, versicherte ihr Netschitailo. »Aber wie bei jedem ehrlichen Kommunisten unterscheidet sie sich bei mir nicht von der Meinung der obersten Führung. Und deshalb betrachte ich Ihre Anordnung über die Entlassung Schubkins, nun, wie soll ich es sagen, als unwirksam. Das bedeutet«, zog er entschlossen den Schlussstrich, »dass er morgen früh seinen Dienst wieder antreten kann.«

Aglaja begriff, dass die Fortsetzung des Gesprächs zwecklos war, und erhob sich.

»Na gut!«, sagte sie mit einem drohenden Unterton, den sie sich hätte sparen können. »Gut!«

Und als sie hinausging, schlug sie die Tür extra laut zu.

Netschitailo wartete, bis sie sich entfernt hatte, sagte »dumme Gans« und ging kopfschüttelnd daran, sich eine neue Selbstgedrehte zu basteln.


**13** Diesmal unterwarf sich Aglaja dem übergeordneten Organ nicht und verwehrte dem Entlassenen die Wiederaufnahme seiner Arbeit. Unannehmlichkeiten waren die Folge. Porossjaninow lud sie vor, setzte sie in einen weichen Ledersessel, ließ Tee mit Kringeln und Zitrone bringen. Aufseufzend begann er dann das Gespräch:

»Ach, Aglaja Stepanowna, ruheloses Partisanenblut. Willst du mit dem Kopf durch die Wand? Du magst diesen Schubkin nicht – ja, wer mag ihn schon? Ich jedenfalls mag ihn auch nicht, offen gesagt, kann ich persönlich ihre ganze Nation nicht verknusen. Und was da oben vor sich geht, das passt mir auch nicht. Stalin hat dreißig Jahre an der Spitze des Staates gestanden, wir haben ihn in den Himmel gehoben. Als Genie, als Koryphäe, als Generalissimus. Und nun soll er also Kirow ermordet, die Bauernschaft ruiniert, fast die ganze Intelligenz eingesperrt, die Armee enthauptet, die Partei vernichtet haben. Und wir beide, was sind wir, etwa nicht die Partei?«

»Genau!«, rief Aglaja erfreut. »Davon rede ich ja.«

»Davon reden alle. Aber untereinander, im Flüsterton. In der Öffentlichkeit haben wir die Linie der Partei zu unterstützen. Wie sie auch sein, welche Wendungen sie auch nehmen mag, wir sind Kommunisten, wir stimmen mit Ja.«

»Prinzipienlos?«, wollte Aglaja wissen.

»Vorbehaltlos«, sagte Porossjaninow.

Aglaja war im Begriff aufzubrausen, zu widersprechen, und zwar ziemlich heftig, doch da ging die Tür auf, und das Zimmer betrat geräuschlos, gleichsam ohne seine Beine zu bewegen, der erste Sekretär des Kreiskomitees Netschajew. Er gab Porossjaninow, der aufsprang, und Aglaja, die er behutsam zum Sitzenbleiben veranlasste, die Hand, fragte: »Ich störe doch nicht?«, nahm auf dem Sofa Platz und verharrte still wie ein Reisender, der sich bis zum Eintreffen seines Zuges auf eine längere Wartezeit einrichtet. Mit einem Gesichtsausdruck, als gehe ihn das hier nichts an.

»Kurz gesagt, Genossin Rewkina«, fuhr Porossjaninow fort, »es geht nicht um Schubkin, sondern um die Linie der Partei. Die Partei hat Kurs genommen auf die Überwindung des Personenkults Stalins. Der, das wissen Sie genauso gut wie ich, viele schwere politische Fehler begangen hat. Er hat das Land als Alleinherrscher regiert, die Bauernschaft ruiniert, die Armee enthauptet, die Verfolgungsaktionen gegen die Intelligenz geleitet, praktisch die gesamte Elite der Partei vernichtet und den Lobeshymnen auf seine Person Vorschub geleistet. Jetzt sagt die Partei dem Volk mutig die volle Wahrheit – und wie stellen Sie sich dazu?« Porossjaninow sah Aglaja aufrichtig in die Augen. »Sind Sie etwa gegen die Wahrheit?«

»Wem sagst du das?«, fragte Aglaja verwundert, hatte Porossjaninow doch eben noch das Gegenteil erzählt.

»Ihnen sage ich das«, Porossjaninow warf einen raschen Blick zu Netschajew, »Ihnen sage ich, dass bei uns das Prinzip des demokratischen Zentralismus gilt, und das verlangt, dass die einfachen Kommunisten, wenn die Partei einen Beschluss gefasst hat, diesen umsetzen. So sieht es aus.«

Netschajew stand auf und ging ebenso leise hinaus, wie er hereingekommen war. Aglaja sah ihm nach und richtete ihren Blick dann auf Porossjaninow. Der nahm – offenbar war die Szene doch aufregend für ihn gewesen – einen Kringel aus der Schale, zerbrach ihn, nahm einen zweiten, zerbrach auch ihn, nahm einen dritten, sah Aglaja an:

»Also, was ist, Aglaja Stepanowna?«

»Was soll sein?«, fragte sie.

»Wirst du Reue zeigen?«

»Ich?«

»Nimm dir ein Blatt Papier und schreib: ›Ich, Aglaja Stepanowna Rewkina, war etwas verwirrt und habe den neuen Kurs der Partei nicht begriffen, nicht die Weisheit der Parteibeschlüsse erkannt, das bereue ich zutiefst und verspreche feierlich, künftig nie mehr so zu handeln.‹«

»Ist das dein Ernst?«

»Genossin Rewkina«, sagte Pjotr Klimowitsch, indem er sich erhob, »bei uns, in diesen Zimmern, das wissen Sie selbst, wird nicht unernst gesprochen. Ich rate Ihnen sehr, sich die Sache zu überlegen.«

»Chamäleon!«, sagte Aglaja und ging hinaus. Die ihr hingestreckte Hand übersah sie.

Kurz darauf erhielt Aglaja eine strenge Rüge wegen Zuwiderhandlung gegen Parteibeschlüsse und wurde zurückgestuft zur einfachen Erzieherin wie Schubkin. Was sie schrecklich kränkte.

14 Über ihren Verdruss beklagte sich Aglaja bei ihrem Sohn Marat, der in Moskau am Institut für internationale Beziehungen studierte. Dem Brief der Mutter entnahm er, dass es

weniger die persönlichen Unannehmlichkeiten waren, die ihr Kummer bereiteten, als der allgemeine Lauf der Dinge. »Du weißt«, schrieb sie, »dass wir beide, dein heldenhaft ums Leben gekommener Vater und ich, uns niemals geschont haben, ich schone mich auch jetzt nicht, aber es ist beschämend für mich, es treibt mir Tränen der Scham in die Augen, wenn ich mit ansehen muss, wie gewisse Leute heute in den Schmutz ziehen, was sie gestern in den Himmel gehoben haben. Als Stalin noch lebte, kann ich mich an keinen einzigen Fall erinnern, dass jemand gesagt hätte, ihm würde etwas an Stalin nicht gefallen. Wie aus einem Munde kam es: Genius. Großer Heerführer. Vater und Lehrer. Koryphäe aller Wissenschaften. Haben sie denn alle selbst nicht geglaubt, was sie sagten? Haben sie denn alle gelogen? Ich begreife nicht, ob diese Leute damals aufrichtig waren oder ob sie es jetzt sind. Und wie kann es einen gleichgültig lassen, das unter deinen Altersgefährten, unter der Jugend der Glaube an das Heiligste, an die Gerechtigkeit unserer Sache untergraben wird!«

In ihrem langen Brief fragte sie mit keinem Wort danach, wie es ihm ging, wo und unter welchen Verhältnissen er wohnte, ob er gesund war, was er aß und trank, wie er seine Freizeit verbrachte. Stattdessen verlieh sie ihrer Überzeugung Ausdruck, dass niemand das Recht habe, über den Genius zu urteilen – oder gar Urteile zu fällen –, der dreißig Jahre lang an der Spitze des Staates gestanden, die Kollektivierung durchgeführt, die Opposition zerschlagen, das rückständige Land in eine Industriemacht verwandelt und einen welthistorischen Sieg über den Feind errungen habe.

Weiter äußerte sie ihr Missfallen darüber, dass aus den Lagern alle Volksfeinde herausgelassen worden seien, die, statt danke schön zu sagen, jetzt noch irgendwelche Rechte und Vergünstigungen einforderten und in einem fort davon redeten, sie hätten für nichts und wieder nichts leiden müssen. Möglich, dass sich darunter zufällig einzelne unschuldige Opfer befunden hätten, doch wo gehobelt würde, da fielen Späne – man könne doch nicht alle auf freien Fuß setzen, ohne sich die Leute anzusehen. »Haben wir etwa nicht leiden müssen?«, schrieb Aglaja. »Haben etwa nicht wir auf Essen und Schlaf verzichtet, waren die Kulakenstutzen etwa nicht auf uns gerichtet? Wenn einer ein paar Jahre im Gefängnis gesessen hat, so bekam er dort kostenlos zu essen und zu trinken, während dein Vater bedenkenlos sein Leben für die Heimat und Stalin hingegeben hat. Warum beschweren wir uns denn bei niemandem? Helden, die! Gelitten haben sie. So gelitten haben sie, dass sie die Tränen nicht zurückhalten können. Ich meine, wenn einer tatsächlich aus Versehen bestraft wurde, so besteht jetzt, da er im Lager degeneriert und mit antisowjetischem Geist infiziert worden ist, keine Veranlassung, ihn herauszulassen. Er ist ja inzwischen zum Feind geworden, und verfahren muss man mit ihm, wie man mit Feinden verfährt.«

Zu ihrer Verwunderung antwortete ihr der Sohn ziemlich kühl. Er schrieb, alle diese Probleme kümmerten ihn nicht, und wiederholte mit der Bemerkung, man müsse das Leben realistisch betrachten, fast wörtlich, was ihr Porossjaninow gesagt hatte.

Marat hatte mit seinen zweiundzwanzig Jahren die Praxis der realistischen Lebenseinstellung schon recht gut beherrschen gelernt und war mit Erfolg dabei, sich einzurichten. Nach sowjetischen Begriffen hoher Herkunft (die Parteiarbeiter galten als Avantgarde der Arbeiterklasse), studierte er an einem der begehrtesten und nicht jedem zugänglichen Institute. Konnte er auch mit keinen besonderen Fähigkeiten glänzen, besaß er doch einen wachen Verstand. Schnell fand er heraus, dass er, als Sohn von Parteileuten mit den üblichen Privilegien ausgestattet, zwar keine Probleme gehabt hatte, an dem Institut anzukommen, unter den Studenten jedoch ein engerer Kreis existierte, der ihm völlig verschlossen blieb. Die Kinder von hoch gestellten Amtsträgern, Generälen, Ministern, ZK-Mitgliedern, lebten ein ganz anderes Leben und konnten sich wesentlich mehr erlauben als ihre Kommilitonen. Sie schwänzten Lehrveranstaltungen, zechten, fuhren mit Papas Auto durch die Gegend, veranstalteten Orgien mit Mädchen auch außerhalb ihres gesellschaftlichen Kreises, die manchmal damit endeten, dass diese vergewaltigt wurden, eine stürzte sogar vom Balkon. Zunächst sah es danach aus, dass die Sache Staub aufwirbeln würde, doch dann verlief sie im Sande. Sie wurde sehr geschickt niedergeschlagen mit der Erklärung, das Mädchen sei depressiv gewesen. Bei harmloseren Vorkommnissen blieben sie ganz und gar ungeschoren. Marat wusste: Was ihnen erlaubt war und nachgesehen wurde, würde ihm nie und nimmer erlaubt sein und nachgesehen werden. Ebenbürtigkeit mit ihnen zu erreichen oder sie gar zu übertreffen lag im Bereich des Möglichen, doch dazu musste man sich anderweitig erfolgreich zeigen, dort Punkte sammeln, wo diese Tunichtgute ihre Chance vergaben, weil sie auf ihren Papa setzten, ohne zu begreifen, dass ihr Papa heute ein hohes Tier und morgen ein Nichts war und sie dann zusammen mit ihm ein Nichts sein würden. Marat zog die richtigen Schlussfolgerungen und verhielt sich dementsprechend. Er führte ein bescheidenes Leben, besuchte einen wissenschaftlichen Studentenzirkel, hielt langweilige Vorträge, beteiligte sich aktiv am Komsomolleben, bereitete sich auf den Parteieintritt vor. Das Studium bereitete ihm einige Schwierigkeiten, aber er gab sich Mühe, da er erkannt hatte, dass für die künftige Karriere wichtiger als die Studienergebnisse das Bemühen war – die Vorgesetzten hatten es gern, wenn einer sich Mühe gab, mit offenem Munde lauschte und Aufzeichnungen machte. Und die waren bei ihm so, dass man sie glatt ins Museum hätte geben können. Saubere, ordentlich geführte Hefte, in Zeitungspapier (*Prawda*) eingeschlagen, die Schrift gerade und regelmäßig, wichtige Gedanken rot unterstrichen, was bewies, dass er nicht nur mitgeschrieben, sondern seine Aufzeichnungen durchgelesen hatte. Marat machte auch die Erfahrung, dass aktive Beteiligung am gesellschaftlichen Leben höher bewertet wurde als eifriger Wissenserwerb. Er wusste, dass es notwendig war, mit den Leuten auszukommen, sich von nüchterner Überlegung statt jähen Impulsen leiten zu lassen und daran zu denken, dass im realen Leben nicht geschriebene Gesetze, sondern ungeschriebene Verhaltensregeln maßgeblich sind.

Diesen Gedanken hatte nicht er formuliert, er stammte vom stellvertretenden Außenhandelsminister Salkow, Vater des Mädchens Soja, um das er sich bemühte. In seinem Werben um Soja richtete er sich denn auch in erster Linie nach diesen Regeln. Bei seinem Karrierestart wurde ihm klar, dass die Zeit der Fanatiker vorbei war. Selbst die Parteimenschen mochten sie nicht. Sie verspürten kein Verlangen, die Nächte durchzuarbeiten, wie es früher gang und gäbe gewesen war, weil der Vater der Völker möglicherweise plötzlich eine Information oder sonst was brauchte, sie hatten es satt, in ständiger Angst zu leben. Jetzt waren die Zeiten fürs Karrieremachen nicht mehr so gefährlich wie früher, dafür jedoch schwieriger, es galt, Flexibilität zu beweisen und sich mit dieser oder jener Position Zeit zu lassen, solange nicht alle Unwägbarkeiten auszuschließen waren.

Passé war auch, wie Marat erkannte, die Zeit allzu schlichter Kleidung – Russenhemden, Uniformbluse, halbmilitärische Jacken, Tuchmäntel, Stiefel mit hohen Schäften. Er achtete darauf, nach Möglichkeit vernünftige Kleidung zu tragen und rechtzeitig zu einem teuren Friseur zu gehen, er pflegte sich sogar dezent zu parfümieren. Soja gegenüber erlaubte er sich keine saloppe Redeweise, wie sie unter den jungen Männern seiner Umgebung üblich war, sondern legte im Gegenteil eine gewisse altmodische Galanterie an den Tag. Womit er sie letzten Endes für sich gewann.

**15** Was wollte Aglaja von anderen verlangen, wenn der leibliche Sohn kein Verständnis zeigte. Sie fühlte sich gekränkt und schrieb ihm fortan seltener und kühler.

Ihr Verhältnis zu den Kollegen im Kinderheim war gespannt, zum Teil regelrecht feindselig. Niemand lächelte ihr zu wie früher, niemand riss sich darum, ihre Bitten zu erfüllen, selbst die Sekretärin Rita quetschte ihren Gruß durch die Zähne. Schubkin hatte indessen noch mehr Aufwind bekommen. Er durfte den Literaturunterricht in den höheren Klassen übernehmen, und die Siegermiene, mit der er das Kinderheim betrat, entsprach vollauf seiner Stellung.

Der neue Direktor Wassili Iwanowitsch Tschirkurin, den nichts als der Wodka interessierte, ließ Schubkin freie Hand, was der weidlich zu nutzen wusste. Er unterrichtete nicht nur in den höheren Klassen Literatur, sondern rief auch den Literaturzirkel »Brigantine« ins Leben, leitete den nach Meyerhold benannten Theaterzirkel und redigierte weiterhin die Wandzeitung »Glückliche Kindheit«.

Obwohl Aglaja niemals eine Denunziantin gewesen war und Denunziantentum ablehnte, hielt sie es für ihre Pflicht als Parteimitglied, den neuen Direktor wiederholt darauf hinzuweisen, dass Schubkin seine Stellung dazu missbrauche, den Schülern »uns fremde Ideen« einzuimpfen. Im Literaturunterricht und bei den Zusammenkünften des Literaturzirkels äußere er sich ironisch über die Methode des sozialistischen Realismus, propagiere Schriftsteller, die einen zweifelhaften Ruf besäßen und dem Realismus fern stünden, singe Loblieder auf solche von der Partei verurteilte Literaten wie Soschtschenko, Achmatowa und Pasternak, rühme den von der sowjetischen Öffentlichkeit abgelehnten Roman *Der Mensch lebt nicht vom Brot allein* von Wladimir Dudinzew und gebe ihn seinen Zöglingen im Kinderheim zu lesen, schenke der westlichen Literatur übertriebene Aufmerksamkeit. Tschirkurin ignorierte diese Hinweise und winkte ab – Schubkin solle doch tun, was er für richtig halte. Zumal das Interesse der Schüler für Literatur deutlich gestiegen sei, die Leistungen sich verbessert hätten und es auch mit der Disziplin nicht mehr so hapere.

Für die Oktoberfeiertage bereitete Schubkin mit seinen Schülern ein großes Kulturprogramm vor, zu dessen Darbietung die Paten aus der Lederfabrik und dem Kolchos »Sieg« und natürlich alle Mitarbeiter des Kinderheims erschienen.

Auch Aglaja hörte es sich an. Sie hatte einen Mittelplatz in der dritten Reihe abbekommen, neben ihr saß der Vorsitzende des Kolchos »Sieg«, Stepan Charitonowitsch Schalejko, ein untersetzter kahlköpfiger Mann um die vierzig. Sie kannte ihn noch aus ihrer Zeit als Kreissekretärin. Er schien aus der gleichen Gegend zu kommen wie Netschitailo, was sie sprachen, war jedenfalls weder Russisch noch Ukrainisch. Seinerzeit war das als kleinrussische Mundart bezeichnet worden. In der Ukraine verwendet man dafür ein Wort, das Weizen- und Roggenhybride bedeutet. Schalejko erinnerte selbst an eine Hybride von Mensch und Pflanze, einen Baobab vielleicht – stämmig, knorrig, mit groben Gesichtszügen und einer Hängenase, die einer nicht ganz ausgereiften Aubergine glich. Gekleidet war er nach der etwas veralteten Mode der dörflichen Obrigkeit: Whipcordjacke mit aufgesetzten Taschen im Stalin-Look und Chromlederstiefel. Er roch nach Kölnischwasser, Marke »Chypre«, Schuhcreme, Schweiß und Landwirtschaft.

Schalejko begrüßte Aglaja höflich und erhob sich sogar leicht von seinem Platz.

»Lange nicht gesehen«, sagte er mit wohlwollendem Lächeln. »Wie geht's?«

»Geht so.« Aglaja zuckte die Schultern.

»Ich habe von deinen Unannehmlichkeiten gehört«, sagte er halblaut und seufzte. »Du bist ein prinzipienfester, unbiegsamer Mensch. Jetzt aber ist die Zeit der Biegsamen. Derer, die sich anzupassen wissen. Umso mehr, als sich alles ändert. Hier ändert's sich, da ändert's sich.«

Er deutete mit den Augen irgendwohin nach oben. Sie folgte seinem Blick und sah die beiden Porträts über der Bühne. Dort hatten schon immer zwei Porträts von Sowjetführern gehangen. Bloß waren das früher Lenin und Stalin gewesen, jetzt aber … was für eine Dreistigkeit … Lenin und Chruschtschow – »dieser Glatzkopf«, wie sie Nikita Sergejewitsch zu nennen pflegte. Aglaja war zutiefst empört. Sie hatte sich schon mit den Attacken des Glatzkopfs auf Stalin abgefunden, doch dass er in seiner Unverfrorenheit so weit gehen würde, sich an die Stelle Stalins zu setzen, das hatte sie nicht erwartet. Dieser Kerl neben Lenin. Der übrigens auch ein Glatzkopf gewesen war und den sie, ohne es sich selbst einzugestehen, eigentlich auch nicht mochte.

Mitunter befiel Aglaja solche Wut, dass es sie buchstäblich schüttelte. Sie ballte die Fäuste, drückte zitternd die Ellbogen an den Körper und spürte, dass auch ihr Herz ungewöhnlich heftig pochte. Einmal versuchte sie sogar, ihren Zustand einem Neuropathologen zu erklären. Sie befürchtete, er könnte sie auslachen, doch er hörte ihr aufmerksam zu und riet, sich vor solchen Stresszuständen in Acht zu nehmen und sie zu meiden.

»Ich bitte um Entschuldigung«, sagte er, »aber als Arzt bin ich zur Offenheit verpflichtet. Ihr Problem ist, dass Sie von Bosheit erfüllt sind. Die Bosheit ist ein Gefühl, das vor allem den zerstört, in dem es aufkommt. Sie erleiden dieses Gefühl ja selbst. Ihr Herz und nicht das von irgendwem ist es, was da so pocht, und zwar völlig unnützerweise. Der dagegen, auf den Sie böse sind, braucht das gar nicht zu bemerken. Ich rate Ihnen sehr: Bemühen Sie sich, Ihre Bosheit loszuwerden, Ihren Mitmenschen mit mehr Güte zu begegnen, und zwar nicht derentwegen, sondern um Ihrer selbst willen.«

Den Rat des Arztes nahm sie ernst und gab sich Mühe, ihn mehr oder weniger zu befolgen, jetzt jedoch, da sie das Bild des Glatzkopfs sah, verlor sie die Selbstbeherrschung und begann wieder zu zittern wie in einem Anfall, obwohl ihr klar war, dass den Schaden allein sie hatte. Hätte wenigstens ein Teil ihres Gefühls den Glatzkopf erreicht, wäre er sicherlich verbrannt, auf der Stelle zu Asche zerfallen, doch ach! Ganz verwirrt, machte sie Anstalten, sich zu erheben, um hinauszugehen. Doch in dem Moment ging das Licht aus, auf der von einem Scheinwerferkegel angestrahlten Bühne erschien in zerknitterten Hosen und einer grauen Strickjacke Schubkin. Er blieb in der Mitte der Bühne stehen, blinzelte in den auf ihn gerichteten Lichtstrahl und sagte nach einer langen Pause leise:

»Habe fast den ganzen Erdenball gesehn …«[*]

Und verstummte.

»Er lügt«, flüsterte Schalejko Aglaja zu. »Lager hat er zu sehen bekommen und nicht den Erdball.«

[*] Die Übertragung der Majakowski-Verse folgt weitgehend der Übersetzung von Hugo Huppert. (A. d. Ü.)

»Ja, das Dasein ist schön«, fuhr Schubkin nachdenklich fort, »und das Leben ist gut.«

»Das sind Verse«, sagte Aglaja.

»Trotzdem lügt er«, sagte Schalejko.

Schubkin legte wieder eine Pause ein, bevor er plötzlich heftig loslegte, indem er die Luft mit der Rechten zerschnitt:

»Doch bei uns, in dem Kessel der lebendigsten Wässer, ist's noch tausendmal besser.«

Wie öde, dachte Aglaja. Stalin hatte von Majakowski gesagt, er sei und bleibe der beste, begabteste Dichter unserer Sowjetepoche. Stalin zu widersprechen, wagte sie nicht, doch war Majakowski nicht nach ihrem Geschmack. Wesentlich besser gefielen ihr Demjan Bedny und Michail Issakowski, Letzterer durch seine Liedtexte. Sie hörte nur mit halbem Ohr zu und sah an Schubkin vorbei.

Der sagte:

»Gassen ohne Maßen. Daran – Häuserreihn.«

Bei diesen Worten kamen hinter den Kulissen im Gänsemarsch Jungen und Mädchen der Vorschulgruppe hervor und liefen in lang gezogener Reihe über die Bühne – Darstellung der sich schlängelnden Straße.

»Mein – sind alle Straßen!«, schrie Schubkin. »Alle Häuser – mein!«

Die Kinder umringten ihn, er breitete die Arme aus, wie um alle an sich zu ziehen, und alle zusammen riefen frohlockend:

Schaufenster locken jeden.
Offen stehn die Kaufläden.
Im Vitrinenlichte –
Brot und Wein und Früchte.

Da sie eine Berührung spürte, senkte Aglaja den Blick und stellte fest, dass Schalejko sein Knie an dem ihren rieb. Bei anderer Gelegenheit hätte sie vielleicht sogar daran Gefallen gefunden, jetzt aber war ihr nicht danach. Schubkin führte sich auf der

Bühne auf, als feiere er den Sieg über sie. Sie sah Schalejko ins Gesicht und sagte:

»Nicht.«

Er fragte flüsternd:

»Was?«

»Wasser ist nass.«

Er schnaufte gekränkt und blickte zur Bühne, wo die jüngsten Schüler einen Matrosentanz darboten. Dann sang die mittlere Gruppe die Lieder *Grenada* und *Brigantine*, und die Ältesten spielten Ausschnitte aus irgendeinem Leninstück, das Schubkin offenbar selbst verfasst und dessen Hauptrolle er übernommen hatte. Als er wieder auf der Bühne erschien, geschminkt und mit Bart, ging ein Raunen der Verwunderung durch den Saal, so ähnlich sah er seinem Vorbild. Er wetzte über die Bühne, gestikulierte wild, kniff listig ein Auge zu, redete mit unrussischem Zäpfchen-R, klopfte Stalin (den mit angeklebtem Schnauzbart Sweta Shurkina spielte) auf die Schulter, nannte ihn Väterchen, hielt ihm seine Fehler vor und erklärte, mit dem Finger vor seiner Nase herumfuchtelnd:»Merken Sie sich das, Väterchen: Die Gesetzlichkeit gehört zu den allerwichtigsten Merkmalen des Sozialismus.«

Aglaja sah mit geballten Fäusten zur Bühne und dachte, den ärztlichen Rat vergessend: Ich hasse ihn!

Den zweiten Teil des Programms bestritt Schubkin allein – wieder mit Gedichten von Majakowski und anderen Lyrikern. Sie hörte die *Verse vom sowjetischen Pass*, ballte die Fäuste und dachte: Ich hasse ihn! Er trug *Anna Snegina* vor, deklamierte Auszüge aus *Wassili Tjorkin*, und sie dachte wieder: Ich hasse ihn! Und dann servierte er einen ideologiefreien modernistischen Quark. Von irgendeinem Leonid Martynow:

Was nur ist geschehn mit mir?
Ich sprech' allein mit dir,
Doch der Hall von meinen Worten
Tönt von andern Orten.
Klingt erst hinter dieser Wand

Und dann schon vom Waldesrand,
Wo ein nahes Haus noch stand,
Ehe es vernichtete ein Brand.
Überallher klingt er, wo Leben ist,
Weißt du, übel ist das nicht,
Weder fürs Seufzen noch fürs Schrein
Kann Entfernung ein Hindernis sein.
Erstaunlich, dieses laute Echo.
So, scheint es, ist diese Epoche,
So, scheint es, ist diese Ära.

Ich hasse ihn! dachte Aglaja, die Fäuste gegen die Knie gestemmt.

Doch bei den meisten fand das Programm Anklang. Es gab viel Applaus, und den stürmischsten erntete natürlich Schubkin.

**16** Nach der kulturellen Darbietung wurde im Arbeitszimmer des Direktors gefeiert, an zwei langen Tischreihen. Es ergab sich, dass Aglaja zwischen Schalejko und Schubkin zu sitzen kam. Mit Letzterem redete sie kein Wort und tat so, als bemerke sie ihn gar nicht. Sie wandte ihm den Rücken zu und begann Schalejko laut über seinen Kolchos zu befragen: wie die Ernte des Sommergetreides ausgefallen sei und ob sie viel Wintergetreide ausgesät hätten. Schalejko nannte ihr halblaut die wichtigsten Zahlen und befühlte unter dem Tischtuch mit der Hand ihr Knie. Sie schüttelte sie ab und wollte wissen, wie es mit der Viehwirtschaft stehe, ob die Kuhställe für den Winter abgedichtet seien.

»Versteht sich«, sagte Schalejko und schob seine Hand wieder vor. »Die Dächer sind gedeckt, die Wände verspachtelt, überall stehen Heizkörper.«

Sie wehrte ihn abermals ab und saß jetzt da, als wäre sie allein, goss sich selbst Portwein nach.

Bogdan Filippowitsch Netschitailo brachte einen Toast aus auf die Oktoberrevolution, auf die Partei, die erfolgreich die Folgen des Personenkults überwinde, auf den teuren Nikita Sergejewitsch Chruschtschow, der das Land auf dem Weg der Erneuerung führe. Besonders hob er Nikita Sergejewitschs Bemühen um die Wiederherstellung der leninschen Normen der sozialistischen Gesetzlichkeit hervor.

Tschirkurin hängte an diesen Trinkspruch den Vorschlag an, das Glas auf einen zu erheben, der für die Wiederherstellung der leninschen Normen der sozialistischen Gesetzlichkeit stehe, das heißt auf Mark Semjonowitsch Schubkin. Der, wie Tschirkurin sagte, der Partei nichts übel nehme …

»Der Partei nimmt man auch nichts übel«, fiel ihm Schalejko ins Wort.

»Das ist ja meine Rede«, stimmte ihm Tschirkurin bereitwillig zu. »Der Partei nimmt man nichts übel. Der Sowjetmensch hat seinen Stolz, er kann einem Nachbarn, einem Arbeitskollegen, seiner Frau, seinem Bruder, Vater und Mutter etwas übel nehmen, aber der Partei …«, er machte eine lange Pause, stülpte die Unterlippe vor und bewegte den Zeigefinger hin und her, »der Partei nie und nimmer. Und Mark Semjonowitsch tut das auch nicht. Das tust du doch nicht, Mark Semjonowitsch?«

»Auf keinen Fall«, erwiderte Schubkin. »Ich nehme nichts übel. Mehr noch, ich habe Lebenserfahrungen von unschätzbarem Wert gesammelt.«

»Man hätte ihm dazu noch länger Gelegenheit geben sollen«, konnte sich Aglaja der scherzhaften Bemerkung nicht enthalten.

»Was?«, fragte Schubkin, sich ihr zuwendend.

»Nichts«, sagte sie und drehte sich weg.

»Ja«, fuhr Tschirkurin in seiner Rede fort, »Mark Semjonowitsch dachte nicht an Übelnehmen, an Verbitterung, er zog sich nicht in sein Schneckenhaus zurück, sondern schaltete sich sofort und aktiv in die Arbeit und ins gesellschaftliche Leben ein. Er erzieht Kinder, gibt eine Zeitung heraus und hat auch das Laienkunstschaffen bei uns organisiert. Bald fahren wir zum Gebietsausscheid, und ich bin überzeugt, dass der erste Platz uns gehören wird.«

Diese Lobrede auf Schubkin fasste Aglaja natürlich als gegen ihre Person gerichteten Tadel auf, griff aber nicht mehr in das Gespräch ein. Die ausgebrachten Trinksprüche widerstrebten ihr allesamt, doch nach Trinken war ihr, und sie trank, ohne mit jemandem anzustoßen. Und je mehr sie trank, desto stärker fühlte sie sich auf sonderbare Weise zu Schubkin hingezogen, während Schalejko, der immer mal wieder zudringlich wurde, ihr mit seinem Gegrapsche auf die Nerven ging. Als sie zwei Gläser Portwein und das Dritte zur Hälfte geleert hatte, beugte sie sich nach rechts zu Schubkin und fragte:

»Freust du dich über deinen Sieg?«

»Nein, ich habe nicht gegen Sie gekämpft.« Schubkin ging nicht auf ihr Duzen ein, obwohl er drei Jahre älter war. »Mir ging es um die Prinzipien. Ihnen persönlich wünsche ich nichts Schlechtes.«

»Von wegen!«, meinte sie zweiflerisch. »Und ob du es mir wünschst. Wenn es in deiner Macht stünde«, sagte sie, zunehmend erregt, »würdest du bestimmt gründlich mit mir abrechnen.«

»Ich würde Sie lediglich von den Kindern fern halten«, sagte Schubkin, »und zwar so fern wie möglich. Mehr nicht.«

Unterdessen ging die Festlichkeit weiter. Nach dem Abendessen rückte man die Tische zusammen und begann zu Akkordeonmusik zu tanzen. Der Akkordeonspieler war Aglajas Nachbar Shorka Shukow, ein junger Leichtfuß mit langem Zottelhaar, der zu dem Abend eingeladen worden war, um für die musikalische Unterhaltung zu sorgen. Er saß auf einem Stuhl am Fenster, hatte sein Wodkaglas aufs Fensterbrett gestellt, nahm in den Pausen zwischen den Tänzen jedes Mal einen Schluck, bevor er weiterspielte, mit geschlossenen Augen, als schliefe er. Schalejko, der in seinen Annäherungsversuchen nicht nachließ, forderte Aglaja zum Tanzen auf, und sie tanzte einen Walzer mit ihm, ohne Spaß daran zu finden.

Dann sangen Schalejko und Netschitailo zweistimmig das Lied *Jungs, schirrt die Pferde aus*, und Netschitailos Frau Rada (auf Russisch »Sowjet«) bot die Arie »Ich bin ein Mädchen aus Poltawa und heiße Natalka« aus der Oper *Der Saporoshjer in Trans-danubien* dar.

Als dann Schluss war und die Mitarbeiter des Kinderheims in den verregneten kalten Abend hinausströmten, eilte Aglaja Schubkin nach, packte ihn, als er bereits das Tor passiert hatte, am Ärmel und sagte:

»Und ich würde dich ... hörst du, wenn es in meiner Macht stünde, würde ich dich Hundskerl mit der Pistole ... das ganze Magazin würde ich auf dich abfeuern.«

Und plötzlich riss sie ihn an sich, erdrückte ihn fast in ihrer Umarmung, er glaubte, sie wolle ihn würgen, und begriff nicht, dass sich in ihrer Anwandlung Hass und Begierde mischten, sie hätte ihn am liebsten umgebracht, und zugleich erfüllte sie das brennende Verlangen, von ihm niedergezwungen, zertreten, zerquetscht, förmlich breit gerollt zu werden, wie Teig auf einem Brett.

Er war kräftiger gebaut als sie, schließlich ein Vertreter des starken Geschlechts, mit recht gut entwickelten Muskeln – von der Holzfällerei. Diesem rasenden Weibsstück beizukommen erwies sich jedoch als gar nicht so einfach. Er versuchte vergeblich, sich loszureißen, sie zog seinen Kopf an sich und sog sich im Widerstreit der Gefühle an ihm fest wie in einem Kuss von unbezähmbarer Leidenschaft, presste dann aber die Zähne zusammen und biss ihm in die Unterlippe. Sie spürte das Blut und wollte im Vorgefühl von etwas Ungeahntem erneut zubeißen, doch er unterband dies mit einem groben Stoß, schleuderte sie weg, dass sie umfiel, sich das Knie aufschlug und den Strumpf zerriss, während er selbst, heftig blutend, entsetzt davonstürzte.

17 Mir tun die künftigen Generationen Leid, für die es unvorstellbar sein wird, dass es eine Zeit gegeben hat, da auf dem gesamten ausgedehnten Territorium der Union der Sozialistischen Sowjetrepubliken ein für alle dreihundert Millionen Menschen zählenden Völker, Völkerschaften und (mitunter ziemlich wilden)

Stämme verbindliches Gesamtsystem in jeder Beziehung als progressiv gewerteter Ansichten seinen Triumph erlebte, das die Bezeichnung Einzig Richtige Wissenschaftliche Weltanschauung trug.

Die Weltanschauung war die einzig richtige und wurde von der einzig existierenden (andere wurden nicht gebraucht) politischen Partei propagiert. Doch teilten sich die Mitglieder dieser Partei, die alle die Einzig Richtige Weltanschauung als einzig richtig anerkannten, in zwei einander feindselig gegenüberstehende Strömungen. Die eine Strömung bildeten die Marxisten-Leninisten und die andere die Stalinisten. Die Marxisten-Leninisten waren gute Marxisten. Sie wollten auf der Erde ein gutes Leben für gute Menschen und ein schlechtes für schlechte – doch in jedem Fall ein *der Weltanschauung* entsprechendes – einrichten. Und deshalb brachten sie die schlechten Menschen um und ließen die guten nach Möglichkeit am Leben. Die Stalinisten waren von demokratischer Wesensart, sie brachten ihre Opfer undifferenziert um, und *die Weltanschauung* betrachteten sie nicht als Dogma, sondern als Anleitung zum Handeln. Dementsprechend galten die Marxisten-Leninisten als Humanisten und Anhänger der Einzig Richtigen Weltanschauung, während die Stalinisten Anhänger Stalins und bereit waren, ihm zu folgen, wohin immer er sie führte.

Der Unterschied zwischen Mark Semjonowitsch Schubkin und Aglaja Stepanowna Rewkina bestand darin, dass er ein Marxist-Leninist und sie eine Stalinistin war. Doch beide propagierten, jeder auf seine Weise, die Einzig Richtige Wissenschaftliche Weltanschauung, die unser Admiral mit ERWW abkürzte und, als handelte es sich um ein japanisches Wort, Eiriwiwe aussprach.

Apropos Admiral.

Es wird Zeit, ihn genauer vorzustellen.

Alexej Michailowitsch Makarow trug seinen Spitznamen nicht etwa, weil er einer Admiralsfamilie entstammte. Auch nicht aus Berufsgründen – von Beruf war er Linguist und Literaturwissenschaftler. Auch nicht berufungshalber – seiner Berufung nach war er ein Intellektueller mit breitem Profil. Auch nicht seiner realen

Beschäftigung wegen – er war als Nachtwächter in einem Holzlager beschäftigt. Admiral wurde er auf Grund seiner Begeisterung für das Meer genannt, das er niemals zu Gesicht bekommen
hatte, über das er aber alles aus Büchern wusste. Aus Büchern
wusste er überhaupt alles über alles. Sogar noch mehr als Schubkin. Wenn ihn jemand fragte, woher seine derart umfangreichen
Kenntnisse stammten, antwortete er, er habe einfach Glück gehabt. Durch Kinderlähmung ans Bett gefesselt, habe er seinerzeit
weder Fußball noch Fangen spielen und auch nicht den Mädchen
nachlaufen können. Überdies habe es damals weder Fernseher
noch Computer noch das Internet gegeben. Glück habe er auch
damit gehabt, nicht in Amerika zur Welt gekommen zu sein. Dort
würde man sich für ihn etwas Elektrisch-Mechanisches ausgedacht haben, mit dessen Hilfe er sich hätte fortbewegen können
und vom Wissenserwerb abgelenkt worden wäre. Bei uns hingegen hätten sich ihm ideale Voraussetzungen geboten, nichts anderes zu tun, als eine solche Unmenge von Büchern zu lesen und
sich so viele Kenntnisse anzueignen.

In seiner Kindheit hatte Aljoscha Makarow wie viele zur Un-
beweglichkeit Verurteilte mit Vorliebe Beschreibungen von See-
reisen und Seeabenteuern gelesen. Begonnen hatte er natürlich mit
Jules Verne und Stevenson, bevor er tiefer in das Thema eindrang,
die Biographien aller einigermaßen bekannten Seefahrer las, die Geschichte der Entdeckung der verschiedenen Erdteile und die Darstellungen der Seeschlachten. Er kannte sämtliche Schiffstypen
von den antiken Galeeren bis zu den modernen Atomschiffen,
außerdem besaß er eine ganze Sammlung von Seehandbüchern,
doch vor allem war am Kopfteil seines Bettes ein Steuerrad befestigt, das ihm in der Kindheit half, die Meere und Ozeane seiner
Phantasiewelt zu durchfahren. Mit etwa achtzehn Jahren erholte
sich Aljoscha Makarow teilweise von seiner Krankheit, lernte es,
sich mit Hilfe zweier Stöcke fortzubewegen, machte seinen Stu-
dienabschluss (im Wesentlichen als Fernstudent) und schrieb sogar eine Dissertation zu einem sprachwissenschaftlichen Thema.
Sie fiel so glänzend aus, dass man ihn gleich zum Dr. habil. küren

wollte, doch stattdessen bekam er fünf Jahre Verbannung. So hatte es ihn von Moskau nach Dolgow verschlagen, wo er zunächst mit seiner Mutter und dann allein lebte. Einer literaturwissenschaftlichen Tätigkeit konnte er hier nicht nachgehen, und körperliche Arbeit war ihm ebenso wenig möglich, von der Rente aber hätte er nicht leben können. Gute Menschen verschafften ihm eine Anstellung im direkt gegenüber gelegenen Holzlager, wo er sich mit seinen Stöcken hinschleppen konnte, um hier die Nacht durch seinen Dienst zu verrichten.

Unser Admiral also, ein Mann mit enormem Wissen und gänzlich unabhängigen Ansichten, der sich zu allem seinen eigenen, originellen Standpunkt bildete, hielt bereits zu einer Zeit nichts von der Eiriwiwe, als kaum jemand so weit zu denken wagte. Unter seinem Einfluss begann ich mir ebenfalls Gedanken zu machen und zu bezweifeln, was mir bis vor kurzem noch unerschütterlich geschienen hatte. Ich überlegte, wieso eigentlich die Eiriwiwe als einzig richtig und überhaupt als wissenschaftlich gelten sollte und wieso um eines künftigen Volkswohls willen so viele Angehörige dieses Volkes umgebracht, verfolgt und zu Tode gequält werden mussten. Und ob es nicht vielleicht besser war, sich irgendeine Einzig Unrichtige Eiriwiwe auszudenken, mit der sich die Menschen schonender behandeln ließen. Bis heute sagen indessen die Anhänger der Eiriwiwe, dass die Theorie gut und die Praxis schlecht gewesen sei. Lenin habe sie richtig ausgearbeitet, von Stalin sei sie bloß falsch angewendet worden. Wer aber hat sie wo, in welchem Land richtig angewandt? Chruschtschow? Breshnew? Mao Tse-tung? Kim Il Sung? Ho Chi Minh? Pol Pot? Castro? Honecker? Wer? Wo? Wann?

Jetzt sind die der Eiriwiwe rückhaltlos Ergebenen natürlich weniger stark auf der Welt vertreten. Damals aber waren sie in den Weiten unseres Landes recht zahlreich, und einer von ihnen war Mark Semjonowitsch Schubkin, treuer Bekenner der Eiriwiwe, Schüler zunächst von Lenin-Stalin und später nur von Lenin. An dem jedenfalls hielt er lange und unbeirrbar fest. Die Treue zur Eiriwiwe und zu Lenin bewahrte sich Schubkin nicht nur bis zu seiner Verhaftung, sondern auch danach, während der nächtlichen Verhöre, ja selbst in den mit gemeinschaftlicher Waldarbeit verbrachten Jahren. Trotz Hunger und Kälte wurde er (bis zu einem gewissen Zeitpunkt) nicht eine Minute lang schwankend. Große und kleine Teufel führten ihn oft in Versuchung, um Zweifel in ihm zu säen, doch er erduldete alles wie Jesus Christus, an den er nicht glaubte.

Untersuchungsführer Tichonrawow schlug Mark Semjonowitsch sehr schmerzhaft mit einem zum Seil zusammengedrehten Handtuch, beschimpfte ihn mit den unflätigsten Ausdrücken, blendete ihn mit seiner Tischlampe, ließ ihn weder schlafen noch sitzen, und wenn Mark Semjonowitsch, der all das standhaft ertrug, auf das über ihm hängende Leninbild wies und den Untersuchungsführer mit Leninzitaten tadelte, erwiderte der: »Ich scheiße auf deinen Lenin.« Worauf Schubkin keine Gegenargumente von ausreichender Überzeugungskraft fand. Seine Standhaftigkeit bewahrte er indessen. Und kam ungebeugt aus dem Lager heraus, ungebrochen, ohne seinen Überzeugungen untreu geworden zu sein. Das bedeutete, dass er, den Worten des Admirals zufolge, als ebensolcher Dummkopf herauskam, wie er hineingegangen war. Einen plombierten Dummkopf nannte ihn der Admiral, das heißt einen mit Aplomb handelnden Dummkopf.

Ich gebe zu, die Urteile des Admirals erschienen mir manchmal zu krass. Und in Bezug auf Schubkin unverdientermaßen krass. Wenn einer durch Lager gegangen ist und trotz allem seinen Überzeugungen nicht untreu geworden ist – verdient das keine Achtung?

»Dummheit ist das, trotz allem«, gab der Admiral erbarmungslos zur Antwort, »besser gesagt, ist das schon keine Dummheit mehr, sondern Idiotie.«

Der Admiral behandelte Schubkin mit leichter Verachtung. Anfangs hatte er versucht, seinen Glauben an die Eiriwiwe und das Hauptidol zu erschüttern. Er erzählte Schubkin von deutschem Geld, von einem deutschen (übrigens plombierten) Eisenbahnwagen, von persönlich durch den »menschlichsten unter allen über die Erde gegangenen Menschen« angeordneten Erschießungen von Geistlichen und Prostituierten, von progressiver Paralyse, ausgelöst durch Syphilis, und vielem anderen, was damals nur wenigen bekannt war. Doch all das machte auf Schubkin nicht den geringsten Eindruck. Zumal er vieles selbst wusste. Die Taten seines Idols erklärte er mit den objektiven Umständen, mit harter Notwendigkeit und damit, dass sich Revolutionen nicht mit weißen Handschuhen machen ließen. Er empfahl dem Admiral, die gesammelten Werke Lenins zu studieren. »Dann«, sagte er, »wird selbst Ihnen klar werden, dass Lenin ein Genie war.« – »Wenn er ein Genie war«, widersprach der Admiral, »wieso hat er dann so einen unmöglichen Lagersozialismus errichtet?« Schubkin hielt dagegen: »Lenin wollte nicht das errichten, was ist, sondern etwas Besseres.« – »Aber ein Genie«, meinte der Admiral, »errichtet das, was es vorhatte, und nicht etwas anderes.« – »Lenin«, erklärte Schubkin, »konnte nicht die Trägheit der Bauernmasse absehen, die die Vorzüge des Sozialismus nicht begreifen würde, er konnte nicht absehen, dass kleinbürgerliche Elemente an die Macht gelangen würden, dass die Führung des Landes den von ihm gewählten Weg verlassen, von der NÖP abgehen, die Kollektivierung übereilt durchführen würde.« – »Aber als Genie«, beharrte der Admiral, »kann nur gelten, wer zur Voraussicht fähig ist. Um etwas nicht vorauszusehen, braucht man kein Genie zu sein. Etwas nicht voraussehen, das können wir alle.« – »Wladimir Iljitsch«, seufzte Schubkin, »wurde hundert Jahre vor seiner Zeit geboren.« – »Dem kann ich zustimmen«, der Admiral nickte bereitwillig, »aber in Ihrem Alter sollten Sie wissen, dass vor der Zeit Kümmerlinge geboren werden.« Schubkin hielt allen Angriffen des Admirals stand und blieb die ganzen sechziger und auch noch die halben siebziger Jahre der Eiriwiwe treu. Dabei handelte er geradezu in völliger Übereinstimmung mit dem Gebot Christi, der zu seinen Jüngern gesagt hatte: Gehet hin und predigt das Wort. Schubkin predigte Erwachsenen und Kindern, selbst den Kindern der Vorschulgruppe, er trichterte in die kindlichen Köpfe die Eiriwiwe in für sie fasslicher Form ein.

Zum Beispiel in Form von Märchen. Aglaja Stepanowna Rewkina hatte Recht, als sie Schubkin verdächtigte, dass er den scheinbar harmlosen Märchen, die er den Kindern erzählte, einen ganz und gar nicht harmlosen Sinn verleihe. Wenn er vom Wolf und den drei Ferkeln erzählte, hatte er nämlich nicht Aglajas Wünschen entsprechend den amerikanischen Imperialismus im Sinn und nicht einfach den Waldräuber, sondern Stalin, und hinter den Ferkeln verbargen sich bei ihm die treuen Leninisten – wofür er sie jetzt hielt – Trotzki, Bucharin und Sinowjew.

**18** Der erste Mensch in Dolgow, der Mark Semjonowitsch Schubkin kennen lernte, war die Bahnhofsbuffetiere Tonka Uglasowa, eine mittelgroße füllige Frau von fünfunddreißig Jahren mit melancholischen Augen und nicht eben leichter Vergangenheit. An einem stillen, mit Spinnfäden umwobenen Altweibersommertag stand sie, die üppige Brust auf dem Verkaufstisch und das Kinn in die Hände gestützt, gelangweilt in ihrem Buffet, als ein soeben dem Zug entstiegener Fahrgast in einem alten Armeemantel und einer aus gleichem Stoff genähten Mütze mit langen Ohrenklappen in ihr Blickfeld trat. Er nahm die Mütze ab, rieb sich mit ihr die Glatze (Tonka fiel gleich auf, dass er einen ungewöhnlich großen Kopf hatte) und fragte, wie viel die Krautpiroggen kosteten.

Tonka wollte schon gewohnheitsgemäß antworten: Gucken Sie doch hin, oder haben Sie vielleicht keine Augen? Und mit einer Kopfbewegung auf das Preisschild deutend, das direkt vor ihm stand. Doch als sie ihn ansah, überlegte sie es sich anders, nahm das Preisschild weg und sagte: vier Stück einen Rubel, obwohl sie das Doppelte kosteten. Warum so wenig, wollte er verwundert wissen. Sie zuckte die Achseln: Ist eben so.

»Geben Sie mir vier Piroggen und ein Glas Tee.«

»Mit Zitrone?«, fragte sie zuvorkommend.

Er fingerte in der Tasche und sagte:

»Kann auch mit Zitrone sein.«

»Zitronen sind nicht da«, meinte sie seufzend und zog die Schultern hoch.

Er nahm die vier Piroggen und den Tee und setzte sich an das Tischchen am Fenster, das auf die staubige kleine Grünanlage ging. In einer Blumenrabatte stand ein Lenindenkmal, das die vom Prototyp in Rasliw verbrachten Tage einfing. Ein gipserner Iljitsch hockte auf einem gipsernen Baumstumpf und schrieb in ein gipsernes Heft seine *Aprilthesen* nieder, unter ihm, den Rücken gegen den Sockel gelehnt, saß, vor sich hin dösend, ein betrunkener Mann mit einer Flasche, und gleich daneben weideten zwei Ziegen. Der Ankömmling betrachtete die Szenerie am Bahnhof, Antonina betrachtete den Ankömmling, und obwohl er die Piroggen auf zivilisierte Weise aß, ohne zu schmatzen, und den Tee in kleinen Schlucken trank, erkannte sie, dass er von *dort* kam. Wie sollte sie es auch nicht erkennen, lebte sie doch in einer Welt, in der Menschen den Weg *dorthin* antraten und *von dort* zurückkehrten oder auch nicht. Einer der bisher nicht Zurückgekehrten war Antoninas Angetrauter Fedja, der sie zunächst gnadenlos verprügelt und sich dann eine Geliebte zugelegt hatte, die er ebenso prügelte und schließlich mit dem Beil totschlug. Ihre Freundinnen hatten sie damals noch beglückwünscht: »Oh, Tonka, da hast du aber Glück gehabt. Wenn er die Liska nicht gehabt hätte, dann hätte er dich totgeschlagen.«

Der Ankömmling gehörte nicht zu denen, die ihre Probleme mit dem Beil zu klären pflegten. Solche wie er waren Antonina auch schon begegnet, sie wurden als »Politische«, »Kontras«, »Faschisten« bezeichnet, im Allgemeinen aber handelte es sich bei ihnen um kultivierte Leute.

Der Ankömmling aß seine Piroggen und trank dazu seinen Tee, sie betrachtete ihn, und aus irgendeinem Grund war ihr zum Weinen zu Mute. Einmal beugte sie sich sogar unter den Verkaufstisch und wischte eine Träne weg.

Das Billigangebot veranlasste den Ankömmling, noch vier Piroggen und noch ein Glas Tee zu nehmen und sich bei Antonina zu erkundigen, ob sie nicht wisse, wo man hier zeitweilig unterkommen könne. Und sie, da sie ein Zimmer in einer Baracke am Bahnhof hatte, sagte: bei ihr. Ohne lange zu überlegen, trug er seinen Koffer zu ihr, und fortan lebten sie zusammen.

Sie redete ihn mit »Sie« und mit Vor- und Vatersnamen an.

»Ein großes Köpfchen haben Sie, Mark Semjonowitsch«, sagte sie manchmal, wenn sie seinen Kopf an ihre gleichfalls nicht gerade kleine Brust drückte.

»Ein großes und kahles«, ergänzte Mark Semjonowitsch scherzhaft.

»Das ist gut so, dass es kahl ist, es hält die Läuschen ab. Und wenn sich doch mal eins drauf verirrt, rutscht es runter, weil es bei Ihnen steil ist wie …, na, wie …«

Und sie verstummte, weil ihr kein passender Vergleich einfiel.

Sie sorgte für ihn wie für ein kleines Kind. Seitdem er zu ihr gezogen war, trug er stets frische Hemden, gestopfte Socken und gebügelte Hosen. Keine drei Monate waren vergangen, als sich bei dem zum Gerippe abgemagerten ehemaligen Lagerinsassen Mark Semjonowitsch die Wangen rundeten und er ein Bäuchlein ansetzte. Er betrachtete es oft und zufrieden, und manchmal streichelte er es achtungsvoll. Alles, womit Antonina für ihn sorgte, tat sie uneigennützig, ohne eine Gegenleistung zu verlangen, weder Liebe noch Kirche, noch Standesamt, noch Treue. Wenn sie ihn so ansah, erfüllten sie Freude, weil es ihn gab, und Wehmut, weil sie sich keine Illusionen darüber machte, dass er kaum lange bei ihr bleiben würde.

Antonina war sich sehr wohl darüber im Klaren, dass sie ihrem Bettgenossen keine ebenbürtige Partnerin sein konnte, doch was ihr verborgen blieb: Gerade das war ihm recht so. Eine Ebenbürtige hatte er bereits gehabt. Ljalja hatte sie geheißen. Sie nannte ihn Markel, wusste sein Talent nicht zu schätzen, liebte dafür Fähnchen, Restaurants, Operntenöre und überhaupt einen extravaganten Lebensstil. Eine Ljalja, die am Herd stand, stopfte oder wenigstens Knöpfe annähte, war undenkbar. Zu Schubkins Glück hielt sie der Prüfung der langen Trennung nicht stand, wovon er

in seinem Lager in der Taiga der Chanten und Mansen aus einem
Telegramm erfuhr:

VERZEIH STOP HABE MICH VERLIEBT STOP WÜNSCHE
ERFOLG STOP FEST DRÜCKE HAND STOP LJALJA STOP

Antoninas Situation war also wesentlich günstiger, als sie es
sich vorstellen konnte.

Nachdem Mark Semjonowitsch Schubkin viele Jahre seines Le-
bens auf den Aufbau des Sozialismus unter besonders schwierigen
Bedingungen verwendet hatte, gab er sich jetzt redlich Mühe,
Versäumtes nachzuholen. Er kaufte eine gebrauchte deutsche
Schreibmaschine der Marke »Triumph-Adler« mit Breitwagen und
fehlenden Buchstaben (die deutschen Typen waren auf russische
Schrift umgebastelt worden, bloß hat das russische Alphabet mehr
Zeichen), mit seinen zwei linken Händen, wie er sie selbst bezeichnete, zimmerte er sich aus schlecht gehobelten Brettern und
Sperrholz einen wackligen, eben mit zwei linken Händen gemach-
ten Tisch zusammen, stellte darauf eine Tischlampe eigener Bau-
art – zurechtgebogen aus Aluminiumdraht, dazu ein Schirm aus
Zeitungspapier (*Iswestija*) – und verbrachte davor einen Großteil
seiner Freizeit. Die allerdings war bei ihm knapp bemessen. Von
morgens bis spätabends arbeitete er im Kinderheim, wo er auch
die Proben des von ihm selbst nach Meyerhold benannten Theaterzirkels und die Arbeit des Literaturzirkels »Brigantine« leitete
und überdies die Wandzeitung »Glückliche Kindheit« redigierte.
Kam er dann nach Hause, schaltete er als Erstes seinen Röhren-
empfänger »Rekord« ein, um »feindliche Stimmen« zu hören,
zündete sich eine Papirossa »Priboi« (Brandung) an, spannte vier
Blatt Papier mit Kohlebogen ein und hämmerte wie wild einen
neuen Prosa- oder Lyriktext in die Maschine. Er schrieb mehrere
Sachen zugleich: Gedichte, das Poem *Morgengrauen in Norilsk* –
eine allegorische Dichtung über die nach einer langen Winter-
nacht aufgehende Sonne –, den Roman *Holzeinschlag* über Häft-
lingsarbeit in der Taiga der Chanten und Mansen, Memoiren

unter dem Titel *Erinnerungsbilder durchlebter Jahre*, Artikel zu Fragen von Moral und Pädagogik, die er in großer Zahl an die Zentralblätter schickte, Briefe an das ZK der KPdSU und an Chruschtschow persönlich, die stets mit den Worten begannen: »Teurer und verehrter Nikita Sergejewitsch!« Antonina saß auf dem Sofa am Tisch und strickte für ihren Bettgenossen eine Mütze, da von dem, was in den Läden verkauft wurde, nichts auf seinen Kopf passte. Unsere Industrie steigerte die für sowjetische Durchschnittsköpfe berechnete Bruttoproduktion, Mark Semjonowitschs Kopf aber entzog sich mit Größe sechsundsechzig jeder Bruttoproduktion.

Von Zeit zu Zeit sah Antonina von ihrer Strickerei auf, um Schubkin neugierige Blicke zuzuwerfen. Manchmal grübelte er so intensiv über etwas nach, dass seine Augen gläsern wurden und sein Mund sich öffnete, so vergingen etliche Minuten, und aus Angst, Schubkin könnte irgendwohin entschwunden sein, von wo es kein Zurück gab, rief sie ihn an:

»Mark Semjonowitsch!«

Doch mitunter saß er dermaßen erstarrt da, dass ihn keine Rufe erreichten. Sie rief wieder und wieder, trat zu ihm, rüttelte ihn, schrie ihm ins Ohr:

»Mark Semjonowitsch! He!«

Er fuhr zusammen, sah sie mit Wahnsinnsaugen an, schrie auf: »Wie? Was? Was ist?« Dann kam er zu sich und fragte:

»Was hast du denn, Antonina?«

»Nichts«, erwiderte sie verlegen und erklärte mit seligem Lächeln: »Ich würde einfach gern wissen, Mark Semjonowitsch, worüber Sie immerzu nachdenken und sich den Kopf zerbrechen.«

»Ach, liebe Tonja«, antwortete Mark Semjonowitsch seufzend. »Mir scheint, dass unserer Partei die Gefahr eines neuen Thermidor und der kleinbürgerlichen Entartung droht.«

Da sie mit dem Wort »Thermidor« nichts anzufangen wusste, übernahm er es, ihr Bildung zu vermitteln, erzählte ihr von der Großen Französischen Revolution und von manch anderem, und alles vermischte sich: Literatur, Geschichte, Philosophie. Er trug ihr *Poltawa* auswendig vor, *Eugen Onegin*, das Poem *Wladimir Iljitsch Lenin*, gab ihr den Inhalt von Tschernyschewskis Roman *Was tun?* oder von Tommaso Campanellas *Sonnenstaat* wieder. In ähnlicher Weise war er seinerzeit um Ljaljas Bildung bemüht gewesen, doch die hatte, während er ihr etwas erzählte, sich bald die Lippen geschminkt, bald vor dem Spiegel ein neues Kleid anprobiert, bald ihn unterbrochen, um ihn ihre Gedanken über ein neues Stück wissen zu lassen, war bereitwillig ans Telefon gegangen und hatte überhaupt so getan, als ob sie das alles bereits wüsste. Antonina war eine viel dankbarere Zuhörerin. Mit offenem Mund und ohne zu blinzeln sah sie Mark Semjonowitsch an, wenn er im Zimmer auf und ab ging, ihr die Mythen der Antike erläuterte, von fernen Ländern, von Forschungsreisen und -reisenden, von Revolutionären, Träumern, Kämpfern für die Sache des Volkes, von Meeren, Gestirnen, künftigen Weltraumflügen berichtete. Freilich hatte sie, wie sie es selbst ausdrückte, einen Kopf mit einem Löchlein, durch das alles in besagten Weltraum entflog, und nichts blieb hängen. An diesem Löchlein lag es, dass er Antonina ein und dieselbe Geschichte unzählige Male erzählen konnte und sie jedes Mal mit der gleichen Aufmerksamkeit zuhörte.

Doch nicht nur Aufklärung betrieb Schubkin mit seiner Antonina. Morgens erschien sie verträumt zur Arbeit, übermüdet, mit Augenringen. Die Bahnhofskassiererin Sina Truschina fragte neidisch:

»Na, wie war's?«

Tonka beantwortete die Frage weder mit der Rezitation von Gedichten noch mit der Wiedergabe der Utopie Campanellas, auch von möglichen Flügen zu anderen Welten sprach sie nicht. Sie schüttelte den Kopf, kniff die Augen zusammen und sagte mit gesenkter Stimme:

»Hat 'n die ganze Nacht nicht rausgenommen.«

»Und prügelt er dich?«, wollte Sina einmal wissen.

»Wie kommst du darauf!«, entrüstete sich Tonka. Und nachdem sie sich umgesehen hatte, erklärte sie flüsternd und nicht ohne Stolz: »Ist doch ein Jüdchen!«

**19** Im Sommer 1957 starb Aglajas stiller Nachbar Saweli Artjomowitsch Teluschkin. Im Zimmer des Verstorbenen fand sich, abgesehen von einem einfachen Eisenbett, einem Küchentisch aus Kiefernholz und einem Hocker, nichts an Möbeln und Wertgegenständen. Als man jedoch die Matratze aufschlitzte, kam ein regelrechter Schatz zum Vorschein: Uhren, Armspangen, Ohren-, Finger-, Eheringe, ein silbernes Zigarettenetui, ein mit Goldkronen voll gestopfter Beutel und eine Medaille »Goldener Stern«, die tatsächlich aus Gold war, aber ohne Nummer, mithin eine Fälschung. Woher der Tote diese Wertgegenstände hatte, wussten nicht einmal die Mitarbeiter des KGB. Bei Vollstreckung der Höchststrafe unterlag die Habe der Erschossenen der Beschlagnahme, und wenn sich jemand daran vergriff, so waren es natürlich nicht die Urteilsvollstrecker, sondern höhere Chargen. Nach Teluschkins Tod versuchten die Tschekisten angeblich, die Herkunft seiner Reichtümer zu ermitteln. Zu diesem Zweck erschien im Haus in der Komsomolgasse von Zeit zu Zeit ein Mitarbeiter der Organe, der sich mit dem fiktiven Namen Wassili Wassiljewitsch vorstellte, die Runde durch die Zimmer machte und die Nachbarn befragte, was sie von der Lebensweise des Toten wüssten, doch sie erinnerten sich einzig daran, dass er ein stiller, verträglicher Mann gewesen sei und, wenn er jemandem begegnete, »Wünsche Wohlergehen« oder »Gutes Gesundheitchen« gesagt habe. Was er an Einrichtungsgegenständen hinterließ, war, wie gesagt, kärglich. Die Wände indessen waren voll gemalt mit Sprüchen weltbekannter Leute und eigenen Gedanken des Verfassers, der sich in seinem Geschreibsel einer ausgefallenen Grammatik bediente: Die Vokale fehlten zum Teil oder waren falsch. Zum Beispiel stand da: »Richtg ist die Labnsauffessung nach Strowskis Romn *Wie der Stahl gehärtet wurde.*« »Der russisch Mansch woiß sich immr zu behaptn.« »Die Kindr sind ansre Zukonft.« »Der 18. Augst ist dr Tog unsrer köhnen Fliegr.« »Der Mansch gestoltet die Ntur um.« »Die Lieb zweschen Mann und Frou ist eine Krankhet und ein Leidn des Orgnismus.« »Aufm Mars gebt's kein Labn« und »Das Teurste, was dr Mansch besatzt, ist das Labn«.

Um Teluschkins Zimmer kämpften viele, doch zugewiesen bekam es als Opfer unbegründeter politischer Repressalien der auf keiner Wohnungsliste stehende Mark Semjonowitsch Schubkin.

# 20

Schubkin zum Nachbarn zu bekommen konnte Aglaja natürlich nicht behagen. Partiell wurde dieses Ereignis indessen durch ein noch unangenehmeres überschattet – das Juli-Plenum der KPdSU von 1957 und die eilig einberufene Kreisparteikonferenz, zu der auch Aglaja eingeladen wurde. Der eigens angereiste Mitarbeiter des Gebietskomitees Schurygin brachte den Genossen eine beunruhigende Nachricht. In Moskau war eine parteifeindliche Fraktion entlarvt worden, der nicht irgendwer, sondern Mitglieder des Präsidiums des ZK der KPdSU, die Gen. Malenkow, Molotow und Kaganowitsch, angehörten. Dazu Schepilow, der sich ihnen, wie es in der offiziellen Verlautbarung hieß, zugesellt hatte. Nach der parteibürokratischen Grammatik jener Zeit war »Gen.« eine Abkürzung des Wortes »Genossen«, bezeichnete allerdings nicht Genossen allgemein, sondern nur die schlechten. Wenn gesagt werden sollte, dass gute Genossen gesprochen hatten, zum Beispiel die Genossen Chruschtschow, Mikojan oder wen es da noch so gab, wurde das Wort ausgeschrieben, ging es jedoch um schlechte Genossen, so schrieb man nicht »Genossen«, sondern »Gen.« (eine Beziehung zur TT-Pistole[*] hatte die verwendete Abkürzung nicht, aber im Unterbewusstsein wurde sie doch irgendwie damit assoziiert). Und was den anlangte, der »sich ihnen zugesellt« hatte, so wurde er umgehend zum Helden zahlreicher Witze und diese Formulierung bei den Alkoholikern der ganzen Sowjetunion im Allgemeinen und in Dolgow im Besonderen zur stehenden Wendung. Diese Gattung machte ihn großmütig zu einem der ihren, und wenn sich zwei in einer Wodkaschlange zusammenfanden, wandten sie sich an einen po-

[*] Wegen »t. t.« als Kurzform des Plurals von »towarischtschi« – Gen. (A. d. Ü.)

tentiellen dritten Saufkumpan mit der Frage: »Willst du Schepilow sein?« Das hieß: Willst du dich uns zugesellen? Vermutlich kam dieser Scherz irgendwann dem Gen. Schepilow zu Ohren, und es muss ärgerlich für ihn gewesen sein, dass jeder Alkoholiker, der einen Rubel in der Tasche hatte, wenigstens für kurze Zeit Schepilow werden konnte.

Der Kern des in der Führung der KPdSU ausgebrochenen Konflikts (jetzt erinnert sich kein Mensch mehr daran) bestand darin, dass die schlechten »Gen.« die Ideen der guten »Genossen«, also die Beschlüsse des XX. Parteitags der KPdSU, nicht guthießen, den auf die Überwindung der Folgen des Personenkults gerichteten Kurs der Partei nicht mittragen wollten und sogar ein Komplott schmiedeten, um die Macht an sich zu reißen.

Nach einer kurzen Mitteilung ergriff der Sekretär des Kreiskomitees Netschajew das Wort, ein stattlicher Mann mit runden rosigen Wangen – Anzeichen frühzeitiger Arteriosklerose – und dicken, wie aus Teig geformten Ohren.

»Die Kommunisten unseres Kreises«, sagte er, »billigen die prinzipielle Linie unseres leninschen Zentralkomitees vollinhaltlich und brandmarken das schändliche Tun des jämmerlichen Häufleins von Abtrünnigen und Fraktionsbildnern.«

In diesem Geiste war auch die dann zur Abstimmung vorgelegte Resolution gehalten.

»Wer ist dafür?«, fragte Netschajew.

Alle Hände flogen empor, der vorn sitzende Stepan Charitonowitsch Schalejko riss sogar beide Hände hoch und schrie:

»Wir billigen sie! Wir billigen sie! Wir billigen sie vollinhaltlich!«

»Wer ist dagegen wer enthält sich?«, fragte Netschajew rasch in einem Satz ohne Komma, und da er keine Reaktion erwartete, öffnete er bereits den Mund, um das übliche »einstimmig angenommen« auszusprechen, als plötzlich … Porossjaninow stieß ihm den Ellbogen in die Seite, aber Netschajew hatte schon von sich aus den dünnen Arm in einer der hinteren Reihen bemerkt, der wie ein einsamer schwankender Grashalm wirkte. »Genossin

Rewkina?« Netschajew traute seinen Augen nicht. »Sie?« Er sah sich nach Schurygin um und zuckte mit den Schultern, was heißen sollte, er habe keine Schuld, das sei für ihn selbst eine große und unangenehme Überraschung. »Sie? Aglaja Stepanowna? Wie kann das sein? Sie entha… Sie … enthalten sich?«

Er war verwirrt, aber auch Aglaja hatte sich nicht ganz in der Gewalt. Hinterher erinnerte sie sich, dass es leichter gewesen war, im Kugelhagel der feindlichen Maschinengewehre zum Angriff vorzugehen, als gegen einen Parteibeschluss aufzutreten. Und dennoch …

»Ja«, bestätigte sie leise. »Ich, ja, ich …«

Der Saal erstarrte, es trat eine Stille ein, dass man die Schweißtropfen von Netschajews weichen Ohren rinnen zu hören glaubte. Aglaja hatte mit ihrer Entscheidung alle überrumpelt. Diese Fragen: für, dagegen, Enthaltung, die waren nie mehr als ein Ritual, und dementsprechend stimmten alle in allen Fällen, wichtigen wie unwichtigen, ausschließlich mit Ja. Stets mit Ja und niemals mit Nein. Und niemals enthielten sie sich der Stimme. Zwischen Stimmenthaltung und Gegenstimme bestand kein Unterschied, denn wie hatte es doch Mark Semjonowitsch Schubkins Lieblingsdichter definiert: »Wer heute nicht mit uns singt, der ist gegen uns.«

Aller im Saal Sitzenden bemächtigten sich widersprüchliche Gefühle. Einerseits war es furchtbar interessant, was dabei wohl noch herauskommen würde. Keiner war einem Skandal, der Abwechslung in ihr ereignisarmes, langweiliges, muffiges Provinzleben brachte, abgeneigt. Andererseits empfanden sie die Situation als beängstigend. Wenn das bloß einer der üblichen Zwischenfälle gewesen wäre: jemand hatte jemandem etwas geklaut oder sich bestechen lassen oder jemanden bestochen oder jemanden in die Fresse gehauen oder war letzten Endes fremd gegangen, etwas in der Art – solche Dinge kamen in der Kreisparteiorganisation vor, sie wurden verurteilt, dafür brachte man aber auch Verständnis auf. In solchen Fällen tadelte man den Sünder, predigte ihm Moral, drohte mit Parteiausschluss. Der Sünder streute sich Asche aufs Haupt, weinte, schlug sich die Faust gegen die Brust, bekam eine Rüge, und damit war die Sache erledigt. Das hier aber war ein handfester Skandal, der über den Kreis hinausgehen und höhere Instanzen erreichen musste, die, einmal aufmerksam geworden, schlussfolgern würden, dass es in diesem Kreis mit dem kommunistischen Bewusstsein der Massen, der Agitation und Propaganda nicht zum Besten bestellt sei, dass man es hier mit ideologischer Unzuverlässigkeit zu tun habe und überhaupt die ganze Angelegenheit nach nichts anderem als (schrecklich, das auszusprechen!) nach ideologischer Diversion rieche. Und es würde losgehen mit allen möglichen Überprüfungen und Säuberungen. Und dabei käme ans Tageslicht, wer wo was geklaut oder Bestechungsgeld angenommen oder jemanden in die Fresse gehauen – oder auch beides getan hatte. Und obwohl die Teilnehmer der Dolgower Konferenz einer wie der andere der Eiriwiwe und den jüngsten Weisungen der übergeordneten Parteiorgane bedingungslos ergeben waren, hätte man die Behauptung, dass keiner von ihnen jemals etwas geklaut und nie jemanden bestochen und niemals Bestechungsgeld angenommen und nie Bilanzen beschönigt und gar nichts in die eigene Tasche gesteckt habe, doch als, gelinde gesagt, übertrieben bezeichnen müssen. Aber je mehr einer klaute, desto unversöhnlicher zeigte er sich in ideologischer Hinsicht. Deshalb war die Reaktion des Saals auf das soeben Vorgefallene aufrichtig und entschlossen. Wenn sie auch einen kleinen Anlauf brauchte. Zunächst waren alle mucksmäuschenstill, kein Laut. Dann setzte es hinten ein: Rascheln, Krachen, Poltern, Tosen wie Meeresbrandung, es rollte durch die Reihen, und je näher es an das Präsidium herankam, desto mächtiger schwoll es an. Husten, Stühlescharren, einzelne Ausrufe – alles floss zusammen, und plötzlich schrie jemand durchdringend auf: »Schande! Schande!« Zunehmend in Rage, brüllten, heulten, pfiffen alle, klatschten in die Hände, stampften mit den Füßen. Wie von der Leine gelassene Hunde brannten sie darauf, ungestraft zubeißen und das ihnen zum Fraß vorgeworfene Opfer zerfleischen zu können. Der Direktor des Fleischkombinats Botwinjew rannte plötzlich vor zum

Präsidium, fuchtelte mit der Faust, als lasse er einen Strick über seinem Kopf wirbeln, und schrie: »Ruhm sei der Kommunistischen Partei! Ruhm sei der Kommunistischen Partei!« Er tat dies mit einer Miene, als könne er es gar nicht erwarten, der Partei sein Leben hinzugeben – auf der Stelle, bedenkenlos. Gegen ihn war vor wenigen Tagen ein Strafverfahren eröffnet worden wegen in großem Stil betriebener Entwendung von Fleischwaren, doch damit, dass er der Partei seine Ergebenheit demonstrierte, durfte er auf die Nachsicht der Rechtsschutzorgane hoffen. Das Publikum im Saal war außer Rand und Band, doch als Netschajew die Hand hob, ließen sich die eben noch kaum zu haltenden Tagungsteilnehmer sogleich bändigen, und auch die, die noch ein bisschen vor sich hin jaulten, beruhigten sich allmählich.

»Aglaja Stepanowna«, sagte Netschajew sanft in die eingetretene Stille, »wenn ich Sie recht verstanden habe, sind Sie mit der Linie der Partei nicht einverstanden. Vielleicht kommen Sie vor zum Rednerpult und erläutern uns Ihren Standpunkt?«

»Ja, soll sie vorkommen«, sagte Porossjaninow laut.

»Ja, das soll sie!« Die Leiterin des Kreiskrankenhauses Murawjowa war schreiend von ihrem Platz aufgesprungen, darauf bedacht, mit ihrem Eifer beim Präsidium aufzufallen. »Wem dienst du, Rewkina?«

»Dir jedenfalls nicht«, sagte Aglaja, schon auf dem Weg zum Rednerpult. Doch je näher sie ihm kam, desto mehr schwand ihre Entschlossenheit. Und als sie es erreichte, verzagte sie ganz. Solche Schwäche spürte sie in den Knien, dass sie sich am liebsten hingesetzt oder gar hingelegt hätte. Auf das Pult gestützt, begann sie etwas von den Iwans zu murmeln, die ihre Herkunft vergessen hätten, und noch etwas Ungereimtes.

Im Saal wuchs indessen die Spannung wieder, und Schreie wurden laut:

»Es reicht!«

»Genug!«

»Alles klar!«

»Schluss jetzt!«

Botwinjew baute sich wieder vorn auf und rief: »Es lebe unser teurer und geliebter Nikita Sergejewitsch!« Um sodann, mit dem Finger auf Aglaja weisend, zu fragen: »Genossen! Ich verstehe nicht, was hier vorgeht. Wieso steht diese Frau hier? Wieso erlaubt sie sich, gegen unsere Partei, das Volk, den Staat, gegen uns und unsere Kinder aufzutreten …«

»Schan-de!«, ertönte es von hinten dröhnend.

»Schan-de!«, piepste eine zweite Stimme.

Und wieder:

»Schan-de! Schan-de!«, rollte es durch den Saal.

Eine solche Reaktion hatte Aglaja nicht erwartet. Kaltes Entsetzen befiel die heldenhafte Partisanin, sie schlug die Hände vors Gesicht und stürzte weinend aus dem Saal. Netschajew und Porossjaninow versuchten sie zurückzuhalten:

»Aglaja Stepanowna! Genossin Rewkina!«

Sie ließ sich nicht zurückhalten.

Nein, Aglaja hatte niemals an das geglaubt, was da seit einiger Zeit als Fehler des Personenkults, als Abweichungen von den leninschen Normen oder als Verstöße gegen die sozialistische Gesetzlichkeit bezeichnet wurde. Es brachte sie auf, dieses Gerede von gesetzwidrigen Repressalien und unschuldigen Opfern. Sie hielt stets dagegen, dass bei uns (bei uns!) keiner grundlos eingesperrt werde. Doch an diesem Tag wurde ihr Rechtsbewusstsein jählings umgekrempelt. Nach Hause gekommen, sperrte sie ihre Wohnungstür ab, so gut sie sich absperren ließ, rückte einen Tisch davor und wollte sie auch noch mit dem Schrank verbarrikadieren, schaffte das jedoch nicht. Schließlich schob sie das Bett vor Tür und Tisch und legte sich in ihren Sachen darauf, nur die Stiefel zog sie aus.

Aus Partisanenzeiten besaß sie eine Beute-Walther mit Acht-Schuss-Magazin. Sie hielt sie in einem alten Filzstiefel in der Abstellkammer versteckt. Jetzt hatte sie sie hervorgeholt und neben das Bett auf einen Stuhl gelegt. Lebend sollten sie sie nicht bekommen.

Bis gegen vier Uhr früh fand sie keinen Schlaf, und auch danach war er sehr unruhig. Sie träumte von hohen knarrenden Stiefeln, die ganz allein die Treppe heraufkamen, große Revolver in der Hand. Sie wunderte sich dann: Was konnten Stiefel denn für Hände haben? Aber gerade darin unterscheidet sich ja der Traum von der Wirklichkeit, dass in ihm alles möglich ist. Die Stiefel mit den Revolvern stiegen die Treppe herauf, etwas Zottiges kroch zum Fenster herein, und aus einem Eisenrohr ertönte die eiserne Stimme Wyschinskis, der das Urteil verkündete: »Im Namen der Union der Sozialistischen Sowjetrepubliken …« Aglaja versuchte zu schreien, aber aus ihrem aufgerissenen Mund kam kein Laut. Zweimal griff sie im Traum nach der Pistole, doch die war, wie sich herausstellte, keine Pistole, sondern ein Gummispielzeug.

Gegen Morgen schlief sie doch noch fest ein, und sie glaubte lange geschlafen zu haben, als sie durch die Sonne und durch ein in den Hof einfahrendes Auto geweckt wurde. Der Motor verstummte, Männerstimmen wurden vernehmbar, eine fragte:

»Wo ist denn das?«

Und die Stimme von Oma Gretschka antwortete:

»Im ersten Stock, mein Guter. Wenn du raufkommst, gleich die erste Tür.«

Schon knarrten Schritte auf der Treppe – mehrere Leute kamen hochgestiegen. Sie sprang auf, sah zum Fenster hinaus und erstarrte beim Anblick des »schwarzen Raben« im Hof und des Fahrers in Sergeantenuniform der inneren Truppen, der sich, gegen den Kühler gelehnt, eine Papirossa anzündete.

Die Heraufkommenden hatten den ersten Stock erreicht und verhielten, offenbar unentschlossen, auf dem Treppenabsatz.

Aglaja stürzte zurück zum Bett, packte die Pistole, entsicherte sie und überlegte rasch, ob sie sich am besten gleich erschoss oder … Ihre Walther hatte immerhin acht Schuss, und für sie selbst genügte eine Patrone – die letzte.

21 Der Autor hat im Verlaufe seines Lebens die Erfahrung gemacht, dass die meisten, selbst hochgebildete Leute, weder fühlen noch begreifen, dass sie in der Geschichte existieren. Sie bilden sich ein, alles werde immer so sein, wie es ist. Sind sie Zeugen eines historischen Ereignisses geworden, halten sie es für das Resultat einer Verkettung von Missverständnissen. Und glauben, alles lasse sich rückgängig machen. Die einen hoffen darauf, die anderen haben Angst davor. Aglaja hoffte, Schubkin hatte Angst, und beide erkannten sie nicht, dass es in der Geschichte kein Zurück gibt. Ein Prozess war im Gange, in dessen Ergebnis Aglajas Hoffnungen immer illusorischer und Schubkins Ängste immer unbegründeter erschienen. Noch waren die Dinge natürlich nicht so weit gediehen, dass man begonnen hätte, Aglaja für die Ruinierung der Bauern zur Verantwortung zu ziehen und Schubkin auf Händen zu tragen für das ihm angetane Unrecht, doch in Bewegung waren sie gekommen, und ein kleines Ergebnis der großen Veränderungen war, dass Mark Semjonowitsch ein eigenes Zimmer in einer Zweizimmerwohnung in der Komsomolgasse 1 zugewiesen bekommen hatte. Dieses Zimmer war doppelt so groß wie die Barackenbehausung, in der er bisher mit Antonina gewohnt hatte, mit Küche, Bad und WC und mit einer einzigen Nachbarin in dieser Wohnung – Schurotschka-Durotschka.

Am Sonnabend hatte Mark Semjonowitsch seine Zuweisung bekommen, und bereits am Sonntag packte er seine und Tonkas Siebensachen, verschnürte die Bücher seiner einstweilen noch bescheidenen Bibliothek und ging hinaus auf die Postquerstraße in der Hoffnung, ein Fahrzeug für den Transport ihrer Habseligkeiten zu finden. Er hatte nicht bedacht, dass wegen des Sonntags kaum Lkws unterwegs waren, etwas anderes aber kam für ihn nicht in Frage. Lange stand er da und winkte den vorbeifahrenden Lastern. Zwei fuhren durch, ohne anzuhalten. Der dritte, ein Kipper, hielt, hatte aber vorher Kohle gefahren und war so dreckig, dass Schubkin nach einem Blick in den Wagenkasten verzichtete. Er hatte schon die Hoffnung aufgegeben, als ein »schwarzer Rabe« scharf vor ihm bremste.

Was dieses wohl bekannte Fahrzeug bei Mark Semjonowitsch für Gefühle auslöste, lässt sich denken. Er zog den Kopf ein, darauf gefasst, dass gleich ein Kommando der Staatssicherheit herausstürzen und ihn beim Händchen nehmen würde. Doch wie sich herausstellte, saß in dem Auto gar kein Kommando, sondern lediglich ein Fahrer mit lebensfroher Miene, Obersergeant Opryshkin.

»Setz dich rein, Vater, ich bringe dich«, sagte er, die rechte Tür öffnend.

»Wohin wollen Sie mich bringen«, erkundigte sich Schubkin argwöhnisch.

»Wo du hinmusst, dahin bringe ich dich.«

Wer den *Tschonkin* gelesen hat, erinnert sich daran, und wer ihn nicht gelesen hat, der weiß es auch so, dass sich für das Volk mit dem, wo einer hinmusste, zu allen Zeiten gewisse Orte verbanden, wo keiner hinwollte. Das heißt: Staatsanwaltschaft, Miliz und andere Organe, die dazu da waren, dem Menschen Gewalt anzutun. Deshalb wird sich jeder vorstellen können, wie das Angebot auf Schubkin wirkte und weshalb er Opryshkin versicherte, er müsse nirgends hin.

»Wenn du nirgends hinmusst«, sagte Opryshkin, langsam ärgerlich werdend, »wozu stehst du dann hier und winkst?«

Als Schubkin sich gefasst und begriffen hatte, dass der Obersergeant allein war und offenbar keine Verhaftung drohte, sagte er zu ihm, er brauche ein Fahrzeug, aber eines, mit dem man Möbel transportieren könne.

»Und was passt dir an dem hier nicht?«, wollte Opryshkin fast beleidigt wissen. »Das ist doch praktisch ein Bus, bloß vergittert.«

Er entpuppte sich als ein gesprächiger Mann und setzte Schubkin unterwegs auseinander, dass der Dienst schwer, seine Familie aber groß und das Gehalt klein sei, deshalb gestatte ihm der Gefängnisdirektor, Major Bugrow, sich in der Zeit, in der er keine Verhafteten zu transportieren habe, etwas dazuzuverdienen.

»Ich teile meine Einnahmen mit ihm, versteht sich. Willst du leben, lass auch andere leben. Stimmt doch, Papachen?«

»Kann sein«, erwiderte Schubkin ausweichend.

Opryshkin wurde nachdenklich, dann fragte er:

»Überhaupt, was meinst du, Vater, lebt es sich jetzt besser als unter Stalin oder schlechter?«

Wäre Schubkin ein umsichtigerer Mensch gewesen, hätte er natürlich argwöhnen können, die Frage habe provokatorischen Charakter, doch Umsicht hatte er noch nie für sich beanspruchen können, und selbst das Lager hatte ihn in der Beziehung nicht viel klüger gemacht. Er glaubte, jeder Mensch habe etwas Gutes in sich, und deshalb antwortete er Opryshkin, seiner Ansicht nach lebe es sich ohne Stalin wesentlich besser als mit ihm.

»Das denke ich auch«, pflichtete ihm Opryshkin bereitwillig bei. »Obwohl unter ihm natürlich Ordnung herrschte. Andererseits lebten die Leute in Angst. Hätte ich unter Stalin zum Beispiel an Schwarzarbeit denken können? Nie und nimmer.«


22 Wir haben Aglaja Stepanowna Rewkina in dem dramatischen Moment verlassen, als sie sich beim Anblick des »schwarzen Raben« auf das Schlimmste gefasst machte. Darauf, dass Leute die Treppe heraufsteigen würden, um mit Fäusten oder Gewehrkolben gegen die Tür zu donnern und im Namen der Union der Sozialistischen Sowjetrepubliken ihre Öffnung zu verlangen. Und sollte keine Reaktion darauf erfolgen, sie einzuschlagen oder mit allen verfügbaren Waffen darauf zu feuern. Doch nichts dergleichen geschah. Die Leute trappelten auf dem Treppenabsatz hin und her und stiegen leise wieder hinunter. Aglaja wartete ein Weilchen, lugte mit einem Auge hinter der Tüllgardine hervor in den Hof und erkannte erst jetzt, zu was für einem profanen Zweck so ein Fahrzeug verwendet werden konnte.

Möglicherweise brachte dieses Bild mehr als der XX. Parteitag, das letzte Plenum des ZK der KPdSU und andere Ereignisse Aglaja zu der Einsicht, dass die Stalinära unwiederbringlich der Vergangenheit angehörte.

Als sie entdeckte, dass niemand die Absicht hatte, sie zu verhaften, spürte sie sogar eine gewisse Enttäuschung. Ihre Bereitschaft, den Heldentod auf sich zu nehmen, erwies sich als überflüssig, wieder hieß es ein normales Leben mit einem langweiligen Alltag leben. Nach dieser Überlegung bekam sie schrecklichen Hunger. Sie steckte ihre Walther in den Filzstiefel zurück und den Kopf in den Kühlschrank – leer.

Es war Sonntag und der Lebensmittelladen geschlossen. Aglaja beschloss, in die Teestube hinunterzugehen, dort zu frühstücken, sich anzuhören, was das Volk so redete, und dabei zur Ruhe zu kommen.

Im Hof erfolgte die Entladung des »schwarzen Raben« vor den Augen aller Bewohner des Hauses Nr. 1, die nichts Besseres zu tun hatten. Und nichts Besseres zu tun hatten alle, denn es war ein arbeits- und regenfreier Tag. Alle alten Frauen saßen auf der Bank, sahen zu und kommentierten, was da vor sich ging.

»Und Bücher – wie viel Bücher er hat!«, stellte Gretschka verwundert fest. »Und wohin mit dem Ganzen? Und wie viel Staub da dran ist!«

»Und Wanzen!«, soufflierte Oma Nadja.

»Na, Wanzen gibt's in Büchern keine«, bezweifelte Gretschka diese Vermutung.

»Wieso soll's da keine geben. Überall gibt's welche, und in Büchern soll es sie nicht geben tun?«

»In Büchern tut's keine geben«, beharrte Gretschka. »In den Wänden gibt's welche, im Bett, wo sie's näher zum Körper haben. Wie soll's welche in Büchern geben, wovon solln sie sich da ernährn? Von Buchstaben vielleicht!«, meinte sie lachend.

»Und vor allem, wozu so viele?«, sagte Oma Nadja, die sich geschlagen gab. »Um den Leuten zu zeigen, dass du so klug bist und dass du diese ganzen Bücher liest. Glaubt dir sowieso keiner.«

»Warum soll's denn keiner glauben?«, widersprach Gretschka. »Mein Enkel Iljucha, der liest auch immerzu. Im Bett, am Tisch. Manchmal liest der sich so fest, dass er nichts um sich sieht und hört. Mal lacht er, mal weint er. Ich zu ihm: ›Aber Iljucha! Wenn's dich so mitnimmt, wozu sind dann diese Bücher gut? Geh lieber raus und tob dich mit den Jungs im Hof aus, spiel Fußball, schnapp frische Luft.‹ Doch nein! Sitzt da und liest und liest.«

Oma Nadja hatte auch noch eine Überlegung beizusteuern, doch in dem Moment wurde die Aufmerksamkeit der auf der Bank Sitzenden durch Aglaja abgelenkt, die in den Hof getreten war – offenbar missgestimmt, seit gestern schon, wie die Frauen gleich feststellten.

Der »schwarze Rabe« war beinahe ausgeladen. Antonina und der Fahrer packten die Bücherstapel und die Bündel mit den Habseligkeiten auf das zuvor herausgetragene vernickelte Bett mit vier Kugeln an Kopf- und Fußende. Schubkin ging, sein Rundfunkgerät »Rekord« vor sich hertragend, auf Aglaja zu. Dass ihm seine künftige Nachbarin über den Weg lief, schien ihn zu verwirren, ja zu erschrecken, denn er trat einen Schritt zur Seite, damit sie ihn nicht womöglich biss, grüßte allerdings. Aglaja brummte zu ihrer eigenen Verwunderung ihrerseits ein »Tach« und ging, von den Blicken der Nachbarinnen begleitet, weiter.

Die Teestube befand sich in einem ebenerdigen Holzhaus mit hoher Vortreppe und Bretterveranda. Auf der Veranda saß ein bärtiger Bettler mit einer Schar kleiner, sich an ihn drängender schmutziger Hunde, vor denen eine Pappschachtel mit der Aufschrift »Wir haben auch Hunger« stand. Daneben lag, ebenfalls für Geldspenden bestimmt, die Pelzmütze des Bettlers. Aglaja war diesem Bettler schon in vielen Stadtteilen begegnet, sie hatte ihm nie etwas gegeben und auch nicht beobachtet, dass er von anderen etwas bekommen hätte, jetzt aber schüttete sie zu ihrer eigenen Überraschung ihr ganzes Kleingeld – über einen Rubel – in seine Mütze.

In der Teestube war es schummrig, verräuchert, feucht und stickig. Auf dem Fußboden lag statt des Teppichs eine dicke Schicht Sägespäne. Wahrscheinlich waren sie seit den Zeiten des Ersten Weltkriegs nicht mehr ausgetauscht worden, und die Leute gingen darauf wie durch lockeren Schnee. Über den Tischen hingen gelbe Fliegenfängerspiralen, und dicht unter der Decke waren über die Wand, die die Küche vom Gastraum trennte, zwei Spruchbänder gespannt.

Auf dem ersten stand (man hatte noch nicht die Zeit gefunden, es zu entfernen):

> Ernährung ist eine der Grundvoraussetzungen für die Existenz des Menschen – eines der Grundprobleme der menschlichen Kultur.
>
> J. Stalin

Und auf dem zweiten:

> Normales und nützliches Essen ist mit Appetit eingenommenes Essen, Essen, das mit Wohlbehagen genossen wird.
>
> Akad. I. Pawlow

Das Publikum in der Teestube war bunt gemischt. Kolchosvorsitzende aus dem Ort. Dienstreisende: Ingenieure, Geodäten, Techniker, Kraftfahrer, Staatsanwälte und sonstiges höher gestelltes oder niederes Volk, manche im Jackett, andere in kurzärmeligen Hemden oder einfach im Turnhemd.

Leer war es hier sonntags nie, für die an diesem Tag deutlich höhere Besucherzahl sorgte indessen die Fußballmannschaft »Ernte« aus dem Nachbarstädtchen Satjopinsk. Im Dolgower Stadion wurde das Endspiel um den Kreispokal ausgetragen. Dazu war die Gastmannschaft mit zwei Trainern, sechs Reservespielern und der Arzthelferin Tamara angereist, zu deren Füßen eine große Reisetasche mit Verbandmaterial und Umschlagsutensilien für alle Eventualitäten während und besonders nach dem Spiel stand. »Ernte« war nämlich der ständige Rivale der Dolgower »Avantgarde«. Beide Seiten hatten Fans, die nach jedem Spiel die Gastmannschaft, falls sie gewann, zu verprügeln pflegten, und zwar kräftig, was sie als ihre patriotische Pflicht ansahen. »Ernte« gewann seit Jahren schon alle Spiele gegen die Dolgower nicht nur zu Hause, sondern auch auswärts, weswegen die Mannschaft regelmäßig Prügel bezog. Mitunter waren sie bereit, sich auf dem gegnerischen Platz mit einem Unentschieden zu begnügen oder sogar eine Niederlage hinzunehmen, doch während des Spiels packte sie dann doch der sportliche Ehrgeiz, sie vergaßen die Unausbleiblichkeit der Strafe und gewannen zu ihrem Unglück wieder.

Die Fußballer hatten mehrere Tische ans Fenster gerückt, aßen Makkaroni »nach Flottenart«, das heißt mit Kochfleisch, tranken dazu Dörrobstkompott und verhielten sich ruhig, um nicht unnötig aufzufallen.

Es roch nach Sauerkohlsuppe, feuchten Sägespänen, Maschinenöl und Schweiß.

Während Aglaja sich durch die Sägespäne vorwärts kämpfte, hielt sie im dichten Zigarettenqualm mit zusammengekniffenen Augen Ausschau nach einem freien Platz. Und entdeckte am Fenster Stepan Charitonowitsch Schalejko, rotgesichtig, fröhlich, im Ukrainerhemd mit Hosenträgern, dazu Gabardinebreeches und weiße, mit Zahnpulver geputzte Segeltuchstiefel. Die Segeltuchjacke hing über der Rückenlehne des neben ihm stehenden Stuhls, die Segeltuchtasche lag auf dem Stuhl und der breitkrempige Strohhut auf der Tasche. Aglaja dachte, Schalejko werde den Kopf wegdrehen und so tun, als habe er sie nicht bemerkt, doch er lächelte ihr im Gegenteil schon von weitem zu und winkte sie heran.

»Setz dich«, sagte er, als sie seinen Tisch erreicht hatte, hängte die Jacke über die Rückenlehne seines Stuhls, stellte die Tasche zu seinen Füßen und setzte den Hut, da sich für ihn kein anderer Platz fand, auf. Vor ihm stand ein Teller mit verschmierten Makkaroniresten und einer Aluminiumgabel, ein leeres Glas und ein Seidel mit einer Bierneige. Das Getränk, das sich Schalejko zum Sonntag schmecken ließ, war, genauer gesagt, mit hundertfünfzig Kubikzentimeter Wodka gemischtes Bier und nannte sich »hundertfünfzig mit Anhänger«. Wer weiß, wie viele dieser »Anhänger« Schalejko bereits geschluckt hatte, seine Zunge bewegte sich jedenfalls im Gespräch ziemlich schwerfällig.

Nachdem er Aglaja neben sich gesetzt hatte, klatschte er in die

Hände, und sofort rollte die Serviererin Anjuta an, ein quadratisches kurzbeiniges Dickerchen, das sich gesteigerten Interesses von Seiten der hier Rast machenden Schwerlastfahrer erfreute.

»So«, sagte Schalejko zu ihr, »für die Dame hundert Gramm moldauischen Kognak, und was das Essen betrifft – alles, was Aglaja Stepanowna wünscht.«

Gerichte, die unter die Kategorie gefragt und unter die Definition von Akademiemitglied Pawlow fielen, gab es in der Teestube nur zwei: Makkaroni »nach Flottenart« und Gulasch mit Schmorkraut. Aglaja bestellte Gulasch und nippte einstweilen an ihrem Kognak.

Schalejko betrachtete sie aufmerksam und gutmütig mit seinen kleinen Augen unter den rothaarigen Brauen.

»Gestern«, sagte er und nahm einen Schluck, »habe ich dir zugehört, Stepanowna, und habe mich einfach gefreut darüber, dass es bei uns noch solche Kommunisten wie dich gibt. Ehrliche, prinzipienfeste, mutige. Besonders unter dem weiblichen Geschlecht. Die Männer haben bei uns, um ehrlich zu sein, weniger Mumm. Du aber – kurzerhand krach ihnen zwischen die Hörner.« Er hieb die Faust durch die Luft, um den Schlag zu demonstrieren, den Aglaja einem gewissen gehörnten Wesen versetzt hatte. »Das hat gesessen. Komm, trinken wir. Auf dich. Toll gemacht!« Er nahm wieder einen Schluck. »Mich hat das gestern mächtig mitgenommen, oh, wie mich das mitgenommen hat! Als ich dich gestern gehört habe und wie sie dich dort niederschrien, hat mich das so mitgenommen, dass ich gleich nach Hause wollte. Und ich wäre längst weg, aber beim Verlassen der Stadt – plötzlich wumm! Die Kupplung hin! Grade waren wir auf die Chaussee eingebogen, mein Chauffeur guckt ganz bedripst, ich frage, was hast du? Und er: die Kupplung. Wir also zurück.« Schalejko langte eine Schachtel Papirossy »Nördliches Palmyra« aus der Seitentasche, hielt sie Aglaja hin und zündete sich selbst eine an. »Was tun? Ich ging los betteln, in den Fahrbereitschaften, bei der Landwirtschaftstechnik – nirgends eine Kupplung zu haben. Für die Nacht quartierte ich mich im Haus des Kolchosbauern ein. In der Garage des

Kreiskomitees haben sie mir Hilfe zugesagt, aber erst zu Montag früh. Vorher ist überhaupt nichts zu machen. Was sollt ich tun, hab ich eben im Haus des Kolchosbauern übernachtet. Ich liege da, rauche Papirossy und überlege. Was geht mit uns eigentlich vor, überlege ich, warum sind wir so? In mir ist doch Kosakenblut, ich bin an der Front ohne Stahlhelm zum Angriff los – und hatte keine Angst. Hier auf der Konferenz aber ziehe ich den Kopf ein, sitze da und traue mich nicht zu atmen, denke, lieber Gott, mach, dass sie nicht noch von mir was wollen. Bei mir ist doch die Kupplung kaputtgegangen, da liege ich im Hotel und überlege, wie ist denn so was möglich? Gestern sind noch alle für den Genossen Stalin gewesen, alle durch die Bank, und heute sind alle durch die Bank gegen ihn? Eine Tschastuschka haben sie auch schon gedichtet. Nicht gehört?«

»Nein.«

»Also, die geht so.« Er beugte sich zu ihrem Ohr und gab den Vers zum Besten: »Ganz Europa musste staun'n, wie man sich so kann verhaun. Dreißig Jahre Arsch geleckt, Pardon, war der falsche, haben sie entdeckt.«

»Scheußlich«, lautete Aglajas Kommentar.

»Stimmt, scheußlich«, pflichtete Schalejko ihr bei. »Mein Chauffeur hat's erzählt. Er ist, weißt du, politisch nicht gefestigt, was er hört, das quatscht er nach. Aber wenn das Volk so was verbreitet, gibt das einem zu denken. Überlege ich also. Gestern waren alle dafür, dafür zu sein, und heute sind alle dafür, dagegen zu sein, und heben die Hand. Keine Kommunisten, sondern Papageien, nichts weiter. Das hat mich so mitgenommen, und ich wäre längst weg, aber die Kupplung ist kaputtgegangen, ich habe das Auto da in der Garage gelassen und liege im Hotel und überlege. Wenn sie Aglaja Rewkina was tun, denke ich, dann ist bei mir Schluss. Von mir aus, freiwillig klatsch ich ihnen den Parteiausweis auf den Tisch. Ich bin doch Schalejko, ich habe doch Kosakenblut in mir. Anjuta«, er fasste nach der Schürze der vorbeieilenden Serviererin, »was rennst du immerzu vorbei, achtest nicht auf deine Gäste. Bring mir noch einen.«

»Mit Anhänger?«, erkundigte sich Anjuta.

»Mit Anhänger. Hundertfünfzig. Und für Aglaja Stepanowna noch mal hundert Gramm moldauischen. Bei mir ist doch gestern die Kupplung kaputtgegangen …«

Ohne die Fortsetzung abzuwarten, entfernte sich Anjuta.

»Papageien, nichts weiter«, nahm Schalejko seinen Faden wieder auf. »Du aber hast ihnen gestern eins übergebraten. Als du weg warst, sagte Porossjaninow, der Mistkerl: Ihr weiterer Verbleib in unseren Reihen muss einer umgehenden Prüfung unterzogen werden. Aber Netschajew hat sich für dich eingesetzt. Ein patenter Mann. Wir werden niemanden unnötigerweise vernichten. Genossin Rewkina, sagte er, ist alles in allem eine gute Genossin, und was ihre Unklarheiten betrifft, so werden wir mit ihr arbeiten. Ja, das hat er gesagt: mit ihr arbeiten. Das heißt, dass noch nicht alles endgültig entschieden ist. Also Kopf hoch, Stepanowna, komm, trinken wir auf dich. Und ich … Ich bin doch hier geblieben, weil die Kupplung kaputtgegangen ist …«

Sie tranken, aßen einen Happen, tranken noch einen. Weich gestimmt, öffnete Schalejko noch einen Knopf und betrachtete Aglaja mit aufmerksamem Blick. Hatte sie ihm vorher schon gefallen, erblickte er jetzt in ihr mehr als eine Genossin, und auch sie entwickelte unter der Wirkung des Kognaks und der ihrem Herzen wohl tuenden Worte ein warmes Gefühl für ihn.

»Du, Stepanowna, ich sag's mal so, bist alles in allem, kann man sagen, eine sympathische, anziehende Frau. Äußerlich, meine ich. Und ich denke …« Er sah sich um und ging zum Flüstern über: »Wir beide sind doch eigentlich … ja, also … vielleicht lädst du mich zu dir ein?«

»Wann?«, fragte Aglaja.

»Von mir aus gleich«, sagte Schalejko lebhaft.

Aglaja schwankte. Schalejko gefiel ihr nicht sonderlich, aber seit langem hatte ihr keiner mehr den Hof gemacht, obwohl sie erst zweiundvierzig war und alle Lebenszyklen bei ihr regelmäßig abliefen wie der Auf- und Untergang des Mondes. Nachts hatte sie noch wollüstige Träume, nicht oft, aber bisweilen von solcher

Eindeutigkeit, dass sie bereits im Begriff schien, den ersehnten Moment zu erreichen, nur kam es nicht zu diesem Moment, und sie erwachte in verdrießlicher Verfassung.

»Gleich nicht«, sagte Aglaja, da sie sich nicht zu billig verkaufen wollte. »Gegen Abend, wenn du noch nicht weg bist und es dir nicht anders überlegt hast, dann komm vorbei.«

23 Während Aglaja sich in der Teestube stärkte, richtete sich ihr Nachbar Schubkin in der neuen Wohnung ein. Opryshkin stellte ihm gegen zusätzliche Bezahlung die Bücherregale auf, in denen die Werke Lenins, Gorkis, Majakowskis, Korolenkos, Kuprins und des gerade in Mode kommenden Saint-Exupéry ihren Platz fanden. Die Regale mit seiner Bibliothek nahmen alle vier Wände ein, mit Ausnahme der Tür- und Fensteröffnungen, versteht sich, und vor den Büchern platzierte Schubkin Bilder seiner Idole, zu denen Lenin, Dsershinski, Gorki, Majakowski und der besonders verehrte Held seiner Jugend Giuseppe Garibaldi gehörten. Als die Bibliothek aufgebaut war, stellte er vor das Fenster seinen »Schreibtisch«, auf den die selbst gebaute Tischlampe und sein Radio, der »Rekord«, kamen. Dann brachte er am Fenster die Außenantenne an. Er konnte es kaum erwarten, irgendeinen westlichen Sender hereinzubekommen, um zu prüfen, wie am neuen Ort der Empfang war. Doch die Voice of America ließ sich hier überhaupt nicht einstellen, Swoboda wurde stark gestört, und die BBC sendete nur abends.

24 Den ganzen Tag verbrachte Aglaja mit Haushaltsarbeiten: wusch, wischte die Fußböden, putzte die Fenster, wechselte die Bettwäsche. Dabei schloss sie nicht aus, dass Schalejko, einmal nüchtern geworden, es sich doch anders überlegte und wegblieb. Doch kurz nach sieben klopfte es an der Tür. Sie öffnete und sah den breit lächelnden Stepan Charitonowitsch vor sich, in der einen Hand eine Flasche Kognak, in der andern eine Tüte.

»Hat dich jemand gesehen?«, erkundigte sich Aglaja.

»Keine Ahnung.« Schalejko zuckte die Achseln. »Da sitzen zwei alte Weiber auf der Bank, aber was kann dir das ausmachen? Du bist ja nicht verheiratet.«

»Es geht nicht um mich«, sagte Aglaja, »sondern um dich. Ich bin doch jetzt sozusagen in Ungnade.«

»Ach was, Ungnade«, versetzte ihr Besucher sorglos, indem er die Flasche auf den Tisch stellte und zwei Zitronen und Konfekt »Mischka im Norden« aus der Tüte schüttete. »Was kümmert's mich, ob du in Ungnade bist. Meinst du, ich werde jetzt einen Bogen um dich machen? Ich bin doch Schalejko. Ich habe doch Kosakenblut in mir! Ich bin ohne Stahlhelm zum Angriff los. Er klatschte sich die Hand auf die Glatze, um zu zeigen, wie er ohne Stahlhelm losgestürmt sei. »Keine Kugel, keine Granatsplitter konnten mir Angst machen, und jetzt, was soll sein? Mein Frauchen darf bloß nicht dahinter kommen, die Parteiorgane, die können mich kreuzweise. Na, zeig mal, wie du wohnst«, bat Schalejko.

Er besah sich die ganze Wohnung, beklopfte die Wände, rüttelte an den Fensterrahmen, betätigte die Spülung im Klo und gab dann sein Urteil ab:

»Eine schöne Wohnung. Dass sie praktisch ohne Fundament ist, das ist schlecht. Der Komfort aber, das ist gut. Das Bad und das hier. Ziehst an der Kette, und – hui! Wir im Dorf dagegen, wir leben auf althergebrachte Weise. Wasser aus dem Brunnen, der Komfort im Hof, sich waschen – in der Banja. Das Gas, woher kommt das eigentlich bei dir?«

»Aus dem Kollektor.«

»Was ist das?«

»Er steht bei uns im Keller. Zwölf Gasflaschen. Propan-Butan.«

»Pulle mit Pfropfen«, lachte Schalejko und fügte billigend hinzu: »Gas ist gut. Ich war in Kiew bei Verwandten zu Besuch, die haben auch Gas. Stellst einen großen Topf drauf – in fünf Minuten kocht es. Ich denke mir, vielleicht erleben wir es ja noch, dass es in jedem Kolchos Strom, Gas und Kanalisation gibt. Du spinnst, bekomme ich zu hören, und ich sage, nein, ich spinne nicht, ich habe einen Traum. Lenin hat davon geträumt, und ich tu's auch. Nein, ich will mich nicht mit ihm auf eine Stufe stellen. Lenin, weißt du, das ist – oho! Wie will man sich mit ihm vergleichen. Lenin hatte vielleicht einen Traum von einem Kilometer, während es bei mir bloß ein halber Meter ist, trotzdem hat jeder das Recht zu träumen. Aber dass dein Haus praktisch ohne Fundament ist, das ist schlecht. Was, wenn es ein Erdbeben gibt?«

»Wo soll denn bei uns ein Erdbeben herkommen«, widersprach Aglaja. »Das gibt es irgendwo in Mittelasien. Oder in Italien. Oder in der Türkei. Bei uns ist so etwas noch nie passiert.«

»Stimmt schon«, sagte Schalejko. »Bisher nicht. Aber jetzt wird es passieren.« Damit packte er Aglaja und zog sie zum Schlafzimmer. »Oh, das gibt ein Erdbeben!«

Sie leistete keinen Widerstand, fragte nur:

»Und was ist mit dem Kognak?«

»Der wird nicht sauer«, versicherte Schalejko.

Ich sehe schon, wie der verwöhnte Leser erschauert im Vorgeschmack dessen, was in Aglaja Stepanowna Rewkinas Schlafzimmer geschah, all der Details, welche Stellungen unsere Helden wählten, welche Teile ihres Organismus sie auf welche Weise miteinander verbanden, was für Worte sie einander zuflüsterten und wie sie ihren Höhepunkt erreichten. Doch nichts dergleichen wird der Autor beschreiben. Und weniger seiner natürlichen Keuschheit wegen (die versteht sich von selbst) als deshalb, weil es nichts weiter zu erzählen gibt. Unsere Helden waren proletarisch-bäuerlicher Herkunft und Erziehung, Sexualaufklärung hatten sie nie genossen, pikante Fernsehprogramme, wie es sie heute gibt, nie gesehen, indische, chinesische oder sonstige Bücher über die Kunst der Liebe nie gelesen, ihre Lektüre beschränkte sich im Wesentlichen auf die *Prawda*, das *Notizbuch des Agitators* und den *Kurzen Abriss der Geschichte der KPdSU (B)*. Das Wort »Sex« hatte Aglaja nie gehört, Schalejko schon, doch dachte er dabei an das deutsche Wort »sechs«. Das Ganze lief also wenig aufregend ab, dennoch sei vermerkt, dass der dreiste Stepan Charitonowitsch es immerhin schaffte, bei Aglaja ein gewisses Gefühl zu wecken, denn obwohl ungebildet, aber körperlich stark, gab er sich alle Mühe, keuchte, zerbiss ihr das Haar und titulierte sie »du mein Kätzchen«.

Und als sie sich dann bereits dem Punkt näherte, den zu erreichen sie noch nie geschafft hatte, und er sich auf dem gleichen Weg befand und beide drauf und dran waren, sich von Bergeshöh ins Nirwana hinabzustürzen, klang irgendwo ganz nahe (doch nicht in ihnen selbst, sondern von außen kommend) Musik auf, und eine weibliche Bruststimme sagte:

»Hier spricht die BBC. Wir beginnen unsere Sendung aus London. Westliche Korrespondenten berichten aus Moskau, dass kursierenden Gerüchten zufolge die Entstalinisierungspolitik bei den orthodoxesten Mitgliedern der KPdSU auf deutlich spürbaren Widerstand stößt. In diesem Zusammenhang wird im Präsidium des ZK der KPdSU über eine eventuelle Säuberung der Reihen der Partei nachgedacht, um diejenigen auszuschließen, die sich heimlich oder offen dem auf dem XX. Parteitag erarbeiteten neuen Generalkurs widersetzen … Wie ein Vertreter der obersten Führung erklärte, werde die Partei nicht nur jene ausfindig machen und bestrafen, die sich offen gegen das Neue wenden, sondern auch die, welche ihnen nicht in der nötigen Weise Paroli bieten.«

Damit bin doch ich gemeint! dachte Schalejko plötzlich, und in seiner Brust stellte sich eine unangenehme Empfindung ein.

»Was ist denn das?«, fragte er und fühlte, ohne in seiner Anstrengung nachzulassen, Ernüchterung.

»Stör dich nicht daran«, flüsterte Aglaja atemlos, darauf bedacht, dass sich ihre Erregungskurve nicht abflachte. »Das ist mein neuer Nachbar. Schubkin. Du kennst ihn.«

»Schubkin«, wiederholte Schalejko enttäuscht. »Wenn wir ihn hören, dann kann doch auch er …«

»Weiß ich nicht. Mir ist das egal«, sagte Aglaja rasch und gereizt, und damit sagte sie die Unwahrheit, denn es war ihr ganz und gar nicht egal, im Gegenteil, dass Schubkin sie möglicherweise hören konnte, erregte sie noch mehr, und hätte Schalejko so viel Verstand oder Taktgefühl besessen, wenigstens ein, zwei Sekunden seinen Mund zu halten …

»Mir ist das aber nicht egal«, flüsterte ihr Schalejko, ohne einzuhalten, ins Ohr. »Du hast doch gehört, eine Säuberung soll es geben. Für die, die sich widersetzen, und die, die ihnen nicht Paroli bieten. Ich aber widersetze mich nicht, und deine Position«, er legte sich noch mehr ins Zeug, »die verurteile ich voll und ganz.«

»Ach, du verurteilst sie, du verurteilst sie!«, rief sie entrüstet, jedoch weiter bemüht, nicht aus dem Tritt zu kommen und ans ersehnte Ziel zu gelangen. Bei ihm hatte sich der Prozess indessen bereits umgekehrt, und auch wenn er sich aus Höflichkeit noch abstrampelte, ging es abwärts. Als sie das spürte, begann auch ihr die Lust zu vergehen, schließlich hielt sie es nicht länger aus und stieß ihn ziemlich grob von sich. Unartikulierte Entschuldigungen murmelnd, kroch er auf den Fußboden, um sich anzuziehen.

Sie machte ihm keine Vorhaltungen, blickte gleichwohl böse drein. In ihrem seidenen, mit Pfauen verzierten chinesischen Morgenrock wartete sie ungeduldig, bis er alle Knöpfe zugeknöpft hatte. Er hatte bereits den Hut aufgesetzt und wandte sich zur Tür, als sie ihm die Tasche aus den Händen riss und den Kognak samt Zitronen hineinstopfte.

»Aber nicht doch, Stepanowna!«, versuchte er sie zur Besinnung zu bringen, doch sie drückte ihm die Tasche in die Hand und sagte:

»Verschwinde, du Scheißer!«

Diese Bezeichnung kränkte Schalejko sehr. Schwer atmend trat er vor die Tür in der Hoffnung, unbemerkt das Haus verlassen zu können. Allerdings saßen vor dem Haus, wie er sich erinnerte, irgendwelche alten Weiber. Sie waren begierig, ihre Nase in alles zu stecken, aber aus Blindheit, Taubheit und Dummheit würden sie vielleicht nicht erraten, wer er war und woher er kam.

Doch bevor er wieder bei den Alten vorbeimusste, traf er auf dem Treppenabsatz mit Schubkin zusammen, der nach Anhören der BBC-Sendung beschlossen hatte, den Mülleimer hinauszubringen und sich dabei die jüngsten Ereignisse durch den Kopf gehen zu lassen. Auf Grund der möglicherweise anstehenden Säuberung in der KPdSU waren ihm diverse Gedanken gekommen, und nun entwarf er, mit dem Müll unterwegs, einen neuen Brief an Chruschtschow, in dem er verlangen wollte, sich nicht mit der Verstoßung hoch gestellter Funktionäre zu begnügen, sondern die Partei von den verbohrtesten Stalinisten zu säubern, die in den Parteiorganisationen auf Gebiets- und Kreisebene säßen.

Schubkin trat mit dem Eimer auf den Treppenabsatz und wäre fast mit Schalejko zusammengeprallt. Beim Anblick Schubkins war dessen erster Gedanke, dass der das Knarren des Bettes und die Worte »du mein Kätzchen« gehört hatte und nun sehen wollte, aus wessen Mund sie gekommen waren. Er konnte sich nicht vorstellen, dass ein schöpferischer Mensch, wie Mark Semjonowitsch Schubkin einer war, in seine Gedanken versunken (und er war permanent darin versunken), so sehr abschaltete, dass er keinerlei Gespräche, keinerlei fremde Laute wahrnahm, und wenn einzelne Seufzer und Worte doch zu ihm drangen, so waren sie für ihn nicht mehr als undeutliche Geräusche, vergleichbar dem fernen Tosen der Meeresbrandung. Doch Schalejko, der keine Ahnung von der subtilen seelischen Struktur eines schöpferischen Menschen hatte, war überzeugt, dass dieser Mistkerl alles mitbekommen, möglicherweise sogar gelauscht hatte und es deshalb sinnlos war, sich vor ihm zu verstecken.

»Ah«, sagte er und tat so, als freue er sich aufrichtig, Schubkin zu sehen. »Sei gegrüßt!«

»Guten Tag«, sagte Schubkin zerstreut oder, wie sich Schalejko einbildete, ausweichend.

»Ich habe, verstehst du … Na, bisschen was getrunken. Und die Kupplung ist kaputtgegangen. Im Haus des Kolchosbauern habe ich übernachtet …«

»Gut«, sagte Schubkin geistesabwesend und ohne damit etwas ausdrücken zu wollen, aber Schalejko hatte den Eindruck, dass sich hinter dem Wort »gut« Schubkins Misstrauen gegenüber dem Gehörten verbarg.

»Ich erklär's dir doch«, sagte Schalejko gekränkt, ohne dazu einen Grund zu haben, »na, ich war 'n bisschen angetrunken. Ich gebe zu, das kommt bei mir vor. Da hab ich sie getroffen. Ich leb ja wie ein Hund, immerzu Dienstreisen. Mal zur Parteikonferenz, mal zur Bestarbeiterkonferenz, mal zur Ausstellung. Mein Frauchen ist krank, eine Frauensache. Sie sagt mir selber: Du, Stjopa, kannst tun, was du willst, bloß verlass mich nicht. Und ich bin eben ein schwacher Mensch. An der Front, da bin ich ohne Stahlhelm zum Angriff los, die Kugeln pfiffen zwischen Schläfe und Ohr – ich hab mich davon nicht beirren lassen. Ich bin doch Schalejko! In mir ist doch Kosakenblut. Wenn ich aber ein hübsches Weibsbild sehe, dann, na ja …« Er seufzte, und plötzlich straffte sich seine Gestalt. »Dafür kenne ich in ideologischer Hinsicht keine Kompromisse. Hier ist Schalejko eisern.« Und er ballte die Hand zur Faust, um seine Härte zu demonstrieren. Dann versuchte er es auf die andere Tour. »Hör mal, wie wär's mit einem kleinen Kognak? Hier, guck, guter moldauischer, vier Sterne. Nein? Wie du meinst. Und was erzählen sie dort in ihren Bibisien über uns? Verleumden uns wieder, wie?«

Den letzten Satz sagte er wie beiläufig, ohne jeden Nachdruck, aber als Andeutung: solltest du mich verpfeifen – wir haben auch etwas, was sich an entsprechender Stelle melden lässt.

»Ach, nichts weiter«, antwortete Schubkin zerstreut. Er wollte Schalejko möglichst schnell loswerden und allein sein mit seinen Gedanken. Deshalb tat er, als habe er etwas vergessen, und ging in sein Zimmer zurück, den Mülleimer ließ er stehen.

Schalejko stand noch eine Weile auf dem Treppenabsatz, schließlich zuckte er die Achseln und stieg widerstrebend in den Hof hinunter.

25 Es wurde bereits dunkel, aber da es Sonntag und ein warmer Abend war, ging es im Hof noch sehr lebhaft zu. Kinder spielten Fußball, Verstecken, Haschen, Messerstechen, Karten mit Bonbonpapierchen. Der Milizionär Tolja Sarajew pumpte sein

Motorrad Kowrowez auf. Schurotschka-Durotschka kochte auf einem Petroleumkocher etwas für ihre Katzen. Die alten Frauen saßen vollzählig auf der Bank. Shora Shukow spielte auf dem Akkordeon den Tango *Ermüdete Sonne*. Seine Mutter Valentina tanzte mit Renat Tuchwatullin, und dessen Frau Raja nahm, den Tanzenden eifersüchtige Blicke zuwerfend, Wäsche von der Leine ab.

Kurzum, als Schalejko das Haus verließ, hatte sich dort derart viel Volks mit einem lebhaften Interesse für andere Leute versammelt, dass nicht einmal eine Ameise unbemerkt vorbeigekrochen wäre. Schalejko indessen war keine Ameise, sondern ein stattlicher, in jeder Hinsicht unübersehbarer Mann. Zumal mit seinem Strohhut. Und vergeblich hoffte er, dass die Leute im Hof, mit sich selbst beschäftigt, ihm keine Beachtung schenken würden. Natürlich schenkten sie ihm Beachtung. Schon als er hineingegangen war, hatten sie es getan. Jetzt, als er herauskam, umso mehr. Und als er, um möglichst unerkannt zu bleiben, den Kopf neigte und den Hut über die Augen zog, schenkten sie beidem Beachtung: dass er den Kopf neigte und dass er den Hut über die Augen zog. Schalejko entfernte sich in Richtung Rosenblumstraße. Die alten Frauen sah ihm nach, und Gretschka sagte mit fragender Intonation:

»Der kommt wohl von der Zimtzicke, wie?«

Worauf sie die Antwort erhielt:

»Klar, von der Zimtzicke, von wem sonst.«

Als relativ nüchtern denkender Mensch nahm Schalejko nicht an, dass die Leute, die er vor Aglajas Haus sah, einen Auftrag hatten, doch besaß er genügend Lebenserfahrung, um zu wissen, dass die Alten, die ihre Zeit auf Bänken verbrachten und deren Verstand mit nichts praktisch Notwendigem beschäftigt war, sich oft durch scharfe Beobachtungsgabe und ein gutes Gedächtnis auszeichneten, und wenn jemand auf die Idee käme, sie zu fragen, ob sie an einem bestimmten Abend auf der Bank gesessen und vielleicht einen vorbeigehenden Mann von dem und dem Aussehen und mit einem Strohhut bemerkt hätten, würden sie selbstverständlich sagen: aber ja, natürlich haben wir ihn bemerkt, und sich gleich noch an alle Details erinnern, was er anhatte, wie er aussah, als er hier erschien, und um welche Zeit er aus dem Haus herausgekommen war.

26 Von allen Zerstreuungen, die sich einem aufstrebenden Parteimenschen für seine Freizeitgestaltung boten, gab der Sekretär des Gebietskomitees Nikolai Iwanowitsch Gryslow drei den Vorzug: Jagd, Angeln, Banja. Am Sonnabend machte er sich auf zur Jagdwirtschaft »Espenhain«, wo er über Nacht blieb. Am Abend nahm er ein Dampfbad. Zwei Komsomolzinnen bearbeiteten Gryslow ordentlich mit Birkenruten, seiften und wuschen ihn, packten ihn in ein Laken, brachten Bier und waren ihm noch auf manch andere Art zu Diensten. Schließlich sangen sie auch Lieder mit ihm. Am Morgen ging es auf die Jagd. Eine erfolgreiche Jagd. Gryslow schoss zwei Wildenten und einen Keiler. Die beiden Komsomolzinnen kochten ein vorzügliches Mittagessen. »Hauptstadt-Salat«, Gemüsesalat, Soljanka mit Pilzen und Oliven, Pekingente, Moosbeerkissel und Wodka, der in einer Karaffe aus dem Kühlschrank auf den Tisch kam. Och! Ach! Uch! sagte Gryslow beim Anblick dieser Köstlichkeiten, doch sagte er es in Gedanken, denn ein führender Genosse kann keine menschlichen Emotionen besitzen, und wenn er doch noch welche besitzt, so wird er sich hüten, ihnen vor seinen Untergebenen Ausdruck zu verleihen. Selbst in der Banja, wenn sich Gryslows Mädchen nach Kräften um sein Wohlbefinden bemühten, nahm er dies mit steinerner Miene hin, als säße er komplett angezogen in einem Präsidium. Die ihn betreuenden Mädchen fragten sich jedes Mal, ob er ihre Dienste in Anspruch nahm, weil es ihm Vergnügen bereitete oder weil er meinte, dass das einfach dazugehöre. Verschlossen war der Genosse, vernagelt wie ein Sarg. Als er dann das erste Gläschen getrunken hatte, konnte er sich allerdings doch nicht enthalten, einen Ächzer von sich zu geben. Er fuhr gerade mit seiner Gabel in den »Hauptstadt-Salat«, als im Hof ein Motorrad

knatterte – ein Bote brachte die Protokolle und Resolutionen der im Gebiet abgehaltenen Konferenzen. Nikolai Iwanowitsch quittierte ihren Empfang und begann beim Schlürfen der Soljanka in den Papieren zu blättern. Er blätterte träge, warf einen Blick auf die Schlussseiten und wusste doch im Voraus, was da stand. Die Kommunisten des Kreises hatten mit großem Enthusiasmus die Kunde von der Plenartagung des Zentralkomitees der KPdSU aufgenommen und brandmarkten die parteifeindliche Gruppe, bestehend aus den Gen. ... und dem, der sich ihnen zugesellt hatte. Am Ende stand überall: »Einstimmig angenommen.« Auch unter der aus Dolgow eingegangenen Resolution stand, dass sie einstimmig angenommen worden sei. Allerdings war der Satz etwas anders formuliert: »Einstimmig angenommen bei einer Stimmenthaltung, die Gen. Rewkina übte.« Als Gryslow diesen Satz las, riss er den Mund so weit auf, dass die Soljanka in den Teller zurückfloss. Der Appetit war ihm vergangen. Ohne die Pekingente anzurühren, begab er sich zum Direktor der Jagdwirtschaft, um von seinem Arbeitszimmer aus Netschajew zu Hause anzurufen.

Netschajew hatte sich ebenfalls gerade an den Mittagstisch gesetzt und bereits die Serviette hinter den Kragen gesteckt. Da holte ihn seine Frau ans Telefon und flüsterte ihm angstvoll zu: »Gryslow.«

Netschajew griff zum Hörer, und da ihm klar war, dass Gryslow sonntags nicht ohne zwingenden Grund anrief, meldete er sich mit der offiziellen Formel:

»Netschajew am Apparat.«

Er hatte erwartet, als Erwiderung einen Gruß zu hören, die Nachfrage, wie es gehe. Doch ohne etwas zu fragen, fiel Gryslow mit der Tür ins Haus:

»Du hast bei dir im Kreis also deine eigene Opposition.«

Natürlich meinte er Aglaja Rewkina. Und als Netschajew auf Aglajas Verdienste verwies und meinte, dass mit ihr gearbeitet werden müsse, erklärte er schroff:

»Bei uns, mein lieber Freund, wird mit der Opposition nicht gearbeitet, bei uns wird sie vernichtet.«

Und ohne eine Antwortreaktion abzuwarten, legte er auf.

Damit kam der Stein ins Rollen. Netschajew schickte seine Frau, Porossjaninow zu suchen, der auch bald im Frisiersalon ausfindig gemacht wurde. In dem Glauben, zum Mittagessen eingeladen worden zu sein, erschien er umgehend mit einer Flasche »Possolskaja« (Gesandtenwodka) und gut ausgerüstet mit neuen Witzen, um seinen Chef damit zu erheitern.

Gleich in der Tür, während er sich noch sorgsam die Schuhe abputzte, sagte er:

»Gestern habe ich einen Witz von einer Ziege und einer Elster gehört. Also, kommt eine Elster angeflogen ...«

»Kannst dir das Füßeabtreten sparen und schnurstracks den Rückmarsch antreten«, fiel ihm Netschajew brüsk ins Wort. »Morgen werden wir die Rewkina ausschließen. Du bekommst den Auftrag, das Büro zusammenzuholen, und dass mir das volle Quorum gesichert ist.«

»Was ist denn passiert?«, wollte Porossjaninow erstaunt wissen.

»Das volle Quorum«, wiederholte Netschajew.

»Das Quorum? Wie soll ich das denn bis morgen zusammenkriegen?«

»Ruf an, arbeite mit den Füßen. Kurz, mach, was du willst, aber dass mir das Quorum gesichert ist«, sagte Netschajew und wandte sich ab.

27 Nach Verlassen des Aglajaschen Hofes schlug Schalejko die Richtung zu seinem jenseits der Bahnstrecke stehenden Haus des Kolchosbauern ein. Während er mit hüpfendem Gang dem Bahnhof zustrebte, hatte er das Gefühl, jemand schleiche ihm nach, verstecke sich hinter den Bäumen oder beobachte ihn aus den unbeleuchteten Fenstern.

Schalejko schritt rasch aus, der Abend senkte sich indessen noch rascher herab, als schleiche die Dunkelheit selbst ihm auf weichen Pfoten nach. Allmählich gingen die Lichter in den Fenstern und an den Masten entlang der Straße an, genauer gesagt, nicht an allen Masten, sondern nur an dem, der kurz vor dem

Bahnhof stand. An den übrigen waren die Glühbirnen teils durchgebrannt, teils durch den starken Hagel im vorigen Jahr zerschlagen oder auch von Rabauken aus dem Ort mit dem Katapult zerschossen worden. Und seitdem, sei es, weil es keine Glühbirnen gab, sei es, weil sich keiner dafür verantwortlich fühlte, neue einzuschrauben, lebte die Straße nachts in völliger Dunkelheit. Dafür aber strahlte der Bahnhof, über den Schalejkos Weg führte, von allen Seiten als elektrisches Paradies.

Dem Bahnhof in Dolgow wie in vielen ähnlichen Städten fiel eine besondere kulturelle Funktion zu. In Ermangelung eines besseren Ortes für abendliche Spaziergänge pflegten sich die Ortsbewohner sonnabends und sonntags zu den Ankunftszeiten der Fernzüge hier zahlreich einzufinden.

Insgesamt waren es vier Züge, und alle kamen von oder fuhren nach Moskau. Zwei hielten vormittags, die beiden anderen abends, im Abstand von etwa einer halben Stunde und jeweils für vier Minuten. Diese Minuten vor Eintreffen des ersten Zuges, nach Abfahrt des zweiten, die Zwischen- und besonders die Aufenthaltszeiten stellten für die Dolgower ein bewegendes Erlebnis dar. In der Tat, schön und beeindruckend. Der glatt gewalzte Bahnsteig aus Ziegelgrus stand in deutlichem Kontrast zu den finsteren, krummen Straßen der Stadt, die bestenfalls Kopfsteinpflaster hatten.

Das zweigeschossige Bahnhofsgebäude war zu Beginn des Jahrhunderts aus grauem, grob behauenem Gestein errichtet worden. Es verfügte über alles, was zu einem Bahnhof gehört: einen Wartesaal, Fahrkartenschalter, zwei Buffets und ein Restaurant. An der Vorderfront, zu beiden Seiten der runden Uhr und der Leuchtschrift mit der Bahnhofsbezeichnung, waren Porträts der Begründer des Kommunismus angebracht: Marx, Engels, Lenin, Stalin.

Übrigens sollten in besagtem Jahre 1957 in Moskau die Weltfestspiele der Jugend und Studenten stattfinden. Auf dieses große Ereignis bereitete sich auch Dolgow vor. In Erwartung der durchreisenden ausländischen Festivalgäste war der Bahnhof gesäubert und hergerichtet worden, und am Haupteingang hatte man eine Tafel angebracht, die in einer für Ausländer verständlichen Schrift kundtat:

TUALET NAKHODITSYA ZA UGLOM.\*

Und an der Blumenrabatte vor dem Bahnhof hieß es auf einem für Fahrgäste dieser Kategorie eigens aufgestellten Holzschild:

ZVETY NE RVAT'! PO TRAVE NE HODIT'!\*\*

Ausländer waren in Dolgow bisher rar, doch auch ohne sie ging es abends hier auf dem Bahnsteig lebhaft und fröhlich zu. Als Erste erschienen lange vor Ankunft des nächsten Zuges junge Mädchen. Sie kamen zu zweit, zu dritt daherspaziert und verströmten den Duft kräftigen Parfüms aus Landesproduktion. Bald stellten sich auch junge Kerle mit schicken Cordjacken und Schlaghosen ein. Herausgeputzte Ehepaare schlenderten in ihren besten Sachen den Bahnsteig entlang, grüßten einander mit ehrerbietigem Neigen des Kopfes und lüfteten die Mütze oder den Hut. Am Bahnhofseingang gab es Mohnkringel zu kaufen, Sprudel mit »Cruchon«-Sirup und Sahneeis in Waffelbechern. Und manchmal sogar für die Kinder Luftballons. So flanierten alle in Erwartung des sich fahrplanmäßig einstellenden kurzen Festes. Die jungen Kerle, mit ihren Schlaghosen den Bahnsteig fegend, hefteten sich an die Fersen der in raschelndem Chinakrepp vorbeispazierenden Mädchen und versuchten ein Gespräch anzuknüpfen:

»Sie, Fräulein, bei Ihnen ist was rausgefallen und dampft.«

Das Mädchen würdigte ihn entweder keiner Antwort oder parierte: »Dummkopf!« Womit es den Vorwand lieferte, weiter mit ihm anzubändeln.

---

\* Die Toilette befindet sich um die Ecke. (A. d. Ü.)
\*\* Blumenpflücken und Betreten des Rasens verboten! (A. d. Ü.)

Eine Viertelstunde vor Ankunft des Zuges sorgten die Fußballer von »Ernte« für die Vermehrung der auf dem Bahnsteig Wartenden. Heute hatten sie sich von den Gastgebern unentschieden getrennt und danach in der Teestube nicht mehr Dörrobstkompott zu sich genommen, sondern Wodka getrunken. Jetzt wurde nachgegossen, was sie vorsorglich von zu Hause mitgenommen hatten, mit einem einzigen Glas, dessen sie sich reihum bedienten. Fröhlich lärmend hofften sie, diesmal ohne Prügel aus Dolgow davonzukommen, doch vergebens: Ein Teil der hiesigen Fans war schon auf dem Bahnsteig, bis die anderen nachkamen, schlenderten sie einzeln oder zu zweit umher, und aus den Blicken, die sie den Fußballern zuwarfen, sprach nicht gerade Gelassenheit.

Der Zug tauchte aus der Dunkelheit. Zunächst war der ferne, aber kräftige Schrei der Lokomotive zu hören, dann leuchteten plötzlich hinter einer Biegung drei Scheinwerferaugen auf, deren Licht in feinen Strahlen über die Gleise glitt, bevor es allmählich stärker wurde und blendende Helligkeit verbreitete, und dann stürmte, in dicke Dampfwolken gehüllt, schnaufend und pfeifend, mit heftig arbeitendem glänzendem Gestänge, die »Jossif Stalin« herein, der Stolz des sowjetischen Lokomotivbaus, einen fünfzackigen Stern auf der mächtigen Brust. Sie schleppte eine lange Kette rußgeschwärzter Wagen hinter sich her, deren Türen auf einen Schlag aufgingen, das Licht verstärkte sich noch mehr, Fahrgäste in Schlafanzügen und Hausschuhen sprangen von den Trittbrettern und eilten los – die einen, um in Teekesseln heißes Wasser, die anderen, um Kringel und Eis zu holen, der Rest vermischte sich mit den Einheimischen. Auf dem Bahnsteig herrschte Leben, minutenlanges Gewimmel, hauptstädtische Atmosphäre sozusagen, reine Moskauer Sprechweise war zu hören: »Sieh mal, was für ein hübsches Städtchen!«, »Was kosten denn Ihre Gürkchen?« – man hätte meinen können, nicht auf dem armseligen Bahnsteig einer Provinzstation, sondern an einem Ort wie dem Gorkipark oder der Gorkistraße in Moskau oder gar auf dem Broadway zu sein.

Diesmal ging es auf dem Bahnsteig noch lebhafter zu, denn sobald in der Ferne die Lichter der Lok auftauchten, stürzten sich
die Dolgower Fans, die das als Signal zum Handeln nahmen, auf
die Gastfußballer, und es begann ein Handgemenge, das den allgemeinen Gang der Dinge nicht weiter störte.

Exakt in diesem Moment betrat Stepan Schalejko den Bahnsteig, wo er eine Menge Bekannte traf, mit denen er über sein
Kupplungsproblem, das Wetter und die Ernteaussichten sprach,
und als er sich so ein hervorragendes Alibi verschafft hatte, wäre
er, im Begriff, den Bahnsteig zu verlassen, fast mit Pjotr Klimowitsch Porossjaninow zusammengeprallt. Der war mit sorgen-
vollem Gesicht im Sturmschritt irgendwohin unterwegs, doch als
er Schalejko vor sich sah, stupste er ihm den Finger in den Bauch
und sagte: »Ha! Du kommst mir gerade recht. Übrigens, wieso
bist du heute, am Sonntag, nicht zu Hause?«, erkundigte er sich
gleich noch.

Schalejko, der argwöhnte, die Frage sei nicht umsonst gestellt
worden, begann eilig zum tausendsten Mal zu erklären, dass
gestern seine Kupplung kaputtgegangen sei und man ihm in der
Garage des Kreiskomitees versprochen habe, sie zu reparieren,
aber je länger er redete, desto mehr erschien ihm seine Erklärung
als pure Schwindelei, obwohl er die pure Wahrheit sagte.

Porossjaninow glaubte ihm in der Tat nicht, da er annahm, er
sei einfach hier versackt und hängen geblieben. Doch Vorhaltungen machte er ihm keine. Er hatte jetzt andere Sorgen.

»Folgendes, mein lieber Freund«, sagte er leutselig. »Du darfst
noch ein bisschen bleiben, und dass du dir morgen früh nicht einfallen lässt wegzufahren.«

»Was gibt es denn?«, wollte Schalejko wissen.

»Das wirst du bald erfahren«, versprach Porossjaninow. »Wie
stehst du zu Aglaja Rewkina?«

Da Schalejko das Motiv der Frage nicht kannte, bekam er einen
noch größeren Schreck. Haben sie's schon geschafft, mich zu verpfeifen? dachte er. Und überlegte fieberhaft, was man gegen ihn
vorgebracht haben könnte. Falls es nur darum ging, dass sie zu-

sammen in der Teestube gesessen hatten, war es halb so schlimm. Immerhin war sie noch Kommunistin, noch nicht ausgeschlossen. Natürlich verhielt sie sich nicht richtig, aber als hoffnungsloser Fall galt sie ja nicht. Netschajew hatte gesagt: Wir werden mit ihr arbeiten. Und er, Schalejko, konnte die Sache so erklären, dass er mit ihr gearbeitet hatte, sie dazu bringen wollte, ihre Verirrungen aufzugeben. Sie aufgefordert hatte, ihr Verhalten zu überdenken, sich nicht gegen die Partei zu stellen, ihren Blick nicht in die Vergangenheit, sondern nur nach vorn zu richten. Fast glaubte er es schon selbst, sich nur aus erzieherischem Antrieb mit ihr abgegeben zu haben. Und was danach gewesen war – wer wusste davon schon? Konnte Schubkin auf die Idee kommen, darüber zu reden? Kaum. Der hatte selber Dreck am Stecken – hörte BBC. Und diese alten Weibsen? Was wussten die denn? Dass er in das Haus hineingegangen war und es wieder verlassen hatte.

»Was ist mit dir?«, erreichte ihn von weit her Porossjaninows Stimme. »Hast du mich nicht verstanden? Ich fragte, wie du zu Aglaja Rewkina stehst.«

»Warum fragst du mich danach?« Schalejko hoffte, der Antwort entnehmen zu können, inwieweit Porossjaninow im Bilde war.

»Weil du morgen ohne Wenn und Aber zur außerordentlichen Bürositzung zu erscheinen hast. Es steht eine Personalfrage an.«

»Eine Personalfrage?!«, entfuhr es Schalejko. »Weswegen denn?«

»Wegen feindlicher Wühltätigkeit«, erklärte Porossjaninow. »Was hast du denn gedacht, dass wir solche Sachen etwa nachsehen?«

Natürlich verstand ihn Schalejko so, dass sich die feindliche Wühltätigkeit auf ihn bezog. Dass er in das Bett einer Volksfeindin gestiegen war.

»Was für eine feindliche Wühltätigkeit? Ich bitt dich!«, sagte er nervös. »Was hab ich denn getan? In eine Teestube bin ich gegangen, hab was getrunken, eine Frau freigehalten, sie nach Hause gebracht, ist das vielleicht feindliche Wühltätigkeit? Ich habe ihr doch nicht gesagt, dass ich ihre Auffassungen in irgendeiner Hinsicht teile.«

»Hör mal«, sagte Porossjaninow, »mich kümmert's überhaupt nicht, wen du freigehalten hast. Obwohl du ein Kommunist bist und dich nicht mit anderen Weibern abzugeben hast, dazu noch vor fremden Augen, aber ich rede mit dir nicht über Weiber, sondern über die Kommunistin Aglaja Rewkina. Morgen werden wir sie aus der Partei ausschließen.«

»Aglaja?«, fragte Schalejko verwundert. »Rewkina?«

»Aglaja«, bestätigte Porossjaninow. »Rewkina.«

»Mhm. Nun ja, ja.« Schalejko nickte, er fühlte Erleichterung und tat so, als hätte er sich das schon so gedacht. Und damit nicht die Spur eines Verdachts an ihm hängen blieb, beeilte er sich, Porossjaninow wissen zu lassen, dass er selbst zutiefst empört sei über das parteifeindliche Verhalten besagter Person. Doch wollte er auch etwas Positives über sie sagen.

»Ich verstehe das einfach nicht«, klagte er fast aufrichtig. »Sie ist doch unsere Genossin gewesen. Eine ehrliche, prinzipienfeste. Hat an der Kollektivierung teilgenommen, im Krieg eine Partisaneneinheit befehligt … Tapfer gekämpft, wie man hört.«

»Und jetzt«, fiel ihm Porossjaninow schroff ins Wort, »kämpft sie gegen ihr Volk. Und gegen die Partei. Kurz und gut, morgen wirst du dich sehr bestimmt äußern und sie verurteilen. Klar?«

»Klar«, bestätigte Schalejko mit säuerlicher Miene.

»Ich höre keine Festigkeit in deiner Stimme«, stellte Porossjaninow fest. »Sag offen, ob du sprechen wirst oder nicht.«

In dem Moment ertönte das Abfahrtssignal der Bahnsteigsaufsicht. Fröhlich antwortete die Lok mit einem ungeduldigen Pfiff. Sie stand schon zu lange, der brodelnde Dampf sprengte ihr fast die Brust, rief sie weiter in die Dunkelheit, auf die Strecke. Sie brüllte so auf, dass das Trommelfell Gefahr lief zu platzen, und stieß im Anfahren eine dicke Wolke aus, in der Porossjaninow vorübergehend verschwand. Durch Schalejkos Gehirn huschte der aberwitzige Gedanke, kurzerhand das Weite zu suchen, doch ehe er sich darüber richtig klar werden konnte, stand Porossjaninow wieder leibhaftig vor ihm und wiederholte seine Frage:

»Wirst du also sprechen oder nicht?«

Statt Antwort zu geben, betrachtete Schalejko die vorbeifahrenden Wagen. An den Griffstangen hingen »Ernte«-Spieler und machten wilde Bewegungen, um die hartnäckigsten der hiesigen Sportfreunde abzuschütteln. Genauso hätte Schalejko gern Porossjaninow abgeschüttelt, doch der hatte sich noch fester in ihn verkrallt als die Dolgower Fans in die Fußballer.

»Lass dich nicht ablenken und antworte offen – wirst du sprechen oder nicht?«

»Na ja«, wand sich Schalejko, »wenn es sein muss, ist es doch klar … Ich bin doch … ein Kommunist. Versteht sich also.« Er machte eine Pause. »Wenn ich bloß nicht krank werde. Mir tut's im Hals weh, verstehst du. Da im Hotel zieht es so, also … Ich fürchte, Angina oder so was.« Er fasste sich an die Kehle und hüstelte wie ein Sänger vor dem Auftritt. »Khe-khe! Heiße Milch mit Honig täte gut, Schröpfköpfe, Bettruhe …«

»Verstehe«, fiel ihm Porossjaninow ins Wort. »Kneifen willst du?«

»Ich und kneifen? Wie kommst du darauf? Ich bin doch an der Front ohne Stahlhelm zum Angriff los, die Kugeln pfiffen zwischen Schläfe und Ohr. Wievielmal hat mein Kompaniechef zu mir gesagt: He, Schalejko, willst du ohne Kopf bleiben, oder …«

»Du wirst also sprechen?«, verlangte Porossjaninow Klarheit.

»Ja, was sonst«, sagte Schalejko seufzend. »Wenn es sein muss, was sonst. Ich bin doch Schalejko. Ich habe doch Kosakenblut in mir. Ich kann irgendwo Schwäche zeigen als Mensch. Aber wenn es um Ideologie geht, da beweist der Kommunist Schalejko Unbeugsamkeit wie diese … wie die Brester Festung.«

»Dann ist es ja gut. Bloß, die Brester Festung hat sich verteidigt, während wir den Reichstag nehmen werden. Morgen. Einstweilen geh schön in dein Hotel, aber keine Milch mit Honig und keine Schröpfköpfe brauchst du, sondern ein Glas Wodka mit Pfeffer, und alles geht vorüber.«

**28** Jener Sommer war qualvoll in Dolgow. Eine Antizyklone, die sich über dieser Gegend festgesetzt hatte, bescherte ihr eine große, endlose Hitze. Tagsüber stieg die Temperatur auf vierunddreißig Grad im Schatten, und nachts sank sie nicht unter fünfundzwanzig. Die Hitze ließ Getreide und Gras verdorren, die kleinen Flüsse austrocknen, die Torfmoose sich selbst entzünden, und in der Stadt wurde der ewige rauchige Dunst zum permanenten Wetterattribut, das selbst in den Nachrichtensendungen Erwähnung fand. So eine Witterung war für Menschen mit Herz- und Kreislaufproblemen schwer zu ertragen, manche ertrugen sie gar nicht und starben. Bald, als in den seicht gewordenen Gewässern Pest- oder Choleraerreger auftraten, die die Bakteriologen nicht eindeutig zu identifizieren vermochten, nahm das Sterben unter Tieren und Menschen rapide zu.

Stepan Charitonowitsch Schalejko indessen hatte eine Bärengesundheit, keine Cholera konnte ihm etwas anhaben, seine Gefäße waren kräftig, sein Herz arbeitete rhythmisch, und was die Halsschmerzen anging, die hatte er sich, wir erinnern uns, einfach ausgedacht. Da ihm klar war, dass er sich nicht davor drücken konnte, in der Bürositzung etwas zu sagen, trank er bis drei Uhr nachts, bevor er sich schlafen legte, und nichts, einzeln genommen, hätte ihn in die Knie zwingen können – weder Wodka noch Hitze, noch Wanzen –, doch alles zusammen blieb selbst bei ihm nicht ohne Wirkung, und so erschien er zur Sitzung elend, blass und zerknittert. Er kam nach den anderen, in der Hoffnung, hinter jemandes Rücken Deckung suchen zu können, doch Porossjaninow, der bereits die Ellbogen auf den Präsidiumstisch gelegt hatte, wies ihm mit den Augen einen Platz in der zweiten Reihe hinter Staatsanwalt Strogi zu, einem in allen drei Dimensionen alles andere als großen Mann, hinter dessen Rücken sich zu verstecken unmöglich war.

Während Schalejko sich zwischen Stühlen und Knien zu diesem Platz durcharbeitete, bemerkte er, dass Aglaja Rewkina genau hinter ihm saß, in frontmäßiger Kleidung: Stiefel, dunkler Wollrock und mit einem Kommandeursriemen gegürtete Feldbluse, darauf zwei Orden, vier Medaillen und weitere Auszeichnungen. Da er nicht wusste, wie er ihre stumme Frage beantworten sollte, nickte er ihr mit dem Kinn kaum merklich zu, bevor er Platz nahm, ohne still sitzen zu können – unter ihrem körperlich spürbaren Blick bewegte er fortwährend nervös die Schulterblätter.

Die Sitzung wurde ohne jede Verzögerung eröffnet. Den Beratungsgegenstand referierte Porossjaninow. Obwohl er ablas, hatte er Probleme mit den Fällen und Präpositionen wie ein Ausländer, der erst im vorgerückten Alter mit dem Russischlernen angefangen hat. Schalejko hörte ihn, ohne etwas aufzunehmen. Lediglich Satzfetzen bekam er mit. Bei Genossin Rewkina, einem langjährigen Parteimitglied mit großen Verdiensten, sind in letzter Zeit Anzeichen von politischem Unverstand festzustellen. Tendenzen von Selbstgerechtigkeit und Überheblichkeit. Während die Partei zusammen mit dem gesamten Sowjetvolk sich auf das Neue orientiert, klammert sich Genossin Rewkina an das Alte. In Anbetracht ihrer Verdienste aus der Vergangenheit hat Genossin Rewkina schonungsvolle Behandlung erfahren, mehrfach wurden mit Genossin Rewkina geduldige Aussprachen geführt, um Genossin Rewkina das Wesen der Politik von Partei und Regierung in der gegenwärtigen Etappe zu erläutern, doch Genossin Rewkina hörte nicht auf die Meinung der Genossen, sie hält hartnäckig an ihren Verirrungen fest, hat sich auf die Seite der parteifeindlichen Gruppierung geschlagen und damit außerhalb der Reihen der Partei gestellt.

Aglaja hatte sich diesmal auf die Auseinandersetzung vorbereitet.

Sie trat ans Rednerpult und reckte sich, die Daumen hinter den Kommandeursriemen, so dass die Orden an ihrer Brust in hellem Ton erklangen.

»Habt ihr auch bedacht, was ihr tut?«, fragte sie. »Wenn ihr Genossen Stalin nicht liebt, warum habt ihr ihm das nicht gesagt, als er noch lebte? Hättet ihr ihm damals doch gesagt: ›Entschuldigen Sie, Genosse Stalin, aber wir lieben Sie nicht. Und Molotow und

Kaganowitsch lieben wir genauso wenig.‹ Hättet ihr das damals gesagt, könnte ich eurer jetzigen Haltung Achtung entgegenbringen. Aber ihr habt damals gesagt, dass ihr Genossen Stalin sehr liebt und bereit seid, für ihn durchs Feuer zu gehen.«

Im Saal war zaghafte Stille. Aglaja spürte, dass sie Macht über das Auditorium gewann, und hob die Stimme:

»Stalin und seine Mitstreiter haben die Revolution gemacht. Und was wärt ihr ohne die Revolution? Nichts wärt ihr. Euch alle hat Stalin aus dem Bettler- in den Königsstand erhoben ...«

Als Erster fing sich Netschajew und klopfte mit dem Karaffendeckel gegen die Karaffe. Und Porossjaninow fuhr auf:

»Genossin Rewkina, uns braucht man nicht das politische Abc beizubringen. Sprich von dir.«

»Ich spreche ja von mir«, schlug Aglaja die Attacke zurück. »Ich bin wie ihr alle mit dem Namen Stalins aufgewachsen. Von ihm geführt, haben wir die Kollektivierung durchgesetzt, die Industrialisierung ...«

Wieder klopfte Netschajew gegen die Karaffe, wieder rief Porossjaninow sie nuschelnd zur Ordnung:

»Genossin Rewkina, die Geschichte der Partei muss man uns nicht erzählen, wir kennen sie.«

»Wenn ihr sie kennt, dann würde ich empfehlen, euch zu erinnern, wie Stalin gegen die Opposition und die Opportunisten gekämpft hat. Im Grunde gegen solche wie ihr ...«

»Genossin Rewkina!«, rief Netschajew mit erhobener Stimme.

»Gefällt es euch nicht?« Aglaja wandte sich mit ironischem Lächeln zu ihm. »Ich denke, ihr würdet Genossen Stalin auch nicht gefallen. Solche wie euch hat er nicht gemocht. Genosse Stalin mochte ehrliche, prinzipienfeste Kommunisten. Mit Verrätern ...«

»Schluss jetzt! Schluss!«, schrie Netschajew. »Ich entziehe Ihnen das Wort. Verlassen Sie das Rednerpult. Verlassen Sie sofort das Rednerpult!«

»Nein«, widersprach sie. »Ich habe noch nicht alles gesagt. Ich bin überzeugt, dass ihr alle, die ihr hier sitzt, einverstanden seid mit dem, was ich sage. Ihr habt doch auch eure Überzeugungen.«

Sie hatte zur Hälfte Recht. Diese Leute hatten ihre Überzeugungen, doch reduzierten sie sich darauf, dass man sich denen da oben auf keinen Fall widersetzen darf. An Aglajas Rede hatte ihnen missfallen, dass aus ihr Konfrontation und Vorwurf herausklangen: Ich bin gut und prinzipienfest, während ihr Feiglinge, Speichellecker, Marionetten seid.

Da sie ihre jämmerliche Nichtswürdigkeit nicht gern eingestehen wollten, empörten sich die Sitzungsteilnehmer, stampften mit den Füßen, schrien »Schande!«, »Nieder!«, »Schluss damit!«, »Unverschämtheit!«.

»Bereue!«, schrie die Murawjowa von ihrem Platz.

Der Direktor des Fleischkombinats Botwinjew rannte wieder einmal nach vorn und schrie:

»Unkraut gehört ausgerissen!« Und er vollführte mit seinen Händen zerrende Bewegungen, als wäre er dabei, etwas auszureißen.

Der Verfasser dieser Zeilen ist einmal Zeuge eines Dramas im Hühnerleben geworden. Eine unglückselige Henne war zufällig ins Wasser gefallen. Seltsamerweise ertrank sie nicht, wurde aber so nass, dass ihr sämtliche Federn ausgingen. Als die anderen Hühner sie in einem so erbärmlichen Zustand sahen, stürzten sie sich gleich Raubtieren auf die Arme. Wie sich herausstellte, schlummerten in diesen kümmerlichen Geschöpfen große Leidenschaften, die Bereitschaft, eine Schwächere totzuhacken – genau wie bei uns. Sie fielen regelrecht mit Adlergeschrei über ihre nackte Schwester her, hackten auf sie ein und hätten sie, wäre ihr Besitzer nicht dazwischengegangen, totgehackt. Die Henne wurde zunächst von den anderen getrennt, einige Zeit später jedoch, nachdem ihr die Federn nachgewachsen waren, wieder als gleichberechtigt in die Hühnergemeinschaft aufgenommen.

Die Büromitglieder schrien, kreischten, pfiffen, gebärdeten sich, Schaum vor dem Mund, in einem kollektiven Anfall von Raserei, boten geradezu den Anblick einer Zusammenkunft der Schüttler-Sekte. Der Sekretär Netschajew sprang vergeblich von seinem Platz auf, klopfte gegen die Karaffe, schrie: »Genossen! Genossen!« Die Genossen hörten nichts und nahmen auch nichts auf. Dabei waren sie sich wohl bewusst, dass man ihnen dieses Nichthören positiv anrechnen würde. Irgendwo würde es als ideologisch gerechtfertigte Psychopathie gewürdigt werden.

Als sie sich dann endlich beruhigt hatten, ergriffen einzelne Redner das Wort. Der Chefzootechniker Objortotschkin, der Direktor des Stahlbetonkombinats Syrzow, der Banjaleiter Kolganow und abermals die Murawjowa. Alle verurteilten Aglaja Rewkina, meinten, sie befinde sich auf einem Irrweg, halte hartnäckig an ihren Verirrungen fest, zeige deutliche Anzeichen von Selbstgerechtigkeit und Überheblichkeit, gieße Wasser auf die Mühlen der Feinde und sei womöglich selbst eine Feindin. Die Spaltung der sowjetischen Gesellschaft – das sei gerade das, worauf unsere Gegner immer gesetzt hätten. Der Rewkina würden jetzt, zumindest in Gedanken, die internationalen Imperialisten Beifall klatschen, das Pentagon, durch sie ermutigt, arbeite an seinen aggressiven Plänen, und die CIA habe sie in die Listen ihrer freiwilligen Agenten aufgenommen und auf ihrem Konto dreißig Silberlinge deponiert.

Es besteht die Gefahr, dass der Leser von heute das Geschilderte als abwegige Groteske auffassen und als logisch denkender Mensch meinen wird: Es kann doch nicht sein, dass Dutzende an einem Ort versammelte Leute so ein Zeug reden! Denken Sie, was Sie wollen, aber ebendas taten die Leute von damals, wenn sie sich zu Dutzenden und Hunderten in geschlossenen Räumen und zu Tausenden auf Plätzen unter freiem Himmel versammelten. Und nicht ein normaler Mensch soll sich unter ihnen gefunden haben, der gesagt hätte: Liebe Mitbürger, was faselt ihr denn da zusammen? Ihr müsst doch verrückt geworden sein und gehört allesamt in die Klapsmühle, und zwar auf der Stelle. Hin und wieder fanden sich solche. Bloß, wenn jemand verrückt war, dann waren sie es. Denn ein normaler Mensch weiß abzuschätzen, dass dem kollektiven Wahn zu widerstehen ein gefährliches und zweckloses Unterfangen ist, mitzumachen hingegen vernünftig. An dieser Stelle sollte auch angemerkt werden, dass die Menschen ja alle

Schauspieler sind und viele aus Angst oder in der Hoffnung auf angemessene Belohnung bereitwillig die ihnen zugewiesene Rolle ausfüllen. Der heutige aufgeklärte Leser glaubt, Schwachköpfe wie die hier beschriebenen gebe es nicht mehr. Der Autor kann dem leider nicht beipflichten. Die Gesamtmenge an Niedertracht und Dummheit unter den Menschen vergrößert und verringert sich nicht, doch zum Glück nimmt die jeweilige Zeit sie nicht immer voll in Anspruch.

**29** Die Sitzung des Büros des Kreiskomitees der KPdSU ging zu Ende. Alle waren selbstverständlich zu der Ansicht gelangt, dass Aglaja Rewkina aus der Partei ausgeschlossen und von der Gesellschaft isoliert werden müsse, jemand ging sogar so weit, (auf örtlicher Ebene und lange vor der Affäre um Boris Pasternak) vorzuschlagen, dass die Rewkina, wenn sie unserer Sowjetordnung in ihrer erneuerten Form gar nichts abgewinnen könne, doch zu ihren Herren jenseits des großen Teichs gehen möge. Ein im Grunde alberner Vorschlag, denn die Ideen Aglaja Rewkinas konnten kaum nach dem Geschmack der überseeischen Herren sein.

Schalejko saß da, hörte den Rednern zu und hoffte, dass es der bereits gesprochenen Worte genug und es ihm vergönnt sei, hier den Pilatus zu spielen, das heißt, seine Hände in dieser Sitzung in Unschuld zu waschen und die Nachsäuberung dann im Hotel zu besorgen. Doch als er schon fest damit rechnete, davongekommen zu sein, richtete Porossjaninow seinen Blick auf ihn und sagte mit unverhohlener Bosheit:

»Wie kommt es, dass der Kommunist Schalejko gar nichts sagen will?«

Schalejko fuhr wie von der Tarantel gestochen hoch. Während er, anderen auf die Füße tretend, sich seinen Weg durch die Reihe bahnte, sah ihm Aglaja nach und nahm an, dass er irgendwie versuchen werde, sie in Schutz zu nehmen. Woher kam bei ihr diese eitle Hoffnung? Wie konnte sie hoffen, bei jemandem eine Tugend zu finden, über die sie selbst nicht verfügte? War sie denn selbst, wenn sie in der Vergangenheit Dutzende Male über andere mit zu Gericht gesessen hatte, jemals auf die Idee gekommen, einen anderen in Schutz zu nehmen? Obwohl sie doch eine mutige Frau gewesen war, eine ehemalige Partisanin, fähig, sich in ein reißendes Wasser, ins Feuer, in den Kugelhagel von Maschinengewehren zu stürzen, um einen Genossen zu retten, ihr Leben zu riskieren, egal wo, bloß nicht in einer geschlossenen Parteiversammlung.

Schalejko ließ sich Zeit, das Rednerpult zu erreichen. Vielleicht hoffte er auf ein Erdbeben oder dass die Amerikaner über Dolgow eine Wasserstoffbombe abwarfen und er nicht mehr zu sprechen brauchte. Doch weder das eine noch das andere geschah, er gelangte wohlbehalten zum Rednerpult, sammelte sich und sagte:

»Also, ich will mich hier nicht groß ausbreiten, ich sag's einfach so, dass unsere Partei unter Leitung des treuen Leninisten Nikita Sergejewitsch Chruschtschow einen, wie drück ich's möglichst einfach aus, gigantischen, titanischen Kampf für die Durchsetzung der leninschen Normen, kann man sagen, führt, und wir werden es niemandem erlauben, in unserem Garten Schweinereien zu veranstalten.«

Nach dieser Äußerung verließ er das Rednerpult, um zum Ausgang statt zu seinem Platz zu gehen, wurde jedoch gestoppt.

»Genosse Schalejko«, rief Netschajew ihn an.

»Was?« Schalejko hielt inne und sah ihn verwundert an. »Die Hauptsache habe ich doch wohl gesagt, was denn noch?«

»Sie haben irgendwie gar zu kurz und unlustig gesprochen«, sagte Netschajew.

»Ich – unlustig?«, fragte Schalejko bedrückt zurück.

»Nun ja. Unlustig und sehr kurz, als ginge es bloß darum, die Sache schnell hinter sich zu bringen. Vielleicht könnten Sie Ihren Gedanken mit Argumenten untermauern?«

»Ja, also …«, Schalejko war zum Rednerpult zurückgekehrt, »wenn Sie Argumente brauchen«, sagte er mit Betonung auf dem »u«, »so habe ich persönlich keine und brauche sie auch nicht. Argumente liefert uns Aglaja Stepanowna selber, die sich weit von uns entfernt hat und uns mit ihrem Verhalten zeigt, dass sie eine große Zierpuppe ist und uns für Kolchosniks hält, die nicht bis drei zählen können. Und das zu einer Zeit, wo unsere Partei einen grandiosen und welthistorischen Überwindungskurs fährt. Was natürlich Aufregung und Verwirrung im Lager unsrer Feinde hervorruft. Bei Aglaja Stepanowna … nein, ich will ja nichts sagen … in der Vergangenheit hat es gewisse, wie soll ich es sagen … Aber das ist ja kein Ablass und kein …« Er überlegte und sagte, da er fühlte, dass er nichts mehr zu verlieren hatte, direkt an Aglaja gewandt: »Ich seh Sie mir so an, Aglaja Stepanowna – was sitzen Sie hier eigentlich so stolz und halsstarrig, als wären Sie wirklich irgendeine Königin oder was? Was ist los mit Ihnen? Vielleicht sind Sie unter Einflüsse geraten? Ich weiß, es gibt welche, die hören so eine Bibisi und fangen an, Gerüchte in Umlauf zu setzen, verstehen Sie. Hören Sie besser nicht auf diese Stimmen und sehen Sie sich mit eigenen Augen um. Kommen Sie zum Beispiel in unseren Kolchos, und ich werde Ihnen persönlich zeigen, wie unsere einfachen, kann man sagen, Bauern leben. Jeder, nun, buchstäblich jeder hat im Stall eine Kuh stehen, mit Kalb und manche auch ohne. Unsere Kolchosbauern haben vier Motorräder und einen Moskwitsch. Für den Klub haben wir eine neue Musiktruhe gekauft. Und wir haben den Traum, in Zukunft, nun, vielleicht nicht für uns, aber für unsere Enkel, eine Wasserleitung zu legen und so eine Toilette zu bauen, wo man an einer Kette zieht und das Wasser runterfließt. Darauf sind unsere Träume gerichtet, Sie, Aglaja Stepanowna, Sie sind doch eine alte Frau, gucken Sie sich mal an, kommen Sie zur Besinnung, halten Sie ein. Wenn Sie nicht einhalten, werden wir Sie, verstehen Sie, zertreten, aus dem Weg räumen und das da …«

Schalejko trat unter Beifall ab, der dann in der Zeitung stürmisch genannt wurde. Ob er tatsächlich stürmisch war oder nicht so sehr, darauf kommt es nicht an, worauf es ankommt, ist, dass der Beschluss, Gen. Rewkina aus den Reihen der KPdSU auszuschließen, einstimmig gefasst wurde. Wie nicht anders zu erwarten.

Aglaja saß stocksteif da, ihr Gesicht drückte nicht das geringste Gefühl aus. Und mit ihren Gedanken war sie überhaupt ganz woanders, so dass sie die an sie gerichtete Frage nicht gleich verstand.

»Was?«, fragte sie zurück.

»Ich frage«, wiederholte Netschajew, »ob Sie Ihren Parteiausweis bei sich haben.«

»Meinen Parteiausweis und mein Parteigewissen habe ich immer bei mir«, versetzte Aglaja.

»Was das Gewissen anbelangt, da sind Sie bei der Kirche an der richtigen Adresse, den Ausweis aber, den bitte ich hier abzuliefern.«

»Hast du das schon mal gesehen?«, fragte Aglaja und zeigte ihm die Faust mit durchgestecktem Daumen, was den Büromitgliedern sehr missfiel. Als sie dann auseinander gingen, sprachen sie noch lange darüber, was solche Gesten sollten. Unanständig, so was!

»Rewkina!«, brüllte Porossjaninow drohend auf. »Was meinst du, wo du dich befindest?«

»Genossin Rewkina«, sagte Netschajew höflich, »Sie müssen den Ausweis abgeben.«

»Ich habe ihn nicht von euch bekommen.«

»Gib ihn im Guten ab«, sagte Porossjaninow, »sonst müssen wir ihn dir gewaltsam abnehmen.«

»Nimm ihn mir doch ab«, bot Aglaja an und steckte ihn von der Tasche hinter die Bluse.

Die Präsidiumsmitglieder tauschten Blicke, und Netschajew fand sich zu einem Kompromiss bereit.

»Na schön«, sagte er, »alle sind müde, die Frage der Ausweisabgabe verschieben wir vorläufig. Aber Sie werden ihn in der nächsten Zeit nicht brauchen. So lange, Aglaja Stepanowna, bis Sie sich Ihr Verhalten überlegt und die entsprechenden Schlussfolgerungen gezogen haben. Wenn Sie es tun, wenn Sie kommen und bereuen, dann werden wir Ihnen vielleicht die Möglichkeit geben, mit einer sehr strengen Rüge in die Partei zurückzukehren.«

Aglaja akzeptierte ihren Ausschluss nicht, reichte aber auch keine Klage ein. Sie entschied, dass sie von nun an eine nur sich selbst verpflichtete Kommunistin und eine eigene Partei sei. Am übernächsten Tag nach ihrem Ausschluss richtete sie ein Sparbuch ein zur monatlichen Einzahlung ihrer Mitgliedsbeiträge. Sie zahlte dieses Geld selbst ein und vermerkte in ihrem Ausweis, dass der Beitrag für den und den Monat bezahlt sei.

**30** Erst jetzt wusste Aglaja zu schätzen, was für einen guten Nachbarn sie in dem seligen Teluschkin gehabt hatte. Niemals irgendwelcher Lärm. Dieser Schubkin dagegen – ein Graus! Bald brüllt hinter der Wand das Radio, bald klappert die Schreibmaschine, bald beginnt das Bett zu knarren. Manchmal auch alles auf einmal: Das Radio brüllt, die Schreibmaschine klappert, und dazu noch sonderbares Schnaufen-Keuchen-Kreischen-Glucksen. Aglaja versuchte sich vergeblich vorzustellen, wie man so verschiedenartige Verrichtungen – die mögliche Ursache aller dieser Geräusche – gleichzeitig ausführen konnte.

Für gewöhnlich äußern die Leute in solchen Fällen ihren Unmut durch An-die-Wand-Klopfen. Aglaja klopfte nicht an die Wand, sie zeigte Schubkin lieber, dass sie von ihm keine Notiz nahm. Begegnete sie ihm im Hof oder auf der Treppe, so ging sie achtlos an ihm vorbei – er war Luft für sie.

Nicht von ihr kam die denunziatorische Mitteilung an die örtlichen Organe, Schubkin höre Auslandssender, doch da sie seine unmittelbare Nachbarin war, fiel der Verdacht auf sie. Von den Organen, wie das Volk sie kurz nannte, wurde der Brief an die Parteiorgane, das heißt an das Kreiskomitee, weitergeleitet, woraufhin Schubkin von Porossjaninow eine Vorladung erhielt. Schubkin nahm an, der Grund seien die Gedichte von Bunin, die er am Tag des Lehrers auf einer abendlichen Laienkunstveranstaltung vorgetragen hatte. Doch da machte er sich unnötigerweise Sorgen. Porossjaninow tadelte ihn nicht Bunins wegen, denn er wusste gar nicht, wer Bunin war. Er bot Schubkin den Sessel und Tee mit Kringeln und Zitrone an, befragte ihn nach dem Kinderheim, nach seinen persönlichen Problemen, und dann, nachdem er lange Anlauf genommen hatte, kam er zur Hauptsache. Dabei ging er auch zum Du über.

»Weißt du, hier ist ein Hinweis gekommen, dass du abends Feindsender hörst.«

»Ein Hinweis von wem?«, wollte Schubkin wissen.

»Ich weiß nicht, von wem. Anonym. Bei uns«, sagte Porossjaninow lächelnd, »schreiben die Leute gern. Manchen fällt es leichter, andere anzuzeigen, als an die Wand zu klopfen.«

Schubkin begriff die Andeutung und beteuerte wortreich, er höre sich die Sendungen ausschließlich zum Zwecke der Gegenpropaganda an. Er leiste aktive gesellschaftliche Arbeit, betätige sich als Propagandist der kommunistischen Ideologie. Um die bürgerliche Ideologie wirksam bekämpfen zu können, müsse er die Argumente des Gegners kennen.

»Das ist richtig«, räumte Porossjaninow ein, »aber ich denke, dass du die Argumente des Gegners auch dann verstehen wirst, wenn du das Radio an die andere Wand und etwas leiser stellst.«

Schubkin befolgte den Rat und rückte den Tisch mit dem Radio und der Schreibmaschine von Aglaja weg und näher zu Schurotschka-Durotschka, zumal die ziemlich taub war und nicht hörte, was sie nicht hören wollte. Manchmal jedoch, wenn etwas Außergewöhnliches passierte, stellte Schubkin das Radio, um auch Aglaja davon in Kenntnis zu setzen, an ihre Wand. Und seltsamerweise verwehrte sie ihm das nicht, spürte doch neuerdings auch sie das Bedürfnis, Informationen nicht nur aus der *Prawda* zu erhalten.

**31** Obwohl die Ereignisse eine alles in allem für Schubkin erfreuliche Entwicklung nahmen, stimmten ihn einige Detailerscheinungen bedenklich, worüber er dem ZK der KPdSU besorgt Meldung machte. Hatte er wieder einen Brief an die Parteiführung verfasst, las er ihn zunächst Antonina vor, um zu prüfen, wie er beim einfachen Volk ankam. Er stellte sich in Fensternähe in Positur, in der Linken den Brief, die Rechte vorgestreckt, und legte los:

»Teurer und hochverehrter Nikita Sergejewitsch!

Ist Ihnen bekannt …« Diesen Beginn wählte er fast immer: »Ist Ihnen bekannt …« So eine Einleitung klang herausfordernd. Was heißt: Ist Ihnen bekannt? Bei dem Amt, das Chruschtschow bekleidete, verstand es sich von selbst, dass ihm alles bekannt war. Ein ruppiger Beginn natürlich – wenn er wenigstens das Folgende sanfter formuliert hätte, aber da kam es noch ärger. »Ist Ihnen bekannt, dass die von Ihnen geführte Partei dabei ist zu entarten?«

Wenn er las, hörte Antonina auf zu stricken, und ihr Gesicht verdüsterte sich.

Verwundert fragte er:

»Gefällt es dir nicht?«

»Nö«, beeilte sie sich zu widersprechen.

»Es gefällt dir nicht?«, wunderte er sich noch mehr.

»Nö … es gefällt mir«, stellte sie klar. »Bloß, wozu seinen Kopf so überanstrengen? Sie werden Sie doch deswegen, Mark Semjonowitsch …«

»Was? Meinst du, sie sperren mich wieder ein?«

»Das können sie.« Antonina nickte. »Oh, und wie sie das können.«

»Nein, nein«, schloss Schubkin diese Möglichkeit aus, »die Beschlüsse des XX. Parteitags können jetzt nicht mehr rückgängig gemacht werden. Aber gerade deswegen, damit das nicht geschieht, dürfen wir einfachen Kommunisten nicht schweigen, wir haben nicht das Recht dazu.«

»Glauben Sie, dass wir den Kommunismus erleben werden?«, erkundigte sich Antonina, indem sie die Beine unterschlug.

»Oh, Antonina!« Schubkin schlug die Hände zusammen. »Was heißt, ob ich das glaube oder nicht? Ich weiß es ganz genau, dass der Kommunismus kommen wird. Früher oder später, aber unausbleiblich. Du musst begreifen, dass der Marxismus keine Religion ist, nichts, was bloß auf Legenden beruht, sondern eine Wissenschaft. Eine Voraussage, die auf einer präzisen Analyse gründet. Ich werde den Kommunismus kaum erleben, du aber bist jung, du wirst ihn noch erleben. Weißt du, was Kommunismus bedeutet? Kommunismus – das ist ...« Er begann im Zimmer auf und ab zu gehen und ihr die Träume Vera Pawlownas* zu erzählen, und zwar so farbig, als hätte er sie selbst erst gestern geträumt. Sie hörte ihm verzaubert, mit sanftem Lächeln zu, und als er fertig war, sagte sie:

»Bei uns im Buffet hat gestern Nacht wieder einer einen Haufen auf 'n Tisch gesetzt. Und wie's passiert ist, wer und wann das gewesen ist, hat keiner gesehen – obwohl ein Diensthabender da ist und auch Miliz. Wie die Partisanen, wirklich wahr.«

**32** Es heißt, die geistigen Fähigkeiten eines Menschen hingen vom Gewicht seines Gehirns ab. Ein großes Gehirn aber finde nur in einem großen Kopf Platz. Einen großen Kopf hatte Turgenjew. Und dementsprechend ein Gehirn, so schwer wie zwei Brotlaibe. Noch größer war der Kopf Lenins. Einen größeren Kopf und natürlich auch ein größeres Gehirn als Lenin hatte niemals jemand auf der Welt gehabt, und das anzuzweifeln war gefährlich unter der Sowjetmacht. Man riskierte, seinen Kopf zu verlieren, egal, wie er war. Aber da die Sowjetmacht ihre Existenz aufgegeben hat, kann ich es mir leisten, meine freilich nur auf meinem Eindruck beruhende Vermutung auszusprechen, Mark Semjonowitsch Schubkins Kopf sei womöglich noch größer gewesen als der Lenins. Allerdings, Lenin habe ich nur von weitem gesehen und im Sarg, Schubkin hingegen von nahem und lebend. Sein Gehirn hat, soviel ich weiß, niemand gewogen (selbst dann nicht, als es möglich gewesen wäre), aber aller Wahrscheinlichkeit nach ist es auch nicht klein gewesen. Jedenfalls (das weiß ich genau), befähigte es Schubkin, Bücher nicht wie unsereins zu lesen, Zeile für Zeile, sondern seitenweise. Ein Blick auf die Seite – gelesen, ein Blick auf die nächste – gelesen. Anfangs dachte ich, dass

---

* Gestalt aus Nikolai Tschernyschewskis Roman *Was tun?*. (A. d. Ü.)

er … wie soll ich sagen … nur mit den Augen drübergleitet von der ersten Zeile bis zur letzten, doch er lachte mich aus, als ich ihm das sagte. Was Sie meinen, das ist die so genannte Partiturmethode, sagte er, die könnten auch Sie erlernen, wenn Sie sich Mühe gäben. Was ich mache, das ist fotografisches Lesen. Ich sehe mir eine Seite an und nehme sie augenblicklich von oben bis unten auf. Mit einem Blick lese und merke ich sie mir. Wenn Sie möchten, können wir es nachprüfen. Natürlich prüfte ich es. Ich nahm ein Buch aus dem Regal, schlug es irgendwo auf, ließ Schubkin nur einen Blick draufwerfen, und das genügte ihm, mit geschlossenen Augen den ganzen Text zu reproduzieren. Was für eine außergewöhnliche Begabung! Von den Sprachen gab es, wie bereits gesagt, praktisch keine, die er nicht gekonnt hätte, die meisten hatte er im Lager gelernt. Ausländer verschlug es nur selten nach Dolgow, in der Zeit der Entspannung kamen aber immerhin ein paar, um unsere landwirtschaftlichen Erfolge zu studieren. Dann ließen die Verantwortlichen Schubkin holen. Und er erklärte diesen Ausländern die Vorzüge des Kolchossystems in jeder beliebigen Sprache, von Englisch bis zu irgendeiner kaum bekannten Mundart der finnougrischen Gruppe. Frappiert vom Ausmaß seines Wissens und seinem Gedächtnis, vermuteten viele bei ihm exorbitante Geistesgaben und zogen es vor, in seinem Beisein bescheidenerweise zu schweigen. Die aber, die sich mit ihm auf ein Streitgespräch einließen, zogen stets den Kürzeren. Mir erging es nicht anders. Denn er drückte mich mit seinem Kenntnisreichtum an die Wand, schlug mich mit Zitaten der Klassiker des Marxismus-Leninismus. Über meine Zweifel bezüglich des wissenschaftlichen und praktischen Kommunismus lachte er nur und befand, sie rührten von Unwissenheit her.

»Sie, mein Herzensbruder«, wie er mich ironisch zu betiteln pflegte, »sollten erst einmal Marx, Engels und Lenin lesen, sich die Mühe machen, zum Kern ihrer Überlegungen vorzudringen, dann dürfen Sie streiten. Wie kann man über Ideen urteilen, die die besten Geister der Menschheit hervorgebracht haben, ohne sich damit vertraut gemacht zu haben?«

»Ich habe mich damit vertraut gemacht«, wagte ich hin und wieder den Streit mit ihm. »Sehr gründlich habe ich das tun dürfen und am eigenen Leib erfahren, was es damit auf sich hat.«

»Sie haben lediglich ihre Verzerrungen kennen gelernt«, widersprach Schubkin, »wozu ich Sie auffordere, das ist, die Ideen als solche zu studieren. Lesen Sie für den Anfang das *Kapital*, den *Anti-Dühring* und wenigstens die Hälfte der gesammelten Werke Lenins, an die fünfzig Bände.«

Ich versuchte, seine Ratschläge zu befolgen. Ich besorgte mir die genannten Werke in der Bibliothek, doch ihre Lektüre löste bei mir jedes Mal Schlafbedürfnis und ein unangenehmes Rauschen im Kopf aus.

Deshalb gab ich es auf mit diesen Büchern und vermied den Disput mit Schubkin, denn wie stand ich mit meinem Wissen da?

Doch dann ergab sich ein Anlass, den Admiral in seinem Wächterbüdchen im Holzlager aufzusuchen. Das Büdchen war aus gehobelten Balken gezimmert und mit frischen Brettern ausgekleidet, die ihren Kieferduft noch nicht vergessen hatten. Dem Admiral war es bereits gelungen, auch das Wächterbüdchen in eine Kajüte zu verwandeln. An den Wänden aufgehängte Landkarten, auf dem Tisch das Modell eines Segelschiffs aus dem siebzehnten Jahrhundert, auf einem Hocker neben der Pritsche ein altes Lotsenhandbuch der Häfen am Asowschen Meer. Die Pritsche sah sowohl nach Koje als auch nach der Schlafstelle eines Obdachlosen aus. Ich fand den Admiral auf dieser Pritsche vor – halb liegend auf irgendwelchen Lumpen, zugedeckt mit einer alten grauen Fransendecke, trank er in seinem Aluminiumbecher gebrühten starken Tee. Für mich machte er in seinem Inventar ein kantiges Glas mit Untersetzer ausfindig. Ich schüttete mir Tee hinein und übergoss ihn mit siedendem Wasser.

Es war Winter. Draußen herrschte klirrender Frost, während hier in dem runden Eisenöfchen mit der offen stehenden Tür das fröhlich lodernde Feuer Birkenscheite verzehrte, es war heiß, der Admiral schwitzte, und aus den Kieferbrettern an den Wänden quoll Harz.

Während wir Tee tranken und dazu Tulaer Lebkuchen aßen, erzählte ich dem Admiral von meinen Gesprächen mit Schubkin. Aufrichtig sagte ich ihm, dass ich manchmal, wenn ich mit ihm stritt, das deutliche Gefühl hatte, im Recht zu sein, ohne ihm das beweisen zu können, da er mich mit seiner Autorität an die Wand spielte. Damit, dass er älter war, wie auch damit, dass er lange gesessen hatte und alles wusste. Ich äußerte einen Gedanken, und er kam mir mit einem Zitat von Lenin, von Marx oder gar von Hegel oder Descartes.

»Sagen Sie«, fragte mich der Admiral, indem er einen Lebkuchen zerbrach, »haben Sie nicht den Eindruck, dass Ihr Schubkin ein totaler Dummkopf ist?«

»Aber«, meinte ich verwirrt. »Wie kann ich ihn für einen Dummkopf halten, wenn er so gebildet ist?«

»Meinen Sie denn, dass Bildung und Verstand ein und dasselbe ist?«

»Nun …« Ich überlegte. »Natürlich, wenn einer gebildet ist, wenn er viel Wissen in seinem Kopf hat, kann er seine Überlegungen mit einer Menge Fakten stützen …«

»Ha!«, fiel mir der Admiral fröhlich ins Wort. »Mit Fakten stützen! Und wenn er das nicht kann? Zitate, sagen Sie. Hat er jemals auch nur einen eigenen Gedanken geäußert?«

»Wozu sollte er?«, fragte ich. »Wenn er so viele fremde gute Gedanken im Kopf hat, wozu sollte er sich eigene ausdenken?«

»Ich sehe, dass auch Sie … wie soll ich es sagen …«

»Sie wollen sagen, dass auch ich ein Dummkopf bin?«, reagierte ich sofort gekränkt.

»Aber nein«, sagte der Admiral. »Ich bin ein höflicher Mensch und würde das nicht so krass ausdrücken, aber lassen Sie es sich durch den Kopf gehen. Die Menschheit hat schon so viele ungemein kluge Gedanken hervorgebracht – heißt das aber, dass wir gar nichts mehr brauchen? Wir beide ziehen es jetzt immerhin vor, Überlegungen anzustellen, statt uns mit Zitaten zu bepflastern. Obwohl, das können Sie mir glauben, in meinem Kopf auch eine Menge Zitate gespeichert ist. Und zwar zum Teil sehr prägnante. Mit einigen kann ich meine eigenen Gedanken untermauern. Aber einen originellen Gedanken durch Zitate ersetzen, das ist unmöglich.«

»Warum?«, wollte ich wissen.

»Weil jeder Gedanke nur dann etwas taugt, wenn er im Kopf eines konkreten Menschen unter konkreten Umständen auf der Grundlage eigener Erfahrungen und als Resultat eigenen Denkens geboren wurde. Sie können sich das«, er lächelte nachsichtig, »als Zitat aufschreiben und im Streit mit Schubkin verwenden. Einstweilen aber legen Sie mal ein bisschen Holz auf.«

Ich rückte mit dem Schürhaken die fast durchgebrannten Scheite zurecht, legte neue auf, lief mit dem Teekessel zur Wasserentnahmestelle. Fröstelnd kehrte ich zum Admiral zurück und sagte zu Schubkins Verteidigung:

»Wie kann er ein Dummkopf sein, wie Sie sagen, wenn er einen so riesigen Kopf hat, er muss doch mit etwas gefüllt sein.«

»Mit Dummheit ist er gefüllt«, sagte der Admiral erbarmungslos. »Ich will ihnen Folgendes sagen. Sie sind bestimmt schon mal auf dem Dorf gewesen. Wie Sie vielleicht bemerkt haben, gibt es in jedem Dorf einen Dorfnarren und einen Dorfweisen, einen einfachen Bauern mit einem faustgroßen Kopf und einem Gehirn, das wahrscheinlich auch nicht sehr bedeutend ist. Aber sein Denken, das sich auf eigene Lebenskenntnis und persönliche Erfahrungen stützt, zeichnen Einfachheit, Klarheit und gesunder Menschenverstand aus. Und überhaupt sollten Sie sich gut einprägen: Das Gehirn eines Menschen unterscheidet sich von dem der anderen nicht nur durch seine Größe, sondern auch darin, wie das eingegebene Material verarbeitet wird. Das Gehirn kann, grob gesprochen, ein Lager, eine Mühle oder ein chemisches Laboratorium sein. Das Lager ist mitunter sehr geräumig und mit verschiedenartigen Dingen gefüllt, je zahlreicher sie sind, desto schwerer fällt der Überblick. Die Mühle kann nur das mahlen, was hineingeschüttet wird. Auch wenn sie klein und primitiv ist, kann sie gutes Getreide zu sehr passablem Mehl vermahlen. Nehmen Sie aber eine große, moderne Mühle, die allerbeste, eine mit großen Mühlsteinen und Sieben von idealer Qualität, und füllen schlechtes Getreide hinein, wird sie Ihnen nichts Brauchbares liefern. Ein schöpferisches Gehirn ist der höchste Gehirntyp, ein chemisches Laboratorium, in das alles Mögliche hinein- und etwas grundsätzlich Neues, eine Synthese herauskommt. Hier zahlt sich alles aus: Wissen, Gedächtnis, Fähigkeit zu eigenständigem Denken. Solche Gehirne gibt es nur selten, selten selbst bei denen, die einen großen Kopf haben.«

»Sicherlich hatte Lenin so ein Gehirn«, meinte ich.

»Lenin?«, rief der Admiral verwundert. »Wo denken Sie hin! Lenin hatte ein ideologisches Gehirn. Noch so ein Typ, und zwar ein seltener. Kein Lager, keine Mühle, kein Laboratorium, sondern eine Art Kopf-Magen. Er nimmt eine Menge hochwertige Nahrungsmittel auf, die alle verdaut werden, und heraus kommt Scheiße.«

»Na, dann hat auch Schubkin einen Gehirn-Magen«, stellte ich fest, froh über die gefundene Definition.

»Nein, nein«, widersprach mein Gesprächspartner. »Was Schubkin hat, das ist eine Gehirn-Mühle. Wenn man gutes Getreide hineingeben würde, könnte es Mehl produzieren. Er aber hat seine Mühle mit Leninscher Scheiße gefüllt, und da konnte nichts als Scheiße herauskommen.«

Ich holte den Teesatz aus dem Glas, warf ihn ins Feuer und brühte mir eine neue Portion.

»Möchten Sie auch noch einen?«, fragte ich den Admiral.

»Ja, bitte.«

»Ich würde das begonnene Gespräch doch gern zu Ende führen«, sagte ich. »Sie sind also der Ansicht, dass ein Mensch sehr gebildet sein, viel wissen, über ein phänomenales Gedächtnis verfügen, eine außergewöhnliche Sprachbegabung besitzen und trotzdem schlichtweg ein Dummkopf sein kann?«

»Ja, genau.« Der Admiral nickte. »Ihr Schubkin ist ein Beispiel dafür.

»Und Lenin?«

»Auch Lenin ist ein Dummkopf«, sagte der Admiral ruhig.

Da musste ich nun doch widersprechen.

»Na, wissen Sie«, sagte ich. »Sie sind natürlich ein Original und ein Paradoxalist, zu Lenin habe ich selbst ein kritisches Verhältnis, aber ihn einen Dummkopf zu nennen – das geht ja wohl zu weit. Er hat die ganze Welt umgekrempelt.«

»Und zu welchem Zweck?«

»Zu welchem Zweck, das steht auf einem anderen Blatt.«

»Nein«, wurde endlich auch der Admiral heftig, »das steht auf keinem anderen Blatt. Das habe ich schon Ihrem Schubkin erklärt. Ein kluger Mensch ist einer, der sich ein Ziel setzt und alles tut, es zu erreichen. Wer sich aber ein unerreichbares Ziel setzt und nicht begreift, dass es unerreichbar ist, der kann nicht als klug gelten.«

»Nun, im landläufigen Sinne mögen Sie Recht haben. Aber Lenin hat sich doch kein einfaches, er hat sich ein grandioses Ziel gesetzt.«

»Darum ist er auch nicht schlechthin ein Dummkopf«, sagte der Admiral, »sondern ein grandioser Dummkopf. Notieren Sie sich das in Ihrem Heft: Lenin ist ein grandioser Dummkopf.«

Er schwieg eine Weile, dann entschied er wahrscheinlich, dass sein Gedanke begründet werden müsse.

»Ich …« sagte er, »im Unterschied zu Ihnen hatte ich ja Zeit … ich habe ihn von A bis Z gelesen. Er ist doch, mit Verlaub zu sagen, total auf die Schnauze gefallen. Mit allem. Hat die Revolution gemacht, die Macht ergriffen, Russland umgekrempelt, aber wozu? Wo ist das, was er vorausgesagt hat? Wo ist der Kommunismus? Warum ist der Kapitalismus bis heute am Leben, wenn er schon zu seinen Lebzeiten sein letztes Stadium erreicht hatte? Schubkin sagte zum Beweis von Lenins Geistesgröße, er habe nach der Revolution erkannt, dass sie zu weit gegangen seien, weshalb er dann beschloss, teilweise zum Kapitalismus zurückzukehren, und die NÖP verkündete. Aber ist es nicht dumm, etwas zu zerstören, was als Ganzes existierte, um dann teilweise dazu zurückzukehren? Kurzum, ich wiederhole, Ihr Lenin war ein grandioser Dummkopf oder ein genialer Dummkopf, falls Sie das

lieber hören. Aber dass er jedenfalls ein Dummkopf war, das ist
für mich so offensichtlich, dass ich gar keine Lust habe, darüber
zu streiten.«

Es war schon spät, aber auf die Gefahr hin, den letzten Bus zu
verpassen, fragte ich den Admiral noch, was er von Stalin halte.
Ob der auch ein Dummkopf gewesen sei.

»Nein«, sagte der sich in seine Decke hüllende Admiral, »Stalin, der war kein Dummkopf. Er setzte sich Ziele, die ihm selbst
klar waren, und wusste sie in vollem Umfang zu erreichen.«

»Aber dabei sprach er davon …«

»Ist es nicht egal, wovon er sprach?« Der Admiral gähnte vor
Müdigkeit. »Wichtig ist, was er getan hat. Und getan hat er stets,
was er beabsichtigte.«

33 Im Oktober 1961 beschuldigte auf dem XXII. Parteitag die
alte Bolschewikin Dora Lasurkina Stalin zahlreicher Ver-
letzungen der sozialistischen Gesetzlichkeit und regte an, den
Verletzer aus dem Mausoleum zu entfernen. Allen war klar, dass
der Vorschlag mit Billigung und auf Geheiß der übergeordneten
Genossen gemacht wurde. Die inferioren Genossen unterstützten
ihn deshalb, bekundeten ihre Zustimmung (obwohl sie ihn innerlich verurteilten) mit stürmischem Beifall, und dann holten andere, hoch gestellte Genossen den Gen. J. W. Stalin vom Genossen
Wladimir Iljitsch Lenin weg, um ihn im Schutze einer verregneten
Nacht in einer dem Volk verheimlichten Aktion feige an der
Kremlmauer zu vergraben. Natürlich hatte man einen Volks-
aufruhr einkalkuliert und zu diesem Zweck zusätzliche Kräfte des
KGB und des Innenministeriums nach Moskau verlegt. Der Miliz-
streifendienst wurde verstärkt und in der Kantemirowskaja- und
der Taman-Division die Bereitschaftsstufe eins ausgelöst. All dies
erwies sich als völlig überflüssig. Das Volk, das bis vor kurzem
noch den Genossen Stalin vergöttert hatte, nahm das Geschehen
mit völligem gleichgültigem Schweigen auf. Ihm war es, in seiner
Sprache ausgedrückt, völlig schnuppe. Was war auch vom Volk zu

erwarten, wenn selbst die Parteiführer von den höchsten bis zu den untersten Rängen, die kürzlich noch Stalin in den Himmel gehoben, ihm ewige Liebe und Treue geschworen und versprochen hatten, ihr Leben für ihn hinzugeben, sobald sich dazu die geringste Notwendigkeit oder Möglichkeit ergeben sollte, nichts Eiligeres zu tun gehabt hatten, als die Bilder ihres Lieblings abzunehmen, die Bände seiner Werke aus den Bücherregalen zu entfernen und auf den Müll zu werfen, um Platz zu machen für die bereits im Wachsen begriffenen gesammelten Werke von Nikita Sergejewitsch Chruschtschow, »unserem teuren und geliebten«.

Am 31. Oktober, dem Abschlusstag des Parteitages, erreichte Aglaja ein Brief von der fernen Insel der Freiheit, wie Kuba damals genannt wurde. Marat war nach Absolvierung seines Studiums am Institut für internationale Beziehungen als Mitarbeiter des Presseattachés in der sowjetischen Botschaft dorthin entsandt worden. In seinem ersten Brief schrieb er ohne überflüssige Einzelheiten über sein neues Leben, über die unerträgliche Hitze, über die dortigen Sitten, über Zigarren, Getränke, Tänze und Musik. Der Brief schloss mit der Mitteilung, Soja habe in einer Klinik von Havanna einen Sohn zur Welt gebracht, den die jungen Eltern zu Ehren von Marats totem Vater auf den Namen Andrej getauft hätten. »Groß ist er«, schrieb Marat, »viereinhalb Kilo, aber unruhig. Nachts schläft er nicht und weint. Von der Kinderkrippe rät der Arzt ab. Wir sahen uns gezwungen, eine Haushaltshilfe zu nehmen, die nur teilweise von der Botschaft bezahlt wird.« Doch ungeachtet seines bescheidenen Gehalts und der hohen Ausgaben hoffte Marat, das Geld für einen Wolga und für ein Haus auf dem Lande zusammenzusparen, deshalb müssten sie praktisch auf alles verzichten.

Auf dem beigefügten Foto war der nackte Dreikäsehoch mit Daumen im Mund zu sehen. Nachdem Aglaja das Foto flüchtig betrachtet hatte, legte sie es in ein Schubfach ihres Schreibtischs und schrieb als Antwort, dass sie Dora Lasurkina und ihre Zuhörer verfluche. Natürlich meinte sie damit Chruschtschow und alle Parteitagsteilnehmer, aber mit Rücksicht auf die wahrscheinliche Briefzensur beschränkte sie sich auf das Wort »Zuhörer«, mit dem sie jene verurteilte, die, statt Prinzipienfestigkeit zu beweisen, einstimmig den ihnen von oben aufgezwungenen Beschlüssen zugestimmt hätten, einschließlich der »Zerstörung all dessen, was nicht von ihnen aufgebaut worden« sei. Bemüht, ihre Hauptgedanken im Subtext zu verstecken, ließ Aglaja ihrer Empörung über die Vandalen und Zerstörer der Heiligtümer, denen nichts teuer sei, freien Lauf: weder die Heimat noch das Volk, noch die Geschichte, noch die Menschen, die diese Geschichte gemacht hätten. Dabei verlieh sie ihrer Überzeugung Ausdruck, dass die Totengräber sich verrechnen würden. Egal, wo man die sterblichen Überreste des großen Mannes verscharre, die Erinnerung an ihn lasse sich nicht vergraben. Erfüllt von historischem Optimismus, versprach Aglaja ihrem Sohn, dass er die volle, vorbehaltlose Wiederherstellung der Gerechtigkeit noch erleben werde, den Tag, an dem es, wie der große Führer vorausgesagt habe, »auch auf unserer Straße ein Fest geben wird«.

Nachdem Aglaja den Brief zugeklebt hatte, beschloss sie, ihn als Einschreiben abzuschicken, und machte sich auf den Weg zur Post.

In Dolgow herrschte das für diese Jahreszeit typische Regenwetter. Es schüttete schon volle anderthalb oder zwei Wochen, wodurch sich die ganze Natur, verblasst und grau geworden, mit Wasser vollgesogen hatte und die Straßen mit einem flüssigen Brei überzog. Der Dreck schmatzte qualvoll unter den Füßen und schien Aglajas Gummistiefel einsaugen zu wollen. Um sie nicht zu verlieren, war sie gezwungen, nach jedem Schritt die Schäfte mit den Händen zu packen, um die Stiefel aus dem Dreck herauszuziehen.

Während sie so dem Morast Schritt für Schritt abtrotzte und sich langsam die Zäune entlang vorwärts kämpfte, sah sie plötzlich einen TschTS, der, bis zum Kühler einsinkend, sich mit lautem Gebrumm auf sie zubewegte und an einem Seil etwas Großes, Langes hinter sich herschleppte, das Aglaja zunächst für einen Balken hielt. Doch bei genauerem Hinsehen erkannte sie an dem einen Balkenende eine Stiefelspitze und am andern eine Nase, einen Schnurrbart und ein höchst seltsam abstehendes Mützenschild.

Durch solchen Schlamm zu rennen war völlig unmöglich, doch getrieben von einem starken Gefühl, schaffte es Aglaja, kehrtzumachen, den Traktor zu überholen und sich ihm in den Weg zu stellen. Ohne darauf zu achten, dass es ihr über den Schaftrand in den linken Stiefel floss, warf sie theatralisch die Arme hoch und schrie:

»Halt! Halt!«

Der Traktor hörte nicht auf, sich brummend auf sie zuzubewegen. Leider war kein Maler oder Bildhauer zur Stelle, der diesen unvergesslichen Augenblick hätte künstlerisch verarbeiten können: den sich mit stumpfer Beharrlichkeit durch den Morast wühlenden TschTS und die zerbrechliche Frau mit den vorgestreckten Armen, der zur Seite gerutschten Kapuze und den hervorquellenden (schon angegrauten) Haaren, in deren Augen die Entschlossenheit geschrieben stand, zu sterben, aber nicht zu weichen. Nein, weder ein Bildhauer noch ein Maler befand sich am Ort des Geschehens, dafür aber, nur ein Stück entfernt, der Lyriker Serafim Butylko mit einem Netz voll Flaschen. Zu der Zeit hatte er seine Pläne, ein berühmter Mann zu werden, längst aufgegeben, die Hoffnung auf ein gutes Geschäft indessen noch nicht verloren – die Hoffnung, es könnte ihm gelingen, alle sechs »Shiguljowskoje«-Bierflaschen abzugeben, ohne dass die Frau in der Rücknahme die kleine Schadstelle an dem einen Flaschenhals bemerkte. Dann käme zu seinen zwei Rubeln Kleingeld das Pfandgeld hinzu, und es würde für eine Flasche »Kubanskaja«-Wodka und noch für eine Schachtel Pamir und die Streichhölzer reichen. Ein bescheidener, aber bis zur letzten Kopeke durchgerechneter und realisierbarer Plan. Als er sich nun in seinem an den Ellbogen gestopften sackartigen Mantel an einem Staketenzaun entlanghangelte, um zur Flaschenannahmestelle zu gelangen, bemerkte er Aglaja, die mit vorgestreckten Armen in der Straßenmitte stand. Er sah darin jedoch keinerlei heroische Geste, son-

139

dern glaubte, sie sei auf die Idee gekommen, sich einen Holztransport zu organisieren, worum auch er sich kümmern müsste. Vielleicht erkannte er auch das Heroische ihrer Geste, ohne seine Beobachtung, da er eine Schaffenskrise durchmachte, in Verse umzusetzen. Jedenfalls fand sich später weder in seinen Gedichten noch in seinen Tagebuchaufzeichnungen eine Erwähnung dieses Ereignisses. Zumal er gar kein Tagebuch führte.

Der Traktor bewegte sich auf Aglaja zu, die sich mit zusammengebissenen Zähnen und geballten Fäusten nicht vom Fleck rührte. Der Traktor hielt, der Traktorist Slawa Sirotkin steckte, einen Segeltuchhandschuh als Regenschutz benutzend, den Kopf aus dem Führerhaus und erkundigte sich, ob Aglaja vielleicht aus der Klapsmühle entsprungen sei. Sie trat seitlich an den Traktor heran und fragte mit einer Kopfbewegung zu dem, was er hinter sich herzog:

»Wohin schleppst du das?«

»Wie?«, fragte Sirotkin.

»Ist dir klar, wen du da schleppst?«, überschrie sie den Motorenlärm.

»Wen schon?« Sirotkin griff in das Führerhaus zurück nach der dort bereitliegenden Papirossa.

»Ist dir klar, dass das Stalin ist?«

»Wer sonst? Klar, dass er's ist.«

»Und wohin schleppst du ihn?«

»Zum Bahnhof soll ich ihn schaffen«, sagte Sirotkin, indem er sich die Papirossa anzündete. »Von da wird es wohl zum Umschmelzen gehen. Metall hat das Land schrecklich nötig fürn Kosmos.«

»Metall?«, rief Aglaja empört. »Ist das Metall für dich? Das ist ein Denkmal des Genossen Stalin. Wir haben es mit vereinten Kräften errichtet. Wir haben es aufgestellt, als es den Leuten an Brot fehlte und sie ihre Kinder nicht satt kriegten. Wir haben auf alles verzichtet, um es hier aufstellen zu können. Und du schleppst es durch den Dreck wie irgendeinen Metallbarren. Schämst du dich denn gar nicht?«

Der Traktorist entgegnete verwundert:

»Warum sollt ich mich schämen, Mamachen? Auch wenn es heißt: Besser geschämt als gegrämt. Ich bin ja bloß 'n Traktorist. Wenn man mir sagt, schlepp's weg, tu ich's. Sagt man nichts, stelle ich keine Fragen und geh eine rauchen.«

»Und wenn sie dir Lenin dranhängen, schleppst du ihn auch weg?«

Sirotkin sah sie vorwurfsvoll an:

»Mamachen, lassen wir die Politik. Die ist was für die Großköpfigen. Ich bin Traktorist. Sechsundsechzig Rubel im Monat und nebenbei noch was, jemand den Garten pflügen und so. Wer angehängt und abgeschleppt wird, das, Mamachen, entscheidet bei uns der Brigadier Dubinin. Er sagt, nehmen wir mal an, du, Sirotkin, bringst das dorthin. Und da werde ich nein sagen? Dass ich das nicht mache? Also, geh mal schön zur Seite, Mamachen, und wir fahren weiter.«

Sirotkin griff wieder nach seinen Hebeln, doch Aglaja baute sich abermals vor dem Traktor auf. Sirotkin ließ die Hebel los und lehnte sich zurück.

»Hör zu, Söhnchen«, sagte Aglaja mit sanfter Stimme zu ihm, »wie wäre es, wenn …«

Serafim Butylko sah, wie Aglaja sich mit ins Führerhaus setzte, der Traktorist betätigte die Hebel, der Traktor fuhr los, wendete in weitem Bogen und schleppte den Barren in die entgegengesetzte Richtung.

Einen außenstehenden Beobachter hätte die weitere Fahrt des Traktors sonderbar anmuten müssen. Der lange und gewundene Weg, den er mit dem Kunstwerk zurücklegte, führte ihn vor das Fuhrhofstor des Kolchosbauunternehmens. Sirotkin ließ Aglaja in dem mit laufendem Motor abgestellten Traktor zurück und machte sich auf die Suche nach seinem Freund, dem Autokranfahrer Saschka Lykow, konnte ihn jedoch nicht finden. Saschka sei zum Bahnhof, bekam er gesagt, um beim Umhängen der Bilder zum bevorstehenden Jahrestag der Oktoberrevolution zu helfen. An der Vorderfront des Bahnhofsgebäudes hatten Marx, Engels,

Lenin und Stalin gehangen, jetzt waren Marx und Lenin übrig geblieben. Engels war der Symmetrie wegen abgenommen worden.

Saschka fand man im Buffet, wo er nach erfolgter Bilderumhängung Bier trank und mit der Buffetiere Antonina plauschte. Er wurde von ihr weggeholt, um mit zu dem Haus zu fahren, in dem Aglaja wohnte. Voran fuhr der Traktor, der die Statue zog, dahinter der Autokran.

Als die Hausbewohner die vor den Fenstern abgelegte Statue sahen, liefen sie natürlich zusammen, um zuzusehen, was weiter geschehen würde. Wie sich herausstellte, sollte das Monument in Aglajas Wohnung befördert werden. Die Wohnungsmaße ließen das zu. Die Statue war zweieinhalb Meter groß, während die Zimmerhöhe drei Meter zehn betrug. Saschka, der sich als der findigere von beiden erwies, sagte nach Besichtigung des Arbeitsortes:

»Wir machen's durchs Fenster.«

»Wie denn?«, wollte Aglaja wissen.

»Mit Hebeln. Archimedes, Mamachen, hat gesagt: Mit dem Hebelgesetz mach ich dir, was du willst. Ja, auf die Weise. Packen das Ding, legen uns kräftig ins Zeug – und rein durchs Fenster. Wenn man mit Köpfchen rangeht, Mamachen, bugsier ich dir sogar einen Elefanten rein.«

Wie sie diesen außergewöhnlichen Auftrag bewältigten, ist jetzt nur schwer vorstellbar, aber an jenem Nachmittag wurde der gusseiserne Generalissimus für vier Flaschen Wodka mit Hilfe des Autokrans und vierer Hände angehoben, durch das Fenster ins Haus gehievt und in Aglaja Rewkinas Wohnzimmer aufgestellt, in der Ecke zwischen zwei Fenstern, von denen das eine nach Süden auf den Hof ging und das andere nach Osten zum Kraftfahrzeugdepot in der Rosenblumstraße. Natürlich konnte der Generalissimus nicht einfach auf seinen Beinen stehen, er brauchte einen Sockel. Saschka Lykow holte ein fünf Millimeter dickes Eisenblech und einen Schweißapparat und schweißte die Statue an. Völlig unentgeltlich tat er das.

In früheren Zeiten sprach man, wenn ein Wohnungsloser bei jemandem einquartiert wurde, der mehr Wohnraum hatte, als er benötigte, von Verdichten der Wohnraumbelegung.

# ZWEITER TEIL

Mit Liedern kämpfend und siegend

1 Gegen Abend des sechsten November klopfte jemand sachte an Aglaja Stepanowna Rewkinas Wohnungstür. Sie ging mit nassen Händen und einem Handtuch in den Korridor, doch ehe sie fragen konnte, wer da sei, begann sich die Tür mit einem unheimlichen Knarren zu öffnen. Zunächst erschien eine von schäbigem Uniformstoff umspannte Schulter, bevor sich langsam das vertraute knittrige Profil des Hausverwalters Dmitri Iwanowitsch Kaschljajew, genannt Diwanytsch, hereinschob, eines rotgesichtigen und rotnasigen Obersten a. D. des meteorologischen Dienstes, der wegen Trunksucht aus der Armee entlassen worden war. Genauer gesagt, nicht bloß wegen Trunksucht – wegen Trunksucht hätte man das gesamte Offizierskorps der Sowjetarmee auflösen können –, sondern konkret deshalb, weil Oberst Kaschljajew als Leiter des meteorologischen Dienstes des Ministeriums für Verteidigung in den nördlichen Breiten des Landes zugelassen (und sich anscheinend der Mittäterschaft schuldig gemacht) hatte, dass durch seine Untergebenen der Alkohol aus diversen empfindlichen Geräten weggetrunken und durch Wasser ersetzt worden war. Es kam so weit, dass das Hauptthermometer der Hauptwetterwarte des Militärbezirks bei genau null Grad einfror. Das hinderte den meteorologischen Dienst nicht daran, weiterhin Wetterberichte und -vorhersagen zu liefern, nach denen sich Schiffe der Kriegsflotte und Einheiten der strategischen Luftstreitkräfte richteten. Allerdings war Diwanytsch ein sehr erfahrener Meteorologe. Die Temperatur und die Stärke und Richtung des Windes bestimmte er, indem er einen mit Spucke befeuchteten Finger in die Luft hielt, und bei den Prognosen für die nächste Zeit orientierte er sich an allgemeinen Regeln und am Ziehen in seinem kriegsverwundeten Knie. Dass er sich irrte, blieb nicht

aus, doch häufiger als dem Zentralen Wetterdienst passierte ihm das auch nicht. Die falschen Prognosen des Zentralen Wetterdienstes mochten freilich ebenfalls daher rühren. Nachdem Diwanytsch aus der Armee entlassen worden war, arbeitete er als Hausverwalter. Zusätzlich zu seinem bescheidenen Gehalt bekam er eine Oberstenpension.

Die Tür knarrte, und Diwanytsch zwängte sich beharrlich und zielstrebig, die Tür mit der Hand festhaltend, durch den Spalt, mit dem er sich begnügte, um so die Bedeutungslosigkeit seiner Person zu unterstreichen – als verdiene sie keinen ungehinderten Eintritt. Gleichwohl demonstrierte er dabei eine gewisse Dreistigkeit, gab er doch zu verstehen, dass er sich zwar bescheidenerweise mit einem Spalt zufrieden gab, aber daran, dass er hindurchschlüpfen würde, keinerlei Zweifel bestehen könne. Endlich stand er in voller Gestalt da in seiner Offiziersuniform mit den noch nicht verblichenen Spuren der abgetrennten Schulterstücke und Kragenspiegel und mit lediglich zwei Knöpfen, deren zweiter von der Uniform einer Handwerksschule stammte.

»Wünsche Wohlergehen, wie man so sagt, Aglastepna, und, wie man so sagt, meinen Glückwunsch zum bevorstehenden Feiertag.« Der Oberst nahm die rotgeränderte Mütze mit dem gesprungenen Schirm ab, schüttelte den Kopf, dass ein Schwarm weißer Schuppen aufstob, die, bevor sie ihm auf die Schultern fielen, seinen Kopf wie ein matt glänzender Glorienschein umgaben.

Ohne etwas zu sagen, sah Aglaja den Eingetretenen fragend an. Er sah sie ebenfalls an, was ihn herführte, hatte er offenbar vergessen.

»Da wär ich also, wie man so sagt.« Wieder schüttelte der Oberst seinen Kopf.

»Na, dann geh mal durch, aber zieh die Schuhe aus, ich werde nicht hinter dir herwischen.«

»Wie's sich gehört«, sagte Diwanytsch bereitwillig. »Ein Dreck ist das draußen, dass man kaum durchkommt, und ihn ins Haus schleppen …«

Ohne den Satz zu Ende zu sprechen, zog er rasch seine Halbschuhe mit spärlichen Resten gelber Farbe aus und schlitterte mit seinen an den großen Zehen löchrigen grauen Socken über den gestrichenen Fußboden. Er folgte der Hausherrin ins Wohnzimmer und erstarrte plötzlich zur Salzsäule, als sehe er einen Elefanten vor sich oder das Empire State Building.

Vor ihm stand in voller Größe und in kompletter gusseiserner Uniform der Oberste Befehlshaber. In der Linken hielt er die Handschuhe, und mit der Rechten langte er fast bis an die Decke hinauf. Von Aglaja gesäubert und abgewaschen, blickte er Diwanytsch direkt in die Augen, und seine ganze linke Seite glänzte im Licht des fünfarmigen Kronleuchters.

Obwohl Diwanytsch gewusst hatte, dass hier diese Statue stand, ihretwegen kam er ja schließlich her, war er beim Anblick des Monuments wie vom Schlag gerührt.

»Ja, das …!«, stöhnte er auf, für einen deutlicher artikulierten Ausruf blieb in seiner Brust keine Luft.

Er stand mit offenem Mund da, bis die Hausherrin ihn mit ihrer Frage nach dem Zweck seines Besuchs in die Wirklichkeit zurückholte.

»Ja, also …«, setzte Diwanytsch verwirrt an, doch ohne den Gedanken auszusprechen, heftete er seinen Blick wieder auf die Statue und verstummte.

»Was willst du?«, wiederholte Aglaja ihre Frage.

»Ja, also …« Er ruckte mit der Schulter, wie um damit in seiner Überlegung weiterzukommen. »Das hier«, er wies auf die Statue, »nun ja, aber die Mieter schreiben Kollektivbriefe, dass die Last, grob gesagt, zu groß ist. Bei uns sind die Decken ja, grob gesagt, aus Holz, und bei den Tuchwatullins haben sich Risse in der Decke gebildet.«

»Na und?«, fragte Aglaja.

Diwanytschs gleichzeitiges Hochziehen und Zucken der Schultern wie sein Zusammenpressen der Lippen drückte aus, dass er keine befriedigende Antwort auf die gestellte Frage hatte. Doch dann gab er sich einen Ruck und versuchte seine Meinung deutlicher zu formulieren:

»Ein Riss, sagt er. Und ich sage, ein Riss, na und, stört er dich? Ist er vielleicht bei dir im Kopf, der Riss? Und er, wie denn das, sagt er, ich esse Suppe, sagt er, und da spüre ich was Hartes, sagt er, ich denke, ein Zahn ist mir rausgefallen, ich gucke – das ist kein Zahn, sondern Putz. Grob gesagt, in eine Wohnung gehört er nicht. Auf einem Platz, das ist was anderes, da kann er stehen, und sollte der Boden unter ihm absacken, ist das nicht mehr unser Problem. Da steht er genau richtig, die Leute können mit Blümchen hingehen oder mit einer Führung, hier aber ist, grob gesagt, eine Wohnhaus, und die Balken sind aus Holz und vom Pilz befallen. Wenn was passiert, stecken sie mich ins Gefängnis, und die Tuchwatullins, für die ist das, grob gesagt, das Todesurteil, und die anderen Bewohner haben auch ihre Befürchtungen.«

Aglaja, die Arme auf der mageren Brust verschränkt, hörte sich das alles an und fragte seufzend:

»Und was willst du damit sagen? Dass ich ihn rauswerfen soll. Stalin einfach rauswerfen? Auf den Müllhaufen, wie?«

Diwanytsch seufzte tief und traurig:

»Ja, ich …, ja, wenn er leben würde, könnte ich für ihn doch vom vierten Stock, grob gesagt … wie soll ich es sagen …«

Diwanytsch brach ab und betrachtete ehrerbietig die Statue, als hoffe er auf ihr Verständnis. Doch als er ihrem Blick begegnete, verspürte er Unruhe. Die Statue sah ihn so feindselig an, dass ihm unheimlich wurde. Er wich sogar zurück und bekam nicht gleich die an ihn gerichtete Frage der Hausherrin mit. »Was?«, fragte er zurück.

»Ob du was trinken möchtest.«

»Trinken?« Diwanytsch erstarrte und leckte sich die Lippen. Zu gern hätte der Oberst gesagt: Nein, kommt nicht in Frage, um keinen Preis – und sich stolz entfernt. Oder, bevor er sich entfernte, die abgetretenen Hacken zusammengeschlagen und etwas Erhabenes über seine, wie ihm manchmal schien, noch nicht völlig versoffene Ehre als Sowjetoffizier von sich gegeben. Doch so etwas hatte er noch nie getan, nie so etwas gesagt. Obwohl es Gelegenheiten genug gegeben hätte. Denn die Mieter pflegten ihm, wenn es sich erforderlich machte oder für alle Fälle, dieser einen Fünfer-, jener einen Dreierschein zuzustecken, das heißt, einige begnügten sich, wenn sie seine Verfassung sahen, auch mit einem zerknautschten Rubel, und er nahm alles, was er kriegen konnte.

Das Angebot, einen zu trinken, ließ ihn jetzt sekundenlang schwanken, doch dann wandte er den Blick von der Statue ab, sagte »mhm« und wurde in die Küche gebeten, um an dem runden Tisch Platz zu nehmen, über den eine mit Kremltürmen gemusterte Wachstuchdecke gebreitet war.

Wodka hatte Aglaja stets im Haus. Seit ihrer Partisanenzeit trank sie zum Abendessen regelmäßig ein, zwei Gläschen, darüber hinaus ging sie nicht, hatte sie doch gehört, dass haltloser Alkoholismus unweigerlich zu Leberverhärtung führe.

Sie entnahm ihrem Kühlschrank »Saratow« eine Flasche »Moskowskaja« mit medaillengeschmücktem Etikett, dazu zwei kalte Frikadellen, kalte Kartoffeln, Sauerkraut und eine Fischbüchse, Saira. Den dünnen Metallverschluss mit Schwänzchen, an dem man mit den Fingern ziehen konnte, um die Flasche zu öffnen, riss Aglaja mit den Zähnen ab.

»Oh!«, rief Diwanytsch begeistert. »Das ist nach unsrer Art! Ich kann das bloß nicht so. Meine Zähne wackeln wegen Kalk- und Vitaminmangel.«

»Also, auf ihn«, schlug Aglaja vor, indem sie das Glas erhob.

»Dann ohne anzustoßen«, sagte der Hausverwalter.

»Stoßen wir an!«, widersprach sie. »Für uns bleibt er für immer unsterblich.«

»Für immer unsterblich!«, pflichtete Diwanytsch bei und erhob sich in der berechtigten Annahme, dass es sich gehöre, auf für immer Unsterbliche stehend zu trinken. Auch die Hausherrin erhob sich.

Weit nach Mitternacht, als Diwanytsch sich bereits im Korridor angezogen hatte, kehrte er zur Statue zurück, blieb eine Weile ehrerbietig vor ihr stehen und sagte leise:

»Ein großer Mann ist er gewesen. Ein Heerführer!«

»Jetzt gibt es solche nicht«, erwiderte Aglaja.

»Und es wird sie auch nie mehr geben.« Der Oberst brach in Tränen aus, wischte sie eilig weg und ging hinaus.

2 Tags darauf wiederholte sich das sachte Klopfen. Sie dachte, es sei wieder Kaschljajew, doch als sie die Tür aufmachte, stand ein altes Männlein vor ihr, das große Ähnlichkeit mit Kalinin besaß: Ziegen- und Schnurrbart, Stahlbrille, dunkelblauer Tuchmantel mit uraltem, nach Naphthalin riechendem und trotzdem von Motten zerfressenem Kaninchenfellkragen, gesteppte Filzschaftstiefel mit Galoschen. Das Männlein wies ihr ein Papier vor, das ihn als Inspektor für die Gebäudeaufsicht auswies, bat, eintreten zu dürfen, und zog die Galoschen aus.

Er blieb vor der Statue stehen, sah sie über seine Brille hinweg an, schnalzte mit der Zunge und drehte den Kopf hin und her.

»Oi, Verehrteste, was für ein großes, was für ein schweres Ding! Entschuldigen Sie, ich muss ein paar Maße nehmen.«

Er warf den Mantel auf einen Stuhl, einen zweiten Stuhl trug er zu der Statue.

»Sie gestatten?« Und ohne die Erlaubnis abzuwarten, stellte er sich auf den Stuhl, holte ein Schneiderbandmaß hervor und begann die Statue abzumessen.

»Wozu tun Sie das?«, erkundigte sich Aglaja.

»Was heißt, wozu, meine Liebe? Es ist doch wohl völlig klar, dass man, bevor man seine Meinung zu einem Gegenstand sagt, ihn abmessen muss. Ich habe übrigens in jungen Jahren als Zuschneidergehilfe gearbeitet, so dass mir die Herangehensweise vertraut ist. Der Zuschneider war ein Prachtmensch, aber von rauer Art. Wenn man sich nur ein bisschen verschnitt, bekam man eine Ohrfeige, die sich gewaschen hatte. Streng sind wir gehalten worden, doch das hat uns außerordentlich gut getan.«

Er hüpfte mit jugendlicher Flinkheit vom Stuhl, langte Notizheft und Kopierstift aus der Tasche und ging daran, die Messergebnisse zu addieren und zu multiplizieren. Aufstöhnend sagte er:

»Oh, nein, das geht auf keinen Fall.«

»Was geht nicht?«, wollte Aglaja wissen.

»Gar nichts geht. Wie mein unmittelbarer Vorgesetzter sagt: Die Maße passen nicht in die Limits. So einer Last sind die Decken hier nicht gewachsen. Dieses Eisen muss entfernt werden.«

»Das ist kein Eisen«, brauste Aglaja auf, »sondern Genosse Stalin.«

»Nein, meine Gute!« Das Männlein schüttelte seinen Bart. »Das ist nicht Genosse Stalin, sondern Eisen, versetzt mit Kohlenstoff, spezifisches Gewicht zirka acht Gramm pro Kubikzentimeter. Hier muss ich hart bleiben – das Ding muss weg.«

Aglaja lief in ihr Arbeitszimmer und kam mit einem roten Zehnerschein zurück, den sie völlig ungeniert ihrem Besucher hinhielt:

»Hier, nehmen Sie.«

»Was ist das?« Das Männlein warf einen schrägen Blick auf den Schein.

»Sehen Sie es nicht?«, fragte Aglaja ironisch.

Immer war sie eine überzeugte Kommunistin, eine Parteifunktionärin gewesen, die fest an die Sowjetmacht und das Sowjetvolk geglaubt hatte. Sie glaubte, dass das Volk den kommunistischen Idealen treu ergeben, dass es moralisch gesund und unbestechlich sei. Und zugleich zweifelte sie nicht daran, dass jedes einzelne Mitglied dieses Volkes imstande sei, für einen Fünfer und erst recht für einen Zehner Körper, Seele, Heimat, Volk und kommunistische Ideale zu verkaufen. Hätte sie irgendwo in einem Roman oder in einer Erzählung gelesen, dass ein vom Autor erfundener Beamter von einem erfundenen Bittsteller Schmiergeld bekommen habe, so würde sie einen zornigen Brief an die Redaktion geschickt haben, um der Darstellung zu widersprechen. Verleumdung unserer Wirklichkeit, die Mitarbeiter unseres sowjetischen Staatsapparates nehmen keine Schmiergelder, wer solche böswilligen Erfindungen verbreitet, verdient strengste Bestrafung. Aber im realen Leben konnte sie es sich nicht vorstellen, dass ein sowjetischer Angestellter, ein großer wie ein kleiner, verschmähte, was man ihm gab, oder verweigerte, was man von ihm verlangte. Solche Leute gab es indessen. Natürlich nicht überall, doch als Überreste der Vergangenheit hatten sich hier und da welche erhalten. Unser Inspektor war so einer. Und er sagte kategorisch:

»Nein, besten Dank.«

»Ist es zu wenig?«, erlaubte sich Aglaja die spöttische Nachfrage.

»Zu wenig ist es nicht. Bei meiner Position ausreichend. Nur, meine Liebe, ich nehme grundsätzlich keine Bestechungsgelder. Ich ziehe es vor, von meinem Gehalt zu leben. Das Geld ist knapp, die Seele dafür unbelastet. Nachts träume ich von keinen ›schwarzen Raben‹ und keinen klirrenden Gefängnisriegeln.«

Verwirrt murmelte Aglaja, das sei kein Bestechungsgeld, sondern eine freundschaftliche Geste, doch das Männlein gab nicht nach:

»Nein, entschuldigen Sie, auch freundschaftliche Bestechungsgelder nehme ich nicht. Aber keine Sorge. Vielleicht kommen morgen schon andere, höher gestellte Leute. Die nehmen es. Mit diesen roten Scheinchen werden sie sich allerdings nicht begnügen. Dafür werden sie Ihnen erlauben, meine Teuerste, Ihren Nachbarn zusammen mit Ihrer Statue auf den Kopf zu fallen. Das ist dann nicht mehr meine Sache. Ich für mein Teil gehe jetzt meine Stellungnahme schreiben.«

Das Männlein hatte den Nagel auf den Kopf getroffen.

Bei Aglaja gaben sich Vertreter aller möglichen Kontroll-, Inspektions- und sonstwie gearteter Einrichtungen die Klinke in die Hand, und im Unterschied zu dem Männlein nahmen sie alle ihren Fünfer oder Zehner. Manche verlangten auch einen Fünfundzwanzigerschein. Aglajas neue Situation beschrieb ihr Souterrainnachbar Georgi Schukow mit den Worten:

»Ihr Dauergast trinkt und raucht nicht, aber Geld braucht er trotzdem.«

Nach hiesigen Maßstäben war Aglaja nicht eben arm zu nennen. Auf ihrem seit Jahren nicht angerührten Sparbuch lagen bescheidene Arbeitsersparnisse, wie sie sie selbst nannte. Seinerzeit war allmonatlich, wer weiß woher, ein Parteisonderkurier – halbmilitärische Uniform, Revolver in der Segeltuchtasche – erschienen, um ihr gegen Quittung ein Kuvert zu übergeben. Es enthielt ihr zweites Gehalt, das die Nomenklatura-Funktionäre dafür erhielten, dass sie die Bürde hoher Verantwortung trugen. Sie hatte zwei Gehälter, doch bei ihrer Lebensweise genügte ihr eins. Das zweite brachte sie komplett auf die Sparkasse, und nicht nur fremden neidischen Blicken konnte die angesparte Summe als großer und unerschöpflicher Reichtum erscheinen, sie empfand es genauso. Indessen erwies sich dieser Reichtum als zu klein, um alle Kontrolleure, die sie heimsuchten, auszuhalten. Ihre bescheidenen Ersparnisse schwanden zusehends, während die Kontrolleure immer dreister und unersättlicher wurden.

3 Der Admiral vertrat die Ansicht, Chruschtschow habe damit, dass er Stalin den Nimbus nahm, einen verhängnisvollen Fehler begangen. Er habe gegen das ungeschriebene Hauptgesetz der Eiriwiwe verstoßen, dem zufolge nichts in irgendeiner Weise angezweifelt werden dürfe. Erlaubt man den Leuten, auf Stalin zu schimpfen, werden sie bald auch Zweifel gegen Lenin anmelden. Wer aber nicht an die Unfehlbarkeit Lenins glaubt, der gerät in Versuchung, auch die Eiriwiwe in Frage zu stellen – inwieweit sie überhaupt richtig ist.

»Die Eiriwiwe ist wie ein Autoreifen«, behauptete der Admiral. »Damit fährt es sich fabelhaft, solange er luftdicht ist. Und es genügt ein Löchlein, dass er gewechselt werden muss.«

»Oder geklebt«, sagte ich.

»Oder geklebt«, bestätigte der Admiral. »Das ist dann eben bloß ein geklebter Reifen. Die ideale Eiriwiwe aber muss im Unterschied zum Reifen im Ruf stehen, unter keinen Umständen löchrig werden zu können.«

Seit Herbst 1961 bekamen viele, genauer gesagt, alle Bewohner Dolgows das Gefühl, das Leben der Stadt und des Kreises habe einen irreparablen Schaden davongetragen. Als das Denkmal verschwand, war es, wie wenn aus einem Rad die Achse herausgerissen wird. Man vermisste das Zentrum, um das sich alles gedreht hatte. Solange Stalin an seinem Platz stand, war er der sichere Orientierungspunkt im direkten topographischen wie im übertragenen metaphysischen Sinn gewesen. Fragte ein Fremder einen Ortsansässigen, wie er zu einer bestimmten Stelle gelangte, bekam er gesagt: Immer gradeaus bis zum Denkmal. Dann nach rechts. Oder nach links. Oder in der selben Richtung weiter. Jetzt aber stand da kein Denkmal, sondern ein leerer Sockel, die Aufschrift »J. W. Stalin« hatte jemand wegzukratzen versucht, es aber nicht ganz geschafft. Dieser Granitblock machte einen merkwürdigen Eindruck auf die Leute. Bei seinem Anblick spürten sie deutlich, dass an diesem Fleck jemand stehen müsste. Stand hier keiner, fehlte ein wichtiger Rückhalt im Leben, und vieles wurde möglich, was bisher ausgeschlossen gewesen war. Angeblich bildete die Entfernung des Denkmals den Ausgangspunkt gewisser Erscheinungen: dass die Kinder ihren Eltern weniger gehorchten, die Arbeitsdisziplin nachließ, der Verkauf von Spirituosen rapide anstieg und eine Zunahme der Zahl der Abtreibungen und der gegen Leben, Ehre und Eigentum der Bürger gerichteten Verbrechen zu verzeichnen war. Natürlich hatte es das auch vorher schon gegeben, dass Bewohner Dolgows bei Streitigkeiten in Alltagssituationen oder an Feiertagen einander mit Messern und Heugabeln zu Leibe gingen oder mit Knüppeln totschlugen, doch all das rührte von den alten Sitten und Gewohnheiten her. Mit dem Fall des Denkmals aber setzte eine Entwicklung ein, die zu nie gekannten Auswüchsen führte. Der Staatsanwalt Strogi wurde des Missbrauchs seiner minderjährigen Tochter überführt. Um diese Zeit kam der Kreis auch durch den ersten Serienmörder in der Geschichte der gesamten Gegend ins Gerede, einen Dozenten des Marxismus-Leninismus an der Fachschule für Kultur, der in der *Dolgowskaja prawda* am laufenden Band Artikel zum Thema der sowjetischen Moral veröffentlicht hatte. Auf der Allee des Ruhms schändeten unbekannte Vandalen mehrere Gräber, stürzten Grabsteine um, beschmierten sie und richteten ihre Zerstörungswut besonders gegen das Grab Rosenblums: Seinen Grabstein zerschlugen sie mit dem Vorschlaghammer.

Und was die Stalinstatue betrifft, so waren über sie Gerüchte im Umlauf, eines widersinniger als das andere. Die unter Aglaja wohnenden Nachbarn hörten es genau: Nachts ging im ersten Stock jemand Schweres durch die Wohnung. Schritte waren zu hören, die Balken knarrten, der Kronleuchter schaukelte, und von der Decke rieselte Putz. Dann sah jemand eine Gestalt, die in der Dämmerung über das Ödland schlenderte. Als Georgi Shukow einmal spätnachts nach einem großen Besäufnis vor das Haus trat, um eine zu rauchen, bemerkte er einen alten Mann im Militärmantel, der auf der Bank saß. Er saß vornübergebeugt und rauchte seine Pfeife. Shukow trat näher und sagte:

»Väterchen, haben Sie mal Feuer?«

Das Väterchen wandte ihm sein Gesicht zu, und Shukow stellte fest, dass es aus Eisen war und die großen Augen, mit Löchern statt der Pupillen, ihn starr anblickten.

»Verzeihung«, sagte Shukow und zog sich zurück. Wieder in seiner Wohnung, holte er das vor seiner Frau im Stiefel versteckte Wodkafläschchen hervor, leerte es, legte sich, seiner Frau den Rücken zugewandt, ins Bett und schlief volle vier Tage, was in seiner Patientenakte des Krankenhauses offiziell vermerkt wurde.

Im Leben Shukows passierte danach nichts weiter, bloß das Rauchen gab er auf. Zwar soff er noch mehr als vorher, doch mit dem Rauchen machte er ein für alle Mal Schluss. Gar nicht deshalb, weil es ihm um seine Gesundheit zu tun war, sondern einfach so – er ließ es kurzerhand sein, und damit hatte es sich. Am Morgen nach seiner Lethargie nahm er eine Papirossa, um damit aufs Klo zu gehen und sie auf nüchternen Magen zu rauchen, er hockte sich hin, hielt das Streichholz an die Papirossa – plötzlich sah er wieder die eisernen Augen mit den Löchern vor sich, und da verging ihm das Rauchen.

Von seinem nächtlichen Erlebnis erzählte Shukow keinem, die Reden anderer über den geheimnisvollen eisernen Alten aber hörte er sich an. Das Gerede ging weiter, und man erzählte sich immer tollere Sachen. Dieser und jener wollte Ihm (den Namen auszusprechen, vermied man) irgendwo begegnet sein, mal in eiserner, mal in gewöhnlicher Gestalt, er hätte sich erkundigt, wie die einfachen Leute hier im Kreis so lebten, ob sie unter ihrer Obrigkeit nicht zu leiden hätten und ob diese nicht zu sehr an ihre Fettlebe denke. Berichtet wurde auch, dass die Statue bei Vollmond jedes Mal auf den Sockel steige und mit erhobener Hand dastehe, aber sofort verschwinde, sich in Luft auflöse, sobald sich ein lebendiger Mensch nähere. All das waren freilich nur mit größter Vorsicht zu genießende Gerüchte. Unter den Bürgern der Stadt Dolgow und ihrer Umgebung hatte es schon immer genügend exzentrische und leichtgläubige Menschen gegeben, die an die Kunst von Kurpfuschern und Parapsychologen glaubten, an ausgefallene Heilmittel, an Spione, an die jüdische Weltverschwörung und daran, dass die Verseuchung der Felder mit Kartoffelkäfern das Werk der Amerikaner war. Ich kannte dort Leute, die angeblich Teufeln, Gespenstern, Haus-, Wald- und Wassergeistern, Hexen und Außerirdischen begegnet und sogar auf den Untertassen Letzterer zu anderen Galaxien geflogen waren.

Ein aufgeklärter Mensch ist natürlich in keiner Weise gehalten, an all das zu glauben, doch dass Stalin noch viele Jahre nach seinem Tod im Raum Dolgow, ja auf dem gesamten Territorium der Sowjetunion und in darüber hinausgehenden Räumen herumgeisterte, ist eine historische und unabweisliche Tatsache.

4 Die Gerüchte von den eigenmächtigen Ausgängen der Statue ließ Aglaja unbeachtet, wusste sie doch genau, dass ihr Dauergast nirgends hinging. Manchmal hatte sie allerdings den Eindruck, dass er, ohne irgendwohin zu gehen, auf Ereignisse von landesweiter oder lokaler Bedeutung reagierte und manche sogar vorausfühlte. Ihr fiel auf, dass er, sobald sich im Lande etwas nach ihrem Verständnis Erfreuliches ankündigte, wenn nicht von innen zu leuchten, so doch leicht zu schimmern begann. So leicht, dass eine Sachverständigenkommission selbst mit Geräten von höchs-

ter Empfindlichkeit kaum etwas hätte ermitteln können. Genauso wenig wie die unmerkliche Veränderung des Gesichtsausdrucks. Im Übrigen hatte Aglaja, da sie sich selbst nicht völlig vertraute, auch ihre Zweifel, ob ihre Wahrnehmungen nicht Einbildung waren. Doch irgendwie stellte sich ihre Einbildung immer im richtigen Moment ein. Heute bildete sie sich ein, etwas wahrzunehmen, und morgen trat das Ereignis ein.

Als sie einmal später als gewöhnlich bei grellem Sonnenschein erwachte, richtete sie den Blick auf ihren eisernen Gast und stellte fest, dass er ganz eingestaubt war. Beschämt füllte sie warmes Wasser in eine Schüssel, griff zu Schwamm und Toilettenseife, rückte einen Tisch neben die Statue, stellte auf den Tisch einen Hocker mit der Schüssel und daneben einen zweiten Hocker, auf den sie hinaufstieg, um sich unter Lebensgefahr ans Werk zu machen.

Der Bildhauer Ogorodow hatte alles ganz naturgetreu gestaltet: Nasenlöcher gebohrt, Ohrmuscheln mit filigranen Vertiefungen eingemeißelt, und das alles war nun voller Staub. Aglaja wickelte Watte um eine Haarnadel und säuberte diese Löcher. Als sie die Statue abwusch, sprach sie Worte, wie sie ihr leiblicher Sohn von ihr nicht zu hören bekommen hatte.

»Jetzt«, sagte sie, »waschen wir das Köpfchen, die Äuglein, das Näschen, die Öhrchen, die Schulterchen, das Brüstchen, den Rücken, das Bäuchlein ...« Sie gelangte zu der Stelle, wo zwischen den Mantelschößen der untere Saum der Uniformjacke hervorsah und darunter der Ansatz der Beine lag. Plötzlich geriet sie in Verwirrung. Die Stelle war glatt, wie sie nur bei einem weiblichen, nein, eigentlich nur bei einem geschlechtslosen Wesen sein konnte. Und das machte Aglaja auf sonderbare Weise betroffen. Plötzlich überlegte sie – ärgerlich über sich selbst, wurde sie ihren Zweifel dennoch nicht los –, was denn wohl an dieser Stelle beim lebendigen Genossen Stalin gewesen sein mochte. Dass bei ihm an dieser Stelle etwas gewesen sein sollte, konnte sie nicht recht glauben, aber dass da gar nichts gewesen sein könnte, wollte ihr noch schwerer in den Kopf. Sie tadelte sich selbst, nannte sich eine dumme, gar eine alte dumme Ziege, dass sie überhaupt auf solche

Gedanken kam. Sie versuchte sie zu verscheuchen, doch sie kehrten wieder und verwirrten sie. Dass Stalin ein Mensch gewesen war, leuchtete ihr schon ein, aber dass er eine Toilette benutzt und Kinder gezeugt hatte, entzog sich ihrem Vorstellungsvermögen. Nichtsdestoweniger suchten sie solche aberwitzigen Überlegungen heim, und sie ertappte sich dabei, dass sie beim Säubern der Statue die sie verwirrende Stelle mied. Nach einiger Zeit stellte sie fest, dass er überall sauber war, bloß an dieser Stelle nicht besonders. Sie wusch jetzt überall gleichmäßig, doch eine gewisse Verlegenheit vermochte sie nicht zu überwinden.

Natürlich sprach sie mit niemandem über ihre Zweifel. Und gab auch keinerlei Anlass zu den Gerüchten, die bald in der Stadt im Umlauf waren: dass sie mit der Statue wie mit einem Mann verkehre. Was für ein Schwachsinn, sollte man meinen. Wie kann ein lebendiger Mensch mit einer gusseisernen Skulptur verkehren? Das erscheint völlig unvorstellbar, aber die Leute in Dolgow zeichneten sich, wie gesagt, durch eine unwahrscheinliche Leichtgläubigkeit aus.

Aglajas Männererfahrungen waren relativ bescheiden und wenig glücklich. Gewiss, sie hatte ihren Ehemann Andrej Rewkin gehabt. Dazu kamen ein paar flüchtige Verhältnisse. Doch das Zusammensein mit einem Mann hatte sie nie jenen Zustand erreichen lassen, von dem ihr andere erzählten. Ihre jüngere Schwester Natalja erregte das Zusammensein mit einem Mann angeblich so, dass sie völlig außer Rand und Band geriet, in eine mit nichts vergleichbare unirdische Ekstase. Dieses Erleben nannte sie Orgasmus. Als Aglaja sie um eine genauere Beschreibung bat, verdrehte sie die Augen und kicherte:

»Meinst du, das kann man mit Worten wiedergeben? Das, weißt du … Das ist einfach so ein gewisses Etwas.«

Eine plausiblere Erklärung fiel Natalja nicht ein, doch irgendwie verstand Aglaja sie. Es hatte in ihrem Leben Augenblicke gegeben, selbst das Tête-à-Tête mit Schalejko gehörte dazu, wo dieses »gewisse Etwas« um ein Haar passiert wäre. Es war bloß nicht passiert, weder vorher noch nachher.

Einmal allerdings …

Im Herbst 1939 war sie nach Moskau zur Unionslandwirt-schaftsausstellung gefahren, entsandt als Schrittmacherin der land-wirtschaftlichen Produktion – eine Auszeichnung für ihre aktive Parteiarbeit. Auf der Ausstellung gab es natürlich Begegnungen, Reden, Bankette, und dann fand im Säulensaal des Hauses der Gewerkschaften noch ein Treffen der Aktivisten der sozialis-tischen Arbeit statt. Zu den Geladenen gehörten landesweit bekannte Leute: Helden der Fünfjahrpläne, Bauern aus der Ge-treidewirtschaft, Stahlschmelzer, Bergleute, Teilnehmer an Über-winterungsaktionen auf dem Eis und Nordpolarflügen sowie Sportler. Mit von der Partie waren auch der Bergmann Alexej Stachanow, die Traktoristin Pascha Angelina, der Flieger Wodo-pjanow und der Schauspieler Michail Sharow. Neben Aglaja saß in der vierten Reihe der berühmte Lokführer Pjotr Fjodorowitsch Kriwonos. Er fuhr überschwere Züge und hatte sich einen Ruf erworben, als würde er selbst und nicht die von ihm gesteuerte Lok die Züge schleppen. Es dauerte lange, bis alle Platz genom-men hatten, um angesichts der halbdunklen Bühne, des Tischs mit dem darüber gebreiteten roten Tuch und der langen Karaffenreihe auf etwas zu warten. Plötzlich ergoss sich grelles Licht über die Bühne, und hinter der rechten Kulisse hervor schritten im Gänse-marsch die Mitglieder des Politbüros zum Tisch. Kriwonos flüs-terte Aglaja die Namen der Führer in der Reihenfolge ihres Auf-tritts zu. Sie kannte alle, doch war es für sie unfassbar, sie hier vor sich, leibhaftig und nicht auf Bildern, zu sehen: Woroschilow, Budjonny, Kalinin, Mikojan, Kaganowitsch, Schwernik. Die Teil-nehmer des Treffens begrüßten die Führer stehend, mit stürmi-schem Beifall, und die Führer klatschten ebenfalls. Dann began-nen sie ihre Plätze einzunehmen, und Kalinin gab dem Publikum mit beiden Händen das Zeichen, sich gleichfalls zu setzen.

»Genosse Stalin ist ja gar nicht dabei«, flüsterte Kriwonos.

»Bestimmt ist er sehr beschäftigt«, mutmaßte sie.

»Genosse Stalin ist immer sehr beschäftigt«, sagte Kriwonos, »doch für die werktätigen Menschen findet er immer Zeit.«

Kaum hatte er das gesagt, trat hinter der linken Kulisse ein halbgroßer schnurrbärtiger Mann in schlichtem halbmilitärischem Tuchrock hervor und ging ohne Eile zum Präsidium.

»Ruhm sei dem Genossen Stalin!«, brüllte wie eine Dampflok der aufspringende Kriwonos.

Den ganzen Saal riss es hoch, auch Aglaja, und urplötzlich bemächtigte sich dieses »gewisse Etwas« ihrer ganz. Als hätte ein Blitz ihren Körper durchzuckt, brach eine unwahrscheinliche Hitze in ihrer Brust aus und stieg bis hinab in ihren Unterleib. Sie verlor die Kontrolle über sich selbst, klammerte sich an die Lehne des vor ihr stehenden Stuhls, schrie auf und hatte das Gefühl zu platzen. Als sie zu sich kam, erschrak sie, ihr Nachbar könnte erraten haben, was mit ihr geschehen war. Doch der stieß in Ekstase irgendwelche unartikulierten Laute aus, und Aglaja überlegte hinterher, dass ihr das wahrscheinlich nicht allein passiert war, sondern allen, die die allgemeine Hysterie erfasst hatte.

5 Irgendwann hatte sich Aglaja, wie bereits erwähnt, älter gemacht, um eher in den Kampf um die Errichtung der Sowjetmacht eingreifen zu können. 1962 hatte sie auch diesen Papieren zufolge noch nicht das entsprechende Alter erreicht, wurde aber trotzdem unter Berücksichtigung ihrer »Frontkämpferzeit« ins Rentnerdasein abgeschoben. Wobei man ihr keine personengebundene Rente gab, die sie sich mit ihrem ganzen Leben, mit ihrer Ergebenheit gegenüber Partei und Regierung verdient hatte, sondern eine ganz normale, die mit allen Zuschlägen für die Dauer ihrer Tätigkeit zweiundachtzig Rubel sechzig Kopeken betrug. Bei einem solchen Einkommen überlegt man sich selbst den Kauf eines Stücks Seife. Zumal sie nicht irgendwelche zu nehmen pflegte, sondern Toilettenseife, dreißig Kopeken das Stück. Allerdings hatten die Ausgaben für die Kontrolleure endlich aufgehört. Stalin brach nicht durch die Decke, die Mitbewohner des Hauses hatten sich an die Situation gewöhnt und beschwerten sich nicht mehr, so dass man Aglaja in Ruhe ließ.

Von dienstlichen Obliegenheiten befreit, war sie voller Unrast und wusste nichts Rechtes mit sich anzufangen. Sie konnte ja nicht gut mit den alten Weibern auf der Bank herumsitzen und sich ihre Klagen über Rheuma und Verdauungsprobleme anhören. Oder was sie über ihre Träume, die Streiche ihrer Enkel und über Gurkeneinsalzrezepte zu erzählen hatten. Sie kam auf die Idee, Englisch zu lernen, und besorgte sich sogar irgendwo ein Lehrbuch für das Selbststudium von Anfängern, doch als sie sich eine Woche damit abgequält hatte, gab sie es auf. Selbst wenn sie es schaffte – wozu brauchte sie dieses Englisch?

Eines Tages glitt ihr Blick über das Bücherregal, wo Stalin mit seinen Werken an vorderster Stelle rangierte. Sie griff auf gut Glück zum sechsten Band, und als sie seine Schrift *Zu den Grundlagen des Leninismus* aufschlug, war ihr ihre Aufgabe für die nächste Zukunft klar. Sie würde diese Schrift auswendig lernen. Tag für Tag. Immer eine Seite. Hundertzwanzig Seiten – das waren ganze vier Monate Arbeit.

Am Abend desselben Tages richtete sie sich einen Platz für ihr tägliches Stalinstudium ein. Sie zog das Bärenfell zur Statue heran (war das ein Staub!), packte zwei Kissen darauf, legte ein Schreibheft und einen Kugelschreiber der Firma »Union« bereit. Nachdem sie aus dem Arbeitszimmer eine Tischlampe herbeigebracht hatte, trank sie ein Glas Wodka, nahm einen Schluck Tee und machte sich an die Arbeit. Es begann mit dem Vorwort.

»Die Grundlagen des Leninismus«, las sie laut vor sich hin, »sind ein großes Thema.« Und ob! dachte sie. Ein sehr großes! »Ihre erschöpfende Behandlung beansprucht ein ganzes Buch.« Ein Buch reicht nicht, dachte Aglaja und stellte zu ihrer Freude fest, dass ihre Ansicht vollkommen mit der des Autors übereinstimmte. »Mehr noch, sie beansprucht eine ganze Serie von Büchern«, hieß es bei ihm. Ermutigt fuhr sie fort, laut und ausdrucksvoll zu lesen, und erbaute sich dabei an ihrer heiseren Raucherstimme:

»Die Grundlagen des Leninismus darzulegen – das bedeutet noch nicht, die Grundlagen der Weltanschauung Lenins darzulegen …«

Stalin stand ihr vor Augen, nicht die Statue, sondern der lebendige Stalin, den sie damals im Säulensaal des Gewerkschaftshauses gesehen hatte.

Sie stellte sich vor, wie er langsam von einer Zimmerecke zur andern ging, seine Pfeife rauchte und nachdenklich, mit leichtem georgischem Akzent diktierte:

»Die Weltanschauung Lenins und die Grundlagen des Leninismus sind ihrem Umfang nach nicht das Gleiche. Lenin ist Marxist, und die Grundlage seiner Weltanschauung bildet natürlich der Marxismus. Daraus folgt jedoch keineswegs, dass die Darlegung des Leninismus mit der Darlegung der Grundlagen des Marxismus beginnen muss.«

Das folgt nicht daraus, pflichtete Aglaja dem Autor bei, machte die Augen zu und beschloss, den ganzen Absatz zu wiederholen. »Die Grundlagen des Leninismus darzulegen – das bedeutet …« Sie stockte. Das bedeutet. Was bedeutet das? Sie wusste es nicht mehr und sah in das Buch: »… das bedeutet noch nicht …« Ach, das bedeutet noch nicht! »Die Grundlagen des Leninismus darzulegen – das bedeutet noch nicht, die Grundlagen der Weltanschauung Lenins darzulegen …«

Endlich prägte sie sich diesen Satz ein, doch als sie das Ende des Absatzes erreicht hatte, konnte sie nur die letzten Worte wiedergeben, die ersten waren ihr schon wieder entfallen. Sie beschloss, nicht aufzugeben, machte es sich jeden Abend zu Füßen des Monuments bequem, las, repetierte, konspektierte, repetierte. Der Kopf, solche Anstrengung nicht gewohnt, platzte ihr fast, aber immerhin ging die Sache voran. Wenn auch langsam. Nach zwei Wochen gelangte sie zu dem Satz: »Was also ist der Leninismus?« Drei Wochen lang mühte sie sich mit dieser Seite ab, doch was der Leninismus nun eigentlich sei, begriff sie nicht, der Autor schien es selbst nicht begriffen zu haben, denn seine lange Analyse der Leninschen Gedanken schloss er mit der gleichen Frage: »Was also ist denn nun der Leninismus?«

6 Inzwischen ging im Lande, mit Aglajas Augen gesehen, weiß der Teufel was vor. Der Glatzkopf fuhr nach Amerika, wo ihn seine Reise auch nach Iowa führte. Er guckte sich an, wie üppig dort der Mais wuchs, und entschied, dass die Mängel des Kolchossystems kompensiert werden könnten, wenn man den gesamten Raum von Kuschka in Turkmenien bis hinauf zur Tundra mit diesem Zaubergewächs bestellte. Gesagt – getan, im ganzen Land wurde Mais angebaut, nur wachsen wollte er nicht. Die Partei wird in ländliche und städtische Gebietskomitees aufgeteilt. Er wächst nicht. Die Ministerien werden zu Volkswirtschaftsräten umgewandelt, der Mais wächst trotzdem nicht, er will einfach nicht. Schließlich pfiff man auf den Mais und nahm eine Reform der russischen Sprache in Angriff, mit der dafür gesorgt werden sollte, dass zum Beispiel der Hase so geschrieben würde, wie man ihn sprach.

Im Jahre zweiundsechzig brach die Kubakrise aus. Der Glatzkopf schickte Schiffe mit Raketen nach Kuba, um sie dort zu installieren und auf Amerika zu richten. Die Amerikaner sagten, dass sie das niemals tolerieren würden. Sie ließen ihre Flugzeugträger und U-Boote vor der Küste Kubas kreuzen. Der Glatzkopf wollte nicht nachgeben, der amerikanische Präsident Kennedy nicht aufgeben. Zwei Tage dauerte der Nervenkrieg. Die Flotten der beiden Supermächte rückten immer dichter zusammen. Die sensibelsten Amerikaner schluckten Nitroglyzerin und sprangen aus Hochhausfenstern. Die Sowjetmenschen, die über keine ausreichenden Informationen verfügten, machten sich keine Sorgen und kamen folglich auch nicht auf die Idee, sich aus Fenstern zu stürzen. Einige, die im Bilde waren, gerieten allerdings schon in Unruhe.

In jenen Tagen schrieb Marat an Aglaja, über der Insel zögen dunkle Wolken auf, die Meteorologen sagten einen Taifun voraus, deshalb habe er Frau und Kind in die Heimat geschickt. Da der Taifun aber auch Moskau erreichen könne, sei es vielleicht besser, wenn Soja und der kleine Andrej Maratowitsch zur Oma zu Besuch kämen. Die Oma antwortete darauf, ihres Erachtens setze sich die Degeneration der Gesellschaft fort. In der zentralen Presse erschienen immer mehr pseudohistorische Veröffentlichungen über Stalin und seine Mitstreiter. Im Volk seien abscheuliche Witze im Umlauf, die Leute hörten ganz offen ausländische Rundfunksender, antisowjetische Werke würden geschrieben und verbreitet. Und die Partei werde zunehmend von subversiven Elementen unterwandert, Leuten, die allein aus Karrieregründen einträten, um ihre Position zu schmutzigen Zwecken missbrauchen zu können. Während der Brief von Dolgow nach Havanna unterwegs war, fand die Krise ein glückliches Ende, und die Notwendigkeit, dass der Enkel die Oma besuchte, entfiel.

Im selben Jahr zweiundsechzig machte das Gerücht die Runde, in Nowotscherkassk habe es einen Aufstand gegeben, der von Truppen unter Einsatz von Panzern blutig niedergeschlagen worden sei. Aglaja hatte zu diesem Ereignis ein zwiespältiges Verhältnis. Sie fühlte mit den Arbeitern, die sich gegen das volksfeindliche Regime und den Glatzkopf aufgelehnt hatten, andererseits gab es für sie keinen Zweifel, dass solche Aufstände als volksfeindlich niedergeschlagen werden müssten, und zwar mit den härtesten Mitteln. Als sie erfuhr, dass die Rädelsführer des Aufstands erschossen worden seien, empörte sie sowohl ihre Erschießung als auch, dass zu wenige erschossen worden seien.

Ehe Gras über die Sache gewachsen war, kam es zu einem neuen Ereignis, das Aglaja höchst unangenehm berührte und sie wesentlich schwerer mitnahm als die Kubakrise. In der Zeitschrift *Nowy mir*, die seit langem durch ihre Miesmacherei bekannt war, erschien ein Kurzroman aus der Feder eines ehemaligen politischen Häftlings, den kein Mensch kannte und der sofort zu einem großen Schriftsteller erklärt wurde. Und die Helden dieses Kurzromans waren von einer Art, wie es sie in der sowjetischen Literatur noch nicht gegeben hatte. Keine Kolchosbauern, keine Arbeiter und keine werktätige Intelligenz, sondern Häftlinge. Und zwar nicht zufällig vom rechten Weg abgewichene und den Pfad der Besserung beschreitende, sondern politische. Volksfeinde, die als gute Menschen dargestellt wurden, als unschuldige Opfer.

Während der Autor die Angehörigen der inneren Truppen im schwärzesten Licht erscheinen ließ und die Posten auf den Wachtürmen als Kakadus bezeichnete. Und was das Schlimmste war: Die Leser bewiesen solche politische Unreife, dass sie sich auf dieses Werk stürzten, es von Hand zu Hand weitergaben und, wenn sie einander trafen, die Stimme senkten, sich umsahen und fragten: »Haben Sie es schon gelesen?«

Aglaja las den Anfang. Sechs, sieben Seiten. Und sagte sich, dass sie diese Zeitschrift nie mehr in die Hand nehmen werde. Doch leider blieb es nicht bei dieser Erzählung. Bald in dieser, bald in jener Zeitschrift, in den dicken wie den dünnen, auch in den Zeitungen wurden längere oder kürzere Erzählungen, Gedichte, Artikel, Feuilletons abgedruckt, deren Verfasser die sowjetische Geschichte madig machten, und was sie über Stalin schrieben, war mehr als widerlich. Lenin hatte er betrogen, die Leninsche Garde vernichtet, Kirow umgebracht, die Intelligenz ausgerottet, die Bauernschaft ruiniert, die Armee enthauptet, auf den Krieg sich nicht vorbereitet, als er ausbrach, sich im Bunker verkrochen und keine Kritik geduldet.

7 Das Werk des bislang namenlosen Exhäftlings (urplötzlich war sein Name in aller Munde), das Aglaja so tief getroffen hatte, kam nach der Veröffentlichung in *Nowy mir* gleich noch mit einer Riesenauflage in der *Roman-gaseta* und in zwei Buchausgaben – gebunden und Broschur – heraus und fand im ganzen Land eine rasante und totale Verbreitung, die der Hongkong-Grippe vergleichbar war. Auch in Dolgow gab es Leute, die alles auf der Welt vergaßen und nur noch darüber redeten, die nicht schnell genug an das Buch herankommen konnten und es, nachdem sie es gelesen hatten, in den höchsten Tönen priesen. Und wer sich von dem Taumel der Begeisterung nicht mitreißen ließ, der galt entweder als dumm oder wurde – schlimmer noch – verdächtigt, im Dienste der Organe zu stehen.

Als Erster gelangte selbstverständlich Mark Semjonowitsch

Schubkin in den Besitz des Kurzromans. Er brachte die Zeitschrift aus Moskau mit, wo er sie vom Autor, den er von der Taiga der Chanten und Mansen her kannte, persönlich erhalten hatte, und gab sie etlichen Leuten zu lesen. Auch ich war darunter, allerdings wurde mir dieses Glück nur unter sehr großen Schwierigkeiten zuteil. Mark Semjonowitsch sagte, es gebe schon so viele Interessenten, dass ich die Zeitschrift nur zwei Stunden behalten könne.

»Wollen Sie sich lustig machen über mich?«, sagte ich. »Wie kann man ein Werk solcher Länge in so kurzer Zeit lesen?«

»Wo liegt das Problem?«, wollte Mark Semjonowitsch verwundert wissen. »Das sind ganze hundertzwanzig Seiten. Können Sie denn nicht mit einer Geschwindigkeit von einer Minute pro Seite lesen? … Ach ja, mein Lieber«, fiel ihm ein, »ich habe vergessen, dass Sie ja nicht einmal die Partiturmethode beherrschen.«

Schließlich bettelte ich ihm die Zeitschrift für eine Nacht ab, behielt sie aber bis Mittag, weil ich das Bedürfnis hatte, meine Entdeckungsfreude mit dem Admiral zu teilen, der seinerseits die Partiturmethode beherrschte. Er bat mich, ein bisschen spazieren zu gehen, und die Zeit, die ich aufs Einkaufen und auf meine Gänge zur Post und zur Hausverwaltung verwendete, reichte ihm, alles durchzulesen. Der Kurzroman gefiel ihm. »Nicht schlecht«, sagte er, und das war nach seinen Maßstäben ein sehr hohes Lob. Für ihn waren *Anna Karenina, Väter und Söhne, Die Brüder Karamasow* und *Die Serapionsbrüder* nicht schlecht geschrieben. Freilich vergab er noch eine höhere Note – »nicht übel«, die erhielten jedoch *Krieg und Frieden, Die toten Seelen, Eugen Onegin,* die *Ilias, Die Göttliche Komödie* – ja, das war's wohl schon. Eigentlich kamen für ihn, was lesbare Literatur betraf, nur vier Bewertungen in Frage: »nicht übel«, »nicht schlecht«, »brauchbar«, »so lala«, dazu eine fünfte für das, was sich auch bei schlechtestem Wetter nicht zu lesen lohnte – »unter aller Kanone«. Unter die fünfte Kategorie fielen, ausgenommen den *Stillen Don,* die gesamte Sowjetliteratur, der größte Teil der westlichen Gegenwartsliteratur und Gabriel García Márquez. Für gewöhnlich nahm ich die Beurteilungen des Admirals ironisch auf, hier aber war mir nicht nach Spaßen zumute. Für dumm hielt ich ihn nicht, und dass er für die Organe arbeiten könnte, dessen mochte ich ihn auch nicht verdächtigen. Ich ließ mich mit ihm auf einen Streit ein, da ich fand, dass der Kurzroman »nicht übel« geschrieben sei. Er – nicht schlecht. Ich – nicht übel. Er – nicht schlecht. Ich: Ich kann Ihre Meinung nicht teilen. Er: Sie können meine Meinung weder teilen noch sie nicht teilen, weil Sie überhaupt keine eigene Meinung haben. Was habe ich dann? Sie haben eine Vorstellung davon, dass man der Gesinnung eines bestimmten Kreises von Leuten entsprechend zu einem bestimmten Zeitpunkt zu dem und dem Gegenstand die und die Meinung haben muss. Und nachdem Sie sich eine Vorstellung erarbeitet haben, die Sie für Ihre Meinung halten, machen Sie in dem Kreis, in dem Sie sich bewegen, Terror gegen die, die eine andere Auffassung vertreten. Und wenn ich sage, dass ich über einen Gegenstand das und das denke, und diese Ansicht sich nicht mit dem deckt, was ich Ihrer und der Meinung Ihres Kreises nach zu denken habe, können Sie sich nicht einmal vorstellen, dass das meine eigene ehrliche Meinung ist, für Sie ist es einfacher, sich einzubilden, es liege an meinen Komplexen, dass ich so spreche, oder, schlimmer noch, dass ich das Sprachrohr anderer sei, mich ihnen zu Gefallen oder sogar in jemandes Auftrag so äußere. So denken Sie doch, nicht wahr?

Dem Admiral solche Dinge zu unterstellen, wagte ich natürlich nicht, und ich musste mir von ihm anhören, dass ich und meinesgleichen uns vom Grundsätzlichen der Eiriwiwe losgesagt, tiefinnerlich jedoch Eiriwiwisten geblieben seien. Und dass wir versuchten, jeden Einzelfall auf die einzig richtige Weise und wissenschaftlich zu erklären, ohne andere Interpretationen zuzulassen.

Ich glaube, so erregt hatte ich den Admiral noch nicht erlebt.

»Nun, ich sehe, Sie erkennen niemanden als Autorität an«, stellte ich fest.

»Ganz recht, für mich gibt es keine Autorität.«

»Wie denn das«, sagte ich verwirrt. »Ich verstehe das nicht. Es muss doch jemanden geben, dessen Meinung Sie vertrauen können.«

»Und ich verstehe nicht, wieso ich jemandem mehr vertrauen soll als mir selbst. Was Ihr Idol anbelangt, so seien Sie sicher, dass Sie nach einiger Zeit das Interesse an ihm verlieren und ein anderes finden werden.«

»Nie im Leben«, erklärte ich.

Der Admiral schlug mir eine Wette vor, und ich nahm sie an.

»Die Bedingungen«, sagte der Admiral, »halten wir schriftlich fest, sonst streiten Sie sie hinterher ab.«

Ich stimmte zu und verfasste eine Art Bescheinigung darüber, dass der Schriftsteller Soundso meiner Ansicht nach zu den größten Schriftstellern aller Zeiten und Völker gehöre; dies sei meine feste Überzeugung, die sich kaum jemals ändern werde.

Sehr unangenehm für mich, das eingestehen zu müssen: Es waren vielleicht fünfzehn oder zwanzig Jahre vergangen, als ich einmal auf einen Sprung beim Admiral vorbeiging und ihn mit einem Buch antraf. »Was lesen Sie denn da?«, wollte ich wissen. »Etwas, was ich mir jetzt noch einmal vorgenommen habe«, antwortete er und zeigte mir den Umschlag. Darauf sagte ich: »Was verlieren Sie Ihre Zeit mit derartigem Geschreibsel?« Er sah mich nicht ohne Ironie an. »Sie halten wohl nicht viel von diesem Autor?« – »Ich halte gar nichts von ihm«, meinte ich achselzuckend. Da bat mich der Admiral – so was von übelnehmerisch! –, doch mal vom anderen Tischende die alte rissige Schatulle herüberzurücken, öffnete sie mit schadenfrohem Grinsen und nahm ein Papier heraus, das er mir mit der Frage reichte: »Ist Ihnen diese Handschrift bekannt?«

Das Blut schoss mir, wie man so sagt, ins Gesicht. Nie hätte ich gedacht, dass mir mein Gedächtnis so einen bösen Streich spielen könnte. Ich hatte völlig vergessen, dass ich diesen Schriftsteller ehrlichen Herzens vergöttert und ihn unter die bedeutendsten Klassiker der Weltliteratur eingereiht hatte.

Das dürfte für mich eines der unangenehmsten Eingeständnisse sein, doch da Ehrlichkeit bei mir höchsten Stellenwert besitzt, komme ich nicht darum herum. Zumal ich daraus eine Schlussfolgerung gezogen habe. Dass wir einen lebenden Menschen, den wir zum Idol machen, nur als solches anerkennen. Sobald uns Zweifel an seinen göttlichen Qualitäten kommen, erkennen wir nicht einmal mehr seine tatsächlichen Tugenden und stoßen ihn in den Abgrund.

Als ich mich äußerst verlegen vom Admiral verabschiedete, sagte ich zu ihm:

»Ja, natürlich, ich habe damals in einer bestimmten Situation vielleicht übertrieben, das ist beschämend für mich, aber was haben Sie denn für einen Grund, das jetzt zu lesen?«

»Nun«, sagte der Admiral mit sanftem Lächeln, »ich lese das, weil es stellenweise wirklich nicht schlecht geschrieben ist.«


8 War die Meinung des Admirals – zumindest im Nachhinein möchte ich das einräumen – ehrlich und unvoreingenommen, so kann ich Schubkin Gleiches nicht bescheinigen. Zunächst engagierte er sich voll bedenkenlosem Eifer dafür, das Werk seines ehemaligen Mithäftlings bekannt zu machen, und hob es in den Himmel, dann jedoch wurde er neidisch. Er missgönnte dem Autor seinen Erfolg und begann davon zu reden, er habe noch ganz anderes erlebt und könne das nicht weniger gut beschreiben. Nur fehle ihm die Zeit dazu. Und fand an diesem Werk sogar einiges auszusetzen, beanstandete die einseitige Darstellung des Lagerlebens. Der Autor beschreibe das Lager so, als hätten da nur so genannte einfache Leute gesessen. Die mitinhaftierten wahrhaft intellektuellen, kämpferischen Menschen mit hehren Bestrebungen und Ideen, die trotz allem ihren Überzeugungen und Idealen treu geblieben seien, habe er nicht bemerkt.

Zu dieser Zeit hatte sich im Kreise meiner Bekannten bereits die Ansicht herausgebildet, dass Schubkin, ein guter, gesellschaftlich aktiver, begabter Mann, befähigt sei, eine ganz passable Erzählung, einen Essay, ein Gedicht, einen Brief an das ZK der KPdSU zu schreiben, jedoch kaum das Zeug zu einem großen Wurf habe. Da traf ich ihn eines Tages beim Friseur, wo er seine

Glatzenränder hinter den Ohren ausbessern ließ. »Was haben Sie heute Abend vor?« – »Warum fragen Sie?« – »Bloß so, aber wenn Sie nichts Besseres zu tun haben, so kommen Sie doch gegen sieben bei mir vorbei.« Auf meine Frage nach dem Anlass erwiderte er rätselhaft: »Wenn Sie kommen, werden Sie es erfahren.« Ich kam natürlich. Und fand schon einen Haufen Leute versammelt. Seine Schüler Wlad Raspadow, Sweta Shurkina, Aljoscha Konowalow waren da und noch etliche andere, an die ich mich nicht mehr erinnere. Die Stühle reichten nicht, zumal nur zwei vorhanden waren. Wir setzten uns aufs Bett, auf den Fußboden, aufs Fensterbrett. Schubkin selbst nahm in einem durchgesessenen Sessel unter einer Stehlampe mit Strohschirm Platz. Antonina brachte den Gästen Tee. In Trinkgläsern und Teetassen, ein Konservenglas von einem halben Liter war auch dabei. Ich bekam ein Majonäseglas ab. Schubkin trank nicht Tee, sondern Kefir, gleich aus der Flasche. Er nahm einen Schluck und stellte die Flasche auf den Fußboden neben seinen linken Fuß. Auf dem Zeitungstischchen lag in einer Schale ein Berg Marmeladepiroggen, den wir rasch wegfutterten.

Der Hausherr saß also im Sessel, in den Händen eine hellbraune Mappe mit stark abgegriffenen Bändern.

Die Mappe zierten die in Großbuchstaben ausgeführte Aufschrift »Zum Vortrag« und ein runder Fettfleck, der von einer Bratpfanne herrühren musste. Schubkin war offenkundig aufgeregt und nervös, was gar nicht zu ihm passte. Mit zitternden Fingern löste er die Bänder, nahm das erste Blatt heraus, rückte seine Brille zurecht und begann zu lesen:

»Haben Sie schon einmal gesehen, wie eine durchgesägte Riesenkiefer zu Boden fällt? …«

Ich überlegte, dass dies offenbar eine Nachahmung Gogols war und wohl folgen würde: »Nein, Sie haben noch nicht gesehen, wie eine durchgesägte Riesenkiefer zu Boden fällt.«

In dem Moment kam Schurotscka-Durotschkas schwarze Katze zur Tür herein, durchquerte das Zimmer und sprang auf meinen Schoß. Ich streichelte sie, damit sie sich still verhielt, doch sie begann zu schnurren. Schubkin hörte auf zu lesen und fixierte mich mit stummem Vorwurf, als ob ich da schnurrte. Ich wurde verlegen und warf die Katze in den Korridor hinaus.

»Haben Sie schon einmal gesehen, wie eine ...«, fing Schubkin von vorn an, doch da kratzte die Katze an der Tür.

Raspadow ging in den Korridor und stampfte mit dem Fuß, um sie zu verscheuchen.

»Haben Sie schon einmal gesehen ...«, las Schubkin noch einmal, als eine Wespe hereinschwirrte und summend gegen das Fenster anflog. Wir versuchten sie mit vereinten Kräften zur Lüftungsklappe hinauszujagen, aber sie begriff unsere Absicht nicht und wollte partout nicht von der Scheibe ablassen, bis Antonina sie endlich mit einem Handtuch totklatschte. Die Lüftungsklappe wurde für alle Fälle geschlossen, alle saßen mucksmäuschenstill, ohne sich zu rühren, damit weder ein Stuhl noch das Bett knarrte, aber kaum dass Schubkin den Mund aufmachte, ertönte es deutlich vernehmbar hinter der Wand:

»Die Weltanschauung Lenins und die Grundlagen des Leninismus sind ihrem Umfang nach nicht das Gleiche. Lenin ist Marxist, und die Grundlage seiner Weltanschauung bildet natürlich der Marxismus. Daraus folgt jedoch keineswegs, dass die Darlegung des Leninismus mit der Darlegung der Grundlagen des Marxismus beginnen muss.«

»O Gott!« Antonina schlug die Hände zusammen, die Übrigen lachten, und Raspadow bemerkte:

»Wir haben, wenn ich recht verstehe, gleich gelagerte Themen.«

Sweta Shurkina begriff nicht und fragte, in Richtung Wand deutend, wem die Nachbarin denn da was vorlese.

»Das ist Stalins Schrift *Zu den Grundlagen des Leninismus*«, fand Schubkin heraus.

»Und wem liest sie das vor?«

»Stalin«, sagte Raspadow.

Und wieder lachten alle.

»Die Weltanschauung Lenins ...«, wiederholte hinter der Wand Aglaja.

»Na schön«, sagte Schubkin leise. »Ich lese weiter, und Sie lassen sich bitte nicht stören.«

»Haben Sie schon einmal gesehen, wie eine durchgesägte Riesenkiefer zu Boden fällt? ...«

Bei dem, was folgte, hatte Gogol nicht mehr Pate gestanden. »Die Kiefer fällt gerade, ohne sich zu biegen, wie ein von feindlicher Kugel niedergestreckter Gardist.«

Natürlich ein gekünsteltes und ungenaues Bild. Was für ein Gardist? Aus was für einer Garde? In welcher Situation wird er niedergestreckt, und warum fällt er, ohne sich zu biegen beziehungsweise zu krümmen? Ich habe niemals gesehen, wie Gardisten niedergestreckt wurden, aber irgendwie will mir scheinen, dass sie, von Kugeln niedergestreckt, unterschiedlich fallen wie andere Menschen auch.

Allerdings enthielt ich mich selbst gedanklicher Kritik, zumal mich die Lesung allmählich fesselte. Schubkins Vortrag war eine künstlerische Darbietung. Durch Veränderung der Intonation hob er bestimmte Sätze und Wörter hervor. Die Dialoge las er stimmlich differenziert, bald im Bass, bald mit Fistelstimme, sogar das Knirschen des Schnees, den Klang der Benzinsäge »Freundschaft« und das Krachen des zu Boden stürzenden Baums gelang es ihm erlebbar zu machen.

Das erste Kapitel bildete, wie es der Autor dann selbst erläuterte, den Kammerton des gesamten Werkes. Es handelte von einer Holzfällerbrigade. Sie war die beste in diesem Lagerbereich. Geleitet wurde sie von Alexej Konstantinowitsch Nawarow, einem Bolschewiken und Helden der Revolution und des Bürgerkriegs, der nur durch Zufall der Erschießung entgangen war. Dem erfahrenen Holzfäller Nawarow unterlief ein Fehler, wodurch er unter eine von ihm abgesägte Kiefer geriet. Man muss sagen, dass Schubkin recht farbig die wunderschöne Kiefer beschrieb, wie sie gefällt wurde und keine Anstalten machte zu fallen. Der Stamm war bereits durchgesägt, aber sie stand immer noch. Da half Nawarow mit dem Beil nach. Die Kiefer drehte sich um ihre Achse, und ihre Krone fuhr am klaren Himmel im Kreis herum wie in einem schneller werdenden Tanz, dann neigte sich der Baum in seiner Drehbewegung, und mit ohrenbetäubendem Krachen Äste von den daneben stehenden Kiefern brechend und Strauchwerk unter sich begrabend, stürzte er zu Boden. Die in der Nähe arbeitenden Häftlinge bekamen das schwache Stöhnen nicht gleich mit, und als sie hinrannten, sahen sie, dass die gefällte Kiefer den Bolschewiken Nawarow unter sich begraben hatte. Er lag in den Schnee gepresst, den Stamm auf seiner Brust, der war riesig, unmöglich, ihn wegzuheben oder den Verunglückten unter ihm hervorzuholen, das Zersägen des Baums aber brauchte seine Zeit. Der Held der Handlung, offenbar Schubkin selbst (erzählt wurde in der ersten Person), eilte zu dem Verunglückten.

»Er lag mit zurückgeworfenem Kopf«, las Schubkin, die Stimme senkend. »Aus dem Mundwinkel perlten zerplatzende Blutbläschen, aus der Nase und dem rechten Ohr rann das Blut, ich neigte mich über ihn in der Annahme, dass er bewusstlos war, und wollte mich schon abwenden, als ich plötzlich bemerkte, dass sich das eine Auge geöffnet hatte und mich ansah, während die Lippen sich bewegten und etwas flüsterten, was offenbar für ihn sehr wichtig war. Mein Entsetzen bezwingend, näherte ich mein Ohr seinen Lippen und vernahm Worte, die mich für mein ganzes Leben erschütterten.

›Lest Lenin‹, stieß Nawarow heiser hervor. ›Lest in allen Lebenslagen Iljitsch. Lest ihn, wenn ihr froh gestimmt seid, lest ihn, wenn euch schwer zumute ist, wenn ihr krank werdet, wenn es ans Sterben geht, lest Lenin, und ihr werdet alles begreifen, alle Schwierigkeiten überwinden. Lest Le…‹«

Ich will nicht im Einzelnen beschreiben, wie diese Szene uns allen, die wir als Erste etwas aus *Holzeinschlag* zu hören bekamen, zu Herzen ging und mit welchem Interesse wir weiter der Geschichte des Mannes folgten, der in der Hölle der Stalinschen Lager seinen Glauben an die »lichten Ideale« nicht einbüßte. Dieser Glaube half ihm, alle unmenschlichen Prüfungen durchzustehen, und er kehrte in die Freiheit ebenso unbeirrbar und diesen Idealen ergeben zurück, wie er sie seinerzeit hatte aufgeben müssen.

Ich war zu dieser Zeit natürlich schon ein sehr verdorbener Mensch. Das Gerede von den lichten Idealen brachte mich auf, doch in diesem Fall … Zwar stand in dem Roman ein leninistischer Kommunist im Mittelpunkt der Handlung, hier wurden aber auch Stalinsche Lager, Untersuchungsgefängnisse, Häftlingstransporte, Dunkelhaftzellen, Untersuchungsführer, Bewachungskommandos, operative Bevollmächtigte, Wachhunde beschrieben … Kurz gesagt, die Zeit war für derartige Werke noch nicht gekommen, und es war nicht abzusehen, dass sie bald kommen würde. Für den Roman war sie noch nicht gekommen, für den Paragraphen 70 des Strafgesetzbuches (antisowjetische Propaganda – drei bis sieben Jahre Lagerhaft) hingegen noch nicht vorbei. Der Autor hatte also nicht nur vollbracht, was man eine große schriftstellerische Leistung nennt, sondern auch staatsbürgerlichen Mut bewiesen. Hatte er doch bereits mehr als genug leiden müssen. Diese Konstellation beeinflusste natürlich die Rezeption des gesamten Werkes, mich nahm es ganz gefangen. Und obwohl gewisse Zweifel blieben, nahm ich Schubkins *Holzeinschlag* mit zum Admiral in dessen Holzlager.

»Nun, was sagen Sie dazu?«, wollte ich wissen, als ich am nächsten Morgen zu ihm lief. »Nicht übel, wie?«

Der Admiral setzte seine Brille auf und sah mich lange darüber hinweg an (wenn er drüber weg guckte, wozu setzte er sie dann überhaupt auf?).

»Sie wollen sagen: nicht schlecht?«, fragte ich verunsichert.

»Nein«, erwiderte der Admiral. »Von Ihrem Schubkin kann ich wohl sagen, dass er als Schriftsteller schwach und als Denker dumm ist, im Übrigen aber verneige ich mich vor ihm.«


9 »Hier spricht die BBC. Westliche Korrespondenten melden aus Moskau die Absetzung Nikita Chruschtschows vom Amt des Ersten Sekretärs und seinen Ausschluss aus dem Präsidium des Zentralkomitees der Kommunistischen Partei der Sowjet…«

Das Weitere ging im Rauschen und Heulen der lange nicht mehr eingeschalteten Störanlagen unter.

Aglaja riss den Kopf vom Kissen hoch und überlegte, ob sie diese Worte geträumt hatte oder ob sie tatsächlich gesprochen worden waren. Westliche Korrespondenten melden … Sie stürzte zum Fernseher.

Es war noch früher Morgen, aber auf dem ersten Kanal lief bereits ein Kindertrickfilm, *Das Mädchen und der Bär*, während auf dem zweiten noch nichts kam. Aglaja hatte ein altes Radio in Tellerform, sie schaltete es ein und hörte eine ganze Stunde lang hintereinanderweg alle Sendungen: »Aufgestellt zum Frühsport!«, »Für die Werktätigen vom Lande«, »Pioniermorgen«, »Zu Besuch beim Komponisten Tulikow«. Endlich kamen Nachrichten, aber die enthielten nichts als Meldungen über den Flug dreier Kosmonauten, die Ernteschlacht, das Anblasen irgendeines Hochofens und den Stapellauf eines Schiffes mit dieselelektrischem Antrieb. Angesichts ihrer reichen Erfahrungen mit der Berichterstattung der sowjetischen Presse wusste sie indessen auch dem, wovon nicht die Rede war, eine gewisse Information zu entnehmen. Die Sprecher hatten Chruschtschow mit keinem Wort erwähnt, und dass dieser Name, dessen Nennung immer eine Pflichtübung gewesen war, völlig fehlte, ließ darauf schließen, dass die Meldung der BBC nicht aus der Luft gegriffen war.

Nachdem sie sich ordentlich angezogen hatte, ging sie hinüber zu ihrem Nachbarn und klopfte. Schubkin erschien gelb, unrasiert und mit Flanellschlafanzug an der Tür.

»Sie?«, sagte er erstaunt, als er Aglaja vor sich sah. »Zu mir?«

»Zu Ihnen«, bestätigte Aglaja.

»Treten Sie ein.« Er trat, fröstelnd und das Kinn verdeckend, beiseite und sagte: »Bloß bitte nicht beißen, ich bin ansteckend, Grippe.«

»Keine Sorge«, sagte Aglaja friedfertig, »ich wollte nur etwas fragen. Diese Ihre …«, sie wollte sich erkundigen und zugleich ihre Verachtung für das, wofür sie sich interessierte, deutlich werden lassen, »Ihre BBC … spricht sie die Wahrheit?«

»Sie lügt!«, rief der Kranke fröhlich. »Die lügen immer, aber alles, was sie zusammenlügen, trifft dann genau so ein, wie sie es gesagt haben.«

Ohne etwas zu erwidern, kehrte Aglaja in ihre Wohnung zurück, und hier überkam sie so stürmische Begeisterung, dass sie zu ihrem eisernen Idol stürzte, es umarmte und abküsste, wobei sie sich die Nase stieß, lachte, weinte und zusammenhanglos rief:

»Davongejagt haben sie ihn, davongejagt, den Glatzkopf. Einen Tritt in den Arsch. Davongejagt wie einen Hund.« Sie hüpfte vor Freude, ärgerte ihren unsichtbaren Feind, zog Grimassen, steckte die Zunge heraus und sagte: »Unser geliebter … teurer … sehr teurer … kostbarer … Maisbauer, Volkswirtschaftsrätler, Mistkäfer …«

Am Abend erschien bei ihr ungebeten Kaschljajew. In seiner leicht gesäuberten und geflickten (und komplett mit allen Knöpfen versehenen) Oberstenparadeuniform, mit metallglänzenden Zähnen, Orden und Medaillen. Er kam nicht mit leeren Händen, sondern mit einer roten Nelke und zwei Flaschen moldauischem Kognak zu vier Rubel zwölf Kopeken.

»Gestatten Sie mir, Aglastepna«, sagte er mit überraschender Feierlichkeit, »Sie aus Anlass des bedeutsamen Ereignisses brüderlich und, wie man so sagt, auf Frontkämpferart zu küssen.«

Nach dieser Vorrede küsste er Aglaja auf die linke und rechte Wange, bevor er sich wie ein Vampir an ihren Lippen festsog und sogar versuchte, die Zunge als körperliche Andeutung zu gebrauchen, doch sie stieß ihn ziemlich derb von sich.

»Was fällt dir ein?«, fragte sie zornig.

»Wieso, darf man nicht?«, fragte Diwanytsch treuherzig.

»Was soll das«, sagte sie. »Ich bin Rentnerin, werde schon Oma gerufen.«

»Und ich bin Opa«, sagte er. »Meine Tochter hat mir eine Enkelin verschafft.«

»Dann umso mehr«, sagte Aglaja. »Opa, und benimmst dich wie ein Wilder.«

»In Maßen«, sagte Diwanytsch. »Ich bin ein Mann des Militärs.

Wenn man sagt, es kann sein, marschiere ich, grob gesagt, vorwärts, sagt man, es muss sein, trete ich zum Angriff an, und sagt man, es darf nicht sein, trete ich den Rückzug an, aber mich ergeben, das tu ich niemals.«

Geschmeichelt fühlte sie sich doch. Nach Schalejko hatte sich keiner mehr um sie bemüht.

Aus Anlass des Festtags, den sie »zusammen mit Ihm« zu feiern wünschte, breitete sie eine Decke über den Tisch in »Seinem« Zimmer. Das erste Glas tranken sie auch auf ihn. Er strahlte einen unmerklichen und wohlgefälligen Glanz aus.

»Ich fühle mich wie am neunten Mai fünfundvierzig«, sagte Aglaja.

»Und ich habe, ehrlich gesagt, nicht mehr dran geglaubt, dass dieser Tag kommen wird.«

»Falsch gedacht. Stalin hat uns gelehrt, dass man niemals den Glauben verlieren darf. Erinnerst du dich an sein Gleichnis von diesen … die … na, die in dem Boot. Sturm, sie kriegen es mit der Angst, legen die Hände in den Schoß, und eine Woge verschlingt sie – Schluss, leb wohl, Mama. Die andern aber geben nicht auf, rudern und rudern – sie begann auf ihrem Stuhl zu schaukeln, um so etwas wie Ruderbewegungen vorzumachen –, rudern der Woge und dem Wind entgegen, verlieren nicht die Zuversicht und … Hör mal«, unterbrach sie sich selbst, »was meinst du, was sie jetzt mit dem Glatzkopf machen werden?«

»Einsperren, denke ich«, sagte Diwanytsch, indem er einer Sprotte den Kopf abbiss.

»Und ich denke, sie werden ihn erschießen«, sagte Aglaja träumerisch.

»Das nun nicht«, widersprach der Hausverwalter, »die Zeiten sind vorbei. Jetzt sind ja immerhin die leninschen Normen und die sozialistische Gesetzlichkeit wiederhergestellt.«

»Was redest du da, Oberst? Was für eine sozialistische Gesetzlichkeit? Wenn sie den Glatzkopf erschießen, dann haben wir sie doch. Die reinste Fäulnis war das bei denen, aber keine Gesetzlichkeit. Was haben sie aus dem Land gemacht. Der hier zum Beispiel«, sie wies auf die Wand, hinter der Schubkin wohnte, »der schreibt, was er will. Über Lager schreibt er. Jetzt schreiben alle über Lager, als ob es keine anderen Themen gäbe. Jeder kann tun, was er will. Die Leute hören Auslandssender, erzählen antisowjetische Witze, Parteimitglieder lassen ihre Kinder taufen und haben vor niemandem Angst. Nein, ich würde den Glatzkopf auf dem Roten Platz vor dem ganzen Volk … Und nicht erschießen, sondern aufhängen würde ich ihn.«

»Nun, das ganze Volk passt nicht auf den Roten Platz«, bemerkte Diwanytsch. »Obwohl genügend angelaufen kämen und sich gegenseitig tottreten würden. Aber auf den Platz passen nicht alle.«

»Denen, die nicht draufpassen, müsste das im Fernsehen in allen Einzelheiten gezeigt werden. Hast du mal gesehen, wie das abläuft?«

»Nein«, sagte Diwanytsch, »Gott war mir, grob gesagt, gnädig. Vieles habe ich gesehen, so was aber nicht.«

Er goss sich und ihr Kognak nach und legte sich zwei Wurstscheiben aufs Brot.

»Da hast du was verpasst. Als wir Dolgow von den Deutschen zurückerobert haben, haben wir dort auf dem Platz vor dem Kreiskomitee das Stadtoberhaupt, den Chef der Hilfspolizei und eine Prostituierte aufgehängt, die mit Deutschen geschlafen hatte. Ob du's glaubst oder nicht, die Prostituierte bewahrte bis zuletzt Haltung und spuckte dem Partisanen, der sie hängte, in die Visage. Das Stadtoberhaupt zitterte vor Angst und bekreuzigte sich, bat jedoch um nichts. Der Polizist aber, widerlich, sich daran zu erinnern, rutschte auf den Knien, verzeihen Sie, sagt er, verschonen Sie mich. Und ich darauf: Hast du Misthund etwa unsere Kinder verschont? Als dieses Trio aufgehängt wurde, sind einige Nervenschwache in Ohnmacht gefallen, ich aber habe zugesehen.«

»War es interessant?«, fragte Diwanytsch vorsichtig.

»Sehr sogar! Weißt du, wenn ein Mensch gehängt wird, zittert er zunächst, na, wie von Krämpfen geschüttelt, dann quellen ihm die Augen heraus, die Zunge, und …«

»Oi, oi, oi, bitte nicht, hören Sie auf!« Der Hausverwalter stopfte sich die Ohren zu.

»Warum nicht?«, fragte Aglaja verwundert. »Du bist doch Armist. Und ein Frontkämpfer.«

»Ja, ein Frontkämpfer«, bestätigte Diwanytsch stolz. »Den ganzen Krieg, grob gesagt, von Brest und zurück. Aber ich, ich gebe es freimütig zu, Aglastepna, obwohl ich ein Frontkämpfer bin, nie habe ich jemanden ... nein, nie ... na, aufgehängt.« Sein Gesichtsausdruck war dabei traurig und schuldbewusst, als sehe er seine offenkundige Minderwertigkeit vollkommen ein.

»Weil du bei den regulären Truppen gedient hast und ich bei den Partisanen. Bei den Partisanen ist man sowohl Kommandeur wie auch Vater oder Mutter, wie auch Kriegstribunal. Wir haben selbst welche gegriffen, selbst die Urteile gefällt, sie selbst vollstreckt.« Sie nahm einen Schluck Kognak, aß eine Scheibe Wurst nach. »Meinst du, das wäre einfach gewesen? Meinst du, ich bin kein Mensch?«

»Aber, Aglastepna!«, rief Diwanytsch erschrocken. »Ich bitte Sie! Abgesehen davon, dass Sie ein Mensch weiblichen, grob gesagt, Geschlechts sind, finde ich, dass wir alle von Ihnen lernen sollten, was hohe Qualitäten eines Parteimitglieds und Mut betrifft.«

»Dann lerne mal«, sagte Aglaja. »Ich bin Mutter, mein Sohn hat die diplomatische Laufbahn eingeschlagen ... Aber wenn ich einen Feind vor mir habe, da kenne ich nichts, Schlinge um den Hals ...«

»Aglastepna, liebe Aglastepna«, er hob abwehrend die Hände, »genug damit! Lassen Sie's gut sein, mir wird noch übel.«

»Ach, du«, Aglaja winkte ab. Der Kognak war ihr bereits in den Kopf gestiegen und hatte sie weich gestimmt. »Wenn du das nicht hören willst, dann lass uns etwas singen.«

»Das ist doch was andres«, sagte der Hausverwalter. Er straffte sich, zog sein Jackett glatt, fasste sich an den Adamsapfel, räusperte sich und begann halblaut: »Nach Westen, lautet' sein Auftrag ...«, wurde jedoch sogleich gestoppt.

»Wozu so was Altes?«, sagte Aglaja. »Singen wir lieber das hier.« Ihre rechte Hand beschrieb einen weiten, geschmeidigen Bogen von links nach rechts oben, und mit heiserer Raucherstimme stimmte sie ihr Lied an:

In den Weiten der Heimat, der schönen,
Gestählet im Kampf, der die Herzen gewann,
Lassen dies frohe Lied wir ertönen
Vom großen Freund, der uns führt voran …

Mit der Linken gab sie Diwanytsch ein Zeichen zum Mitmachen, und nachdem er sich wieder geräuspert hatte, stimmte er ein:
»Sta-lin – unsres Kampfes Ruhm …«
»Sta-lin – unsrer Jugend Elan«, überschrie sie ihn.
»Mit Liedern kämpfend und siegend«, ihre Stimmen flossen zusammen, »erfüllt unser Volk Stalins Plan.«
Für den heutigen Leser sicherlich auch eine ziemlich schwer vorstellbare Szene: Solche Lieder sang man in jenen Zeiten nicht nur auf der Bühne und in der Marschordnung, sondern auch von sich aus und fand Spaß daran.
Um zwölf Uhr nachts klopfte es an der Tür. Aglaja machte auf. Draußen stand Ida Samoilowna Bauman in einem verwaschenen Flanellkittel und mit Lockenwicklern aus Zeitungspapier im noch feuchten Haar.
»Entschuldigen Sie die Störung«, sagte sie, »aber könnten Sie nicht ein bisschen leiser machen? Meine Mutter ist krank und kann nicht einschlafen.«
»Wenn sie will, schläft sie schon ein«, sagte Aglaja. »An der Front haben wir unter Artilleriebeschuss und Bombardements geschlafen.«
Damit schlug sie die Tür zu.
»Wer war das?«, wollte Diwanytsch wissen.
»Niemand«, sagte Aglaja. »Komm, singen wir das hier.« Und sich hin und her wiegend, schmetterte sie los:

Wieder klopfte es an der Tür. Aglaja dachte, das sei noch einmal die Nachbarin, öffnete unwillig die Tür und sah Georgi Shukow vor sich, das Akkordeon um den Hals gehängt, in den Händen zwei Flaschen Wodka.

»Was willst du?«, fragte sie erstaunt.

»Was feiert ihr denn?«, wollte er wissen.

»Kann dir das nicht egal sein?«

»Das kann mir egal sein, aber ich habe auch einen Anlass. Ich bin Vater geworden und habe niemanden zum Trinken. Viereinhalb Kilo wiegt mein Sohn. So einer ist das!« Er breitete die Arme mit den Flaschen aus, um die Größe seines Sprösslings zu zeigen. Je mehr er dann trank, desto weiter breitete er die Arme aus, wie ein Angler, der mit einem gefangenen Wels prahlt.

»Komm rein«, gestattete ihm Aglaja.

10 Unterdessen bekam Rewekka Moissejewna Bauman einen neuen Herzanfall. Nachdem ihr die Tochter eine dreifache Dosis Valocordin eingeflößt hatte, saß sie jetzt an ihrem Bett und wusste nicht, was sie tun sollte. Telefon hatten sie natürlich keins, und zum Notdienst zu laufen war zu weit und zwecklos. Das letzte Mal hatte man sie gefragt: »Wie alt ist Ihre Mutter? Zweiundachtzig? Zu so alten Leuten fahren wir nicht.«

Ida Samoilowna hielt die Hand ihrer Mutter. Der Anfall schien abzuflauen, das Valocordin wirkte, die alte Frau war schon im Einschlummern, als hinter der Wand wieder ein Lied erklang, jetzt mit Akkordeonbegleitung und wesentlich lauter als zuvor. Zunächst wurde noch einmal »In den Weiten der Heimat, der schönen« gesungen, dann folgte ohne Pause »Von Ferne zu Ferne, hoch über den Bergen, wo der Adler seinen Flug vollzieht, von Stalin, dem Weisen, Geliebten, Verehrten, dichtet das Volk Lied um Lied«.

Ida Samoilowna nahm ihren Hausschuh und klopfte damit gegen die Wand.

Zur gleichen Zeit saß Mark Semjonowitsch Schubkin an der Schreibmaschine und verfasste ein neuerliches Schreiben an das Zentralkomitee der KPdSU. Zunächst beglückwünschte er die Genossen Breshnew und Kossygin zu ihrer Wahl in die hohen Ämter des Ersten ZK-Sekretärs und des Vorsitzenden des Ministerrates der UdSSR, dann schrieb er, dass er den mutigen und zeitgemäßen Beschluss der Partei, der darauf gerichtet sei, die Entwicklung eines neuen Personenkults, des Chruschtschowschen statt des Stalinschen, zu verhindern, voll und ganz billige. Er verurteilte die voluntaristischen Entscheidungen Chruschtschows in der Innen- und Außenpolitik, verlieh jedoch zugleich seiner Hoffnung Ausdruck, dass die Partei keine Rückkehr zum Stalinismus zulassen, die Rechtfertigung der Stalinschen Missetaten ablehnen und die Zensur vollständig aufheben werde.

Seine Schreibmaschine klapperte laut, jetzt war das Geklapper aber nicht zu hören, weil die Musik und der Gesang es an Lautstärke übertrafen.

Als zwei Uhr nachts vorbei war, zog sich Ida Samoilowna den Mantel über den Flanellkittel und lief zur Miliz. Hier fand sie den Abschnittsbevollmächtigten, Hauptmann Anatoli Sergejewitsch Sarajew, vor, der noch vor kurzem ebenfalls Bewohner der Komsomolgasse 1 gewesen war, ehe er zur Verbesserung seiner Wohnverhältnisse eine Neubauwohnung bekommen hatte. Sarajew hielt sich nur deshalb zu so später Stunde im Milizrevier auf, weil er mit dem Diensthabenden, Leutnant Shicharew, dessen Geburtstag feierte. Aus diesem Anlass gossen sie sich, hinter einer Glaswand sitzend, aus einer Aluminiumteekanne beschlagnahmten Selbstgebrannten in die Aluminiumbecher. Hatten sie sie geleert, aßen sie Brot mit Leberwurst und dick geschnittenen Zwiebelringen nach. Sie sprachen über diverse Fragen von brennender Aktualität, so, ob es Leben auf anderen Planeten gebe, wodurch sich ein Zebra vom Pferd unterscheide und ob in Bälde eine neue Milizuniform zu erwarten sei.

Die Nacht verlief relativ ruhig. In den Untersuchungshaftzellen befanden sich lediglich drei Festgenommene: ein Bauer, der seine

Frau im Suff mit der Heugabel erstochen hatte, und zwei als Halbstarke qualifizierte Studenten, die sich hier zum Ernteeinsatz aufhielten. Ihn hatte man wegen seiner langen Haare hoppgenommen, und sie war nicht bloß mit Jeans, sondern auch noch mit der amerikanischen Flagge auf dem Hintern zum Tanz erschienen. Der Bauer war auf seiner Pritsche sofort eingeschlafen, die Studentin hatte eine Weile geweint, bevor sie ebenfalls einschlief, der Student aber donnerte gegen die Tür, krakeelte, redete von Rechtsverletzung und verlangte, unverzüglich freigelassen zu werden.

»Am Morgen scheren wir euch beide kahl und lassen euch frei«, versprach Shicharew.

»Dazu haben Sie nicht das Recht!«, schrie der Student hinter der Tür. »In welchem Gesetz ist die Haarlänge festgelegt? In der Verfassung? Im Strafgesetzbuch? Im Programm der KPdSU?«

»Brüll hier nicht rum, sonst wirst du verwamst«, sagte Sarajew leutselig.

»Was?!«, schrie der Student. »Dazu haben Sie nicht das Recht! Versuchen Sie's bloß mal! Ich werde Sie verklagen!«

»Moment«, sagte Shicharew zu Sarajew und ging in die Zelle, aus der gleich darauf Schreie zu hören waren:

»Was machst du? Bandit! Faschist! Gestapo-Mann! Ich werde eine Kla…«

Das Geschrei hörte auf, und Shicharew kehrte, Blut von der Faust leckend, an den Tisch zurück.

»Hab mich an der Brille gekratzt«, erklärte er Sarajew. Und beschwerte sich: »Was sind das bloß für Leute! Können selbst nicht ruhig leben und gehen andern auf die Nerven.«

Er schenkte sich und seinem Freund nach. Sie tranken ihre Gläser aus, aßen einen Happen, sprachen über ihre Frauen und ihre Schwiegermütter, über die Vorzüge der Ishewsker Motorräder gegenüber denen aus Kowrow, und auch das politische Hauptereignis blieb, versteht sich, nicht unbesprochen.

»Chruschtschow haben sie abgeschossen«, sagte Shicharew.

»Ja, abgeschossen«, bestätigte Sarajew, wonach beide lange

schwiegen und überlegten, jedoch nicht wussten, was sie dazu sagen sollten.

»Jaa, abgeschossen«, wiederholte endlich Shicharew.

»Ja«, bestätigte Sarajew noch einmal.

Und wieder schwiegen sie lange.

»Jetzt«, mutmaßte Shicharew, »wird Stalin mit ihnen allen kurzen Prozess machen.«

»Wie kann er das, wenn er doch tot ist?«, bezweifelte Sarajew diese Vermutung.

»Er ist eben nicht tot«, sagte Shicharew.

»In welcher Hinsicht?«, fragte Sarajew.

»In der Hinsicht, dass er nicht tot ist, sondern lebt«, sagte Shicharew und ließ den Kollegen wissen, was ihm sein Schwager erzählt hatte, der im Kreml als Kellner arbeitete: Stalin sei im Jahre dreiundfünfzig nicht gestorben, sondern habe nur so getan. In Wirklichkeit sei er untergetaucht, habe sich den Schnurrbart abrasiert und Lumpen angezogen, um durch Russland zu pilgern wie ehedem Alexander I., Almosen zu sammeln und sich anzusehen, wie das Volk lebe und ob der Aufbau des Kommunismus weitergehe.

»Scheißhausparolen!«, lautete Sarajews Urteil. Das war der Moment, in dem seine ehemalige Nachbarin Ida Samoilowna auf der Bildfläche erschien mit ihrer Beschwerde über Aglaja Stepanowna Rewkina und ihre lauten Gäste.

»Tolja«, sagte sie zu Sarajew, »ich möchte Sie sehr darum bitten. Sie kennen doch meine Mama. Sie wissen, wie krank sie ist. Und diese Leute brüllen mitten in der Nacht aus vollem Halse.«

Sarajew wischte sich den Mund mit dem Ärmel ab, sah auf die Uhr und versprach zu kommen und für Ordnung zu sorgen.

»Werden Sie bald kommen?«, fragte Ida Samoilowna.

»Bald, bald«, erwiderte der Abschnittsbevollmächtigte ungeduldig, und sobald sie gegangen war, erklärte er Shicharew, was dieser ihm da erzählt habe, das sei ein Hirngespinst, und das könne er, Sarajew, persönlich bezeugen. Im März dreiundfünfzig sei er auf der Milizschule gewesen und habe, nach Moskau entsandt, in der Absperrkette in der Puschkinstraße gestanden, am Ausgang der Station »Ochotny rjad« der nach Lasar Kaganowitsch benannten Metro, und in der Nacht habe man ihnen, den Milizionären, gestattet, an den Sarg zu treten.

»Und ich habe ihn tot gesehen so wie dich jetzt.«

»Was heißt, wie mich?«, versuchte Shicharew den Gekränkten zu spielen. »Ich bin ja nicht tot.«

»Ich sage nicht, dass du tot bist, sondern dass ich direkt neben ihm gestanden habe. Einen Meter weg oder sogar bloß einen halben. Ich stehe hier, und er liegt hier.« Sarajew lehnte sich zurück, um zu demonstrieren, wie der Tote dalag, da er aber nicht mehr ganz nüchtern war, verlor er das Gleichgewicht und wäre umgefallen, hätte ihn Shicharew nicht rechtzeitig abgefangen. »So war das also«, fuhr Sarajew fort, nachdem er sich wieder aufgerichtet hatte, »sein Gesicht habe ich wie deins gesehen. Und er war absolut tot. Atmete nicht, blinzelte nicht, nur geschminkt war er und die Gesichtsfarbe wie bei einem Lebenden, ansonsten aber – eine Leiche.«

»Ich bestreite ja nicht, dass da eine Leiche lag. Die Leiche war bloß nicht Stalin, sondern der Volkskünstler Gelowani. Den haben sie an seiner Stelle in den Sarg gelegt.«

»Lebendig?«, fragte Sarajew entsetzt.

»Wieso lebendig?« Shicharew zuckte die Schultern. »Was du dir so denkst – lebendig. Sind sie vielleicht Tiere – einen Lebenden in den Sarg? Eingeschläfert und reingelegt.«

»Na, wenn eingeschläfert, dann geht's noch. Für Geld sicherlich?«

»Für viel Geld«, sagte Shicharew überzeugt. »Er war doch Volkskünstler der ganzen UdSSR. Weißt du, wie viel sie denen zahlen?«

»Wie viel?«, fragte Sarajew.

»Viel«, sagte Shicharew und seufzte.

Sarajew griff nach der Teekanne, um sich und seinem Kollegen von dem Selbstgebrannten nachzugießen. Sie stießen schweigend an, tranken, nahmen ächzend einen Happen.

»Na schön«, sagte Sarajew nach intensivem Nachdenken, »den haben sie in den Sarg gelegt. Und wo ist Stalin abgeblieben?«

»Das hab ich dir doch gesagt! Fort ist er. Ohne jemand was zu sagen. Bloß Molotow hat er einen kurzen Schrieb hinterlassen.«

Kein Wort von dem, was ihm Shicharew erzählt hatte, glaubte Hauptmann Sarajew, hörte aber auf zu streiten, zumal alles ausgetrunken und die Zeit ziemlich weit vorgerückt war. Auf dem Weg zu seinem alten Haus fiel ihm ein, dass er vor kurzem auf dem Bahnhof einen bettelnden alten Mann aufgegriffen hatte, um ihn zur Miliz mitzunehmen, doch der Alte hatte sich mit einem Fünfundzwanzigerschein freigekauft. Was Sarajew nicht im Geringsten verwundert hatte, er wusste seit langem, dass die Bettler größtenteils reiche Leute waren. Als ihm der Bettler einfiel, musste er auch wieder daran denken, dass sein Aussehen irgendwie ungewöhnlich gewesen war. Er hatte ihn an jemanden erinnert, an wen bloß … ach ja, an … Nein, das ist alles Unsinn, sagte sich Sarajew, und da hörte er aus einem geöffneten Fenster lauten Gesang.


**11** Wie üblich brannte kein Licht im Hauseingang, doch oben schimmerte etwas. Es war die Kerze von Ida Bauman, die in Kittel und Hausschuhen auf den Treppenabsatz herausgekommen war.

»Oh, endlich! Danke, dass Sie gekommen sind«, sagte sie gerührt. »Das ist doch wirklich unmöglich. Mama hat einen Herzanfall, und sie veranstalten so was. Na schön, bis elf ist es erlaubt. Bis um zwölf haben wir es noch hingenommen. Aber wie weit kann man das denn treiben!«

Im Bewusstsein, dass ihr Hinweis auf die Ärzte, die Gesetze und die nächtliche Stunde als Argument möglicherweise nicht ausreiche, steckte Ida Samoilowna dem Milizionär einen Dreier zu, den dieser für einen Fünfer nahm, als er ihn einsteckte. Wonach er entschlossen an Aglajas Wohnungstür klopfte. Zunächst sachte, mit dem Knöchel des Mittelfingers. Dann mit der Faust. Dann mit dem Revolvergriff. Niemand reagierte, und er trat ein, ohne länger zu warten, dazu aufgefordert zu werden.

Die Fete war auf dem Höhepunkt. Nachdem der Abschnittsbevollmächtigte den Qualm mit den Händen weggewedelt hatte, konnte er endlich die seitlich zu ihm sitzende Hausherrin in dunkelblauer Jacke und ihre Gäste Diwanytsch und Georgi Shukow ausmachen. Hinter ihnen stand im Papirossarauch, die Rechte an der Decke, der gusseiserne Generalissimus.

Diwanytsch, das Gesicht schweißig und rot von der Anstrengung, saß in einem grünen Uniformhemd und mit Hosenträgern da. Das Oberstenjackett war über die Stuhllehne gehängt. Shukow zog, leicht zurückgelehnt und mit zusammengekniffenen Augen, das Akkordeon auseinander. Aglaja dirigierte. Sie tat es mit Feuereifer, vielleicht noch nie hatte sie sich so glücklich gefühlt wie heute.

Wenn auf dem Fest uns begegnen ...

Da kreuzte Sarajew auf. Die Sänger sangen noch die nächste Zeile »Freunde, die wir lang nicht gesehn«, bevor sie verstummten und sich Sarajew zudrehten. Der betrachtete sie und den hinter ihnen stehenden gusseisernen Mann. Unter dem gusseisernen Blick verging ihm die Entschlossenheit, und überaus zaghaft wandte er sich an Aglaja:

»Ich bitte um Entschuldigung ...«

Doch Diwanytsch bedeutete ihm mit dem Finger zu schweigen und nahm die zuletzt gesungene Zeile wieder auf:

»... Freunde, die wir lang nicht gesehn ...«

»... Fällt alles uns ein, was uns teuer«, stimmte Aglaja ein, »und fröhlicher klingt unser Lied ...«

»Ich bitte um Entschuldigung, Aglaja Stepanowna«, wiederholte der Hauptmann, »aber Sie werden Ihre fröhliche Feier abbrechen müssen.«

Das Akkordeon heulte ein letztes Mal klagend auf, Shukow drückte den Balg zusammen und griff nach dem Taschentuch in seiner Seitentasche. Diwanytsch schwieg und sah den Hauptmann aufmerksam an, während Aglaja sich eine neue Papirossa nahm, sie zwischen den Fingern quetschte, mit dem Mundstück auf die Tischplatte klopfte und anzündete. Sie fühlte, dass ihr die Stimmung gleich verdorben sein würde.

»Ich bitte um Entschuldigung«, sagte Sarajew zum dritten Mal leise, »aber nach dreiundzwanzig Uhr verstößt das gegen die Vorschrift.«

»Gegen die Vorschrift?«, fragte Aglaja.

»Gegen die Vorschrift«, bestätigte Sarajew.

»Und wenn es bei jemand ein Ereignis gegeben hat? Wenn jemand, grob gesagt, Vater geworden ist?«, wollte Diwanytsch wissen. »Ist es dann auch nicht erlaubt?«

»Wer ist Vater geworden?«, fragte der Milizionär.

»Na ich«, gestand Shukow. »Viereinhalb Kilo wiegt mein Sohn. So einer ist das.« Er zeigte es, jetzt waren noch einmal mindestens fünf Zentimeter hinzugekommen. »Brüllt wie eine Dampflok.«

»Wie eine Dampflok?«, fragte Diwanytsch. »Auch nach dreiundzwanzig Uhr brüllt er? Festnehmen und für fünfzehn Tage einlochen. Richtig, Hauptmann?«

»Dort wird er bloß noch mehr brüllen«, sagte Aglaja. Selbst sie war heute zum Scherzen aufgelegt.

»Also, ich habe Sie gewarnt«, sagte der Abschnittsbevollmächtigte mit aller Strenge, zu der er fähig war. »Sehen Sie sich vor. Wenn Sie nicht aufhören mit der Ruhestörung … werde ich persönlich … ich tue es nicht gern … aber ich werde mich gezwungen sehen … ich bitte um Entschuldigung … Sie auf dem Verwaltungsweg zur Verantwortung …«

Diwanytsch fuhr plötzlich wütend auf:

»Zur Verantwortung? Wen? Sie?« Er wies mit dem Finger auf Aglaja. »Unsere Heldin? Unsere legendäre? Oder ihn? Er ist ein Panzersoldat, hat in Ungarn gegen die Konterrevolution gekämpft. Oder mich, einen Obersten, einen Veteranen zweier Kriege? Einen verdienten … Oder ihn?«

Diwanytsch streckte die Hand in Richtung Stalin aus, erschrak über seine Kühnheit und ging plötzlich zum Flüstern über: »Also, lieber Freund, lass das mal. Setz dich zu uns, feier mit. Da es solche Ereignisse gegeben hat. Einerseits ist ein Mensch geboren worden, und andererseits ist das, wie man so sagt … Hast du mich verstanden, Hauptmann?«

»Jawohl, Genosse Oberst.«

»Na, dann setz dich. Wenn die Hausherrin nichts dagegen hat …«

Die Hausherrin hatte nichts dagegen und hieß den Abschnittsbevollmächtigten für den Anfang auf die Gesundheit des Genossen Stalin zu trinken. Zwar erschien es dem Hauptmann zweifelhaft, ob man auf die Gesundheit eines Toten trinken könne, doch wenn man etwas angeboten bekommt, sagte er sich, dann kann man auch. Überhaupt kann man die Toten als gesund ansehen, weil sie nie krank werden.


12 »Siehst du wohl«, sagte Ida Samoilowna zu ihrer alten Mutter. »Nun ist alles gut. Der Milizionär ist gekommen und hat dieses unverschämte Volk zur Ordnung gerufen.«

Sie gab vierzig Tropfen Valocordin in ein Glas, richtete das Kopfkissen, legte der alten Frau eine Wärmflasche unter die Füße, stopfte ihr die Decke von allen Seiten unter und ging zu ihrer Liege. Doch da ging es hinter der Wand von neuem los – das Artilleristenlied, laut wie Geschützfeuer.

Ida Samoilowna hielt es nicht aus, zog sich wieder den Kittel über, lief los und stürmte, ohne anzuklopfen, zur Nachbarin hinein. Alle vier saßen selbstvergessen da und sangen:

Artilleristen, Stalin uns befahl,
Artilleristen, groß ist der Heimat Qual …

Ida Samoilowna erstarrte in der Tür und betrachtete die Singenden mit ausdrucksvollem Vorwurf.

Und hunderttausend Batterien,
Der Mütter Tränen jetzt zu sühn'n,
Für die geliebte Heimat –
Feuer frei! Feuer frei!

»Dass Sie sich nicht schämen!«, sagte Ida Samoilowna, doch ihre Stimme hörte nicht einmal sie selbst. Die Singenden nahmen von ihr keine Notiz, abgesehen davon, dass Hauptmann Sarajew beim nächsten Mal den Refrain extra für Ida Samoilowna abwandelte, so dass er besser zur Situation passte:

Und hunderttausend Batterien,
Im Radio hat der Jud geschrien:
Für die geliebte Heimat –
Feuer frei! Feuer frei!

Der weitere Ablauf lässt sich nur annähernd rekonstruieren, gestützt auf die widersprüchlichen Aussagen der Beteiligten, denn andere Zeugen gab es nicht. Er scheint wie folgt gewesen zu sein: Empört über das Benehmen der nächtlichen Störenfriede, schrie Ida Samoilowna sie an und stampfte mit den Füßen. Da sprang Hauptmann Sarajew auf und begann ebenfalls mit den Füßen zu stampfen, wie er es später erklärte, einfach um sie zum Spaß nachzuäffen. Den Spaß begriff sie nicht und spuckte ihm ins Gesicht. So eine Beleidigung konnte er sich nicht bieten lassen, zumal er in Uniform und bewaffnet war, seine Revolvertasche hing an seinem Stuhl. Er riss die Waffe heraus und richtete sie auf die Geschädigte Ida Bauman.

»Ich schieß dich tot, du Miststück!«, schrie er, doch da fiel ihm die Hausherrin ein, und er bat sie um Entschuldigung für den Ausdruck.

Die Geschädigte stürzte mit einem wilden Aufschrei hinaus. Einem in ihm erwachten Jägerinstinkt (so seine spätere Aussage) folgend, stürzte Sarajew ihr nach und stürmte zusammen mit ihr in das Zimmer, wo in einem Leinennachthemd, mit herabhängenden dürren Beinen und Wahnsinn im Gesichtsausdruck, die Alte auf ihrem Bett saß. Beim Anblick des ins Haus eingedrungenen bewaffneten Mannes fiel sie zu Boden und versuchte mit dem Schrei »Kosaken!« unter das Bett zu kriechen. Es blieb bei dem Versuch, da ein Herzschlag ihrem Leben ein Ende setzte. Sie starb auf allen vieren, den Kopf unterm Bett. Dessen wurden dann die auf den Krach hin zusammengelaufenen Nachbarn Zeugen. Sie erzählten, dass der Hauptmann, als das Geschehene in sein Bewusstsein drang, völlig nüchtern geworden sei, den Revolver wegsteckte, der Alten den Puls fühlte und, sich aufrichtend, an niemand konkret gewandt, sagte: »Was bin ich denn für ein Kosak? Kosaken gibt es bei uns nicht, dafür gibt es die gesetzliche Sowjetmacht.« Und damit ging er hinaus.

Die Festivität war natürlich verdorben. Egal, was von unseren Helden zu halten ist, die alte Frau umzubringen, hatten sie nicht beabsichtigt. Sich einen kleinen Scherz erlauben, anderen ein bisschen Angst einjagen – das ist ja etwas anderes.

Viel Staub wirbelte die Sache nicht auf. Obwohl Ida Bauman es darauf anlegte, alle vier vor Gericht zu bringen, wurde ihr letzten Endes klar gemacht, dass die Bürger Rewkina, Kaschlajew und Shukow sich lediglich einer unerheblichen Störung der öffentlichen Ordnung schuldig gemacht hätten und verwarnt worden seien. Was den Milizionär Sarajew anbelange, so liege hier zwar Amtsmissbrauch vor, aber er habe ja nicht geschossen und für die Bürgerin Rewekka Bauman keine zwingende Notwendigkeit bestanden, unter das Bett zu kriechen und derart schwierige körperliche Bewegungen auszuführen – in ihrem Alter und dazu noch bei einem Herzanfall. Im Übrigen fanden viele, die alte Frau hätte ihr Leben hinter sich gehabt und sowieso irgendwie sterben müssen. Sarajew bekam einen Verweis und musste mit der Beförderung zum Major ein Jahr länger warten. Sonst ging alles seinen Gang.

# DRITTER TEIL

Vergebliche Erwartungen

1 Mit dem Machtantritt der neuen Führung kamen zahlreiche für Aglaja hoffnungsfrohe Gerüchte auf. Einer von den beiden neuen Männern an der Spitze sollte die Zeit des Glatzkopfs als ein Jahrzehnt der Schande bezeichnet haben. Breshnew oder Kossygin, vielleicht auch ein dritter, hieß es, habe gesagt, mit dem faulen Liberalismus des letzten Jahrzehnts werde in Kürze Schluss gemacht werden. Es sah ganz danach aus, als seien das keine leeren Worte. Auf Parteiversammlungen, auf Plenartagungen des ZK, auf Konferenzen wurde Stalins Name zunächst vorsichtig und dann immer freimütiger in positivem Sinne erwähnt. Diese Erwähnungen wurden stets mit Beifall aufgenommen. Im Dolgower Filmtheater »Sieg« liefen wieder alte Filme, zu denen zunächst Dokumentar- und dann auch neue Spielfilmproduktionen kamen, in denen das vertraute Bild zu sehen war. Anfangs huschte sein Porträt irgendwo kurz in der Ansicht eines Arbeitszimmers vorbei. Jenes mit Pfeife, das über Aglajas Schreibtisch hing. Bald wurde er bereits leibhaftig gezeigt beim Treffen der »Großen Drei« in Teheran. Und zum Jahrestag der Schlacht um Moskau dann war er dort zu sehen, wo sein Platz war – auf der Tribüne des Mausoleums. Von jeder neuen Möglichkeit, Stalin im Kino zu sehen, erfuhr Aglaja regelmäßig durch Diwanytsch, und sie lief immer gleich in die nächste Morgenvorstellung, um wenigstens den flüchtigen Anblick des teuren Antlitzes genießen zu können. Dabei stellte sie fest, dass sie in ihren Erwartungen nicht allein war. Sobald Stalins Gesicht auf der Leinwand erschien, kam jedes Mal aus den hinteren Reihen zaghafter Beifall, wenn auch zum Teil nur sehr vereinzelt. Aglaja klatschte ebenfalls, und sie hatte das Gefühl, eine Heldentat zu vollbringen, obwohl sie sich damit durchaus in Übereinstimmung mit den neuen Machthabern be-

fand. Sie klatschte und drehte den Kopf in der Hoffnung, herauszufinden, wo ihre unsichtbaren Gesinnungsgenossen saßen. In der Dunkelheit konnte sie jedoch nichts ausmachen, und hinterher verließen die Leute mit undurchdringlichen Gesichtern das Kino. Als ob sie nicht selbst geklatscht und das Klatschen anderer nicht gehört hätten. Einmal allerdings bemerkte sie einen Mann mit einer grauen Kaninchenfellmütze. Er saß direkt hinter ihr, nur drei Reihen weiter. Als sie Beifall hörte, drehte sie sich rasch um und ertappte ihn, ehe er die Hände sinken lassen konnte. Nach dem Ende der Vorstellung heftete sie sich an seine Fersen. Er bog um eine Ecke, sie ihm hinterher, bis sie nicht mehr mitkam und ihm hinterherrief:

»Junger Mann!«

Er wandte sich mit einer stummen Frage um, unsicher, ob er gemeint war.

»Warten Sie«, sagte sie, »warten Sie.« Sie lief zu ihm hin und sagte schwer atmend: »Ich danke Ihnen. Vielen Dank, vielen Dank.«

»Wofür?«, fragte er mit argwöhnischem Blick.

»Für Ihren Mut«, sprudelte sie hervor. »Für Ihre Treue. Ich habe gesehen, dass Sie geklatscht haben.«

»Wer hat geklatscht? Wo?« Er fragte schroff und nervös.

»Im Kino haben Sie geklatscht, ich habe es gesehen«, sagte Aglaja, sie gab ihm damit zu verstehen, dass sie eine Gleichgesinnte war und seine Gefühle vollkommen teilte.

Doch er begriff nicht, argwöhnte in ihr eine Provokateurin und schrie mit nervösem Zucken:

»Was hast du gesehen? Was?«

»Junger Mann!«, sagte sie verwirrt. »Ich habe doch nichts Böses … Ich sage, was ich gesehen habe …«

»Gar nichts hast du gesehen! Dumme Gans! Dumme alte Gans!«, rief der junge Mann und suchte das Weite.

Aglaja sah ihm betroffen nach, unsicher, ob sie sich wegen der »dummen Gans« oder der »dummen alten Gans« beleidigt fühlen sollte.

Bei dem jungen Mann handelte es sich um Mitja Ljamichow, einen im hauptstädtischen Serbski-Institut für psychiatrische Begutachtung wohl bekannten Patienten. Zu Lebzeiten Stalins war er hier wegen Kritik an dessen Person einer psychiatrischen Behandlung unterzogen worden. Er hatte an Stalin Briefe geschrieben, in denen er ihn als Tyrannen, Räuber und Feind des Volkes bezeichnete. Hätte er sich etwas sanfter ausgedrückt, wäre er im Lager gelandet oder erschossen worden. Sein Geschreibe war jedoch so hemmungslos und radikalistisch und ließ jeglichen Gedanken an Selbsterhaltung in einem Maße vermissen, dass sämtliche Ärzte völlig aufrichtig darin übereinstimmten, ihn für unzurechnungsfähig zu erklären. Seine Unzurechnungsfähigkeit äußerte sich, abgesehen von allem anderen, darin, dass er stets gegen alle Entscheidungen und gegen alles Tun und Lassen der jeweiligen Machthaber war. Wenn diese aus bestimmten historischen Gründen seine Meinung zu teilen begannen, machte er sofort eine Kehrtwende. Unter Stalin war er gegen Stalin gewesen, unter Chruschtschow für Stalin, jetzt brachte ihn sein Beharrungsvermögen dazu, weiterhin für Stalin zu sein, doch im Falle der vollständigen Rehabilitierung Stalins wäre er wieder gegen ihn gewesen.

2 Es gab noch weitere Anzeichen von Veränderungen nach dem Oktoberplenum des ZK der KPdSU von 1964, die Aglaja erwartungsvoll stimmten. Chruschtschow war abgehalftert worden. Die Gründung der Volkswirtschaftsräte hatte man rückgängig gemacht. Ebenso die Unterteilung der Gebietsparteikomitees in ländliche und städtische. Der Ausdruck »Personenkult« war aus den Zeitungen verschwunden. Auch von gesetzwidrigen Repressalien sprach kaum noch einer, und zufällige Erwähnungen wurden mit der einschränkenden Bemerkung verbunden, sie hätten gar nicht so große Ausmaße erreicht und man solle doch nicht übertreiben. Der Mais wurde nicht mehr als König der Felder bezeichnet. Und auf seinen Anbau zu setzen als nicht lohnenswert

aufgegeben. Lohnenswerter erschien es, Schriftsteller festzusetzen. Vorläufig zwar nur zwei, aber es bestand die Hoffnung, dass die anderen folgen würden. Einen Mathematiker steckte man ins Irrenhaus. Ein Historiker fand sich gleichfalls dort wieder. Die tschechoslowakischen Revisionisten erklärten den Sozialismus mit menschlichem Antlitz zu ihrem Ziel. Die sowjetischen Panzer kamen und fielen den Revisionisten in den Arm. Über alle diese Ereignisse freute sich Aglaja. Auch wenn die Führung der KPdSU nach ihrem Dafürhalten zu unentschlossen handelte. Stalin wurde zwar im Kino gezeigt, aber nur selten und vorsichtig. Bei ihr selbst blieb alles beim Alten. Niemand hatte es eilig, sich bei ihr zu entschuldigen und sie wieder in die Partei aufzunehmen.

3 War Aglaja unzufrieden wegen der zu langsamen Entwicklung der Ereignisse, so war es ihr Nachbar Mark Semjonowitsch Schubkin wegen der Ausrichtung dieser Entwicklung, über die er als leninistischer Kommunist nicht hinwegsehen konnte. Er schrieb an das ZK Briefe, in denen er verlangte, die Schriftsteller freizulassen, die Truppen aus der Tschechoslowakei abzuziehen, zu den leninschen Normen des innerparteilichen Lebens zurückzukehren, ein Denkmal zu Ehren der Opfer des Stalinismus zu errichten, die Zensur abzuschaffen und seinen Roman *Holzeinschlag* in einer der führenden sowjetischen Zeitschriften zu veröffentlichen. Die Antwort auf sein letztes Schreiben traf sehr rasch ein, und ihrem Ton entnahm Mark Semjonowitsch, dass sich die Zeiten stärker geändert hatten als zunächst vermutet. Man erklärte ihm, seine Vorschläge trügen eindeutig provokatorischen Charakter, aus ihnen spreche politische Unreife und möglicherweise sogar noch Schlimmeres. Sollte er nicht aufhören, seine absurden Erfindungen zu verbreiten, werde er die Reihen der KPdSU verlassen müssen, und weitere Konsequenzen seien nicht auszuschließen. Die weiteren Konsequenzen standen Schubkin bei seinen reichen Lebenserfahrungen und seinem entwickelten künstlerischen Vorstellungsvermögen sogleich als Bilder der Taiga

der Chanten und Mansen vor Augen, mit ihrer unermesslichen Weite, mit brusthohen Schneewehen, mit über fünfzig Grad Kälte, mit dem Kreischen der Benzinsäge »Freundschaft« und seiner erfrorenen Nase. Für kurze Zeit ließ er das Briefeschreiben sein und verhielt sich still, vermutlich wäre das auch noch lange so geblieben, doch als er einmal das Radio einschaltete, um die BBC zu hören, erfuhr er, dass der bekannte Emigrantenverlag Globus in München seinen Roman *Holzeinschlag* herausgebracht habe. Wie es dazu gekommen war, darüber konnte Schubkin nur rätseln. Offenbar war sein zirkulierendes Manuskript in Hände gelangt, die es nach dem Westen gebracht hatten.

Auf diese Weise war der Kreis Dolgow zu seinem Dissidenten gekommen. Was den örtlichen Sicherheitsorganen anfangs sehr recht war. Gab es keine Dissidenten, konnte man da oben auf den Gedanken kommen, dass die Organe hier nicht gebraucht würden. Gab es aber Dissidenten, so gab es auch Arbeit. Man konnte zusätzliche Planstellen schaffen, die Aufstockung der Gelder verlangen, der Arbeitsumfang wuchs, und die Chancen, sich auf seinem heroisch bewerteten Tätigkeitsfeld ohne das geringste Risiko für Leib und Leben hervorzutun, stiegen. Denn der Dissident ist ideologisch gefährlich und nicht physisch. Er ist unbewaffnet, agiert ungeschickt, weiß sich nicht zu verstecken und der Beobachtung zu entziehen. Hätte es also in Dolgow keinen Schubkin gegeben, so wäre es sinnvoll gewesen, ihn zu erfinden. Aufs Erfinden verstand man sich in den Organen durchaus, doch in diesem Fall erübrigte es sich. Es gab einen realen Schubkin, und es gab einen realen Kreis seiner Schüler und Anhänger, sie mussten mitbeobachtet werden, und für all das brauchte man Planstellen, Gehälter, Fahrzeuge und was nicht alles.

Der Dissident Schubkin war also auf den Plan getreten, und die Organe wurden aktiv und schickten ihm eine Vorladung. Schubkin packte für alle Fälle in einem Beutel zusammen, was man im Gefängnis am allernötigsten brauchte: warme Socken und Unterhosen, einen Becher, einen Löffel und einen Gedichtband von Eduard Bagrizki.

Und mit diesem Beutel machte er sich auf den Weg. Antonina begleitete ihn natürlich. Am Eingang nahmen sie ernsthaft voneinander Abschied.

Schubkin hatte sich auf zermürbende stundenlange Verhöre mit Geschrei, unflätigem Gefluche und blendendem Scheinwerferlicht eingestellt, die Realität enttäuschte indessen seine Erwartungen auf angenehme Weise. Der Untersuchungsführer Korotyschkin war nicht ganz so ein Knirps, wie es seinem Namen entsprochen hätte, sondern mittleren Wuchses und Alters, von unscheinbarem Aussehen, mit runden Schultern, Patschhänden und flaumigen Pausbacken. Die Haare waren hell, die Brauen ausgeblichen, die Augen farblos, die Zähne unregelmäßig, aber ohne Hauer. Einem Vampir glich er nicht, aber auch von einem Tschekisten alter Schule mit entzündeten Augen – von Ergebenheit gegenüber der Sache der Arbeiter- und Bauernmacht, Hass auf die Feinde der Revolution, Wodka und Papirossaqualm sowie Schlafmangel – hatte er nicht allzu viel. Er nahm Schubkin in seinem billig aussehenden staubfarbenen Anzug am Eingang seiner Institution in Empfang und zeigte sich über den Beutel sehr verwundert:

»Aber, aber, wozu denn das? Haben Sie eine so seltsame Meinung von den Organen: dass wir nichts anderes kennen würden, als alle gleich einzusperren? Gehört die Dame zu Ihnen? Überlassen Sie den Beutel ihr. Im Fall der Fälle – passieren kann das natürlich schon – wird sie ihn später herbringen.«

Der Beutel blieb bei Antonina, und das war ein gutes Zeichen. Eine andere ermutigende Voraussetzung für einen guten Ausgang der Angelegenheit bestand darin, dass Schubkin einen zeitweiligen Passierschein ausgestellt bekam. Während Korotyschkin ihn dann einen langen Gang entlangführte, sprach er von den paradoxen Kapriolen des momentanen Wetters und davon, dass die Errungenschaften der Menschheit auf dem Gebiet von Chemie und Atomenergie möglicherweise darauf Einfluss hätten. In dem geräumigen Zimmer, das sie schließlich betraten, saß an dem Tisch rechts unter einem Dsershinskibild ein düsterer, hagerer, galliger Mann, der Muchodaw hieß und für seinen Teil sehr an einen

Tschekisten der zwanziger Jahre erinnerte. Der linke Tisch, unter einem zweiten Dsershinskibild, gehörte Korotyschkin. Er bot dem Besucher einen Stuhl mit kunstlederbezogenem Sitz und ebensolcher Rückenlehne an, setzte sich an seinen Tisch und verschränkte acht Finger ineinander, die Daumen ließ er frei, um sie wie nachdenklich drehen zu können.

»Also«, sagte er däumchendrehend und lächelte Schubkin zu, »bevor wir unsere Unterhaltung beginnen, nennen Sie bitte Ihren Vor-, Vater- und Familiennamen.«

»Ist das ein Verhör?«, wollte Schubkin wissen.

»Aber ich bitte Sie!«, protestierte Korotyschkin. »Das ist einfach ein Gespräch.«

»Vorläufig ein Gespräch!«, brummte Muchodaw aus seiner Ecke, doch Korotyschkin schien dieses Brummen nicht gehört zu haben und erklärte leutselig, die Aufforderung, Vor-, Vater- und Familiennamen zu nennen, sei eine reine Formsache, vielleicht eine überflüssige und verzichtbare, worüber er mit ihm sprechen wollte, sei Folgendes.

»Ich habe Ihre Erzählung *Holzfällerei* gelesen.«

»Keine Erzählung, sondern ein Roman«, korrigierte Schubkin.

»Ein antisowjetisches Machwerk«, kam es aus der anderen Ecke.

Muchodaw nahm eigentlich nicht direkt an dem Gespräch teil. Er war an seinem Tisch mit irgendwelchen Papieren beschäftigt – las, schrieb, unterstrich –, seine Einwürfe machte er nicht zielgerichtet, sondern als ob er mit sich selbst spräche.

»Ich weiß nicht, wie es anderen geht, mir jedenfalls hat vieles daran gefallen. Natürlich bin ich kein Fachmann, mein Metier ist die Architektur. Wohnhäuser und Gesellschaftsbauten, Klubs, Kulturpaläste ... Nun, eines Tages wurde ich ins Gebietskomitee bestellt ... Sie sind ja wohl auch Kommunist?«

»Erschießen sollte man solche Kommunisten«, sagte Muchodaw laut zu sich selbst.

»Ich wurde ins Gebietskomitee bestellt, es muss sein, Sergej Sergejitsch, sagt man mir, die internationale Lage macht es erforderlich. Nun, wenn die Partei darum bittet, kann ich da vielleicht Nein sagen? Nein, Mark Semjonowitsch, das geht auf keinen Fall, denn zuallererst bin ich Parteisoldat und Patriot. So sitze ich also hier. Die Seele freilich«, er seufzte schwer und träumerisch, »die sehnt sich nach dem Reißbrett. Aber das ist alles Lyrik … Also, Ihr *Holzschlag* hat mir, kann man sagen, sogar gefallen. Stellenweise. Ein sehr guter Stil, gelungene Naturbeschreibungen, besonders die Taiga der Chanten und Mansen … Sie sind doch dort gewesen?«

»Bin ich«, Schubkin nickte.

»Ein paar Jährchen ließen sich dranhängen«, sagte Muchodaw, ohne den Blick von seinen Papieren zu lösen.

»Aber insgesamt«, fuhr Korotyschkin fort, »hinterlässt das von Ihnen gezeichnete Bild ein bedrückendes Gefühl. Für meinen Geschmack, wie soll ich es sagen, tragen Sie etwas sehr dick auf.«

»Ich schreibe über Erscheinungen, die die Partei auf dem XX. Parteitag entlarvt hat«, erinnerte Schubkin.

»Darum geht es ja, dass sie sie entlarvt hat. Sie hat sie entlarvt, und damit ist es gut. Damit ist es gut«, wiederholte Korotyschkin und sah Schubkin beschwörend an. »Wozu sollen wir ewig an das Schlechte zurückdenken, Wunden aufreißen, in der Vergangenheit wühlen? Den Blick nach vorn zu richten, gilt es, Mark Semjonowitsch. Sehen Sie doch nur, was sich Großartiges tut. Der Bau des Bratsker Wasserkraftwerks geht weiter, in Sterlitamak ist ein neuer Hochofen angeblasen worden, unsere Kühe geben bis zu dreihundert Liter Milch im Jahr, unsere Partei führt einen titanischen Kampf um den Weltfrieden, und Sie haben es ewig mit Ihren Holzfällern. Wenn Sie Ihre *Holzhacker* bloß für sich selbst oder für Ihre Freunde geschrieben hätten – aber Sie haben sie nach dem Westen gegeben.«

»Ich habe nichts nach dort gegeben«, sagte Schubkin rasch.

»Ist von selbst hingeflogen«, mutmaßte Muchodaw.

»Ich weiß nicht, ob von selbst oder nicht«, sagte Schubkin, zu ihm gewandt, »aber wie Sie wissen, reise ich nicht ins Ausland. Oder bin ich vielleicht doch hingefahren, und Sie haben es bloß nicht mitgekriegt?«, fragte er höhnisch. Aber Muchodaw blätterte in seinen Papieren und reagierte nicht, während Korotyschkin einräumte:

»Nein, gewiss, gewiss, Sie sind nicht hingefahren. Das behauptet auch niemand. Um ein Manuskript dort hingelangen zu lassen, muss man nicht unbedingt selbst reisen. Es gibt ja ausländische Diplomaten und Korrespondenten, die reisen! Und nicht immer mit lauteren Absichten.«

»Allesamt CIA-Agenten«, bemerkte Muchodaw.

»Genau«, pflichtete Korotyschkin ihm bei. »Uns liegen Informationen vor, dass die CIA ihre Tätigkeit aktiviert hat und auf den Teil unserer Intelligenz setzt, dem es an Bewusstsein mangelt. Dass sie nach einem schwachen Glied in unserer Kette sucht. Nicht zufällig ist Ihr Feuilleton in einem antisowjetischen Verlag veröffentlicht worden, dessen Mitarbeiter durch die Bank Weißgardisten, Wlassow-Leute und ehemalige Hilfspolizisten der deutschen Faschisten sind. Die Sowjetbürger aufgehängt und Personen jüdischer Nationalität in die Gaskammern geschickt haben. Und natürlich haben sie nach Ihrem so genannten Werk nicht umsonst gegriffen. Es muss ihnen wohl gefallen haben.«

»Wenn mein Buch ihnen gefallen hat, dann muss es ein gutes Buch sein«, sagte Schubkin.

»Ein antisowjetisches«, warf Muchodaw ein.

»Wenn es nur ein antisowjetisches wäre«, seufzte Korotyschkin. »Leider, Mark Semjonowitsch, ist es ein volksfeindliches Buch. Nein, wir werden vorläufig gegen Sie keine Strafmaßnahmen anwenden ...« Aus seiner Stimme sprach offenkundiger Zweifel, ob das so richtig war.

»Obwohl es notwendig wäre«, seufzte Muchodaw.

»Jetzt ist nicht das Jahr siebenunddreißig, und wir sind nicht mehr die Alten. Ganz und gar nicht mehr, Mark Semjonowitsch«, versicherte er leidenschaftlich. »Die Hauptsache ist für uns, den Menschen zu retten, ihn vor falschem Handeln zu bewahren. Jetzt ist ein kompromissloser ideologischer Krieg im Gange. Wer wen. Und unter diesen Bedingungen ... Es wäre gut, wenn Sie sich an unsere Presse wenden würden, und wir helfen Ihnen dabei, wir helfen, wir helfen …« Die Äuglein verdrehend, murmelte er wie in Trance, gab einen merkwürdigen Wust von sich: »Wir geben Ihnen entsprechende Hinweise, Sie helfen uns, Sie schreiben, wir veröffentlichen es, in offener Form legen Sie Ihren Standpunkt dar …«

»Sonst nimmt die Sache ein schlechtes Ende«, sagte Muchodaw wie zu sich selbst.

»Soll das eine Drohung sein?«, erkundigte sich Schubkin.

»Keineswegs!«, beeilte sich Korotyschkin zu versichern. »Keinerlei Drohungen. Aber Sie werden verstehen, dass, wenn Sie keine Konsequenzen ziehen, auch wir … Was sollen wir tun? Mark Semjonowitsch, Sie verstehen doch, wir sind natürlich Humanisten, aber …«

»Wenn der Feind sich nicht ergibt, wird er vernichtet«, lautete Muchodaws Schlussfolgerung.

»Und worum ich Sie noch dringend bitten möchte. Sehr dringend bitten. Über unser Gespräch zu niemandem ein Wort.«

Das war es. Nicht mal eine schriftliche Verpflichtung, Stillschweigen zu bewahren, nahm Korotyschkin Schubkin ab.

Einige Leute in Dolgow wie Aglaja oder selbst Diwanytsch verstanden ein so humanes Verhalten der Organe nicht. Dieser Schubkin hatte einen schrecklichen antisowjetischen Schmarren verfasst und in einer Emigrantenzeitschrift veröffentlicht – dafür musste er ja wohl eingesperrt werden? Doch sie verstanden vieles nicht. Zum Beispiel, dass Schubkin, wie wir bereits feststellten, im Kreis der Einzige seiner Art war. Wären es ihrer zehn gewesen, hätte man den einen oder anderen schon einsperren können. Sperrte man aber den Einzigen ein, wen wollte man dann bekämpfen?

4 Natürlich hoffte Korotyschkin, Schubkin werde das Verhängnisvolle seines Irrwegs erkennen und sich einschüchtern lassen. Und er wurde in seinen Hoffnungen nicht enttäuscht. Schubkin glaubte zwar an die sozialistische Gesetzlichkeit, aber doch

mit großem Vorbehalt. Er beschloss, keine Briefe an das ZK mehr zu schreiben, seine literarischen Werke nicht mehr in Umlauf zu bringen, künftig von Fahrten nach Moskau und von der Kontaktpflege mit Dissidenten und Ausländern Abstand zu nehmen. Er verhielt sich so mustergültig, dass unsere Organe sich hätten freuen und sein Bild bei sich aufhängen sollen: als Muster an Folgsamkeit, an dem sich andere ein Beispiel nehmen konnten. Da sie aber den Dissidenten Schubkin brauchten, überlegten sie, wie sie ihn animieren könnten, sich wieder als solcher zu betätigen, und ließen sich etwas einfallen. In der *Dolgowskaja prawda* erschien der Artikel »Je tiefer im Walde, je dichter das Holz«. In den mitgelieferten biographischen Angaben wurde teils direkt, teils in Andeutungen nahe gelegt, bei Schubkin handle es sich um einen Juden, der die sowjetischen Gesetze verletzt habe, wegen antisowjetischer Betätigung abgeurteilt und aus humanen Erwägungen vorzeitig aus der Haft entlassen worden sei. Kein Wort davon, dass er rehabilitiert worden war. Dafür wurde festgestellt, dass Mark Semjonowitsch keine Lehren aus der Vergangenheit gezogen, sich zu erneuter antisowjetischer Betätigung habe verleiten lassen und gegenwärtig den wertvollsten Helfershelfer der westlichen Geheimdienste abgebe, ihnen Verleumdungen liefere über seine Heimat, der er zu großem Dank verpflichtet sei, da sie ihn großgezogen, für seine Ernährung, Kleidung und Bildung gesorgt und ihm Hoffnung auf ein glückliches Leben gegeben habe.

Diesen Artikel wertete Schubkin als Signal, dass er wieder eingesperrt werden sollte, und entschloss sich, dem Rat eines erfahrenen Moskauer Dissidenten zu folgen, der ihm klar machte, dass sein Heil in größtmöglicher Medienpräsenz liege.

»Wenn du stillhältst, sperren sie dich garantiert ein. Gehst du aber an die Öffentlichkeit und schaffst es, die Aufmerksamkeit des Westens auf dich zu lenken, wirst nicht du sie, sondern sie werden dich zu fürchten haben.«

Schubkin vertraute seinem Rat und schritt zur Tat. Er ging wesentlich dreister vor als früher. Früher hatte er Briefe an das ZK der KPdSU, an die *Prawda* und die *Iswestija* geschrieben. Dann

Kopien an die *Prawda* und die *Iswestija*. Dann an kommunistische Zeitungen im Ausland: *l'Humanité, Morning Star, L'Unità*. Sein neuester Brief ging nun gleich an die *Times*, die *New York Times*, an den *Figaro*, an die *Welt* und an *Aftonbladet*. Und sofort bekam Schubkin den Unterschied zwischen diesen und den kommunistischen Zeitungen deutlich vor Augen geführt. Der Brief wurde umgehend abgedruckt – an sichtbarster Stelle. Schubkins Name ging durch die Meldungen. Texte von ihm waren regelmäßig im Äther zu hören. Voice of America, Deutsche Welle, Swoboda und BBC sendeten sie mit mehrfachen Wiederholungen. Dabei wurde er mit schmeichelhaften, immer klangvolleren Epitheta bedacht. Namhafter Dissident. Bedeutender Schriftsteller. Angesehener Bürgerrechtler.

Die Dolgower Organe gerieten in Verwirrung. Nachdem sie selbst Schubkin zu so entschlossenem Handeln veranlasst hatten, wussten sie jetzt nicht, was tun. Er war zu berühmt geworden, als dass sich ihm so einfach beikommen ließ. Noch vor kurzem wäre es leicht gewesen, ihn einzusperren, ohne größeres Aufsehen zu erregen. Jetzt aber … Korotyschkin selbst konnte kurzerhand entlassen, eingesperrt, sogar erschossen werden, wenn es sein musste, und kein Mensch würde davon etwas merken. Schubkin aber? Kriegte man ihn am Wickel, würden alle diese Stimmen weltweit ein Geheul anstimmen, dass einem Hören und Sehen verging. Alle möglichen Menschenrechtsorganisationen würden sich einschalten und an ihre Präsidenten appellieren, die würden Schubkin Breshnew gegenüber zur Sprache bringen, Breshnew würde ärgerlich werden und Andropow zitieren, Andropow den Leiter der Verwaltung V, der Leiter der Verwaltung V den Leiter der Gebietsverwaltung, der würde in der Dolgower Abteilung anrufen, und wer weiß, womit die Sache für Korotyschkin endete.

Da Korotyschkin nicht wusste, was er tun sollte, beschloss er, gar nichts zu tun, das heißt, so zu tun, als ob es gar keinen Schubkin gäbe. Was diesem natürlich nur recht sein konnte. Als er sah, dass man ihn ungeschoren ließ, verlor er jedes Maß und wandte sich nicht nur an Zeitungen, sondern an Präsidenten, an Regierungschefs und einfach an die Weltöffentlichkeit, das heißt im Grunde an die gesamte Menschheit. Er schrieb über alles. Darüber, dass die Machthaber sich vom Kommunismus abgekehrt hätten. Über Bürokratie und Korruption. Über grassierende Trunksucht. Über die Verfolgung von Menschen aus Glaubensgründen. Über die von den Machthabern betriebene Vernachlässigung der Kultur.

All das ließ er auf irgendwelchen Wegen nach Moskau und von dort weiter in den Westen bringen. Abends wartete er darauf, im Radio seinen Namen genannt zu hören, und hatte damit fast immer Glück.

»Komm her!«, rief er Antonina zu. »Hör zu, was sie sagen!«
Er freute sich, während sie sich ängstigte.

»Oh, sie werden Sie einsperren, Mark Semjonytsch, oh, sie sperren Sie ein«, sagte sie mit zerknirschtem Kopfschütteln.

»Keine Bange, Tonetschka, sie werden mich schon nicht einsperren«, beruhigte er sie. »Wie können sie mich einsperren, da mich jetzt die ganze Welt kennt?«

Seine Arbeitsstelle verlor er natürlich. Und aus der Partei ausgeschlossen wurde er auch.

In diese Zeit fällt der Beginn seiner Abwendung vom Marxismus und Leninismus. Selbst in seinem Bewusstsein setzte also ein Umbruch ein. Doch da er ein Mensch war, der einfach nicht ohne eine ERWW leben konnte, begann er sie in der Weltanschauung zu suchen, die er selbst noch vor kurzem als Opium für das Volk bezeichnet hatte.


5 Bei Aglaja klopfte es, sie öffnete, ohne sich zu erkundigen, wer da sei, und zuckte vor Überraschung zusammen. Vor der Tür stand, mit einer großen Wassermelone, ein junger, sportlich aussehender Mann in Jeans und Lederjacke.

»Marat!«, rief Aglaja in jäher Freude, die sie selbst überraschte. Sie freute sich über Marats Besuch wie über ihr mütterliches Gefühl und staunte, dass sie es besaß.

»Guten Tag, Mama!« Marat, die Melone an den Bauch ge-drückt, lächelte, hinter seinem Rücken lächelte eine junge Blon-dine in Jeans und offener Jeansjacke.

»Guten Tag, Sohn!« Aglaja ging um die Melone herum und küsste Marat irgendwo am Ohr. Dann reichte sie der Blondine die Hand: »Aglaja Stepanowna. Und Sie heißen wohl …«

»Mama, das ist Soja, meine Frau«, sagte Marat vorwurfsvoll. »Ich habe dir doch viele Male über sie geschrieben.«

»Ja sicher, hast du«, gab Aglaja zu. »Aber was sind denn die heutigen Ehen? Gar nichts. Ja, früher … Als ich und dein Vater geheiratet haben …« Sie stockte, da ihr einfiel, dass ihr Bund mit Andrej Rewkin schwerlich als beispielhaft gelten konnte. »Na schön«, brach sie ab. »Aber ihr kommt so plötzlich angeschneit. Hättet wenigstens ein Telegramm schicken können.« Sie führte sie ins Wohnzimmer. »Tretet ein. Wie denn das, ohne Telegramm? Bei mir ist nicht sauber gemacht und der Kühlschrank leer.«

Sie ging als Erste hinein, zuckte die Schultern und sagte noch etwas vor sich hin. Als sie sich umdrehte, sah sie, dass beide, kaum über die Schwelle getreten, stehen geblieben waren – er höchste Verwunderung im Gesicht, sie Entsetzen.

»Ach ja«, sagte Aglaja. »Habe ich es dir denn nicht geschrie-ben? Ich bewahre sie bei mir auf. Fast acht Jahre schon … Haben wir uns wirklich acht Jahre lang nicht gesehen? Oder mehr? So tu doch deine Melone weg!«, fuhr sie ihren Sohn an. Der legte die Melone vorsichtig auf einen Stuhl und tippte sie leicht an, um sich zu vergewissern, dass sie nicht herunterrollen würde.

Dann saßen sie in der Küche an dem runden Tisch mit den Kremltürmen auf dem Wachstuch und warteten, dass das Wasser in dem großen zerbeulten Aluminiumteekessel kochte. Die Küche war verräuchert und unaufgeräumt, in den Ecken hingen Spinn-weben. Aglaja stellte ein Halbliterglas mit Zucker auf den Tisch, eine halbe Gebäckpackung »Gruß«, für Marat ein Teeglas mit Un-tersetzer, für Soja eine henkellose Steingutasse mit der Aufschrift »20 Jahre RABA« und für sich selbst einen Emaillebecher, den sie kurz mit einem Handtuch auswischte.

Marat stellte fest, dass seine Mutter, seit sie sich zuletzt gesehen hatten, gealtert war. Unter den Augen Tränensäcke und unter den Tränensäcken noch einmal Säcke, und überhaupt war ihr Gesicht irgendwie höckerig und porös geworden. Als sie Tee eingoss, fiel ihm auf, dass ihre Hände zitterten und die Finger schwarz und krumm waren wie Astknorren. Wie kommt das nur, dachte er, so alt ist sie doch noch nicht. Vierundfünfzig. Sojas Mutter ist zwei Jahre älter und sieht wesentlich jünger aus. Vielleicht, weil sie zur Kosmetik geht und sich die Haare färbt. Gealtert ist er, dachte die Mutter ihrerseits. Wie viel Jahre zählt er doch gleich? An die fünfunddreißig, und schon gelichtete Haare, Bäuchlein, Doppelkinn und die Schläfen grau meliert.

»Was bedeutet RABA?«, fragte Soja, die ihre Tasse betrachtete.

Aglaja sah sie an, sehr erstaunt, dass jemand das nicht wissen konnte, und Marat erklärte ihr:

»Rote Arbeiter- und Bauernarmee.«

»Wann seid ihr denn angekommen?«, erkundigte sich Aglaja.

»Gerade eben sind wir angekommen«, sagte Marat.

»Gerade eben.« Sie sah auf die Uhr. »Und mit welchem Zug?«

»Nicht mit dem Zug«, meinte Marat lächelnd, »mit dem Auto. Ich habe in Kuba Devisenzertifikate angesammelt und …« Er führte sie zum Fenster. »Siehst du den blauen Wolga?«

»Der gehört dir?«

»Ja, mir. Ach, übrigens habe ich vergessen, die Scheibenwischer abzunehmen. Wie sieht's hier eigentlich aus – wird geklaut?«

»Wo wird denn nicht geklaut?«

»Na, ich dachte, vielleicht ist hier … Früher konnte man hier doch ruhig leben.«

»Früher herrschte Ordnung«, sagte Aglaja. »Überall konnte man ruhig leben. Jetzt beschweren sich manche: Ach, unter Stalin, da hat man für eine Getreideähre zehn Jahre gekriegt. War auch richtig so. Jetzt werden keine Ähren, ganze Waggonladungen werden weggeschleppt. Ganze Züge. Ach, lassen wir das. Was rede ich davon. Erzähl mir lieber, wie es dir, wie es euch geht.«

Auf Gäste war sie überhaupt nicht eingestellt, ihre ganzen Vorräte beschränkten sich auf Kartoffeln und je eine halbe Flasche Kefir und Wodka. Doch ihre Gäste hatten im Auto in einer Kühltasche zwei Brathühnchen, gekochte Eier und Salami, und Marat lief schnell zum Feinkostladen, um Butter, eine Flasche Sonnenblumenöl, drei Büchsen bulgarische Kohlrouladen, zwei Flaschen algerischen trockenen Wein und eine »Hauptstadt-Torte« zu kaufen.

Als er losging, waren die Scheibenwischer noch da gewesen, er wollte sie auf dem Rückweg abnehmen. Doch als er zurückkam, waren sie weg. Das Abendessen wurde durch diesen Zwischenfall getrübt. Doch Aglaja kannte den Chef des Kraftfahrzeugdepots und hoffte, am Morgen Ersatz besorgen zu können.

Während des Abendessens saß Marat mit dem Gesicht zur halb geöffneten Wohnzimmertür und schielte von Zeit zu Zeit dahin, wo ihn aus der Dunkelheit die Statue musterte. Dieser gusseiserne Blick irritierte ihn, er wandte sich ab, stellte seinen Stuhl um, setzte sich seitlich zur Tür, doch eine von dem Götzen ausgehende geheimnisvolle Kraft brachte ihn dazu, den Hals zu drehen, so dass er auf diesen Blick traf, der eine unverständliche Frage ausstrahlte.

Aglaja wusste, dass Marat einen Sohn hatte, aber da sie sich nicht sicher war, ob nur dieses eine Kind, fragte sie vorsichtig:

»Und was macht unser Nachwuchs?«

Marat freute sich, dass sie ihren Enkel nicht vergessen hatte, und sagte, Andrej sei bei Sojas Eltern geblieben. Er gehe in die erste Klasse, lerne aber schlecht, weil er sich zu viel raufe.

»Er kommt ganz nach dir«, sagte Marat.

»In dem Sinne, dass er sich gern rauft?«

»Äußerlich kommt er nach dir, meine ich.«

»Innerlich dann also auch. Was glaubst du, was ich als Kind für eine Rauferin gewesen bin.« Die Erinnerung bereitete ihr sichtlich Vergnügen. »Alle Jungs hatten Angst vor mir. Und Sie«, fragte sie, zu Soja gewandt, »was machen Sie? Hausfrau?«

»Nein, wieso?«, widersprach Soja. »Als der Junge klein war,

bin ich mit ihm zu Hause geblieben, jetzt arbeite ich bei ›Intourist‹.«

Bei »Intourist« war sie als Fremdenführerin in der Abteilung für individuelle Betreuung hochrangiger ausländischer Politiker, Künstler und Schriftsteller tätig. Bereitwillig erzählte sie, wie sie mit Howard Fast, James Aldridge und Rockwell Kent das Land bereist hatte. Die anderen Namen sagten Aglaja absolut nichts. Doch die Begeisterung, mit der sie diese Namen nannte, legte die Vermutung nahe, dass es sich um bekannte Leute handelte und die Betreuung mehr umfasste und vielseitiger war, als die formalen Dienstpflichten ihr vorschrieben.

Für gewöhnlich absolvierte man mit solchen Ausländern das Standardprogramm: Moskau–Leningrad–Kiew–Wolgograd–Sagorsk, sobald jedoch von den Standardwegen abgewichen wurde, kam es zu unvorhersehbaren kuriosen Situationen. Der indische Ministerpräsident Jawaharlal Nehru, den Soja auch einmal betreut hatte, wünschte aus irgendeinem Grund, die Stadt Zelinograd zu besuchen, man versuchte es ihm auszureden und ordnete in der Zwischenzeit an, das neue Stadthotel, dessen Bau schon etliche Jahre in Anspruch nahm, in einer Feuerwehraktion fertig zu stellen. Die örtlichen Baubrigaden wurden durch Spitzenkräfte von »Mosstroi« verstärkt, die sich ordentlich ins Zeug legten und es bis zum Eintreffen des hohen Gastes schafften, den ersten Stock und die zu ihm hinaufführende Treppe in einen präsentablen Zustand zu bringen (was unerledigt blieb, wurde mit einem roten Teppich abgedeckt), ebenso die Hotelhalle, in der Portiers mit wichtiger Miene und unbedarftem Gesichtsausdruck herumstanden, jeder zumindest im Range eines Majors. Die Wände wurden mit Lampen und Geweihen geschmückt, in der Bar gab es an diesem Tag diverse Getränke, die die Ortsbewohner noch nie zu sehen bekommen hatten, und im Zeitungskiosk alle möglichen Zeitungen und Zeitschriften einschließlich ausländischer, natürlich auch indischer. Um den Anschein frei verkäuflicher Presseerzeugnisse und Getränke zu erwecken, ließ man KGB-Agenten hereinkommen und das eine wie das andere kaufen, doch beim

Hinausgehen wurde ihnen alles abgenommen, damit sie durch das Probieren von Coca-Cola nicht dem Konsumdenken verfielen oder durch die Zeitungslektüre ideologischer Manipulation ausgesetzt wurden. Allerdings hätten sie diese Zeitungen wegen fehlender Sprachkenntnisse ohnehin nicht lesen können.

Die Suite des hohen Gastes wurde mit Privatmöbeln des Sekretärs des Gebietskomitees ausgestattet – sehr vornehm und wanzenfrei. Alles lief gut, sogar ein wenig mehr als das, nur hatte das Hotel bisher keinen Wasserleitungsanschluss, und mit der Kanalisation war man auch noch nicht so weit. Da es sich aber um einen hohen Gast handelte und man ihm nicht zumuten konnte, seine Notdurft im Freien zu verrichten, wurden im zweiten Stock zwei Fässer aufgestellt, zu denen das Wasser durch den Hintereingang hinaufgetragen wurde, in das eine kam das kalte, in das andere das warme Wasser. Was die Kanalisation anbelangte, so fand sich dafür eine ganz einfache Lösung: Das Abflussrohr endete, unten offen, in der Suite im Erdgeschoss, darunter wurde ein Eimer gestellt und an den Eimer die Reinemachefrau Tante Sima. Morgens erledigte Opa Jawa (so nannte Soja den hohen indischen Gast) sein Geschäft, zog am Griff, das Weggespülte schoss donnernd in den Eimer, Tante Sima nahm den Eimer weg und stellte einen anderen drunter. Soja gestikulierte lebhaft mit den Händen, wiederholte häufig die Worte »zum Schießen« und »Klasse«. Dabei schmückte sie ihre Rede bewusst mit Wendungen aus der Volkssprache.

Aglaja verzog nach jedem Schluck Wein, den sie trank, das Gesicht, Wodka zog sie vor, doch verbarg sie ihre Vorliebe vor dem Sohn. Von dem Essen nahm sie kaum etwas, rauchte nur ihre Belomor, beugte sich, von Husten geschüttelt, bis unter die Tischplatte. Marat bot ihr ausländische Malboro an, sie probierte sie, bekam einen noch schlimmeren Hustenanfall, sagte: Dreck, Stroh, unsere Belomor ist wesentlich besser. Sojas Geschichtchen hörte sie sich höflich, aber mit großer Ungeduld an, und als es dann mit einer Fahrt zur Insel Kishi weiterging, die Soja mit Marat unternommen hatte, unterbrach sie sie mit der Frage:

»Was mich interessieren würde … dein Vater nimmt doch eine wichtige Stellung ein, und sicherlich hat er mit hohen Tieren zu tun.«

»Kommt vor«, bestätigte Soja nicht ohne Stolz.

»Besteht dort die Absicht, die Gerechtigkeit wiederherzustellen?«

»Wieso?« Sojas Gesicht verdüsterte sich. »Meines Erachtens ist die Gerechtigkeit bereits wiederhergestellt. Alle Politischen sind längst auf freien Fuß gesetzt, bekommen erhöhte Renten, von ihnen wird schon genug gesprochen.«

»Vielleicht sogar zu viel«, sagte Marat und schielte unwillkürlich zu der Statue.

»Davon rede ich ja, das es zu viel ist«, griff Aglaja seine Worte auf. »Aber mir geht es nicht um sie, sondern um ihn.« Sie wies auf die Statue. »Was er für das Land getan hat, und dann wollen sie ihn wie irgendwelchen Plunder auf den Müll werfen!«

Sie hatte nicht viel getrunken, doch es reichte – ihr Gesicht hatte sich gerötet, und Tränen traten ihr in die Augen.

»Ja«, pflichtete Soja ihr bei, »ich denke genauso wie Sie. Papa erzählte, die oberste Führung hätte seine Rehabilitierung geplant, aber die Weltöffentlichkeit und die kommunistischen Parteien im Westen …«

»Pfeifen sollte man auf die kommunistischen Parteien im Westen«, sagte sie schroff und zündete sich an der alten Papirossa eine neue an. »Haben wir nicht selbst genug Verstand?«

»Im Prinzip haben Sie Recht«, pflichtete ihr Soja wieder bei, »aber angesichts der gegenwärtigen internationalen Lage … Natürlich ist es an der Zeit, aber … Ich denke auch so, Papa denkt so, und viele denken so, vielleicht wird es zu seinem neunzigsten Geburtstag einen Beschluss geben.«

»Wird es nicht«, sagte Marat. »Es wird keinen Beschluss geben.«

Soja sah ihn verwundert an, und Aglaja fragte:

»Warum?«

»Darum, Mamachen«, erklärte Marat mit ironischem Lächeln,

»weil es nach dem Personenkult Stalins den Personenkult Chruschtschows gegeben hat, jetzt entwickelt sich der Personenkult des derzeit lebenden Generalsekretärs, und nach ihm kommt der nächste derzeit lebende, und so geht es weiter, einen toten Rivalen aber kann keiner gebrauchen. Der tote Lenin genügt vollauf.«

Aglaja blickte ihren Sohn prüfend an. Marat fing diesen Blick auf und las Verurteilung darin.

»Entschuldige, vielleicht hast du den Eindruck, dass ich zu zynisch bin. Doch ein Zyniker ist ein enttäuschter Romantiker. Er glaubt zunächst an Ideale, dann sieht er, dass sie nicht den Realitäten des Lebens entsprechen, und glaubt nur noch, was er mit eigenen Augen sieht.«

»Das nennt sich nicht Zyniker, sondern Realist«, widersprach Soja.

»Kluges Mädchen«, pflichtete ihr Marat bei. »Man kann es auch so sagen.«

»Ich verstehe dich trotzdem nicht«, sagte Aglaja. »Mir scheint, dass die jetzige Führung Stalin Achtung entgegenbringt, warum also …«

»Darum, Mama«, fiel ihr Marat ins Wort, »weil einen lebenden Hintern zu lecken wesentlich angenehmer ist als einen eisernen.«

Für die Nacht richtete sie den jungen Leuten im Wohnzimmer das alte Schlafsofa, das lange nicht mehr diesem Zweck gedient hatte. Sie selbst zog sich ins Schlafzimmer zurück. Sie lag da, rauchte und überlegte, dass Marat wohl Recht hatte. Die jetzige Führung hatte ihre Verdienste, aber auch unübersehbare Mängel. Stalin rehabilitieren sie nicht, die Dissidenten fassen sie mit Samthandschuhen an. Haben Angst vor den kommunistischen Parteien im Westen, vor der Weltöffentlichkeit … Das Ergebnis ist eine absurde Situation. Je schlimmer der Dissident, je größer der Schaden, den er anrichtet, desto mehr Umstände macht man mit ihm, polemisiert in der Presse, statt ihn einzusperren, und das ist genau das, was er braucht. Wer soll denn diese Dissidenten auch ernsthaft bekämpfen wollen, wenn die ganze Politik da oben nichts als

Servilität und Speichelleckerei ist? Breshnew wird unablässig, oft ohne jeden Grund, in den Himmel gehoben und dekoriert. Vor kurzem hat man ihm liebedienerisch den Helden der Sowjetunion verliehen. Wofür? Für sein hohes Dienstalter? Und da wollen sie Stalin am Zeug flicken. Ja, Stalin hätte doch …

Sie fand lange keinen Schlaf, und ihren Gästen ging es nicht besser. Als Marat draußen Lärm hörte, lief er dreimal zum Fenster, um nachzusehen, ob nicht etwa sein Auto gestohlen wurde. Wenn er sich wieder hinlegte, blickte er die Statue an und sie ihn. Er schloss die Augen, und da war ihm, als bewege sie sich auf ihn zu. Obwohl ihm Mystizismus fern lag, obwohl er wusste, dass es so etwas nicht geben konnte, hielt er es nicht aus und öffnete die Augen. Die Statue stand an ihrem Fleck, doch Marat hatte das Gefühl (dem er nicht glauben wollte), dass sie eben erst dorthin zurückgekehrt sei. Er schloss wieder die Augen und schlief zeitweilig sogar ein, doch sofort näherte sich die Statue von neuem, beugte sich über ihn und starrte ihm ins Gesicht. Im Schlaf nahm er eine kritische Bewertung seines Zustands vor, fragte sich: schlafe ich, oder schlafe ich nicht, und antwortete sich selbst: Nein, ich schlafe nicht, denn ich sehe und fühle alles, was um mich her vorgeht, ich liege hier, und neben mir liegt Soja, hier ist meine Nase, ich ziehe daran, nein, ich schlafe nicht. Hinter dem Fenster brummte ein Auto vorbei, das Scheinwerferlicht glitt über die Wand, der Kronleuchterschatten fuhr über die Decke, und Stalin huschte in seine Ecke zurück, doch sobald das Licht verlosch, stahl sich die Statue lautlos an das Sofa heran. Marat war drauf und dran, Stalin zu fragen, was er denn wolle, machte den Mund auf, bekam jedoch nichts heraus und wachte vor Angst auf. Aufgewacht, stellte er fest, dass auch Soja nicht schlief.

»Was ist?«, fragte er.

»Ich habe Angst vor ihm«, flüsterte sie.

»Dummes Zeug«, knurrte er gereizt und versuchte weniger sie als sich selbst zu beruhigen. »Das ist einfach ein unbelebter Gegenstand, Gusseisen, monumentale Propaganda und nichts weiter.«

Er beschloss, sie und sich selbst abzulenken mit dem erprobten Mittel, das von allem abzulenken vermag, zumal an einem neuen Ort, und ein neuer Ort pflegte ihn gerade dadurch zu erregen, dass er neu war. Der Ablenkungsprozess war bereits weit fortgeschritten, als Soja sich flüsternd auflehnte: »Nein! Nein!« Und ihn von sich stieß.

»Was hast du denn!«, fragte er verstimmt.

»Ich kann nicht, wenn er zuguckt«, sagte sie.

Am Morgen, als der Besuch noch schlief, ging Aglaja rasch bei ihrem Bekannten aus dem Kraftfahrzeugdepot vorbei. Nicht benötigte Scheibenwischer fanden sich bei ihm nicht, doch nahm er, ausschließlich aus Achtung vor Aglaja, welche von einem seiner Dienstwagen ab und gab sie ihr.

Sie frühstückten stumm und hastig. Marat war unausgeschlafen und missgelaunt. Er sah zum Wohnzimmer hinüber und wunderte sich. Nachts war ihm Stalin furchtgebietend und geheimnisvoll erschienen, jetzt sah er in ihm nichts als ein altes Eisenmännlein mit linkisch erhobener Hand, das an einen Hausmeister auf einem Bild von Pirosmani erinnerte. Womöglich war er so gewesen: klein, pockennarbig, unansehnlich, und die Leute hatten ihm von sich aus übermenschliche Qualitäten verliehen, ihn mit ihrer feigen Einbildung zu einem allmächtigen Vampir gemacht, um bei seinem Anblick vor Furcht zu zittern?

Marat und Soja hatten es eilig mit dem Aufbruch, doch das entsprach auch Aglajas Wünschen. Sie standen bereits im Korridor und wollten sich verabschieden, als Aglaja »einen Moment« sagte, in ihr Arbeitszimmer lief und dem Sohn ein Kuvert mit der Anschrift »Moskau, Kreml, L. I. Breshnew« gab.

»Ich habe eine Bitte an dich« sagte sie und senkte die Stimme. »Bring das zum ZK. Auf dem Alten Platz ist ein Eingang, der vierte oder sechste, wo Briefe angenommen werden.«

»Oh, Mama!«, sagte Marat stirnrunzelnd. »Wann komme ich da hin! Mit der Post ist er schneller da.«

»Nicht doch! Kapierst du das denn nicht?«, fragte sie flüsternd und sah sich nach der Tür um.

Er sah sich ebenfalls um.

»Was kapiere ich nicht?«

»Ich stehe unter Beobachtung«, sagte sie nervös. »Jeder Schritt von mir wird kontrolliert. Die Volksfeinde werden in Watte gepackt, und mich, eine Kommunistin, eine Partisanin, lassen sie rigoros überwachen. Fangen meine Briefe ab. Ich muss aber meine Pflicht erfüllen. Die da oben müssen die Meinung der einfachen Kommunisten kennen.«

»Geht es um diesen Götzen?«, fragte Marat und wies mit einer Kopfbewegung in Richtung Wohnzimmer.

Hätte Marat gewusst, was er mit seinen Worten anrichtete! Aglajas Herz pochte los wie wild.

»Was?«, fragte sie erschüttert. »Du hast gesagt: Götzen? Du hast Genossen Stalin einen Götzen genannt?«

»Mama!«, rief Marat erschrocken.

»Aglaja Stepanowna«, griff Soja ein. »Er hat doch nicht Stalin gemeint, sondern die Skulptur. Sie ist ja wirklich irgendwie seltsam ...«

»Mund halten!«, schnauzte Aglaja, wie sie seinerzeit einen Hilfspolizisten der Deutschen beim Verhör oder einen des Diebstahls überführten Kolchosvorsitzenden angeschnauzt hatte.

»Mama, bitte!«, versuchte Marat sie zu beruhigen. Er streckte sogar die Arme aus, um sie an sich zu ziehen. »Ich meine doch nicht Stalin selbst, sondern diese alberne Skulptur. Das ist doch kein Mensch, sondern ein Idol ...«

»Ach, ein Idol!«, ging Aglaja hoch. »Du wagst es! ... Nimm deine Hände weg! ... Du wagst es, so von dem zu sprechen, der mir mehr als alles auf der Welt bedeutet ...«

»Mama!«, beschwor Marat sie noch einmal.

»Ich bin für dich keine Mama!«, schrie sie. »Und du bist für mich kein Sohn! Schert euch beide zum Kuckuck, ich will euch nicht länger sehen!«

»Mam...«, stammelte Marat. »Ich weiß wirklich nicht, du ... irgendwie ...«

»Hinaus!«, sagte Aglaja und stieß ihn gegen die Brust.

Soja war mit einem Satz zur Tür hinaus. Marat wandte sich ab, um ihr zu folgen.

»Hinaus!«, wiederholte Aglaja und stieß ihn in den Rücken. Wonach sie die Tür abschloss und zum Wohnzimmer ging, nahe daran loszuschluchzen. Doch zufällig warf sie der Statue einen Blick zu und erstarrte. Stalin sah sie so ausdrucksvoll an, dass sie in seinen Augen mühelos völlige Billigung ihres mutigen Handelns las.

6 Ein bedeutsamer Vorfall darf nicht unerwähnt bleiben, zu dem es in Dolgow Ende des Sommers 1969 kam. Georgi Shukow und seine Frau Jelisaweta beschlossen, den fünften Geburtstag ihres Sohnes Wanja zu feiern, kauften auf dem Bahnhof einem Zugbegleiter einen Kanister polnischen Alkohol ab und luden Gäste ein. Es war Methylalkohol, was sie tranken, die Shukows selbst starben beide, einer der Gäste folgte ihrem Beispiel, und drei weitere erblindeten.

Die Hausmeisterin Valentina wehklagte eine Woche lang laut um ihren einzigen Sohn, war drauf und dran, Hand an sich zu legen, begriff dann aber, dass sie nicht das Recht dazu hatte, dass sie ihres Enkels Wanja wegen am Leben bleiben musste.

Alles in allem war es aber ein gutes Jahr.

Die *Dolgowskaja prawda* brachte einen Artikel unter der Schlagzeile »Treue«. Geschrieben worden war er schon vor langer Zeit. Anfang des Jahres fünfundsechzig war ein Korrespondent bei Aglaja gewesen. Einen Haufen Fragen hatte er ihr gestellt und bald darauf den damals dann doch nicht erschienenen Artikel zu Papier gebracht. Ein paarmal war er Aglajas Informationen zufolge von der Redaktion hervorgeholt und zum Druck vorbereitet worden, im letzten Moment wurde jedoch immer wieder entschieden, dass die Zeit dafür noch nicht gekommen sei. Nun war sie es offenbar. Es war ein langer Artikel, über zwei untere Seitenhälften, mit Darstellung der heldenhaften Biographie Aglaja Rewkinas, hier und da freilich etwas geschönt. Von der Festigkeit ihrer

Überzeugungen war da die Rede. Von den Prüfungen und Schikanen, die sie nicht beirren konnten, ihren Idealen, der Partei, der Revolution und dem Staat treu zu bleiben. In allen Einzelheiten wurde ihre größte Heldentat beschrieben: die Rettung des wertvollen Denkmals, eines Meisterwerks der monumentalen Propaganda, und der Hoffnung Ausdruck verliehen, dass der Tag nicht fern sei, an dem dieses Meisterwerk seinen Platz auf dem seiner harrenden Postament wieder einnehmen werde.

Es dürfte sich kaum zufällig so ergeben haben, dass einen Tag nach Erscheinen des Artikels ein Bote angetrabt kam, der Aglaja eine kurze Benachrichtigung übergab: »Verehrte Aglaja Stepanowna! Ich bitte Sie, umgehend im Kreiskomitee vorbeizukommen. Porossjaninow.«

Sie hatte größte Lust, den Absender durch Vermittlung des Boten zum Teufel zu schicken, doch die Neugier war stärker.

Vielleicht sollte sie mit der Feldbluse ins Kreiskomitee gehen und ihre Orden anlegen, überlegte sie, doch nein – das war wohl doch etwas unangemessen. Sie zog ihr dunkelblaues Kostüm an, darunter eine weiße Bluse, an die Jacke heftete sie ihre Ordensspangen und das Universitätsabzeichen, das sie für verschiedene Parteilehrgänge erhalten hatte.

Ihr ehemaliges Zimmer im Kreiskomitee sah nicht mehr so schlicht aus wie zu ihren Zeiten: Tisch und Schrank neu, aus karelischer Birke, ein schwerer Bronzeleuchter mit Putten, ein weiches Ledersofa, zwei Ledersessel, ein niedriges Tischchen mit den Zeitschriften *Ogonjok* und *Rabotniza*, und über Porossjaninows Kopf Bilder: Lenin und Breshnew.

»Guten Tag, Aglaja Stepanowna!«, begrüßte Porossjaninow sie freudig. Er kam hinter dem Tisch hervor, ging ihr entgegen und machte sogar Anstalten, sie zu umarmen, hatte jedoch vergessen, mit wem er es zu tun hatte. Sie murmelte ein kaum verständliches »Tach« und wich seiner Umarmung aus. Er war flexibel genug, sie ihr nicht aufzuzwingen, wies auf den einen Sessel, nahm selbst im zweiten Platz, wartete einen Moment, bevor er das Gespräch begann, als habe er sich die Einleitung nicht vorher zurechtgelegt, lächelte dann und sagte, indem er ihr in die Augen blickte:

»Also. Fangen wir damit an, dass wir an alte Geschichten nicht rühren wollen. Du hast deiner Prinzipienfestigkeit wegen leiden müssen, das leuchtet ein und hat entsprechende Würdigung gefunden. Gewisse Überspitzungen werden für korrekturbedürftig erachtet, deshalb möchte ich dir mitteilen: Der Beschluss bezüglich deines Ausschlusses aus den Reihen der Partei ist aufgehoben. Deine Zugehörigkeit läuft ohne Unterbrechung, deine Anmeldung kann vorläufig im Wohngebiet erfolgen, später klären wir das. Gibt es zu diesem Punkt Fragen?«

»Gibt es«, sagte Aglaja. »Ich verlange eine Entschuldigung.«

»Was?«, fragte Porossjaninow verwundert.

»Ihr müsst euch ja wohl bei mir entschuldigen.«

»Ja.« Porossjaninow seufzte, sah sie an und sagte gefühlvoll: »Aglaja Stepanowna! Meine liebe Parteigenossin! Du weißt doch selbst, dass unsere Partei Fehler eingesteht und korrigiert, sich aber nicht entschuldigt.«

»Na schön«, gab Aglaja nach. »Dann die zweite Frage. Wann werdet ihr Stalin rehabilitieren?«

Porossjaninow überlegte verwirrt.

»Erstens«, sagte er, »da du im Unterschied zu Stalin in vollem Umfang rehabilitiert bist, hast du das Recht, nicht ›ihr‹, sondern ›wir‹ zu sagen. Wie war deine Frage gleich?«

»Wann wir Stalin rehabilitieren.«

»Ich habe eine Gegenfrage: Wozu, zum Teufel, brauchst du ihn?« Porossjaninow sah Aglaja fest an, ohne zu blinzeln.

»Was?«, fragte Aglaja verdattert.

Die gleiche Situation wie mit Marat. Marat war bloß ihr Sohn, der hier aber …

»Das haben wir hinter uns gebracht«, sagte Porossjaninow und ging zum offiziellen Ton über. »Unsere Partei, Aglaja Stepanowna, vertritt den Standpunkt, und Stalin hat ihn geteilt, dass nicht einzelne Helden die Geschichte machen, sondern das Volk unter Leitung der kommunistischen Partei. In der gegenwärtigen

Etappe unter Führung des ersten Leninisten Genossen Breshnew. Diese Station«, er ließ sie nicht zur Besinnung kommen, »haben wir auch hinter uns gebracht und steigen in den nächsten Zug um. Wir, die Parteiführung des Kreises, haben für dich eine personengebundene Rente auf Republiksebene beantragt. Und außerdem: Hier ist ein Ferienscheck nach Sotschi, die Reise, egal ob mit Zug oder Flugzeug, wird bezahlt. Ruh dich dort aus, kurier dich, schwitz schön in der Sauna, lass dir alle möglichen Anwendungen verschreiben, Massagen, Schlammbäder, Scharko-Dusche. Sehr nützlich, ich habe es selbst ausprobiert. Hast du Kraft gesammelt, fährst du wieder nach Hause und kommst her. Wenn du möchtest, finden wir eine entsprechende gesellschaftliche Arbeit für dich. Möchtest du nicht, so genieß deine Ruhe, lies Bücher, studier die Klassiker des Marxismus-Leninismus.«

7 Diwanytsch erbot sich, sie zum Bahnhof zu bringen, und schleppte ihren Koffer den ganzen Weg zu Fuß.

Am Bahnhof standen zwei Milizautos mit Blaulicht, ein grauer Wolga und ein Armee-Lkw mit Soldaten.

Auf Bahnsteig eins ging es geräuschvoll zu. Leute, die Aglaja nicht kannte, feierten Hochzeit. Die Braut in einem weißen Kleid mit Schleier, der Bräutigam in einem schwarzen Anzug mit einer weißen Rose im Knopfloch. Freunde, Freundinnen, Eltern, Verwandte des Bräutigams und der Braut, eine Menge Volks. Der Harmonikaspieler – mit Goldzähnen – zog den Balg auseinander, ein Mann und eine Frau, beide nicht mehr ganz jung, tanzten, wobei die Frau lauthals Tschastuschki ziemlich frivolen Inhalts sang. Auf den ersten Blick – eine übliche Hochzeit. Obwohl, so ganz gewöhnlich war sie doch nicht. Einige Mitbeteiligte wirkten reichlich angespannt und warfen scharfe Blicke um sich. Später erinnerte sich Aglaja, dass ihr das aufgefallen war. Damals aber war sie zu sehr mit ihren Problemen beschäftigt. Sie befürchtete, man könnte sie mit dem Ferienscheck weggelockt haben, um in ihrer Abwesenheit die Statue aus ihrer Wohnung zu holen.

»Aber nein, danach sieht es nicht aus«, beruhigte sie Diwanytsch. »Jetzt ist im Gegenteil seine volle Rehabilitierung zu erwarten.«

»Na schön«, sagte sie, »aber wenn sich etwas tun sollte, läufst du sofort zur Post und schickst mir ein Telegramm. Drückst es nicht direkt, sondern umschrieben aus: ›Großvater erkrankt.‹ Klar?«

»Und wenn der Großvater nicht krank wird?«, scherzte Diwanytsch.

»Wenn alles in Ordnung ist, schreibst du nichts.«

Wagen vier, in dem für Aglaja ein Platz gebucht war, hielt genau vor ihr. Aus dem Wagen sprang zunächst eine lockige Zugbegleiterin mit roter Mütze, und hinter ihr tauchten Schubkin und Antonina auf. Hat es ihn schon wieder nach Moskau gezogen! dachte Aglaja böse. Er bemerkte sie mit Verwunderung – was macht die denn hier? –, lächelte trotzdem und sagte: »Guten Tag!« Sie reagierte nicht darauf, grüßte jedoch Antonina. Er sprang mit einer großen dickbauchigen Aktentasche auf den Bahnsteig und half seiner Gefährtin beim Aussteigen. Aglaja fasste bereits nach der Griffstange, als Diwanytsch sie am Ärmel zupfte. Was ist denn? wollte sie fragen, blickte dann aber in die von Diwanytsch bezeichnete Richtung, in der sich Schubkin entfernte, und wurde Zeugin eines höchst merkwürdigen Geschehens. Schubkin näherte sich bereits dem Bahnhofsausgang, als die gesamte Hochzeitsgesellschaft einschließlich der Braut ihn und Antonina umringte. In dem Moment preschte ein grauer Wolga mitten auf den Bahnsteig, Aglaja hörte zunächst Antoninas Schrei: »Mark Semjonowitsch!«, dann die Stimme Mark Semjonowitschs selbst: »Was soll das, Genossen? Was soll das? Ich protestiere!« Türen schlugen zu, und schon schoss der Wolga mit quietschenden Reifen aus der Menge, um den Bahnsteig entlangzubrausen. Ihm nach lief mit ausgestreckten Armen Antonina. Bevor er den Güterschuppen erreichte, bog er um die Ecke und verschwand. Antonina blieb mit komisch vorgestreckten Armen stehen, als warte sie darauf, dass ihr jemand etwas überreiche. Die Menge auf dem Bahnsteig zerstreute sich sofort, und erst jetzt begriff Aglaja, dass das gar kein Hochzeitstrubel war, sondern eine gestellte Szene.

»Ja!«, sagte Diwanytsch. »Geschickt eingefädelt! Da wird er wohl eine ganze Weile, wie man so sagt, auf Nummer Sicher sitzen.«

8 Ich weiß nicht, wie es anderen geht, mir jedenfalls fällt es mit zunehmendem Alter immer schwerer, unsere russischen Schneemassen, Winterstürme und Fröste zu ertragen, ja selbst »Ein Zaubermorgen: Frost und Sonne!« ist eigentlich nicht mehr das Rechte für mich. Immer größeren Gefallen finde ich an den südlichen Wintern mit mildem Sonnenschein, warmem Regen, mäßig kühlen Abenden und vom Frost verschont bleibenden blassen Blumen auf den Beeten.

In dem nach irgendeinem Parteitag der KPdSU benannten Sanatorium konnte die sowjetische Nomenklatura mittleren Ranges – stellvertretende Abteilungsleiter des ZK, stellvertretende Minister, Verwaltungsleiter – ihren Gesundheitszustand aufbessern. Der ungeschriebenen (oder möglicherweise doch irgendwo festgeschriebenen) Hierarchie entsprechend wurden diesem Rang auch Generäle a. D., einzelne Schrittmacher der Produktion und dieser oder jener den Vorteil der Nähe zu den Oberen genießende Angehörige der schöpferischen Intelligenz – Schriftsteller, Maler, Schauspieler – zugeordnet. Letztere repräsentierte hier der Volksschauspieler der UdSSR Nikolai Krjutschkow, der nur im Eilschritt zu gehen pflegte, allen freundlich zulächelte und morgens mit einem großen Handtuch zum Strand lief, um in dem bereits winterlich kalten Wasser zu baden.

Dem Meer vermochte Aglaja nichts abzugewinnen, zumal sie nicht schwimmen konnte und auch im Sommer keinen Spaß daran fand, einfach so im Wasser zu planschen, dafür schätzte sie das russische Dampfbad, das feuchte, mit Birkenruten. Wohin sie allerdings nie ging. Sie genierte sich vor den Leuten. Da sie in Dolgow eine bekannte Frau war, glaubte sie, man würde sie in der

Banja angaffen und dann erzählen, man habe die nackte Rewkina gesehen. Wie sie indessen auftrat, hätte nicht jeder genügend Phantasie gehabt, sie sich nackt vorzustellen. Statt des Dampfbads gab es im Sanatorium eine Sauna. Nicht ganz so gut, aber besser als gar nichts. Immerhin brauchte sie sich vor den Frauen hier nicht zu genieren, sie waren ihresgleichen, allerdings ziemlich langweilig. Andere Gesprächsthemen als die Enkel, Diät, Kosmetik und Verjüngungskuren gab es für sie nicht. Die im Westen gerade in Mode kommenden Silikonbrüste und Gesichtshautliftungen beschäftigten sie schon damals sehr.

Neben den drei Mahlzeiten, den Massagen, den Schlammbädern, den Saunabesuchen und sonstigen Behandlungen zur Erhöhung des körperlichen Wohlbefindens blieb noch viel Zeit, doch da sie die *Grundlagen des Leninismus* mitzunehmen vergessen hatte und Sport zu treiben nicht gewohnt war, wusste sie einfach nicht, womit sie all die Stunden ausfüllen sollte. Zeitungen las sie schon lange nicht mehr, und zum Fernsehen hatte sie keine Lust. Was gab es da schon außer Breshnew zu sehen. Fast jeden Abend wurde er mit etwas ausgezeichnet oder zeichnete selbst jemanden aus. Er wurde so viel und ausgiebig gezeigt, dass das Fernsehprogramm im Volksmund »Alles über ihn und ein bisschen über das Wetter« hieß.

In der Vorhalle waren alle Wände mit Bildern des glücklichen sowjetischen Lebens und der Völkerfreundschaft bemalt. Links vom Eingang zum Hauptgebäude stand ein großer Kübel mit einer ausladenden Palme, unter der Kurgäste in Flanellschlafanzügen, mit blauen Trainingsanzügen und Hausschuhen Domino spielten. In der schläfrigen Stille des Sanatoriums knallten die Steine wie Schüsse. Beim einfachen Volk wird das Dominospielen für gewöhnlich von lautem Wortwechsel zu den verschiedensten Themen, Witzen, Scherzen, Sticheleien begleitet. Wenn aber die Nomenklatura zusammensitzt, verhält sie sich vorsichtiger, vergisst nie, dass bei jeder scherzhaften Bemerkung die Feinheiten der Subordination beachtet sein wollen. Auch jeden Witz, der einem so einfällt, erzählt man hier nicht. Deshalb wurde im Sanatorium schweigend, konzentriert gespielt, als habe man etwas höchst Wichtiges zu erledigen. Allerdings kam es auch hier vor, dass sich einer plötzlich vergaß und laut und genussvoll ausrief: »Sense!« Oder: »Zweifachdoppel!« Oder: »Zweifachdoppel mit Anhänger!« Um sofort zu verstummen und den anderen einen besorgten Blick zuzuwerfen: ob das in einer so seriösen Gesellschaft nicht schon zu geschwätzig war? Und für alle Fälle bescheidenerweise den Kopf einzuziehen.

Aus Langeweile versuchte es auch Aglaja, in der Annahme, es sei ein einfaches Spiel, stellte jedoch bald fest, dass dem gar nicht so war, dass es vielmehr darauf zu achten galt, wer was für Steine hatte, die Absichten und Andeutungen des Partners zu erraten, den Lauf des Spiels zu erkennen – hier waren Könner am Werk, mit denen sie sich nicht messen konnte. Sie verlegte sich aufs Spazierengehen. Der Abwechslung halber ging sie mal die untere Promenade am Meer entlang, mal durch den oberen Park zwischen Seebahnhof und Hotel »Perle«, dabei dachte sie darüber nach, wie sonderbar sich das Leben gestaltete, ganz anders, als sie es sich früher vorgestellt hatte. Seinerzeit hatte ihr Mann Andrej, damals noch ein junger Kommunist, davon gesprochen, dass, je mehr die Entwicklung zum Kommunismus voranschreite, die Leute ideologisch immer gefestigter sein und mehr an gesellschaftliche Belange statt an sich selbst denken würden. Und wie sah die Wirklichkeit aus? Die Leute waren im Alltagskram versackt, dachten nur an ihren Bauch, daran, wie sie sich ihr Leben besser einrichten konnten. Die Raffgier hatte viele befallen, und die Partei, statt gegen eine solche Geisteshaltung anzukämpfen, tat sich im Raffen am meisten hervor.

Im Speisesaal hatte sie in der hintersten Ecke anfangs einen Tisch für sich allein. Doch als sie eines Morgens zum Frühstück kam, saß an ihrem Tisch, Grießbrei löffelnd, bereits ein älterer Mann in dunkelblauem Pullover mit dem Schriftzug »Adidas« auf der Brust.

»Guten Tag«, sagte sie.

»Schönen guten Tag!« Der Mann hob seinen kurz geschnittenen Graukopf, und als Aglaja das dunkelhäutige Gesicht mit den breiten Wangenknochen und den zottigen Brauen vor sich sah, verschlug es ihr die Sprache.

»Sie sind das?«

Ein wenig verwundert über die Frage, besah sich der Mann selbst, seine Schultern und die Brust, und gestand:

»Sieht so aus.«

»Generalmajor Burdalakow?«

»Generalleutnant«, korrigierte sie ihr Gesprächspartner, erfreut darüber, erkannt worden zu sein. Obwohl die Tatsache, erkannt zu werden, für ihn nicht verwunderlich war. Durch Fernsehen und Wochenschau und durch Fotos in den Zeitungen war er praktisch überall bekannt als General und Held der Sowjetunion, als gesellschaftlich aktiver Mann, als einer der Initiatoren einer bedeutsamen gesellschaftlichen Bewegung.

9 Die Bewegung »Für dich und für jenen Burschen« war ins Leben gerufen worden, als das Volk beim Aufbau des Kommunismus Ermüdungserscheinungen zeigte und auf materiellen Anreiz hoffte. Statt ihm jedoch Geld und ein besseres Leben zu geben, erfand man neue lichte Ideale und beglückte es mit patriotischen Ideen. Ideologisch gut gerüstet, folgte es dem Appell der Partei und des Komsomol oder dem Urteil des Gerichts, um in der Taiga Holz zu fällen, Kanäle zu graben, Neuland zu erschließen oder die Baikal-Amur-Magistrale zu bauen. Wobei es in Zelten hausen und sich wer weiß womit ernähren durfte. Und damit das Volk seine Kraft und Gesundheit bereitwilliger opferte, verlieh ihm die Partei diverse Orden, Medaillen, Abzeichen, Urkunden, Wimpel, Wanderfahnen und erweckte den Anschein, das Volk habe sich diese Pseudobewegungen selbst ausgedacht. Solche Bewegungen gab es viele. Ihre Teilnehmer wurden angehalten, vom Pferd auf den Traktor umzusteigen, nach dem Beispiel der Aktivisten zu arbeiten, den Schrittmachern nachzueifern, einen zweiten Beruf zu erlernen, den Fünfjahrplan in vier Jahren zu er-

füllen, als Lokführer Schwerlastzüge zu übernehmen, die Baumwolle mit beiden Händen zu pflücken, zwölf Maschinen gleichzeitig zu bedienen, zusätzliche Erzeugnisse aus eingespartem Material herzustellen, Amerika zu überholen, niemanden mit seinen Produktionsleistungen zurückbleiben zu lassen und für jenen Burschen mitzuarbeiten. Das heißt für den, der aus dem Großen Vaterländischen Krieg nicht zurückgekehrt war.

Nüchtern betrachtet, war der Aufruf, für jenen Burschen mitzuarbeiten, nicht ganz korrekt. Was heißt für jenen Burschen mitarbeiten, wozu ist das nötig, wenn er weder isst noch trinkt, noch andere Ausgaben erfordert? Eigentlich war diese Bewegung ein taktloser Vorwurf an jenen Burschen, dass er dort lag, wo man ihn liegen gelassen und vergessen hatte, statt sich am Aufbau des Kommunismus zu beteiligen. Nichtsdestoweniger gab es die Bewegung »Für dich und für jenen Burschen«, und als einer ihrer Initiatoren galt Fjodor Fjodorowitsch Burdalakow, der große Erfahrungen darin hatte, wie man etwas für »jenen Burschen« herausschlug.

**10** Für Burdalakow stand hinter »jenem Burschen« ein konkreter Mann, der Sergej Shukow oder einfach Serjoga geheißen hatte. Im Jahre dreiundvierzig hatten Fedja und Serjoga gemeinsame Aufklärungseinsätze hinter der Frontlinie auszuführen gehabt, durch mutiges Handeln überaus wertvolle Informationen beschafft, Gefangene zur Informationsgewinnung gemacht, wofür beide schon damals, als Auszeichnungen noch nicht so freigebig verteilt wurden, einen Orden bekommen hatten. Doch eines Tages kehrte Fedja Burdalakow allein zurück. Nach Erfüllung ihres letzten Auftrags waren sie bei der Durchquerung des rückwärtigen feindlichen Raums in einem Wald in einen Hinterhalt geraten, und in einem kurzen Gefecht hatte Serjoga eine Bauchverwundung erlitten. Ein ganzes Stück schleppte ihn der schon völlig entkräftete Fedja in redlichem Bemühen durch die Gegend, doch das war aussichtslos und zu gefährlich. Serjoga blutete stark, stöhnte, schrie und wäre unweigerlich vom Feind gehört worden, es bestand nicht die geringste Chance, ihn an dieser Stelle über die Frontlinie zu bekommen, und wenn doch, so konnte dadurch sein Leiden nur verlängert werden. Serjoga beschwor Fedja, ihn von der nutzlosen Qual zu befreien. Und zog, bevor er starb, selbst seine nagelneuen Rindslederstiefel aus, um sie dem Kameraden zu geben.

Wir wollen nicht unfair gegen Fedja sein. Zwar hatte er schon allerhand Feinde ins Jenseits befördert, doch Freunden den Gnadenschuss zu geben, darauf war er ganz und gar nicht eingestellt, selbst in einer derart schaurigen, so gut wie ausweglosen Situation. Was sollte er tun? Serjoga im Stich lassen und sich davonmachen? Bei ihm bleiben und den Deutschen in die Hände fallen? Um zuzulassen, dass wichtige Informationen, von denen so viel abhing, nicht zu seiner Einheit gelangten? Keinem, der nie in einer vergleichbaren Situation gewesen ist, steht es zu, über einen Menschen zu urteilen, der das durchgemacht hat. Einer mit strengem humanistischem Anspruch hätte möglicherweise an Fedjas Stelle nichts getan, und das wäre sehr schlecht gewesen, für Serjoga, für den Humanisten und für alles andere auch. Fedja Burdalakow überlegte nicht, ob er ein Humanist oder was er sonst sei. Nachdem er eine halbe Feldflasche Wodka ausgetrunken hatte, vollzog er den Akt der letzten Barmherzigkeit oder der Euthanasie, wie man heutzutage dazu sagt. Und danach weinte er lange.

Seine verschlissenen Stiefel warf Fedja gleich dort im Wald weg, und als er in seine Einheit zurückkam, machte er Meldung, dass Serjoga im ungleichen Kampf den Heldentod gefunden habe, die Details behielt er für sich. Wen kümmerten sie schon, diese Details? Eine solche Unzahl von Menschen kam um, dass der einzelne Tod keinen interessierte. Fedja erhielt für Serjoga die ihm zustehenden drei Tage Proviant einschließlich der drei Tagesrationen von je hundert Gramm Wodka. In einem Interview, das er bald darauf einem Korrespondenten der Armeezeitung gab, versprach er, den Kampf gegen den Feind für zwei fortzusetzen: für sich selbst und für seinen Freund Serjoga. Das war im Grunde der Moment, als ihm zum ersten Mal der Gedanke mit »jenem Burschen« kam.

Was Serjoga anbelangte, so verfolgte ihn das Pech auch nach seinem Tod. Burdalakow machte also seinem Kompaniechef Meldung. Der wollte sie weitergeben, fiel jedoch selbst feindlichen Aufklärern als Gefangener in die Hände und wurde über die Frontlinie geschleppt. Auf diese Weise kam er als vermisst abhanden und machte Serjoga ebenfalls zum Vermissten. Was diverse Unannehmlichkeiten für dessen Frau Valentina, Hausmeisterin aus der Stadt Dolgow, nach sich zog.

Fjodor Burdalakow, das muss man ihm lassen, war ein tapferer Soldat. Er kam nicht in Stäben fernab von der Frontlinie über die Kriegszeit, leitete keine rückwärtigen Versorgungsdienste. In den heißesten Kämpfen versetzte er dem Feind seine Schläge für Serjoga mit, bewies viel Mut, wofür er die Stufenleiter hinaufkletterte und sich auch in puncto Orden nicht zu beklagen hatte – Orden wurden gegen Ende des Krieges zunehmend breit gestreut. Burdalakow beendete den Krieg als Held der Sowjetunion und im Range eines Obersten. Den ersten Generalsstern erhielt er während seines Dienstes in der Politischen Hauptverwaltung der Sowjetarmee, den zweiten, als er in den Ruhestand versetzt wurde.

Doch wo immer er diente, womit er sich auch befasste, nie vergaß Burdalakow »jenen Burschen«, Serjoga, den Harmonikaspieler, den Spaßvogel, den Wagehals. Wo er nur konnte, erzählte er von ihm und sprach in seinem Namen. Auch in Friedenszeiten sah er seinen Einsatz gelohnt – mit Aufmerksamkeit, die ihm geschenkt wurde, mit Orden und mit Geld. Für sich erhielt er die Auszeichnungen und für Serjoga. Serjogas Familie wurden indessen Verachtung, Vergessen und bittere Armut zuteil. Wovon Burdalakow wahrscheinlich einfach nichts wusste.

Relativ früh in Pension gegangen, wäre Fjodor Fjodorowitsch noch in der Lage gewesen, Lasten zu tragen, zu graben, zu bohren oder zu guter Letzt in irgendeinem Büro die Hose durchzusitzen, doch stattdessen war er jetzt ständig und ohne überflüssige Pausen damit beschäftigt, auf Versammlungen und Kundgebungen zu sprechen und mit wichtiger Miene in Präsidien zu sitzen, das heißt, er übte eine Tätigkeit aus, die patriotisch genannt wurde. Und nannte sich selbst natürlich einen Patrioten.

Als beauftragter Lektor des Ministeriums für Verteidigung widmete sich General Burdalakow der militärisch-patriotischen Erziehung der Jugend. Er bereiste sämtliche Städte der Sowjetunion, um in Truppenteilen und Arbeitskollektiven von Serjoga und von seiner eigenen Frontvergangenheit zu erzählen. Von der Einnahme diverser Städte, von der Erstürmung von Höhen und vom Forcieren von Flüssen. Doch seit er seine – wohlgemerkt nicht fiktiven, sondern realen – Heldentaten vollbracht hatte, war viel Zeit vergangen und ihm einiges entfallen oder nur noch verschwommen in Erinnerung, dies und jenes vermischte sich mit Dingen, die er irgendwo gelesen, sich aus- oder dazugedacht hatte. Allmählich wurden seine Erinnerungen dem ähnlich, was sich Journalisten aus den Fingern sogen, die den Krieg lediglich aus Filmen kannten, deren Regisseure ihr Wissen über den Krieg aus Zeitungsreportagen bezogen.

Viele Reisen unternahm Fjodor Fjodorowitsch zu den Stätten seines und fremden Frontruhms, und nicht mehr für seine Kriegsverdienste, sondern für seine Dienstleistungen, wie manche das nannten, kam er in den Genuss von Auszeichnungen und Privilegien, durfte in gute Sanatorien fahren, war in der Generalspoliklinik in Behandlung, konnte seine Wohnverhältnisse verbessern, seine alte Datscha gegen eine neue eintauschen. Zu guter Letzt verwandelte er sich in einen wahren Parasiten, einen von denen, die jahrzehntelang nichts weiter taten, als sich ihren Erinnerungen an vergangene Heldentaten hinzugeben, Appelle an andere zu richten und sie zu belehren, Malern, Schriftstellern und Wissenschaftlern Hinweise zu geben, wie sie zu malen, Bücher zu schreiben und die Wissenschaft zu entwickeln hatten. Und alle Maler, Schriftsteller und Wissenschaftler, die die Generalshinweise nicht befolgten, waren für sie natürlich Antipatrioten, die dem werktätigen Volk auf der Tasche lagen.

Der Leser möge nicht denken, dass der Autor denen, die ihr

Leben für die Heimat hingaben oder bereit waren, dies zu tun, seine Achtung versagt. Der Autor achtet alle, die gegen den Feind gekämpft haben, ob sie dabei Tapferkeit bewiesen oder nicht (für Letztere war es schlimmer als für die Tapferen), der Autor würde auch Fjodor Burdalakow mit voller Hochachtung begegnen, wenn er davon gelassen hätte, andere über Dinge aufzuklären, bei denen ihm selbst das nötige Wissen fehlte. Doch er trachtete, alle möglichen Leute über alles Mögliche aufzuklären, und wenn irgendwelche Gruppen oder einzelne Maler, Schriftsteller, Genetiker, Kybernetiker seine Belehrungen nicht genügend ernst nahmen, setzte er sich an seine Schreibmaschine, die wie ein Maschinengewehr losratterte: »Wir Frontkämpfer, Veteranen des Großen Vaterländischen Krieges, fordern im Namen der Gefallenen strenge Bestrafung …« Und die sowjetische Regierung konnte so verdienstvollen Leuten nicht immer ihre Unterstützung versagen.

Seit einiger Zeit führte General Burdalakow als Sichtagitation eine rote Fahne in einem eigens dafür angefertigten Segeltuchfutteral bei sich. Nicht irgendeine, nein, eine von Kugeln und Granatsplittern und an einigen Stellen zusätzlich mit dem Küchenmesser durchlöcherte Fahne mit der Abbildung des Abzeichens »Garde« und der Aufschrift »Vorwärts zum Sturm auf Berlin!«. Mit dieser Fahne hatte Fjodor Fjodorowitsch 1945 angeblich die feindliche Hauptstadt genommen – wenn man ihn so hörte und dabei andere bekannte Tatsachen der Geschichte vergaß, konnte man annehmen, dass er die feindliche Hauptstadt gleich einem Bären (von einem Bären wusste er auch zu berichten) ganz allein bezwungen hatte. In Bezug auf Berlin wissen wir nichts Genaues, sowjetische Städte jedenfalls hatte er mit dieser Fahne nicht wenige erobert. Bei diversen Ehren-, Gedenk- und Jahrestagen – der Sowjetarmee, der Kriegsflotte, des Sieges, des Beginns des Großen Vaterländischen Krieges, der Vernichtung der Deutschen vor Moskau, einzelner Schlachten, der Befreiung von Gebieten, des Forcierens von Flüssen, der Erstürmung von Festungen, der Errichtung von Brückenköpfen und der Einnahme von Hauptstädten – war Fjodor Fjodorowitsch unentbehrlicher Teilnehmer der Festlichkeiten, zu denen er nie seine Fahne mitzunehmen vergaß. Und es sei noch einmal daran erinnert: Nie vergaß er dabei Serjoga, stets sprach er in seinem Namen und überhaupt im Namen der Gefallenen, in ihrem Namen brachte er seine Schwüre und Verwünschungen hervor. Ohne Gespür dafür, dass es jemandem, der für den Krieg in den Genuss aller nur möglichen Ehrungen, Ämter, Orden und Sonderverpflegungen gekommen war und bei guter Gesundheit seinen Lebensabend erreicht hat, peinlich sein sollte, im Namen derer zu sprechen, die in jungem Alter spurlos dahingegangen sind, denen es, mit dem Dichterwort ausgedrückt, »genommen ward, zu lieben noch, die letzte Papirossa aufzurauchen«.

**11** Im Übrigen war Fjodor Fjodorowitsch ein geselliger und um eine gesunde Lebensweise bemühter Mensch. Nachdem er sich mit Aglaja rasch angefreundet hatte, nannte er sie Glascha, gab ihr das aus von einem ausländischen Autor verfasste Buch *Dem Infarkt entlaufen* zu lesen, überredete sie zu morgendlichen Strandläufen. Sie besaß dafür keine geeigneten Sachen, doch der General rief den Sekretär des Stadtparteikomitees an, der den Vorsitzenden des Stadtexekutivkomitees, der den Direktor des städtischen Handels, der den Direktor des Sportwarengeschäfts, und zwei Tage später trat Aglaja den ersten Lauf an in einem dunkelblauen Trainingsanzug – auf der Brust der Klubname »Dynamo« – und in Turnschuhen der Art, wie sie damals erst in Mode kamen. Burdalakow selbst trug Turnhosen und ein T-Shirt sowie Turnschuhe von Adidas.

Fjodor Fjodorowitsch, groß gewachsen, gut gebaut, leicht ergraut, aber mit noch nicht alt aussehendem, sonnengebräuntem Gesicht, wartete bereits auf Aglaja, machte sich warm durch Auf-der-Stelle-Laufen.

Am ersten Tag ging sie neben ihm her, während er seinen Lauf machte, im gleichen Tempo zwar, aber mit hoch erhobenen Knien – er arbeitete mit den Armen wie mit Kurbeln und schnaufte lebensfroh wie eine Dampflok.

Der General gefiel ihr. Er hatte einen mächtigen Rücken wie ein Ringer, leicht gerundet, mit beweglichen Schulterblättern, und kräftige Beine mit muskulösen, gebräunten, spärlich behaarten Waden, die glänzten, als seien sie mit Wachs eingerieben. Jeden Tag ging es den steilen asphaltierten Serpentinenweg zur Strandpromenade hinab, auf dem ihnen jedes Mal, ein Handtuch um den Hals, schwer atmend der Schauspieler Krjutschkow entgegengelaufen kam.

Am ersten Tag schaffte Aglaja nicht mehr als fünfzig Meter, eine Woche später bewältigte sie mühelos die Strecke zwischen Hotel und Seebahnhof und zurück, sie hätte auch noch weiter laufen können, doch Fjodor Fjodorowitsch, der mit dem Alter sehr umsichtig geworden war, riet ihr von übertriebenem Eifer ab.

»Wenn Sie noch das Rauchen aufgeben würden«, sagte er, an ihrer Seite laufend, »oder es wenigstens einschränkten. Ihre Lunge muss ja, von innen betrachtet, wie ein Schornstein aussehen. Alles verrußt. Wenn Sie in sich hineingucken könnten, würden Sie vor sich selbst zurückschaudern. Ich habe auch unmäßig geraucht, dann begannen Probleme mit den Beinen, und der Arzt warnte mich: Wenn Sie das Rauchen nicht sein lassen, werden Sie Ihre Beine verlieren. Ich bedankte mich bei ihm, warf beim Verlassen der Poliklinik die Papirossy in den Abfallbehälter, und seitdem habe ich schon sechs Jahre nicht eine mehr geraucht.«

Sie liefen Schulter an Schulter wie im Gespann. Manchmal schloss sich ihnen der Georgier Nuksar an, ein Tagedieb aus dem Ort. Er lief in Fußballstiefeln nebenher und brabbelte in einem fort:

»Vater, verkauf mir deine Schuhe! Ich geb dir hundert Rubel!«

»Verzieh dich, Kazo«, wehrte ihn Fjodor Fjodorowitsch ab, »geh mir von der Pelle, du siehst doch, ich bin in Damenbegleitung.«

»Verkauf sie mir, Väterchen«, ließ Nuksar nicht locker und erhöhte sein Angebot: hundertzwanzig Rubel, hundertdreißig, hundertfünfzig.

Dieser Dialog fand bald täglich statt, die Beharrlichkeit des jungen Mannes war sinnlos und deshalb unverständlich. Fjodor Fjodorowitsch erklärte sie mit der Langeweile, die hier im Winter herrschte.

»Im Sommer verkauft er Schaschlik, während er im Winter untätig herumhängt, einfach so durch die Gegend zu laufen macht keinen Spaß, so wird er zudringlich.«

Für gewöhnlich liefen der General und Aglaja zusammen, doch hin und wieder sagte er: »Entschuldigen Sie, ich muss mich mal austollen« und rannte mit schnellem Antritt dreihundert Meter voraus, um ihr dann in gemächlichem Tempo entgegenzukommen.

Nach dem Lauf stieg sie, erhitzt, schwitzig, langsam bergan und drehte sich von Zeit zu Zeit nach dem Meer um, wo Burdalakow im kalten Wasser schwamm.

Im Meer zu baden, konnte sie sich nicht entschließen, doch fand sie Gefallen an der Kontrastdusche, zunächst mit heißem Wasser, dann mit kaltem, dann wieder abwechselnd mit heißem und kaltem und so mehrere Male.

Zum Frühstück kamen sie gemeinsam herunter, setzten sich an den Tisch, auf dem bereits, mit Servietten abgedeckt, Gläser mit saurer Sahne standen und Teller mit zuckerbestreutem Sahnequark. Sogleich rollte die Serviererin Ninulja auf ihrem Wägelchen noch andere Speisen heran, die sie mit singendem Tonfall und unter ausgiebiger Verwendung von verkleinernden und verniedlichenden Suffixen anpries.

»Schönen guten Morgen«, flötete sie, »was möchten wir essen? Grießbreichen, Haferbreichen, Spiegeleierchen, Quarkpfannküchlein, Frikadellchen, Kartöffelchen.«

Fjodor Fjodorowitsch stärkte sich ordentlich beim Frühstück, aß Sahne und Quark und Grießbrei und eine große Portion mit drei Spiegeleiern und ein Stückchen Käse. Aglaja hatte früh keinen Appetit, sie begnügte sich mit einem Quarkpfannkuchen und einem Schluck Tee – und griff zur Papirossa.

»Schon wieder bei Ihrem Gift angelangt«, registrierte der General.

Sie wurde verlegen, versuchte sich zu rechtfertigen, wunderte sich selbst, dass sie es tat:

»Ich rauche ja nicht auf nüchternen Magen.«

»Sie machen sich selbst etwas vor«, der General kniff listig die Augen zusammen, »und mir wollen Sie auch etwas vormachen. Ich bin ja selbst nicht anders gewesen. Manchmal, wenn ich aufwachte, war das Erste der Griff nach der Papirossa. Ich zitterte richtig, so gierte ich danach. Damit es nicht auf nüchternen Magen war, biss ich ein Stückchen Brot, Möhre oder Frikadelle ab, und sobald ein Bissen hinuntergeschluckt war, qualmte ich los und fühlte mich gleich wohl. Tatsächlich aber müssen Raucher besonders ausgiebig frühstücken. Zumal es eine bekannte chinesische Weisheit gibt: Das Frühstück iss allein ...«

»Weiß ich«, fiel ihm Aglaja ins Wort, »das Mittagessen teile mit deinem Freund, und das Abendessen überlass deinem Feind.«

»Genau. Ich habe einen Freund, Wasska Serow heißt er, der ist auch General, aber ausgelassen wie ein Kind, von unglaublich einfacher Art. Schon ganz grau ist er, hat die Sechzig voll gemacht, aber bloß Scherze und Späßchen im Kopf. ›Ich, Fedja‹, sagt er, ›halte mich strikt an die chinesischen Regeln. Das Frühstück esse ich selbst, das Mittagessen bin ich bereit, mit dir zu teilen, und das Abendessen überlasse ich Ninka.‹ Und lacht darüber.«

Natürlich legte es Burdalakow nicht immer darauf an, Aglaja zu belehren oder zu erziehen, oft erzählte er ihr einfach Geschichten aus seiner Frontvergangenheit, und die waren im Genre des sozialistischen Realismus gehalten, glichen Erzählungen aus der Zeitschrift *Ogonjok* oder *Sowjetski woin* (Der Sowjetsoldat).

Lebendiger waren seine Beschreibungen prominenter Leute unserer Zeit, und davon hatte er in seinem Leben nicht wenige kennen gelernt: Mitglieder des ZK der KPdSU, Minister, Generäle, an alle erinnerte er sich, und jeden nannte er mit Vor- und Vatersnamen. Leonid Iljitsch, Alexej Nikolajewitsch, Nikolai Viktorowitsch, Michail Andrejewitsch, Anastas Iwanowitsch ... Gern erzählte er von hohen Empfängen, besonders im Kreml, was für Gäste geladen und was für Tische und Leuchter da gewesen waren, auf was für Geschirr was serviert und was in die Gläser gefüllt worden war.

Nach dem Frühstück trennten sie sich zu ihren Anwendungen. Burdalakow ließ sich massieren und im Quarzsolarium bräunen, zudem hatte er die Scharko-Dusche verschrieben bekommen (alles, was es umsonst gab, ließ er sich möglichst nicht entgehen), während auf Aglajas Programm Elektrophorese und Schlammbäder standen – in letzter Zeit litt sie unter Schmerzen in den Knien und Armen.

Doch auch für Spaziergänge blieb Zeit. Vor dem Mittagessen und nach dem Mittagsschlaf spazierten sie zusammen über die Sanatoriumswege. Sie waren auf ebenem Gelände kreisförmig angelegt und von namenlosen Witzbolden »Kleine Infarktrunde« und »Große Infarktrunde« getauft worden. Eigentümlicherweise veränderte sich im Laufe des Tages Fjodor Fjodorowitschs Erscheinungsbild: je später es wurde, desto älter sah er aus. Den Nachmittagsspaziergang machte er in einem Zivilmantel und die Strickmütze auf dem Kopf, die Hände auf dem Rücken verschränkt und leicht nach vorn geneigt, wie Nierenkranke zu gehen pflegen. Aglaja an seiner Seite wusste nicht, wohin mit den Händen: hinter dem Rücken, über der Brust, einfach herabhängen lassen – alles erschien ihr unnatürlich.

**12** Ihre Spaziergänge führten sie oft zu der Stelle, an der das Steilufer begann, hier stand auf gusseisernem Gestell mit geschwungener Rückenlehne eine Holzbank, die für gewöhnlich frei war. Manchmal allerdings auch nicht. Dann hatte sich ein Pärchen hierher verzogen, um miteinander in Tuchfühlung zu kommen. Der General und Aglaja nahmen Platz und unterhielten sich halblaut. Die Jungen fühlten sich meist gestört, rückten auseinander, saßen mit unzufriedenen Gesichtern da, warfen ihnen Blicke zu, und wenn ihnen klar wurde, dass sie nicht so bald wieder gehen würden, standen sie auf, um sich nach etwas anderem umzusehen, wo sie allein sein konnten.

Burdalakow stimmte das sehr zufrieden, er scheuchte gern Pärchen auf, und nicht nur mit Menschen machte er es so. In seiner Jugend war er mit einem Knüppel durchs Dorf gegangen und hatte ineinander verklammerte Hunde auseinander getrieben. »Wenn man das so sieht«, sagte er zu Aglaja, »da fährt eine junge hübsche Frau zur Kur. Der Mann bringt sie her, später wird er sie wieder abholen. Ist ihm denn nicht klar, dass sie sich hier einen Liebhaber zulegt?«

»Aber doch nicht alle«, widersprach Aglaja.

»Alle«, blieb Fjodor Fjodorowitsch bei seiner Meinung. »Nur wenn eine gar zu hässlich ist. Ist sie aber ganz passabel, und es gibt sozusagen etwas anzugucken und anzufassen, können Sie sicher sein. Ich bin oft zur Kur gewesen, aber Frauen, die sich auf gar nichts einlassen, mit keinem, habe ich nie erlebt. Übrigens ist es bei den Deutschen Brauch, dass Mann und Frau sich gegenseitig einmal im Jahr betrügen, sogar die Nacht woanders verbringen können, aber danach denken sie das ganze Jahr nicht daran zurück. Als ob nichts gewesen wäre. Etwa so ist es bei uns mit den Kuren. Sie ist zur Kur gefahren, und was dort war, das war – Schluss, vergessen bis zum nächsten Jahr.«

»Das kommt drauf an«, sagte Aglaja. »Ich habe vor kurzem den Film *Die Dame mit Kaschtanka* gesehen …«

»Mit Kaschtanka oder mit dem Hündchen?«

»Moment.« Sie überlegte und seufzte. »Zu dumm von mir! *Die Dame mit dem Hündchen*, so ein kleines Hündchen spielt da mit. Nachdem sie während der Kur damit angefangen haben, können sie nicht mehr aufhören. Obwohl sie einen Mann hat und einen Hund …«

»Wie, hat sie es auch mit dem Hund?«, fragte der General entsetzt.

»Ich weiß nicht mehr, wissen Sie, diese Filme gucke ich mir mit halbem Auge an und denke dabei an etwas anderes.«

»Ich verstehe nicht, was sich unsere Kontrollorgane so denken«, sagte der General. Manchmal wird doch, mit Verlaub zu sagen, ein richtiger Mist gezeigt. Und was in den Büchern geschrieben wird!

Alles kommt durch. Und da reden sie von Zensur. Was soll das für eine Zensur sein, wenn es bei uns zehntausend Schriftsteller gibt. Können Sie sich das vorstellen? Zehntausend! In meiner Division hatte ich nur halb so viele Soldaten. Ich habe diese Frage einmal Leonid Iljitsch gegenüber angesprochen. Leonid Iljitsch, sage ich, wozu brauchen wir bloß so viele Schriftsteller? Wählen Sie fünf, na, sagen wir, zehn begabte, parteiverbundene Leute aus, welche mit Bewusstsein. Geben Sie ihnen Themen, sollen sie arbeiten.«

»Sind Sie denn mit Breshnew persönlich bekannt?«, erkundigte sich Aglaja.

»Mit Leonid Iljitsch?«, fragte Burdalakow zurück. »Gewiss doch! In dieser Gegend habe ich ihn ja kennen gelernt. Wenn man mit dem Schiff da nach rechts fährt, kommt zuerst Tuapse, dann Noworossisk, und noch vor Noworossisk ist so eine Landzunge, die Myschako heißt. Mys-Chako spricht sich das aus. Im Jahre dreiundvierzig haben wir da eine Landeoperation unter dem Befehl von Major Caesar Kunikow unternommen. Ein wagemutiger Mann war das, obwohl jüdischer Nationalität.«

»Und Breshnew war auch dabei?«

»Nun, sagen wir es so, einen Teil der Zeit war er dabei. Als die Hauptkräfte heranrückten. Er war Leiter der Politabteilung der Armee. Übrigens hat er mir die Tapferkeitsmedaille verliehen. Und interessanterweise weiß er das bis heute. Wenn wir uns irgendwo bei einem Veteranentreffen sehen, frage ich ihn: Leonid Iljitsch, wissen Sie noch, dass Sie mir die Medaille verliehen haben? Er lacht, na, Fedja, du bist mir einer, wie könnte ich dich vergessen? Ein patenter Kerl, unter uns gesagt. Nun ja, er trinkt gern einen, hat für Ihr Geschlecht etwas übrig, dafür aber, wenn man ein Anliegen hat, hört er einen stets aufmerksam an, schnalzt mit den Fingern und sagt zu seinem Referenten: Schreib das auf und kontrolliere die Erledigung.«

Als Aglaja und Fjodor Fjodorowitsch einander begegneten, hatte gerade erst seine Witwerschaft begonnen, seine Frau war ein halbes Jahr zuvor an Lungenkrebs gestorben. »Sie war auch so eine Raucherin wie Sie«, bemerkte Fjodor Fjodorowitsch.

Seit er seine Frau verloren hatte, lebte er außerhalb der Hauptstadt. In Moskau besaß er eine schöne Generalswohnung in der Begowaja-Straße, in der aber die eine Tochter, eine schon vierzigjährige alte Jungfer mit unverträglichem Charakter, wohnte. Assenka, die Jüngere, hübsch und bestimmend, solche mögen die Männer, hatte einen Diplomaten geheiratet und war jetzt mit ihren zwei Kindern in Indien. Sein Sohn Sergej, so genannt zu Ehren des Frontfreundes, war in die Fußstapfen des Vaters getreten und Militärflieger geworden, jetzt hatte er den Posten des Politstellvertreters in einem Geschwader.

»Ist das eine Datscha, wo Sie wohnen?«, fragte Aglaja.

»Ja, eine große. Einen halben Hektar groß und mit Zimmern in zwei Geschossen. Können Sie sich das vorstellen? Manchmal wird mir so schwer zumute, dass ich weinen könnte.«

»Weshalb denn?«, erkundigte sich Aglaja beunruhigt.

»Andere wohnen zu acht in einem Zimmer, und ich habe für mich allein acht Zimmer. Ich sitze in einem, und die anderen sieben sind leer. Gehe ich in ein anderes, bleibt das vorherige ohne mich.«

Trotz seiner gesunden Lebensweise klagte Fjodor Fjodorowitsch oft über Kopfschmerzen und Schlaflosigkeit.

»Gestern Abend«, erzählte er, »hat irgendein Vogel geschrien, dann rauschte der Wind, was danach noch war, weiß ich nicht, jedenfalls konnte ich einfach nicht einschlafen. Also gehen da oben irgendwelche seltsamen Dinge vor sich. Als ich jung war, habe ich sie nicht gespürt. An der Front hat mich buchstäblich keine Kanone wach gekriegt, jetzt aber, wenn in der Stratosphäre irgendwelche Luftschichten zusammenstoßen oder der Mond ungünstig steht, finde ich wegen so etwas keinen Schlaf. Ich mache Licht, schlage ein Buch auf, da fallen mir die Augen zu. Ich lege das Buch weg, lösche das Licht – nichts mit Schlafen. Wissen Sie, ich habe den ganzen Krieg ohne einen Kratzer überstanden, aber die Nerven sind doch arg strapaziert worden, und das wirkt sich jetzt aus. Das ist wie eine Zeitzünderbombe.«

Nach dem Abendessen sahen sie sich im Fernsehen die Nachrichten, Eishockey oder Eiskunstlaufen an oder gingen in den Filmsaal, wenn etwas Altes, Vertrautes in Schwarzweiß über Fünfjahrpläne, Krieg, Ernteschlachten, Parteiausweis und Spione gezeigt wurde.

13 Zu ihrer Freude entdeckte Aglaja in Fjodor Fjodorowitsch einen nahezu völlig Gleichgesinnten. Er teilte ihren Standpunkt zur Oktoberrevolution, zum Bürgerkrieg, zur Elektrifizierung, zur Industrialisierung, zur Kollektivierung, zur Zerschlagung der Opposition, zum Großen Vaterländischen Krieg, zu Stalin, zu dessen Anteil an den Errungenschaften und Siegen. Zu Chruschtschow hatte er ebenfalls ein negatives Verhältnis, zu Breshnew allerdings ein positives, was Aglaja kaum von sich sagen konnte.

Die Revisionisten, das heißt Leute, die an der Vergangenheit wenig Gutes fanden, Partei und Sowjetmacht kritisierten und auf dem Gebiet von Literatur und Malerei formalistische Spielereien dem Realismus vorzogen, mochte Fjodor Fjodorowitsch genauso wenig wie sie selbst.

»Vor kurzem war ich auf einer Ausstellung«, erzählte er. »Junge begabte Künstler, heißt es. Modernisten nennen sie sich. Abstraktionisten. Na, ich hab's mir angesehen. Schmiererei und nichts weiter. Man guckt und kapiert nicht, was das sein soll. Ein Haus, Wald, ein Fluss oder ein Hund – nichts zu begreifen. Linien dahin, Schnörkel hierhin. Quatsch mit Soße, wie man so sagt. Ich gehe zu einem von denen hin und frage höflich: ›Wie heißt Ihr Bild?‹ Er sagt: ›*Lautlosigkeit*.‹ Ich zu ihm: ›*Hirnlosigkeit*, so sollten Sie es nennen. Was malt ihr bloß zusammen‹, sage ich, ›wofür verschwendet ihr die Farbe? Das malt doch der Esel mit seinem Schwanz besser.‹ Er darauf, können Sie sich das vorstellen, der Flegel: ›Auf so einem Niveau lehne ich es ab, mich mit Ihnen zu unterhalten.‹ – ›Ach, du Mistkerl‹, sage ich, ›habe ich dafür mein Blut an der Front vergossen, damit du Schmarotzer dem Volk auf der Tasche liegst und solches Zeug zusammenschmierst?‹ Ich bin nach Hause gekommen und habe einen Brief an die Zeitung verfasst. Dann habe ich noch unsere Veteranen zusammengetrommelt, alle haben unterschrieben, die Zeitung hat ihn veröffentlicht. Und der Kerl hat im Malerverband eine reingewürgt gekriegt wegen Formalismus, und ich denke, das war richtig so.«

»Nein, falsch!«, widersprach Aglaja schroff.

»Warum soll das denn falsch sein?«, verwunderte sich Burdalakow. »Sie können sich nicht vorstellen, was das für ein Geschmiere ist!«

»Darum geht es ja«, sagte sie, ebenfalls erregt und mit geballten Fäusten. »Dafür muss man diese Leute, statt Rügen auszusprechen, erschießen.«

»Was?« Burdalakow bekam einen Hustenanfall, als hätte er eine Fliege verschluckt. »Och, Sie … Na, Sie gehen aber ran!«, rief er.

»Was haben Sie denn gedacht«, fuhr Aglaja fort. »Das ist doch nicht bloß harmloses Geschmiere. Sie verderben unsere Jugend. Wir haben zwanzig Millionen Sowjetbürger im Krieg verloren. Wofür wären sie denn gestorben?« In diesem Augenblick glaubte sie wirklich und wahrhaftig, dass am Tod von zwanzig Millionen Sowjetbürgern niemand anders schuld war als die abstraktionistischen Maler. »Nein«, sagte sie, da sie keinen Grund zur Nachsicht sah, »Erschießung und sonst nichts.«

»Ja«, pflichtete Burdalakow ihr bei, »Sie haben wohl Recht. Bei uns an der Front wurden solche …«

Er wollte sagen, dass bei ihnen an der Front solche Maler in der Tat erschossen worden seien, doch konnte er sich nicht entsinnen, es mit jemandem von diesen Malern an der Front zu tun gehabt zu haben. Einen Karikaturisten, ja, den hatten sie da gehabt, er durfte in einem Kampfblatt Hitler malen, Abstraktionisten aber – nein, nicht einen.

»Ja, so war das!« Der General erschlaffte irgendwie und gähnte in seine Hand. »Und was das Gedenken des Genossen Stalin anbelangt, so wird, denke ich, die Gerechtigkeit bald wiederhergestellt werden. Vielleicht schon in wenigen Tagen. Mir hat ein sehr hoch gestellter Genosse gesagt …« Fjodor Fjodorowitsch sah sich um, betrachtete argwöhnisch die Sträucher hinter ihnen und senkte sogar die Stimme zum Flüstern: »Es wird, heißt es, dazu einen speziellen Beschluss geben. Michail Andrejitsch Suslow soll daran arbeiten ...«

Vor der Nachtruhe gingen sie noch einmal in den Speisesaal, wo bereits die mit Papierservietten abgedeckten Kefirgläser standen. Aglaja trank ihren Kefir gleich an Ort und Stelle, während Fjodor Fjodorowitsch sein Glas mit hinaufnahm. Ihre Zimmer lagen nebeneinander, das zweite von der Treppe war seins, dann kam ihres. Für gewöhnlich verabschiedeten sie sich an seiner Zimmertür, um sich am Morgen zum gemeinsamen Lauf wiederzutreffen.


**14** Hin und wieder wurde der berühmte General, wenn sich die Kunde von seinem Aufenthalt in Sotschi verbreitete, in benachbarte Sanatorien und nahe gelegene Städte eingeladen, damit er vor Kurgästen, Jugendlichen, Soldaten, Matrosen und Veteranen sprach. Dann legte er seine Generalsparadeuniform mit den goldenen Schulterstücken, dem Brokatgürtel, den Orden und dem Heldenstern an und wirkte wichtig und unnahbar. Wenn er dann nach seiner obligaten Fahne im Futteral griff, verblasste seine Wirkung allerdings mit einem Mal, und er glich Charlie Chaplin mit dem Stöckchen. Es kam vor, dass er für einen ganzen Tag oder auch für zwei wegfuhr. Seiner Gesellschaft beraubt, langweilte sich Aglaja. Ihren morgendlichen Lauf machte sie zwar auch allein, doch kürzte sie ihn ab: bis zum Seebahnhof und zurück.

Einmal wurde der General mit einem Hubschrauber nach Samtredia geflogen und kam mit zahlreichen Beuteln voller Geschenke von den »Werktätigen des sonnigen Georgiens«, das heißt von den dortigen Parteibossen, zurück. Unter den Geschenken war ein Vier-Liter-Plastikkanister mit jungem Wein der Marke »Isabella«.

Aglaja wurde zum Verkosten eingeladen.

Sie nahm die Einladung an und erschien in seinem Zimmer einigermaßen erwartungsvoll. Bis jetzt hatten sie wie zwei Rentner miteinander verkehrt, ohne dass sich die Möglichkeit eines anderen Umgangs angedeutet hätte. Jetzt aber waren ihre Beziehungen – dieses Gefühl hatten beide – an einer Scheidelinie angelangt, die Verständigung gebot. Beide waren sie verwitwet, beide in den Jahren, doch nicht so, dass alles ausgeschlossen wäre. Kurzum, sie betrat sein Zimmer, ohne mit etwas Konkretem zu rechnen, doch mit dem Vorgefühl, dass es heute wohl zu einem klärenden Gespräch kommen würde.

Sein Zimmer sah genauso aus wie das ihre, quadratisch, mit zwei Fenstern, einem Holzbett, einer Couch, einem Zeitungstischchen und zwei Bildern. An der einen Wand die Schischkinschen Bären, das an der anderen stammte von einem hiesigen Maler und nannte sich *Sturmwarnung* – Felsen, ein Leuchtturm, Wellen.

»Bitte«, sagte Burdalakow, »auch ein Maler, aber man guckt sich sein Bild an und versteht: Das sind Steine, das Wellen, und das ist ein Leuchtturm. Mag er auch talentlos sein, jedenfalls ist alles lebensecht, nicht so was, was man Schlacht auf der Krim nennt – die Krim im Rauch, und nichts zu sehen.«

Auf dem Tischchen standen und lagen neben einem *Ogonjok* vom Vorjahr mit einem halb gelösten Kreuzworträtsel der bereits erwähnte Kanister, zwei dünne Teegläser, eine Schale mit Obst (Äpfel, Mandarinen, Ananasguaven), ein rundes Fladenbrot, ein großer Teller mit Suluguni-Käse und noch etwas, was wie eine Gummiwurst mit Nüssen aussah. Fjodor Fjodorowitsch sagte, das werde nicht aus Gummi, sondern aus eingedicktem Pflaumensaft mit Nüssen gemacht und heiße Tschurtschchella.

»Tschutschchella?«, fragte Aglaja. »So, wie Kim Il Sung genannt wird?«

»Nein«, sagte Fjodor Fjodorowitsch ernst. »Den Genossen Kim Il Sung nennen die Koreaner den großen Tschutschche, das aber heißt Tschurtschchella. Nicht Tschutsch, sondern Tschurtsch. So heißt übrigens auf Englisch Kirche. Ihre Gesundheit, Glaschenka.«

Er zeigte ihr, wie gut er sich auf die Kunst des Weintrinkens verstand, indem er sein Glas zunächst gegen das Licht hielt, es schwenkte und drehte, so dass sich ein trichterförmiger Sog bildete, bevor er einen Schluck nahm und Aglaja anblickte.

»Nun? Schmeckt er Ihnen? Mir hat übrigens ein habilitierter Mediziner erläutert, dass Alkohol, mäßig getrunken, sehr nützlich ist. Ganz anders als das Rauchen. Rauchen schadet nur. Das aber … Shakespeare trank ständig Sekt, und der deutsche Schriftsteller Goethe hat jeden Tag eine Flasche Rotwein genossen. Auch der Genosse Stalin hat den Rotwein sehr gemocht, ›Chwantschkara‹. Obwohl er auch dem Wodka nicht abgeneigt war. Ich habe selbst einmal mit ihm mit Wodka angestoßen.«

»Sie?«, staunte Aglaja. »Mit Stalin? Persönlich?«

»Versteht sich, persönlich«, lächelte Fjodor Fjodorowitsch. »Kann man vielleicht mit jemandem anstoßen, ohne es persönlich zu tun? Wenn Sie eine alte Wochenschau mit der Siegesparade gesehen haben, konnten Sie auch mich darin bemerken. Ich bin da noch jung und mit Schnurrbart. Ich werfe eine faschistische Fahne auf den Haufen. Aber greifen Sie nur zu, dieser Käse, Suluguni, ist auch sehr schmackhaft und außerordentlich leicht bekömmlich, er enthält Kalzium, für den weiblichen Organismus enorm wichtig. Ja …« Fjodor Fjodorowitsch nahm wieder einen Schluck Wein, warf den Kopf zurück, sein Blick vernebelte sich.

»Dann, nach der Parade, war im Kreml ein Regierungsempfang. Ein wirklich extraordinäres Essen, sage ich Ihnen. Jetzt bin ich ja, kann man sagen, verwöhnt, damals aber, verstehen Sie, zum ersten Mal im Leben habe ich Haselhuhn gegessen und Champignon-Julienne probiert. Nach dem Essen standen wir auf, um uns ein bisschen die Beine zu vertreten. Und wie wir so, eine Gruppe hochrangiger Offiziere, am Fenster stehen, rauchen und uns unterhalten, stößt mir mein Freund Wasska Serow den Ellbogen in die Seite. Ich drehe mich um: Was soll das Gerempel? Da sehe ich, ist das die Möglichkeit! – vor mir steht höchstpersönlich der Genosse Stalin, wissen Sie, in so einer dunkelgrauen Uniform. Und an der Brust bloß der Goldene Stern, nichts weiter. In der Entfernung wie wir jetzt, sogar näher steht er. In der Hand ein Glas mit Wodka. Und neben ihm Molotow Wjatscheslaw Michailowitsch, Malenkow Georgi Maximilianowitsch und Marschall Konew Iwan Stepanowitsch. Und stellen Sie sich vor, Genosse Stalin nimmt das Glas in die andere Hand, reicht mir die Rechte und sagt: ›Guten Tag, ich bin Stalin.‹ Einfach so: ›Ich bin Stalin.‹ Als ob ich nicht wissen könnte, wer er ist. Ich stehe verdattert da mit offenem Mund. Er sagt: ›Und wie heißen Sie?‹ Ich will ihm antworten, aber meine Zunge ist wie angeklebt. Der Genosse Stalin steht vor mir, sieht mich an und wartet. Nur gut, dass Konew mir beigesprungen ist. ›Das, Genosse Stalin‹, sagt er, ›ist Oberst Burdalakow.‹ – ›Burdalakow?‹, fragt Stalin, ›Fjodor Burdalakow? Kommandeur der vierzehnten Motschützen-Gardedivision? Ehemaliger Aufklärer?‹ Da war ich vielleicht perplex. Stellen Sie sich das vor, der Generalissimus, der Oberste Befehlshaber, wie viele Divisionen, Leute und Aufklärer hat er, und ist es denn möglich, dass er von jedem den Vor- und Familiennamen kennt? Er sagt: ›Sie, Genosse Burdalakow, sind wohl ein Abstinenzler?‹ Können Sie sich vorstellen, was ich für einen Schreck bekommen habe, ich wusste gar nicht, was ich antworten sollte. Verneine ich es, denkt er, ich bin ein Trinker. Nicht trinken sieht auch irgendwie nicht gut aus. Ich stehe da und schweige. Da sagt Stalin, wieder zu Konew: ›Er ist offenbar ein Taubstummer und ein Abstinenzler.‹ Wieder hilft mir Iwan Stepanowitsch aus der Verlegenheit. ›Nicht doch, Genosse Stalin‹, sagt er, ›wie kann ein Frontaufklärer ein Abstinenzler sein?‹ – ›Das habe ich mir auch so gedacht‹, sagt Stalin, ›dass es unter den Aufklärern keine Abstinenzler gibt. Ein Trinker muss nicht unbedingt Aufklärer sein. Ein Taubstummer kann durchaus Aufklärer sein, Hauptsache, er sieht und hört, aber ein Abstinenzler kann er nicht sein. Ein Abstinenzler kann niemals Aufklärer sein.‹ Solche Worte sprach er zu mir, und ich habe sie mir fürs ganze Leben gemerkt.«

Fjodor Fjodorowitsch, ein Stück Tschurtschchella in der Hand, verstummte nachdenklich. »Und stellen Sie sich vor«, fuhr er dann fort, »er sagt zu mir: ›Wenn Sie nichts dagegen haben, Genosse Burdalakow, trinken wir ein Glas zusammen.‹ Und da reden sie von Größenwahn. Was soll das für ein Größenwahn sein, wenn er einen Obersten fragt, ob er nichts dagegen hat, mit ihm ein Glas zu trinken. Ja, ich hätte doch, wenn er mir gesagt hätte: trink, Burdalakow, einen Eimer Wodka, selbst einen Eimer Kerosin hätte ich getrunken. Ich weiß gar nicht mehr, woher plötzlich das Glas Wodka in meiner Hand kam. ›Nun‹, sagte er, ›worauf trinken wir?‹ Ich nehme meinen Mut zusammen und sage, ihm in die Augen blickend: ›Auf Genossen Stalin.‹ Er lächelt wieder und sagt: ›Also gut, auf Genossen Stalin, Genosse Stalin ist ja auch nicht der schlechteste der Genossen.‹ Er hält mir das Glas entgegen, wir stoßen an, er nippt von seinem Wodka und sieht mich an. Ich aber habe noch vor dem Krieg auf dem Dorf gelernt, wie man den Wodka trinkt, ohne zu schlucken, hier, sehen Sie, er fließt von ganz allein in die Speiseröhre.«

Fjodor Fjodorowitsch schenkte sich Wein nach, stand auf, warf den Kopf zurück, öffnete den Mund weit, drehte das Glas wieder rasch wie vorhin, hob und neigte es über dem Mund, und der wirbelnde Weinstrahl floss in die Generalskehle wie in einen Trichter, murmelte wie ein Bergbach. Der Adamsapfel blieb dabei unbeweglich.

»Ja!«, sagte Aglaja bewundernd. »Das klappt ja bei Ihnen.«

»Genosse Stalin staunte auch. Er sieht sich an, wie ich das mache, und sagt: ›Ha, Sie sind ja kein Burdalakow, sondern ein Wurdalakow. Woher kommt eigentlich Ihr Familienname?‹ Was soll ich ihm darauf antworten? ›Dazu kann ich nichts sagen, Genosse Stalin‹, sage ich. ›Ja, natürlich können Sie das nicht‹, sagt er. ›Sicherlich sind Ihre Vorfahren doch irgendwelche Vampire gewesen. Das sollte natürlich ein Scherz sein‹, meint er. Lacht und geht weiter. Er sagt etwas zu Konew, aber das betrifft nicht mehr mich. Möglicherweise hat er mich sogar augenblicklich vergessen, aber für mich ist das eine Erinnerung, die ich bis ans Ende meiner Tage bewahren werde. So viele große Leute ich auch gesehen habe – Stalin bleibt Stalin!«

Bewegt – er von dem wieder Durchlebten, sie von dem zum ersten Mal Gehörten – schwiegen der General und seine Besucherin eine Weile.

»Jetzt erzählt man«, sagte sie, in der Hoffnung, er werde die Behauptung widerlegen, »dass er pockennarbig gewesen sei.«

»Unsinn«, tat ihr der General sogleich den Gefallen. »Was heißt pockennarbig? Warum sollte er pockennarbig gewesen sein? Ich würde mit jedem, der so etwas sagt, ich weiß gar nicht, was ich mit dem machen würde. Er hatte ein schönes, mutiges russisches Gesicht.«

»Aber er war doch georgischer Nationalität«, glaubte Aglaja einwenden zu müssen.

»Ja, schon«, sagte der General, »das stimmt natürlich. Aber das Gesicht war russisch.«

Sie tranken noch ein wenig, und Fjodor Fjodorowitsch zeigte Aglaja Fotoalben. Die zum Teil verblassten Bilder waren überwiegend Familienaufnahmen der üblichen Art. Mit der Frau nach der Hochzeit. Bei einem Fahrradausflug. Am Strand. Der erste Sohn. Sohn und Tochter. Die drei Kinder. Die kleinen Kinder. Die großen Kinder. Das patriotische Wirken des Generals beanspruchte ein Extraalbum. Auf dem ersten Blatt eine Ganzaufnahme aus jüngster Zeit: in voller Montur, mit Mütze, Biesen und Orden. Weiter in Uniform und in Zivil, Teilnahme an allen möglichen Zeremonien. Rede vor den Absolventen einer Artillerieschule. Veteranentreffen auf dem Mamaihügel in Wolgograd. Ordensverleihung an Fjodor Fjodorowitsch, Überreichung einer Urkunde, wieder eine Ordensverleihung. Mit Marschall Tschuikow, mit Marschall Bagramjan. Veteranentreffen am 9. Mai vor dem Bolschoi-Theater. Noch einmal vor dem Bolschoi-Theater. Und plötzlich – er mit Breshnew. Nach der Episode mit Stalin war es nicht sonderlich aufregend, ihn mit Breshnew zu sehen, aber doch interessant.

»Was überreichen Sie ihm denn hier?«, fragte Aglaja.

»Das Dokument des Ehrenvorsitzenden unseres Veteranenklubs. Und hier sehen Sie mich mit dieser Fahne. Sie haben sie noch nicht aufgerollt gesehen? Gleich zeige ich sie Ihnen.«

Er zog die Fahne aus dem Futteral, entrollte sie und paradierte damit vor Aglaja einmal hin, einmal zurück, um ihr zu demonstrieren, wie er damit in Berlin einmarschiert war. Aglaja konnte sich nicht recht vorstellen, wie es möglich gewesen sein sollte, in einer schweren Schlacht so in eine Stadt einzumarschieren.

»Aber Sie waren doch schon Divisionskommandeur«, erinnerte sie, »Sie konnten doch nicht gut selbst mit der Fahne …«

»Was glauben Sie denn!«, widersprach Fjodor Fjodorowitsch emphatisch. »Sie können sich überhaupt nicht vorstellen, was ich für einer war. Jung … Na ja, was heißt jung, bei Kriegsende war ich sechsunddreißig und befehligte bereits eine Division, meine Soldaten nannten mich Väterchen. Aber ein Heißsporn war ich, oi-oi-oi. Immer drängte es mich, vorzupreschen. Auch mit der Fahne … Ja doch … Einmal wurde der Fahnenträger im Gefecht verwundet und konnte sich nicht mehr auf den Beinen halten. Wenn die Fahne seinen Händen entgleitet, denke ich, was soll das für eine moralische Wirkung auf die Mannschaft haben? Und da, verstehen Sie, stürzte ich vor, packte die Fahne und …« Hektisch gestikulierend, schilderte er eine Szene, die dem sehr nahe kam, was sie vor kurzem in einem Film gesehen hatte.

Aglaja sah auf die Uhr. Es war gegen zwölf. Sie erhob sich.

»Es wird wohl Zeit für mich.«

»Warten Sie.«

Sie sah Burdalakow fragend an.

»Ich habe vergessen, Ihnen etwas zu zeigen«, sagte er und langte aus der Schreibtischschublade einen länglichen Gegenstand – einen Dolch in silberner Scheide. »Sehen Sie mal, den hat mir in Samtredia mein Frontkamerad Schaliko Kuraschwili vermacht. Er stammt von Anfang des neunzehnten Jahrhunderts und ist später General Alexander Petrowitsch Jermolow zum Geschenk gemacht worden. Sie erinnern sich doch? Der Eroberer des Kaukasus.«

Der Dolch war gerade gearbeitet, mit einer Rille in der Mitte und einem goldenen Griff, der in einen Tigerkopf mit Rubinaugen auslief, und die Klinge trug eine eingravierte Inschrift, die Aglaja mit zusammengekniffenen Augen auch ohne Brille entzifferte.

»»Rettet den Freund fellt den Feind‹«, las sie laut und sah den General an. »Wie ist das zu verstehen?«

»Ich überlege selbst«, Fjodor Fjodorowitsch zog die Schultern hoch, »und komme nicht darauf. Schaliko weiß es auch nicht. Rätselhaft. Also, wir treffen uns morgen früh wie immer am Eingang.«

»Gut«, sagte Aglaja leicht enttäuscht. Fjodor Fjodorowitsch brachte sie zur Tür.

15 Am nächsten Tag machten sie wieder ihren Lauf, aßen, gingen spazieren, am Abend nahm Fjodor Fjodorowitsch Aglaja mit auf sein Zimmer, wo es noch »Isabella« zu trinken gab, und zeigte ihr ein Album mit Zeitungsmaterial: ein paar Interviews mit ihm, drei große Artikel und eine Unmenge kleiner Ausschnitte. Der eine Artikel trug die Überschrift »Friedlicher Alltag eines Kriegshelden«, der zweite war »Im Vorfeld« betitelt, der dritte »Niemand ist vergessen, nichts ist vergessen« – Erinnerungen des Generals an seine ums Leben gekommenen Kameraden, darunter auch an Serjoga Shukow. Vor allem aber waren es Notizen zu diversen Paraden, Versammlungen, Kundgebungen, Empfängen und anderen feierlichen Zeremonien, an denen General Burdalakow teilgenommen hatte und wo sein Name neben denen von zum Teil sehr prominenten Leuten stand.

Sie saßen zusammen, tranken Wein, tauschten Kriegserinnerungen aus, sprachen über Krankheiten, über die Störung des Gleichgewichts in der Natur, über die hemmungslosen Sitten der Jungen: laufen umschlungen auf der Straße herum, in Shorts und Trägerröcken, baden an den öffentlichen Stränden so leicht bekleidet, dass sie das auch noch weglassen können.

»Im Ausland« sagte Fjodor Fjodorowitsch, »gibt es überhaupt solche Strände, wo Männer und Frauen, ohne sich voreinander zu genieren, als Nackedeis baden.«

Er verzog dabei das Gesicht vor Abscheu und spuckte aus.

Und dann kam der Augenblick, zu dem beider Beziehungen unausbleiblich führen mussten. Der General legte wie versehentlich seine Hand auf ihr Knie und drehte den Kopf weg. Sie erschauerte, erstarrte und wandte ihren Kopf nach der anderen Seite.

»Und das Wetter«, sagte der General, »ist auch immer unnormaler geworden.«

»Ja«, bestätigte sie einsilbig.

»Pilze essen darf man auf gar keinen Fall«, sagte er und warf sich unvermittelt mit solch wilder Entschlossenheit auf sie, als gelte es, Berlin zu nehmen. Er kippte sie auf den Rücken und grapschte ihr unter den Rock, nach dem Gummi. Überrascht von dieser heftigen Attacke, leistete sie instinktiv Widerstand, stemmte sich mit beiden Händen gegen seinen stachligen Schädel. Genau in diesem Moment – das kommt eben nicht nur im Kino, sondern auch im wirklichen Leben vor – klopfte es laut an der Tür. Er erschrak und prallte sofort in Panik zurück, warf Aglaja einen raschen Blick zu, sah nach dem Tisch, wo die Essens- und Weinreste standen. Niemand hätte hier etwas Unnatürliches und Gesetzwidriges entdecken können, zumal sie beide gewissermaßen ungebundene Leute waren. In Wirklichkeit waren sie es aber eben nicht, sie waren Sowjetmenschen, wie Kinder in dem Bewusstsein erzogen, dass jedes ihrer Verlangen unverzüglich entdeckt, beurteilt, verurteilt und bestraft werden konnte. In diesem Fall konnte man ihnen den Ferienscheck entziehen, sie des Sanatoriums verweisen, im *Krokodil* bloßstellen, ein Disziplinarverfahren einleiten, das mit Parteiausschluss enden würde, und das wäre für ihn eine Katastrophe, für sie hingegen … Ihr konnte man eigentlich nichts anhaben, doch auch sie erschrak.

Als es an der Tür klopfte, beeilte sich der General deshalb, den Tisch abzuräumen, während sie zur gegenüberliegenden Seite stürzte, rasch ihren Rock zurechtzog und zum Fenster hinaussah, als wäre sie nur deshalb hergekommen, um hier, an diesem fremden Fenster, den Abendanblick zu genießen. Endlich ging Fjodor Fjodorowitsch zur Tür, öffnete und sah Polina, die Diensthabende, vor sich, ein modisch gekleidetes Dämchen mit einem von der Jerseybluse straff umspannten großen Busen. Sie hielt ein Papier in der Hand.

»Hier ist eine Nachricht für Sie«, sagte sie und spähte in das Zimmer.

»Danke«, sagte der General, darauf bedacht, ihr die Sicht zu versperren, indem er die Arme ausbreitete, als wolle er sich in die Luft schwingen.

»Sauber gemacht werden muss nicht bei Ihnen?«, erkundigte sich Polina und versuchte, wenigstens unter seiner Achsel hindurch etwas auszumachen.

»Worauf warten Sie noch?«, fragte er.

»Möchten Sie eine Antwort schreiben oder nicht?«

»Weiß ich noch nicht.« Fjodor Fjodorowitsch fiel plötzlich ein, dass er kein kleiner Junge war, sondern ein General, zudem ein Witwer, dass er das Recht auf seiner Seite hatte, nichts Verurteilungswürdiges getan hatte und es niemanden etwas anging, womit er seine Zeit verbrachte. »Ich sehe mir die Nachricht an«, sagte er schroff, »und wenn ich Sie brauche, rufe ich Sie. Und wenn nicht …« Er überlegte, und da ihm nichts Besseres einfiel, schloss er: »Und wenn ich Sie nicht brauche, rufe ich Sie nicht.«

Damit schlug er der Diensthabenden die Tür vor der Nase zu und ging, etwas vor sich hin knurrend, zurück zu dem Zeitungstischchen, wo seine Brille lag. Er setzte sie auf, las und rief:

»Aglaja Stepanowna!«

Sie wandte sich um und trat, immer noch verwirrt, näher. Schweigend reichte er ihr das Papier.

»Kann ich mal Ihre Brille haben?«, bat sie verlegen, weil sie auch nicht ohne Sehhilfe auskam, und las:

»›Fedka, ich bin in Noworossisk, komm so schnell wie möglich her. L. Breshnew.‹«

»Und Sie wollen fahren?«, fragte sie.

Er sah sie verwundert an, und sie begriff, dass sie einen Bock geschossen hatte.

Keine Viertelstunde war vergangen, als General Burdalakow in kompletter Paradeuniform mit Orden, goldenen Schulterstücken und Brokatgürtel unter seinem langen Uniformmantel, auf dem Kopf eine hohe Papacha, in der einen Hand eine Aktentasche, in der andern die für alle Fälle an sich genommene Fahne, zu dem auf ihn wartenden Regierungs-Tschaika hinunterging.

**16** Anlass dafür, dass der in Noworossisk weilende Generalsekretär des ZK der KPdSU Breshnew so eilig General Burdalakow zu sich bestellte, war sein dreiundsechzigster Geburtstag, den er mit Frontkameraden zu feiern beschlossen hatte. Leonid Iljitsch war am 19. Dezember geboren, ganze zwei Tage trennten ihn von Stalins Geburtstag.

Als Burdalakow die völlig unverhoffte Einladung erhielt, überlegte er fieberhaft, was er dem hoch gestellten Geburtstagskind schenken könnte. Der Dolch fiel ihm ein, er nahm ihn zur Hand und wusste nicht, ob er ihn als Geschenk benutzen sollte oder nicht. Die Inschrift auf der Klinge stimmte ihn sehr bedenklich. Da er jedoch nichts Passendes bei sich hatte (konnte man so einem Mann vielleicht etwas Unpassendes schenken?), packte er den Dolch in die Aktentasche und fuhr los.

Es war schon später Abend, als der Wagen mit dem General das vor ihm sich öffnende rotbesternte Tor zum Gelände der unweit von Noworossisk gelegenen Regierungsdatscha passierte. Hinter dem Tor wurde er sofort angehalten. Der diensthabende Offizier, mit Regenumhang über der Uniform, der die Schulterstücke verbarg, trat heran und bat den General um seine Papiere. Über dem Datschengelände leuchtete der Vollmond so hell, dass man ein Buch hätte lesen können. Hinzu kam der Scheinwerfer am Tor. Trotzdem schaltete der Offizier seine Taschenlampe ein, verglich Foto und Gesicht und fragte:

»Das Foto ist wohl schon vor längerer Zeit gemacht?«

»Wieso, bin ich gealtert?«, fragte Burdalakow kokett.

»Der Ausweis muss erneuert werden«, sagte der Offizier und stellte die nächste Frage: »Haben Sie eine Waffe bei sich?«

»Woher denn«, versicherte Burdalakow. »Warum sollte ich, was für eine Waffe?«

»Und was ist in der Aktentasche?«

»Ah, in der Aktentasche!« Burdalakow öffnete hastig die Schlösser. »Nichts ist in der Aktentasche. Was kann in der Aktentasche sein? Wäsche zum Wechseln, Socken … Ach ja!« In dem Moment, als die Tasche aufging, war es ihm eingefallen. »Das hier noch. Ja, hier ist noch etwas.«

»Zeigen Sie mal!« Die Hand des Offiziers griff hinein und holte den Dolch heraus. Ohne die Lampe auszumachen, steckte er sie in seine Tasche und zog den Dolch aus der Scheide. Er richtete seinen Blick auf Burdalakow. »Und da sagen Sie, Sie hätten keine Waffe.«

»Das ist doch keine Waffe«, widersprach Burdalakow. »Was soll denn das für eine Waffe sein?«

»Was ist es dann?«

»Das?«, fragte Burdalakow zurück. So hatte er in seiner Kindheit zurückgefragt, wenn er eine Frage des Lehrers beantworten sollte. Der Lehrer wies auf der Landkarte auf die Halbinsel Kamtschatka und fragte: »Was ist das?« Und der junge Burdalakow fragte zurück: »Das?« Und hoffte, die Antwort werde vom Himmel fallen. Genauso machte er es jetzt.

»Ist das etwa keine Waffe?«, fragte der Offizier.

»Aber nein doch«, der General wurde immer unruhiger, »was soll das für eine Waffe sein, das ist ein Geburtstagsgeschenk für Leonid Iljitsch.«

Ein zweiter Offizier trat hinzu, offenbar von höherem Dienstrang, der ebenfalls durch den Regenumhang kaschiert wurde. Er erkundigte sich, worum es denn gehe. Der erste Offizier erklärte es ihm. Der zweite nahm den Dolch, betrachtete ihn und fragte neugierig:

»›Rettet den Freund fellt den Feind‹ – wie ist das zu verstehen?«

»Ich weiß es auch nicht«, sagte der General in einschmeichelndem Ton. »Vielleicht eine verschlüsselte Botschaft. Oder eine georgische Volksweisheit. Es ist ja ein altertümlicher Dolch.«

»Man sieht es, dass er nicht von heutiger Machart ist«, sagte der Offizier und seufzte aus irgendeinem Grund. Nach kurzem Überlegen sagte er: »Folgendes, Genosse General, lassen Sie ihn uns da, wir prüfen die Sache und geben ihn Ihnen dann heil und unversehrt zurück.«

»Aber spätestens morgen früh«, verlangte Burdalakow.

»Spätestens«, versprach der Offizier. »Vielleicht schon heute Abend.«

Er salutierte und ließ den Wagen weiterfahren.

Die Hauptdatscha – eine Villa aus weißen Steinen mit vier Säulen – stand auf einem zum Meer abfallenden Steilhang, umgeben von ein paar über das Gelände verteilten Häusern schlichteren Aussehens. Während Burdalakow aus dem Wagen stieg, kam eine Zimmerfrau von vielleicht fünfzig Jahren herbeigeeilt, die mit ihrer Brille und der hohen Haartracht an eine Gymnasiallehrerin aus Filmen über das vorrevolutionäre Leben erinnerte.

»Ich heiße Tante Pascha«, sagte sie, obwohl sie eine Nichte des Generals hätte sein können. Sie nahm ihm die Aktentasche ab und führte ihn zu seinem Zimmer im ersten Stock.

Das Zimmer war nicht übel, mit einem großen Holzbett, einem Fernseher Marke »Rekord« und einem Waschbecken.

»Frühstücken werden Sie morgen im Hauptgebäude, das Abendessen ist bereits vorbei, aber ich habe Ihnen«, sie wies auf das Nachtschränkchen, »Gulasch, Quarkpfannkuchen und Kefir gebracht. Tee ist im Flur, im Kessel.«

»Und das Örtchen ist im Hof?«, fragte Burdalakow, der seine Enttäuschung nicht verbergen konnte.

»Nein, wieso?«, beruhigte ihn Tante Pascha. »Im Erdgeschoss. Wenn Sie die Treppe runtergehen, die zweite Tür links. Die nächste ist die zum Duschraum.«

Und mit dem ihr zugesteckten Dreirubelschein entfernte sie sich.

Müde von der Fahrt, ließ der General das Abendessen unangerührt, schlug sein Bett auf, zog die Uniform aus und den Schlafanzug an. Er wollte hinuntergehen, um seine Notdurft zu verrichten, überlegte es sich jedoch anders. Das Waschbecken war hoch, er musste sich auf die Zehenspitzen stellen. Vielleicht lag es an dem Hubschrauber, der gerade über das Haus flog, dass der

General das Knarren der Tür nicht mitbekam, als er aber das Hüsteln hörte und sich umwandte, wäre er vor Scham am liebsten im Erdboden versunken. Vor ihm stand in Zivil, aber mit zahlreichen Orden, lächelnd, die Hände auf dem Rücken, Leonid Iljitsch Breshnew.

»Oi!«, rief Burdalakow verwirrt und beeilte sich, den Urheber seines Vergehens zu verstecken. »Ich bitte um Entschuldigung … ich …«

»Mach dir nichts draus«, sagte Breshnew, »das passiert jedem. Wie man so sagt, nur der Tote ist nicht zu wecken und pisst nicht ins Becken.« Er nahm die Hände vom Rücken, und in der einen bemerkte Burdalakow seinen Dolch. Breshnew legte ihn auf den Tisch und schloss Burdalakow in die Arme, klopfte ihm lange auf den Rücken und brabbelte, wie froh er sei, ihn zu sehen.

»Ich freue mich, Ehrenwort, ich freue mich ganz aufrichtig!«

»Ich freue mich auch«, sagte Burdalakow.

»Nun, dass du dich freust, das ist verständlich, das gehört sich bei dir«, scherzte Breshnew, »meine Freude ist von höherem Wert. Sie hat auch den Grund, dass mir unsere Frontbrüderschaft so viel bedeutet. Wenn man bei uns ein hohes Amt bekleidet, scheint es keinen zu geben, der einen nicht liebt, und nie weiß man, wer es ehrlich meint und wer sich bloß anbiedert. Unser beider Freundschaft aber, die hat, wie man so sagt, die Feuerprobe bestanden. Du nimmst ja gar nicht zu, wie ich sehe. Schlankheitsdiät, oder wie machst du das?«

»Läufe mache ich, Leonid Iljitsch. Kann ich Ihnen nur empfehlen. Jeden Morgen vierzig Minuten ordentlich heiß gelaufen, da kann kein Bäuchlein wachsen.«

»Bäuchlein!«, sagte Breshnew. »Das ist kein Bäuchlein, sondern ein richtiger Schmerbauch. Eine Schwiele von der Schwerarbeit sozusagen. Bloß, wann sollte ich denn laufen? Und außerdem, wenn ich loslaufe, folgt mir die Leibwache in Zugstärke. Ich komme wegen dem hier zu dir. Der Chef der Wache hat ihn mir gebracht. Seit dem letzten Anschlag passt er auf. Für alle Fälle, sagt er, habe ich ihn dem General abgenommen. Nun, ich habe ihm den Kopf gewaschen. Das hat mein Freund mitgebracht, sage ich zu ihm, und nicht Charlotte Corday. Ich ahne den Grund, weshalb du ihn mitgebracht hast.«

»Ihre Ahnung trügt Sie nicht«, sagte Burdalakow. »Bloß, das sollte eine Überraschung sein.«

»Was soll man tun«, Breshnew zuckte mit den Schultern. »Auf die Überraschung wirst du verzichten müssen. Ich habe ihn mir schon angeguckt. Ein kostbares Stück.«

Burdalakow sah keine Veranlassung, zu leugnen, dass es sich tatsächlich um ein kostbares Stück handelte, und erzählte, wem der Dolch früher gehört hatte.

»Jermolow?«, sagte Breshnew ehrfurchtsvoll. »So ist das also!« Begierig auf alles, was glänzte, und da er sich noch nicht genug daran erfreut hatte, strich er zärtlich über die Dolchklinge. »Wie man bei uns in der Ukraine sagt: Nimmst du's in die Hand, gehört das Ding dir ganz. Und guck dir dieses Biest von Tiger an! Zum Fürchten! Rrrr!«, knurrte er den Tiger an und lachte herzhaft über seinen eigenen Scherz.

Gerührt von dem Geschenk, umarmte Breshnew den General, klopfte ihm auf den Rücken, versprach, dass der Dolch an der Wand seiner Datscha einen Platz unter den kostbarsten Exponaten seiner Waffensammlung finden werde. Auch ihm fiel die sonderbare Inschrift auf:

»›Rettet den Freund fellt den Feind‹ – was ist denn das, in welchem Sinne ist das zu verstehen?«

»Ich zerbreche mir selbst den Kopf, Leonid Iljitsch, und komme einfach nicht darauf.«

»Das ist doch ein georgischer Dolch, nicht wahr? Komm, bei mir drüben ist der georgische Innenminister, wir gehen mit dem Dolch zu ihm, er muss es wissen. Kannst den Schlafanzug anbehalten. Zieh bloß den Mantel drüber und komm.«

Der Mond hing wie eine Leuchtrakete am Himmel, aus den Laternen kam bleiches Neonlicht, weit und breit schien kein Mensch zu sein, doch dieser Eindruck täuschte – fast hinter jedem Strauch hielt sich ein Geheimdienstagent versteckt.

»Wieder Vollmond«, sagte Breshnew verdrießlich. »Früher habe ich ihn gemocht, jetzt nicht mehr. Seit die Amerikaner dort gelandet sind, ertrage ich den Anblick nicht. Ich glaube es förmlich zu sehen – sie kriechen dort herum wie die Kakerlaken.«

»Mich stört er aus einem anderen Grund«, sagte Burdalakow. »Er erinnert mich an den Krieg. Ich werde zur Aufklärung losgeschickt, und der Mond scheint. Manchmal packte mich so die Wut, dass ich am liebsten mit der Flak auf ihn geschossen hätte.«

Nach dem georgischen Minister brauchten sie nicht zu suchen, er spielte in der Halle des Hauptgebäudes mit seinem langhaarigen und schnurrbärtigen Referenten Schach.

»Ah, Eduard!«, rief Breshnew erfreut. »Dich brauchen wir.«

Er zeigte dem Minister den Dolch, zeigte ihm auch die Inschrift und erkundigte sich, wie das wohl zu verstehen sei. Der Minister drehte den Dolch in den Händen und reichte ihn dem Referenten weiter. Der sah ihn sich genauer an, fuhr mit dem Fingernagel über die Schneide, bemerkte, das sei Damaszener Stahl, beachtete auch den Namen des Meisters.

»Ooh!«, sagte er. »Das ist ein echter Meladse.«

»Wer?«, fragte Breshnew.

»Otar Meladse, ein bekannter Waffenschmied. Der Stradivari des Waffenhandwerks wurde er bei uns genannt.«

Als er das hörte, überlegte General Burdalakow, dass er mit dem Geschenk vielleicht etwas unbedacht gehandelt hatte. Allerdings beruhigte ihn der Gedanke, dass für so ein Geschenk vielleicht ein dritter Stern auf seinen Schulterstücken herausspringen könnte.

»Ha-ha«, lachte Breshnew, »ich fühle mich schon als Oistrach.«

»Warum Oistrach?«, sagte Minister Eduard. »Sie sind unser Paganini.«

»Na, da greifst du ein bisschen hoch«, sagte der Führer und senkte schamhaft den Blick, obwohl ihm der Vergleich offenkundig gefiel. »Und die Inschrift, wie ist die zu verstehen?«, fragte er den Referenten.

»Nun, ich denke …«, sagte der Referent und versank in ernsthaftes Nachdenken, »ich denke, hier fehlt bloß ein Komma, nach ›Freund‹ muss ein Komma stehen: ›Rettet den Freund, fellt den Feind.‹«

»Aha!« rief Breshnew erfreut. »Also, er rettet den Freund und ... Verstehe ich trotzdem nicht.«

»Aber warum denn«, versuchte der Referent es ihm geduldig begreiflich zu machen. »Rettet den Freund, nun, hilft ihm aus einer schweren Lage heraus und bringt dem Feind eine Niederlage bei. Erinnern Sie sich, wie es bei Pasternak heißt: ›Doch die Niederlage darfst vom Sieg du selbst nicht scheiden.‹«

»Ach so!«, sagte Breshnew. »Also ›fällt den Feind‹ – alles ganz einfach, wie sich herausstellt.«

17 Leonid Iljitsch Breshnew, heute ein halb vergessener Politiker, genoss gern die schönen Seiten des Lebens, hatte eine ausgeprägte Schwäche für Frauen, für lukullische Speisen, für teure Autos, für Aufmerksamkeiten jedweder materieller Art: Orden, Waffen, Gold, Edelsteine, kurz, alles, was glänzte und metallischen Klang hervorbrachte, und für Lobreden war er besonders zu haben. Einen besseren Anlass für Reden und Geschenke als seinen Geburtstag konnte es nicht geben.

Obwohl dreiundsechzig Jahre kein rundes Datum sind, war es eine schöne Geburtstagsfeier. Viel wurde getrunken an nicht eben schwachen Getränken, viel verspeist, viele gefühlvolle und wortreiche Trinksprüche wurden ausgebracht, die die unzähligen Verdienste des Geburtstagskindes priesen. Ins Bett fiel Burdalakow gegen fünf Uhr morgens, den Tag über kam er langsam zu sich, am Abend sprach er vor der Mannschaft des Kreuzers »Perm« (die Fahne kam doch noch zu ihrem Recht), und erst am Nachmittag des 21. Dezember, der schon der Geburtstag eines anderen großen Mannes war, trat er die Rückfahrt nach Sotschi an.

Zur Ehre des Generals sei gesagt, dass er, obwohl er die Zeit in Noworossisk wie im Taumel verbrachte, ein paarmal an Aglaja dachte ... nein, er hatte nicht vor, sein Leben für immer mit ihr zu verbinden, aber eine mögliche Entwicklung ihrer Beziehungen schloss er nicht aus. Ihm gefiel ihre Direktheit. Sie kokettierte nicht, machte keine schönen Augen, hatte zu allem eine klare Meinung, und dabei war sie fraulich und noch recht anziehend. Deshalb ließ der General vor seiner Rückfahrt nach Sotschi wie gewohnt seine Beziehungen zur Besorgung von Mangelware spielen: Er telefonierte mit dem Sekretär des Noworossisker Stadtparteikomitees, der rief den Vorsitzenden des Stadtexekutivkomitees an, der noch jemanden, und so ging es weiter, bis Burdalakow schließlich im Zentralwarenhaus von Noworossisk eine Damenuhr »Sarja« erstand und »Moskauer Lichter«, ein Parfüm, das die verblichene Generalsgattin bevorzugt hatte.

Als er kurz vor dem Abendessen im Sanatorium eintraf, stellte er die Fahne in die Ecke, zog den Mantel aus und begab sich mit Ordengeklimper und den Geschenken zur Nachbarin. Auf sein sachtes Klopfen erfolgte keine Reaktion. Er klopfte noch einmal. Die Tür ging auf, und Burdalakow sah Stalins langjährigen Kampfgefährten Wjatscheslaw Michailowitsch Molotow vor sich. Obwohl dieser schon lange von den Höhen der Macht herabgestürzt und in puncto Privilegien der zweiten Rangstufe der Nomenklatura zugeordnet war, geriet Burdalakow, der nicht vergessen hatte, dass dieser Mann einmal der zweite im Staate nach Stalin gewesen war, in solche Verwirrung, dass er den Mund öffnete, ohne irgendeinen anderen Laut als »a«, »o«, »u«, »y« hervorzubringen. Molotow sah Burdalakow, dessen Schulterstücke und Orden durch die leicht getönten Gläser seines Kneifers geduldig und argwöhnisch an, möglicherweise war er auf eine Provokation oder sogar seine Verhaftung gefasst.

»Y«, sagte Burdalakow.

»Y?«, fragte Molotow.

»Y«, sagte wieder Burdalakow.

»Ich verstehe nicht, was Ihnen beliebt.« Der Exführungsmann wurde langsam ärgerlich.

»Und wo ist Aglaja Stepanowna?«, presste Burdalakow endlich hervor.

»Ich kenne keine Aglaja Stepanowna«, sagte Molotow und machte ihm die Tür vor der Nase zu.

Burdalakow ging nach unten, wo er Kaleria Frolowna vom Personal traf und von ihr erfuhr, dass Aglaja Stepanowna Rewkina das Sanatorium am Morgen verlassen hatte, eine Woche vor dem in ihrem Ferienscheck angegebenen Abreisetermin. Über die Zusammenhänge wusste Kaleria Frolowna nichts zu sagen, Burdalakow konnte sie sich indessen einigermaßen zusammenreimen.

18 Dazu gekommen aber war es so.
Fjodor Fjodorowitschs überstürztes Wegfahren verdross Aglaja sehr. Nicht deshalb, weil sie sich etwas Ernsthaftes ausgerechnet hatte (obgleich ihr letztes Zusammensein zu gewissen Hoffnungen zu berechtigen schien), sondern weil dieser unvorhergesehene, hektische Aufbruch unmittelbar vor dem Tag erfolgte, den sie gern mit dem General begangen hätte.

Dann passierte noch etwas Unerfreuliches.

Am Morgen des 20. Dezember kam ein Brief von Diwanytsch, mit wundersam verschnörkelter Handschrift und in einem sonderbaren Stil geschrieben:

»Seien Sie gegrüßt, Aglaja Stepanowna! Guten Tag oder Abend!

Es schreibt Ihnen Ihr Bekannter Gen. Kaschljajew D. I., Oberst a. D. Und entbietet Ihnen seine Glückwünsche zum neunzigsten Geburtstag des Großen Heerführers unseres Landes und der anderen Völker Generalissimus Gen. Stalin J. W. Gestatten Sie desgleichen, Ihnen lange Jahre der Gesundheit und eines schönen Lebens zu wünschen. Von uns gibt es nichts zu berichten, das Wetter ist kalt, es gibt Engpässe in der Versorgung der Bevölkerung mit Holz und Kohle. Mit Ihrer Wohn. ist alles völlig in Ordnung, soweit sich das nach dem Aussehen der Türen und Fenster und den Aussagen der Nachbarn beurteilen lässt. Großvater ist gesund. Das wäre alles. Ich wünsche Ihnen, dass Sie eine vollwert. Erholung und geregelte Verpflegung genießen können, was nützlich ist für Gesundheit und Wohlbefinden.

Mit selbigem auf Wiedersehen. Ihr Bek. Gen. Kaschljajew D. I., Oberst a. D.

PS Nebst diesem erlauben Sie mir, Ihnen mitzuteilen, dass gestrigen Tages Ihr Nachbar Bürg. Schubkin M. S. auf Grund des Fehlens eines Tatbestandes und der zügellosen Kampagne antisowjetischer Kreise in gewissen westl. Ländern aus der Untersuchungshaft entlassen worden ist.«

Diwanytschs Brief, genauer gesagt, nicht der Brief selbst, sondern dieses Postskriptum missfiel Aglaja sehr und ließ in ihr gewisse, wie sich zeigen sollte, nicht unbegründete Ahnungen aufkommen.

19 An diesem Abend legte sie sich zeitig schlafen. Es herrschte klares Wetter, der Vollmond schien. Aglaja betrachtete lange den Mond und suchte nach dem, was ihr seinerzeit in einem vergangenen Leben Andrej Rewkin, damals noch nicht ihr Mann, sondern Kampfgenosse, gezeigt hatte. Ihre Komsomolzengruppe, die zusammen mit einer NKWD-Abteilung im Kollektivierungseinsatz war, hatte in der Dämmerung das unfügsame Dorf Grjasnoje erreicht und sich bis zum Morgen in Heuschobern verkrochen. Es ergab sich, dass sie mit Andrej einen Schober teilte. Die Nacht war still, friedlich, mondhell. Die ganze Auenwiese war zu sehen mit dunklen Heuschobern und einzelnen Bäumen, die alle zusammen und jeder einzeln irgendwohin unterwegs schienen und in den vom Fluss aufsteigenden weißen Nebel verschwanden. Vor dem Hintergrund des Nebels wirkten die verstreuten Häuser des Dorfes völlig schwarz, dort herrschten Schlaf und Stille, nur hin und wieder muhten Kühe, und unvermittelt, vielleicht aber weil sie etwas erspürt hatten, kläfften und heulten die Hunde. Erst heulte einer los, dann ein zweiter, ihr Geheul floss zum Chor zusammen, einer schien den anderen übertreffen zu wollen, und Unruhe ergriff selbst das Herz der in den Heuschobern Liegenden.

Gegen Mitte der Nacht beruhigten sich jedoch die Hunde, und völlige Stille trat ein. Nur das Rascheln des Heus und das Zirpen der Grillen war zu hören. Glühwürmchen flogen vor ihren Augen vorbei wie winzige Flugzeuge. Andrej rückte an Aglaja heran und begann ihre damals noch junge, straffe und unberührte Brust zu kneten. Zunächst knetete er sie durch die Feldbluse, dann, nachdem er sie aufgeknöpft hatte, auch direkt. Sie schmiegte sich an ihn, doch bevor sie sich ihm hingab, fragte sie ihn als älteren und theoretisch gerüsteten Genossen, ob zwei junge Bolschewiki, die einen wichtigen Auftrag der Partei zu erfüllen hätten, an eine so zweitrangige Sache, wie er sie mit ihr vorhabe, denken dürften. Er sagte, sie dürften, und berief sich auf Marx, der gesagt hatte, dass ihm nichts Menschliches fremd sei. Und Genosse Lenin habe in einem Brief an Inessa Armand geschrieben, dass die Bolschewiki als Materialisten und Realisten nicht die objektiven Gesetze der Natur ignorieren und Genossen unterschiedlichen Geschlechts sich zueinander hingezogen fühlen könnten. Dieses Gefühl zu unterdrücken sei zwecklos, ihm aus dem Weg zu gehen unmöglich, deshalb sollten Genossen des einen Geschlechts ihren Genossen des anderen Geschlechts entgegenkommen, um so das beiderseitige Verlangen zu stillen und sich danach nicht mehr von der Erfüllung wahrhaft wichtiger Aufgaben ablenken zu lassen.

Rewkin überzeugte Aglaja, und sie gab sich ihm hin, nachdem sie ihn zuvor darauf hingewiesen hatte, dass sie erstens Jungfrau sei und zweitens jetzt keine Kinder haben möchte. Sie ließ ihn nicht ohne Bangigkeit in sich ein, hatte sie doch gehört, dass es beim ersten Mal weh tue. Um ihre Kleidung nicht zu beschmutzen, zog sie alles aus, was sie unterhalb der Feldbluse trug. Doch inzwischen kühlte sich ihre Leidenschaft ab, was blieb, war Neugier, Neugier und eine, wie sie bald merkte, unbegründete Furcht. Zu ihrer Verwunderung stellten sich weder Schmerz noch eine angenehme oder unangenehme Empfindung ein. In irgendeinem Moment hatte sie sogar den Eindruck, es habe bei ihm nicht geklappt, und erst als sie die Hand ausstreckte, überzeugte sie sich, dass es nicht so war. Fertig geworden, hatte er ihr, um sie nicht zu schwängern, eine ganze Pfütze auf den Bauch gespritzt. Sie stippte den Finger hinein und kostete. Schmeckt es? wollte er wissen. Sie antwortete: So ähnlich wie rohes Ei. Zögernd fragte er: Und warum hast du gesagt, dass du noch Jungfrau bist? Sie sagte: Ich habe es gesagt, weil ich Jungfrau war. Ich lüge überhaupt nie und beabsichtige auch bei dir nicht, es anders zu halten. Und warum kam dann kein Blut? fragte er. Ich wundere mich selbst, erwiderte sie. Später erklärte ihr eine Ärztin, das sei bei ihr anatomisch so: Durch den Geschlechtsverkehr sei nichts verletzt worden, und daran werde sich bis zur Entbindung nichts ändern. Auf diese Weise konnte sich Aglaja bis zur erfolgten Entbindung nach wie vor als völlig unschuldig betrachten, und in einem gewissen Sinne blieb sie es auch danach.

Hinterher lagen sie auf dem Rücken, betrachteten den Mond, und Andrej fragte: Siehst du, da macht ein Bruder seinen Bruder nieder? Sie fragte: Ist denn da auch Klassenkampf? Lachend sagte er: Dort kann es keinen Klassenkampf geben, weil es dort keine Klassen gibt. Sie verstand es nicht und meinte, dort müsse eine klassenlose Gesellschaft errichtet worden sein. Er lachte wieder und erklärte ihr, dass es da auch keine Gesellschaft gebe, weil überhaupt kein Leben existiere. Und was für ein Bruder macht dort was für einen Bruder nieder? Geduldig setzte er ihr auseinander: Brüder gebe es dort auch nicht, aber wenn man genau hingucke, sähen diese Flecken wie zwei Menschen aus, von denen einer den anderen niedermache. Siehst du es? Siehst du es? fragte er. Nein, antwortete sie. Flecken sehe ich, aber Menschen nicht. Da sagte er ihr, ihr fehle es an Vorstellungskraft. Das hatte sie schon zu hören bekommen. In der Schule hatte ihr einmal ein Lehrer ärgerlich gesagt, ihr gingen Phantasie, Humor und Gefühl für das Schöne ab. Bei ihrer Schwester Natalja (obwohl ein Jahr jünger, war sie in derselben Klasse wie Aglaja) fand dieser Lehrer sowohl Phantasie als auch Gefühle, das eine wie das andere, wie das dritte (und dann auch das vierte, als er im Direktorzimmer mit ihr schlief), bei ihr hingegen nichts. Das alles bekümmerte sie herzlich wenig, denn neben allem anderen ging ihr auch das Gefühl dafür ab, dass ihr etwas abgehe. Sie bekam es manchmal nicht mit, wenn jemand einen Scherz machte, und konnte mit Gedichten, dem Ballett oder der Oper nichts anfangen. Im Leben sprechen die Leute ja nicht in Versen, tanzen nicht, wenn sie ein Pfeil trifft, und singen nicht auf dem Sterbebett. Diese Künste ließ sie nur ausnahmsweise gelten – wenn sie Revolutions- oder Kriegshelden verherrlichten, den Kampfgeist der Sowjetsoldaten beförderten und die Erfüllung der Produktionspläne durch die Werktätigen stimulierten.

Jetzt lag Aglaja in ihrem Sanatoriumszimmer. Der Mond schien zum Fenster herein, und auf ihm waren wieder diese Flecken zu sehen, doch waren sie auch diesmal nichts als Flecken und ohne jede Ähnlichkeit mit Brüdern. Ihr fiel Andrejs Behauptung ein, wenn man lange den Mond betrachte, werde man mondsüchtig und gehe nachts nackt auf Dächern spazieren. Sie erschrak, sie wollte nicht nackt auf Dächern spazieren gehen, in ihrem Alter war das gefährlich und unschicklich. Aglaja drehte sich zur Wand und schloss die Augen, und als sie sie aufmachte, stellte sie fest, dass das, was sie nicht wollte, schon passiert war: Sie befand sich auf dem Dach, nackt. Sie wunderte sich, dass sie so leicht und unvermutet mondsüchtig geworden war. Angst bekam sie nicht, es war ein seltsames Gefühl, aber ein interessantes Erlebnis, nackt über das Dach zu gehen, besser gesagt, darüber hinzuschweben, es nur ab und an mit ihren Söckchen leicht zu berühren. Sie hoffte, das Dach werde bald zu Ende sein und sie unbemerkt bleiben, doch es stellte sich als schrecklich lang heraus. Zunächst war es spitz, dann wurde es flach und nach allen Seiten unübersehbar. Aglaja lief und lief, ihr entgegen kamen jetzt Leute mit Koffern und Rucksäcken, sie gingen, ohne innezuhalten, eine endlose Schlange, warfen ihr jedoch Blicke zu, und sie wusste einfach nicht, was sie tun sollte, so nackt und ohne sich verstecken zu können, da auf dem Dach weder Schornsteine noch Vorsprünge waren. Dann machte sie in der Ferne etwas aus, was ein Schornstein sein konnte, aber es war kein Schornstein, sondern ein Sockel mit der Aufschrift »J. W. Stalin«, doch wer auf diesem Sockel stand, war der leibhaftige L. I. Breshnew in der Uniform des Generalissimus und mit der Fahne »Vorwärts zum Sturm auf Berlin!«. Sie fragte ehrerbietig: »Haben Sie denn auch Berlin genommen?« Er sagte: »Aber gewiss. Zusammen mit Fedja Burdalakow.« – »Das habe ich ja gar nicht gewusst«, sagte Aglaja, »und wo war Stalin?« – »Der stand hier.« – »Und wo ist er jetzt?« – »Dort.« Sie rannte in die Richtung, in die Breshnews Hand wies. Und sah bald Stalin vor sich, das heißt seinen Rücken. Er ging in Gedanken und so, als ob er einen Ball vor sich hertreibe. Sie wusste, dass eine Gefahr auf ihn lauerte, wollte ihn warnen, davor beschützen … sie machte einen großen Satz, glitt plötzlich aus und fiel auf die Erde hinunter, was sie verwunderte, weil, wie sie gehört hatte, Mondsüchtige nie von Dächern herabstürzten. Der Verwunderung folgte das Erschrecken, und aufgewacht, konnte sie lange nicht begreifen, wo sie sich befand und was mit ihr war.

Draußen war es noch Nacht, der Mond schien wie zuvor, inzwischen nur tief zum Horizont hinabgesunken. Aglaja machte ihre Bettlampe an und ertastete ihre Uhr auf dem Nachtschränkchen. Es war zwanzig vor sechs.

Schlafen mochte sie nicht mehr, und da sie sich gut an den Traum erinnerte, überlegte sie, was er wohl bedeuten mochte. Ihr fiel ein, dass heute der 21. Dezember war, Sein Geburtstag, der neunzigste. Neunzig Jahre, dachte sie, ist ein hohes Alter, für manche aber erreichbar. Ihre Tante Jelena Grigorjewna war sechsundneunzig geworden, ein Wesen ohne Verstand, für niemanden und zu nichts zu gebrauchen. Warum aber hätte so ein Mensch nicht wenigstens die Hundert erreichen sollen? Wie viel hätte er noch leisten, was nicht alles noch vollbringen können.

Sie zog sich rasch an und ging hinunter in die Halle, wo neben dem Tisch mit dem Telefon auf einer schmalen Liege in Filzschuhen und mit heruntergerollten Strümpfen die Diensthabende Jekaterina Grigorjewna schlief. Als sie ein Geräusch auf der Treppe hörte, wachte sie sofort auf, beeilte sich, die Füße von der

Liege zu nehmen, und warf einen Blick zu der am Eingang stehenden großen Uhr, bevor sie fragend Aglaja ansah.

»Guten Morgen«, sagte Aglaja.

»Guten«, antwortete die Diensthabende nach der in Mode kommenden Sitte, die Substantive wegzulassen.

»Können Sie mir sagen, wann die Zeitungen kommen?«, fragte Aglaja.

Jekaterina Grigorjewna sah noch einmal zur Uhr und sagte, ein Gähnen unterdrückend:

»Gegen neun kommen sie, warum?«

»Kriegt man sie irgendwo eher?«, fragte Aglaja.

»Am See…«, sagte die Diensthabende, legte die Hand vor den weit geöffneten Mund, um ihr Gähnen zu verdecken, »bahn…«, schüttelte den Kopf, »hof.«

Aglaja hatte Glück, am Seebahnhof war der Kiosk bereits geöffnet und die *Prawda* soeben angeliefert worden, aus der Ortsdruckerei, wo man sie von Matrizen druckte, die per Flugzeug herbefördert wurden. Aglaja kaufte ein Exemplar, das nicht nur nach Druckerschwärze roch, sondern noch warm war, als komme es statt aus der Druckmaschine aus dem Ofen. Auf der unteren Hälfte der ersten Seite fand Aglaja einen Artikel unter der Schlagzeile »Zum 90. Geburtstag J. W. Stalins«, und etwas missfiel ihr sofort. Vielleicht das fehlende Bild. Vielleicht auch, dass da »J. W. Stalins« stand und nicht »des Genossen J. W. Stalin«. Am liebsten hätte sie den Artikel gleich an Ort und Stelle gelesen, doch das scheiterte daran, dass sie ihre Brille vergessen hatte, ohne sie reichte ihre Sehkraft nur für Fettschrift. Sie rannte los zum Sanatorium.

Die Diensthabende hatte ihr Lager inzwischen verlassen und saß unter der Lampe am Telefon.

»Haben Sie sich eine Zeitung gekauft?«, fragte sie höflich.

»Habe ich«, brummte Aglaja und stieg, vor Ungeduld fast vergehend, die Treppe hinauf.

Was sie zu lesen bekam, erschütterte sie womöglich noch mehr als die Rede des Glatzkopfs auf dem XX. Parteitag. Von ihm war ja nichts Gutes zu erwarten gewesen, die aber … Sie hatten so vielversprechend begonnen … Der Artikel unterschied sich in nichts von jenen, die in den Zeiten des Glatzkopfs veröffentlicht worden waren. Gewisse Verdienste wurden eingeräumt, aber von den ersten Zeilen an offenkundig heruntergespielt und unter Vorbehalt gestellt.

Schon mit jungen Jahren hatte er sich der revolutionären Bewegung angeschlossen. Mitinitiator der Herausgabe der Zeitungen *Swesda* und *Prawda*, aktiv an der Führung der bolschewistischen Partei beteiligt, leitete zusammen mit anderen den Kampf gegen die Trotzkisten und die rechten Opportunisten …

Zusammen mit anderen und nicht zu zweit mit Lenin, nicht als einer der führenden Köpfe. Und bereits in der zweiten Spalte das schamlose Eingeständnis:»Bei der Bewertung der Tätigkeit Stalins lässt sich die KPdSU vom Beschluss des ZK der KPdSU ›Zur Überwindung des Personenkults und seiner Folgen‹ leiten.«

Was folgte, war die reinste Enttäuschung:»Andererseits unterliefen Stalin theoretische und politische Fehler, die im letzten Abschnitt seines Lebens schwerwiegenden Charakter annahmen … In der Folgezeit ging er allmählich von den leninschen Prinzipien ab … Fakten einer unbegründeten Einschränkung der Demokratie und der groben Verletzung der sozialistischen Gesetzlichkeit, ungerechtfertigte Repressalien … eine gewisse Fehleinschätzung des Zeitpunkts eines möglichen Überfalls … Auf ihrem XX. Parteitag hat die Partei den Personenkult entlarvt und verurteilt. Sie leistete eine immense Arbeit zur Wiederherstellung …«

In einem Anfall von Raserei zerknüllte Aglaja die Zeitung, riss sie in Stücke, spuckte darauf, warf die bespuckten Fetzen auf den Fußboden und trampelte darauf herum. Und plötzlich durchzuckte sie ein schrecklicher Gedanke: Sie hatten sie mit Absicht hierher geschickt, von zu Hause weggelockt, um Ihn zu entfernen und auf den Müll zu werfen, wie es mit so vielen seiner Denkmäler überall in der Sowjetunion geschehen war. Sie hatten ihr diesen General untergeschoben, damit er sie unterhielt und von ihrer Hauptaufgabe ablenkte.

»Was bin ich doch für eine dumme Gans!«, sagte sie, stürzte, immer wieder »dumme Gans, dumme Gans« vor sich hin murmelnd, zum Telefon und bat die Diensthabende, ihr auf der Stelle ein Taxi zu bestellen.

Zu dieser frühen Morgenstunde gab es wenig zu tun, das Taxi kam schnell. Aglaja ging mit ihrem großen Koffer hinunter, gab der Diensthabenden fünf Rubel, verabschiedete sich und fuhr zum Bahnhof.

**20** Der Zug war in dieser Jahreszeit fast leer, und von Sotschi bis Woronesh fuhr sie allein im Abteil. Ihr Platz war unten, in der Hoffnung, ungestört zu bleiben, kletterte sie jedoch nach oben. Den ganzen Tag lag sie da und grübelte nach. Die jetzigen Führer konnte sie nicht verstehen. Selbst den Glatzkopf hatte sie besser verstanden. Der wollte mit seiner Entlarvungskampagne Karriere machen, möglicherweise rächte er sich an Stalin für seinerzeitige Erniedrigungen, betrieb billige Popularitätshascherei, suchte dem Westen zu gefallen. Welches Ziel aber verfolgten die? Wozu hatten sie Chruschtschow gestürzt, ideologische Beschlüsse verabschiedet, Gebietskomitees zusammengelegt, Zeitschriften geschlossen, wozu gingen sie gegen die Dissidenten vor?

Ab Woronesh fuhr zwei Stationen ein Mann in Eisenbahneruniform in ihrem Abteil mit. Ihn lösten zwei Panzermajore und eine Frau ab, die mit einem der beiden verheiratet war und von ihm Pontschik (Pfannkuchen) genannt wurde. Die Offiziere holten sofort eine Flasche Wodka hervor und Pontschik ein in Zeitungspapier eingewickeltes fettes Brathuhn. Pontschiks Mann ging zum Zugbegleiter, um sich vier Teegläser geben zu lassen, und der andere Major sagte zu Aglaja hinauf:

»Ich bitte um Entschuldigung, meine Dame, möchten Sie uns nicht Gesellschaft leisten?«

»Danke«, sagte sie abweisend, als sie dann aber das Klingen der Gläser und das Knacken der Hühnerknochen hörte, bedauerte sie, ihm einen Korb gegeben zu haben. Den Gesprächen der Offiziere entnahm sie, dass sie in der Tschechoslowakei stationiert waren. Sie beugte sich hinunter und wollte wissen, wie sich denn die Konterrevolution da aufführe.

»In welchem Sinne?«, fragte Pontschiks Mann.

»Ich meine, ob die antisowjetischen Stimmungen bei den Tschechen stark sind.«

»Sind sie«, sagte der Major.

»Etwa so wie bei uns«, fügte der andere hinzu.

»Sagen Sie«, fragte sie aufgeregt, »und wie ist in der Armee, insgesamt gesehen, das Verhältnis zu Genossen Stalin?«

Unten war zunächst Schweigen, dann sagte Pontschiks Mann: »Wissen Sie, meine Dame, bei uns ist es üblich, wenn wir trinken, nicht über Politik zu reden.«

»Und wenn wir nüchtern sind, erst recht nicht«, fügte der andere Major hinzu.

»Aber generell«, sagte Pontschiks Mann, »unterstützen wir Sowjetoffiziere die Innen- und Außenpolitik der Partei vollinhaltlich.«

Sie trauten sich offenkundig nicht, zu sagen, was sie dachten, und das brachte Aglaja auf traurige Gedanken darüber, was die jetzigen Führer aus den Menschen gemacht hatten. Selbst Armeeoffizieren fehlte der Mut, ihre Meinung zu äußern. Früher, fand sie, hatten sich Offiziere nicht davor gescheut.

In der Nacht träumte sie, irgendwelche Leute trügen die Stalinstatue im Sarg aus ihrer Wohnung heraus, und geleitet wurde das Begängnis von Porossjaninow und Mikojan. Diese Traumszene war so grässlich, dass sie, wie schon in der letzten Nacht im Sanatorium, stöhnte und ein paarmal aufschrie.

»Was ist mit Ihnen?«, erkundigte sich Pontschik besorgt. »Haben Sie Schmerzen?«

»Nein, nein«, murmelte sie und schrie gleich wieder auf: Sie hatte geträumt, Er liege auf der städtischen Müllkippe, lebend.

In Dolgow angekommen, hielt sie einen Kipper an, der sie für einen Rubel nach Hause fuhr. Als sie zu ihrer Wohnung hinaufhetzte, hätte sie beinahe Schubkin umgerannt, der, seine geliebte *Brigantine* vor sich hin pfeifend, die Treppe herunterkam.

Ihre Hand zitterte, der Schlüssel wollte nicht ins Schlüsselloch. Endlich schaffte sie es, stieß die Tür auf, ließ den Koffer auf der Schwelle fallen, stürzte ins Wohnzimmer.

Er stand an seinem Platz mit herabhängenden Schultern, traurig, staubbedeckt, er hatte sich endgültig mit seiner Niederlage abgefunden.

»Genosse Stalin!«, sagte Aglaja und fiel vor ihm auf die Knie.

Sie umschlang seine eisernen Beine und schlief sofort fest ein. Und durchlebte in allen Einzelheiten die Ereignisse jenes Tages, des 29. Oktober 1941. Am Stadtrand von Dolgow war Schießerei im Gange. Einzelne Gewehrschüsse, Maschinengewehrgarben, von Zeit zu Zeit das Krachen einer Kanone. Eine giftig bunte Rauchsäule stand östlich über der Lacke-und-Farben-Fabrik, die sich dann herabsenkte und einem unheilvollen Drachen gleich über die Stadt kroch. Sonderbarerweise setzten sich immer noch gewisse Lebensäußerungen fort, an der Wasserentnahmestelle stand eine Menschenschlange mit Eimern, im Hof nahm eine Frau mit roter Bluse Wäsche ab, zwei Jungen spielten mit einer Konservendose Fußball. Aglaja ging, eine Karre auf Fahrrädern vor sich herschiebend, die Postquerstraße entlang. Auf der Karre lagen sorgfältig verstaut zwei Dutzend in Zeitungspapier eingewickelte und mit Bindfaden verschnürte ziegelsteingroße Packen, ein Traktorakkumulator, zwei Feldfernsprechapparate, eine Rolle mit dünnerem und eine mit dickerem Kabel.

Als sie am Gefängnis vorbeikam, trat aus dem offenen Tor ein schmutziger und unrasierter Mann unbestimmten Alters in verschlissenen Schuhen ohne Schnürsenkel und mit einer über den nackten Körper gezogenen Wattejacke. Der Mann war nicht allein, hinter sich her zog er eine Kuh mit kurzen Hörnern und einem großen Euter. Bei genauerem Hinsehen erkannte sie nicht ohne Mühe ihren eigenen Mann, der kurz zuvor wegen ungesunder Stimmungen eingesperrt worden war. Ohne sich verwundert zu zeigen, fragte sie:

»Bist du geflohen?«

»Nein«, erwiderte er, als finde auch er nichts Verwunderliches daran, »die Wächter sind geflohen.«

Auf ihre Frage, woher die Kuh sei, erklärte Rewkin, die Kuh habe bei ihm in der Zelle der Gefängnisleiter Kurjatnikow gehalten, jetzt sei er zusammen mit allen anderen auf und davon.

»Und was willst du damit?«, fragte Aglaja.

»Ich habe mich einfach an sie gewöhnt«, meinte Rewkin achselzuckend.

»Lass sie laufen und komm mit!«, befahl Aglaja, und er fügte sich ihr widerspruchslos. Ihm war es egal, wohin er ging und was er tat.

Nun schoben sie die Karre zu zweit. Die Kuh, die nicht wusste, wohin, trottete hinter ihnen her und schleifte den Strick durch den Staub. Bis eine ausgemergelte Alte, die erkannt hatte, dass die Kuh offenbar herrenlos war, aus ihrem Haus gerannt kam, den Strick packte und das Tier mit sich fortzog. Aglaja erklärte Andrej Jeremejewitsch unterwegs, dass es eine Anordnung des in den Untergrund gegangenen Gebietsparteikomitees gebe, unverzüglich das Dolgower Kraftwerk in die Luft zu jagen. In den eingewickelten Packen sei Dynamit. Die beiden mit dem Dynamit hergeschickten Sprengmeister hätten ihr, bevor sie das Weite suchten, erklärt, wie man mit diesen Packen eine Höllenmaschine baute und zum Funktionieren brachte.

Wenige Minuten später rollten sie die Karre auf das Gelände des abgeschalteten und unbewachten Kraftwerks. Den Akkumulator trugen sie in die Pförtnerloge, dort stellten sie auch einen der beiden Fernsprecher ab. Mit dem Rest fuhren sie, das Telefonkabel abwickelnd, zur Zentrale.

»Stopp!«, sagte Aglaja. »Nimm das Dynamit und komm. Bisschen vorsichtig, das ist nicht irgendwas.«

Im Maschinensaal war es still und kühl, es roch nach Feuchtigkeit und Maschinenöl. Nichts war in Betrieb, die Zeiger aller Geräte standen auf der Nullmarke. Während Rewkin die Packen herbeischleppte, brachte Aglaja den zweiten Fernsprecher und rollte die Rolle mit dem dicken Kabel herein, von dem sie gleich ein langes Stück abwickelte. Daneben legte sie noch dünnes Kabel. Dann nahm sie zwei Dynamitpacken und kroch auf allen vieren unter den Mantel des Hauptgenerators. Als sie auf die gleiche Weise rückwärts wieder herauskroch, blieb ihr Rock an einem Bolzen hängen und entblößte ihren mageren Hintern in faltigen salatgrünen Gamaschenhosen. Bei seinem Anblick konnte Rewkin der Versuchung nicht widerstehen, ihr einen kräftigen Tritt zu versetzen, wobei er seinen Schuh verlor. Aglaja fiel auf den Bauch, kroch flugs heraus, sprang hoch und sah ihren Mann sehr erstaunt an. Er hatte seinen Schuh bereits aufgehoben und stand lächelnd vor ihr.

»He«, sagte sie leise, »dich sticht wohl der Hafer?«

Statt zu antworten, lächelte er nur selig.

»Idiot«, sagte sie und rieb sich den Hintern. »Was sollen die Späßchen? Da ist doch Dynamit.«

Er schien nicht ganz bei sich zu sein, und sie fragte, ob ihm klar sei, wo er sich befinde, und ob er sich imstande sehe, auszuführen, was sie ihm aufzutragen beabsichtige. Er nickte, als habe er begriffen, und sie erklärte ihm, wie er die restlichen Ladungen verteilen, mit dem dünnen Kabel verbinden und diesen dann mit den Enden des dicken verknüpfen müsse.

»Ich werde in der Pförtnerloge warten«, sagte sie. »Wenn alles erledigt ist, rufst du mich über diesen Apparat an und gehst sofort los. Genau zwei Minuten später«, sie zog eine Taschenuhr aus ihrer Lederjacke, »schließe ich den Kreis. Wir treffen uns auf dem Platz der gefallenen Helden am Miljagagrab. Hast du verstanden?«

»Ja, ja, alles klar«, Rewkin nickte und betrachtete die Uhr, die er, wie er sich noch erinnerte, 1939 auf der Unionslandwirtschaftsausstellung in Moskau als Auszeichnung für die erzielten Erfolge bei der Kolchos-Elektrifizierung, das heißt für dieses Kraftwerk, erhalten hatte.

»Also gut«, sie steckte die Uhr in die Tasche, sah ihren Mann noch einmal prüfend an und ging kabelabwickelnd zur Pförtnerloge.

Das Zimmer des Leiters der Kraftwerkswache war geräumig, mit Fenstern nach drei Seiten, die Wände zwischen den Fenstern mit Plakaten, Diagrammen und zwei Porträts geschmückt. Stalin, seine Pfeife anrauchend, und Lenin, über den GOELRO-Plan gebeugt. Der Schreibtisch war leer, abgesehen von dem marmornen Tintenfass mit der eingetrockneten Tinte und einer Kochplatte samt großem, stark abgeplatztem Emailleteekessel. Aglaja stellte den Akkumulator neben die Platte und schloss ein Kabelende an die Plusklemme an, das andere bog sie von der Minusklemme weg. Im Teekessel war noch einigermaßen brauchbares Wasser.

Aglaja fielen die zwei vertrockneten Lebkuchen ein, die sie beim Verlassen des Hauses eingesteckt hatte, und dass es Zeit wurde, wenigstens einen Schluck heißes Wasser zu trinken. Sie schaltete die Kochplatte ein und wartete darauf, dass sich die Spirale erhitzte. Vergeblich. Geht ja gar nicht, überlegte sie und machte sich daran, den eisernen Ofen zu heizen. Von ferne waren schwache Schießgeräusche zu hören, die sich mit dem Prasseln des Holzes im Ofen vermischten und an keinerlei Gefahr denken ließen.

Aglaja entdeckte in der Pförtnerloge nicht nur einen Metallbecher, sondern auch ein halbes Päckchen Tee und ein Stück Halwa in ölgetränktem grauem Papier. Während sie sich ihren fürstlichen Tee schmecken ließ, sah sie zum Fenster hinaus auf die staubige Straße. An einem Zaun lag eine Ziege angebunden, und ohne sich um die ferne Schießerei zu kümmern, waren Hühner auf Nahrungssuche. Ihr ging der alberne Gedanke durch den Kopf, dass es diesen Hühnern sicherlich egal war, was es hier für eine Macht gab, ob eine sowjetische, russische oder deutsche. Leute aus einem anderen Land würden herkommen, in anderen Uniformen, für andere Verhältnisse sorgen, andere Fahnen hissen, die Porträts auswechseln, Galgen für die Kommunisten errichten, während die Hühner ebenso im Dreck scharren, Eier legen und herumgackern würden. Plötzlich überkam sie ein solcher Hass gegen dieses hirnlose Geflügel, dass sie, wäre eine MPi zur Hand gewesen, sie alle auf der Stelle niedergemäht hätte. Doch wie dieses Gefühl gekommen war, so verging es auch wieder: Selbst

Aglaja begriff, dass diese unschuldigen Geschöpfe zu hassen einfach lächerlich und dumm war.

Sie zog die Uhr aus der Tasche. Seit sie ihren Mann am Hauptgenerator zurückgelassen hatte, waren vierzig Minuten vergangen, ohne dass irgendein Zeichen von ihm kam.

Die Schüsse waren seltener geworden, fielen jedoch näher.

Früher hätte Aglaja nicht eine Sekunde lang an ihrem Mann gezweifelt, jetzt aber wurde sie unruhig: Was machte er dort, geistig verwirrt, wie er war – machte er überhaupt etwas? Aglaja betätigte die Kurbel des Fernsprechers. Nichts. Sie begann sich eine Zigarette zu drehen und stellte fest, dass ihre Hände stark zitterten, der Machorka rieselte vom Papier, es wollte nicht klappen.

Am Ende der Straße stieg eine Staubwolke auf, rasch näher kommendes Geknatter war zu hören. Die Hühner stoben auseinander, während die am Zaun festgebundene Ziege sich nicht einmal rührte, als verstehe sie, dass ihr Schicksal unabwendbar war. Unmittelbar vor dem Kraftwerk tauchten aus der Wolke zu zweit in Kolonne fahrende Motorräder auf mit je drei Mann Besatzung in eingestaubten Lederjacken, mit Brillen und vom Staub geschwärzten Gesichtern – die reinsten Teufel, die nichts aufzuhalten vermochte.

Sobald sie das weit geöffnete Tor passiert hatten, scherte das vorderste rechte Motorrad aus und hielt, zwei der abgesprungenen Soldaten richteten ihre kurzen MPi-Läufe auf die Pförtnerloge, während der dritte, hoch gewachsene, mit der Hand winkte, um die anderen, die auf das Gelände des Kraftwerks fuhren, zur Eile anzutreiben, und »Schnell! Schnell! Schnell!« rief.

Da klingelte auf dem Tisch vor Aglaja schwach und friedlich das Telefon.

»Alles erledigt!«, meldete sich die Stimme ihres Mannes Andrej Jeremejewitsch Rewkin.

»Hast du alle Sprengladungen angebracht, wie ich es dir gesagt habe?« In der Rechten hielt Aglaja den Lebkuchenrest, mit der Linken griff sie nach dem noch nicht mit dem Akkumulator verbundenen Kabelende.

»Alle angebracht«, bestätigte Rewkin.

Das letzte Motorrad hatte das Tor passiert und hielt ebenfalls, seine Besatzung schloss sich der ersten an, und alle sechs, die Gesichter schwarz wie Neger, kamen auf die Pförtnerloge zu. Der Hochgewachsene, der voranging, nahm Brille und Mütze ab, und es stellte sich heraus, dass er kein Neger war, sondern ein Strohblonder mit SS-Runen auf den Kragenspiegeln.

»Hast du auch die Kabel angeklemmt?«, erkundigte sich Aglaja weiter und staunte selbst, dass das Näherkommen der Feinde ihr keine Angst machte.

»Ja, ich habe alles so gemacht, wie du es gesagt hast.«

Unterdessen stiegen die Deutschen, laut mit ihren Stiefeln stampfend, bereits die Vortreppe herauf, und der Blonde legte die Hand auf den Türgriff.

»Die Heimat wird dich nicht vergessen!«, rief Aglaja in den Hörer und legte das freie Kabelende an der Minusklemme an. Zunächst war alles wie im Stummfilm. Das Kraftwerksdach brach auseinander, und die Stücke sausten auf dem Kamm einer zur Säule gewordenen Stichflamme empor, am höchsten in den Himmel flog, im Rauch fröhliche Purzelbäume schlagend, ein leeres Eisenfass. Das Fass hatte noch nicht seinen höchsten Punkt erreicht, als eine ungeheure Kraft die Bäume neigte, das halbe Eisentor aus den Angeln riss, die hinaufsteigenden Deutschen von der Vortreppe fegte. Aglaja ließ sich unter den Tisch fallen, und Glassplitter flogen wie von einer Kanone abgeschossen in den Raum.

# VIERTER TEIL

Somnambulismus

1 Hier ein Auszug aus der Kurzen Medizinischen Enzyklopädie:
»Somnambulismus (von lat. somnus = Schlaf u. ambulare =
umhergehen), Mondsüchtigkeit, Schlafwandeln – Schlafstörung
besonderer Art, bei der die unter diesem Symptom Leidenden,
ohne vollständig zu erwachen, automatisch diverse Verrichtungen
in ihrer zumeist aus dem Alltag gewohnten Abfolge ausführen,
ihnen in die Hände kommende Gegenstände ordnen, sauber machen, sich anziehen, umherirren usw. Erinnerungen daran fehlen
beim Erwachen. Diese Störung tritt bei einer Reihe von Krankheiten auf – Psychopathie, Epilepsie, Hirntraumata und starke
nervliche Erschütterung. Berichte über extreme Verhaltensphäno-
mene bei Mondsüchtigen (Wandeln über das Gesims mehrstöcki-
ger Häuser u. dgl.) gehören ins Reich der Legenden.«

Somnambulismus. In einen solchen Zustand verfiel Aglaja Stepanowna für etwa zwanzig Jahre. Nach dem Sanatorium geschah
etwas mit ihr, das sie jegliches Interesse an Ereignissen, Menschen,
ja an ihrer eigenen Person und ihrem Dauergast verlieren ließ. Sie
gab ihre Läufe auf und begann zu trinken. Weder schlief sie richtig
ein, noch wachte sie richtig auf, was sie tat, das tat sie mechanisch.
Sie stand auf, rauchte, wusch sich (nicht immer), trank Tee, machte
sauber (selten), ging in den Laden, kaufte sich ein Viertelliter-
fläschchen und etwas zum Dazuessen, kam nach Hause, trank von
ihrem Wodka (ein wenig), aß (ein bisschen). Um ihren Dauergast
kümmerte sie sich gar nicht mehr, sie lebte, ohne von ihm Notiz
zu nehmen, wie mit einem Greis, mit dem man ein ganzes Leben
verbracht und keinen Gesprächsstoff mehr hat, alles ist bereits
gesagt. Die Hoffnung auf ein Fest auf unserer Straße hatte sie begraben, die Lektüre der *Grundlagen des Leninismus* aufgegeben,
andere Bücher las sie nicht. Von Zeit zu Zeit schaltete sie den

Fernsehapparat ein, um sich jedes Mal aufs Neue zu überzeugen, dass es da nichts von Interesse gab: bloß Parteitage, Hockeyspiele, Eiskunstlauf, Siebenter November, Erster Mai und Breshnews Geburtstage.

Dem sowjetischen Leben mangelte es überhaupt an Abwechslung. Jeder, der durch das Land reiste, sah auf allen Streckenabschnitten ein und dieselben mit roten Steinchen ausgelegten Worte: »Ruhm sei der KPdSU«. Oder: »Frieden für die Welt«. In den Städten waren die wichtigsten Gebäude mit Porträts der Mitglieder des Politbüros des ZK der KPdSU geschmückt und mit Transparenten, auf denen überall die gleichen Worte standen: »Volk und Partei stehen fest zusammen«. In ausnahmslos allen Kinos des Landes standen über der Leinwand mit weißen Buchstaben auf rotem Tuch die Leninschen Worte zu lesen: »Von allen Künsten ist für uns der Film am wichtigsten«. Alle Postämter der Sowjetunion zierte ein Zitat Wladimir Iljitschs: »Sozialismus ohne Post und Telegrafie ist ein völlig inhaltsleerer Satz«, nicht ein Kraft- oder Umspannwerk kam ohne den vom selben Autor stammenden Ausspruch aus: »Kommunismus – das ist Sowjetmacht plus Elektrifizierung des ganzen Landes«.

Das Leben der Sowjetmenschen war allgemein langweilig, in jenen Jahren aber trat gänzlicher Stillstand ein. So sah es bei vielen Leuten aus, bei Aglaja erst recht. Was vor ihren Augen ablief, prägte sich mit einzelnen Bruchstücken ohne Zusammenhang und Folgerichtigkeit ein. Ein kurzer Sommer, ein langer Herbst, ein strenger Winter, und im Winter alle möglichen gesundheitlichen Probleme, verursacht durch Vitaminmangel, Alter und Alkoholismus.

Im Warenhaus war in einer Waschpulverschlange eine alte Frau erdrückt worden. Später oder davor schon hatte es eine Sonnenfinsternis gegeben. Von Marat war irgendwann ein Brief aus London gekommen. Wann das gewesen war und was darin gestanden hatte, wusste sie nicht mehr. Zwei Erinnerungen waren mit Schubkin verbunden. Schubkins Taufe und Schubkins Ausreise nach Israel. Wollte man die Zeit von Anfang der siebziger bis kurz vor Mitte der neunziger Jahre allein auf der Grundlage dessen beschreiben, was Aglaja wahrgenommen und im Gedächtnis behalten hatte, eine Seite würde vollauf genügen, um alles wiederzugeben. Doch verfügen wir über Aussagen anderer Leute, die Aglaja in dieser Zeit aus der Nähe erlebten, und auch der Erzähler selbst kann manches bezeugen.

2 Schubkins Haustaufe besorgte Aglajas ehemaliger Nachbar Vater Dionisi, Sohn Vater Jegoris. In der Kindheit war er Deniska gerufen worden, aus alter Gewohnheit nannte man ihn deshalb Pope Deniska, später Rediska (Radieschen): diesem Spitznamen entsprach die Farbe, die die Popennase mit der Zeit angenommen hatte. Pope Rediska galt in Dolgow ebenfalls als Dissident – nachdem er sich der Störung der öffentlichen Ordnung schuldig gemacht hatte. Die örtlichen Parteioberen hatten die Kosmas-und-Damian-Kirche, die einzige der Stadt, geschlossen, und dagegen protestierte Rediska auf unanständige Weise, indem er im Zustand der Volltrunkenheit, mit seinem Priesterrock bekleidet, mitten am Tag vom Glockenturm herab auf den Bevollmächtigten für Religionsfragen, Genossen Schikodanow, urinierte. Wofür er von der weltlichen Obrigkeit für zehn Tage eingesperrt wurde, während ihm die Kirchenoberen die Priesterwürde aberkannten. Die kirchlichen Amtsträger legten ihm zusätzlich zur Last, sich in der Liturgie, den Gebeten und der Predigt kaum an die Kanones gehalten und sich bei seinen nach Gutdünken abgehaltenen Gottesdiensten gar zu viele Freiheiten herausgenommen zu haben.

Die Rechtmäßigkeit des Entzugs seiner Priesterwürde erkannte der Pope nicht an und fuhr inoffiziell und entgegen allen Kanones fort, die Kirchengemeinde seelsorgerisch zu betreuen – bei sich zu Hause oder wohin er geholt wurde: er taufte, traute, reichte das heilige Abendmahl, hielt das Totenamt, weihte Wasser, segnete Osterbrot und Besitz.

Schubkins Taufe erlebte ich zufällig mit. Es war sicherlich

schon Mitte der siebziger Jahre. Ich hatte ihm ein wie immer für eine Nacht geborgtes Buch zurückzugeben, ich glaube von Djilas. Am Morgen steckte ich es unter die Jacke und machte mich zu Schubkin auf den Weg. Um ehrlich zu sein, war mir etwas bange. Ich wusste, dass Schubkins Haus unter scharfer und nicht einmal verdeckter Beobachtung stand, dass genau registriert wurde, wer das Haus betrat und verließ. Man konnte auch angehalten werden. Wenn sie mich nun anhielten und das Buch fanden? Was sollte ich sagen? Dass ich es auf der Straße gefunden hätte? Dass es mir einer untergeschoben hätte? Am besten war es vielleicht, zu sagen: Ich war damit unterwegs zu Ihnen in den KGB. Kurz und gut, ängstlich war mir schon zumute, aber ich ging hin. Im ersten Stock angekommen, klopfte ich, wie mir gesagt worden war: tuk-tuk, dann tuk-tuk-tuk und noch einmal tuk. Die Tür öffnete Antonina in einer geblümten Schürze und mit einem großen Becher in der Linken. Als sie mich sah, legte sie den Finger an die Lippen und flüsterte:

»Mark Semjonowitsch werden getauft.«

»Dann komme ich ein andermal.«

»Was flüstern Sie da, mein Lieber!«, ließ sich Schubkins muntere Stimme vernehmen. »Kommen Sie herein! Keine Bange.«

Ich trat in das Zimmer.

Eine Beschreibung dieses Zimmers wenigstens in Kurzform lässt sich nicht umgehen. Seit Schubkin hier wohnte, hatte es sich in weiß der Himmel was verwandelt. Alle vier Wände vom Fußboden bis zur Decke waren bedeckt mit grob zusammengezimmerten Regalen und voll gestopft mit Büchern: zu den stehenden kamen noch flach draufgepackte. Dazu ein Wust von Papieren, Manuskripten, Briefen, vergilbten Zeitungen. Da aber in den Regalen nicht alles Platz gefunden hatte, türmten sich Bücher, Zeitungen und Papiere zusätzlich auf dem Fußboden vor den Regalen. Das einzige Fenster ließen die Bücher und Papiere nur zur Hälfte frei. Erwähnung verdienen noch die Fotos. Auf ihnen war Schubkin selbst zu sehen, außerdem Antonina, Bekannte und Freunde. Von ihnen hatte Schubkin so viele, dass ich natürlich nicht alle kennen konnte, doch fand ich darunter sowohl den Admiral als auch Raspadow, Sweta Shurkina und auch meine eigene Person in mehreren Varianten. Der interessanteste Teil dieser ständigen Fotoausstellung waren indessen Schubkins Idole, deren Zusammensetzung sich in der Zeit meiner Bekanntschaft mit ihm radikal verändert hatte. Früher hatte es auch Änderungen gegeben, aber die waren allmählich vor sich gegangen. Ich erinnere mich, dass Lenin, Marx, Dsershinski, Puschkin, Lew Tolstoi, Gorki, Majakowski darunter gewesen waren. An Gorkis Stelle war dann Hemingway getreten und Majakowski von Pasternak abgelöst worden. Eine Zeit lang schmückten die Ausstellung Großvater Ho, Fidel Castro und Che Guevara. Jetzt waren sie allesamt verschwunden, ihren Platz in den Regalen hatten billige Ikonen und Porträts von Sacharow, Solshenizin, Vater Pawel Florenski und Vater Ioann von Kronstadt eingenommen.

Schubkin selbst bot einen höchst sonderbaren Anblick. Er war mit nichts anderem als einer Unterhose mit aufgekrempelten Hosenbeinen und einem darum geschnallten Koppel mit Messingschloss bekleidet. So stand er barfuß in einer großen Emailleschüssel mit Wasser, und um ihn machte sich der zu jener Zeit noch relativ junge, aber schon verlotterte Pope Rediska mit Zottelbart und einem darin auf ewig eingetrockneten Kakerlaken zu schaffen. In der Beziehung täuscht mich möglicherweise mein Gedächtnis, schwer vorstellbar, dass dieser Kakerlak, selbst wenn man ihn nicht herauskämmte, niemals von allein herausgefallen wäre.

Ich ahne schon, dass ich mich mit der Beschreibung des Popen Rediska dem Vorwurf der Böswilligkeit und sogar der Blasphemie aussetze. Ich weiß, man wird mir nachsagen, für mich gebe es nichts Heiliges, ich mokiere mich über den Glauben und die Kirche und stelle in der Gestalt des Popen Rediska die gesamte Priesterschaft dar. Darum möchte ich gleich sagen, dass dem nicht so ist. Über den Glauben und die Kirche zu spotten liegt mir fern, der Priesterschaft in ihrer Gesamtheit bringe ich Achtung entgegen, und in der Gestalt des Popen Rediska stelle ich ganz allein den Popen Rediska dar. Ihn persönlich und als einzigen seiner

Art. Mir sind viele Geistliche begegnet, und sie alle habe ich als höchst säuberliche Menschen kennen gelernt. Die sich täglich wuschen und die Zähne putzten, ihren Bart kämmten und ihre Kleidung wechselten, sie wuschen und zur Reinigung brachten. Der Pope Rediska hingegen war nun einmal so, was kann ich daran ändern?

Ich betrat also das Zimmer, als die Zeremonie gerade ihren Anfang nahm. Schubkin stand in der Wasserschüssel, das Gesicht der Tür zugewandt. Rediska neben ihm. Ich grüßte beide und blieb an der Tür stehen, leicht verlegen, hatte ich doch das Gefühl, womöglich in ein fremdes Geheimnis eingedrungen zu sein.

»Treten Sie näher, mein Lieber«, sagte Schubkin munter und laut. »Genieren Sie sich nicht. Ich geniere mich auch nicht. Scham empfinde ich wegen dem, was mit mir gewesen ist, jetzt aber glaube ich, auf dem rechten Weg zu sein. Nicht wahr, Väterchen?«

»Weiß der Himmel …«, sagte Rediska zerstreut. Und nachdem er mich skeptisch gemustert hatte, fragte er: »Möchten Sie Taufpate sein?«

»Ja«, sagte ich.

»Dann stellen Sie sich zur Rechten des Täuflings.«

»Ich bin bloß nicht getauft«, gab ich zu bedenken.

»Nicht getauft? Was drängen Sie sich dann als Taufpate auf?«

»Ich dränge mich nicht auf. Sie fragten, ob ich Taufpate sein möchte, und ich habe Ja gesagt. Wenn das nicht geht …«

»Natürlich geht das nicht. Ich bin ja ein Erneuerer, halte mich nicht blind an die Kanones, aber einen Ungetauften als Taufpaten anzustellen, wissen Sie … Vielleicht machen wir es so: Zuerst taufen wir Sie, und dann … Obwohl«, unterbrach er sich selbst, »na schön, haben Sie einen Kompass bei sich?«

»Einen Kompass?«, fragte ich verwundert zurück. »Ich? Einen Kompass? Wozu? Ich bin doch in der Stadt und nicht im Wald oder auf See.«

»Ja, ja, ich verstehe«, seufzte der Geistliche. »Die Sache ist nur die, dass wir den Täufling mit dem Gesicht gen Osten stellen müssen, und wir können nicht feststellen, wo das ist.«

»Moment, Väterchen«, sagte der Täufling, »was reden Sie da? Wieso können wir das nicht feststellen? Nachts sehe ich den Großen Wagen in der Fensterecke da. Der Polarstern steht dort, also ist Osten hier ...«

Damit drehte er sich der rechten Zimmerecke zu, von wo ihn mit ihren roten Buchrücken die mehrbändige Leninausgabe ansah.

»Gut«, sagte der Pope. »Senken Sie jetzt die Arme, neigen Sie den Kopf, die Körperhaltung muss Demut ausdrücken.«

Er trat zu Schubkin, schnallte ihm das Koppel ab und schleuderte es in die hinterste Ecke. Dann spitzte er die Lippen und begann ihm ins Gesicht zu blasen. Ich weiß nicht, wie Schubkin sich auf den Beinen zu halten vermochte, ich stand hinter ihm, und von dem Fuselgestank wurde mir fast übel.

»Lasst uns beten zum Herrn!«, sagte der Priester, bekreuzigte sich und dann dreimal den Täufling, bevor er mit dünner Stimme lossang: »In deinem Namen, Gott der Wahrheit, und deines eingeborenen Sohnes und deines Heiligen Geistes lege ich Hand auf deinem Knecht Mark, der sich deinem heiligen Namen zugewandt hat und im Schatten deiner Flügel Schutz sucht. Antonina«, unterbrach sich das Väterchen, »was stehst du da?«

»Was soll ich denn tun?«

»Gieß ihm Wasser über den Kopf.«

»Gleich«, sagte sie und wollte zur Tür.

»Wohin?!«, schrie das Väterchen.

»Wasser holen.«

»Dumme Frau!«, erboste sich der Pope. »Aus der Schüssel musst du das Wasser nehmen. Von den Füßen nehmen, über den Kopf gießen. Woher es kommt, dahin kehrt es zurück. Wir kommen aus der Asche und kehren in die Asche zurück. Wasser kommt aus dem Wasser und kehrt ins Wasser zurück. Darin liegt der geheime Sinn unseres Seins. Nimm Wasser, nimm. Gieß es in dünnem Strahl.«

Und wieder sang er:

»Nimm von Mark seine bisherigen Verirrungen, erfülle ihn mit

Hoffnung, Glauben und Liebe, und möge er erkennen, dass du der einzige Gott der Wahrheit bist und mit dir dein eingeborener Sohn, unser Herr Jesus Christus, und dein Heiliger Geist.«

Schubkin stand in der Schüssel still und gefügig, mit nassem Kopf und Bart, mit nassen Unterhosen und fröstelnd vor Kälte. Antonina füllte den Becher wieder voll.

»Vorläufig ist es genug«, sagte Rediska zu ihr, wandte sich Schubkin zu und sagte, mit einem Mal fast im tiefsten Bass: »Knecht Gottes Mark, bekennst du, dass deine früheren Glaubensbekenntnisse irriger Art waren?«

»Ich bekenne es, Väterchen«, sagte leise der bußfertige Täufling.

»Schwörst du deinen Verirrungen ab?«

»Ich schwöre ihnen ab.«

»Dann …«, rief das Väterchen und zeigte plötzlich mit der Rechten auf das Regal mit den Leninbänden, und seine Stimme wurde klirrend, »da ist sie, die teuflische Lehre, der du angehangen hast. Verfluchst du sie?«

»Ich verfluche sie!«, erwiderte der Täufling entschlossen.

»Blas ihn an und spuck dreimal drauf.«

Schubkin sprang flink aus der Schüssel und rannte, nasse Tapfen hinterlassend, zu der Werkausgabe, um die Bücher im roten Einband anzuspucken und auf den Fußboden zu schleudern. Er knurrte dabei wie ein Hund. Das Väterchen rannte zu ihm hin, schleuderte ebenfalls Bücher auf den Fußboden und sagte dazu:

»Ach, du Satan, du Teufel, Feind unseres Herrn Jesus Christus, unseres Gottes der Wahrheit, ich beschwöre dich dreisten, bösen, unsauberen, verschlagenen, widerwärtigen, abscheulichen Geist, mit der Kraft Jesu Christi beschwöre ich dich: Fahre aus diesem Menschen und suche ihn nie wieder heim.«

In dem Moment flog von irgendwo hinter den Büchern, wo Schubkin es offenbar versteckt hatte, ein Leninbild im Holzrahmen heraus und fiel mit dem Gesicht nach oben auf den Fußboden. Das Glas blieb seltsamerweise heil. Wladimir Iljitsch, eine rote Schleife im Knopfloch, kniff unter der an den Mützenschirm gelegten Hand die Augen zusammen und sah Schubkin und uns alle mit so sonderbarem Tun Beschäftigten gütig lächelnd an. Als der Pope Rediska dieses Gesichts gewahr wurde, war er im ersten Moment konsterniert, fasste sich aber gleich, wies mit ausgestrecktem Zeigefinger auf das Porträt und schrie hysterisch:

»Da ist er, der scheußliche, widerliche, stinkende Antichrist!« Er begann in rasender Wut auf dem Porträt herumzutrampeln, spuckte darauf und rief: »Weg mit dir, du Ausgeburt der Finsternis, du Fänger verirrter Seelen!« Das Glas knirschte und zerbrach unter seinen offenbar eisenbeschlagenen Segeltuchstiefeln. »Was stehst du herum?«, blaffte er Schubkin an. »Spuck ihn an, zertritt ihn!«

»Ich traue mich nicht, Väterchen. Ich bin doch barfuß.«

»Hab keine Angst!«, schrie das Väterchen. »Da du zum Glauben gefunden hast, so merke dir: Nicht ein Haar wird von deinem Kopf fallen ohne den Willen des Herrn. Spuck ihn an, zertritt ihn – und du wirst keinen Schaden davontragen. Na?«

In seinem Glauben noch nicht gefestigt, trat der barfüßige Schubkin ängstlich auf das Porträt und begann mit eingebogenen Zehen vorsichtig auf dem Glas herumzulaufen, da er aber sah, dass es tatsächlich seine Fußsohlen nicht zerschnitt, dass die höchste Kraft ihm Sicherheit bot, geriet er in Rage und stampfte hochhüpfend auf dem Bild herum, das ihm vor kurzem noch so viel bedeutet hatte, bespuckte es noch wutschnaubender als Rediska. Der lief unterdessen um den Täufling herum und schrie dem bezwungenen Teufel zu:

»Hebe dich hinweg, Nichtswürdiger und Schieläugiger, begreife die Nutzlosigkeit deiner Kraft, die nicht einmal über Schweine Macht hat. Denke an den, der dich losschickte, in eine Schweineherde zu fahren, und dich zusammen mit ihr in den Abgrund stürzte. Ich beschwöre dich bei dem erlösenden Leiden Jesu Christi, unseres Herrn, und dem Jüngsten Gericht, denn er wird kommen, ohne zu säumen, um über die ganze Erde Gericht zu halten, und dich mit deiner Heerschar wird er in der feurigen Gehenna richten, in die Finsternis hinabstürzen, denn die Macht

Christi, unseres Herrn, mit seinem Vater und dem Heiligen Geist währet von Ewigkeit zu Ewigkeit. Amen.«

Damit holte das Väterchen tief Luft und verstummte für einen kurzen Moment. Schubkin stand neben ihm, erschöpft von der geleisteten Arbeit, doch unversehrt. Lenins Antlitz unter dem zerbrochenen Glas hatte sich verzerrt und glich jetzt wahrhaftig einer Teufelsfratze.

»Stellen Sie sich wieder in das Wasser!«, sagte der Geistliche müde.

Schubkin gehorchte.

»Kommen Sie heraus!«

Schubkin stieg heraus.

»Stellen Sie sich noch einmal hinein. Sprechen Sie mir nach: ›Ich glaube an den einzigen Gott, den allmächtigen Vater, Schöpfer von Himmel und Erde und von allem, was sichtbar ist und unsichtbar, und an Jesus Christus, seinen eingeborenen Sohn, von Gott geboren und eines Wesens mit ihm, der alles erschuf. Der um des menschlichen Geschlechtes willen, uns zu erlösen, vom Himmel herabstieg, Mensch geworden durch den Heiligen Geist und die Jungfrau Maria, und für uns gekreuzigt ward. Der leiden musste, begraben ward und auferstanden ist und jetzt, gen Himmel gefahren, zur Rechten des Vaters auf dem Thron sitzt und wiederkehren wird, die Lebenden und die Toten zu richten, und dessen Reich währet ewiglich. Und an den vom lebenspendenden Vater ausgehenden Heiligen Geist – mit dem Vater und dem Sohn beten wir auch ihn an und preisen ihn, der uns mit dem Munde der Propheten das Wort Gottes verkündet.‹ Sprechen Sie mir nach: ›Ich glaube an die allgemeine apostolische Kirche, die heilige und einzige, ich anerkenne nur eine Taufe, um der Vergebung der Sünden willen und der Auferstehung der Toten erwarte ich voll Hoffnung ein Leben in der kommenden Ewigkeit. Amen.‹«

Lange noch dauerte der Taufakt, und er endete damit, dass der Geistliche dem Neugetauften ein Kreuz umhängte und ihn trockene Kleidung anziehen ließ, während Antonina den Fußboden aufwischte, die nassen Unterhosen auf die Heizung legte und das

Wasser hinaustrug. Dann setzte man sich zu Tisch, um das Ereignis zu feiern, Wodka zu trinken und Bratkartoffeln mit Frikadellen zu essen.

Bei Tisch fragte mich das Väterchen, ob ich mich nicht doch taufen lassen möchte.

Ich antwortete ausweichend – na schön, ein andermal.

»Bedenken Sie's gut, mein Lieber«, sagte der Neugetaufte, »wenn Sie es versäumen, wird es schlecht für Sie enden. Die Teufel werden Sie in der Pfanne braten. Stimmt doch, Väterchen?«

»Stimmt«, bestätigte das Väterchen.

»Das glaube ich nicht«, sagte ich. »Natürlich stecke ich tief in der Sünde, aber das muss den Teufeln doch gefallen. Braten werden sie die, die sie hassen. Die Gerechten.«


3 An jene Zeit hatte Aglaja fast keine Erinnerung. Schubkins Taufe war an ihr vorbeigegangen, von seiner Ausreise allerdings war in ihrem Gedächtnis etwas haften geblieben. Er hatte bei ihr geklopft, eine Flasche fremdländischer Herkunft in der Hand.

»Sie wollen zu mir?«, hatte sie erstaunt gefragt.

»Ja«, sagte Schubkin, »ich möchte mich verabschieden. Ich fahre weg.«

Sie überlegte kurz, bevor sie zur Seite trat und ihn aufforderte, per Du, wie gewohnt:

»Komm rein!«

In der Küche, wo sie ihn ihr gegenüber Platz nehmen ließ, stellte er die Flasche auf den Tisch und sagte:

»Das ist Calvados, Apfelbranntwein.«

Zum Dazuessen hatte sich nichts als Pellkartoffeln.

»Und wohin geht es?«, fragte sie. »Nach Amerika?«

»Nach Israel.«

»Ja? Wie willst du denn dort leben? Dort sind doch die Araber. Da lebt man bestimmt in ständiger Angst.«

»Das hätte ich nun wirklich nicht erwartet, Sie von Angst sprechen zu hören«, sagte Schubkin. »Sie sind doch eine Partisanin und Heldin.«

»Ach!« Aglaja machte eine wegwerfende Handbewegung. »Eine Heldin war ich mal. Aus Dummheit. Aber ich habe ja für die Heimat gekämpft. Für die Heimat und für Stalin.«

»Das tue ich doch auch«, witzelte Schubkin. »Für meine historische Heimat und für Menachem Begin.«

»Ah!«, sagte Aglaja. »Wenn das so ist, dann ja, natürlich. Ich sehe, in eurer Nation gibt es auch mutige Leute.«

»Ein paar schon«, bestätigte Schubkin.

»Jaja«, meinte sie nickend. »Und da heißt es immer: die Juden, die Juden. Woher wohl so eine Meinung kommt? Vielleicht solltet ihr euch eine andere Bezeichnung ausdenken?«

»Na schön.« Schubkin erhob sich. »Ich werde mal gehen.«

»Schön.« Aglaja, die Schubkin zur Tür brachte, meinte plötzlich verwundert: »Es kommt mir selbst komisch vor, aber ich habe mich an dich gewöhnt. Deine BBC habe ich zusammen mit dir gehört.«

»Einen Augenblick«, sagte er.

Er ging hinaus und kehrte mit seinem »Spidola« und einem Buch zurück.

»Hier. Nehmen Sie.« Er reichte ihr das Radio.

»Nicht doch!«, sagte sie erschrocken. »Das ist doch ein teures Gerät.«

»Schon gut. Es ist übrigens umgebaut. Neben den Hauptkurzwellenbereichen hat es noch zusätzliche Frequenzen. Sechzehn und neunzehn Meter. Damit können Sie die BBC, Swoboda, Voice of America und die Deutsche Welle hören. Und das ist mein Roman – *Holzeinschlag*.«

Noch am selben Abend machte sie sich an die Lektüre des Buches, doch über den Bolschewiken, der heiser etwas über Lenin hervorbrachte, kam sie nicht hinaus.

An diesem Abend gab es bei Schubkin eine Abschiedsparty. Gäste waren die Mitglieder des Klubs »Brigantine« und des nach Meyerhold benannten Theaterzirkels, dazu der Pope Rediska.

Man trank, zelebrierte einen kurzen Gottesdienst, sang das Lied *Die Brigantine setzt die Segel*.

Am Morgen, als Schubkin und Antonina ihre Sachen im Taxi verstauten, lief Aglaja in Pantoffeln zu ihnen sich verabschieden. Während sie Schubkin fest die Hand drückte, umarmte sie Antonina zu ihrer eigenen Überraschung und gab ihr einen Schmatz auf die Wange.

Schurotschka-Durotschka, die Zeugin dieser Szene wurde, glaubte an eine Sinnestäuschung.

4 Alle, die in jenem Jahr »feindliche Stimmen« hörten, wussten, dass Schubkins Ausreise Resultat eines Ultimatums unserer Organe war. Westliche Rundfunksender werteten den Vorfall als neuerlichen Erfolg des KGB im Kampf gegen Andersdenkende. Aus ihren Berichten waren Details zu erfahren: wer Schubkin auf dem Flughafen Scheremetjewo-2 verabschiedet und wer ihn in Wien in Empfang genommen hatte. Die sowjetischen Massenmedien hingegen hüllten sich in Schweigen. Das war die neue Taktik – die Dissidenten totschweigen, kein Aufheben von diesen Leuten machen, ihnen keine überflüssige Publizität verschaffen. In unserer Kreiszeitung war über Schubkin natürlich auch kein Wort zu lesen. Doch plötzlich, nach zwei oder drei Monaten, als Mark Semjonowitsch in der Tat allmählich in Vergessenheit geriet, wartete die *Dolgowskaja prawda* unter der Schlagzeile »Nehmen Trödel ab« mit einem hemmungslosen Feuilleton auf, in dem seine Biographie verfälscht wurde. Einer wohlhabenden jüdischen Familie entstammend (in Wirklichkeit war Schubkins Vater ein armer Schneider gewesen), habe er von klein auf den Ideen des Zionismus angehangen. In die Partei sei er eingetreten, um hier subversive Tätigkeit zu betreiben. Er habe sich einer Reihe von Vergehen gegen die Sowjetmacht schuldig gemacht, die ihm letzten Endes großmütig verziehen worden seien. Statt die ihm gebotene Möglichkeit zu nutzen, seine Ansichten zu ändern und sich zu bessern, sei er in seinem krankhaften Ehrgeiz darauf ver-

fallen, außerhalb des Landes, das ihn großgezogen habe, Ruhm erlangen zu wollen. Er habe ein verleumderisches Machwerk unter dem Titel *Holzeinschlag* verfasst und alles getan, um es möglichst teuer zu verkaufen. Westlichen Geheimdiensten habe er verleumderisches Material über die Sowjetunion zugespielt. Wofür ihn seine Herren weniger mit Geld als mit gebrauchten Klamotten bezahlt hätten, wie sie bei den Amerikanern für gewöhnlich weggeworfen würden. Und nun das Finale, zu dem sein ganzes bisheriges Leben hingeführt habe. Der Wechsel der Ideale habe mit Vaterlandsverrat geendet. Er selbst sei bereits auf dem Müll gelandet als so genannte Secondhand-Ware, wertloser Trödel. Im Grunde war das Erscheinen eines solchen Feuilletons nichts Außergewöhnliches. Verunglimpfungen von Dissidenten erschienen in gewissen Abständen in vielen Zeitungen, die *Dolgowskaja prawda* bildete da keine Ausnahme. Verwunderlich war weniger das Feuilleton an sich als der Name des Verfassers – Wlad Raspadow. Jener Raspadow, den Schubkin für seinen besten Schüler gehalten hatte. Der übrigens bis zum Tag der Ausreise seines Lehrers mit diesem Umgang gepflegt und ihn mit verabschiedet hatte. Der ganze Literaturzirkel »Brigantine« hatte Schubkin zum Bahnhof gebracht, und Raspadow war dabei gewesen.

Die Reaktionen auf das Feuilleton, insbesondere von Seiten der »Brigantine«-Mitglieder, waren ziemlich eindeutig. Viele hörten auf, den Autor zu grüßen, und Sweta Shurkina, der Wlad den Hof gemacht hatte, schleuderte ihm seinen Gedichtband *Die Berührung* in die Visage. Einige ließen sich jedoch Zeit mit dem Abbruch der Beziehungen, vermuteten sie doch, dass der Artikel unter dem Druck der Organe zustande gekommen war. Es hieß, man habe Raspadow vorgeladen und Inhaftierung angedroht wegen Verbreitung antisowjetischer Literatur, insbesondere des Romans *Holzeinschlag*. Dann machte ein noch pikanteres Gerücht die Runde: Raspadow sei schwul und nicht nur Schubkins Schüler, sondern auch sein Liebhaber gewesen. Schubkin selbst war nach dieser Version bisexuell. Folglich konnte eines der Motive für Raspadows Schritt seine Eifersucht Antoninas wegen sein.

Wenn das alles stimmte, wäre wenigstens ein gewisses Verständnis für ihn möglich. Durchaus vorstellbar, in was für eine heikle Lage er geraten war, was für Unannehmlichkeiten ihm für den Fall drohten, dass er sich weigerte, bei der Attacke gegen Schubkin mitzumachen. Schubkin dagegen drohte nichts mehr. Er lebte längst in einem Land, dessen Machthaber keine *Dolgowskaja prawda* lasen, und dass sich ihm die Gelegenheit dazu bieten sollte, war eher unwahrscheinlich.

Natürlich lebten wir damals in einer schwierigen Zeit. Die Leute wurden von überbordenden staatsbürgerlichen Leidenschaften beherrscht und sahen keinem außer sich selbst irgendwelche Schwächen nach. Als ich Raspadow auf der Straße begegnete, wechselte ich trotzdem nicht auf die andere Seite und schlug auch seine ausgestreckte Hand nicht aus. Ich fragte ihn nach nichts, doch brachte er von sich aus die Rede auf Schubkin und äußerte sich auf ziemlich aggressive und gehässige Weise. Er habe von Anfang an mit Tücke und Berechnung gehandelt, mit seinem *Holzeinschlag* im Ausland einen großen Rummel inszeniert, sich nach seiner historischen Heimat davongemacht und uns Hiergebliebene praktisch verraten. Das heißt, seinen Konflikt mit Schubkin hatte er auf eine ganz andere Ebene verlagert. Mir wurde das klar, als er mir sein Gedicht *Ihr und wir* rezitierte, von dem ich mir nur das Ende gemerkt habe:

Euch ist's egal, wo ihr habt euer Haus
Und welche Speis' aus wessen Hand ihr esst.
Im Notfall bringt ein Flugzeug euch hinaus,
Uns bleibt des Vaters Friedhof nur zuletzt.

Nachdem er mir sein Opus vorgetragen hatte, wollte er meine Meinung hören.

»Nun«, sagte ich zu ihm, »professionell gemacht, das Versmaß eingehalten und das Reimschema auch.«

»Du kannst dir ja wohl denken, dass ich nicht danach frage, sondern nach dem Inhalt.«

»Der Inhalt, nun, das ist die reinste Niedertracht«, sagte ich. »Du kannst von Schubkin halten, was du willst, ich selbst habe auch keine besonders hohe Meinung von ihm, aber ihm ist es durchaus nicht egal, was für Speise er isst, und seines Vaters Friedhof liegt da, wo auch deiner liegt.«

»Wie?!«, schrie Raspadow. »In Russland liegen meine Eltern, Großeltern und Urgroßeltern begraben.«

»Und wo liegen seine Großeltern und Urgroßeltern begraben?«, fragte ich.

»Seine?« Raspadow überlegte. »Und warum reisen sie dann aus?«

»Wem es zum Beispiel reicht, solche Gedichte zu lesen, der reist eben aus. Übrigens, was die Speise anbelangt«, sagte ich zu Wlad, »ich weiß nicht, wer was aus wessen Hand isst, aber aus wessen Hand die Spreu kommt, die du kaust, daran dürfte wohl kein Zweifel bestehen.«

Diesen Satz konnte er mir nie verzeihen.


5 Ins Alter tritt der Mensch unvorbereitet ein. Solange sich Kindheit, Jugend und Reife hinziehen, lebt der Mensch hier auf Erden mit seiner eigenen Generation wie mit den Älteren und Jüngeren sozusagen in einer Gemeinschaft. In der Schule, auf der Arbeit, auf der Straße, in der Versammlung, im Laden, in der Banja, im Kino trifft er im Wesentlichen ein und dieselben Leute, die einen kennt er gut, andere nur flüchtig, diesen oder jenen hat er irgendwann irgendwo einmal gesehen. Die einen sind älter als er, die anderen jünger oder gleich alt. Den Menschen kann man sich inmitten einer großen Kolonne vorstellen: Viele sind noch vor ihm, und hinten schließen sich ständig welche an. Der Mensch geht und geht und stellt plötzlich fest, dass er fast am Endpunkt angelangt und niemand mehr vor ihm ist. Keine Leute, die zwanzig, zehn, fünf Jahre älter sind, und auch die Reihen der Gleichaltrigen sind stark gelichtet. Er wendet sich um und sieht viele Jüngere, die groß geworden sind, als er bereits auf dem Altenteil

saß, mit denen hatte er nie zu tun, ist er nicht bekannt. Und obwohl ihn noch Leute umgeben, ist er vereinsamt. Um ihn herum ist ein geräuschvolles fremdes Leben im Gange. Fremde Sitten, Leidenschaften und Interessen, selbst die Sprache ist nicht ganz verständlich. Ohne jemals in seinem Leben weggefahren zu sein, fühlt sich der alte Mensch in die Fremde verschlagen.

Aglaja lebte seit ihrer Geburt in Dolgow. Obwohl sich die Stadt kaum veränderte, wurde sie ihr nach und nach und unausbleiblich fremd. Leute, an die sie sich erinnerte, waren aus ihrem Leben verschwunden. Schalejko an einem Gehirnschlag gestorben. Netschajew bei einem Autounfall umgekommen. Die Murawjowa im Irrenhaus gelandet und hier gestorben. Botwinjew an einem Knochen erstickt. Der ehemalige Staatsanwalt Strogi im Lager von Kriminellen erschlagen worden. Netschitailo an Lungenkrebs gestorben.

Von den alten Bekannten traf sie an einem verregneten Herbsttag auf der Straße Porossjaninow, ohne ihn gleich zu erkennen. Er trug lange Haare, dazu einen wolligen grauen Bart und war für hiesige Gegenden ungewöhnlich gekleidet – am Körper ein schwarzer Priesterrock, an den Füßen weiße Turnschuhe, auf dem Kopf eine rothaarige Ohrenklappenmütze, über dem Kopf ein orangefarbener Regenschirm. Den Schirm hielt er in der Rechten, mit der Linken raffte er beim Überschreiten der Pfützen den Rock.

»Bist du unter die Popen gegangen?«, fragte sie, erstaunt über eine so überraschende Metamorphose.

»Ich diene in der Kirche als Diakon«, sagte Pjotr Klimowitsch.

»Schon lange?«

»Bald drei Jahre. Und du, gehst du in die Kirche?«

»Wie sollte ich«, sagte sie. »Ich bin doch Atheistin, ungläubig.«

»Du bist gläubig«, widersprach Porossjaninow. »Du glaubst, dass es keinen Gott gibt.«

»Und du glaubst, dass es ihn gibt?«, fragte sie spöttisch.

»Ich«, erwiderte er, ohne den Spott zu bemerken, »glaube, dass man nicht leben kann, ohne an etwas zu glauben. Du bist doch bestimmt getauft?«

»Ja, sicher«, sagte sie. »Mein Vater war vor der Revolution Kirchenältester.«

»Dann komm in die Kirche. Bekenne deine Sünden vor Gott, und er wird dich wieder aufnehmen.«

»Lass mich in Frieden! Ich habe meinen eigenen Gott«, sagte sie und ging davon.

»Du hast keinen Gott, sondern einen Teufel!«, rief er ihr nach.

Aglaja ging in ihrem Gedächtnis diverse Namen durch, doch wen sie auch nahm, entweder war er nicht mehr am Leben oder ihrer Wahrnehmung entzogen.

Die alten Frauen – Oma Nadja und Gretschka – waren gestorben, ihren Platz auf der Bank hatten zwei andere Nachbarinnen eingenommen, ohne dass sie sich in auffälliger Weise von jenen unterschieden. Ruhestörung durch neue Generationen gab es nicht, denn nach und nach leerte sich das Haus.

Mittlerweile war es stark heruntergekommen und bereits für unbewohnbar befunden worden, weshalb keine Wohnungszuweisungen mehr vergeben wurden. Wer auszog, der zog aus. Die verbliebenen Mieter hatte man abgeschrieben, mochten sie ihr Leben darin zu Ende leben. Einzüge wurden nicht mehr gefeiert. Zu guter Letzt blieben nur noch Aglaja, die erwähnten zwei Alten, Schurotschka-Durotschka mit ihren unsterblichen Katzen und Valentina Shukowa mit ihrem Enkel Wanka übrig. Valentina war zu dieser Zeit für viele bereits Oma Valja, und der Enkel verkürzte diesen Namen zu Ovalja.


6 Wanka Shukow nannten alle Wanka Shukow. Das war sein richtiger Name und zugleich eine Art Spitzname. Gäbe es nicht die bekannte Erzählung Tschechows, hätte man Wanka einfach Wanka genannt. Oder einfach Iwan. Oder einfach Shukow. Oder einfach Shuk. Doch da es bei Tschechow eine Erzählung über Wanka Shukow gibt, und zwar eine sehr bekannte, und da Wanka Shukow in einer Gesellschaft lebte, in der die Menschen noch lasen und sich an Bücher erinnerten und Tschechow zudem

in der Schule behandelt wurde, nannten alle Wanka Shukow eben Wanka Shukow – so und nicht anders.

Ovalja war ganz vernarrt in Wanka. Um ihren Sohn hatte sie sich nie so gekümmert. Weil sie, als der Sohn noch klein war, jung und dumm gewesen war. Es verlangte sie nach Zerstreuung. Ins Kino zu gehen. Oder zu einem Laienkunstkonzert. Oder mit der Nachbarin einen Schwatz zu machen. Oder die Zeit mit einem Mann zu verbringen. Vielleicht wurde deshalb aus Georgi so ein Bruder Leichtfuß. Wanka hingegen hegte und pflegte sie und konnte sich nicht genug wundern.

»Ich weiß gar nicht, nach wem er kommt«, sagte Ovalja zu Aglaja. »Ich selber war leichtlebig veranlagt, mein Sohn hat nichts als Flausen im Kopf, seine Frau ist eine Alkoholikerin, der aber … Dreizehn Jahre alt und trinkt und raucht noch nicht, und in der Schule – ein As.«

Schon damals galt Wankas Vorliebe den exakten Wissenschaften: Mathematik, Physik und Chemie, er beteiligte sich am Flugzeugmodellbauzirkel und am Zirkel »Junger Chemiker«, bastelte Modelle von Flugzeugen, Schiffen und Dampflokomotiven, baute eigenhändig ein Radio und ein Tonbandgerät. Begeistert las er Veröffentlichungen über Möglichkeiten, in Arktis und Antarktis eine Eisschmelze herbeizuführen, und über Pläne zur Umlenkung großer Flüsse mittels gerichteter Sprengungen.

Natürlich trichterte man ihm in der Schule im Geschichts- und Gesellschaftskundeunterricht etwas über Sozialismus, Kommunismus, die KPdSU und den Friedenskampf ein, er musste auch die Lebensbeschreibung Breshnews studieren, doch all das perlte an ihm ab.

Mit Rowdys ließ sich Wanka nicht ein, dafür nahmen sie ihn aufs Korn. Er war klein und schwach, solche konnte man gut quälen, ohne dabei ein Risiko einzugehen. Eines Tages passten die Rowdys Wanka auf dem Ödland ab, als er aus der Schule kam. Sie waren ein Dutzend, und den Anführer machte ein schon etwas älterer Jahrgang, der Igor Kryscha hieß. Wobei »Kryscha« auch kein Spitzname, sondern sein richtiger Familienname war, der seltsamerweise haargenau zu ihm passte. Mit seiner kurzen Frisur, dem schrägen Schädel und der schmalen Stirn erinnerte er tatsächlich an eine Art Pultdach. Von seinen Altersgenossen und den anderen in der Gang unterschied er sich dadurch, dass er einen Anzug von guter Qualität mit Schlips trug und von weitem für einen intelligenten jungen Mann gehalten werden konnte. Kryscha und seine Gang waren in der Stadt ziemlich gut bekannt und galten als echte Banditen, deshalb hatte Wanka keine Angst vor ihnen. Er glaubte, ein so kleiner Mensch wie er könne für die Banditen nicht von größerem Interesse sein. Damit hatte er indessen nicht ganz Recht. Von größerem Interesse war er für die Banditen zwar nicht, aber auch ein kleineres genügte ihnen.

Sie passten ihn also auf dem Ödland ab und begannen ihn zu schubsen, doch Kryscha gebot ihnen sofort Einhalt und richtete eine Frage an Wanka.

»Wohin des Weges, Söhnchen?«, fragte er, obwohl er höchstens sechs Jahre älter war als Wanka.

»Nach Hause«, sagte Wanka, nichts Böses ahnend.

»Und woher kommst du?«

»Aus der Schule.«

»So«, sagte Kryscha nachdenklich, »jetzt gehst du von der Schule nach Hause, und morgen wirst du von zu Hause in die Schule gehen. Richtig?«

»Richtig«, bestätigte Wanka.

»In Amerika bist du noch nicht gewesen?«, fragte Kryscha.

Wanka gab zu, noch nie dort gewesen zu sein.

»In Amerika, da zahlt man für die Benutzung aller Wege. Diese Regelung muss auch bei uns eingeführt werden. Hast du Geld bei dir?«

Wanka verneinte die Frage. Kryscha ordnete eine Zollkontrolle an. Sie nahmen Wanka in den Schwitzkasten, krempelten seine Taschen um und fanden einen Drei-Rubel-Schein, dazu etwa einen Rubel Kleingeld.

»Das ist gar nicht gut«, meinte Kryscha, nachdem er das Geld gezählt hatte. »So was nennt man, wenn keine Zollgebühren entrichtet werden, Betrug und versuchten Devisenschmuggel. Unterliegt der Beschlagnahme.« Damit steckte er das Geld in seine Tasche. »Und jetzt«, fuhr er fort, »sehen wir mal nach, was hier drin ist.« Er zeigte auf die Schultasche. »Bitte öffnen.«

Von dem Inhalt fand lediglich das Perlmuttetui mit dem »Parker«-Kugelschreiber Kryschas Interesse. Den hatte Ovalja auf dem Trödelmarkt erstanden und Wanka zum dreizehnten Geburtstag geschenkt. Kryscha probierte auf seiner Handwurzel aus, wie er schrieb. Und erklärte, er sei beschlagnahmt als unerlaubterweise eingeführte ausländische Ware.

Fortan passten Kryscha und seine Clique Wanka regelmäßig ab, um ihm bald den Rubel, den ihm Ovalja für Hefte gegeben hatte, bald den von ihr zu Neujahr gestrickten Schal, bald die vom Vater geerbte Lammfellmütze abzunehmen. Wanka versuchte es mit einem anderen Weg, aber die von Kryscha angeführten Räuber lauerten ihm auf, fingen ihn ab und richteten ihn eines Tages übel zu. Ovalja bemerkte das Veilchen und wollte wissen, was das zu bedeuten habe. Wanka sagte, er sei in der Schule, als er den Flur entlangrannte, gestolpert und habe sich an einem Eisending gestoßen. Ovalja wollte wissen, wo denn sein Kugelschreiber, der Schal, die Pelzmütze und anderes mehr abgeblieben seien. Wanka gab ungereimte Antworten, die Wahrheit sagte er natürlich nicht. Sie drang nicht sonderlich in ihn, sie war Hausmeisterin und wusste, was ringsum los war. Sie kannte auch Kryscha. Eines Tages sah sie ihn am Feinkostladen mit Wankas Pelzmütze und Schal. Er stand inmitten seiner sauberen Früchtchen. Alle fürchteten sie und gingen ihnen aus dem Weg.

Ovalja marschierte schnurstracks auf die Gruppe los. Zwei, die ihr den Weg versperrten, schleuderte sie kurzerhand beiseite. Und packte Kryscha beim Schal.

»Woher hast du den?«

»Was soll das, Oma, hat es bei dir ausgehakt?«, rief Kryscha verwundert, während die Gang den Ring enger zog.

»Oma, nimm die Hände weg«, bat Kryscha. »Ich achte alte Leute, aber …«

Er kam nicht dazu, auszusprechen. Ovalja ließ den Schal los, packte Kryscha bei beiden Ohren, riss seinen Kopf nach unten und stieß ihm das Knie ins Gesicht.

»Jungs!«, brüllte Kryscha blutüberströmt auf.

Die Jungs rückten dichter heran, und der erste war natürlich Kryschas bester Freund Tolik, mit Spitznamen Topor (Beil). Er streckte bereits die Hand mit den gespreizten Fingern aus, um sie der Oma ins Gesicht zu krallen, doch ein Schlag in den Magen ließ ihn zusammengekrümmt zu Boden gehen und nach Luft schnappen wie ein Fisch. Der zweite Freund des Anführers, Valja Dolin, mit Spitznamen Validol, näherte sich der Oma von der anderen Seite. Sie fuhr noch rechtzeitig herum, und er wich zurück, womit er den Übrigen ein gutes Beispiel gab. Die Übrigen hatten den Abstand zu der Oma vergrößert und standen im Halbkreis, ohne zu wissen, was sie tun sollten. Die Oma packte von hinten mit der Linken Kryschas Hals und presste ihn mit ihren mächtigen krummen Fingern zusammen, während sie die Rechte zur Faust ballte und ihm unter die Nase hielt. Dabei kam eine Flut von Ausdrücken aus ihrem Mund, die nicht einmal Kryscha voll beherrschte. In die literarische Sprache übertragen und auf ihren Kern reduziert, enthielt die Rede der Oma die Warnung, dass Iwan Shukow unantastbar sei und jeden, der dies zu missachten wage, unausbleibliche und schonungslose Vergeltung erwarte. Wonach Wanka mit seiner Pelzmütze, seinem Schal und seinem Kugelschreiber in die Schule ging, ohne Zollgebühren, Kontributionen und Reparationen zahlen zu müssen. Kryscha, wenn sie sich zufällig trafen, grüßte Wanka als Erster, indem er die Hand hochwarf und ehrerbietig sagte:

»Grüß dich, Wanjok!«

Und als Wanka sich mit seinem Klassenkameraden Sanka Judin anfreundete, wurden die Unantastbarkeitsgarantien auf ihn mit übertragen. Obwohl Judin bis zu seiner Freundschaft mit Wanka von allen, die dazu nicht zu träge waren, häufige und kräftige Prügel bezogen hatte.

7 Damit führen wir auch Sanka Judin in die Handlung ein, in deren Verlauf er eine nicht unwesentliche Rolle spielen wird. Sanka Judin und Wanka Shukow schlossen schnell und leicht Freundschaft, Kinder schließen ja überhaupt leicht Freundschaft, besonders wenn sie in eine Klasse gehen und zusammen auf einer Bank sitzen. Doch was ihre Wesensart betraf, waren sie von Anfang an ganz verschieden. Im Unterschied zu Wanka besaß Judin eine künstlerische Ader. In ihm wohnten gewissermaßen zwei Menschen. Dem ersten schwebte eine Zukunft in der Bühnenkunst vor. Judin sang im Chor und hoffte Opernsänger zu werden. Er kannte viele Arien, doch was er am besten singen konnte, war die populäre Kanzone des Herzogs aus der Oper *Rigoletto* »Ach, wie so trügerisch«. Vielleicht war das ein besonderer Spleen von ihm, jedenfalls sang er dieses Liedchen seit seiner Schulzeit immer und überall. Bei Laienkunstkonzerten, auf geselligen Abenden oder einfach so – für sich selbst. Außerdem träumte er davon, Dichter zu werden, und schrieb schon als Schüler halbwegs brauchbare romantisch angehauchte Gedichte, in denen er von der Liebe schwärmte, auf die Seelenverwandtschaft setzte, die Leute aufforderte, ihre Herzen offen zu halten, sich nicht für die Nacht einzuschließen, keine Zäune zu bauen, kein Geld in Sparbüchsen oder sonstwo zu horten, nicht an materiellen Dingen zu hängen, sich nicht mit dem Bösen abzufinden, ihr Leben nicht zu schonen und Blumen und Liebe freigebig zu verschenken. Im Leben hingegen ließ Judin keinerlei Romantik gelten und argwöhnte in den Menschen das Schlechteste. Die Wurzeln dieser charakterlichen Widersprüchlichkeit lagen möglicherweise in seiner Biographie. Seinerzeit hatte er wie jeder einen Vater und eine Mutter besessen. Und natürlich hatte er wie die meisten normalen Kinder von seinen Eltern das Beste gedacht. Dann hatten sie sich getrennt. Der Vater hatte die Mutter jedoch nicht einfach verlassen, wie das gang und gäbe ist, sondern sich davongemacht gen Norden, seine Adressen geändert, sich der Alimentenzahlung entzogen. Sie beide mussten mit dem kärglichen Buchhalterinnengehalt der Mutter ihr Dasein fristen. Sanka hatte seinen Vater geliebt und ihm mehr

geglaubt als jedem anderen Menschen auf der Welt, und das Bewusstsein, dass der Vater ihn verraten hatte, war der erste Grund für ihn, von den erwachsenen Menschen maßlos enttäuscht zu sein. Den zweiten Schlag fügte ihm seine Mutter zu. Nein, sie verriet ihn nicht. Doch ohne Mann geblieben, begann sie Liebhaber nach Hause zu bringen. Sie hatten nur ein Zimmer in einer Gemeinschaftswohnung, und Sanka wusste schon mit neun Jahren, wozu sich die Erwachsenen ins Bett legen und was sie da treiben. Er zog für sich den Schluss, dass alle Erwachsenen Schufte, Heuchler, Lügner und Wüstlinge seien. Dass sie nur »das« interessiere und sonst nichts. Tagsüber arbeiteten sie, pflegten miteinander Umgang, sprachen von klugen Dingen, doch in Wirklichkeit dachten sie nur an »das« und warteten voller Ungeduld auf die Stunde, dass es Abend wurde und die Kinder einschliefen. Diese Entdeckung erschütterte Sanka so sehr, dass er sogar an Selbstmord dachte, dann beruhigte er sich aber damit, dass er für die Erwachsenen nur noch Verachtung und Spott aufbrachte. Wenn ihn die Lehrerin zur Tafel vorholte oder die Schulleiterin ihm im Lehrerzimmer die Leviten las, sah er sie grinsend an und dachte: Ich weiß ja, was ihr für welche seid, was ihr in Wirklichkeit im Sinn habt und was ihr nachts veranstaltet.

In ernsthaften Gesprächen über das Leben suchte er Wanka zu überzeugen, dass der Mensch ein gemeines, eigennütziges, selbstsüchtiges und heuchlerisches Wesen sei. In seinem Tun und Treiben lasse er sich allein von seinen persönlichen Interessen leiten, im äußersten Falle von denen seiner Familie, und alles Gerede von Güte, Liebe zum Nächsten, zur Heimat, zu Wahrheit oder Gerechtigkeit sei bloßer Schein.

Wanka und Sanka wurden zusammen aus der Schule entlassen. Wanka mit Goldmedaille, Judin mit Dreien im Reifezeugnis. Wanka kam, ohne eine Aufnahmeprüfung ablegen zu müssen, am Moskauer Chemisch-technologischen Institut an, während Judins Start weniger erfolgreich verlief. Er bewarb sich am Moskauer Konservatorium. In der Aufnahmeprüfung sang cr »Ach, wie so trügerisch«. Die Arie gefiel den Prüfern. Sie baten ihn, noch etwas zu singen. Aber dieses Etwas gelang ihm weniger gut, und er wurde nicht genommen. Auch beim Aufnahmewettbewerb am Literaturinstitut hatte er kein Glück. Er immatrikulierte sich an der Journalistikfakultät. Obwohl Wanka und Judin an verschiedenen Hochschulen studierten und an verschiedenen Enden der Stadt wohnten, tat das ihrer Freundschaft keinen Abbruch.

8 In Moskau fand Wanka eine Unterkunft in der Nähe seines Instituts. Die Mieterin der Wohnung, bei der er ein sechseinhalb Quadratmeter großes Zimmer bezog, hieß Warwara Iljinitschna und war eine magere, nach Tabakqualm riechende alte Frau. Sie rauchte heftig stinkende Dymok, drei Schachteln dieser Zigarettensorte am Tag, trank mehrmals täglich starken Tee mit Karamelbonbons und tippte von früh bis spät in die Nacht auf einer alten »Erika«.

Wie sich herausstellte, schrieb sie Samisdat, von dem Wanka irgendwann zufällig gehört hatte, was darunter zu verstehen war, wusste er nicht. Jetzt erfuhr er, dass es sich dabei um meist schwer zu entziffernde auf Durchschlagpapier geschriebene Texte handelte, die von Hand zu Hand gingen.

Ab und zu versammelten sich bei der Alten einfach gekleidete intelligente Leute und führten Gespräche über Menschenrechte, Strafgesetzparagraphen, Gefängnisse, Lager, Verbannung, Lebensmittelpakete und BBC-Sendungen. Über Bekannte von ihnen, die entweder ihre Lagerhaft absaßen oder freigekommen oder, freigekommen, ausgereist waren. Nach einer Weile begriff Wanka, dass es sich bei den Gästen Warwara Iljinitschnas wie auch bei ihr selbst um ebenjene Dissidenten handelte, über die er in den Zeitungen gelesen hatte, und zwar immer nur Schlechtes, ohne sich vorstellen zu können, sie jemals zu Gesicht zu bekommen.

Früher hatte er gedacht, Dissidenten seien geheimnisumwitterte Verschwörer, die immer nur mit Sonnenbrille und bewaffnet herumliefen, sich tatsächlich im Untergrund, das heißt in Kellerräumen oder Katakomben, versteckt hielten und auf einem Hektographen oder so was Ähnlichem Flugblätter druckten, die zum Sturz der Sowjetmacht aufriefen. Jetzt sah er, dass sie sich vor niemandem versteckten, ihre Sache offen betrieben und den Machthabern die Möglichkeit gaben, ihrer habhaft zu werden und sie kurzerhand einzusperren.

Manchmal wurde das abendliche Beisammensein mit Speise und Trank veranstaltet, wozu jeder etwas beisteuerte, eine Flasche Wodka, ein Stück Wurst oder eine Torte, und der Tisch, an den sie sich setzten, sah genauso schlicht aus wie sie selbst. Die Dissidenten stritten über die Geschicke Russlands, besprachen irgendwelche offenen Briefe, trugen Gedichte vor, die größtenteils handwerklich schlecht gemacht waren, hochtrabend, mit staatsbürgerlichem Anspruch. Ausländische Korrespondenten besuchten diese Runden, brachten Wein, Whisky, Gin und auch Tonic mit (so machte Wanka Bekanntschaft mit diesen überseeischen Alkoholika), führten Interviews für ihre Agenturen und Zeitungen. Die Dissidenten beantworteten die gestellten Fragen freimütig, machten aus ihrem Herzen keine Mördergrube, erzählten über die Lage im Lande, die Repressalien gegen Andersdenkende, die Unterdrückung des nationalen Selbstbewusstseins, die Zwänge, denen die Arbeiter ausgesetzt würden, über Kolchose, in denen man die Bauern zwangsweise festhielt und für umsonst arbeiten ließ, über die Willkür der Machthaber und der Miliz, das heißt über alles, was schlecht im Lande war, über Gutes wussten sie nichts zu berichten, weil es ihrer Meinung nach nichts Gutes gab. Dabei tranken, aßen, rauchten, scherzten sie. Die Jüngeren flirteten, umarmten sich im Korridor, führten scheinbar ein normales Leben. Doch von Zeit zu Zeit wurde wieder einer von ihnen verhaftet, abgeurteilt, ins Lager oder in die Klapsmühle gesteckt, die auf freiem Fuß Gebliebenen protestierten vor den Gerichtsgebäuden, fuhren die Verbannten besuchen, sammelten Geld, Kleidung und Lebensmittel zur Unterstützung der Angehörigen der Inhaftierten.

Warwara Iljinitschna machte von Anfang an kein großes Geheimnis vor Wanka und gab ihm auch fast gleich am ersten Tag von ihr abgeschriebene Arbeiten Sacharows, Solshenizyns, Djilas', Awtorchanows und die regelmäßig erscheinende *Chronik der aktuellen Ereignisse* zu lesen.

Diese Lektüre brachte Wanka dazu, sich zum ersten Mal Gedanken über Politik zu machen, wie das mit der Sowjetmacht war, wie viele Menschenleben sie vernichtet hatte und wofür. Als technisch veranlagter Mensch beschloss er, die Samisdat-Entwicklung konkret zu unterstützen. Nach reiflicher Überlegung und entsprechender körperlicher Betätigung entwickelte er ein Instrument des Verbrechens, wie es später in den Ermittlungsunterlagen hieß – eine Kopiermaschine. Sie war gewiss nicht schlechter als vergleichbare Geräte der berühmten Firma Xerox, wenn nicht besser. Aus rostfreiem Stahl, aber als Leichtkonstruktion gefertigt, vervielfältigte sie, leise summend und mit verschiedenfarbigen Lämpchen blinkend, den Samisdat auf ganz gewöhnlichem Papier und in beliebiger Exemplarzahl. Den Text konnte sie vergrößern oder verkleinern und, wenn nötig, auch die Schärfe verbessern. Jetzt kamen die Samisdat-Leute mit ihren und fremden Texten nicht mehr zu Warwara Iljinitschna, sondern zu Wanka Shukow.

Wenn Wanka sich mit Judin traf, erzählte er ihm von den Dissidenten und den Abenden mit ihnen. Er versorgte seinen Freund auch mit Samisdat. Sanka las die Sachen gern und hörte sich Wankas Berichte mit Interesse an, ohne dessen Begeisterung für die Dissidenten zu teilen, er war der Ansicht, dass es den meisten nur um Reklame gehe, darum, sich einen Namen und Karriere zu machen. Wenn er zu Wanka kam, erkundigte er sich trotzdem regelmäßig, ob er nicht noch »etwas Antisowjetisches« habe.

Natürlich hatte der. Denn seine Maschine arbeitete unentwegt und produzierte den Samisdat nicht mehr zu fünf, sondern zu hundert Exemplaren und mehr.

Völlig klar, dass Wankas Tätigkeit nicht unbemerkt bleiben konnte. Letzten Endes wurde er verhaftet wegen, wie die Anklage lautete, Herstellung und Verbreitung antisowjetischer Literatur in besonders gefährlichen Mengen. Freilich war unter der Sowjetmacht jegliche Menge, selbst die Größe eins, gefährlich. Was indessen bei Wanka stand, das war geradezu eine ganze Druckerei. Wanka wurde verhaftet. Zwei Monate verbrachte er im Lefortowo-Gefängnis, wo ihm die Vernehmer sieben Jahre verschärfte Haftbedingungen nach Paragraph 70 des Strafgesetzbuches in Aussicht stellten. Bei den Organen ging jedoch ein Brief von Wankas Dozenten und Kommilitonen ein. Seine Verfasser baten, die zu erwartende Strafe abzumildern, da Iwan Shukow einer einfachen Arbeiterfamilie entstamme, elternlos aufgewachsen sei, seinen Schulabschluss mit Goldmedaille gemacht habe und über fundierte Kenntnisse in den exakten Wissenschaften sowie eine hervorragende erfinderische Begabung verfüge, so dass er unserer Gesellschaft noch große Dienste leisten könne. Ein bekannter Elektroniker, Mitglied der Akademie der Wissenschaften, schrieb seinerseits ein Gesuch, in dem er darauf verwies, dass Shukows Kopiermaschine von höchster Leistungsfähigkeit und vergleichbaren westlichen Geräten überlegen sei. In Anbetracht all dessen wandelte man die Anklage von Paragraph 70 zum milderen Paragraphen 190 ab, um dann noch weiter zu gehen und sich darauf zu beschränken, ihn aus dem Komsomol auszuschließen, zu exmatrikulieren und ihm die Aufenthaltserlaubnis für Moskau zu entziehen.

9 Besser, sie hätten ihn eingesperrt. Kaum nach Dolgow zurückgekehrt, wurde Wanka zu den Soldaten eingezogen und dorthin geschickt, wo der Absender »Feldpost« lautete und die Briefe den Stempel »Von der Militärzensur geprüft« trugen. Seinen ersten Brief an Ovalja begann Wanka mit den Worten »Gruß aus Afghanistan«. Die ersten beiden Wörter waren stehen geblieben, das dritte dagegen sorgfältig getilgt worden. Da es sich bei den Militärzensoren aber um sowjetische Zensoren handelte, das heißt um Leute, die es mit ihrer Pflicht nicht allzu genau nahmen, war in der Mitte des Briefes Wankas Mitteilung, dass er den afghanischen Dehkanen beim

Straßenbau und bei der Einbringung der Ernte helfe, dem prüfenden Blick der Zensur entgangen. In Wirklichkeit hatte Wanka dort natürlich ganz andere Aufgaben zu erfüllen. Entsprechend seinen besonderen Fähigkeiten und Neigungen setzte ihn die Armeeführung in einer Spezialeinheit ein, einer Art Kleinbetrieb zur Herstellung verschiedenartigster Sprengkörper für Diversionszwecke.

Diese Details kannte Ovalja nicht, doch Gerüchte von Zinksärgen aus Afghanistan erreichten sie, und sie lebte zwischen Hoffnung und Angst. Wenn sie den Briefträger sah, griff sie sich ans Herz. Ihre böse Ahnung sollte sich erfüllen. Der Krieg war eigentlich schon beendet, und der letzte General hatte die Brücke vom afghanischen zum sowjetischen Territorium passiert, als sie die Nachricht erhielt, Iwan Shukow sei bei der Erfüllung seiner internationalistischen Pflicht den Tod der Tapferen gestorben. Ovalja zerfloss zweimal in Tränen. Das erste Mal, als die Nachricht kam, und das zweite, als der Zinksarg eintraf.

Nachdem sie sich ausgeweint hatte, verlangte sie die Öffnung des Sarges. Ihr Herz fühle, sagte sie, dass Wanka nicht drin sei. Man wies das Ansinnen zurück, versuchte ihr gleichwohl geduldig klar zu machen, man wolle sie vor einem schweren psychischen Trauma bewahren. Der Leichnam befinde sich in einem solchen Zustand, dass ein einziger Blick mit Herzschlag oder umgehender Einlieferung in die Psychiatrie enden könne. Ovalja versteifte sich, aber ihrer Bitte wurde nicht stattgegeben. Der Tote wurde ohne Öffnung des Sarges mit militärischen Ehren, Musik und einem Abschiedssalut aus knatternden MPis auf der Allee der Helden beigesetzt.

An der Beisetzung nahm auch der aus Moskau angereiste Sanka Judin teil. Er hatte sein Journalistikstudium bereits abgeschlossen, machte allerdings auf einem anderen Gebiet Karriere – derzeit war er Abteilungsleiter in einem Kreiskomitee des Komsomol. Er hielt am Sarg eine lange Rede und erzählte mit so rührenden Worten, was für ein edler, lauterer und begabter Mensch sein Freund Wanka Shukow gewesen sei, dass kein Auge trocken blieb.

In den Grabhügel steckte man ein provisorisches Sperrholzschild, auf dem geschrieben stand, hier liege Iwan Shukow, Geburtsjahr 1964, der bei der Erfüllung eines Kampfauftrags den Heldentod gefunden habe.

Doch jene, die Ovalja die Öffnung des Sarges verweigert hatten, wussten nicht, mit wem sie es zu tun hatten. In der Nacht grub sie den Sarg aus und brach ihn auf. Drin lag der bereits stark verweste Leichnam eines bejahrten Asiaten mit Turban und hüftlangem Bart. Ovalja trug den Sarg unterm Arm zum Kreiskomitee der KPdSU und stellte ihn dort auf die Vortreppe. Die Sache wirbelte viel Staub auf. Einige betrachteten das Tun der Alten als Vergehen und forderten ihre unverzügliche Bestrafung. Andere bezeichneten sie im Gegenteil als Heldin und Bürgerrechtlerin und verglichen sie sogar mit Maria Magdalena und Marfa-Possadniza*. Bei einigen weckte dieser Vorfall die Hoffnung, dass womöglich auch an Stelle ihrer Söhne irrtümlicherweise ein anderer begraben worden sei, und die ganze Umgebung wurde von einer Epidemie nächtlicher Sargausgrabungen heimgesucht.

Da traf aus Taschkent ein wenn auch nicht eigenhändig geschriebener Brief Wanka Shukows ein, aus dem hervorging, dass er am Leben war, durch die Detonation einer selbst gefertigten Mine allerdings zum Krüppel geworden. Beide Beine habe er verloren, einen Arm und ein Auge, auf dem einen Ohr sei er völlig ertaubt, auf dem anderen werde er möglicherweise mit Hilfe eines Hörapparats hören können.

Ovalja hüpfte vor Freude. Man sagte ihr: »Kapierst du denn nicht, du dumme Gans? Er ist doch total verkrüppelt!« Aber sie wollte nichts hören: besser ein Krüppel als tot. Als Wanka dann jedoch nach Dolgow kam (über ein Jahr hatte er im Krankenhaus verbracht) und sie ihn auf seinem Eigenbau-Wägelchen sah, ohne Beine, mit nur einem Arm und einem Auge, das Gesicht ganz

---

* Witwe des Nowgoroder Stadtoberhaupts (Possadnik) Borezki. Stellte sich in der zweiten Hälfte des 15. Jahrhunderts an die Spitze des moskaufeindlichen Nowgoroder Bojarentums. (A. d. Ü.)

blau verfärbt von dem Pulver, das sich in seine Haut eingefressen hatte, und mit kreuz und quer stehenden Stahlzähnen, konnte sie nicht einmal weinen, sondern verlor einfach für mehrere Tage das Bewusstsein. Als sie wieder zu sich kam, sah sie ihren Enkel mit klaren Augen an und sagte:

»Macht nichts, Wanka, das zahlen wir ihnen heim.«

Hätte damals jemand ihre Worte ernst genommen …


**10** Weiterhin im Zustand des Somnambulismus, hatte Aglaja die zeitliche Orientierung verloren, wusste weder was gestern oder vor fünf Jahren gewesen war, noch was heute um sie herum geschah. Sie bemerkte nur partielle Erscheinungen globaler Veränderungen: Wodka wurde zunächst ab elf Uhr verkauft, dann ab zwei Uhr nachmittags, dann ab fünf, dann rund um die Uhr.

Von Zeit zu Zeit, wenn sie den Fernsehapparat einschaltete, sah sie: Irgendein hohes Tier wird auf dem Roten Platz beigesetzt. Der eine wird beigesetzt, ein anderer hält eine Rede. Sie schloss die Augen, und als sie sie wieder öffnete, wurde bereits der, der eben noch gesprochen hatte, beigesetzt, und der, der sprach, musste gestützt werden. Sie schloss die Augen, öffnete sie wieder und hörte die Worte: Perestroika, Beschleunigung, Glasnost. Auf dem Bildschirm – Kundgebungen, Fahnen, Plakate, das Volk ruft: »Boris, kämpfe!« Boris klatschte den Parteiausweis auf den Tisch, kletterte auf einen Panzer, aus dem Panzer wurde auf das Weiße Haus gefeuert, die Zeit der Marktwirtschaft brach an. Die Briefträgerin kam und händigte Aglaja dreihunderttausend Rubel Rente aus. Nicht übel! dachte sie. Mit den großen Scheinen traute sie sich nicht auf die Straße, darum suchte sie drei Rubel zweiundsechzig Kopeken zusammen, lief in den Laden eine Flasche holen und bekam gesagt: Leben Sie auf dem Mond? Warum, was ist? Das ist, dass der Wodka nicht drei Rubel zweiundsechzig kostet, sondern fünfundzwanzigtausend. Sie kehrte in die Wirklichkeit zurück und erschrak. Sie hatte doch jeden Tag Wodka gekauft und sich an die Preisbewegung gewöhnt, und plötzlich schienen gleich ein paar Jahre ihrem Gedächtnis entfallen zu sein. Sie lief nach Hause, steckte den nötigen Betrag ein, beschloss, unterwegs beim Kreiskomitee vorbeizugehen und Auskunft zu verlangen, wann mit dieser Lotterwirtschaft endlich Schluss gemacht werde. Aber dort, wo sie das Kreiskomitee suchte, fand sie das Kasino »Glücksrad« mit der Erotikshow »Nächtlicher Flug«. Sie hielt einen Jungen an, der mit dem Fahrrad vorbeifuhr, und erkundigte sich, wohin das Kreiskomitee der KPdSU umgezogen sei. Was für eine SU? fragte er zurück, verstand ihre Frage auch nicht, als sie sie wiederholte, und fuhr weiter. Sie traf im Hof Ovalja, und die erklärte ihr, in den letzten Jahren habe es eine volle Restaurierung des Kapitalismus gegeben, die KPdSU sei aufgelöst, bald werde Lenin aus dem Mausoleum entfernt und die Zarenfamilie mit allen Ehren in St. Petersburg beigesetzt. In Leningrad, verbesserte Aglaja sie. Doch es stellte sich heraus, dass es kein Leningrad mehr gab, dass die Stadt St. Petersburg hieß.

Aglaja ging hinaus auf die Straße, tauschte ihren zur Vermögensbildung bestimmten Voucher gegen eine Flasche und verfiel in den alten Dämmerzustand.


11 Mitte der neunziger Jahre wurde in Dolgow die Gesellschaft mit beschränkter Haftung »Feuerwerk« registriert, die bengalische Feuer, Knallkörper, Heuler, Schwärmer und anderes mehr herstellte.

Die GmbH hatte ihren Sitz im Souterrain des Hauses Komsomolgasse 1 und wurde von zwei Leuten gebildet: Iwan Shukow, Präsident, und Valentina Shukowa, Vizepräsidentin und Geschäftsführerin.

Die Arbeitsteilung zwischen den GmbH-Mitgliedern regelte sich auf natürliche Weise: Der Präsident war für den schöpferischen Teil zuständig, die Vizepräsidentin für alles Übrige. Ovalja besorgte das notwendige Material, half dem Enkel, alles, was sie fertigten, zusammenzubauen, und vergaß auch ihre Pflichten als Pflegerin nicht. Und die waren beträchtlich. Bei schönem Wetter trug sie Wanka zum »Auslüften« hinaus und setzte ihn, in eine Decke gehüllt, zwischen die Alten auf die Bank. Zu Hause badete sie ihn und setzte ihn anfangs auch auf den Topf. Mit der Zeit lernte er es, allein die Toilette, das Waschbecken und alles andere zu benutzen, und das war sehr wichtig – jetzt konnte ihn Ovalja allein lassen, was mitunter für längere Zeit erforderlich war: Wegen einiger Bauteile für die Produkte der GmbH unternahm sie »Ausflüge« bis nach Moskau. Sie erwies sich als sehr tüchtige Materialbeschafferin und baute in recht kurzer Zeit ein ganzes Netz von Rohstofflieferanten auf. Einiges besorgte sie bei den Sprengmeistern im örtlichen Steinbruch, anderes bei einem Unteroffizier der Truppen des Innenministeriums, der ein Munitionslager leitete, manches auf Wankas Sonderbestellung hin selbst in der Apotheke.

Als unsere Unternehmer ans Werk gingen, rechneten sie mit keinem großen Erfolg, die Nachfrage nach ihrer Ware, glaubten sie, werde sich auf die Zeit beschränken, in der das alte und das neue Neujahrsfest gefeiert wurde. So war es zunächst auch. Doch bald fanden sich größere Kunden, die zu allen Jahreszeiten Bedarf hatten. Die Stadtverwaltung und dann auch verschiedene Organisationen, größere und kleinere, begannen Interesse für Spezialeffekte bei diversen Festen zu bekunden. Einige »neue Russen« wünschten, ihre Jubiläen und Familienereignisse mit buntem Feuerzauber und ohrenbetäubendem Geknatter zu feiern. So liefen die Geschäfte der GmbH »Feuerwerk« von Anfang an nicht schlecht.

Auch die Wohnverhältnisse der GmbH-Mitglieder hatten sich inzwischen verbessert.

Eine Nachbarin war gestorben, und nachdem sie die ganze Zeit mit einem einzigen Zimmer hatten auskommen müssen, erhielten sie die Erlaubnis, das ganze Souterrain zu übernehmen. Endlich. Bis dahin waren alle Bemühungen Ovaljas um Verbesserung ihrer Situation ergebnislos geblieben, was ihren Rachedurst nur noch mehr anstachelte. Erst wurde sie auf eine Warteliste gesetzt, bei der es gar zu langsam vorwärts ging. Dann sagte man ihr, dass es mit dem Ende der Sowjetmacht auch mit den staatlichen Wohnungskontingenten vorbei sei. Jetzt haben wir den Kapitalismus, hieß es, und da kann man für Geld alles kaufen, selbst eine Wohnung. Den Natschalnik, der das sagte, versuchte sie zu beschämen. Sie erinnerte ihn daran, dass Wanka als Opfer des Afghanistankrieges Schwerstbeschädigter der ersten Kategorie sei und von einer Rente lebe. Worauf der Natschalnik sagte: »Ich habe Ihren Enkel nicht nach Afghanistan geschickt.« Ovalja erzählte hinterher, hätte sie in dem Moment eine Handgranate bei sich gehabt, sie hätte mit ihm in jenem Zimmer kurzen Prozess gemacht. Als sie nach Hause gekommen war, hatte sie die bereits an jenem Tag ausgesprochene Drohung wiederholt: »Macht nichts, Wanka, das zahlen wir ihnen heim.« Das Gleiche hatte sie noch einmal gesagt, als sie die angebotene Einzimmerwohnung im dritten Stock ohne Fahrstuhl und Balkon abgelehnt hatte. Jetzt aber war es Gott sei Dank ein anderes Wohnen. Jetzt hatten sie, wenn auch im Souterrain, eine Wohnung für sich. Eng blieb es freilich. Denn hier war alles zusammen: Wohnung, Werkstatt, Material- und Fertigwarenlager. Eng war es, aber leben ließ es sich hier. Zumal Wanka als Kriegsversehrter zu guter Letzt einen Telefonanschluss bekommen hatte, was sein Leben auf vielfältige Weise bereicherte. Vor allem seit er sich einen Computer zugelegt und Zugang zum Internet hatte.

**12** Für Wanka machte Ovalja alles. Pflegte, badete ihn, wusch seine Wäsche, trug ihn hinaus zum »Auslüften«, und sogar Mädchen besorgte sie ihm, damit er wenigstens auf diese Freude des Lebens nicht zu verzichten brauchte. Wanka waren Ovaljas Vermittlungsdienste anfangs etwas peinlich, dann aber gewöhnte er sich daran und sagte ihr einmal nach dem Abendessen:

»Was für ein Glück für mich, Ovalja, dass ich dich habe. Mit dir fühle ich mich fast als Mensch.«

Sie nickte und sagte seufzend:

»Trotzdem musst du lernen, ohne mich zurechtzukommen. Ich werde ja bald sterben. Wie willst du ohne mich leben?«

»Gar nicht will ich«, sagte Wanka unbekümmert. »Wenn du stirbst, folge ich dir. Allein habe ich auf dieser Welt nichts verloren.«

»Was redest du da!« Ovalja hob abwehrend die Hand. »Du bist noch jung und hast die Pflicht zu leben, was dir zugemessen ist.«

»Wozu?«, fragte Wanka.

»Dazu«, sagte sie ärgerlich. »Da dir das Leben nun einmal gegeben wurde, bist du, egal, was mit dir ist, verpflichtet, es bis zum Ende durchzustehen.«

»Wem bin ich verpflichtet?«, fragte er seufzend.

»Ihm!« Sie wies zur Decke.

»Ihm?«, rief Wanka, nun auch ärgerlich. »Wofür, möchte ich mal wissen, hat er mir so ein Leben bereitet? Warum hat er mich zum hilflosen Krüppel gemacht? Womit bin ich vor ihm schuldig geworden? Damit, dass ich Samisdat vervielfältigt habe?«

»Erzürne Gott nicht«, sagte Ovalja erschrocken. »Das haben dir schlechte Menschen angetan, und wir werden das noch einigen heimzahlen. Gott hat damit nichts zu tun. Gott ist barmherzig.«

»Nein, Oma, daran glaube ich nicht. Er ist grausam. Ich weiß noch, als uns die Mudschas in der Felsenschlucht bei Kandahar in Klump gehauen hatten und ringsum Verwundete mit abgerissenen Armen und Beinen, mit aufgeschlitzten Bäuchen, mit ausgeschlagenen Augen lagen, da war ein Geschrei, schlimmer als unter dem Raketenbeschuss. Und ich dachte: Da fliegt die Erde durch den Kosmos und brüllt mit unseren Stimmen so, dass Gott, wenn es ihn gibt und er Menschenähnlichkeit besitzt und unsere Leiden hören, ihnen aber kein Ende setzen kann, besser die ganze Erde mit uns allen vernichten sollte.«

Ovaljas Erwiderung wurde durch leises Klopfen an der Tür unterbrochen. Ehe sie und der Enkel antworten konnten, ging die Tür auf, und ein Mann mittleren Wuchses und Alters in schwarzem Anzug und mit langem Hals erschien, dem Aussehen nach ein Bandit oder ein Deputierter der Staatsduma.

Nachdem der Besucher sich erkundigt hatte, ob sich hier die

GmbH »Feuerwerk« befinde, äußerte er den Wunsch, jemanden von der Leitung zu sprechen.

»Wir beide sind die oberste Leitung«, sagte Wanka, dem es Mühe bereitete, aus der Verfassung, in der er sich während des Gesprächs mit Ovalja befunden hatte, so schnell wieder herauszukommen. »Ich bin der Präsident, und Valentina Petrowna ist Vizepräsidentin und Geschäftsführerin.«

Der Besucher betrachtete skeptisch Wanka, Ovalja und das ganze Interieur.

»Und Sie stellen hier also alle möglichen Feuerwerkskörper her?«

»Bengalische Feuer, Raketen, Schwärmer, Knallkörper«, sagte Ovalja. »Was brauchen Sie denn?«

»Nun, was ich brauche, das ist so etwas Ähnliches wie ein Knallkörper«, sagte der Besucher.

»Wie viel?«, fragte Oma Valja.

»Einen«, sagte der Besucher.

»Einzelanfertigungen führen wir nicht aus«, erklärte Wanka.

»Einen, aber einen großen.«

»In welchem Sinne?«, wollte Wanka wissen.

»In dem, dass er eben groß sein soll«, meinte der Besucher lächelnd. »Dass er zum Beispiel einen gepanzerten Mercedes in die Luft jagt. Und möglichst zerfetzt.«

»Ein Terroranschlag?«, fragte Wanka argwöhnisch.

»Ist die Panzerung dick?«, erkundigte sich Ovalja.

»Mit solchen Sachen befassen wir uns nicht«, stellte Wanka klar.

»Vier Millimeter«, sagte der Besucher. »Oder fünf.«

»Tausend pro Millimeter«, veranschlagte Ovalja. »Insgesamt fünftausend.«

»Rubel?«, fragte der Gast.

»Trubel«, entgegnete Ovalja. »Wachs.«

»Nicht Wachs, sondern Bucks«, verbesserte sie Wanka.

»Na, Leute«, versuchte der Kunde zu feilschen. »Fünf Bucks-Riesen, das ist zu viel. Ich brauche doch, in TNT umgerechnet, zweihundert, höchstens dreihundert Gramm.«

»Wenn es dir nicht zusagt, musst du ja nicht«, meinte Ovalja achselzuckend. »Geh woandershin. Im Steinbruch arbeitet der Sprengmeister Wasska. Der verkauft dir einen Topf Dynamit für tausend Rubel. Bloß das ist ein Dynamit, mit dem sich entweder im entscheidenden Moment nichts tut, oder es explodiert dir in den Händen. Bei uns dagegen gibt es Garantie. Wir sind ja eine Firma. Was er«, sie wies auf Wanka, »auf den Schultern trägt, ist kein Kopf, sondern ein Föderationsrat.«

Der Besucher seufzte und feilschte lange, bevor man sich auf viertausend einigte, die Hälfte davon war als Vorschuss zu zahlen.

Als der Besucher gegangen war, fragte Wanka:

»Ovalja, hast du beschlossen, Terroristin zu werden?«

»Nicht Terroristin, sondern Rächerin«, sagte Ovalja. »Ich habe dir doch gesagt: Wir zahlen es ihnen heim.«

»Wem denn – ihnen?«, fragte Wanka. »Weißt du etwa, wer das ist, der mit dem Mercedes? Vielleicht ist es ein guter Mensch.«

»Gute Menschen, Wanka, fahren mit dem Bus, die haben von uns nichts zu befürchten.«

So betraten die Shukows, Großmutter und Enkel, den Pfad des Terrors, und bald breitete sich der Ruhm der GmbH »Feuerwerk« aus. Von ihr wussten sehr viele, das heißt alle, die sich für derartige Produkte interessierten, die einzige Ausnahme bildeten möglicherweise die Staatsanwaltschaft, die Miliz und die Sicherheitsorgane.


13 Es ist die Eigenheit eines jeden, der noch nicht das Zeitliche gesegnet hat, mit seiner Existenz jemanden, der auch unter den Lebenden weilt, zu stören. Selbst ein Obdachloser, der auf dem Müll nach Flaschen sucht, stört einen ebensolchen Sammler, wie er einer ist. Ein toter Mensch stört niemanden. Sofern er freilich nicht im Mausoleum liegt.

Natürlich konnte es auch bei Aglaja nicht anders sein, dass sie ständig jemanden störte. In der Vergangenheit wurde sie bisweilen als dermaßen störend empfunden, dass es Versuche gab, sich ihrer auf radikale Weise zu entledigen. Im Jahre dreißig versuchte ein von ihr Entkulakisierter, sie mit dem Hackmesser umzubringen, wovon sie Narben an Schläfe und Schulter zurückbehielt. In ihrer Partisanenzeit setzten die Deutschen auf ihren Kopf mehr, als eine Kuh kostete. Und als sie Kreissekretärin war, schleuderte ihr einmal jemand einen Pflasterstein ins Fenster. Wem aber konnte sie jetzt, da sie längst auf dem Altenteil saß, noch im Wege sein? Und doch war sie es.

Im *Dolgowski westnik* (Dolgower Bote) war eine kleine Meldung zu lesen gewesen, in der ein ortsansässiger Hydrologe darüber schrieb, dass sich unter der Stadt eine Quelle befinde – nein, keine Erdöl-, sondern lediglich eine Mineralwasserquelle. Sehr gutes Wasser. Angereichert mit Salzen und anderen nützlichen Komponenten. Geeignet als Trinkwasser und für medizinische Bäder, die die Verjüngung des Organismus förderten. Diese Meldung las auch ein gewisser Valentin Jurjewitsch Dolin, Geschäftsmann, einer von den »neuen Russen«, aber nicht von denen, die auffällige Halsketten tragen und 600er Mercedes fahren. Nein, die Kette, die er trug, war ziemlich dünn, und der Mercedes, den er fuhr, war ein 300er (einen 600er hatte er allerdings bereits bestellt), und überhaupt war er ein gebildeter Mensch, noch zu Sowjetzeiten hatte er an der Philosophischen Fakultät der Moskauer Staatlichen Lomonossow-Universität studiert und hätte um ein Haar eine Dissertation zum Thema »Fragen der Verbesserung der Disziplin in der Produktion und der gegenseitigen Unterstützung im Arbeitskollektiv in der Periode des entwickelten Sozialismus im Lichte der Hinweise des Generalsekretärs der KPdSU Konstantin Ustinowitsch Tschernenko« verteidigt. Während er sich auf die Verteidigung vorbereitete, hörten die Hinweise Tschernenkos auf, für die Philosophie wertvoll zu sein, ein anderes Leben begann, unser Doktorand hängte die Wissenschaft an den Nagel und ging zu einer Tätigkeit über, die sich Business Consulting nannte. Gegen teures Geld bot er Ausländern, die darauf aus waren, auf dem russischen Markt fette Beute zu machen, ein »Dach« und beriet sie in den für sie unüberschaubaren Feinheiten der Steuerhinterziehung, Schmiergeldzahlung, Geldwäsche und -ausfuhr. Binnen kurzem brachte er es zu einem beträchtlichen Vermögen – er besaß zwei Kasinos, drei Restaurants, ein Filmtheater, das Immobilienhandelsunternehmen »Neusiedler« und die Tourismusagentur »Greifbar nahe Welt«.

Ich bewundere immer wieder die Geschäftsleute und die Kriminellen. Wie sie es doch verstehen, auf alle möglichen Entdeckungen und Ereignisse zu reagieren und daraus Nutzen zu ziehen! Selbst aus einer Sonnenfinsternis. Wenn wir hören, dass bald wieder eine zu erwarten ist, denken wir bloß: Ach, was es doch für interessante astronomische Phänomene gibt, das sollte man sich unbedingt ansehen. Und rühren keinen Finger. Der Geschäftsmann hingegen überlegt sofort: Die Leute werden die Sonnenfinsternis beobachten wollen, ohne dabei zu erblinden. Also brauchen sie Brillen, und zwar in großer Zahl. Der Geschäftsmann kümmert sich um die Brillen, während den Kriminellen der Gedanke beschäftigt, dass es während der Sonnenfinsternis dunkel sein und das zum Himmel starrende Volk zwangsläufig seine Wachsamkeit einbüßt und vergisst, auf seine Taschen zu achten. Oder sagen wir, zum Beobachten der Sonnenfinsternis auf die Straße rennt, ohne die Wohnung abzuschließen.

Mit seinem ausgeprägten Geschäftssinn begriff der in kriminellen Kreisen unter dem Spitznamen Validol bekannte Valja Dolin, als er die Meldung im *Dolgowski westnik* las, sofort, dass das für die Volksgesundheit so nützliche Wasser nicht nutzlos unter der Erde lagern durfte. Ihm stand sofort vor Augen, was alles getan werden musste: eine Glasfabrik bauen, Flaschen herstellen, ein Bohrloch niederbringen, das Wasser hochpumpen, abfüllen und zu einem akzeptablen Preis verkaufen. Wenn die Wassermenge groß sein sollte, konnte man eine Wasserheilanstalt bauen. War sie sehr groß, bestand die Chance, Dolgow zu einem Heilbad zu machen und damit reich und berühmt zu werden.

Validol nahm eine so genannte Marketinguntersuchung vor. Er fand heraus, wie das Wasser floss, in welcher Tiefe es lagerte, wo man am besten bohrte und die erste Wasserheilanstalt baute. Das

Ergebnis war, dass sich dafür nichts besser eignete und eignen konnte als das Haus Nr. 1 in der Komsomolgasse.

Mit einer zweiten Marketinguntersuchung ermittelte Validol, wie viel Geld er für den Kauf dieses Hauses und die Umsiedlung der noch verbliebenen Mieter brauchte. Dabei stellte sich heraus, dass zu ihnen eine gewisse Aglaja Stepanowna Rewkina gehörte, die sich für kein Geld der Welt zu einem Umzug bereit finden würde, weil sie unmöglich das bei ihr stehende Monument mitnehmen konnte. Zumal in Neubauwohnungen die Decken dafür zu niedrig waren. Dieser Umstand erschwerte die Aufgabe erheblich, doch Validol war ein findiger Kopf und hielt nichts für unlösbar. Urplötzlich zog über Aglaja Stepanowna Rewkina eine große Gefahr herauf.

**14** Wie der Admiral es einmal ausdrückte, ist Russland ein Land, in dem sehr viel über Reue gesprochen wird, aber selten jemand es fertig bringt, »entschuldigen Sie« zu sagen. Diese Äußerung kommt mir jedes Mal in den Sinn, wenn ich an die Rückkehr Mark Semjonowitsch Schubkins nach Dolgow denke. Genauer gesagt, an seinen Rückkehrversuch. Seit sich bei uns Veränderungen zum Besseren vollzogen hatten, kehrten viele Emigranten, besonders Kunstschaffende, in ihre Heimat zurück. Auch Schubkin machte sich auf. Und zwar nicht nach Moskau wie die meisten anderen, sondern nach Dolgow. Denn Moskau ist, wie er (zu Recht) sagte, nicht Russland. Wohin er aber lobenswerterweise heimzukehren wünschte, war Russland. Der Leser kann sich vorstellen, was das für ein Ereignis war. Wäre es in der Hauptstadt etwas ganz Normales gewesen, so wurde es in dieser Kreisstadt zu einem außergewöhnlichen Ereignis. Schubkin packte noch in Jerusalem die Koffer, als ganz Dolgow bereits seiner Ankunft entgegenfieberte. Auf die Begrüßung des Heimkehrers bereitete sich eine große Delegation vor, die natürlich von Wlad Raspadow geleitet wurde. Der hatte sich zwar seinerzeit auf sehr unschöne Weise über Schubkin geäußert, doch Zeit war ins Land gegangen und das Alte weitgehend in Vergessenheit geraten. Schubkin selbst konnte jenen Artikel kaum gelesen haben, und wer, wenn nicht Raspadow, sollte ihn begrüßen. Schließlich war er inzwischen der größte und angesehenste Schriftsteller weit und breit geworden. Es hieß, tags zuvor habe mit ihm das Dolgower Stadtoberhaupt Korotyschkin ein persönliches Gespräch geführt. Jener Korotyschkin, der seinerzeit im KGB gearbeitet hatte. In den letzten Jahren hatten ja viele ihre bisherigen Überzeugungen geändert, Korotyschkin war ein Demokrat, ein entschiedener Antikommunist und ein gottesfürchtiges Mitglied der hiesigen Kirchengemeinde geworden. Er hätte vielleicht den namhaften Schriftsteller, Verfasser des viel gerühmten Romans *Holzeinschlag*, selbst begrüßt, die nächsten Wahlen rückten jedoch näher, die Kommunisten drängten an die Macht, es galt, ihnen um jeden Preis einen Strich durch die Rechnung zu machen. Kurzum, Korotyschkin konnte die Zeit nicht erübrigen. Außerdem wäre eine offizielle Begrüßung Schubkins, wie er zu Raspadow sagte, übertrieben gewesen. Wenn wir jedem Ausgereisten noch einen pompösen Empfang bereiten wollten, meinte er, hätten wir nichts anderes mehr zu tun, als sie alle zu begrüßen. Als er sich auf diese Weise Raspadow gegenüber äußerte, befürchtete er offenbar, die Ausgereisten könnten wie die Heuschrecken über dieses Nest herfallen, dabei gab es in Dolgow ihrer ganze zwei: Schubkin und Antonina. Obwohl also eine nicht ganz offizielle Begrüßung zu erwarten war, strömte allerhand Volk zum Bahnhof. Ich war gerade in Dolgow und ging den berühmten Ausländer mit begrüßen. Der Bahnsteig war voll. Ortsansässige Intelligenz. Das Erzieherkollektiv des Kinderheims. Dazu einige seiner ehemaligen Zöglinge. Der *Dolgowski westnik* hatte einen Korrespondenten geschickt und das Gebietsfernsehen einen Reporter plus Kameramann. Es war ein sonniger, klarer Tag. Auf den Bäumen pfiffen die Stare, es roch nach erhitzten Bahnschwellen und Salzkartoffeln mit Dill – alte Frauen aus dem Ort waren zur Ankunftszeit des Zuges mit ihrem ständigen Angebot erschienen: Kartoffeln, Piroggen, Dörrfisch und saure Gurken.

Der Zug hatte etwas Verspätung. Deshalb begannen alle nervös zu werden. Ich musste an damals denken, als Schubkin gleich auf dem Bahnsteig verhaftet worden war. Was für ein angenehmer Kontrast wird das für ihn sein, dachte ich. Endlich rief jemand: »Er kommt!« Gespannte Stille breitete sich aus. Der Zug näherte sich. Ohne ein so imposantes Bild zu bieten wie seinerzeit, als das noch ein Ereignis gewesen war! Die »Jossif Stalin« war, in dicke Dampfwolken gehüllt, in den Bahnhof gestürmt! Wie sie schnaufte, wie sie glänzte! Hier dagegen? Eine mickrige, dreckstarrende Elektrolok stieß einen dünnen Fistelpfiff aus und schleppte sechzehn Wagen mit solcher Leichtigkeit herein, als seien es Spielzeuganhänger. Auf der Plattform von Wagen vier machten alle Schubkin aus. Freilich erkannten ihn nicht alle auf Anhieb. Mit seinem großen grauen Bart glich er nicht mehr Lenin, sondern Karl Marx oder einem der biblischen Propheten. Mit der einen Hand hielt er sich an der Griffstange fest, mit der anderen winkte er den Leuten, die zu seiner Begrüßung dastanden. Hinter ihm war das breit lächelnde Gesicht Antoninas zu erkennen. Ihren Kopf umfasste ein straff gebundenes weißes Seidentuch. Das Tuch erschien unnütz, erst später wurde mir klar, was es damit auf sich hatte. Antonina war nämlich in Israel zum Judaismus übergetreten, hielt sich streng an den neuen Glauben, schor sich den Kopf und bedeckte ihn mit einem Tuch. Mark Semjonowitsch hingegen war orthodox geblieben. So bildeten sie gewissermaßen ein ökumenisches Paar. Sie winkten bei der Einfahrt, auf dem Bahnsteig winkte man zurück, und einige Frauen tupften sich sogar die Augen.

Schubkin stieg aus dem Wagen, Antonina folgte mit zwei Koffern. Die Leute umringten sie sofort, umarmten, küssten sie, steckten ihnen Blumen zu. Drei rote Nelken in der Hand, trat auch der Kritiker Raspadow auf den Ankömmling zu. Doch überreichte er ihm den Strauß nicht gleich, sondern nahm ihn von der Rechten in die Linke, und die Rechte hob er, um allen Ruhe zu bedeuten. Und dann hielt er seine in gewissem Sinne historische Rede.

Von der kaum zu haltenden Menge verdrängt, stand ich weit weg vom Redner, der Wind verwehte seine Worte, doch was ich mitbekam, ließ mich über das Vermögen unseres Kritikers staunen, seinen Gedanken bald in die eine, bald in die entgegengesetzte Richtung zu wenden. Zunächst begrüßte Raspadow den Ankömmling mit herzlichen Worten, nannte ihn einen hervorragenden Schriftsteller, der uns (wem? ihm vielleicht?) all die Jahre so gefehlt habe. »Wir«, sagte er, »freuen uns über alle unsere Landsleute, deren Rückkehr dank unserer Perestroika und – seien wir nicht zu bescheiden – dank uns, ihren Wegbereitern von unten, möglich geworden ist. Wir haben uns nach Kräften bemüht, günstige Voraussetzungen für ihre Rückkehr zu schaffen, und es ist schön, dass Mark Semjonowitsch jetzt wieder bei uns ist. Zugegeben, seinerzeit haben nicht alle für seine Ausreise Verständnis aufgebracht, einige von uns haben ihn sogar scharf verurteilt …« An dieser Stelle, dachte ich, müsste logischerweise eine Entschuldigung folgen. Oder Bedauern. Etwas in der Art. Raspadow machte jedoch einen anderen Schwenk. Einige hätten Mark Semjonowitsch scharf und möglicherweise zu Unrecht verurteilt, aber man sollte auch nicht ins andere Extrem verfallen – ihn über den grünen Klee loben und einen Helden aus ihm machen. Der Mann ist ausgereist, weil das für ihn vorteilhaft war. Dort lebt es sich gut, und das Essen ist koscher. Während wir hier inzwischen Tschernobyl-Kartoffeln und Tomaten mit Nitraten essen durften. Aber jemand musste hier bleiben, um unsere Kultur zu bewahren, unsere Denkmäler, unsere Gräber …

Wie gesagt, ich stand ziemlich weit weg und konnte nicht alles sehen. Und auf dem zweiten Gleis fuhr gerade der Gegenzug ein. So dass ich nicht nur schlecht sah, sondern auch fast nichts hörte. Die näher dran gewesen waren, erzählten, dass Wlad Raspadow, beim Thema unserer Gräber angekommen und offenbar auf Grund der starken Erregung, die ihn dabei ergriff, plötzlich die Selbstkontrolle verloren habe. Irgendwie ergab sich für ihn aus seinen eigenen Worten das Bild, dass, während er hier auf den Gräbern saß, Schubkin das Leben genoss und sich im Garten

Gethsemane koschere Frikadellen schmecken ließ. Und statt ihn in die bereits ausgebreiteten Arme zu schließen, spuckte er ihm ins Gesicht. Schubkin, der ihm mit verwirrtem Lächeln zugehört hatte, erstarrte zur Salzsäule. Und durch die Menge lief ein mehrfach wiederholter Seufzer: »Ach-chach-achach!« Raspadow, völlig konsterniert, wozu er sich hatte hinreißen lassen, stand lange in schutzloser Pose da, als erwarte er eine adäquate Reaktion, mit der sich sein Gegenüber Satisfaktion verschaffte. Da jedoch nichts geschah, sagte er:

»Und überhaupt herzlich willkommen auf heimatlichem Boden!«

Damit streckte er Schubkin seine Nelken hin. Der aber – wie übelnehmerisch! – packte die Koffer, sprang mit dem Ruf »Antonina, mir nach!« auf den Gegenzug auf, und weg war er. Er fuhr zurück. In der Zeitung stand dann zu lesen, die Matze habe ihm offenbar mehr bedeutet als seine Heimat.

Natürlich war und blieb Mark Semjonowitsch Schubkin für viele eine komische Figur: Alle seine Ideale, seine Glaubensbekenntnisse, wie er dazu fand und wie er sie wieder aufgab, und vor allem die damit verbundenen demonstrativen Gesten und Verrenkungen nahmen sich lächerlich aus, und zugleich hatte er etwas Rührendes, sein Tun prägten edelmütige Impulse und Elemente einer Unbesonnenheit, wie sie von unserer Gesellschaft geschätzt werden. Über all das konnte man spotten, soviel man wollte, aber Schubkin ins Gesicht zu spucken, das ging zu weit.

Trotzdem geriet Raspadows Entgleisung bald in Vergessenheit, und die Leute dachten mit Befremden, einem Gefühl der Kränkung und bitterer Ironie an Schubkin. Weil ihm etwas nicht gepasst habe, sei er gleich wieder abgefahren. Das Begrüßungsorchester habe ihm gefehlt. Und die einzige Erklärung für Schubkins Verhalten war für sie, dass er sich an das schöne Leben und das schmackhafte Essen im Gelobten Land gewöhnt hätte. Bis heute tut es manchen in Dolgow Leid, dass sie sich unnützerweise seelisch darauf eingestellt hatten, Schubkin mit offenen Armen zu empfangen.

# 15

Es ist schon ein wohltuender Zustand, völlige Freiheit zu genießen. Man kann schreiben und lesen, was man will, ausländische Sender hören, politische Witze erzählen, auf den Präsidenten schimpfen, ins Ausland reisen, Sex machen mit Partnern beliebigen Geschlechts, in der Gruppe oder individuell, lange Haare tragen, Ohr- und Nasenringe, sich piercen, wozu man lustig ist. Natürlich nervten die neuen Verhältnisse auch viele Leute. Zumal man auf die Gehälter, die aus dem Staatshaushalt finanziert wurden, zum Teil lange warten musste und die Rentner ihre Renten überhaupt nicht bekamen. Eine Zeit lang erfolgten alle Zahlungen in Form von Produkten der hiesigen Geflügelfabrik, das heißt in Gestalt von Hähnchen. In Dolgow gab es neuerdings unzählige Hühner. Sie bevölkerten alle Höfe, wimmelten in den Gärten, spazierten auf den Straßen, liefen den Leuten vor den Füßen herum, es war kaum möglich, mit dem Auto durch die Stadt zu kommen, ohne ein Huhn totzufahren. Alle diese Hühner gehörten zur Rasse der »Dolgower weißen Holländerin«, und um die eigenen von fremden unterscheiden zu können, markierten ihre Besitzerinnen sie mit verschiedenfarbiger Tinte: roter, grüner, blauer, schwarzer. Aglaja hatte sich keine Hühner zugelegt, da sie damit nicht umzugehen wusste. Sie hatte ihr ganzes Leben in der Provinz verbracht, aber nicht einmal eine Kuh konnte sie melken, geschweige denn ein Huhn schlachten. Von der Hühnerhaltung hatte sie Abstand genommen, das Geld war alle, und sie wusste schon gar nicht mehr, wie es weitergehen sollte, aber nicht umsonst sagen ja selbst verbohrte Atheisten: Wem Gott wohl will, dem will Sankt Peter nicht übel.

An einem warmen Frühlingsmorgen, es war der 8. März, klopfte ein junges Paar bei Aglaja. Er und sie hoch gewachsen, mit strahlendem Lächeln, gut, aber einfach gekleidet, mit gepflegter Frisur, sie – kleine Ringe in den Ohren, er – ohne Ringe, weder in den Ohren noch in der Nase. Er mit Blumen und einem Diplomatenkoffer, sie zwei Plastikbeutel in den Händen. Sie baten, eintreten zu dürfen. Auf die Frage, wer sie seien und was sie wünschten, reichte ihr der junge Mann seine Visitenkarte: »Dolin, Valentin

Jurjewitsch, Präsident der internationalen Wohltätigkeitsgesellschaft ›Würdiges Alter‹«.

»Und ich heiße Gala«, sagte die Frau und lächelte freundlich.

Aglaja dachte, die beiden wollten eine Geldspende von ihr, doch wie sie gleich erfahren sollte, verhielt sich die Sache umgekehrt.

Nachdem sie die Besucher hereingelassen hatte, zogen die beiden die Schuhe aus und gingen auf Socken, sanft auftretend, als befürchteten sie, jemanden aufzuwecken, ins Wohnzimmer. Schweigend, den Kopf geneigt und mit herabhängenden Armen, standen sie vor dem Denkmal. Valentin Jurjewitsch bekannte, dass Stalin, obwohl das jetzt ganz und gar nicht dem Zeitgeist entspreche, sein historischer Lieblingsheld sei. Und kam sofort zur Sache:

»Zuallererst, Aglaja Stepanowna, gestatten Sie, Sie zum Internationalen Frauentag zu beglückwünschen und Ihnen dies hier zu überreichen.« Valentin Jurjewitsch wandte sich zu seiner Begleiterin, und die holte aus den Plastikbeuteln eine Flasche sowjetischen Sekt, eine Flasche finnischen Wodka, einen Ring Deliwurst, ein Stück russischen Käse, eine Bonbonniere »Roter Oktober« und eine Stange Malboro und packte alles auf den Tisch. Aglaja staunte nicht schlecht, als habe sie ein Tischleindeckdich vor sich.

»Was ist das?«, fragte sie.

»Das ist für Sie«, sagte Valentin Jurjewitsch leise.

»Für mich? Wofür?«, fragte sie.

»Für Ihre unversiegbare Fraulichkeit«, sagte Gala glockenhell.

»Unsinn!«, fiel ihr Valentin Jurjewitsch ins Wort. »Natürlich ist Aglaja Stepanowna fraulich, aber wir wollen ihr nicht nur deshalb helfen, sondern aus Dankbarkeit für alles, was sie für unsere Heimat und für die künftigen Generationen, für uns getan hat.«

Und er klärte sie über das Programm der Stiftung »Würdiges Alter« auf. Sie sei von jungen, patriotisch gesinnten Leuten gegründet worden, zur Unterstützung alter Menschen, die aufopferungsvoll für den Aufbau des Kommunismus in unserem Land gekämpft hätten. Um sie von Armut zu befreien und vor der Willkür der volksfeindlichen Machthaber zu schützen. Zunächst seien sie hergekommen, um sich zu erkundigen, was Aglaja Stepanowna besonders benötige (Essen? Kleidung? Medikamente?), und ihr dann nach Kräften zu helfen. Der Stiftungsrat habe beschlossen, sie mit einer zusätzlichen Rente von monatlich sechzig Währungseinheiten zu unterstützen.

»Sechzig was?«, fragte Aglaja.

»Grüne«, sagte Gala.

»Was ist das? Dollars?«, wollte Aglaja wissen. »Ich will keine Dollars.«

»Sie haben falsch verstanden«, meinte Valentin Jurjewitsch lächelnd. »Das sind keine Dollars, sondern Währungseinheiten. An den Dollar angebundene Rubel.«

Sie stellte sich das so vor, dass sie diese Rubel im wörtlichen Sinne angebunden an den Dollar – mit einem Strick, mit Bindfaden, einer Schnur – bekommen würde, und es kostete die jungen Leute einige Mühe, ihr begreiflich zu machen, dass es sich um eine fiktive Verbindung handelte, tatsächlich werde entsprechend der Inflationsentwicklung die Zahl der realen Rubel wachsen, während die Zahl der fiktiven Einheiten konstant bleibe.

»Außerdem«, sagte Gala, »werden wir Sie mit Esswaren unterstützen. Einmal wöchentlich werden sie Ihnen ins Haus gebracht.«

Auf die Frage, wofür ihr solche Wohltaten zuteil würden, beeilten sich die beiden, einander ins Wort fallend, zu erklären: für alle ihre Verdienste. Dafür, dass sie eine unbeugsame Kommunistin gewesen sei. Und eine Partisanin. Und eine Erzieherin der Jugend. Und überhaupt ein tätiger Mensch.

»Trotzdem«, Aglaja konnte es immer noch nicht glauben, »was bin ich Ihnen schuldig?«

»Du lieber Himmel!« Gala schlug die Hände zusammen und rollte die Augen zur Decke.

»Aglaja Stepanowna!«, seufzte Valentin Jurjewitsch. »Wovon reden Sie? Sie uns schuldig? Das ist doch lächerlich. Wir sind Ihnen etwas schuldig. Wenn man es genau bedenkt, haben Sie für uns, die junge Generation, so viel getan. Für uns ist es eine große

Ehre, wenn Sie das bisschen an Hilfe annehmen, womit wir Sie heute wenigstens etwas unterstützen können.«

»Und von mir wollen Sie gar nichts?«

Gala machte wieder ein sehr bedrücktes Gesicht.

»Nun, vielleicht …«, sagte Valentin Jurjewitsch, »wenn Sie Ihrerseits unserer Stiftung helfen möchten …«

»Damit sie sich entwickeln kann«, bemerkte Gala.

»Dann«, fuhr Valentin Jurjewitsch fort, »wenn Sie … nun, wie soll ich das ausdrücken …«

»Wir alle sind sterblich …«, sagte Gala seufzend.

»Ja!« Valentin Jurjewitsch sah Gala wegen ihrer Taktlosigkeit vorwurfsvoll an, spann das Thema jedoch weiter und sprach das Wort »Testament« aus.

Er drückte sich ziemlich geschraubt aus, dennoch entnahm Aglaja seinen Worten, dass ihre Besucher natürlich nicht darauf bestanden, aber meinten, wenn sie ihre Wohnung der Stiftung »Würdiges Alter« vererben möchte, zusammen mit ihrem gesamten Besitz und diesem Kunstwerk – ausholende Geste in Richtung Statue –, dann, nein, gebe Ihnen Gott Gesundheit … aber es wäre doch gut, wenn Ihr Besitz in redliche Hände gelangte. Dann kann er den Menschen noch gute Dienste leisten – anderen Rentnern, die vom volksfeindlichen Regime ausgeraubt worden sind …

Als Aglaja aufgegangen war, was man von ihr wollte und was sie dafür bekam, schwankte sie nicht eine Minute lang. Sie war eine echte Atheistin, und was nach ihrem Tode sein würde, kümmerte sie nicht. Gewiss, es schien natürlich, die Wohnung dem Sohn zu vermachen, doch wo war er? Jahrelang schon gab es kein Lebenszeichen von ihm, obwohl sie genau wusste, dass es ihm gut ging. Er war Botschafter in einem westlichen Land, hin und wieder zeigten sie ihn sogar im Fernsehen – beleibt und mit Glatze. Er begrüßte die Veränderungen und sprach davon, schon immer ein überzeugter Antikommunist gewesen zu sein … Nein, er würde nichts von ihr bekommen. Was sollte er auch mit einer Wohnung in diesem Provinznest?

»Ja«, fiel Aglaja plötzlich ein. »Und was wird mit ihm?« Sie wies mit einer Kopfbewegung auf Stalin. »Wenn ich sterbe, landet er gleich auf dem Müll, wie?«

»Aglaja Stepanowna!« Valentin Jurjewitsch verdrehte die Augen. »Wie können Sie nur! Ich sage es Ihnen doch. Für mich und Gala ist der Genosse Stalin …«

»Wie Jesus Christus«, sagte Gala.

»Mein Ehrenwort als Kommunist«, fuhr Valentin Jurjewitsch fort, »diese Reliquie werden wir bewahren, bis sie ihren angestammten Platz zurückerhält. Und das, glauben Sie mir, wird geschehen.«

»Ganz bestimmt wird das geschehen«, bekräftigte Gala. »Wir werden das durchsetzen. Denn Stalin ist unser Idol.«

»Na schön.« Aglaja winkte ab.


**16** Alexej Michailowitsch Makarow, genannt der Admiral, unterteilte die Nachoktobergeschichte in die Epochen des Kellerterrors (als man unter Lenin Erschießungen in den Kellern der Tscheka vornahm), des Großen Terrors (unter Stalin), des Terrors in den Grenzen der leninschen Normen (unter Chruschtschow), des selektiven Terrors (unter Breshnew), des intermediären Terrors (unter Andropow, Tschernenko und Gorbatschow) und des grenzenlosen Terrors (der Gegenwart).

Letzterer unterscheidet sich von den vorangegangenen Varianten dadurch, dass er einfacher betrieben wird, nicht mehr zentral im Namen der Eiriwiwe. Irgendwer verurteilt irgendwen für irgendwas zum Tode. Man bringt einander auf alle erdenkliche Weise um, mit Messern, mit Jagdgewehren, Schrotflinten, Karabinern, Revolvern, Maschinenpistolen, Maschinengewehren, Granatwerfern, mit Hilfe von Gift, chemischen Dämpfen, radioaktiven Strahlen und Sprengkörpern. Hoher Wirkungsgrad, Aufklärungsrate gleich null. Wer ermordet wurde, wird immer bekannt, wer es gewesen ist, bleibt für immer ein Geheimnis. Überall in den Städten, nicht nur den großen, sondern zum Teil auch den kleinen, treiben Banden ihr Unwesen, allgemein bekannte mit bekannten Bossen, Ganoven, die sich vor niemandem verstecken, in gepanzerten Limousinen mit Leibwächtern durch die Gegend fahren, internationale Geschäfte tätigen und ihr Geld nicht im Sparstrumpf aufbewahren, sondern bei Auslandsbanken deponieren, in der Schweiz oder in der Bank of New York. Sie werden Banker genannt, Oligarchen, Bürgermeister, Gouverneure, Minister, Besitzer von Betrieben, Zeitungen, Schiffen, Erdölsonden und Fernsehkanälen. Sie führen ein schönes Leben, doch ist es oft nicht von langer Dauer und durch ständige Angst beeinträchtigt. Nicht vor der Miliz haben sie Angst, sondern einer vor dem andern, und das nicht ohne Grund. Zwischen ihnen herrschen ungeschriebene, aber strenge Gesetze. Die Hinrichtung ist eine gängige Strafform. Insofern steigt bei diesen Leuten der Bedarf an allem, womit man andere umlegen oder in die Luft jagen kann. Und das muss schließlich hergestellt werden. Zu einem dieser Hersteller war Wanka Shukow avanciert. Bei seinen potentiellen Auftraggebern genoss er wachsendes Ansehen. Alle wussten: Hatte Wanka Shukow den »Knallkörper« gemacht, dann war Verlass darauf. Der Kundenkreis der GmbH »Feuerwerk« wuchs ständig, die mit ausländischen »Schlitten« vorfahrenden Auftraggeber biederten sich bei Wanka an, sprachen ihn mit Iwan Georgijewitsch und »Sie« an und ließen sich nicht lumpen. Sie gestanden ihm völlige schöpferische Freiheit zu, worauf er großen Wert legte, denn in seinem Fach war er ein Künstler, stets war er darauf bedacht, etwas Originelles zu schaffen, etwas von besonderer Art, aber begrenzter Wirkung. Wir wollen das Bild unseres Volksrächers nicht allzu sehr romantisieren. Seine Geschäftstätigkeit verdient es, verurteilt zu werden, doch von anderen, die sich in ähnlicher Weise betätigten (und die allein das Geld interessierte), unterschied ihn immerhin eine gewisse Wahl seiner Mittel – er berechnete die Stärke und Wirkungsrichtung der Detonation sehr genau und suchte unnötige Opfer zu vermeiden.

Die Zünder von Wankas »Knallkörpern« waren alles Originalkonstruktionen: mechanische, chemische, akustische, bimetallische, elektrische und elektronische. Sie reagierten auf die verschiedensten Signale und Impulse: auf Fingerkontakt, auf Gerüche, auf Farben, auf Licht, auf Stimmtimbre, kurz gesagt, die konkreten Gegebenheiten erforderten jedes Mal ein völlig neues Herangehen.

Wankas erster großer »Knallkörper« wurde in einem Auto versteckt und sollte gezündet werden, wenn es 120 km/h erreichte. Wanka hätte nicht gedacht, dass jemand auf die Idee kommen könnte, mit so einer Geschwindigkeit durch die Straßen der Stadt zu fahren.

**17** Nie hatte Aglaja Stepanowna so gut und sorglos gelebt. Mit einer Rente war sie nicht ausgekommen, mit zweien aber brauchte sie sich nichts zu versagen, zumal sie, abgesehen vom Geld, auch noch komplett mit Esswaren versorgt wurde. Jede Woche erschien donnerstags Gala mit zwei Einkaufsnetzen – lebensfroh, lächelnd, gut aussehend, in Jeans und schicker Jeansjacke. Sie ging in die Küche und packte ihre Einkäufe aus, wobei sie vor sich hin plapperte wie jene Serviererin im Sanatorium von Sotschi:

»So, Brotchen hab ich gebracht, Butterchen, Eierchen, Wurstchen, Gürkchen, Tomatchen und das noch.« Die Augen leicht zusammengekniffen, langte sie eine Flasche finnischen Wodka heraus. »Das ist guter Wodka, sauber, nicht wie unsrer. Ich pichel ja auch gern ein bisschen, aber wir beide sollten uns damit zurückhalten. Mein Bruder, er ist Arzt, sagt immer: Denk dran, Galka, der weibliche Organismus ist für Alkohol anfälliger als der männliche.«

Mit dem Wodka bat Gala sich noch ein wenig zu gedulden. Erst einmal wollte sie sauber machen und Essen kochen. Damit zog sie die Jacke aus, krempelte die Ärmel ihrer weißen Bluse und die Hosenbeine ihrer Jeans hoch und machte sich an die Arbeit. Wenn sie sich vorbeugte, fiel ihr ein goldenes Kreuzchen aus der Bluse, das sie, damit es nicht herumbaumelte, zurücksteckte. Sie stellte Suppe auf den Herd, dazu Buchweizengrütze oder Kartoffeln, und während das Essen kochte, schaltete sie den Staubsauger ein, um die Teppiche zu säubern, bevor sie mit einem feuchten Lappen die Statue abwischte und anschließend die Blumen auf dem Fensterbrett goss. Alles ging ihr flink von der Hand. Wenn sie so durch die Wohnung flitzte, sagte sie:

»Oh, wie viel Staub Sie hier haben! Wo kommt der bloß her? Letztes Mal habe ich doch alles abgewischt, und wieder ist alles eingestaubt. Schrecklich! Mit der Ökologie scheint es mir bei uns zu hapern.«

Manchmal fragte sie nach Stalin: womit er sich bei den Leuten so beliebt gemacht habe, ob er gut gewesen sei.

»Wie soll ich dir das sagen?«, meinte Aglaja nachdenklich. »Gegen die Feinde kannte er kein Erbarmen, die hat er rigoros vernichtet, doch damit hat er für die Arbeiterklasse Gutes getan.«

Aglaja war niemals sentimental gewesen, jetzt aber zeigte sich bei ihr eine Regung, ihr wurde bewusst, dass sie auf ihre Ernährerin wartete, sich freute, wenn sie kam, und manchmal nannte sie sie sogar Galotschka. Gala ihrerseits sprach Aglaja mit »Mama Glaja« an, und das tat ihr wohl.

Gala kochte, deckte geschmackvoll den Tisch, stellte zwei Schnapsgläschen und zwei Gläser für Apfelsaft hin, dann aßen sie zusammen, tranken, unterhielten sich manchmal bis zum späten Abend.

Gala erzählte gern von ihren Eltern. Sie waren beide Kommunisten, hatten in Norilsk im Hüttenkombinat gearbeitet und vorgehabt, Geld zu sparen, um ihrer Tochter etwas zu hinterlassen.

»Doch dann kamen die da an die Macht, diese …, entschuldigen Sie den Ausdruck, und die ganzen elterlichen Ersparnisse waren futsch. Papa ist vor Kummer gestorben, gestern war es genau ein Jahr, ich bin in der Kirche gewesen und habe eine Kerze aufgestellt. Mama habe ich Geld geschickt. Sie bekommt ja eine kümmerliche Rente. Noch weniger als Sie. Ich unterstütze sie natürlich, es ist doch meine Mutter. Stellen Sie sich vor, ihr ganzes Leben war sie fleißig wie eine Biene, und jetzt reicht das Geld nicht einmal fürs Essen. Ich selbst wäre gar nicht in der Lage, aber Serjoshka … Mein Serjoshka ist ja eine so gute Seele. Wenn er einen alten Menschen mit ausgestreckter Hand dastehen sieht, leidet er schrecklich! Wenn er nur nicht so eifersüchtig wäre! Mein Gott, ist er eifersüchtig! Haben Sie gemerkt, was ich das letzte Mal für ein Veilchen hatte? Vielleicht ist es Ihnen nicht aufgefallen, ich hatte mich gepudert, hier, es ist immer noch zu sehen.«

»Hat er denn Grund zur Eifersucht?«, fragte Aglaja.

»Nun, ehrlich gesagt, Mama Glaja, Grund hat er. Er arbeitet doch den ganzen Tag, und wenn er müde nach Hause kommt, manchmal angetrunken, legt er sich hin und – Gesicht zur Wand. Und ich bin eine junge, lebenshungrige Frau, sechsundzwanzig bin ich, Mama Glaja. Als Sie sechsundzwanzig waren, haben Sie doch bestimmt auch …?«

»Ich habe mit sechsundzwanzig Jahren eine Partisaneneinheit befehligt.« Aglaja wollte das voller Stolz verkünden, sagte es aber so, als müsse sie sich entschuldigen für ihre armselige Jugend, in der sie sich mit dummem Zeug befasst und ihre Zeit sinnlos vertan hatte.

Doch auch Gala wurde verlegen:

»Oh, Mama, entschuldigen Sie, ich schäme mich, wirklich. Was waren Sie doch für Menschen! Voller Ideale, mutig. Und was sind wir für welche? Ich könnte keine Partisanin sein, vor Blut habe ich schreckliche Angst. Wenn ich sehe, dass sich jemand, es kann auch ein Fremder sein, in den Finger geschnitten hat – gleich wird mir schlecht. Sie haben wirklich für uns gearbeitet und gekämpft. Und wir … einfach beschämend. Serjoschka sagt, wir jungen Kommunisten seien völlig ohne Ideale. Nichts im Kopf als ein gutes Leben, Klamotten, Essen und Sex. Manchmal verlangt es einen nach etwas Erhabenem, aber die Gedanken gehen nach unten. Das Fleisch ist schwach, wie man so sagt. Wissen Sie, wie mich Serjoschka nennt?«

»Wie denn?«

Gala seufzte, offenbar unschlüssig, ob sie es sagen sollte, dann gestand sie mit verlegenem Kichern:

»Galka-Flittalka.«

»Also prügelt er dich nicht umsonst?«

»Natürlich nicht. Sonst würde ich es nicht ertragen. Ich mache mir ja selbst Vorwürfe, Mama Glaja, Sie können sich das nicht vorstellen. Was bin ich bloß für ein Flittchen, denke ich. Mich braucht ein Mann bloß zu berühren, schon schmelze ich hin. Ich komme einfach nicht dagegen an.«

»Sag mir doch mal …«, setzte Aglaja an, genierte sich jedoch plötzlich weiterzusprechen.

»Was?«, fragte Gala.

»Ja, also … Weißt du … In deinem Alter hatte ich anderes im Sinn, wir haben die ganze Zeit für die Heimat gekämpft, für Stalin, für die Partei, die Fünfjahrpläne waren zu erfüllen, an uns selbst haben wir kaum gedacht, darum …, lach bloß nicht, aber auf meine alten Tage höre ich immer: Orgasmus, Orgasmus. Was ist denn das, dieser Orgasmus? Wirst du mich auslachen?«

»Aber, Mama Glaja!« Gala machte große Augen und senkte ihre Stimme zum Flüstern: »Wissen Sie das wirklich nicht? Aber! Das … ja, wie soll ich das erklären? Bei mir selber … erst ist mir, als würde in mich etwas hineingepumpt und ich würde mich in einen Luftballon verwandeln, in einen riesigen Luftballon, wissen Sie, und ich fliege irgendwohin und fliege, und dann auf einmal zerplatze ich. Zerplatze und zerfließe – zur Pfütze, zum See, zum Meer. Mein Kopf ist völlig leer in dem Moment, ich sterbe, und in meinen Ohren klingt Musik, Musik, wie soll ich es sagen … na, Michael Jackson.« Gala sah Aglaja in die Augen, überlegte und fragte, als wäre sie sich der Antwort nicht sicher: »Mama Glaja, Sie sind doch auch einmal jung gewesen?«

»Was glaubst du denn?«, fragte Aglaja.

»Ich weiß nicht«, sagte Gala. »Eigentlich ist mir klar, dass Sie es waren, nur vorstellen kann ich es mir nicht.«

**18** Beim Surfen durch das Internet wurde ein Bürger des US-Staates Nebraska auf einen Nutzer des weltweiten Netzwerks aufmerksam, den offenbar Neuheiten der Sprengstofftechnik – Stoffe, Komponenten, Reagenzien, Katalysatoren,

Reaktionsbeschleuniger und -verlangsamer – interessierten. Der Unbekannte machte sich auch kundig über Neuentwicklungen im Bereich der Fernübertragung von Signalen und über diverse Sensorkonstruktionen. Außerdem suchte er sich offenbar über das Leben von Kriegsversehrten in Amerika zu informieren: ihre Zahl, ihre Renten und ihren Alltag, über Sozialprogramme und technische Möglichkeiten, die ihnen das Dasein erleichterten.

Der Mann aus Nebraska entschloss sich, mit ihm Kontakt aufzunehmen, ermittelte seinen IQ und wandte sich an ihn mit den Worten:

»Hi, I'm Jim Bardington. Who are you?«

Der verwunderte Wanka, der ganz passabel Englisch konnte, überlegte kurz, dann nannte er seinen Namen. Die nächste Frage lautete:

»Are you disabled?«

»How did you guess?«, lautete Wankas Gegenfrage.

»You are very intelligent.«

»Thank you. And what about you?«

»Me too.«

»Intelligent or disabled?«

»Both. Vietnam war veteran. Are you Russian?«

»Yes.«

»I hate USA, too!«

Ehe sich Wanka überlegen konnte, wie er seine Verwunderung am besten ausdrückte, klopfte es an der Tür – das bewusste Zeichen. Wanka entschuldigte sich bei dem Amerikaner und verließ das Internet.

Ovalja ließ einen mittelgroßen Mann mit tief in die Stirn gezogener Ledermütze herein. Als der Besucher das Zimmer betrat, bog er das Mützenschild nach oben und sah sich um. Eine Deckenbeleuchtung gab es nicht, dafür aber über Wankas Arbeitstisch eine tief herabhängende Lampe mit orangefarbenem Seidenschirm und einer Hundertfünfzig-Watt-Birne. In ihrem Schein konnte der Besucher den im Rollstuhl sitzenden Hausherrn betrachten – verstümmelt, mit verunstaltetem Gesicht, einäugig und einarmig. Das rechte Bein – eine Prothese mit Schuh in einem leinenen Hosenbein – stand auf einer niedrigen Fußbank. Die linke Prothese, mit hochgezogenem Hosenbein, lehnte, ohne Schuh, aber mit Socke, am rechten Bein. Sie diente Wanka, obwohl er einen Computer hatte, oft als Notizbuch. Er schrieb mit Bleistift darauf, registrierte Aufträge, malte chemische Formeln, machte seine Berechnungen, und was überholt war, das radierte er weg. Das Zimmer bot den Eindruck eines gut ausgerüsteten Chemielabors. Auf dem Tisch ein Computer, eine Apothekerwaage, zwei Lötkolben, Mikroschaltungen mit Chips, eine Rolle Kupferdraht und die Zeitschrift *Chimija i shisn* (Chemie und Leben). Auf Wandborden rings um den Tisch Glaskolben mit Flüssigkeiten, Gläser mit den Aufschriften »Salpeter«, »Quecksilber«, »Kohlepulver«, »Gelatine«, »Schwefel«, »Kupfervitriol«, »Glyzerin« und »Nitroglyzerin«. In und vor den grob gezimmerten Regalen Kanister, kleine Eimer, Gläser, zwei Infanterieminen, vier Panzergranaten und allerlei Dinge von tödlicher Gefahr mehr.

»Und das alles bewahren Sie so offen auf?«, fragte der Besucher erstaunt.

»Nehmen Sie Platz«, sagte Wanka und wies auf einen durchgesessenen roten Sessel an der linken Tischseite. »Darf ich erfahren, wie Sie heißen?«

»Dürfen Sie. Iwan Iwanytsch. Genügt das?«

»Genügt. Und was wünschen Sie?«

Iwan Iwanytsch schien plötzlich verlegen.

»Hier gibt es einen Mann«, begann er unsicher.

»Wo hier?«, fragte Wanka streng.

»In Moskau.« Iwan Iwanytsch machte einen sichtlich gehemmten Eindruck. »Eigentlich ist er aus Dolgow, aber seine Bank hat ihren Sitz in Moskau. Und es geht darum …«

»Worum es geht, ahne ich, aber was ist das für ein Mann?«

»Brauchen Sie den Namen?«

»Nähere Angaben brauche ich. Was er beruflich macht, wo er sich aufzuhalten pflegt, mit wem er verkehrt, wie er seine Freizeit verbringt, was er für Vorlieben und Gewohnheiten hat.«

»Kann ich Ihnen alles geben«, sagte der Besucher. Er zog aus seinem Jackett eine dicke Brieftasche mit zahlreichen Kreditkarten und entnahm ihr einen Computerausdruck, auf dem alles Notwendige vermerkt war. Bankpräsident, 29 Jahre alt, geschieden, ein Kind, wohnt in einem gut bewachten Haus, hat ein Verhältnis mit der Frau des Besitzers des Restaurants »Goldene Gans«, sie treffen sich in einer dazu angemieteten Wohnung, dieses Haus wird nicht bewacht, die Wohnung hat eine Alarmanlage, doch die lässt sich über einen Verbindungsmann bei der Miliz ausschalten.

»Unser Vorschlag«, sagte Iwan Iwanytsch, »wäre, die Mine unter dem Bett zu platzieren, mit Auslösung durch den ausgeübten Druck. Solange nur die Geliebte im Bett liegt, passiert nichts, wenn sie sich zu zweit reinlegen, detoniert sie. Sehr einfach.«

Wanka las das Papier und stülpte verächtlich die lädierte Unterlippe vor.

»Einfach und dumm«, befand er.

»Warum?«, wunderte sich der leicht gekränkte Besucher.

»Darum, weil sie, wenn er auf ihr liegt, für ihn einen Schutzschild bildet. Sie wird zerrissen, während er am Leben bleibt.«

»Und wenn man mehr Sprengstoff nimmt? Wir bezahlen alles.«

»Sie bezahlen es. Bloß gibt es da bestimmt noch mehr Wohnungen. Drunter und drüber. Familien, Kinder …«

»Na und? Bist du etwa eine Humanist?«, wollte der Besucher wissen.

»Bitte ohne Duzen«, brummte Wanka, »ein Humanist nicht, aber ein Spezialist. Ich mag keine primitiven Lösungen. Was hat er noch für Gewohnheiten?«

Er erfuhr, dass das potentielle Opfer in seinem Arbeitszimmer eine Bar hatte und mehrmals täglich Whisky mit Tonic trank.

»Whisky mit Tonic?« Wanka nahm einen Bleistift vom Tisch und schrieb etwas auf das Plastikbein. »Gibt's denn das – Whisky mit Tonic trinken?«

»Warum nicht?« Der Auftraggeber zuckte die Schultern. »Ich trinke auch Whisky mit Tonic.«

»Ach ja?« Aus seiner bei Warwara Iljinitschna in Moskau verbrachten Zeit erinnerte sich Wanka, dass die westlichen Journalisten den Dissidenten ausländische Spirituosen anboten und auch selbst tranken, Tonic aber nahmen sie zum Gin und niemals zum Whisky. »Na schön«, murmelte er, »jeder hat seinen eigenen Geschmack.«

Durch weitere Fragen fand Wanka heraus, wie der Banker seinen Arbeitstag begann. Wenn er sein Büro betrat, ging er als Erstes zur Bar, goss sich Whisky mit Tonic ein, und während er so trank, dachte er mindestens eine halbe Stunde nach. Dann öffnete er den Panzerschrank, holte Geschäftspapiere heraus und machte sich an die Arbeit. Der Kode war dem Auftraggeber bekannt.

»In Ordnung«, sagte Wanka und schrieb wieder etwas auf das Bein, »kommen Sie in einer Woche wieder.«

»Abgemacht.« Als sich der Besucher erhob, um zu gehen, wies er mit einer Kopfbewegung auf Wankas Bein. »Ein gutes Notizbuch.«

»Ja«, bestätigte Wanka, »immer griffbereit.«

Nachdem der Besucher gegangen war, verriegelte Ovalja die Tür, während Wanka sich wieder dem Computer zuwandte und seinen neuen Bekannten fragte, warum er Amerika hasse.


**19** Wir leben in einer Zeit, in der allein äußerste Skepsis die Chance bietet, sich als kluger Kopf oder gar als Prophet zu erweisen. Mit den zwischenmenschlichen Beziehungen wird es immer schlechter, und mit der Moral … Bei uns spricht man sehr viel von ihr, verdreht dabei gefühlvoll die Augen. Ach, die Moral, die Moral … Indessen befindet sich diese Moral bei uns in einem Zustand, dass es besser ist, darüber zu schweigen. Je gaunerhafter einer ist, desto mehr spricht er von Moral, Patriotismus und Menschenliebe. In Wirklichkeit hat die Hartherzigkeit der Menschen beträchtlich zugenommen.

Kaum zu glauben, dass es noch vor gut hundert Jahren in Russland einen einzigen Henker gegeben hat. Ein zweiter, der bereit gewesen wäre, Menschen hinzurichten, fand sich nicht. Es kam vor, dass Leute erstochen oder mit Pfählen totgeschlagen wurden, aber das geschah ausschließlich im Suff, aus dummer Hemmungslosigkeit, im Zustand höchster Erregung, die den Verstand ausschaltete. Mitunter wurden natürlich auch des Geldes wegen Menschen umgebracht, jedoch nicht in routinemäßiger Erfüllung dienstlicher Obliegenheiten. Nicht aus ideologischen Gründen. Nicht zu Forschungszwecken. Und nicht in solcher Unzahl.

Wie viele Mörder verschiedenen Kalibers haben wir erlebt: Lenin, Stalin, Hitler, Himmler, Mengele, Pol Pot, Tschikatilo …

Übrigens ist es keinem der Schriftsteller gelungen, irgendeinen dieser Charaktere authentisch zu gestalten. Denn um diese oder jene Gestalt zu beschreiben, muss man in ihre Haut schlüpfen. Die Fähigkeit, sich in jemand anders hineinzudenken, gehört zum Handwerk des Schriftstellers. Er kann sich als Emma Bovary fühlen, als Pierre Besuchow, als Tschitschikow, als Korobotschka, selbst als Leinwandmesser oder als Kaschtanka. Selbst das Pferd und der Hund haben uns verständliche Empfindungen und Regungen, doch kenne ich keinen einzigen Erzähler, der es vermocht hätte, sich in die Rolle Lenins, Stalins, Hitlers oder besagten Tschikatilos hineinzuleben. Lenin, Stalin und Hitler haben mit den Händen ihrer Erfüllungsgehilfen Millionen von Menschen umgebracht. Tschikatilo hat mit seinen eigenen Händen Mädchen die Gebärmutter herausgeschnitten und roh aufgefressen. An die fünfzig Menschen hat er vergewaltigt, getötet und zum Teil aufgefressen, aber sein Rekord hielt sich nicht lange. Ein gewisser Kolja hat hundert Frauen abgemurkst, roh allerdings nur ihr Blut getrunken. Ihr Fleisch kochte, briet, dörrte, räucherte, verarbeitete er zu Wurst, die er selbst mampfte und auch seinen Gästen vorsetzte. Nach Kolja kamen Mörder, die wiederum ihn ausstachen, und der Wettbewerb geht weiter. Die Sadisten, Vampire, Menschenfleischbeschaffer nehmen überhand. Kleine Kinder werden entführt zur Entnahme innerer Organe. Und was die Meister des geschäftsmäßig betriebenen Mordens anbelangt, so erregt ihr Wirken die Phantasie von Schülern, und jugendliche Hitzköpfe träumen mit leuchtenden Augen davon, nicht Schriftsteller, nicht Forschungsreisender oder Weltraumfahrer, sondern Killer zu werden. Wie verlockend und romantisch: sich sein Opfer auszugucken, ihm in einem dunklen Hauseingang unter einer Treppe aufzulauern, es aus nächster Nähe niederzuschießen, nach einem sicherheitshalber abgegebenen Kopfschuss über die Leiche hinwegzusteigen und sich ohne Eile zu entfernen.

Weder ein Romantiker noch ein Sadist war Validol jemals gewesen. Er brachte nur dann jemanden um, wenn ihm das Nutzen brachte. Den Rest der Menschheit ließ er ungeschoren. Vergnügen bereitete ihm das Umbringen von Menschen nicht, Missvergnügen empfand er dabei freilich auch keines. Geschäft ist Geschäft – so verhielt sich das für ihn. Einen Menschen umbringen war nicht viel mehr als einen Holzklotz spalten. Der Unterschied bestand lediglich im Risiko, das man einging. Man konnte selbst umgebracht werden. Oder im Knast landen. Und die unangenehme Seite des Mordens: Hinterher musste man die Spuren verwischen, die Leichen zerstückeln, Indizien vernichten, sich ein Alibi verschaffen. Hätte Validol also ordentlich Knete machen können, wie er das nannte, ohne jemanden umzubringen, so hätte er darauf verzichtet. Er trug sich auch bereits mit dem Gedanken, sobald er das Startkapital zusammenhatte, das Morden aufzugeben und sich legalen Geschäften zuzuwenden. Zuvor galt es allerdings das Begonnene zu Ende zu führen, und das hieß leider Gottes – Valentin Jurjewitsch zog in Gedanken die Schultern hoch –, noch jemandem das Leben zu nehmen, dann aber, dann …

Jetzt, wach geworden, war er zum Nachdenken nicht sonderlich aufgelegt. Am liebsten hätte er weitergeschlafen, doch die wie taugebadete morgendliche Frühjahrssonne schien ihm direkt in die Augen, dass er sie zusammenkneifen musste. Er wandte sich ab und seiner Geliebten zu, die er bei guter Laune Galtschonok nannte. Sie hatte ihm den Rücken zugedreht, die entblößte Schulter trug die Februarbräune von Bali, mit einem hellen Streifen – vom Träger. Validol legte seine Hand auf diese Schulter und streichelte sie. Seine Stimmung war bestens. Alles entwickelte sich günstig, und er hatte viel von dem erreicht, wovon er früher nicht einmal zu träumen wagte, obwohl er seit langem wusste, wie wohltuend großes Geld knistert. Doch wofür konnte man es bis vor kurzem ausgeben? Nun, er hatte ganze Abende in Restaurants verbracht, sich in Sotschi geaalt, regelmäßige Saunabesuche gemacht, seine Freundinnen in »Abrau Djurso«-Sekt gebadet, selbst diesen Sekt oder Wodka getrunken, bis er besoffen war wie ein Schwein. Für all das hatte er teuer bezahlen müssen. Zweimal war er eingesperrt worden, und es hätte ihn noch ein drittes Mal erwischt, wäre nicht die Perestroika gewesen, die Reformen und all das andere.

Jetzt aber nannte er Kasinos, Restaurants, ein Filmtheater, das Unternehmen »Neusiedler« und die Agentur »Greifbar nahe Welt« sein Eigen. Kürzlich hatte er noch eine Tankstelle dazugekauft und vor ein paar Tagen dem 600er Mercedes nicht widerstehen können, obwohl er sich immer über andere Besitzer dieses Modells lustig gemacht hatte, die »neuen Russen« aus den Witzen. Das Prachtexemplar stand nun in seiner Garage. Mit getönten Scheiben, vergoldeten Griffen und allen möglichen Raffinessen. Eine Alarmanlage gehörte dazu, Automatik, heizbare Sitze, ein Computer, ein Thermometer, ein Navigationsgerät (das hier freilich völlig unnütz war). Er hatte sich die Sache etwas kosten lassen, seinen Luxusschlitten mit der Höchstsumme versichert. Gegen Diebstahl, Unfall, Elementarereignisse und so weiter und so fort. Für alle Fälle hatte er bei der Versicherung die höheren Mächte mit einbezogen, in Gestalt eines Priesters, der die Neuanschaffung im Namen des Vaters, des Sohnes und des Heiligen Geistes besprengt und ein Gebet gesprochen hatte, dass das Gefährt und die Gottesknechte, die damit fahren würden, behütet bleiben mögen.

Vorläufig lief also alles gut. Und es sah ganz danach aus, dass es noch besser werden könnte. Nur noch ein paar Mühen, die man auf sich nehmen musste, so einer alten Alkoholikerin das Lebenslicht auszublasen. Eine ganz unkomplizierte und fast gefahrlose Aufgabe. Alles ist durchgespielt. Vier solchen vergreisten

Schnapsdrosseln hat er bereits geholfen, ihre Lebensbürde loszuwerden. Das geht ganz einfach. Mit der Oma heißt es erst mal ein kleines Gläschen trinken, dann ein bisschen mehr und sie schließlich auffordern: trink noch was, Omachen, und wenn sie sich sträubt, ihr helfen, den Mund aufzumachen, und das Zeug hineinschütten, bis sie erstickt. Eine nicht gerade angenehme Arbeit, aber auszuhalten. Und wahrscheinlich zum letzten Mal zu erledigen. Bald wird er eine Wasserheilanstalt samt einem kleinen Mineralwasserabfüllbetrieb bauen, und sein Wasser (das hat sich sein bester Freund Mossol ausgedacht) »Valina Dolina« (Valjatal) nennen. Ein legales Gewerbe wird er auf diese Weise betreiben, ein redliches oder doch fast redliches, sich jedenfalls dem Zugriff von Staatsanwälten und Steuerfahndern entziehen. Er lebt jetzt schon zum Teil legal: geht seinen Geschäften offen nach, lässt andere an seinen Einnahmen partizipieren. Die entsprechenden Amtsträger bekommen ein paar Scheinchen rübergereicht, für die Kosmas- und-Damian-Kirche ist eine Unterstützung abgefallen, und die Stiftung »Würdiges Alter« hat er auch gegründet. Beim Vorsitzenden der Stadtverwaltung genießt er ebensolches Ansehen wie beim Milizchef und dem Leiter der Verwaltung der Sicherheitsorgane. Bald finden Neuwahlen statt, an denen er teilnehmen wird, und der Erfolg müsste ihm bei seinem Geld und seinen Beziehungen sicher sein. Danach ist er unantastbar und seine weitere Karriere gesichert, er sieht sich schon auf dem Stuhl des Stadtoberhaupts, wo er alles unter sich haben wird: die Bank, die Miliz, die Staatsanwaltschaft und das Gericht.

Kurzum, er wachte froh gelaunt auf und drehte sich seiner Geliebten zu, die noch schlief, den Kopf ins Kissen gewühlt. Er streichelte ihre Schulter. Sie wachte auf: Was? Was ist? Als sie begriff, was war, schmiegte sie sich an ihn …

Dann tranken sie auf dem Balkon frisch gebrühten Kaffee mit Sahne und aßen dazu aufgebackene Brötchen und Käse. Die Sonne strahlte, es war warm, es duftete nach Jasmin, der üppig in Balkonhöhe blühte.

»Wie schön!«, entfuhr es plötzlich Validol.

»Was?«, fragte Gala erschrocken.

»Was – was?«

»Nichts«, sagte sie verlegen. »Ich habe einfach nicht erwartet, dass du etwas empfinden könntest.«

»Dumme Gans!«, versetzte er. »Du verstehst eben nicht und wirst es nie verstehen, wie schön das Leben ist!«

»Warum denn?«, fragte sie gekränkt. »Bist du vielleicht empfindsamer als ich?«

»Nein. Aber um das Glück dieses Lebens genießen zu können, muss man ein anderes zu kosten kriegen. Zum Beispiel ein paar Jährchen im Lager verbringen.«

»Du hast gesagt, dass du auch da nicht schlecht gelebt hast.«

»Nicht schlecht. Ich habe da besser gelebt als andere. Ich war dort der Boss, ich hatte den besten Platz auf den Pritschen, während die anderen dort arbeiteten, habe ich Tschifir getrunken, und die kleinen Schräubchen durften alle meine Wünsche erfüllen.«

»Davon rede ich doch.«

»Was redest du!«, brauste er auf. »Kapierst du nicht, dass das Unfreiheit war? Statt Kaffee bloß diese Teedroge, statt Jasmin, der jetzt blüht, stinkende Fußlappen und lauter tierische Fratzen ringsum. Nein, da will ich nicht wieder hin.«

»Warum solltest du da hin? Wofür? Ein anständiger Mensch wie du?«

»Ich?« Er sah sie spöttisch an. »Ich? Und du auch?«

»Iich?«, rief sie verwundert. »Willst du sagen, dass ich …?«
Tränen traten ihr in die Augen.

»Du meinst, dass ich kein anständiger Mensch bin?« Sie war nahe daran, einen hysterischen Anfall zu bekommen.

»Nein«, beeilte er sich zu versichern. »Ich habe dir nichts dergleichen gesagt. Aber halt schön durch, vergiss nicht, dass wir heute noch die Alte kaltzumachen haben.«

»Was soll denn das?!«, schrie sie. »Ich habe mich noch nie vor der Arbeit gedrückt, ich habe dir immer und bei allem geholfen.«

»Beruhige dich!« Er rückte näher heran und bettete ihren Kopf in seine Achselhöhle. »Reg dich nicht auf, alles wird gut, wir machen die Alte kalt, diese eine noch, die letzte, und führen ein anständiges, ein hochanständiges Leben. Gehen unseren Geschäften nach, verdienen Geld, unternehmen Inselreisen.«

Kurz darauf verließen sie das Haus. Validol öffnete die Garage mit der Fernbedienung. Das Tor hob sich knarrend. Das Sonnenlicht wurde von der Stoßstange und vom Kühler des Prachtwagens reflektiert. Zwei gerade vorbeigehende Jungen blieben stehen, um die Limousine des 21. Jahrhunderts zu betrachten.

Valentin Jurjewitsch fuhr aus der Garage heraus. Das Tor senkte sich. Gala setzte sich auf den Ledersitz rechts von ihrem Geliebten. Er stellte den Hebel auf »drive«, trat aufs Gas, bog in die Klosterstraße ein und brachte den Wagen im Nu auf eine angesichts der Enge und Holprigkeit der Straßen geradezu irrsinnige Geschwindigkeit.

»Valja! Wo willst du …?« Gala klammerte sich an den Sicherheitsgurt und sah nach dem Tachometer. Der Zeiger beschrieb eine rasche Kreisbewegung und schoss über die 120er-Marke hinaus …

Aglaja Stepanowna Rewkina war um diese Zeit mit einem Tempo von zweieinhalb Kilometern pro Stunde auf dem Nachhauseweg vom Einkaufen. In einem Plastikbeutel trug sie zweihundert Gramm Odessaer Wurst, ein Huhn, ein Kilo Kartoffeln, ein Glas zerkleinerte Zucchini und einen Kohlkopf. Sie wusste, dass heute Gala kommen würde, mit Wodka und Lebensmitteln. Möglicherweise (hatte Gala gesagt) würde auch Valentin Jurjewitsch mitkommen. Aglaja hatte beschlossen, einen kleinen Imbiss vorzubereiten. Von der Klosterstraße wollte sie in ihre Komsomolgasse einbiegen, als ein Mercedes um die Ecke schoss, davonraste und sich plötzlich im Ergebnis einer sonderbaren Metamorphose vor ihren Augen in einen berstenden Feuerball verwandelte. Beinahe gleichzeitig gab es einen ungeheuren Knall, grell und schmerzhaft schlug es gegen die Augen und die Trommelfelle, Eisen- und Glasstücke flogen durch die Gegend. Ein Wagenrad sauste in den Himmel, bevor es auf das Dach eines vorbeifahrenden Busses fiel, heruntersprang, die Straße entlang und dann zur Seite rollte, einen Hund zu Boden riss, gegen eine Schusterbude prallte und sie zusammen mit dem Schuster umwarf.

Da unser Buch kein Krimi ist, sondern lediglich unsere kriminelle Wirklichkeit wahrheitsgetreu darstellt, wollen wir den Leser nicht unnötig auf die Folter spannen und gleich sagen, dass Aglaja Stepanowna Rewkina dem ihr von der Stiftung »Würdiges Alter« zugedachten Schicksal lediglich dadurch entging, dass sich Validol ein starker Rivale in den Weg stellte – der Banker Andrej Ignatjewitsch Mossolow, genannt Mossol, der ihm möglicherweise in treuester Freundschaft verbunden geblieben wäre, hätte er nicht eigene Vorstellungen in Bezug auf die Mineralwasserquelle und die bevorstehenden Wahlen gehabt.

Sicherlich erinnert sich der Leser, dass Validol seinen Mercedes zusätzlich zur Versicherung noch hatte segnen lassen. Es könnte seltsam erscheinen, dass Valentin Jurjewitschs Schlitten, obwohl unter höchsten Schutz gestellt, trotzdem in die Luft geflogen war. Das könnte es, wüssten wir nicht, dass die in dem Mercedes versteckte Höllenmaschine ebenfalls gesegnet worden war. Mossol hatte sie extra in die Kirche getragen und sich großzügiger gezeigt als Validol. Überdies war es eine meisterhafte Konstruktion.

Wanka Shukow hatte alles präzise berechnet. Nur dass Validol schon in der Stadt so eine Geschwindigkeit erreichen könnte, an die Möglichkeit hatte er nicht gedacht.

20 »Kannst du mir erklären, warum du Amerika hasst?«, fragte Wanka seinen neuen Freund.

»Nicht nur Amerika«, antwortete Jim. »Ich hasse die ganze Welt und die ganze Menschheit. Der Mensch hält sich für die Krone der Schöpfung. In Wirklichkeit ist er das verlogenste und niederträchtigste aller Tiere, das keinerlei Vertrauen verdient. Und das unvernünftigste dazu. Die meisten Menschen sind damit befasst, Waffen herzustellen, sie bringen ihresgleichen um oder tragen sich mit diesem Gedanken. Verdienen etwa Wesen als vernunftbegabt betrachtet zu werden, die ihre Unfähigkeit beweisen, sich zu verständigen und in Frieden zusammenzuleben, statt Unglück übereinander zu bringen? Das schlimmste Raubtier tötet sein Opfer, um seinen Hunger zu stillen. Allein die Menschen bringen einander um oder setzen einander kaum vorstellbaren Qualen aus, weil sie Spaß daran finden. Am meisten hasse ich die Gesunden. Letzten Endes haben sie uns geopfert, und jetzt ist es ihnen nicht einmal peinlich, dass sie gehen, laufen, springen, Basketball spielen, sich umarmen, mit den Händen winken können. Wenn sie dich und mich sehen, wenden sie sich ab, weil wir ihnen die Stimmung verderben. Eine gute Meinung habe ich allein von solchen Invaliden, wie wir beide es sind, und ich wünschte, dass alle Menschen wenigstens einen Monat oder zumindest zwei Wochen unsere Stelle einnähmen.«

»Aber vielleicht liegt das Problem darin«, schrieb Wanka, »dass die Menschen unglücklicher sind als Tiere. Im Unterschied zu allen anderen Wesen wissen sie um ihre Sterblichkeit.«

»Ja«, stimmte ihm Jim zu, »sie sind unglücklich. Aber dann müssten sie sich nicht selbst, sondern einer den andern bedauern.«

»Aber du bedauerst sie doch nicht.«

»Das ist ja der Grund, warum ich sie nicht bedauere. Ich habe sie bedauert. Solange ich ein gesunder junger Mensch war, aufs College ging, ein hübsches Mädchen liebte und Basketball spielte. Jetzt habe ich mir das Recht verdient, niemanden zu bedauern und niemanden zu lieben. Bis auf solche wie wir beide. Ich trinke auf dich.«

»Was trinkst du?«

»Ich trinke immer Whisky.«

»Mit Tonic?«, erkundigte sich Wanka.

»Was?«, fragte Jim. »Whisky mit Tonic? Du meinst, das kann man trinken – Whisky mit Tonic?«

»Warum denn nicht?«

»Lieber Freund, bitte nicht. Wenn du Whisky mit Tonic trinkst, verlierst du meine Achtung.«

»Warum?«

»Weil Whisky mit Tonic zu trinken von sehr schlechtem Geschmack zeugt. So was macht man bloß in Kalifornien. Whisky trinkt man niemals mit Tonic. Mit Tonic trinkt man Gin, Wodka, Wermut, Campari, was du willst, bloß nicht Whisky. Whisky ist ein edles Getränk, das man mit Eis, mit Soda, mit Mineral-, mit Leitungswasser oder einfach pur trinkt wie ich. Aber nicht mit Tonic.«

Tags darauf schickte Wanka Ovalja in den Supermarkt, sie brachte Whisky und Tonic, und Wanka begann zu trinken.

Die ganze Woche trank er. Mischte Whisky und Tonic in unterschiedlichen Proportionen, trank, behauchte die von ihm entwickelten Geruchsfänger, führte allein ihm verständliche Verrichtungen aus. Am Ende der Woche war das neue Gerät fertig und wurde dem Auftraggeber ausgehändigt.


**21** Dass Wanka fernsah, kam selten vor. Doch in gewissen Abständen verstärkte sich sein Interesse an Nachrichtensendungen. Für gewöhnlich kamen ein paar Tage nach Übergabe eines seiner Erzeugnisse aus Moskau, Petersburg, seltener aus anderen Städten Meldungen, dass wieder in einer Wohnung oder einem Büro eine Bombe explodiert, dass ein Auto in die Luft geflogen war und dieser oder jener wichtige Mitbürger sein Leben verloren hatte. Auf diese Weise erfuhr er, von wem er die Menschheit befreit hatte. Doch wenn von einer Explosion in einem Bus oder einem Bahnhof die Rede war, dann wusste Wanka, dass es sich hier um fremde, schmutzige Arbeit handelte.

Anderthalb Wochen waren vergangen, seit Iwan Iwanytsch bei ihm gewesen war, doch weder der Rundfunk noch die Zeitungen brachten eine entsprechende Meldung. Wanka erging sich in Vermutungen, als an einem regnerischen Tag ein Landrover in den Hof brauste, aus dem, fast noch in voller Fahrt, Iwan Iwanytsch heraussprang und dazu ein Blonder, der irgendeinem Fußballspieler ähnlich sah. Ovalja war auf einer Besorgungsfahrt, und Wanka hatte die Tür nicht abgeschlossen. Die beiden stürmten, ohne anzuklopfen, herein, und Iwan Iwanytsch, der nicht mehr daran dachte, dass Wanka sich das Duzen verbeten hatte, brüllte von der Schwelle:

»Du Mistkerl …« Da fiel ihm ein aus der Ecke kommendes Geräusch auf, das nichts Gutes ahnen ließ.

Wanka warnte gelassen:

»Vorsicht, hier sind hoch empfindliche Geräte. Sie reagieren sehr sensibel auf Grobheiten und besonders auf Schusswaffen.«

Iwan Iwanytsch hatte sich sofort in der Gewalt und stoppte den Blonden, der schon dabei war, etwas Metallenes aus der Tasche zu ziehen.

»Also, worum geht es?«, wollte Wanka wissen, als sich die Besucher beruhigt hatten.

»Weißt du es denn nicht?«, fragte Iwan Iwanytsch.

»Nicht ›du‹, sondern ›Sie‹«, verbesserte ihn Wanka erneut. »Was ist passiert?«

»Das ist es ja, dass nichts passiert ist«, sagte der Blonde, der Wanka streng fixierte. »Wir haben das Ding hinter den Panzerschrank gepackt und den Detektor angeschlossen. Nichts passiert.«

»Hm«, sagte Wanka nachdenklich. »Mit dem Trinken hat er nicht zufällig aufgehört?«

»Wo denkst du hin!«, widersprach Iwan Iwanytsch hitzig, geradezu beleidigt für seinen Chef, und korrigierte sich sogleich: »Das heißt Sie. Als Erstes geht er früh zur Bar.«

»Mhm.« Wanka kratzte sich den Kopf. »Vielleicht ist er auf Gin umgestiegen? Oder auf Wodka?«

»Nein doch, nein«, versetzte Iwan Iwanytsch gereizt. »Wie er Whisky mit Tonic getrunken hat, so trinkt er ihn. Und zwar immer ein und dieselbe Marke – ›Jack Daniel's‹.«

»›Jack Daniel's‹?«, fragte Wanka erstaunt. »Warum haben Sie das nicht gleich gesagt? Ich dachte, er trinkt Scotch, ›Jack Daniel's‹, das ist doch Bourbonwhiskey. Wenn er sogar den mit Tonic trinkt …«

»Warum denn nicht?«, fragte der Blonde.

»Wenn bei uns die Banker schon morgens solchen Mist trinken, was für ein Vertrauen kann es zu so einer Bank geben, und was ist von unserer Wirtschaft zu erwarten? Na schön, bringen Sie mir eine Flasche von diesem ›Jack‹, hier bei uns gibt es keinen.«

»Ich habe eine im Auto«, sagte Iwan Iwanytsch. »Ich hole sie gleich.«

**22** Ein paar Tage später fuhr Andrej Ignatjewitsch Mossolow wie immer um halb neun mit seinem smaragdgrünen Jaguar vor dem Seiteneingang der Orion-Bank vor, wo er als Präsident seine bescheidenen Ersparnisse wusch. Der Fahrer brachte den Wagen sofort in den bewachten Hof, während die zwei Leibwächter des Präsidenten das Gebäude betraten, aber unten blieben. Zum ersten Stock fuhr der Präsident allein hoch. An der Sekretärin vorbei ging er zu seinem Arbeitszimmer. Mantel, Hut und weißen Schal hängte er an die Garderobe. Dann schaltete er den Computer ein, öffnete die Bar, warf in ein dickwandiges Glas vier Eiswürfel, goss »Jack Daniel's«-Whiskey hinein und gab Tonic dazu. Dieses barbarische Getränk hatte er sich während seines Studiums an der Stanford University angewöhnt. Solange er damit beschäftigt war, wurde der Computer hochgefahren, und Mossol ging ins Internet. Die Börsennotierungen, die er sich als Erstes ansah, irritierten ihn. Während er geschlafen hatte, waren die Aktien an der Tokioter Börse, in denen seine Bank den Hauptteil ihres Kapitals angelegt hatte, stark gefallen. Auf eine andere Site wechselnd, erfuhr er, dass die Berechtigung, die Dolgower Mineralwasserquelle zu nutzen, sein Konkurrent Felix Bulkin erhalten hatte, den Andrej Ignatjewitsch unter dem Namen Pest noch aus der Zeit kannte, als sie gemeinsam von der Eisenbahn Schutzgeld erpresst und ihre ersten Einnahmen mit dem Verkauf von gefälschtem Alkohol der Marke »Royal« erzielt hatten. Obwohl Pest ganze zwei Jahre Studium an der Fachschule für Textilindustrie vorzuweisen hatte, schaffte er es, ein großer Geschäftsmann zu werden und selbst mit so einem gestandenen Wirtschaftsfachmann wie Andrej Ignatjewitsch Mossolow erfolgreich zu konkurrieren. Seine mangelhafte Bildung machte er durch angeborene Dreistigkeit wett und durch sein Vermögen, sich durchzulavieren, wohin und wie er immer wollte, und seinen Fuß in jede Tür zu bekommen.

»Ach, du Drecksack!«, sagte Andrej Ignatjewitsch, schäumend vor Wut über die Impertinenz seines Rivalen. Nachdem er noch ein paar Ausdrücke gebraucht hatte, die er nicht in der London School of Economics, sondern ganz woanders gelernt hatte, rannte er zum Panzerschrank, um sich das gegen Pest gesammelte kompromittierende Material anzusehen: diverse Dokumente, Auszüge aus alten Gerichtsakten, Videobänder.

Mossol öffnete die Tür des Panzerschranks und steckte mit den Worten »Du sollst mich kennen lernen, du Aas« den Kopf hinein.

Die Explosion war nicht sehr stark. Der Sekretärin erschien sie lediglich als Knall. Doch als sie die Tür zum Zimmer des Präsidenten öffnete, sah sie zunächst nichts als Rauch. Dann machte sie in dem Rauch den Kopf des Präsidenten aus, der, vom Rumpf abgerissen, wie ein Holzklotz schwelte. Die Sekretärin fiel in Ohnmacht, und danach musste sie sich von einem Hypnotiseur monatelang gegen Stottern behandeln lassen.

# FÜNFTER TEIL

Ein Fest auf unserer Straße

1 Für Aglaja begann wieder ein schweres Leben – sie musste mit einer Rente auskommen, die vorn und hinten nicht langte. Nicht einmal dazu, im Schlafzimmer die Fensterscheibe zu ersetzen, die ihr zu Beginn des Herbstes ein paar Strolche mit dem Fußball kaputtgeschossen hatten. Sie klebte das Fenster mit Zeitung zu, doch die riss ein, im Schlafzimmer war es kalt und zugig. Sie wechselte ins Wohnzimmer hinüber und schlief auf dem Sofa, das sie ständig aufgeklappt ließ. Es war hart und zweihöckrig wie ein Kamel – jede Hälfte gewölbt. In der Nacht rollte Aglaja in die Mitte, und trotz der warmen Decke fror sie – zwischen den beiden Sofahälften war ein breiter Spalt, durch den die Kälte drang. Kopfschmerzen setzten ein, die sie keinen Schlaf finden ließen. Als sie endlich doch einschlief, versammelten sich kleine Wesen um sie, Kakerlaken, Mäuse, Fledermäuse, lachten und fletschten die Zähne. Manchmal ähnelten diese Geschöpfe Politbüromitgliedern. Dann wieder träumte sie von Politbüromitgliedern, die diesen Geschöpfen ähnelten. Wenn sie verschwanden, kam sie mehr oder weniger zu sich – durchgefroren, der Körper mit Gänsehaut und klebrigem kaltem Schweiß bedeckt, egal, wie das Wetter war.

Im Frühjahr stellten sich rechts unterhalb des Rippenbogens Schmerzen ein. Als sie sie nicht mehr aushielt, holte sie einen Arzt. Der Wohngebietsarzt erschien, ein betagter schwermütiger Mann mit Schifferbart – die zwei großen strubbeligen Hälften standen seitlich ab – und einem direkt über den alten Mantel gezogenen Kittel. Er hörte sie ab, maß den Blutdruck, erkundigte sich nach ihrem Appetit, ob sie Übelkeit, Brechreiz und Aufstoßen habe.

»Appetit habe ich nicht«, sagte sie, »das Übrige ja.«

»Kann ich mal Ihre Handflächen sehen?« Er drehte sie zum

Licht, drückte sie mit seinen weichen Fingern. »Rosa Handflächen. Ihre Leber hat auf Zirrhose-Rot geschaltet.«

»Was heißt das?«, fragte Aglaja.

»Das heißt, dass Sie sofort mit dem Trinken aufhören und sich auf Diätkost umstellen müssen: nichts Gebratenes, möglichst wenig Salz und Fett, möglichst viel Vitamine. Wenn Sie das alles einhalten, können Sie noch eine Weile leben.«

Als der Arzt weg war, sann sie nach, und da ihr nichts einfiel, weshalb es sich für sie noch zu leben lohnte, ging sie los, um Wodka zu holen.

2 Im Laden traf sie Diwanytsch in einem speckigen Jackett. Er hatte sich die Haare lang wachsen lassen wie ein Pope und hinten zu einem Zopf geflochten. Gelb und ausgemergelt war er, die Jacke hing wie an einem Stock, im Mund nicht ein Zahn. Sie konnte sich nicht erinnern, wann sie ihn zum letzten Mal gesehen hatte, vor einem Jahr oder gestern, aber aus irgendeinem Grund hatte sie geglaubt, er sei gestorben.

»Ich wäre auch fast gestorben«, nuschelte Diwanytsch. »Im Krankenhaus habe ich gelegen. Polypen hatten sie gefunden, im Mastdarm, wenn Sie sie nicht entfernen lassen, hieß es, können sie bösartig werden. Als ich das letzte Mal wegen Bruch operiert wurde, war der Chirurg dort Semjon Salmanowitsch Katznelson, geradezu ein Wunder von Arzt. Goldene Hände. Ich bin früher zu unseren nicht gegangen, habe mir immer nach Möglichkeit einen Juden gesucht. Denn ein jüdischer Arzt ist wie ein Juwelier. Was nötig ist, schneidet er weg, aber kein bisschen mehr. Diesmal komme ich hin, und da haben sie jetzt als Arzt Iwan Trofimowitsch Bogdanow. Zwei Meter groß, Schultern eines Hünen, die Hände rot behaart und sommersprossig. Vom Fleischkombinat hierher strafversetzt, denke ich. Wo ist denn Semjon Salmanowitsch, frage ich. Nach Israel ausgereist, sagt er. Und Raissa Moissejewna? Raissa Moissejewna ist nach Amerika, nach Chicago. Bei unseren Arbeitsbedingungen, sagt Bogdanow, und bei unseren Gehältern würde ich auch nach Israel ausreisen, bloß, wer lässt mich mit so einer Visage dort rein? Doch operiert hat auch er nicht schlecht.«

»Gegen Bezahlung?«, wollte Aglaja wissen.

»Wo sollte ich Geld hernehmen, Aglastepna? Wie oft schon haben uns die Machthaber böse Überraschungen bereitet. Mal ein schwarzer Dienstag, mal ein schwarzer Freitag. Um unsere Überlebensfähigkeit zu testen sozusagen. Das Land muss von überflüssigem Ballast befreit werden. Wir Rentner kommen dem Staat zu teuer, drum wollen sie uns alle ausrotten.«

»Wer ist das – sie?«, fragte Aglaja.

»Wer schon?«, sagte Diwanytsch. »Die Jidden. Überall sitzen sie. In der Regierung, in der Duma – lauter Jidden. Habe ich Recht?«

»Mhm«, sagte Aglaja und nickte, obwohl sie dazu keine Meinung hatte.

Diwanytsch hatte kein Geld, dafür aber ein Glas bei sich, das er auslieh. An Alkoholiker, die zusammen eine Flasche tranken und etwas besser bei Kasse waren – sie gaben ihm einen Schluck ab. Dort ein Schluck, hier ein Schluck, mehr brauchte er nicht, der Organismus war schwach, verlangte nicht viel. Aglaja goss ihm auch ein Schlückchen ein und machte sich auf den Heimweg.

Im Hof umging sie mechanisch den hochbeinigen ausländischen Jeep mit dem verdreckten Nummernschild. Seit einiger Zeit standen im Hof ständig Jeeps, Mercedes, Volvos und sonstige ausländische Wagen von Auftraggebern der GmbH »Feuerwerk«. Am Steuer des jetzt im Hof parkenden Autos saß ein scheußlicher Typ, der, als Aglaja vorbeikam, seine Fratze mit der *Iswestija* verdeckte, so dass nur die abstehenden Ohren zu sehen waren. Er hätte sich das sparen können, da Aglaja seit langem nichts Überflüssiges mehr wahrnahm und das Wahrgenommene augenblicklich vergaß.

Als sie das Haus betrat, öffnete sich bei Wanka Shukow die Tür. Der ihr seit den Zeiten des Partisanenkampfes und der Eisenbahnanschläge vertraute Geruch von Nitroglyzerin stieg ihr in die

Nase. Er weckte bei ihr eine vage Erinnerung, die sich zu keinem Bild fügte.

Aus dem Souterrain kamen zwei hagere Männer in Ledermänteln und mit Ledermützen herauf. Sie trugen eine offenbar furchtbar schwere Reisetasche mit der Aufschrift »Kopenhagen«. Einer der beiden musterte Aglaja, der andere sah sie auch an und überlegte wahrscheinlich, ob es nicht besser sei, sie als potentielle Zeugin für alle Fälle abzuknallen. Doch dann sagte er sich, dass die Alte blind, taub und dumm sei und sich kaum etwas zusammenreimen und schon gar nicht merken werde. So ließ er das Verbrechen bleiben und begnügte sich damit, die Augen mit dem Mützenschirm zu beschatten und das Gesicht leicht wegzudrehen.

Aglaja ging hinauf zu ihrer Wohnung und trug ihren Beutel in die Küche, aber da es hier schmutzig und ungemütlich war, beschloss sie, im Wohnzimmer zu essen. Sie breitete über das Zeitungstischchen den *Dolgowski westnik*, stellte das Wodkafläschchen und ein Glas, Schwarzbrot, zwei bereits am Morgen gekochte harte Eier, eine Zwiebel und Salz darauf, machte es sich bequem und füllte ihr Glas zu einem Drittel. Als ihr Blick auf den eingestaubten und mit Spinnweben überzogenen Stalin fiel, bekam sie den Eindruck, dass er sie vorwurfsvoll ansehe. »Steh du mal«, sagte sie mit einer wegwerfenden Handbewegung. Vor ihr auf dem Tisch lagen die Zeitungsseiten eins und vier. Auf der ersten Meldungen aus Moskau: Der Präsident hatte mit dem Justizminister ein Gespräch über Fragen des politischen Extremismus geführt. Der Moskauer Bürgermeister hatte beschlossen, in der Hauptstadt das höchste Haus der Welt zu bauen. In einem Kindergarten war ein mit Salpeter und TNT gefüllter Sprengkörper gefunden worden. Unter den Lokalmeldungen: Bericht über die Vorbereitung der Wahl der Kreisverwaltung. Die auf den Kreis begrenzten Machtbefugnisse sind gering, aber wie viele Machtgierige und zu allem Bereite gibt es! Aglaja flimmerte es regelrecht vor den Augen von der Vielzahl der politischen Parteien. Kommunisten, Sozialisten, Monarchisten, Liberale, Demokraten, Kadetten, Sozialdemokraten, Liberaldemokraten, Mitglieder von Bünden für den Freiheitskampf, patriotische Kräfte, Weiße, Grüne, Blaue und was nicht alles für Richtungen, Farben und Schattierungen.

Nicht nur Aglaja reizte das Farbgeflimmer. Der Admiral, bei dem sich mit dem Alter der skeptische Blick auf alles, was vor seinen Augen ablief, verstärkt hatte, sagte von unseren Politikern, sie kämen alle aus einem Inkubator: mit verschiedenfarbiger Tinte markiert, aber alle vom gleichen Schlag.

Auf der letzten Seite standen Sportmeldungen, der astrologische Kalender und Annoncen, die Aglaja gleichgültig überlas: »Weiße Decken und tapeziere.« »Verkaufe Opel-Kadett mit Ersatzreifen.« »Indischer Zauberer Benjamin Iwanow – höhere Magie.« »Augenblickliches Verliebtmachen und Verzaubern des Geliebten mit den Methoden der Woduzombierung. Völliges Freimachen des Ehemannes von der Geliebten und Rückkehr an den heimischen Herd. Garantie 100 %.« »Preiswertes Scheren und Trimmen von Hunden.« »Segne Wohnungen und Büros, Häuser, Grundstücke, Möbel und Autos. Priester Vater Dionisi.« Und in Versen: »Doktor Fjodor Pleschakow heilt von Alkohol und Stoff. Hypnotherapie und Implantat – trinkst ein Jahr nicht früh noch spat.«

Aglaja überlegte, ob sie nicht Doktor Pleschakow aufsuchen sollte. Aber ein ganzes Jahr nicht trinken ... ging denn das? Sie winkte ab und las weiter Anzeigen über den Sonderverkauf von Pelzen, die Verglasung von Fenstern, das Niederbringen von Bohrungen, schmerzloses Zahnziehen, Abziehen von Fußböden und Wiederherstellen der Jungfräulichkeit (zuverlässig, preiswert, vertraulich).


3 Auf dem Sofa sitzend, döste sie vor sich hin, und wieder erschienen diese kleinen Wesen, halb Kakerlaken, halb Mäuse oder eine Mischung von beiden. Sie schnitten Fratzen, fletschten die Zähne, lachten, und als Aglaja sie fragte, wer sie seien, erschien ein Mini-Diwanytsch und sagte: »Jidden.« Und die Kakerlakomäuse stimmten ein freches Gelächter an, während Diwanytsch

an sein Glas klopfte und lossang: »Ach, wie so trügerisch sind
Weiberherzen …«

Die Kakerlakomäuse verschwanden, Diwanytsch löste sich in
Luft auf, doch das Klopfen hörte nicht auf. Aglaja ging auf Zehenspitzen zur Tür und fragte leise:

»Wer ist da?«

»Jidden«, lautete die Antwort.

»Wer?«

»Jidden«, wiederholte eine männliche Stimme. Aglaja schob
den Riegel weg und sah einen jungen Mann vor sich in langem
Wollmantel, in der Hand einen Samthut.

Sie schielte ihm über die Schulter und fragte:

»Und wo sind die Übrigen?«

»Was für Übrige?«, fragte der Besucher verständnislos zurück.

»Sie haben gesagt, dass Sie …« Sie stockte, weil sie nicht das
Wort in den Mund nehmen wollte, dessen Verwendung sie immer
vermieden hatte.

»Judin«, stellte sich der Besucher vor. »Alexander Petrowitsch
Judin, Sekretär des Kreiskomitees der Partei.«

»Was für einer Partei?«, erkundigte sich Aglaja argwöhnisch.

»Der kommunistischen, versteht sich, Aglaja Stepanowna«,
sagte Judin mit Nachdruck.

»Gibt es denn eine kommunistische Partei?«, fragte sie.

»Natürlich gibt es eine. Sie wächst und erstarkt. Gestatten Sie
einzutreten?«

Er folgte ihr zum Wohnzimmer. Die Unordnung war ihr peinlich.

Beim Anblick Stalins stand er nicht wie vom Donner gerührt
wie die anderen, sondern betrachtete die Statue ehrerbietig, machte eine leichte Verbeugung, wandte sich um und verbeugte sich vor
Aglaja.

»Danke«, gab er leise, aber gefühlvoll von sich. »Danke. Bald
werden wir Genossen Stalin wieder dort aufstellen, wo er hin-
gehört.«

Selbst diese Worte machten keinerlei Eindruck auf sie. Er setzte sich auf die Armlehne des Sofas und sagte, indem er verlegen an seinem Hut zog, als wolle er ihn auf dem Knie weiten:

»Aglaja Stepanowna, wir wissen alles über Sie.«

Sie reagierte auch darauf nicht.

»Wir wissen alles über Ihre heldenhafte Vergangenheit, über Ihre Prinzipienfestigkeit, Unbeugsamkeit …«

»Mhm«, sie nickte.

»Nun, jetzt sind Sie vielleicht ein wenig mutlos geworden, aber das ist nicht Ihre Schuld«, sagte Judin emphatisch. »Grässliche Zeiten sind das. Sie können die Zuversicht eines jeden erschüttern und ihn entmutigen. Leute von unrussischer Wesensart sind in unserem Land an die Macht gelangt. Sie haben uns entrissen, wofür Sie Ihr ganzes Leben gekämpft haben. Und was sollen wir nun tun?«

»Und was sollen wir nun tun?«, echote Aglaja.

»Für uns gibt es viel zu tun, Aglaja Stepanowna«, sagte Judin überzeugt, »für uns gibt es sehr viel zu tun. Sehen Sie selbst. Als wir an der Macht waren, haben uns die Leute nicht gemocht. Jetzt aber vergleichen sie und sehen, was unter den Kommunisten war und was heute ist. Verelendung, Prostitution, Arbeitslosigkeit, eine in den Ruin getriebene Armee, streikende Bergarbeiter, hungernde Lehrer. Kriminalität, Korruption, Konfliktsituationen und Terrorismus. Das Volk kehrt zu uns zurück, Aglaja Stepanowna.«

»Schön«, sagte sie gleichgültig.

»Aber wir brauchen Ihre Hilfe.«

»Meine?«, fragte sie mit matter Verwunderung.

»Ihre, Aglaja Stepanowna! Ihre Hilfe. Den enormen Erfahrungsschatz Ihres Lebens und politischen Wirkens, Ihre unbezähmbare Energie.«

»Energie?«, widersprach sie. »Woher soll die kommen? Ich bin eine alte Frau. Schwach und krank.« Sie sah dem Besucher in die Augen, überlegte und gestand: »Eine Trinkerin.«

Judin nickte traurig.

»Ja. Davon habe ich gehört. Ein gewisser Alkoholmissbrauch. Aber wir sorgen dafür, dass Sie davon geheilt werden.« Judin sprang auf, lief zu Stalin hin, wie um auch ihn zu seinem Verbündeten zu machen, und fuhr, unter der Statue stehend, in seiner Rede fort: »Aglaja Stepanowna, kommen Sie zur Besinnung. Schütteln Sie die Erstarrung ab und schließen Sie sich wieder unseren Reihen an. Die Heimat, die Partei setzen auf Sie!«

»Oh, bitte nicht!«, sagte sie und machte eine wegwerfende Handbewegung. »Bitte nicht solche Worte.«

»Doch!«, widersprach Judin entschlossen. »Aglaja Stepanowna, auf der Erde tobt der Kampf. Die Kräfte des Guten sind zur Entscheidungsschlacht gegen das Böse angetreten. Überall tobt der Kampf. Auch in unserem Kreis. Und die Chance ist groß, dass wir siegen. Doch um den Sieg zu erringen, müssen wir alle unsere Kräfte vereinen. Aglaja Stepanowna, unsere Organisation, unsere Partei und unser Volk bitten Sie: Kehren Sie in unsere Reihen zurück. Seien Sie mit uns, und wir werden siegen, diesmal für immer.«

»Und was soll ich tun?«, fragte sie gleichgültig.

»Vor Belegschaften sprechen, an Kundgebungen und Demonstrationen teilnehmen. Wir schicken Sie nach Moskau zur Teilnahme an Aktionen im gesamtrussischen Maßstab, an Mahnwachen, an Umzügen. Sind Sie einverstanden?«

»Ich weiß nicht«, zögerte Aglaja. »Es kommt irgendwie überraschend. Dafür … kann man dafür nicht eingesperrt werden?«

»Was?«, fragte Judin erstaunt zurück. »Aglaja Stepanowna, Sie sind doch eine Partisanin! Eine mutige Frau! Ich bitte Sie! Einen verdienstvollen Menschen einsperren, entschuldigen Sie, in Ihrem Alter … Wofür? Immerhin haben wir ja Demokratie.«

»Demokratie?« Sie sah ihn skeptisch an. »Und? Wird da keiner eingesperrt?«

»Aglaja Stepanowna«, sagte Judin lächelnd, »das ist doch eine faule Demokratie.«

4 Am 16. April 1995 vermerkte der Arzt Pleschakow in seinem Patientenbuch: »Rewkina, Aglaja Stepanowna, 80 Jahre alt, begab sich in Behandlung wegen chronischen Alkoholismus. Patientin leidet unter allgemeiner Schwäche, Kopfschmerzen, Schmerzen im Leberbereich, des Weiteren unter saurem Mundgeschmack, Appetitmangel, Halluzinationen und Verlust des Lebensinteresses. Angesichts des fortgeschrittenen Alters der Patientin wurde entschieden, eine psychotherapeutische Behandlung einzuleiten. Als fiktive Kupierungsmaßnahme erfolgte die intravenöse Injektion von physiologischer Kochsalzlösung. Patientin wurde darauf hingewiesen, dass im Verlauf des nächsten Jahres die Einnahme selbst einer geringen Alkoholmenge letalen Ausgang haben kann.«

Der Besuch bei Pleschakow bewirkte, dass Aglaja mit dem Trinken Schluss machte. Und mit dem Rauchen gleich noch dazu. Beides ließ sie völlig sein und wunderte sich selbst, wie leicht ihr das fiel. Schon nach wenigen Tagen stellte sie fest, dass die Abstinenz vieles für sich hatte. Ihr Bewusstsein wurde wieder klar. Die Kakerlaken, Mäuse und kleinen Politbüromitglieder hörten auf sie heimzusuchen. Sie begann sich in Zeit und Raum zu orientieren. Das Leben bekam von neuem einen Sinn für sie, sie verspürte den Wunsch, etwas zu tun, und auch das Gefühl, von Partei, Heimat und Volk gebraucht zu werden, kehrte zurück. Mit neuer Kraft entbrannte ihre Liebe zu Stalin, mit neuer Kraft auch ihr Hass auf die, die sie früher schon gehasst hatte.

Froh über ihren Auftrieb, achtete sie darauf, regelmäßig etwas zu essen, unternahm halbstündige Spaziergänge vor dem Frühstück und nach dem Mittagessen, duschte kalt. Und fand Gefallen daran, dem Ruf der Partei folgend und auf deren Kosten nach Moskau zu fahren, um an Kundgebungen, Demonstrationen und Mahnwachen teilzunehmen, wozu sie stets ihr Stalinbild mitnahm, nicht das bei ihr zu Hause über dem Schreibtisch hängende, sondern ein farbiges, auf dem Stalin mit Mütze und in Uniformjacke mit Schulterstücken und Orden zu sehen war.

Aglaja erlebte gewissermaßen ihre zweite Geburt.

**5** Der Abend brach herein, als sich ein in der Dämmerung unauffälliger Herr in mausgrauem Mantel und mit einer Pelzmütze aus »natürlichem Renkalbfell, Artikel 4/6«, in der Hand einen Diplomatenkoffer mit zwei numerischen Schlössern, dem Haus Nr. 1 in der Komsomolgasse näherte.

»Omachen, wohnt hier Iwan Georgijewitsch Shukow?«, wandte er sich an die auf der Bank sitzenden alten Frauen.

»Iwan Georgijewitsch?«, fragte die eine zurück. »Sie meinen wohl Wanka, den Bombenbauer?«

»Den Bombenbauer?« Der Herr hob die Brauen. »Wissen denn alle, dass er ein Bombenbauer ist?«

»Wie sollten sie es nicht wissen«, sagte die Alte, »wir wohnen hier doch alle zusammen, als Nachbarn, und wissen alles voneinander.«

»Ja?«, meinte er erstaunt. »Aus Ihrem Wissen, Omachen, könnten andere großen Nutzen ziehen.«

»Was?« Die zweite Alte legte die krumme Hand ans taube Ohr.

»Ich frage«, sagte der Fremde mit erhöhter Lautstärke, »wo Ihr Bombenbauer denn nun wohnt.«

Einander ins Wort fallend, erklärten ihm die Alten, dass Wanka im Souterrain wohne, die Treppe runter und die erste Tür rechts, und erzählten ihm bei der Gelegenheit gleich noch seine ganze Biographie. Wo und unter welchen Umständen er zur Welt gekommen war, was für Eltern er gehabt hatte, was für ein hübscher Junge er vor der Armee gewesen und wie hässlich er danach geworden sei. Nicht nur von seinen Eltern berichteten sie, sondern auch von der Großmutter, die sich um ihn kümmere: für ihn koche und wasche und für ihn Besorgungsfahrten mache, in großen Taschen irgendwelche Ersatzteile, wie sie es nannten, herbeischaffe.

»Die Großmutter ist also auch da?«, erkundigte sich der Besucher.

»Die Großmutter ist nicht da«, sagte die erste Alte, »die Großmutter ist nach Moskau gefahren, Ersatzteile holen. Vor drei Tagen schon ist sie weg und noch nicht zurück.«

»Und da kümmert sich jetzt niemand um ihn?«, fragte der Besucher.

»Aber wieso denn«, erwiderte dieselbe Alte. »Wir kümmern uns, gehen einkaufen, waschen sein Wäsche, er bezahlt uns dafür.«

»Ist er reich?«, wollte der Besucher wissen.

»Arm nicht gerade. Für diese ... für die Bomben kriegt er gutes Geld. Seine Kunden kommen doch in diesen da angefahren, wie heißen sie doch gleich ...«

»In Serdemes«, soufflierte die zweite Alte.

»Nicht in Serdemes, sondern in Merdeses.«

»Ist doch Jacke wie Hose«, meinte die zweite Alte.

»Und mit Dshins und mit Kaljaks«, fügte die erste Alte hinzu, womit sie Jeeps und Cadillacs meinte und der zweiten Alten ihre Überlegenheit bewies.

Der Besucher dankte den Omas für ihre umfassende Information und ging weiter. Die Stufen zum Souterrain waren schief und glitschig, Licht brannte nicht, der Besucher hielt sich, als er vorsichtig hinunterstieg, sicherheitshalber an der rohen rauen Wand fest.

Unten angekommen, ertastete er die mit löchrigem Filz beschlagene Tür, doch bevor er klopfte, wechselte er die Tasche von der rechten in die linke Hand und hielt mit der Rechten den Hut fest, um durchs Schlüsselloch lugen zu können.

Etwas sonderlich Interessantes bot sich seinem Auge nicht dar: ein schmales Zimmer mit abgeschabten Tapeten, ein Tisch, der von einer tief heruntergezogenen Lampe mit orangefarbenem Schirm beleuchtet wurde, ein krummer Rücken in einem grauen Pullover und ein grauer Kopf.

Ohne sein Auge von dem Schlüsselloch zu lösen, klopfte der Herr zwei-, dann drei-, dann einmal. Als er sah, dass der am Tisch Sitzende sich umwandte und mit seinem Rollstuhl auf ihn zugefahren kam, prallte er von der Tür zurück.

Bei diesem Anblick Wankas war er versucht, den Rückzug anzutreten, doch hatte er es gelernt, in allen Lebenslagen die Fassung zu bewahren.

Das Plastikbein auf den Besucher gerichtet, blickte Wanka mit flackerndem Auge, und in diesem Flackern lag Argwohn.

»Kommen Sie von Iwan Iwanytsch?«

»Nein«, sagte der Unbekannte, »ich komme eigentlich von mir selbst. Darf ich eintreten?«

»Schickt Sie jemand zu mir?«

»Warum glauben Sie, dass mich jemand zu Ihnen schicken soll? Kann ich nicht von allein kommen?«

»Aber Sie haben doch von jemandem erfahren, wie man bei mir klopfen muss.«

»Wissen Sie, dieses Geheimnis gehört keineswegs zu denen, die sich nicht enträtseln lassen. Alle Amateur-Untergrundkämpfer denken sich ein und dieselbe Klopfformel aus. Zuerst tuk-tuk, dann tuk-tuk-tuk und noch einmal tuk. Keine Vielfalt. Darf ich eintreten?«, fragte er wieder.

»Treten Sie ein. Verriegeln Sie die Tür. Bleiben Sie stehen, wo Sie stehen. Wer sind Sie?«

»Gleich erfahren Sie es.« Der unverhoffte Besucher nahm die Pelzmütze ab, unter der ein kahler, eiförmiger, braun gebrannter Schädel zum Vorschein kam, der rissig war wie ein alter Dachziegel. »Nur bitte keine Angst und keine übereilten Reaktionen. Ich bin der Bevollmächtigte oder, einfacher gesagt, der Leiter der hiesigen Abteilung des FSB, ein KGBler nach Ihrem Sprachgebrauch.«

»Wollen Sie mich verhaften?«, fragte Wanka leise.

»Aber ich bitte Sie!« Der Besucher lächelte. »Wenn ich Sie verhaften wollte, wäre ich kaum allein gekommen. Schon gar nicht hierher. Ihr Laboratorium firmiert bei uns als ›Klein-Hiroshima‹. Wie gefällt Ihnen diese Bezeichnung? Nein, nein, ich habe in Bezug auf Ihre Person keine bösen Absichten, ganz im Gegenteil …«

»Möchten Sie etwas über meine Kunden erzählt bekommen?«

»Ich will nicht verhehlen, dass das für mich von Interesse wäre. Aber in diesem Fall möchte ich Ihnen etwas über unsere Kunden erzählen. Zumindest über einen von ihnen. Bei uns ist, wie Sie wissen, vor kurzem eine neue Kreisverwaltung gewählt worden. Und unsere Bevölkerung hat sich in einem eindeutigen Votum, mit großer Einmütigkeit für einen jungen, energischen …«

»Sie reden von Sanka?«

»Nun, Sie können unseren obersten Mann mit dem Recht einstiger Freundschaft auch Sanka nennen, für mich heißt er jetzt Alexander Petrowitsch, obwohl auch ich in den fernen Jahren der Jugend die Ehre hatte, mit ihm bekannt zu sein. Aber das ist alles unwichtig. Ich wollte Sie einfach fragen: Erinnern Sie sich noch an die Zeit, als Sie bei einer alten Dissidentin in Untermiete wohnten und Judin Sie dort besuchte?«

»Sie wollen, dass ich ihn denunziere?«, fragte Wanka ironisch.

»Was für ein hässliches Wort! Nein, mit dem, was ich Ihnen erzähle, will ich selbst jemanden denunzieren. Gestatten Sie mir, doch ein bisschen näher zu treten?«

»Treten Sie näher«, gestattete ihm Wanka. »Aber beachten Sie, dass …«

»Schon geschehen«, beeilte sich der Besucher zu versichern.

Er suchte mit den Augen nach einem Stuhl, da er aber keinen fand, setzte er sich auf eine grüne Kiste – von der Art, wie sie für Munition verwendet werden –, legte die Pelzmütze auf den Tisch und den Diplomatenkoffer auf seine Knie, ließ die Schlösser aufschnappen, holte eine rote Mappe heraus, band die Seidenbänder auf, entnahm der roten eine zweite, gelbe Mappe und reichte sie Wanka mit den Worten: »Ich denke, das dürfte für Sie von Interesse sein.« Es handelte sich um Kopien alter handgeschriebener Texte. Berichte eines Agenten unter dem Decknamen »Ach, wie so trügerisch«, abgekürzt AWST, in denen zu lesen stand:

»… gab mir Orwells Buch *1984* zu lesen. Als ich es ihm zurückgab, fragte er: Na, wie findest du es. Ich sagte, es sei ein starkes Buch, aber die schrecklichen Sachen, die da beschrieben würden, erschienen mir konstruiert und unvorstellbar. Er fragte mich, ob ich nicht den Eindruck hätte, dass das Leben in der Sowjetunion dem bei Orwell beschriebenen ähnlich sei. Ich sagte, den Eindruck hätte ich nicht, bei uns gebe es keine so totale Kontrolle über jeden Einzelnen, und die könne es auch nicht geben. In Deutschland oder England sei sie denkbar, aber nicht bei uns, wo auf Grund des Charakters des Volkes immer Schlamperei geherrscht habe und herrschen werde, die die wirksamste Form der unbewussten Sabotage sei. Dem stimmte er zu, blieb jedoch dabei, dass die Prophezeiungen Orwells genial seien. Er gab mir den *Archipel GULAG* zu lesen und wollte dazu ebenfalls meine Meinung wissen. Ich sagte, es sei ein bemerkenswerter Dokumentarbericht, doch einige Fakten erschienen mir wenig glaubwürdig. Er widersprach mir heftig und fand, das sei ein Buch von ungewöhnlicher künstlerischer Stärke, möglicherweise gebe es in der gesamten Weltliteratur nichts von gleichem Rang. Ich fragte: Ist es sogar besser als *Krieg und Frieden*? Er meinte: Ja, besser als *Krieg und Frieden*. Ich sagte, das gehe mir zu weit, er darauf, ach, das geht dir zu weit, na, dann kriegst du überhaupt nichts mehr von mir. Aber schon eine halbe Stunde später empfahl er mir etwas von dem jugoslawischen Autor Milovan Djilas, das sei auch ein sehr starkes Buch, sogar stärker noch als *Der Archipel GULAG*.«

Wanka traute seinem einzig ihm verbliebenen Auge nicht, als er die denunziatorischen Auslassungen darüber las, dass er die BBC und Deutsche Welle gehört und Breshnew einen alten Schwachkopf genannt habe, dass er der Auffassung gewesen sei, Breshnew könne seine Bücher kaum selbst geschrieben haben, sich empört habe, dass Breshnew der Leninpreis für Literatur und der Siegesorden verliehen worden seien, Reagan Recht gegeben habe, dass die Sowjetunion das Reich des Bösen sei, sich lobend über Levi's geäußert, negativ über das Kolchossystem gesprochen, behauptet habe, Lenin sei an Syphilis gestorben und Stalin ein unehelicher Sohn des Generals Prshewalski gewesen, Stalin sei eine Hybride von Prshewalski und Prshewalskis Pferd und beiden ähnlich, habe er gewitzelt.

Dann las Wanka, er habe Tschapajew-Witze erzählt, ein Foto von Akademiemitglied Sacharow gezeigt, mit dem er in Kontakt gewesen sei, den Sieg der Kanadier über unsere Hockeymannschaft mit Freude aufgenommen und vor allem eine Kopiermaschine gebaut, mit der er die *Chronik der aktuellen Ereignisse* vervielfältigt habe.

Wankas tief über das Papier geneigter grauhaariger Kopf bewegte sich hin und her, während sein Blick von der ersten zur letzten Zeile und wieder nach oben glitt. Mittendrin gab er die Lektüre auf, wandte sich ab und saß eine ganze Weile reglos mit geschlossenem Auge, als sei er eingeschlafen.

Der Besucher wartete geduldig. Wanka öffnete sein Auge und richtete es auf ihn.

»Wozu haben Sie mir das alles hergebracht?«, fragte er.

»Ich wollte Ihnen die Augen öffnen über Ihren Freund«, sagte der Sicherheitsmann und wurde plötzlich verlegen bei dem Gedanken, dass man einem Einäugigen nicht die Augen öffnen könne.

»Und das ist alles?«, fragte Wanka.

»Nicht ganz. Sie wissen jetzt, dass Judin ein sehr schlechter Mensch ist, aber er ist viel schlechter, als Sie es sich denken können. Ein schrecklicher Mensch ist das!«, sagte der Besucher gefühlvoll. »Er hat Sie denunziert. Er hatte alle denunziert, die er nur denunzieren konnte. Seinetwegen mussten Sie in den Krieg, seinetwegen sind Sie zum Krüppel geworden. Das ist ein Mensch, der weder Prinzipien noch eine Ehre, noch ein Gewissen besitzt. Im Jahre einundneunzig hat er öffentlich seinen Parteiausweis verbrannt. Vierundneunzig bereits ist er in die kommunistische Partei zurückgekehrt, hat in unserem Kreis führende Positionen besetzt und strebt weiter nach oben. Ich sage Ihnen als Demokrat …«

»Sie sind ein Demokrat?«, fragte Wanka ungläubig.

»Ja«, sagte der Besucher würdevoll. »Ich bin ein Demokrat. Aber ich glaube nicht, dass man die Demokratie mit schwachen Händen durchsetzen und bewahren kann. Die Kommunjaken sind entschlossen, keine Mittel gegen uns ungenutzt zu lassen, und wenn wir sie mit Glacéhandschuhen anfassen, werden wir unterliegen. Kurz und gut, Wanja, ich möchte Sie eindringlich bitten, uns zu helfen …«

»Mir scheint, ich habe Sie schon irgendwo gesehen«, sagte Wanka.

»Haben Sie.« Der Besucher nickte lächelnd. »Und ob, nicht nur ein Mal haben Sie mich gesehen. Kryscha ist mein Name. Igor Sergejewitsch Kryscha.«

Es wurde still im Zimmer. Wanka schwieg, betroffen von der unverhofften Offenbarung.

»Und …«, sagte er, »und warum erzählen Sie … erzählst du dann, du wärst vom KGB, das heißt von diesem …«

»Ich sage, wie es ist«, sagte Kryscha. »Hier, überzeug dich.«

Er reichte Wanka einen geöffneten Ausweis. Von dem Foto blickte ihn derselbe Kryscha an, nur in Uniform mit Schulterstücken.

»Na, das nenne ich eine Karriere!« Wanka schüttelte den Kopf.

»Wir leben in einer Zeit vielfältiger Möglichkeiten«, meinte Kryscha schmunzelnd. »Banditen sind unter die Tschekisten gegangen, Tschekisten unter die Wachleute, Komsomolzen unter die Banker, Gebietssekretäre unter die Gouverneure und Judin unter die Bürgermeister. Mit der Hoffnung auf Höheres.«

»Singt er noch ›Ach, wie so trügerisch‹?«

»Ja, wenn er Grund hat, sich zu freuen.«

»Und hat er oft Grund dazu?«

»Öfter, als uns lieb sein kann. Er hat die Wahlen gewonnen, er will das Stalindenkmal wieder aufstellen …«

»Wann?«

»Das weiß ich nicht. Wahrscheinlich am einundzwanzigsten Dezember. Am Geburtstag des Tyrannen.«

»Gut«, sagte Wanka nach kurzem Überlegen und richtete sein Auge auf den Besucher. »Eigentlich arbeite ich gegen hohes Honorar, aber diesen Auftrag übernehme ich kostenlos. Ich hätte nur gern eine Tonbandaufzeichnung von ihm: wie er ›Ach, wie so trügerisch‹ singt. Lässt sich das machen?«

»Wozu brauchst du die?«

»Zur Erinnerung.«

»Kriegst du«, versprach Kryscha.

6 Zu den Oktoberfeiertagen planten die Kommunisten in Moskau einen grandiosen Umzug, wozu sie ihre Anhänger aus dem ganzen Land mobilisierten, alle, die nichts Besseres zu tun hatten. Aglaja war mit von der Partie, sie fuhr hin, obwohl die Feiertage mit den Kommunalwahlen zusammenfielen. Alle Umfragen sahen die Kommunisten auf dem ersten Platz, und natürlich hätte sie ihren Sieg gern miterlebt.

Aber auch den Umzug konnte sie sich nicht entgehen lassen.

»Fahren Sie hin«, hatte ihr Judin gesagt. »Fahren Sie hin, wir werden hier für Sie mitkämpfen.«

Er gab ihr Geld für die Hin- und Rückfahrt im Liegewagen. Die Mitreisenden waren ein unappetitliches, übelriechendes, nicht nur mitleid-, sondern auch ekelerregendes Volk. Sie führten alles mit, was ihnen nach Plünderung und Abgabenentrichtung verblieben war, und hatten mit ihren Koffern, Ballen, Kartons und mit Klebeband umwickelten Plastikbeuteln sämtliche Gepäckablagen, den Fußboden zwischen den Betten und den Gang des Wagens verstopft. Aglaja hatte einen Seitenplatz oben abbekommen, und der Soldat, der darunter lag, weigerte sich hartnäckig zu tauschen. Auf ihre Appelle an seine Einsicht reagierte er lange gar nicht, dann erklärte er ihr flüsternd, jedoch ohne große Verlegenheit, er fahre ins Hospital, um sich gegen Inkontinenz behandeln zu lassen.

»Wenn nachts was passiert, haben Sie den Schaden, Oma.«

Er half ihr beim Hinaufklettern, sie richtete sich dort schlecht und recht ein, fand jedoch, auf dem Rücken liegend, kaum Schlaf, weil sie Angst hatte hinunterzurollen.

Bei dem Soldaten ging die Fahrt entgegen seinen Befürchtungen ohne Peinlichkeit ab, während sie eine ziemlich schwere Nacht durchmachte. Obwohl es stickig war, zog es. In einem Fenster des Nebenabteils fehlte die Scheibe. Das angebrachte Sperrholz reichte nicht als Abdichtung. Besonders stark zog es, wenn jemand die Tür zur Plattform öffnete, weil er auf die Toilette oder zum nächsten Wagen wollte. Außerdem war es laut. Kinder weinten, Greise schnarchten, jemand stöhnte, etwas weiter weg droschen vier Kerle Karten und schimpften wütend miteinander, wenn einer nicht richtig bediente.

Nach Mitternacht kam der Wagen zur Ruhe, doch gegen zwei erhob sich Lärm: im Schlafwagen war einer bestohlen worden. Der Bestohlene glaubte zwei vor seinem Abteil stehende Kaukasier gesehen zu haben, jetzt waren der Zugführer, ein Milizionär und der Geschädigte dabei, die schlafenden Männer zu wecken, herumzuwälzen, ihnen mit einer Taschenlampe ins Gesicht zu leuchten, und der Zugführer fragte den Geschädigten jedes Mal: »Der hier? Ist es der?« Die Aufgeweckten murrten, fragten, mit welchem Recht sie geweckt wurden, doch als rechtlose Menschen äußerten sie ihre Empörung zaghaft und ohne Nachdruck. Die Diebe wurden natürlich nicht gefunden, weil man sie nicht dort suchte, wo sie zu finden waren. Diwanytsch hatte Aglaja einmal erzählt, dass Diebe immer von den Zugbegleitern Tipps bekämen und mit Wissen des Zugführers handelten, der, wenn jemand Krach schlug, vorsätzlich an der falschen Stelle suchte.

7 Auf dem Sawjolowski-Bahnhof wurde Aglaja von einem Mann in einem voluminösen Anorak, mit Ledermütze à la Shirinowski und Schaftstiefeln in Empfang genommen. Obwohl mindestens fünfzig, stellte er sich mit seinem Kosenamen Mitja vor. Sie hatte das Gefühl, ihn schon irgendwo gesehen zu haben. Mitja ging mit ihr zu Fuß – sie hätten es nicht weit, sagte er, nach Marjina Roschtscha. Es war kalt und windig, der Nieselregen rann über die Wangen und verwandelte sich auf dem Asphalt in Eis. Aglaja taten die Knie weh, ihr Kopf war wattig, im Hals kratzte es. Ihre Füße rutschten auf dem nassen Gehsteig weg, sie hatte Angst hinzufallen, konnte das Tempo ihres Führers nicht mithalten und blieb von Zeit zu Zeit stehen. Von einem Fuß auf den andern tretend, wartete Mitja geduldig, rauchte und wischte sich mit der schrundigen Hand das Gesicht.

Schließlich kamen sie an einem dreigeschossigen Ziegelbau mit einer grünen Eisentür an. »Buchlager der AG ›Recke‹« stand auf einem schlichten Schild. Über schartige Ziegelsteinstufen ging es hinauf zu einem Treppenabsatz, über ebensolche Stufen hinab ins Souterrain und über unebenen Bretterbelag weiter zu einer zweiten Eisentür, hinter der sich ein geräumiger, verschwenderisch ausgeleuchteter Saal auftat. Anzeichen eines Buchlagers gab es hier nicht, eher war es ein Mittelding zwischen Speisesaal und Unterrichtsraum: in mehreren Reihen aufgestellte lange grüne Tische mit Synthetikbeschichtung und Plastikgartenstühle. An der gegenüberliegenden Wand eine schwarze Tafel, auf der mit Kreide Namen geschrieben waren. Daneben mit Reißzwecken befestigt ein großes Blatt Papier mit einer Zielscheibe.

Auf einem Tisch rechts vom Eingang stand vor einer rothaarigen jungen Frau mit Jeans und himbeerfarbenem Jumper ein dachförmiges Täfelchen mit der Aufschrift »Registrierung der Delegierten«. Mitja nannte Aglajas Familiennamen und ihre Initialen, die Rothaarige trug alles in ihr Buch ein und erkundigte sich, von welcher Organisation sie komme. »Aus Dolgow von Judin«, erwiderte Mitja. Gleich neben der Rothaarigen verkaufte ein sportlich gekleideter gleichaltriger Blonder Bücher. An sichtbarster Stelle lag das Buch des Parteiführers Alfred Gluchow mit dem schlichten Titel *In Reih und Glied*, eine Luxusausgabe in farbenprächtigem Einband mit unzähligen Farbfotos und zwischengelegtem Seidenpapier. Das Angebot war bunt gemischt: das *Kapital* von Marx, die *Reportage unter dem Strang geschrieben* des bereits völlig in Vergessenheit geratenen Julius Fučik, zwei lädierte Leninbände, Erzählungen von Viktoria Tokarewa, Lexika, ein »Windows 95«-Handbuch für blutige Anfänger, eine Broschüre, betitelt mit *Lerne, treffsicher zu schießen*, Krimis und Sportbücher. Mittendrin Mark Schubkins *Holzeinschlag*. Sie drehte das Buch hin und her, stellte fest, dass es sich um eine vom Autor ergänzte Neuausgabe handelte, und beschloss, es zu kaufen.

Ein paar Schritte weiter krochen zwei junge Maler auf einem großen, über den Fußboden gebreiteten Zeichenkarton herum und verfertigten eine Karikatur des Präsidenten in Narrenkappe und mit dümmlichem Gesichtsausdruck. Zu beiden Seiten des

Präsidenten verrenkten sich zwei servile hakennasige Oligarchen, um ihm etwas in beide Ohren zu flüstern, und den Oligarchen soufflierten der israelische Ministerpräsident und der US-Präsident. Ein paar Zuschauer, die um die Karikaturisten herumstanden, amüsierten sich und tauschten giftige Kommentare.

Aglaja sah bereits allerhand Leute versammelt, im Wesentlichen von sonst woher angereiste ältere Jahrgänge, zu deren Füßen Koffer, Taschen, Bündel standen. Viele tranken Tee, den sie sich aus einem vernickelten elektrischen Samowar eingossen. Zwei einander gegenübersitzende Kosaken in langen Kavalleristenmänteln mit Schulterstücken, die für Aglaja nicht entschlüsselbare Dienstgrade bezeichneten, auf dem Kopf die Papacha, an der Seite den Säbel, dösten vor sich hin. Der eine hatte irgendwelche Orden an seinen Mantel geheftet – Kreuze, die aussahen, als wären sie aus einer Konservendose ausgeschnitten oder in einem Bauernofen aus Zinn gegossen worden.

In der Ecke saß unter einer Kopie des Bildes *Stalin auf einer Demonstration in Baku* ein Mann, den Aglaja kürzlich im Fernsehen gesehen hatte. Dieser Mann war ein aus dem Ausland zurückgekehrter Schriftsteller, der unlängst noch als leidenschaftlicher Antikommunist galt. Jetzt hatte ihn die Reue gepackt. Seine Werke besaßen für ihn solchen Stellenwert, dass er gemeint hatte, nur ihnen wäre der Zusammenbruch der Sowjetmacht zu verdanken. Als ihm jedoch aufging, was für Kräfte an die Macht gekommen waren, hatte ihn seiner früheren Bücher, Äußerungen und Handlungen wegen die Scham ergriffen, er bedauerte, die sowjetische Gesellschaftsordnung zerstört zu haben, bereute öffentlich und versprach, selbige Ordnung wiederherzustellen.

Der Schriftsteller saß nicht allein, sondern mit einem alten Mann in aufgeknöpftem Generalsmantel mit drei Sternen auf den Schulterstücken. In ihm erkannte Aglaja sofort Fjodor Fjodorowitsch Burdalakow, mit dem sie seinerzeit eine kleine Kurromanze gehabt hatte. Wie sollte sie ihn nicht erkennen, da auch er viele Male im Fernsehen als einer der Hauptinitiatoren aller möglichen kommunistischen Aktionen gezeigt worden war. Aber wie er sich verändert hatte! Als sie damals ihre Läufe auf der Strand-promenade von Sotschi gemacht hatten, war er ein stattlicher Mann mit muskulösen Beinen gewesen, jetzt saß da ein gebrech-licher, schmächtiger Greis mit zerzaustem spärlichem grauem Haar und kurz geschnittenem grauem Schnurrbart. Unter dem aufgeknöpften Mantel glänzten zwei goldene Sterne des Helden der Sowjetunion (den zweiten hatte er für die Länge seiner Dienst-zeit erhalten), Ordensspangen an der linken Brustseite und zwei Orden an der rechten. Neben dem General lehnte am Tisch etwas Schirmähnliches in einem Seidenfutteral. Aglaja erkannte diesen Stock und dieses Futteral.

»Guten Tag, Fjodor Fjodorowitsch«, sagte sie, zu dem General tretend.

Er hob die Augen zu ihr auf, brummte eine Erwiderung und wandte sich dem Schriftsteller zu, doch dann drehte er sich wieder um und fragte unsicher:

»Aglaja Stepanowna? Glascha?« Er sprang auf und fasste sich ans Kreuz. »Na, das ist vielleicht eine Überraschung! Sie haben sich kein bisschen verändert.«

»Von wegen nicht verändert«, wies Aglaja das Kompliment zu-rück. »Eine Greisin geworden bin ich.«

»Aber, ich bitte Sie!« Fjodor Fjodorowitsch ließ sich nicht be-irren. »Das graue Haar macht Sie natürlich älter, aber wenn man es ein bisschen färbt …«

Er entschuldigte sich bei dem Schriftsteller und wandte sich ganz Aglaja zu. Der Schriftsteller setzte eine säuerliche, beleidigte Miene auf. Jedem, für den er nicht im Mittelpunkt stand, nahm er es übel. Nachdem er eine Weile missmutig daneben gesessen hatte, machte er sich auf die Suche nach einem, dem er noch von seiner historischen Schuld vor dem Sowjetvolk und den Wegen ihrer Wiedergutmachung erzählen konnte.

Aglaja und Fjodor Fjodorowitsch redeten über dies und das, natürlich auch über Sotschi. Fjodor Fjodorowitsch fragte, war-um sie damals so plötzlich abgereist sei. Sie sagte: »Es ergab sich so.«

»Und ich«, sagte Fjodor Fjodorowitsch, »stellen Sie sich vor, ich komme zurück … Übrigens nicht mit leeren Händen. Eine Uhr hatte ich für Sie gekauft …«, er stockte eine Sekunde, »eine goldene, Parfüm …«, wieder übertrieb er, »französisches. Ich klopfe, verstehen Sie, an Ihre Tür, die Tür geht auf, und auf der Schwelle, denken Sie nur, steht Wjatscheslaw Michailowitsch Molotow in eigener Person … Können Sie sich das vorstellen? Molotow …«

Sie sprachen über das Alter und die Krankheiten. Aglaja erzählte dem General, wie unbequem sie gefahren sei in dem stickigen, zugigen Wagen, offenbar habe sie sich erkältet, es kratze im Hals und ziehe im Rücken, und die Brust sei ganz beengt. Fjodor Fjodorowitsch übernahm es sogleich, sie mit heißem Tee mit Zucker und Zitrone zu kurieren. Beim Tee tauschten sie sich über Mixturen und Absude nach Rezepten von Volksheilern aus, doch ehe sie das Thema Abreibungen anschneiden konnten, wurde es unruhig im Saal, die Tür flog auf, leise und furchteinflößend traten junge, sportlich gebaute Männer ein, alle in den gleichen bauschigen Jacken und mit ausdruckslosen Gesichtern, die sich längs der Wände verteilten. Ihnen auf dem Fuß folgte ein fülliger vielleicht fünfzigjähriger Mann mit grauem höckerigem Gesicht und zwei Warzen auf der Nase. Natürlich erkannte Aglaja in ihm sofort den Parteiführer Alfred Gluchow, wie sollte sie auch nicht, da sie ihn doch täglich auf allen Fernsehkanälen zu sehen bekam. Sein Erscheinen löste eine geräuschvolle Reaktion aus, Stühle polterten, Beifall kam auf. Zusammen mit den anderen erhob sich auch Fjodor Fjodorowitsch, doch der Führer war mit einem Satz bei ihm und drückte ihn auf den Stuhl nieder.

»Nicht doch, Fjodor Fjodorowitsch«, sagte er, »wozu das, es steht mir dienstrangmäßig auch gar nicht zu, Sie sind ja General und ich bloß Oberleutnant.«

»Heute Oberleutnant und morgen Oberster Befehlshaber«, widersprach Fjodor Fjodorowitsch devot und nicht ohne sich geschmeichelt zu fühlen.

»Nun«, sagte Gluchow bescheiden, ohne die ihm zukommende

Mission zu negieren, »wenn sich die Aufgabe stellt, werden wir die Macht übernehmen. Ganz bestimmt tun wir das. Uns ist eine historische Verantwortung auferlegt, und niemand hat uns von ihr befreit. Sind Sie auch Parteimitglied?«, fragte er, seine Aufmerksamkeit Aglaja zuwendend.

»Und was für ein Mitglied!«, warf Fjodor Fjodorowitsch emphatisch ein. »Unser goldener Kader.«

Und er ließ es sich nicht nehmen, den Parteiführer darüber aufzuklären, dass Aglaja Stepanowna Rewkina Kommunistin aus Vorkriegszeiten und seinerzeit Kreissekretärin gewesen sei, eine Partisaneneinheit befehligt habe …

»Ooh!«, unterbrach ihn der Parteiführer. »Sehr erfreut.«

Aglaja hatte erwartet, den festen Händedruck eines Kampfgenossen zu spüren zu bekommen, doch die Hand des Parteiführers war weich wie ein Schwamm und überdies schweißig, was sie unangenehm berührte. Aus der Lektüre von Werken des sozialistischen Realismus erinnerte sie sich, dass feuchte Hände und ein unsteter Blick Kennzeichen schlechter, uns fremder Menschen waren. Bei Menschen, die zu uns gehören, flackert der Blick niemals, und der Händedruck ist fest und trocken. Doch war es nur ein flüchtiges Gefühl. Wie es gekommen war, so ging es wieder, besonders als der Parteiführer Aglajas entzündete Augen bemerkte und sich erkundigte, ob sie nicht etwa erkältet sei. Was sie tief bewegte. Diesem Mann, der sich so viel aufgeladen, der ständig mit so vielen Leuten zu tun hatte, entging nicht, dass sie angegriffen aussah. Aglaja wollte sagen, das sei alles halb so schlimm, doch just in dem Moment musste sie niesen und bekam einen schweren Hustenanfall. Fjodor Fjodorowitsch nutzte die Gelegenheit, den Führer wissen zu lassen, dass da noch etwas zu regeln sei.

»Was gibt es für ein Problem?«, fragte der Führer rasch.

»Das Problem ist«, erklärte Fjodor Fjodorowitsch, »dass Aglaja Stepanowna in ihrem Alter auf einem Seitenplatz in einem Wagen mit kaputtem Fenster fahren musste.«

Der Führer hörte mit düsterer Miene zu.

»Da sieht man mal«, sagte er, »wie das Land durch die volksfeindliche Regierung und den Säufer von Präsidenten auf den Hund gekommen ist. Ein verdienstvoller Mensch, eine Veteranin, eine Kriegsheldin, eine Frau muss unter solchen Verhältnissen reisen. Macht nichts, macht nichts, seien Sie unbesorgt, zurück fahren Sie bequem, das verspreche ich Ihnen.«

Er klatschte in die Hände und sagte leise: »Mitja!«

Mitja war augenblicklich zur Stelle wie der Dschinn aus der Flasche.

»Mitja«, wies ihn der Führer halblaut an, »kümmere dich darum: für Aglaja Stepanowna Rewkina eine Rückfahrkarte mit Schlafwagenplatz. Klar? Kein Liegewagen, auch nicht Abteil, sondern Schlafwagen.« Und im Davongehen wiederholte er, dass es die anderen mitbekamen: »Hast du es dir eingeprägt? Schlafwagen, kein Abteilplatz im Liegewagen.«

Nachdem er Aglaja verlassen hatte, lief er mit raschen, ziellos wirkenden Schritten im Saal umher, in Wirklichkeit aber steuerte er im Zickzack auf den Ausgang zu, drückte Hände, fragte, was es für ein Problem gebe, tauschte Sätze, Losungen, Scherze und Zurufe. Und verschwand unbemerkt von der Bildfläche.


8 Kurz danach forderte eine knarrende Lautsprecheransage dazu auf, in die Busse einzusteigen.

»Gestatten Sie«, sagte Fjodor Fjodorowitsch galant und fasste nach Aglajas Ellbogen – unklar, ob er sie stützen wollte oder selbst Halt suchte. Er hinkte auffällig, und zwar auf eine recht sonderbare Weise: Den linken Fuß setzte er weich auf, während er mit dem rechten aufstampfte, als schlage er Nägel ein. »Die alten Wunden«, erklärte er Aglaja, obwohl er nie verwundet gewesen war. Den ganzen Krieg hatte er ohne einen Kratzer überstanden, seine Gelenkschmerzen kamen vom Alter.

Am Ausgang boten die Rothaarige und der Blonde Agitationsattribute an, wie sie sie nannten, und zwar Bilder von Lenin und Stalin, das heißt hauptsächlich von Stalin (Lenin wollte keiner haben), die Jüngeren und Kräftigeren bekamen Transparente mit kommunistischen und revolutionären Losungen wie »Ruhm der Arbeit!« oder »Der Kommunismus ist unausweichlich« oder, umgekehrt, mit negativer Aussage wie »Nieder mit dem volksfeindlichen Regime!«, »Zionisten raus aus der Regierung!« und noch etwas in Bezug auf Löhne und Renten. Fjodor Fjodorowitsch brauchte nichts. Seine Fahne hatte er stets bei sich, während Aglaja ihr Bild vergessen hatte und sich eins geben lassen musste. Darauf war Stalin in Uniform mit sämtlichen Orden und mit Mütze zu sehen, doch irgendwie hatte er nichts von Größe. In dieser Darstellung wirkte er nicht wie der ruhmreiche Generalissimus, sondern ähnelte einem Abschnittsbevollmächtigten der Miliz kurz vor der Rente.

9 Im Hof standen vier große Ikarus-Busse ungarischer Produktion mit Jaroslawler Nummern bereit, doch einer genügte völlig. Aglaja und Fjodor Fjodorowitsch setzten sich auf die vorderste Bank. Er, die Fahne wie gewohnt zwischen die Knie geklemmt, erzählte, damals in Sotschi habe er ihr mit absolut ernsthaften Absichten den Hof gemacht, weil er als Witwer eine Kampfgefährtin brauchte. Und nach dem abrupten Ende seiner Romanze mit ihr habe er nach einer anderen Kandidatin Ausschau halten müssen. Da sei sein Frontkamerad General Wassja Serow gestorben, und so habe er dessen Witwe geheiratet.

Am Suschtschowski-Wall gerieten sie in einen hoffnungslosen Stau, und Fjodor Fjodorowitsch erklärte Aglaja, solche Staus entstünden, wenn der Präsident durch Moskau fahre.

»Also ist er irgendwo hier durchgekommen?«

»Nicht unbedingt«, widersprach Fjodor Fjodorowitsch. »Wo er auch langfährt, die Staus bilden sich in ganz Moskau. Wenn er diese Straße nimmt, wird alles in der Umgebung abgesperrt. Sind die Straßen hier zu, bilden sich auf anderen Staus, durch diese Verstopfungen entstehen neue, und so wird in ganz Moskau der Verkehr lahm gelegt. Wie eine Thrombose ist das.«

»So einen volksverbundenen Präsidenten haben wir eben«, lautete der Kommentar des hinter ihnen sitzenden Kosaken mit den Kreuzen. »Während meiner Dienstzeit in Breshnews Leibwache haben wir auch Straßen gesperrt. Aber erst wenn er schon unterwegs war und nicht lange vorher.«

»Wie sollte man sie nicht sperren«, sagte Fjodor Fjodorowitsch. »Er ist ja nicht allein. Voraus fährt das Leitfahrzeug, dann kommt die Leibwache, dann er selbst, dann die Wagen der Begleitung, dann der Arzt. Der Mann ist doch hochbetagt«, befand der General, der ganz vergessen hatte, dass der »Hochbetagte« gut zwanzig Jahre jünger war als er.

Der Bus hielt am linken Flügel des Filmtheaters »Rossija«. Die Türen gingen auf, die Insassen stiegen aus, und da sie dabei ihre Regenschirme aufspannten, boten sie das Bild einer Fallschirmlandetruppe. Der Regen fiel unverändert kalt und klebrig, doch Aglaja hatte keinen Regenschirm mit.

Der Ordner, in klitschnassem Tuchmantel, mit feucht glänzender Glatze und einer Nase, die ebenso rot war wie seine Armbinde, forderte die Ankömmlinge auf, zum Puschkindenkmal hinüberzugehen.

Am Denkmal gab es bereits eine Menschenansammlung: Milizionäre. Sie standen in sackartigen nassen Mänteln ein Stück in Richtung Verlagsgebäude der *Iswestija*, rauchten und betrachteten die Kundgebungsteilnehmer ohne sonderliches Interesse. Als wären sie einfach so hergekommen, um hier im Regen zu stehen.

Aglaja sah sich wissbegierig um. Obwohl sie in letzter Zeit häufig nach Moskau kam, staunte sie immer wieder aufs Neue. Überall waren Anzeichen eines fremdartigen Lebens. Das McDonald's-Restaurant, Werbung für Renault-Fahrzeuge, für die Zeitung *Moskowskije nowosti*, für einen ausländischen Film, der als Erotikkomödie angepriesen wurde, und das Bild einer traurigen alten Frau, die bat: »Bezahlen Sie bitte Ihre Steuern«. Es regnete auf das Plakat, und über das Gesicht der Frau floss ein lebendiges Rinnsal von Tränen.

Der Beginn der Kundgebung verzögerte sich erheblich, man

wartete auf Gluchow. Der Ordner telefonierte, krampfhaft bemüht, sein Handy vor dem Regen zu schützen, bekam etwas gesagt, teilte mit, Genosse Gluchow stecke im Stau, müsse aber bald da sein. Endlich traf der Führer in seinem Mercedes mit Blaulicht und vier Leibwächtern ein. Einer der Leibwächter sprang heraus, noch ehe der Wagen hielt, und öffnete die hintere Tür, als wäre der Genosse Gluchow ein Invalide oder eine Frau. Aus den beiden Wolgas, die dem Mercedes folgten, stiegen noch ein paar Mitglieder des Führungskerns, ebenfalls mit Leibwächtern, wodurch die Menge merklich größer wurde. Gluchow zwängte sich in Begleitung eines Mannes, der einen Regenschirm mit Coca-Cola-Werbung über ihn hielt, zur Mitte durch, doch die Kundgebung begann immer noch nicht. Nach einer Weile kam ein Mitsubishi-Kleinbus angefahren, aus dem mit roten Fahnen die nirgendwo arbeitenden Mitglieder der Bewegung »Arbeiterwehr« heraussprangen. Ihr stämmiger Anführer Siropow, mit aufgesprungener Lippe, drängelte sich zu Gluchow durch, packte ihn am Ellbogen und redete heftig auf ihn ein. Gluchow drehte sich weg und versuchte seinen Arm zu befreien, bis seine Leibwächter Siropow abdrängten.

Fjodor Fjodorowitsch erkundigte sich bei dem Ordner, worauf man denn warte. Auf die Journalisten, erklärte der. Zwei Fernsehsender hatten versprochen, ihre Teams herzuschicken, um über das Ereignis zu berichten. Mindestens eine Stunde verging. Von den Journalisten keine Spur, ausgenommen Maxim Milkin, der in einem gepanzerten Jeep mit Wache daherkam. Seitdem ihm zweimal die Fresse poliert worden war, fuhr er genauso wie Gluchow nur noch gepanzert und mit Leibwache durch die Stadt. Angesichts eines so namhaften Vertreters der vierten Gewalt traten die Gluchow umringenden Leute zur Seite, und Milkin baute sich mit seinem Aufnahmegerät vor ihm auf.

»Sagen Sie, Herr Gluchow, was wollen Sie mit Ihrer heutigen Aktion beweisen?«

»Wir«, sagte Gluchow würdevoll, »haben es nicht nötig, etwas zu beweisen, die Beweise liefert das Leben selbst. Die Ideale der

379

Revolution und des Kommunismus leben in den Hoffnungen und Sehnsüchten des Volkes, das die Erinnerung an die ruhmreiche Vergangenheit in Ehren hält. Sie sehen ja, trotz der Verhinderungstaktik der volksfeindlichen Macht, trotz des schlechten Wetters sind Tausende von Menschen auf den Platz gekommen.«

»Nun, ich würde sagen, Hunderte«, verbesserte ihn Milkin zynisch. »Wenn nicht ein paar Dutzend. Sagen Sie, ich sehe Ihre Anhänger hier mit Stalinbildern stehen, meinen Sie nicht auch, dass Ihre Treue zu diesem Henker dazu angetan ist, Leute abzustoßen, die Ihre Ideale teilen könnten?«

»Wissen Sie, zur Persönlichkeit Stalins habe ich ein unvoreingenommenes Verhältnis, als Historiker. Historisch gesehen, war er eine bedeutende Persönlichkeit. Und in gewissem Sinne eine tragische. Unter Führung Stalins sind große Siege errungen worden. Und Fehler, nun, Fehler können jedem unterlaufen, im geschichtlichen Prozess fallen sie natürlicherweise nicht mehr so ins Gewicht. Zumal, wissen Sie, da ist immer die Rede davon, Stalin hätte soundso viele Millionen Menschenleben vernichtet. Aber wir sind ja Realisten und können nicht übersehen, dass diese Millionen auch ohne ihn gestorben wären.«

»Eine letzte Frage. Haben Sie die Absicht, sich um die Präsidentschaft zu bewerben?«

»In unserer Partei stellen wir die Frage anders. Bei uns werden die Kandidaten aller Ebenen, auch der des Präsidenten, von der Partei nominiert. Aber ich will mich nicht zu bescheiden geben, da ich, wie Sie wissen, in der Partei eine Führungsposition habe, ist es durchaus möglich, dass mich die Kommunisten nominieren.«

»Aber Sie selbst«, hakte Milkin nach, »möchten Sie Präsident werden?«

»Ihr Fragestellung ist unkorrekt. Für uns Kommunisten ist die Macht keine Quelle der Bereicherung oder der Befriedigung persönlicher Ambitionen, sondern eine historische Pflicht. Einigen Politikern bei uns trübt ihr Machtstreben den Verstand, ich hingegen betrachte die Frage der Macht mit Gelassenheit. Sollte mir das Präsidentenamt anvertraut werden, werde ich mit voller Kraft arbeiten und nicht zwischen Besäufnis, Banja und notärztlicher Behandlung«, erklärte er mit einem Seitenhieb auf den gegenwärtigen Präsidenten.

Die Umstehenden lachten und klatschten laut Beifall. Milkin war mit seinem Interview fertig und fuhr davon, die Menge lichtete sich.

Wieder trat eine Pause ein. Endlich erschien ein Viererteam: Kameramann, Regisseur, Tonmeister und Producer. Sie baten Gluchow zur Klärung des Geschäftlichen beiseite. Er ging mit, aber nicht allein, sondern mit dem Regenschirmhalter. Es wurde ein kurzes, aber stürmisches Gespräch. Aglaja bekam nicht alles mit, hörte aber Gluchow ein paarmal sagen: »Ich verstehe nicht, wo das Problem liegt. Ich wiederhole Ihnen, dass es eine konkrete Vereinbarung gibt, gegen die Sie verstoßen. Ich werde mit Ihrer Leitung sprechen müssen, die auf Weisung des verbrecherischen Regimes das Volk sprachlos zu machen sucht.«

Ohne seine Rede zu Ende zu hören, räumten die Fernsehleute das Feld. Gluchow sah verwirrt und enttäuscht aus. Und auf Fjodor Fjodorowitschs fragenden Blick erklärte er, die hätten für eine zehnminütige Sendung fünfzigtausend Dollar verlangt und jedes Gespräch über die Hälfte der Summe rundweg abgelehnt.

»Na, macht nichts«, sagte Gluchow, »wir haben unseren eigenen Mann. Er filmt mit einer Amateurkamera, und dann kann man es sich per Videorekorder ansehen.«

Damit stieg er auf die Stufen zu Füßen Puschkins und wandte sich an die Anwesenden mit einer Ansprache darüber, dass unser Volk heute ein Fest begehe, das die Werktätigen nach wie vor als ihren größten Feiertag betrachteten. Fehlgeleitet durch Pseudo-demokraten, durch einen Präsidenten, der sich um den Verstand gesoffen habe, durch seine verbrecherische Sippe und die Oligarchen, habe sich das Volk ein wenig von den Idealen des Sozialismus entfernt, doch je weiter es sich von ihnen entfernt habe, desto mehr ziehe es sie zu ihm zurück, wovon auch die heutige Aktion zeuge, an der sich breite Massen der Werktätigen beteiligten.

Die »breiten Massen« klatschten höflich und bekamen zu hören, dass sie sich erneut zum Kampf erhöben für das, was seinerzeit ihre Großeltern errungen hätten.

»Die Menschen«, fuhr Gluchow fort, »scharen sich um unsere Fahnen, und für sie organisieren wir mit Freuden kommunistische Zellen auf dem gesamten Territorium der ehemaligen Sowjetunion …«

»Und der künftigen!«, rief jemand aus der Menge.

»Und der künftigen«, pflichtete Gluchow bei.

»Einschließlich der Krim und Sewastopols«, soufflierte der seine Präsenz beweisende Siropow.

»Natürlich einschließlich«, stimmte ihm Gluchow zu. Und er schloss seine Rede mit den üblichen Beschwörungssprüchen: »Die Lehre von Marx ist allmächtig, weil sie wahr ist. Der Kommunismus ist unausweichlich, weil er unabwendbar ist.«

Mit diesen Worten stieg er vom Sockel herunter, und seinen Platz nahm der Ordner ein, der über Megaphon ausrief:

»Die Demonstranten nehmen Aufstellung in Kolonne zu sechst. Die Fahnenträger voran. Wir gehen ohne Eile, ruhig, ohne uns provozieren zu lassen. Genossen, ich weise ausdrücklich darauf hin: Wir lassen uns weder von links noch von rechts provozieren. Wir demonstrieren bis zum Mausoleum Wladimir Iljitsch Lenins, legen einen Kranz nieder, gehen weiter zum Grabmal des Unbekannten Soldaten, legen einen Kranz nieder, und nach einer kurzen Abschlusskundgebung löst sich der Zug friedlich auf. Genossen, Folgendes noch: Jetzt sind hier auf dem Platz viele Mitarbeiter der Miliz. Es ist mit der Stadtverwaltung abgesprochen, dass sie auf Einhaltung der Ordnung achten werden. Aber natürlich können sie auch zu einer gewaltsamen Lösung greifen. Alle Teilnehmer werden gebeten, sich organisiert und friedlich zu verhalten. Und Disziplin zu wahren.«

10 Alles lief gut. Selbst das Wetter hatte beschlossen, sich den Demonstranten gnädig zu zeigen. Der Regen hatte aufgehört, die Wolken rissen auf, Sonnenstrahlen brachen bündelartig

durch die Lücken. Der noch nasse Kopf des bronzenen Puschkin erglänzte, das M von McDonald's erstrahlte, die Laufschrift der Renault-Werbung verblasste, nur die alte Frau, die um Bezahlung der Steuern bat, blieb auch mit versiegenden Tränen traurig, als wolle sie ihre Mitbürger daran erinnern, dass die Sonne hervorgekommen, doch die Steuerschulden noch nicht getilgt seien.

Jemand rief etwas. Aglaja verstand es nicht, doch die einsetzende Bewegung verriet ihr, dass das Kommando gekommen war, die für den Autoverkehr gesperrte Mitte der Twerskaja-Straße einzunehmen.

»Genossen«, kommandierte der die Flanke der Demonstranten ablaufende glatzköpfige Ordner, »wir nehmen Aufstellung in Kolonne zu sechst. Abstand mindestens ein Schritt. Mehr Luft zwischen den Reihen. Mamachen mit dem Bild«, wandte er sich an Aglaja, »warum so zaghaft? Stellen Sie sich hierher. Nein, nicht in die Mitte, sondern an den Rand, damit die auf dem Gehweg Stehenden Ihr Bild sehen können.«

Aglaja stellte sich an die ihr zugewiesene Stelle, doch da wurde Fjodor Fjodorowitsch, den sie aus den Augen verloren hatte, auf sie aufmerksam und kam herbeigehinkt.

»Nicht doch, Glaschenka, ist Ihr Platz etwa hier? Kommen Sie mit, kommen Sie.«

Langsam formierte sich die Kolonne. Den Anfang bildeten zwei Schwergewichtler mit entfaltetem Transparent, auf dem weiß auf rot zu lesen stand: »Das Volk ist mit uns, wir sind mit dem Volk.« Dahinter folgten Alfred Gluchow und die anderen Führungsleute der Partei mit roten Schleifen an den Mantelrevers, in der nächsten Reihe Fjodor Fjodorowitsch, Aglaja und weitere Veteranen. Fjodor Fjodorowitsch hatte sich einen Platz in der Mitte der Reihe gesucht, genau hinter Gluchow, zu seiner Rechten durfte Aglaja gehen, zu seiner Linken eine zweite alte Frau, ebenfalls mit Stalinbild. Irgendein scharfäugiger Journalist stellte übrigens hinterher fest, dass in der Kolonne ein Dutzend Bilder von Stalin getragen worden seien und kein einziges von Lenin.

»Na bitte«, murmelte Fjodor Fjodorowitsch, indem er seine

Fahne aus dem Segeltuchfutteral zog, »auch das Wetter, kann man sagen, meint es sehr gut mit uns.«

Der Wind wehte schwach, doch er genügte dem General, der die Fahne entrollte und emporhob, sie begann zu flattern, und die Worte »Vorwärts zum Sturm auf Berlin!« liefen über das Fahnentuch wie eine Werbeschrift. Im selben Moment gab Gluchow den Schwergewichtlern das Kommando: »Also dann!« Die hoben ihr stolzes Transparent noch höher und setzten sich in Marsch, ihnen nach die ganze Kolonne.

Das Wetter wurde unterdessen immer schöner, die Sonne strahlte, die nasse Kleidung dampfte. Schon die ersten Schritte ermunterten Aglaja und wärmten sie auf, sie fühlte sich gleich deutlich besser. Die Demonstranten gingen nicht schnell, doch war zu sehen, dass zwar alte, aber Marschordnung gewohnte Leute diesen Zug bildeten. Fjodor Fjodorowitsch, obwohl er das linke Bein leicht nachzog und mit dem rechten heftig gegen den Asphalt schlug, hielt Schritt. Mit festen Händen hielt er das Kampfesbanner, und metallen blitzte es von Stirn, Brust und Mund.

Zuerst gingen sie schweigend. Aglaja lauschte unwillkürlich dem Gespräch, das hinter ihr einer der Kosaken mit einem Alten in dunklem Regenmantel und mit Hut führte. Der Kosak erzählte, in Tuapse habe er es damit zu Geld gebracht, dass er ein herrenlos daliegendes Schiff kostenlos übernommen, es instand gesetzt und damit von Kleinhändlern genutzte Tagesfahrten in die Türkei angeboten habe, dann habe er ein großes Schiff mit dieselelektrischem Antrieb erworben und Touristen um Europa gefahren.

»Jetzt habe ich zwei solche Schiffe, drei Ausflugsdampfer und fünf Motorboote.«

»Wie hat es Sie denn zu uns verschlagen?«, erkundigte sich der Alte. »Wir sind doch hier alles von den Machthabern Geschädigte, Verelendete, während Sie es zu solch einem Wohlstand gebracht haben.«

»Das ist es ja eben – Wohlstand. Was habe ich von dem materiellen Wohlstand? Befriedigung bringt er mir rein gar nicht. Ich wollte heiraten, aber dann habe ich es mir überlegt – nein. Solange ich reich bin, komme ich nicht dahinter, ob sie mich aus Liebe genommen hat oder aus Berechnung. Als ich Bauingenieur war, wollte mich Ljudka nicht, weil ich hundertfünfzig im Monat bekommen habe, und hat sich einen Verkaufsstellenleiter geangelt, der hundert bekam und regelmäßig tausend klaute. Jetzt sagt sie, dass sie sich über ihre Gefühle klar geworden sei. Ja, jetzt. Aber ich denke mir, dass meine Schiffe ihr geholfen haben, sich über ihre Gefühle klar zu werden.«

Die Kolonne bewegte sich langsam in Richtung des ehemaligen Sowjetskaja-Platzes.

Plötzlich wandte sich Gluchow um und sagte:

»Was gehen wir eigentlich wie im Trauerzug? Singen wir doch etwas Revolutionäres. Aglaja Stepanowna, Sie kennen bestimmt noch Revolutionslieder?«

Aglaja Stepanowna wurde verlegen und sagte, sie kenne keine, denn zum Zeitpunkt der Oktoberrevolution sei sie zwei Jahre alt gewesen, und die Großmutter habe ihr, wenn sie sie wiegte, nicht »Feindliche Stürme durchtoben die Lüfte«, sondern »Eia beia Wiegenstroh, schläft mein Kind, so bin ich froh« oder etwas in der Art gesungen.

»Ach so?«, meinte Gluchow verwundert, der sich nicht recht vorstellen konnte, dass diese Alte einmal ein Kind gewesen war, überlegte kurz und wurde selbst verlegen. »Ja«, sagte er tiefsinnig. »Die fernen, unwiederbringlichen Jahre der Kindheit. Sie scheinen so weit weg, man kann es selbst kaum glauben, dass man einmal ein barfüßiger kleiner Junge gewesen ist, der Tauben gescheucht, am Lagerfeuer Pionierlieder gesungen hat …«

Seine Kindheit hatte er sich kurzerhand ausgedacht, da er meinte, so müsse sie aussehen, die proletarische, barfüßige, mit Tauben verbrachte Kindheit eines Führers seines Volkes. In Wirklichkeit war er als Sohn eines Parteifunktionärs niemals barfuß gelaufen, hatte keine Tauben gescheucht und war überhaupt ein satter, wohlgenährter, körperlich und geistig wenig beweglicher Junge gewesen. Am Lagerfeuer freilich mochte er gesessen haben.

Einmal in Fahrt, kam er von seinen Erinnerungen gar nicht mehr los.

»Eine schöne Zeit ist das gewesen. Eine romantische. Und wie die Beziehungen zwischen den Menschen waren! Rein und klar. Jeder war bereit, für einen Genossen selbst sein Leben nicht zu schonen! Dabei hatten wir es ja wahrlich schwer, Aglaja Stepanowna. Manchmal war nicht einmal Brot im Haus«, log er wieder und machte ein trauriges Gesicht. »Na schön. Wir sollten doch etwas Revolutionäres singen.«

»Versuchen wir es«, meldete sich von hinten der Schiffseigner und stimmte gleich mit rauchiger Bassstimme an:

Im Kerker zu Tode gemartert
Vom Feinde in ohnmächtger Wut,
Im Kampf für das Volk und die Freiheit,
Gabst hin du dein Leben, dein Blut.

Wenn Aglaja früher über die Revolution nachdachte, hatte sie es stets bedauert, dass sie etwas zu spät auf die Welt gekommen war und an der romantischen Phase des Kampfes gegen die zaristische Ordnung nicht mehr hatte teilnehmen können. Die Zeit, als die jungen Kommunisten auf Kundgebungen und Demonstrationen sich singend den Kosaken-Nagaikas und Polizeikugeln aussetzten. Sie hatte natürlich auch in einer interessanten, spannungsgeladenen Zeit gelebt, doch jene revolutionäre Romantik gehörte bereits der Vergangenheit an. Und nun … Nachdem freilich viel Schlechtes passiert war, die Feinde des Kommunismus die Macht an sich gerissen hatten … Jetzt bekam sie Gelegenheit, auf ihre alten Tage die Erfahrung jener Verhältnisse zu machen, unter denen die Revolutionäre vergangener Zeiten gelebt hatten. Ihr fiel das heute gesehene Bild *Stalin auf einer Demonstration in Baku* ein. Dort geht Sosso Dshugaschwili an der Spitze eines Demonstrationszuges der Bolschewiki, im Russenhemd mit aufgeknöpftem Kragen, jung, dunkelhaarig, mit offenem, in die Zukunft gerichtetem Blick. Die Geschichte wiederholt sich. Jetzt schreitet sie, Aglaja Stepanowna Rewkina, im Demonstrationszug ihrer Gesinnungsgenossen dahin und trägt stolz das Bild ihres geliebten Führers.

Aglaja blickte zurück, konnte jedoch nicht erkennen, wie weit sich die Kolonne auseinander gezogen hatte. In Wirklichkeit war da nicht viel zum Auseinanderziehen, aber sie bildete sich ein, an der Spitze eines endlosen Volkszuges zu gehen. Sie ging und sah beiderseits auf den Gehsteigen Menschen, die die vorbeiziehende Kolonne betrachteten und ihr als begeisterte Zuschauer erschienen. Dabei waren das zufällige Passanten, die sich dermaßen an solche Aufmärsche gewöhnt hatten, dass sie kein besonderes Interesse mehr aufbringen konnten. Einige waren peinlich berührt und empfanden Mitleid mit diesen dummen, bösen, hilflosen und lächerlichen Alten. Sie als Menschen einer neuen Generation meinten, dass sie ganz anders seien und nie so werden könnten. Doch dem war nicht so. Die Generationen sind weder besser noch schlechter, ihre Glaubensbekenntnisse, Irrtümer und Verhaltensweisen hängen von historischen Umständen ab wie von denen der Zeit, in der sie aufwachsen. Man braucht kein Prophet zu sein, um vorauszusagen, dass sich die Menschen immer wieder von irgendwelchen Pseudowissenschaften blenden lassen und nicht der Versuchung widerstehen werden, gewissen Persönlichkeiten übermenschliche Eigenschaften zu verleihen, sie in den Himmel oder wenigstens auf den Sockel zu heben, um sie dann von ihm zu stürzen. Die folgenden Generationen werden sie als Dummköpfe bezeichnen und selbst auch nichts anderes sein.

**11** Auf dem Twerskaja-Platz gegenüber dem ehemaligen Mossowjet, der Stadtverwaltung, stand eine Abteilung berittener Miliz, und der Stadtgründer Juri Dolgoruki ragte zwischen diesen Reitern wie ihr Anführer auf.

Plötzlich sagte jemand:

»Seht doch mal, da!«

Aglaja blickte nach vorn und machte dort, wo die Twerskaja-

Straße vom Ochotny rjad gekreuzt wurde, eine Sperre aus: Männer mit grünen Helmen, Plexiglasschilden und Gummiknüppeln. Sie standen als furchterregende, unbezwingbare Mauer, mit angespannten Gesichtern, als wäre es nicht ein Häuflein alter Leute, was da gegen sie anrückte, sondern hundertachtzig Elitedivisionen. Einige der Demonstranten beschlich die Angst, und sie verlangsamten den Schritt. Aglaja jedoch unterbrach das eben gesungene Lied mit hymnischem Gesang:

> Von Russland, dem großen, auf ewig verbündet,
> Steht machtvoll der Volksrepubliken Bastion …

Ihre Stimme war heiser, greisenhaft, leise, aber Fjodor Fjodorowitsch sprang ihr bei, fiel knarrend ein:

> Es lebe, vom Willen der Völker gegründet,
> Die einige, mächtige Sowjetunion.

Sie bekamen Unterstützung vom Schiffseigner, und beim Refrain fielen dann alle ein:

> Ruuuhm sei dir, Vaterland …

Den Refrain auf den Lippen, näherten sie sich der Omon-Sperre, hielten an und setzten, auf der Stelle tretend, ihren Gesang fort:

> Durch Stürme strahlt' uns die Sonne entgegen,

fiel Aglaja der Beginn der zweiten Strophe ein.

»Und Lenin, der große, erhellt' unsern Weg«, fügte General Burdalakow ein, indem er das rechte Bein auf das Pflaster knallte.

»Von Stalin erzogen …«, sang Aglaja freudig weiter …

»Genossen«, rief der die Kolonne ablaufende Ordner, »bitte alle in der Marschordnung bleiben, keiner schert aus.«

Doch konnte seine Anweisung nicht verhindern, dass die

Marschordnung allmählich durcheinander geriet, die Reihen vor der Sperre in die Breite flossen. Plötzlich sah sich Aglaja Aug in Auge mit einem Milizionär, einem vielleicht zwanzigjährigen Burschen dörflichen Aussehens mit kleinen schielenden Augen im runden Gesicht. Die Demonstranten sangen ihr Lied weiter, auch Aglaja sang und blickte dabei dem Milizionär direkt ins Gesicht. Der betrachtete sie verwundert und ohne zu blinzeln. Aglaja sah zu den anderen Milizionären, die ebenfalls unbeirrbar dastanden, Blicke wechselten und grinsten. Aglajas Empfindungen spalteten sich. Einerseits waren das doch sowjetische, russische Jungs, denen sie sich hätte anschließen können, um zum Angriff auf den verhassten Feind anzutreten, andererseits waren sie selbst der verhasste Feind, bereit, auf Befehl gegen sie vorzugehen.

Unterdessen trat ein Milizoberst, ebenfalls mit Helm, aber ohne Schild, zu Gluchow. Er wollte etwas sagen, doch Gluchow sang einfach weiter, und erst als das Lied zu Ende war, schenkte er ihm Beachtung:

»Was ist, Oberst? Was gibt es für ein Problem?«

»Herr Gluchow«, sagte der Oberst halblaut, »ich bin beauftragt, Ihnen zu übermitteln, dass Ihre Demonstration an dieser Stelle endet. Sagen Sie Ihren Leuten, sie sollen auseinander gehen.«

»Wie kommen Sie dazu?«, fragte Gluchow. »Wir haben mit dem Bürgermeister eine feste Vereinbarung getroffen.«

»Mir ist nicht bekannt, mit wem Sie was für eine Vereinbarung getroffen haben, ich habe den Befehl ...«

»Von wem? Wer hat Ihnen das befohlen?«

»Das ist ohne Bedeutung, jedenfalls habe ich den Befehl, die Straße zu räumen und für einen reibungslosen Verkehr zu sorgen. Und diesen Befehl werde ich ausführen.«

»Sie werden ihn ausführen, aber vorher gehen wir zum Mausoleum und legen Kränze nieder.«

»Einzeln – bitte sehr. Aber nicht als Kolonne.«

»Nein«, sagte Gluchow fest, »wir werden als Kolonne hingehen – so und nicht anders.«

»Herr Gluchow«, sagte der Oberst müde, »ich habe keinerlei

Verlangen, mich mit Ihnen zu streiten, aber Ihr Umzug ist beendet. Wenn Sie sich an das Gesagte nicht halten, werden wir gegen Sie Gewalt anwenden.«

»Was? Gewalt?«, mischte sich Fjodor Fjodorowitsch ein, der unversehens mit seiner Fahne hinzugetreten war. »Weißt du, mit wem du redest? Wie stehst du überhaupt vor mir? Du stehst vor einem General. Still gestanden!«

Der Oberst sah ihn mit einiger Verwunderung an und sagte:

»Genosse General, ich bitte die Form zu wahren. Ich führe hier eine Anordnung der Regierung Moskaus aus, und Sie sind für mich kein General, sondern eine Person, die die öffentliche Ordnung stört.«

»Ich – eine Person, die die Ordnung stört?«, entrüstete sich Fjodor Fjodorowitsch. »Ach, du Rotznase! Schuft! Ich habe Berlin genommen! Ich habe für dich mein Blut vergossen! Ich werde dir die Schulterstücke abreißen!«

Er streckte ernsthaft die Hand nach den Schulterstücken des Obersten aus, doch Gluchow fing sie ab:

»Fjodor Fjodorowitsch! Auf keinen Fall! Wir sind eine organisierte Kraft und lassen uns nicht provozieren.«

Es kostete den General Überwindung, doch er ließ sich zurückhalten.

Durch die Reihen der Demonstranten ging Erregung, sie drängten sich zusammen, ein Teil zog es vor, sich abzusetzen, während die anderen im Gegenteil noch weiter vorrückten. Gluchow versuchte die Menge zu beruhigen, fuchtelte mit den erhobenen Armen über dem Kopf und rief:

»Genossen! Bewahren Sie Ruhe und Ordnung! Nehmen Sie Ihre Plätze in der Kolonne ein!«

Da tauchte plötzlich wieder Siropow neben ihm auf, der ihm gegen die Brust stieß, ihn anspuckte und schrie:

»Genossen! Freunde! Kampfgefährten! Hört nicht auf Renegaten! Gluchow ist ein Renegat! Sind wir vielleicht keine russischen Menschen! Wir sind die Nachfahren von Lenin, Stalin, Minin und Posharski! Vorwärts zum Kreml! Vorwärts zum Kreml!«

Wie aus dem Boden gewachsen, umringte ihn eine Gruppe junger glotzäugiger Kerle, die im Chor zu brüllen begannen:

»Stalin! Beria! GULAG!«

Eine zweite Gruppe schrie:

»Zum Kreml! Zum Kreml!«

Jemand stieß Aglaja in den Rücken, direkt auf den Omon-Mann mit dem Dörflergesicht zu, der auf nichts reagierte und Aglaja nach wie vor ansah, ohne zu blinzeln.

Mit einem Mal fühlte sie Jugend, kämpferischen Elan und Übermut, vergaß, in welcher Zeit das hier geschah, und schrie:

»Für die Heimat, für Stalin – vorwärts!«

»Vorwärts nach Berlin!«, schrie neben ihr Burdalakow in schrillem Ton, legte den Fahnenstock wie eine Lanze ein und machte einen entsprechenden Ausfall mit der ernsthaften Absicht, den vor ihm stehenden Oberst zu durchbohren. Der Oberst wich rasch aus, der General, der die Bewegung nicht richtig berechnet hatte, ging zu Boden und blieb zappelnd liegen.

»Ermordet! Ermordet!«, schrie jemand.

»Sie haben den General ermordet!«, pflanzte es sich in den Reihen fort.

»Genossen! Bewahren Sie Ordnung!«, erklang von irgendwo, schon schwächer, Alfred Gluchows Ruf, doch niemand hörte mehr auf ihn. Zu einem unbeherrschbaren Haufen geworden, fielen die Demonstranten über die Omon-Leute her, um sie wegzustoßen, doch die deckten sich geschickt mit ihren Schilden. Aglaja nahm das Stalinbild in die linke Hand und ging mit der rechten gegen ihren Omon-Mann an. Der wehrte sie träge mit dem Schild ab. Aglaja geriet noch mehr in Rage, beugte sich über den Schild vor und hieb ihm das Bild auf den Helm. Dem Helm konnte das nichts anhaben, das Bild indessen war hin. Der Rahmen zerbrach, und das Papier riss ein. Das machte Aglaja vollends rasend, sie neigte den Kopf wie ein Stier und warf sich auf den Omon-Mann, als wollte sie ihn auf die Hörner spießen, aber der schützte sich wieder mit seinem Schild, und sie prallte mit ihrem unbedeckten Kopf dagegen wie gegen eine Betonmauer.

Wäre sie vierzig Jahre jünger gewesen, hätte sie sich vielleicht nichts weiter getan, doch für eine achtzigjährige Frau war der Schlag zu stark. Weh tat es nicht, aber irgendwie verspürte sie das Verlangen, sich hinzusetzen, und sie ließ sich auf dem nassen Asphalt nieder. Um sie herum gingen Gedränge, Geschrei, Gekreisch weiter, jemand stöhnte und fluchte. Unbekannte Gesichter beugten sich über sie, junge, hübsche, nasse, sie lachte, man fragte sie, worüber sie lache, und jemand antwortete für sie, das sei das Fieber.

Dann verlor sie das Bewusstsein und kam in einem Zimmer auf einer segeltuchbespannten Liege zu sich. Am Tisch saß eine Frau in einem weißen Kittel und mit Brille, die etwas schrieb. Neben ihr stand eine zweite Frau in weißem Kittel, die in einer ihr unbekannten Sprache telefonierte:

»Pizza Hut. Super. Hummer, Roastbeef, Frikassee. Garnelen, Pudding. Chianti – sechzig Bucks … Okay! Über den Pager. Oder per Fax. E-Mail haben wir im Moment nicht, mussten den Provider wechseln …«

Neben der Tür, an die Wand gelehnt und die Arme auf der Brust verschränkt, stand der unerschütterliche Mitja.

»Wo bin ich?«, fragte sie.

»In einer Sanitätsstelle«, sagte Mitja.

»Und in was für einem Land?«, wollte Aglaja wissen.

Mitja warf einen verwunderten Blick zu der am Tisch sitzenden Frau. Die erklärte: »Normale Amnesie.« Und wandte das Gesicht Aglaja zu. »In Moskau sind Sie. Sie haben eine Gehirnerschütterung. Ein bisschen müssen Sie noch ruhen, dann schicken wir Sie nach Hause.«

Aglaja schloss die Augen. Als sie sie öffnete, sah sie wieder Mitja vor sich, und plötzlich fiel ihr das Kino in Dolgow ein, der Film, in dem Stalin zu sehen gewesen war, und der junge Mann, der sie eine dumme Gans genannt hatte. Das war dieser Mitja gewesen. Mitja Ljamichow, der ewige Dissident und Gegner aller jeweiligen Machthaber.

»Stehen Sie auf«, sagte Mitja, »Sie müssen zum Zug.«

Er brachte sie mit dem Taxi zum Bahnhof und setzte sie wie versprochen in einen Schlafwagen.

**12** Unterwegs konnte Aglaja nach all den Aufregungen nicht schlafen, Kopf und Herz taten ihr weh. Als sie in ihrer Tasche nach den Validol-Tabletten suchte, kam ihr ein Buch unter die Finger. Sie nahm es heraus, las den Titel *Holzeinschlag* und erinnerte sich erst jetzt wieder, wo sie es gekauft hatte. Um sich die Zeit zu verkürzen und auch um sich abzulenken, versuchte sie es mit der Lektüre.

»Haben Sie schon einmal gesehen, wie eine durchgesägte Riesenkiefer zu Boden fällt?«, las sie den ersten Satz und überlegte. Diese Frage konnte sie mit Ja beantworten. Im Jahre fünfunddreißig hatte sie, dem Ruf der Partei folgend, drei Monate in der Holzfällerei gearbeitet und einiges zu sehen bekommen. Dort arbeiteten Volksfeinde, Intelligenzler, die bis dahin nichts Schwereres als einen Bleistift in der Hand gehalten hatten, weswegen die ihre Kräfte übersteigende Arbeit und die eisige Kälte ihnen sehr zu schaffen machte. Etwa so wie in diesem Buch. Aglaja hatte es seinerzeit schon einmal mit dem Roman versucht und glaubte sich an einen etwas anderen Anfang zu erinnern. Das heißt, die Taiga der Chanten und Mansen, die Kälte, der Schnee, die politischen Häftlinge, die Wachmannschaften und die umkrachende Kiefer – das alles war da auch gewesen, doch unter der Kiefer hatte, wie sie sich erinnerte, irgendein Bolschewik gelegen, der Alexej hieß, hier dagegen war es Vater Alexi, ein seines Glaubens wegen ins Lager gesteckter Priester. Unter der Kiefer begraben, flüsterte er dem herbeieilenden Erzähler heiser zu: »Lest die Heilige Schrift. Lest unsern Herrn Jesus Christus. Geht und predigt Gottes Wort. Und euch wird ...«

Seltsamerweise fesselte der Roman Aglaja. Sie las sich dermaßen fest, dass sie beinahe das Aussteigen verpasst hätte.

Auf dem mit Schnee überpuderten Bahnsteig war niemand bis auf den Diensthabenden Puchow, einen älteren angetrunkenen

Mann im Tuchmantel mit durchgewetzten Ellbogen. Der Zug hielt die vorgeschriebenen zwei Minuten, Puchow gab mit seiner Pfeife das Signal, hielt das gelbe Fähnchen hoch, winkte Aglaja mit der freien Hand zu und bedeutete ihr zu warten. Sie tat es.

Nachdem der Zug entschwunden war, trat Puchow zu ihr, steckte das Fähnchen unter die Achsel, gab ihr die Hand und sagte:

»Gratuliere.«

»Wozu?«

»Haben Sie es denn nicht gehört?«, fragte er und wischte sich die Nase mit dem Ärmel.

»Nein«, sagte sie gereizt. »Habe ich nicht. Rede schon.«

»Ich rede ja, ich rede.« Er hüpfte und hauchte sich auf die klammen Hände. »Gestern hat die Kreis-Duma … Ihre Kommunisten … Mit klarer Mehrheit … Zur Wiederherstellung der historischen Gerechtigkeit und im Interesse der Erhaltung kultureller Werte … sie haben beschlossen, Ihren Götzen, Ihren Unhold wieder an seinem alten Platz aufzustellen.«

Sprach's, wich zurück und erstarrte, auf eine stürmische Reaktion gefasst, die auch wir hätten erwarten dürfen. Und wahrhaftig, wäre Aglaja jung und gesund gewesen, hätte ihr Organismus diese Neuigkeit zweifellos entsprechend aufgenommen, und wie viel Adrenalin in ihr heißes Blut ausgeschüttet worden wäre, was für eine feierliche Melodie in ihren Ohren geklungen hätte – einfach unvorstellbar. Ihr Organismus aber war alt, er funktionierte träge und unzuverlässig, so dass die Neuigkeit keine entsprechende Wirkung zeigte.

»Was freust du dich denn so?«, fragte sie. »Kann dir das nicht alles egal sein? Seit wann bedeutet dir denn Stalin was?«

»Mir bedeutet er nichts«, gab Puchow zu. »Aber für mich gibt es eine ästhetische Begründung. Dieser Sockel steht da mitten auf dem Platz herum und verschandelt die ganze Stadt. Es ist einem ja peinlich vor den Leuten, die herkommen. Da ist es schon besser, wieder einen draufzustellen.«

»Ja, das ist es«, pflichtete sie gleichgültig bei, ließ den befremdeten Diensthabenden stehen und ging zum Ausgang.

394

**13** In der Bahnhofsgrünanlage saß unter dem Lenindenkmal auf einer Bank ein schneebestäubter betrunkener Obdachloser mit spärlichem Bart in einem dreckstarrenden Schafspelz und mit Strickmütze. Die Flasche in der Hand, döste er vor sich hin, doch als er Schritte hörte, wachte er auf, sah Aglaja an und winkte ihr mit dem Finger, als lade er sie zu einer geheimen Unterredung ein.

»Was ist?«, fragte sie.

Der Obdachlose blickte sich rasch um, als wolle er sich vergewissern, dass da keine unerwünschten Augen und Ohren waren.

»Ich«, flüsterte er ihr mit verschwörerischem Zwinkern zu und wies mit dem Finger nach oben, »ich reinige mich unter Lenin, um weiter in die Revolution zu schwimmen. Klar?«

»Klar«, sagte Aglaja, »es könnte nicht schaden, wenn du dich auch noch waschen würdest.«

Der Scherz gefiel ihr so gut, dass sich ihre Stimmung und ihr Befinden gleich besserten. Sie legte einen Schritt zu.

Es war windstill, leichter feuchter Schnee fiel vom Himmel.

Aglajas Weg lag etwas seitlich der Allee des Ruhms, doch sie beschloss, einen Abstecher zu machen und nachzusehen, was sich dort tat. Das Gebäude des Kasinos »Glücksrad« war vor kurzem instand gesetzt worden und bot mit seinem frischen Anstrich einen festlichen Anblick, nicht so wie früher, als hier das Kreiskomitee der Partei seinen Sitz hatte.

Was die für ein Geld für die Renovierung verpulvert haben! dachte Aglaja, von Feindseligkeit gegen die Kasinobesitzer erfüllt. Für das Kreiskomitee hätten sie es nicht ausgegeben.

Und damit hatte sie Recht. Diese Leute hätten nie und nimmer so viel Geld für das Kreiskomitee der KPdSU, für das Gebietskomitee der KPdSU und selbst für das ZK der KPdSU ausgegeben, wie sie für ihre Kasinos, Restaurants, Feinkostgeschäfte, Nachtklubs und sonstigen Etablissements ausgaben.

Das Gelände vor dem Kasino sah eigenartigerweise fast unverändert aus, diese oder jene Neuerung freilich hatte der Wind der Veränderungen auch hier mit sich gebracht. Die Ehrentafel des Kreises stand noch da, aber die ovalen Rahmen, die früher, wie in einem Kolumbarium, die Bilder der Besten eingefasst hatten, waren jetzt leer oder mit Aushängen über Wohnungsverkauf und -kauf, junge Rassehunde und Superfettkiller gefüllt. Und in der Allee des Ruhms waren zu den Gräbern der Helden von Revolution, Bürgerkrieg und Großem Vaterländischem Krieg die von Helden aus neuester Zeit hinzugekommen. In den siebziger Jahren hatte man hier den Leiter eines Feinkostgeschäfts beerdigt, Anfang der achtziger Jahre zwei Afghanistankämpfer einschließlich des angeblichen Wanka Shukow, und in jüngster Vergangenheit hatten sich ihnen der Präsident der Stiftung »Würdiges Alter«, in der Welt der Kriminellen bekannt als Validol, und Bankpräsident Mossol zugesellt. Dass Validol in die Luft flog, dafür hatte Mossol gesorgt. Wer hinter dem Anschlag auf Mossol steckte, war für die Organe ein Rätsel, doch einige nicht bei den Organen tätige Leute wollten genau wissen, dass er das Werk von Felix Bulkin alias Pest, dem erfolgsverwöhnten Unternehmer und Politiker, gewesen war. Beide bekamen ihrem Ansehen gemäße aufwendige kirchliche Begräbnisse, an denen ihre ortsansässigen Kumpane, Vertreter des Business und der künstlerischen Intelligenz teilnahmen. Aus Moskau erschienen mehrere Geschäftspartner des Toten mit Jeeps und Mercedes, Pest mit einem SIL-114 – dem ehemaligen Wagen Breshnews, hieß es. Auf Validols Grab wurde eine Marmorplatte mit eingemauertem Mercedes-Kühler angebracht, und auf das von Mossol kam ein bronzener Prometheus mit dem seine Leber fressenden Adler.

Die übrigen Gräber – von Kommissar Rosenblum, Hauptmann Miljaga und Andrej Rewkin – waren verwahrlost, jetzt allerdings mit Schnee bedeckt, so dass sie auch nicht schlecht aussahen.

Schon von weitem bemerkte Aglaja auf dem Platz eine dicht gedrängte Menschenmenge. Dieser Anblick rief ihr ein fünfzig Jahre zurückliegendes Ereignis in Erinnerung: die Einweihung des Denkmals. Doch was konnte das jetzt sein?

Sie näherte sich der Menge. Die Menschen standen in mehreren Reihen im Halbkreis. Die hinteren erhoben sich auf die Zehenspitzen, um zu erkennen, was vorn passierte. Aglaja berührte die vor ihr stehende gebeugte Frau an der Schulter und erkundigte sich, was hier vor sich gehe.

»Der Teufel verheiratet sich mit der Sau«, erklärte die in ein warmes Tuch gehüllte Schurotschka-Durotschka, indem sie sich zu ihr umdrehte.

»Red keinen Stuss«, sagte flüsternd ein neben ihr stehender Mann und ließ Aglaja wissen, dass am Vorabend der Rückkehr des Denkmals auf seinen angestammten Platz die Einsegnung des Sockels vorgenommen werde. Aglaja drängelte sich weiter nach vorn und sah Vater Rediska, der in vollem Ornat um den Sockel kreiste, in der Linken ein Kreuz, in der Rechten einen großen Pinsel – vermutlich einen Malerpinsel –, bei dem die Borsten ausgingen. Neben dem Popen her schlurfte der altersschwache Diakon Vater Pjotr Porossjaninow mit einem Blecheimer. Der Pope tauchte den Pinsel in den Eimer, bespritzte das Postament und sagte im Singsang:

»Im Namen des Vaters und des Sohnes und des Heiligen Geistes wird die Segnung des Fußes der Skulptur des Gottesknechtes Jossif vollzogen, der es beschieden ist, hier fürderhin bis in alle Ewigkeit zu stehen. Amen!«

Teilnehmer der Zeremonie waren der Chef der Kreisverwaltung Judin, der Vorsitzende der Stadt-Duma, die Chefs der Kreisverwaltungen von Miliz, FSB und Staatsanwaltschaft, der Vorsitzende des Kreisgerichts, der Chef der hiesigen Garnison, der Präsident der Agrobank, Pest, zwei weitere professionelle Kriminelle und ein schäbig gekleideter spindeldürrer Mann mit gelbgrünem Gesicht, großen Augen und langen grauen Zottelhaaren, die unter einem zerknautschten Hut hervorsahen. Aglaja hatte den Eindruck, den Mann irgendwann schon einmal gesehen zu haben, möglicherweise in ihrem vorigen Leben. Die Versammelten lauschten der Predigt geduldig und mit der gleichen Demut, mit der sie sich früher Parteireferate über die Planerfüllung und den baldigen Anbruch des Kommunismus angehört hatten. Der Unterschied war lediglich, dass sie früher nach jeder Zahl Beifall geklatscht hatten, während sie sich jetzt an den entsprechenden Stellen, mit dem Kopf ruckend, rasch und ungeschickt bekreuzigten. Der gelbgrüne Alte tat das besonders inbrünstig und häufig.

Nach Beendigung des Rituals steckte der Pope den Pinsel in den Eimer, übergab das Kreuz Porossjaninow und richtete an die Versammelten eine informelle Predigt, in der er kurz die Biographie Stalins wiedergab.

»Es war«, sagte er, »die sich schwierig gestaltende Biographie eines schwierigen Menschen. Im Knabenalter beschloss er, sich Gott zu weihen, und ging an ein Seminar, aber dann erlag er der Versuchung des Teufels und wandte sich, durch eine satanische Pseudolehre fehlgeleitet, von Gott ab. Doch kann man sagen, dass es dem Teufel nicht ganz und gar gelang, sich seiner zu bemächtigen. Ihr erinnert euch, dass es während des Krieges, als unsere Heimat in große Gefahr geriet, Stalin war, der anordnete, der Kirche mehr Freiheit zu gewähren. Die Wege des Herrn sind unerforschlich, und die menschlichen Wege zu Gott sind schwer vorhersehbar. Und wir wissen nicht, wohin diesen zweifellos sündigen Menschen, hätte er ein längeres Leben gehabt, sein Weg noch geführt hätte.«

Der Pope bemerkte auch, daß die Aufstellung des Denkmals und selbst seine Einsegnung nicht als Vergebung der Sünden dessen, dem es gesetzt werde, zu verstehen sei.

»Die Segnung der Statue bedeutet nicht, dass sie zu einem religiösen Heiligtum gemacht wird, doch ist sie eine historische Reliquie, und die Kirche trägt dazu bei, dass sie als solche einen festen und langen Bestand habe. Damit es nicht mehr jenen Frevel gebe, dessen wir Zeugen geworden sind.«

Zum Abschluss schlug der Pope noch einmal das Kreuz über dem Sockel, woraufhin sich wieder alle bekreuzigten, raffte seinen Priesterrock und ging zusammen mit Porossjaninow zu seinem Niwa. Judin trat zu Aglaja, um sich zu erkundigen, wie es in Moskau gewesen sei, und dann sagte er stolz:

»Sehen Sie, Aglaja Stepanowna, und Sie haben nicht daran geglaubt, dass es auf unserer Straße noch ein Fest geben wird. Dieses

Fest wird es geben. Morgen. Und niemand und nichts kann es mehr verhindern«, versicherte er, und im Abgehen sang er halblaut: »Ach, wie so trügerisch sind Weiberherzen …«

**14** Solange Judin mit Aglaja sprach, hatte hinter ihm der Alte mit dem gelbgrünen Gesicht gestanden und darauf gewartet, das Wort an sie richten zu können.

»Erkennen Sie mich nicht?«, fragte er. »Ich bin Max Ogorodow, der Bildhauer.«

Seinem Gemurmel entnahm sie nach einer Weile, dass er schwer krank sei und seine letzten Kräfte habe mobilisieren müssen, um hierher zu kommen, dass es ihm ein dringendes Bedürfnis sei, sich von seiner besten Schöpfung zu verabschieden, er spüre leidenschaftliches Verlangen, ihr vor seinem Tod noch einmal nahe sein und sie berühren zu können.

»Warum nicht?«, sagte Aglaja. »Morgen stellen wir sie auf, und da können Sie sie berühren.«

»Nein«, widersprach der Bildhauer. »Nicht morgen. Morgen wird er dort oben stehen. Ich möchte gern … solange er nicht auf dem Sockel steht, solange man ihn umarmen kann.«

Von Ogorodows Absicht war Aglaja nicht erbaut. Wozu die Umarmung? Was, wenn nun jeder auf so eine Idee käme?

»Aber das ist doch meiner Hände Werk«, erinnerte sie Ogorodow.

»Na schön«, gab sie nach, »gehen wir.« Und er trottete gehorsam hinter ihr her.

Die Treppe zum ersten Stock bewältigten beide mit Mühe. Aglaja stellte die Tasche immer zwei Stufen voraus, erstieg sie und stellte die Tasche höher. Endlich erreichte sie ihren Treppenabsatz.

»Aufzuräumen habe ich noch nicht geschafft«, bereitete sie ihn schuldbewusst vor und bemerkte bei sich, dass es ihr, als sie getrunken hatte, egal gewesen war, wie ihre Wohnung aussah und was andere darüber dachten. Jetzt war es ihr nicht mehr egal.

Der Bildhauer gab keine Antwort und japste wie ein Hund, der Durst hat.

Ihr zitterten die Hände, und sie fand lange nicht das Schlüsselloch. Beim Hineingehen ließ sie sich dann so viel Zeit, dass Ogorodow es nicht aushielt, sie unhöflich beiseite stieß, in das Wohnzimmer stürmte, auf die Knie fiel und vor der Statue erstarrte.

»Nun, sei gegrüßt«, sagte er und breitete die Arme aus, als erhoffe er sich eine Gabe, die von oben herabfallen könnte. Aglaja setzte die Tasche ab und lehnte sich an den Türpfosten. Ogorodow näherte sich der Statue, umarmte sie und brach in lautlose Tränen aus.

Aglaja mochte keine weinenden Leute. Weinende Männer schon gar nicht. Und niemals brachte sie Mitleid für sie auf. Sie verachtete sie. Doch jetzt, auf ihre alten Tage, verlor sich die gewohnte Härte, und sie gab einem Gefühl nach, das einer Bolschewikin unwürdig war.

»Wozu unnötig Tränen vergießen«, sagte sie in ihrer etwas ruppigen Art. »Das Leben wird uns allen zeitweilig gegeben. Selbst er«, sie wies auf die Statue, »was war er für ein Mensch, und doch musste er sterben. Und wir … Wie viele Menschen gibt es auf der Welt. Wenn wir nicht sterben würden, wie viele sollten sie bevölkern? Da würde der Platz auf der Erde nicht ausreichen.«

Ogorodow trat zur Wand, wischte sich mit dem Ärmel den Schweiß und sagte, den Blick auf die Statue gerichtet:

»Ja, weine ich denn um mein Leben? Mein Leben habe ich voll gerechtfertigt. Ich hatte eine Vision. Dass ich ihn nur zu berühren brauche, um meine Krankheit loszuwerden. Dass er mich ganz bestimmt re…« Ogorodows Rede ging plötzlich in einem Hustenanfall unter, der ihn heftig schüttelte, er fasste sich an die Brust. Aus seinem Mundwinkel trat blasiger schwarzer Schaum.

»Nicht doch, nicht doch!«, rief Aglaja erschrocken und bemühte sich hektisch um ihn. »Warte. Stirb nicht hier. Hier nicht. Ich hole gleich einen Arzt.«

Trotz ihrer Schwäche schaffte sie es, ihn zum Sofa zu bugsieren. Er fiel rücklings darauf und lag sekundenlang mit geöffnetem

Mund und hervorquellenden Augen wie leblos, womit er Aglaja in noch größere Angst versetzte. Zum Glück nahm die Sache ein glimpfliches Ende. Der Besucher rappelte sich so weit auf, dass er sogar in die Küche gebeten werden konnte, wo er Tee in der Tasse mit der Aufschrift »20 Jahre RABA« zu trinken bekam.

Aglaja sah zu, wie er mit gespitztem Mund auf den Tee blies und ihn ohne erkennbares Verlangen trank.

»Und womit befassen Sie sich jetzt?« Aglaja war wieder zum Sie übergegangen.

»Jetzt – mit nichts. Vorher … Plastiken der Führer habe ich gemacht. Chruschtschow, Breshnew, Andropow, Tschernenko … An Ihren Sockel habe ich die ganze Zeit gedacht. Dass es nicht gut ist, ihn leer stehen zu lassen.«

»Nun, jetzt wird es gut, jetzt kommt er wieder drauf«, sagte Aglaja. »Nicht umsonst ist gesagt worden: ›Auf unserer Straße wird es noch ein Fest geben.‹«

»Nicht umsonst«, pflichtete der Besucher bei und griff sich in einem neuen Hustenanfall an die Brust.

»Entschuldigen Sie, was haben Sie eigentlich für eine Krankheit? Krebs oder so was?«, erkundigte sich Aglaja.

»Schlimmer«, sagte er hüstelnd.

»Kann es denn etwas Schlimmeres geben?«

»Sieht so aus.« Er lächelte sonderbar und sah ihr ins Gesicht. »Ich habe Aids. Haben Sie von so einer Krankheit schon gehört?«

»Aids?«, fragte sie verwirrt zurück. »Wieso denn Aids? Aids bekommen doch nur die da … Ah, da sind Sie wohl auch so einer?«

»Ja, ich bin homosexuell«, sagte Ogorodow herausfordernd. »Und ich bin stolz darauf. Jetzt erkennt die ganze zivilisierte Welt an, dass das nichts Unmoralisches ist. Umso mehr als ich Künstler bin. Eine schöpferische Natur. Alle Künstler sind so.«

»Was heißt alle? Alle Künstler machen das so, einander in den Hintern … ja? Repin, Schischkin, die Kukryniksy und alle andern?«

»Dass Tschaikowski homosexuell war, wissen Sie das?«, fragte er. »Alle wissen, dass die Schwulen die begabtesten Leute sind. Die anderen, das sind Nichtskönner. Diese Pfuscher – pfui!« Er spuckte zwar nicht Aglaja an, sondern zur Seite, trotzdem geriet sie in Panik.

»Was soll das!«, schrie sie. »Was spuckst du in einem fremden Haus herum? Noch dazu, wo du ansteckend bist. Gib her!« Sie riß ihm die Tasse aus der Hand, wobei der schon erkaltete Teerest überschwappte, und sagte mit schwacher, doch entschiedener Stimme: »Geh!«

»Aber was ist denn? Durch eine Tasse wird doch Aids nicht übertragen.«

»Geh, habe ich gesagt. Ich kann deinen Anblick nicht ertragen. Raus hier!«

Sie stieß ihn in den Korridor, drängte ihm Mantel und Mütze auf, konnte es kaum erwarten, bis er angezogen war, und als er dann, an das Geländer geklammert, die dunkle Treppe hinunterstieg, schrie sie:

»Homo, verdammter!«

Da kam es von unten herauf, wie als Antwort:

»Ach, wie so trügerisch sind Weiberherzen …«

Das war die Stimme Judins.

Aglaja beugte sich über das Geländer in der Hoffnung, den Sänger zu sehen zu bekommen, doch auf der Treppe war niemand, Judins Stimme schien aus dem Keller zu kommen, wo Wanka Shukow wohnte, ein merkwürdiger Gesang war das. Judin sang das Lied nicht ganz, sondern wie auf einer kaputten Schallplatte wiederholte sich in einem fort: »Ach, wie so trügerisch sind Weiberherzen … Ach, wie so trügerisch sind Weiberherzen …«

Was für eine Alberei, dachte Aglaja.

Doch das war keine Alberei. Wanka Shukow spielte ein Band mit Judins Stimmaufzeichnung ab und regulierte ein Gerät, das allein auf diese Stimme, allein auf diese Melodie und allein auf diese Worte reagieren würde: »Ach, wie so trügerisch sind Weiberherzen …«

15 Wie lebt einer, der, vorher ein junger, hübscher Mensch, zum Krüppel geworden ist – hässlich und auf fremde Hilfe angewiesen? Wer gesund ist und auch sonst keinen Grund hat, sich über sein Schicksal zu beklagen, der kann sich nicht in seine Lage hineinversetzen. So ein Krüppel hat andere Gefühle, andere Freuden, sein Weltbild deckt sich nicht mit dem unseren, und sein Leben erscheint ihm als kein allzu wertvolles Geschenk.

Iwan Georgijewitsch Shukow, genannt Wanka, sah sich im Fernsehen eine alte Filmkomödie an, in der Mironow und Nikulin die Hauptrollen spielten. Er gönnte sich etwas Erholung, und das durfte er sich wohl erlauben. Bei der Ausführung seines höchst schwierigen Auftrags hatte er endlich hingekriegt, was ihm vorschwebte. Wahrlich keine einfache Sache, dieses Ding zu bauen. Es würde mit absoluter Zuverlässigkeit auf Worte und eine Melodie reagieren, die aus dem Munde eines ganz bestimmten Menschen kamen – allein aus seinem. Vielleicht würde es schon morgen geschehen, am 21. Dezember, dem Geburtstag von Onkelchen Jo, wie Jim ihn nannte. Morgen sollte die Statue des gusseisernen Onkelchens wieder an ihrem alten Platz aufgestellt werden. Und danach würden gewisse Leute dieses Ereignis feiern wollen. Sie würden ins Restaurant »Goldenes Schlüsselchen« fahren. Und dort trinken. Und Lust bekommen, etwas Gemütvolles zu singen …

In den Film wurde ein Werbeblock eingeschaltet: Reklame für Waschpulver, für ein Mittel gegen Schuppen, für Schokolade, die den Worten des Jingles zufolge »Anspruch auf Erfolgsbeteiligung« hatte. Der Schokolade folgte die Verbrechenschronik. Eine streng aussehende Milizdame erzählte, was seit gestern in Moskau passiert war. Auf einem der Märkte hatte es eine Explosion gegeben. Die Zeitzünderbombe war in einem Kartoffelsack versteckt gewesen. Neun Menschen waren ums Leben gekommen und dreizehn verletzt worden. Das geht nicht auf mein Konto, stellte Wanka fest. Eine neunzehnjährige Studentin hatte unter Beihilfe eines Kommilitonen ihre Mutter mit einer Wäscheleine erdrosselt, um eine alte Ikone an sich zu bringen. Ein dreijähriger Junge hatte einen Sturz vom fünften Stock lebend überstanden. In einem Hotel war es zu einem Brand gekommen. Ein betrunkener Autofahrer war mit seinem Audi auf die Gegenfahrbahn geraten und mit einem Tawrija zusammengeprallt. Der Fahrer des Tawrija und seine Frau waren noch am Unfallort gestorben, dem Besitzer des Audi hatte der Airbag das Leben gerettet. Und plötzlich sah Wanka Ovalja auf dem Bildschirm. Sie wurde sitzend gezeigt, wahrscheinlich in einem Milizrevier. Der Moderator sagte: »Auf dem Belorussischen Bahnhof ist eine ältere Frau festgenommen worden. Bei der Durchsuchung wurden in ihrem Koffer an die zwei Kilogramm Hexogen, vierhundert Gramm TNT und zwei Panzergranaten entdeckt. Die Festgenommene behauptet, die Munition gehöre nicht ihr, wie sie in ihren Koffer gelangt sei, dafür hat sie keine Erklärung. Dokumente wurden bei der Festgenommenen nicht gefunden, und ihren Namen zu nennen, weigert sie sich. Alle, die diese Person kennen, werden gebeten, anzurufen unter der Telefonnummer …«

Da haben wir's! Wanka schaltete den Fernsehapparat aus und überlegte. Obwohl, zu überlegen gab es nichts mehr. Die Oma hatten sie geschnappt und würden sie kaum wieder laufen lassen. Also würden sie bald auch hier sein. Was war zu tun? Er drehte sich in seinem Rollstuhl um dreihundertsechzig Grad, betrachtete sein Inventar und die Sprengstoffvorräte und begriff, dass er als Invalide gar nichts mehr tun konnte. Es blieb ihm nur zu warten, bis sie ihn holen kamen. Und wenn sie kommen würden …

Sein Laboratorium war mit allem Nötigen ausgestattet, um sich in eine donnernde und blitzende Hölle zu verwandeln für alle, die hierher kamen. Wanka grinste. Er hatte oft darüber nachgedacht, wie er sein Leben beschließen würde, und er gedachte es auf effektvolle Weise zu tun. Wie? Viele Male hatte er davon geträumt. Ein Flammenmeer von blendender Helligkeit und greller Farbigkeit, durch das Menschen wie Vögel flogen …

Wanka schaltete den Computer ein und setzte sich übers Internet mit Jim in Verbindung.

»Grüß dich«, schrieb er ihm.

»Grüß dich«, antwortete Jim. »Wie geht's?«

»Es geht zu Ende«, teilte ihm Wanka mit.

»Kannst du das genauer erklären?«

Wanka tat es.

»O. k.«, erwiderte Jim. »Ich spare mir den Versuch, es dir auszureden, obwohl du mir fehlen wirst.«

Wanka entgegnete darauf nichts.

»Willst du mir nicht antworten?«, fragte Jim.

»Ich weiß nicht, was ich dir antworten soll«, schrieb Wanka, als es an der Tür klopfte.

»Wer ist da?«, fragte Wanka, ohne sich vom Fleck zu rühren.

Er vernahm Gesang:

»Ach, wie so trügerisch …«

Wanka durchfuhr es heiß. Eigentlich gab es nichts mehr, was ihn noch hätte erregen können, und trotzdem begann sein Herz so wild zu pochen, dass er sich selbst darüber wunderte. Seine Hand zitterte, als er den Riegel zurückschob. In der Tür erblickte er einen Mann mit aufgeknöpftem langem Mantel und rotem flauschigem Schal, in der Hand eine fremdländische Flasche und bereits merklich angetrunken.

»Du?«, fragte Wanka.

»In eigener Person.« Judin lachte laut und sang wieder: »Ach, wie so trügerisch …«

»Bleib stehen!«, schrie ihm Wanka zu. Freilich hatte er noch keine Batterie in sein Gerät eingelegt, so dass vorläufig keine Gefahr bestand.

»Was ist denn?«, fragte Judin, der Wankas Aufregung nicht verstand. »Gefällt's dir nicht, wie ich singe?«

»Doch«, sagte Wanka. »Aber wenn's geht, bitte später.«

»Sing nicht, meine Schöne, sing mir nicht und auch andern nicht«, sagte Judin fröhlich. »Ach du mein Herzensbruder!« Er machte Anstalten, Wanka zu umarmen oder ihm auf die Schulter zu klopfen, hielt jedoch inne, da weder das eine noch das andere so einfach zu bewerkstelligen war. »Erst heute habe ich erfahren, dass du lebst. Nachdem ich dich selbst beerdigt habe. Mit großen

Ehren übrigens. Als Helden. Aber du schlauer Fuchs hast uns alle ganz schön ausgetrickst.«

Judin spielte weiter den ausgelassenen Spaßmacher, doch hätte er ein feineres Sprachgefühl gehabt, wäre ihm seine Unaufrichtigkeit bewusst geworden. Da ihm aber Feinsinnigkeit abging, fuhr er fort mit seinem deplatzierten Gerede und fragte Wanka, ob er ihn gleich erkannt habe.

»Und du mich?«

»Ich? Dich?« Judin wollte seiner Verwunderung oder Empörung Ausdruck verleihen. Was für eine Frage? Wie hätte er seinen alten Freund nicht wiedererkennen können? Doch immerhin begriff er, dass das zu unglaubwürdig gewesen wäre. »Ja. Entschuldige«, sagte er. »Trotzdem, ich habe dich erkannt. Und ich würde dich immer erkennen. Weißt du, es gibt Leute, die nichts haben als eine äußere Hülle, und dann gibt es Persönlichkeiten. Und die Persönlichkeit, Wanka, die ist immer deutlich erkennbar. Sie strahlt ein besonderes Licht aus oder … ich weiß nicht, wie ich es nennen soll … Wanka, lieber Freund, du kannst dir nicht vorstellen, wie froh ich bin!«

»Tritt näher.« Wanka rollte zum Computer zurück. »Nimm dir einen Stuhl, setz dich, ich gehe inzwischen aus dem Internet raus.«

»Entschuldige«, schrieb er Jim. »Ein alter Freund ist gekommen.«

»O. k.«, antwortete Jim. »Kenne ich ihn?«

»Du kennst ihn«, schrieb Wanka. »Ach, wie so trügerisch.«

»Oh!«, reagierte Jim beunruhigt. »Was will er von dir?«

»Einen trinken will er.«

»Und du wirst mit ihm trinken?«

»Kann sein«, antwortete Wanka.

»O. k.«, schrieb Jim, und Wanka las aus diesen zwei Buchstaben Zweifel heraus. »Aber wir chatten doch noch miteinander, oder …«

»Oder …«, erwiderte Wanka.

Und nach Verlassen des Internets wandte er sich seinem Besucher zu.

Judin saß auf dem Stuhl, die Flasche im Schoß.

»Bist ja ein toller Hecht! In unserer Stadt bestimmt der Einzige im Internet.«

»Der Einzige nicht, aber der Erste«, sagte Wanka.

»Ja? Möglich. Ich habe zwar auch einen Internetanschluss, aber …« Er winkte ab. »Wanka, was reden wir beide über irgendwelchen Scheiß? Das ist doch nicht die Hauptsache. Die Hauptsache ist, dass du lebst. Du lebst, du atmest, du arbeitest. Du hast ja ein ganzes Laboratorium! Hat es einen Namen?«

»Den hat es«, bestätigte Wanka. »›Klein-Hiroshima‹ heißt es. Noch nicht davon gehört?«

»Doch«, gab Judin zu. »Unser Kreistschekist hat mir darüber berichtet. Weißt du, wer das ist? Du weißt es nicht und kommst nicht drauf. Aber ich will es dir sagen. Später. Zeig mir erst mal dein ›Hiroshima‹.«

»Wirst du mich auch nicht verkaufen?«

»Ich?«, fragte Judin verdattert zurück. »Dich?« Er wurde rot, aber nicht vor Scham, sondern weil er sich beleidigt fühlte. »Weißt du, Wanka, wenn das ein Scherz sein soll …«

»Soll es«, sagte Wanka.

»Finde ich gar nicht witzig.«

»Schon gut, nimm's nicht krumm«, sagte Wanka. »Hier, siehst du dieses Pulver? Fast wie Puderzucker. Aber wenn man diesen Puder mit diesem Kohlenstaub mischt, in ein Konservenglas gibt, Gelatine drübergießt und dann auf dieses Glas mit dem Hammer schlägt – willst du mal sehen, was passiert? Willst du nicht? Recht hatte Puschkin, als er sagte: Träge sind wir und dumm …«

»Ohne Neugier«, verbesserte ihn Judin.

»Richtig. Ohne Neugier. Und das hier – das ist das Fertigwarenlager. Erinnerst du dich noch an meine Kopiermaschine?«

»Ja, sicher!«, sagte Judin. »Klar!«

»Also, hier ist auch alles auf hohem technischem Niveau. Das Ding hier, das wird in ein Auto eingebaut. Geht bei einer bestimmten Geschwindigkeit hoch. Ich habe davon eins für den Mercedes von so einem Dämel angefertigt, auf 120 km/h ausgelegt. Ich dachte, die erreicht er irgendwo außerhalb der Stadt. Aber der ist gleich hier losgerast, durch die Schlaglöcher.«

Er zeigte seinem Freund aus Kindheitstagen raffinierte Mechanismen, die, abhängig von ihrem Zweck, mal in einer Konservendose, mal in einem Topf, mal in einem Geigenkasten, mal in einem Motorenzylinder versteckt wurden. Ausgelöst wurden sie auf ganz verschiedene Weise: Funksignal, Berührung durch einen Finger mit einem bestimmten Abdruck, Kolophoniumgeruch, Erreichen einer bestimmten Stimmhöhe oder ein als Parole gesprochenes Wort. Wanka führte alles vor, Judin zeigte sich begeistert. Und erzählte Wanka seinerseits, was für eine Karriere er gemacht hatte und wozu.

»Erinnerst du dich an unsere damaligen Gespräche über die Dissidenten? Ich vertrat die Ansicht, dass sie falsch handelten. Und glaube heute noch, dass ich Recht gehabt habe. Sie nahmen den Menschen mit ihren Enthüllungen den Glauben an eine bessere Zukunft, zerstörten … nun ja, ihre geistige Infrastruktur. Und was ist dabei herausgekommen? Der totale Ruin des ganzen Lebens und aller Grundfesten. Dabei haben die Menschen doch das Bedürfnis, an etwas Gutes zu glauben.«

»An den Kommunismus?«, fragte Wanka.

»Kommunismus ist nur eine konventionelle Bezeichnung. Es geht doch darum, eine mehr oder weniger gerechte Gesellschaft zu errichten. Die jetzigen Machthaber kümmern sich nicht um die Menschen, während wir das tun. Und dazu einiges vorhaben. Die kleinen Dinge sind wichtiger als die großen Errungenschaften. Und wir fangen klein an. Die Wahlen haben wir gewonnen, jetzt wollen wir beginnen, konkret etwas für die Menschen zu tun. Dir, das ist bereits entschieden, kaufen wir einen Rollstuhl mit Elektromotor. Geben dir eine speziell eingerichtete Wohnung. Wir werden uns bemühen, dir ein möglichst normales Leben zu sichern. Überhaupt könnten wir vieles tun, wenn uns keine Steine in den Weg gelegt würden.«

»Wer legt euch denn Steine in den Weg?«

»Viele. Gestern sprach im Fernsehen ein Oligarch. Machte dem

Volk Angst, dass, sollte es zu einer Eigentumsumwandlung kommen, ein Bürgerkrieg ausbrechen wird.«

»Etwa nicht?«

»Wer soll denn gegen wen Krieg führen? Millionen von Menschen sind der Meinung, dass der Oligarch sie ausgeraubt hat, und sind gewillt, ihm das Zusammengeraubte abzunehmen. Und wer ist dagegen? Nur der Oligarch selbst. Wer wird also für ihn kämpfen? Seine Leibwächter? Die schalten ihn doch als Erste aus.«

»Eure Hauptgegner sind also die Oligarchen?«

»Nicht nur. Unsere Gegner sind alle möglichen Schweinehunde. Faschisten aller Art. Hier gibt es auch einen ganz schrecklichen Menschen. Übrigens ist er ein alter Bekannter von dir.«

Unschwer zu erraten, dass mit dem schrecklichen Bekannten Kryscha gemeint war.

»Der Bandit, der er war, ist er geblieben. Bloß dass er jetzt ein Bandit mit einer Idee ist. Hast du vom ›Weißen Falken‹ gehört?«

»Nein.«

»Eine faschistische Organisation. Klar definierte Ideologie, eiserne Disziplin. Örtliche Organisationen im ganzen Land.«

»Kryscha gehört zu diesem ›Falken‹?«

»Er gehört nicht nur dazu, er leitet ihn.«

»Von Dolgow aus?«

»Sein Stabsquartier ist in Moskau. Aber das Leiten macht sich von hier aus besser. Fällt nicht so auf.«

»Und wo haben FSB, Innenministerium und Staatsanwaltschaft ihre Augen?«

»Ein naiver Mensch bist du, Wanka, wirklich. Wo sie ihre Augen haben? Er kommt doch von da. Ein ganz schrecklicher Mensch!«, wiederholte Judin. »Wenn man den nicht stoppt …«

»Wir werden ihn schon stoppen«, beruhigte ihn Wanka.

**16** In dem Moment klopfte es an der Tür – das bewusste Zeichen –, und wer hereinkam, war niemand anders als der Gegenstand ihres Gesprächs, eine Flasche Wodka in der Hand.

Als Mann mit trainierter Selbstbeherrschung ließ Kryscha sich nicht die geringste Verwirrung anmerken, abgesehen davon, dass er Wanka einen prüfenden Blick zuwarf, um herauszufinden, was den Wahlsieger wohl hergeführt haben mochte und ob ihm Wanka nicht etwa gewisse Absichten verraten hatte. Judin seinerseits musterte Kryscha, der hier anscheinend nicht zum ersten Mal war, mit argwöhnischem Blick. Gleichwohl zeigte keiner dem anderen seinen Argwohn, doch verdächtigten beide Wanka des Doppelspiels. Dabei behandelten sich alle drei sehr freundlich, und bald nahmen sie gemeinsam an dem in der Ecke stehenden wackligen kleinen Tisch Platz. Sie tranken und aßen, und mit dem Trinken wurden die Gefühle, die sie füreinander aufbrachten, immer inniger. Nachdem eine Stunde, vielleicht auch etwas mehr vergangen war, erinnerten sie sich aller möglichen gemeinsamen Erlebnisse, brachten Trinksprüche auf die Freundschaft aus, sagten einander diverse Nettigkeiten, und für einen außenstehenden Beobachter wäre es kaum vorstellbar gewesen, dass diese Menschen einander Feind waren. Im Übrigen liegen in Russland Freundschaft und Feindschaft immer dicht beieinander. Jetzt trinken wir, umarmen uns, du achtest mich, ich achte dich – und im nächsten Moment greifen wir zum Messer, zum Beil oder zu einem Schießeisen.

Draußen war eine frostkalte Nacht, der Vollmond schien, die Katzen schrien auf dem Dach, und aus dem Keller schollen Lieder eines disharmonischen Männertrios herauf. »Am wilden Ufer des Irtysch …«, »Durch wilde Steppen am Baikal …«

»Jungs! Meine Freunde!«, rief Judin im Überschwang der frohen Empfindungen. »Wie ist das Leben doch schön! Und wie gut tut es, sich darin als Mensch zu fühlen, als Wesen, geboren …«

»Geboren wozu?«, fragte Wanka.

»Zu etwas Gutem. Korolenko hat gesagt: ›Der Mensch ist zum Glück geboren wie der Vogel zum Fliegen.‹«

»Darf ich das umformulieren?«, widersprach Kryscha seelenruhig. »Für mich stellt sich das einfacher dar: Der Mensch ist eine im Dauerbetrieb befindliche Fabrik, in der Naturprodukte zu Scheiße verarbeitet werden.«

**17** Unterdessen rückte von Westen, Osten oder aus ganz anderer Richtung, von deren genauerer Bestimmung wir absehen wollen, um den Leser nicht in Versuchung zu führen, den Text doppelt, sozusagen mit Subtext zu interpretieren, kurz gesagt, aus einer der Himmelsrichtungen rückte eine ganz und gar nicht zur winterlichen Witterung passende bedrohlich schöne Gewitterwolke auf Dolgow zu. Vorläufig mochte ihr kaum jemand Beachtung schenken, Wanka indessen spürte bereits mit seinem von allen Seiten verkürzten Körper ihre Annäherung. Hier muss gesagt werden, was im Interesse des Handlungsablaufs besser schon eher hätte angemerkt werden sollen, dass jedes Gewitter Wanka in einen Zustand tierischer Unruhe versetzte, vielleicht weil bei ihm fast alle Nerven gekappt waren, bloß lagen und empfindlicher noch als jedes Barometer selbst die leisesten atmosphärischen Störungen registrierten. Bei Witterungskataklysmen verlor Wanka bisweilen den Verstand, und die schrecklichsten Gedanken durchzuckten seinen äußerlich lädierten Schädel.

Wer an diesem Abend zum Himmel blickte, der konnte beobachten, dass die eine Seite schwarzlila, die andere hingegen von jungfräulicher Klarheit war. Die schwarze bewegte sich langsam auf die klare, die klare auf die schwarze zu, und schließlich fielen sie sich direkt über dem Zentrum Dolgows in die Arme. Hinterher war davon die Rede, dass zwei atmosphärische Fronten zusammengeprallt seien. Die eine Front sei eine sehr warme und feuchte Zyklone gewesen, die andere eine trockene und kalte Antizyklone. Sie stießen zusammen, und plötzlich heulte alles auf und pfiff, die schwarzlila Wolke packte ein Wirbelsturm, und sie verwandelte sich in eine schmutzige zottige Windhose, in eine wirbelnde Säule, deren unteres Ende bis zur Erde herabreichte, während das obere sich in Richtung Weltraum hinaufreckte. Eine unwahrscheinliche Kraft brachte dieses schwarze Gemenge zum Rotieren, riss dunkle Fetzen ab, die sie dann wieder zurückholte. Um die Säule herum wirbelten und brodelten Schwaden von Rauch, Dampf, Dreck oder wer weiß wovon in allen Farben des Spektrums und ihren scheußlichsten Nuancen. Die Windhose stand nicht an einer Stelle und bewegte sich nicht geradlinig, sondern in Kreisen durch das Stadtzentrum, als habe sie es darauf abgesehen, gerade diesen Ortsteil völlig dem Erdboden gleichzumachen. Sie bog sich herab und knickte Bäume, riss Dächer von den Häusern, stürzte Autos um, rollte leere Fässer durch die Straßen, schleifte Werbetafeln mit sich, zertrümmerte Kioske, und ein Fuhrwerk samt Pferd wurde hochgehoben und fortgetragen wie ein Luftballon – das Pferd konnte nur noch hilflos mit den Beinen zappeln. Alles pfiff, rauschte, heulte, vom Himmel stürzten Regen, Schnee, faustgroße Hagelkörner auf die Stadt herab, Niederschläge aller Art und in unvorstellbaren Mengen. Die Blitze leuchteten in blendendem Zickzack und bohrten sich mit fürchterlichem Krachen in die Erde. Alle Menschen erwachten und sahen voller Angst zu ihren Fenstern, einige allerdings schlossen im Gegenteil die Augen, stopften sich die Ohren zu und beteten zu wem auch immer und so gut sie es verstanden. Keiner hatte jemals zu dieser Jahreszeit so ein Gewitter erlebt, auch nicht zu einer anderen, zu gar keiner, und jeder hätte gern darauf verzichtet, so etwas zu erleben. Manchen kam sogar der Gedanke, dass das vielleicht kein Gewitter, sondern Krieg war, und zwar kein einfacher, sondern ein Atomkrieg. Oder der ganz normale Weltuntergang. Das Jüngste Gericht, bei dem die Erde aufreißt, alle Gräber sich auftun und zahllose Tote zähneklappend zum Vorschein kommen. Wanka wurde bei dem Geblitze und Gekrache von einer ungeheuren Erregung gepackt und von dem Gefühl, selbst Teil dieser Naturgewalt zu sein.

Obwohl ihm das keiner angesehen hätte.

Sein Zimmer lag bekanntlich im Souterrain. Das Fenster endete in einer Betontasche etwa einen halben Meter unterhalb des Gehsteigs, oben reichte es etwa einen Meter darüber hinaus. Wie aus einem breiten Rohr schoss der Wasserstrom direkt gegen das Fenster. Die Betontasche war im Nu voll, das Wasser drückte gegen das Glas und sickerte auf beängstigende Weise durch. Ein Blitz fuhr direkt hinein, so dass das Wasser sofort aufkochte, doch die Scheiben platzten nicht. Ein anderer Blitz schlug offenbar ins

Dach ein – man hätte meinen können, eine große Bombe sei aufs Haus gefallen.

Die drei Freunde saßen immer noch am Tisch. Wanka, der zum Fenster sah, musste wieder an das Gefecht in Kandahar denken, als die Mudschaheddin ihr in einem Felsental festsitzendes und praktisch schutzloses Bataillon mit Waffen aller Art beharkt hatten. Kryscha fielen ebenfalls seine afghanischen Erfahrungen und die Erstürmung des Präsidentenpalais Amins ein.

Judin hatte keine derartigen Erinnerungen und kroch unter den Tisch.

»Was hast du denn?!«, schrie Wanka, das Wachstuch hochschlagend, ihm zu.

»Ich habe Angst!«, schrie Judin unter dem Tisch hervor.

»Alle haben Angst«, sagte Kryscha, »aber wozu unter den Tisch kriechen? Komm raus!« Er packte Judin beim Kragen, um ihn hervorzuziehen, doch der sträubte sich, weinte und schrie:

»Lasst mich, Jungs! Lasst mich hier! Ich habe Angst. Euch macht das nichts aus, ihr seid Helden, ich aber habe Angst!«

»Hab doch keine Angst. Ist ja nicht so schlimm«, sagte Wanka, scheinbar ganz ruhig.

»Für dich ist das nicht so schlimm!«, schrie Judin. »Weil du ein Stummel bist. Für dich hat das Leben keinen Sinn, ich aber bin noch voller Kraft.«

Schwer zu sagen, was Wankas Gesicht ausdrückte.

»Komm raus, Sanja!«, sagte er fast zärtlich zu Judin. »Beruhige dich. Hast du etwa noch kein Gewitter erlebt? Komm raus, wir wollen weiterplauschen.«

Seltsamerweise wirkten diese Worte, Judin stieß Kryschas Hand weg, kam unter dem Tisch hervor und klopfte verlegen seine Sachen ab.

»So ist es gut«, sagte Wanka. »Trink noch was und beruhige dich.«

Judin nahm das Glas, das ihm Wanka reichte, und trank einen Schluck, wobei seine Zähne gegen das Glas schlugen und der Wodka ihm auf die Brust floss.

»Weißt du«, sagte Wanka, »wenn man große Angst hat, muss man an etwas denken, was einen ablenkt. Als sie uns da in dem Tal bepflasterten, habe ich mir, ich weiß auch nicht, warum, Verse in Erinnerung zu rufen versucht, die ich irgendwo gelesen und mir gemerkt hatte.« Er schloss das Auge und begann mit singendem Tonfall zu rezitieren:

Kürzlich war ich in einem nahen Sonstwo,
Da leben die Menschen grade wie im Getto.
Das Klima rau, der Winter unbegrenzt,
Wärme und Licht hier kaum man kennt.
Der Tag nicht unterscheidbar von der Nacht,
Durchs Dunkel tastet man sich sacht.
Und will man auch nicht voneinander lassen,
Kann einer nur den andern hassen.
Abwechslung bietet dem das Leben,
Der trachtet, selbst sich zu erheben.
Freude kommt allein in dem Fall auf,
Wenn der Nachbar Sorgen hat zuhauf.
Wenn beim Metrofahren ihm das Geld verschwand,
Wenn ihn Not und Krankheit überwand.
Bricht er sich den Hals am End,
Seine Nachbarn reiben sich die Händ.
Hat einer gar jemanden ins Grab gebracht,
Findet mancher, das hätte er gut gemacht.
Stumpf und bös verbringt man so die Tage,
Sich und anderen zur Plage.

Inzwischen war es draußen etwas stiller geworden, und Judin, der langsam zu sich kam, wollte wissen, von wem das Gedicht sei.

»Keine Ahnung.« Wanka zuckte die Schultern. »Von irgendeinem Dissidenten.«

»Das sieht man auch«, bemerkte Kryscha. »Und was bedeutet ›in einem nahen Sonstwo‹? In Russland, wie?«

»Natürlich in Russland«, sagte Judin, wobei er nervös zum

Fenster schielte. »Wo gibt es sonst Leute, die das eigene Land hassen?«

»Überall«, brummte Wanka, da ihm Jim einfiel. »Überall gibt es Leute, die …«

»Aber diese Verse«, sagte Judin, »die sind keine Kunst, sondern …«

»Schwarzmalerei«, soufflierte ihm Kryscha.

»Genau, Schwarzmalerei«, griff Judin das Wort dankbar auf. »Die Kunst ist dazu da, dem Menschen frohe Gefühle zu vermitteln, ihn zu erheben, ihm Zutrauen zu sich selbst, zu seinen Mitmenschen, zu seinen Freunden zu verleihen.«

»Richtig!«, rief Wanka mit unverhoffter Leidenschaft, »möchtest du uns nicht irgendwie erheben? Sing uns doch ›Ach, wie so trügerisch‹.«

»Jetzt?«, fragte Judin verwundert und zuckte zusammen, als draußen wieder ein Blitz aufleuchtete.

»Warum denn nicht?«, sagte Wanka. »Sing schon.«

Einer nach dem andern fuhren zwei Blitze herab. Judin wollte etwas sagen und öffnete den Mund, doch da loderte es auf und krachte, als habe eine ganze Raketenwerferbatterie ihre Feuerkraft auf dieses eine Haus konzentriert. Judin schlug die Hände vor den Kopf und kroch wieder unter den Tisch. Der nächste Blitz schlug in die Betontasche ein. Diesmal sprang das Glas, siedendes Wasser schoss herein. Dampfschwaden hüllten alles ein.

»Ich sterbe!«, schrie Judin unter dem Tisch hervor.

»Gleich wirst du sterben!«, bestätigte Wanka. »Mit einem Lied.« Und er langte nach dem Tonbandgerät.

Kryscha begriff sofort, wie das zu verstehen war, doch konnte er Wanka nicht mehr sehen.

»Halt!«, schrie er und warf sich durch den Dampf hindurch auf ihn. Er sprang wie ein Jaguar. Die Arme vorgestreckt, flog er torpedoartig auf Wanka zu, um ihm zuvorzukommen. Und wurde von dem, was geschah, mitten im Flug ereilt.

Wanka drückte auf den Knopf, und aus dem Lautsprecher kam Judins reiner Tenor:

»Ach, wie so trügerisch …«

Da loderte es nicht draußen, sondern hier im Zimmer auf, und Kryscha, statt Wanka in den Arm zu fallen, schwang sich empor, um seinen Flug in die Unendlichkeit fortzusetzen.


**18** Kurz vor dem Gewitter hatte Aglaja Stepanowna Rewkina am Tisch gesessen, Tee getrunken, Vanillezwieback geknabbert und zum Fenster hinausgesehen. Nichts ließ irgendetwas ahnen.

Aglaja dachte an ihre Reise nach Moskau, an ihr Wiedersehen mit General Burdalakow, das Handgemenge mit der Miliz, den ärgerlichen Zwischenfall mit dem Bildhauer Ogorodow. Dreister Kerl! Mit so einer Krankheit sich verabschieden zu kommen. Nun war auch für sie der Zeitpunkt gekommen, sich von ihrem Dauergast zu trennen. Drei Jahrzehnte lang hatten sie zusammengelebt.

»Siehst du«, sagte sie, indem sie mit ihrem Becher zu ihm trat, »so erleben wir diesen Tag doch noch. Morgen wirst du an deinen alten Platz zurückgestellt, und diesmal für immer, niemand wird dich dort mehr wegholen.«

Sie sah ihn an, konnte jedoch seinem Gesicht und seiner Gestalt nichts ablesen, was ihr verraten hätte, wie er zu dem Ereignis stand. Und plötzlich überlegte sie: Womöglich will er gar nicht dahin? Dort ist es kalt und feucht, dort treiben sich Tauben herum, und Anschläge sind auch nicht auszuschließen. In irgendeiner Stadt haben sie schon das Denkmal Nikolais II. in die Luft gejagt. Auch mit diesem kann das passieren. Ich gebe ihn weg, und dann bin ich hier wieder allein.

Allein in einer leeren Wohnung. Wie schon früher manchmal ließ sie bei ihren Überlegungen außer Acht, dass er ja nicht ganz lebendig war. Und wenn ich ihn nicht zurückgebe? ging es ihr durch den Sinn. Diese Leute haben sich von ihm losgesagt, sind sie denn seiner wert? Sie hatte ganz vergessen, dass sie bereits in einer anderen Zeit lebte und unter anderen Leuten.

Nach dem Tee traf sie ihre Schlafvorbereitungen. Machte ihr Bett, schaltete den Fernseher ein. Der Ortssender brachte einen Rückblick auf die Wahlen. Die Kommunisten hatten einen überwältigenden Sieg errungen. Eine Journalistin interviewte das neue Stadtoberhaupt Alexander Judin.

»Unser Sieg ist für mich eine ganz natürliche Sache. Die Leute haben es satt, in Armut und Ungewissheit zu leben. Sie haben sich mit eigenen Augen davon überzeugt, dass allein die Kommunisten in der Lage sind, ihnen ein ruhiges und würdevolles Leben zu gewährleisten. Und was mich persönlich angeht«, fügte er fast betrübt hinzu, »so fasse ich mein neues Amt nicht als Quelle von Vergünstigungen, Vorzügen oder dergleichen auf. Für mich wird das schwere Arbeit sein, tagtägliche und undankbare, aber wenn wir unser Volk und unsere Heimat lieben, dürfen wir uns selbst der schwersten und unangenehmsten Kleinarbeit nicht entziehen.«

Nach einer Pause mit Werbung folgte ein Film aus dem Zyklus »Unser altes Kino«. Es war tatsächlich ein alter Streifen in Schwarzweiß über den Krieg, *Der Sekretär des Kreiskomitees*, in dem Wanin, Sharow und Astangow mitspielten. Ein naiver Film natürlich, aber an der Aussage war nichts zu deuten. Ja, damals hatte man noch Filme zu machen verstanden! Eine konfliktreiche Handlung, gute Schauspieler, ideologisch stimmig. Judin hatte vielleicht Recht. Alles kam allmählich ins Lot. Die jungen Leute sahen sich diese Filme an, und sicherlich blieben sie nicht ohne Wirkung. Letzten Endes würden sie allmählich begreifen, dass die vorangegangene Generation mit Idealen gelebt hatte, nicht wie diese »neuen Russen«, bei denen das Gewicht der Goldkette an ihrem dicken Hals das Maß der Ideale bildete.

Obwohl es im Zimmer warm, ja heiß war, fröstelte sie leicht und zog die wattierte Decke hoch.

Draußen schien der Mond, er schien still und so hell, dass man in seinem Licht ein Buch lesen konnte. Aglaja wurde es warm und behaglich. Sie warf, während sie sich den Film ansah, immer mal einen Blick zum Mond und konnte jetzt deutlich erkennen: Da machte einer seinen Bruder nieder. Im Fernsehen schrie ein Dorfältester, der den Deutschen gedient hatte und von den Partisanen gefasst worden war: »Ich bin ein Russe«, und der Sekretär des Kreiskomitees sagte zu ihm: »Du bist ein Verräter und für uns dreifach ein Deutscher, du Mistkerl.« Aglaja versuchte der Handlung zu folgen, doch kamen ihr alle möglichen Gedanken, die sie ablenkten. Sie merkte gar nicht, wie der Film zu Ende ging und eine andere Sendung begann. In der man plötzlich Valentina Shukowa zeigte und darum bat, bei ihrer Identifizierung zu helfen. Wozu musste sie denn identifiziert werden, da sie doch alle kannten? Aglaja begriff das nicht und schaltete um. Was sie hier zu sehen bekam, war von gänzlich anderer Art. In einem Saal saßen Leute, die mit Partisanen nicht die geringste Ähnlichkeit hatten. Eine junge Frau ging zwischen ihnen mit einem Mikrofon umher und stellte Fragen:

»Sie sagen, dass Sie sich von Ihrem Mann getrennt haben, weil er Sie sexuell nicht befriedigt hat. Was heißt das: nicht befriedigt? War er impotent? Klappte es bei ihm nicht mit der Erektion?«

»Nein«, antwortete die Befragte, »körperlich war bei ihm alles in Ordnung. Aber er wollte einfach nicht begreifen, dass es gewisse Phantasien geben kann, er akzeptierte keinerlei Abweichungen von dem, was er für die Norm hielt.«

»Zum Beispiel?«

»Zum Beispiel war er gegen Analsex, und als ich ihm sagte, dass ich gern einmal mit seinem Freund schlafen würde, hat er mir eine Szene gemacht und sogar zugeschlagen. Schließlich habe ich ihn verlassen und einen anderen geheiratet.«

»Und dieser andere hilft Ihnen, Ihre Phantasien zu realisieren?«

»Ja, natürlich.«

»Er verbietet Ihnen nicht, mit seinem Freund zu schlafen?«

»Nicht nur dass er es mir nicht verbietet, er regt mich dazu an. Wir machen öfter Gruppensex.«

»Ihnen gefällt Gruppensex?«

»Sehr sogar.«

»Und was gefällt Ihnen daran?«

»Am meisten gefällt mir Doppelpack.«

»Doppelpack?« Die Moderatorin zog die Braue hoch. »Was ist denn das?«

»Zwei Schwänze im Mund.«

»Aha! Das muss in der Tat reizvoll sein. Und mit dreien haben Sie es noch nicht versucht?«

Aglaja sprang aus dem Bett wie eine Furie, rannte zum Fernseher, spuckte auf den Bildschirm und schrie:

»Dumme Gans! Dumme Gans! Zwei Schwänze im Mund! Erschießen sollte man so was!«

Sie zitterte vor Empörung und spuckte den ganzen Bildschirm voll. Endlich schaltete sie das Gerät aus und legte sich hin, konnte sich jedoch lange nicht beruhigen. Was ging bloß vor? Für solche Nichtsnutze hatten sie und ihre Generation Gesundheit und Leben geopfert? Sie machte den Fernseher wieder an und schaltete auf ein anderes Programm um. Hier kam zum Glück etwas Vertrautes. Die Wiederholung eines alten »Blauen Feuerchens« mit Kosmonauten, Bestarbeitern, Meistern des Worts und der Bühne. Der Lyriker Robert Roshdestwenski, er lebte noch, trug Gedichte »von jenem Burschen« vor. Ljudmila Sykina, die Hand an die Brust gedrückt, sang ihr Wolga-Lied.

Einmal hatte Aglaja eine Schiffsreise auf der Wolga mitgemacht. Es war eine überregionale Parteikonferenz auf dem Wasser. Sekretäre von Gebiets- und Regionskomitees, Parteiaktivisten und auch zwei Politbüromitglieder – Kaganowitsch und Woroschilow – fuhren auf dem Schiff. Von dieser Reise war ihr nur wenig in Erinnerung geblieben: endlose hügelige und bewaldete Ufer, ein Lied aus dem Film *Wolga-Wolga*, die üppig gedeckten Tische im Speiseraum, die den *Äpfelchen-Tanz* darbietenden Matrosen und der kotzend über der Reling hängende Woroschilow. Zwei Tschekisten hielten ihn an den Ellbogen, damit er nicht ins Wasser fiel. Als der eine Aglaja auf dem Deck bemerkte, sah er sie sehr unfreundlich an, und sie zog es vor, sich schleunigst zu entfernen. Von Woroschilow glitten ihre Gedanken zu Stalin über. Stalin, Sta... Sie sah ihn vor sich, er stieg vom gegenüberliegenden Steilufer zu ihr herunter, mit turbanartig um den Kopf geschlungenen Unterhosen, die Bänder flatterten im leichten Wind. Sie wollte ihm sagen: Vorsicht, hier ist es steil, stellte aber fest, dass diese Steilheit ihm überhaupt nichts anhaben konnte – von Stein zu Stein springend, schwebte er sekundenlang in der Luft, segelte gleichsam wie ein Vogel und ließ sich dann auf dem nächsten Stein nieder. Aglaja wunderte sich zunächst, wie er das zuwege brachte, dann probierte sie es selbst aus und stellte fest, dass sie auch schweben konnte. Nicht hoch, nur wenige Zentimeter über der Erde – doch durch Willensanstrengung hielt sie diese Höhe, während sie sich langsam auf Stalin zubewegte, und als sie ihm ganz nahe war, sagte sie freudig: »Genosse Stalin, gestern gab es in unserem Laden Grütze.« Woraufhin Stalin mit sanftem Lächeln sagte: »Als ich noch klein war, bin ich gern mit der Dampflok ›Jossif Stalin‹ gefahren.« Mit diesen Worten stieg er auf das Trittbrett der Dampflok, hielt sich mit der einen Hand an der Griffstange fest, machte mit der andern eine weit ausholende Bewegung und sang mit schöner Stimme:

»Ach, wie so trügerisch sind Weiberherzen …«

Aglaja fand es ein wenig verwunderlich, dass der Genosse Stalin ein so sonderbares nichtkaukasisches Lied sang, und wachte durch ihre Verwunderung auf.

Der Mond schien nicht mehr. Es war jetzt völlig dunkel. Und sehr still. Zu still. Wie vor einem Überraschungsangriff des Gegners. Sie spürte: Gleich muss etwas geschehen. Und fragte sich sogleich: Was kann denn geschehen? Sie gab sich selbst die Antwort: Nichts kann geschehen. Und schloss wieder die Augen.

Es ist ein heller Sommertag, die Sonne hat den Zenit erreicht, Aglaja steht im hohen Gras einer Lichtung in einem Kiefernwald. Wiesenblumen blühen, Schmetterlinge und Libellen fliegen, und der Genosse Stalin steht in einer großen Blechschüssel, von Kopf bis Fuß von dichtem Seifenschaum eingehüllt. Sie beginnt ihn mit einem Bastwisch abzureiben und aus einem großen Emaillebecher mit Wasser zu begießen. Er ist sehr klein wie ein vielleicht fünfjähriges Kind, aber mit Schnurrbart, und sie kann nicht erkennen, ob er gusseisern oder lebendig ist und ob mit Uniform oder ohne.

Aglaja gießt und gießt, und es wird immer mehr Schaum, der kleine Stalin versinkt gleichsam in üppigen Spitzen. Bald verschwindet er ganz in dem Schaum, bald taucht er aus ihm hervor. Aglaja will jemanden fragen, was sie mit dem vielen Schaum machen soll, da sieht sie Wladimir Iljitsch Lenin. Er sitzt, das Jackett übergeworfen, auf einem Baumstumpf neben seiner Hütte, damit beschäftigt, jetzt, Mitte Juli, auf die Schnelle die Aprilthesen niederzuschreiben, und über ihm kreist eine rotbehaarte Hummel. Aglaja geht zu ihm hin, um ihn zu fragen, was sie mit dem Schaum machen soll, der den Genossen Stalin zu schlucken droht, doch der Führer hört nicht, schreibt und schüttelt seinen Bart, sie berührt ihn an der Schulter und sieht, dass es nicht Lenin, sondern Schubkin ist. Schubkin verdeckt sein Geschreibsel mit der Hand, aber ihr ist schon klar, dass er eine Denunziation gegen Stalin schreibt. »Nein, keine Denunziation«, sagt er zu ihr, »das ist Satire. Das ist ein Märchen von drei Ferkeln und trägt den Titel *Holzeinschlag*.« – »Das kommt auf das Gleiche heraus«, sagt Aglaja. »Was wollen Sie in Israel mit Ihrem *Holzeinschlag*? Dort gibt es doch überhaupt keine Wälder.« Sie geht zu Stalin zurück. Doch da, wo er eben noch war, findet sie weder ihn noch die Schüssel, da steht General Burdalakow mit seiner Fahne, die sich trotz völliger Windstille entfaltet hat, so dass das Gardeabzeichen zu sehen ist und die Aufschrift: »Vorwärts zum Sturm auf Tschurtschchella!« Löcher sind keine drin. Aglaja tritt vor den General und fragt: »Haben Sie Berlin schon genommen, oder haben Sie das erst vor?« – »Tschurtsch ist das englische Wort für Kirche«, erwidert Burdalakow, »worüber ich Leonid Iljitsch Breshnew persönlich Meldung gemacht habe.« – »Und warum nicht Genossen Stalin?«, fragt sie ihn streng. »Genosse Stalin hält sich hier nicht mehr auf, er hat Urlaub genommen und ist nach Sotschi gefahren.« Aglaja freut sich, weil ihr einfällt, dass sie auch nach Sotschi muss, hat sie doch heute ihren Kefir noch nicht getrunken. Sie sagt danke schön und geht los durch die Steppe und sieht am Wegrand einen einsamen Pferdewagen stehen, die Deichseln auf der Erde. Im Wagen liegt ein Arm voll Stroh, darauf ein nacktes Kind. Es ist Marat. Er ist zwei Jahre alt und tot, ein Auge steht offen, das andere fehlt. Sie will es nicht glauben, dass er ganz und gar gestorben ist und nicht zum Leben wiedererweckt werden kann. Sie blickt sich um, ob nicht jemand in der Nähe ist, und sieht wieder Stalin. Jetzt trägt er einen weißen Kittel und ein um den Hals gehängtes Stethoskop. »Genosse Stalin«, sagt sie, »mir ist ein schweres Leid widerfahren. Mein Sohn ist gestorben, und mein Mann hat heldenhaft sein Leben für die Heimat hingegeben.« – »Ich werde Ihnen helfen«, sagt Stalin, legt ihr das Stethoskop an die Brust und singt: »Ach, wie so trügerisch ...« Und kaum dass er lossingt, schließt ihr Mann Andrej Riwkin den Stromkreis, und vom Himmel sausen aus schwarzen Wolken Sturzkampfbomber herab. Bomben fallen auf die Erde und detonieren mit blendendem Licht und einem schrecklichen Gekrache, das an zerreißendes Segeltuch erinnert.

Aglaja begriff, dass sie das alles träumte, dass sie aufwachen musste, und alles würde vorübergehen. Mit ungeheurer Willensanstrengung riss sie die Augen auf und sah, dass die Wirklichkeit noch schlimmer war als der Traum. Draußen blitzte, donnerte, pfiff, krachte es. Das Tanklager loderte, niederstürzend brannte eine große Kiefer, ebenso ein Elektromast. Bengalisches Feuer stob von kurzgeschlossenen Leitungen auf, der Bildschirm des Fernsehers leuchtete, der Fernseher selbst brannte. Von allen Fenstern fiel Glas herein und funkelte wie ein über den Fußboden verstreutes Kaleidoskop. Stalin, nicht der lebendige, sondern der eiserne, stand inmitten der tobenden Naturgewalten und sang hin und her schwankend »Ach, wie so trügerisch«. Dabei zitterte er am ganzen Körper und wollte offenbar seinen Platz verlassen, doch irgendeine Kraft hielt ihn zurück. Er wurde ihrer nicht Herr und hoffte sie mit dem Lied »Ach, wie so trügerisch« zu bezwingen. »Ach, wie so trügerisch«, sang er zum wiederholten Male, und wie als Antwort darauf gab es plötzlich einen ohrenbetäubenden Knall, das Licht schlug greller als zuvor in die Augen, und das ganze Haus schwankte. Stalin setzte sich in Bewegung und rutschte direkt auf Aglaja zu, zusammen mit der Platte, an die er angeschweißt war. Taumelnd rutschte er heran, das zerbrochene Glas knirschte unter ihm, weiße Spritzer stoben auseinander. Immer näher kam er, beharrlich, bedrohlich, unerbittlich. Aglaja erkannte plötzlich, dass er auf sie zukam, um sie als Frau zu nehmen, und entbrannte ihrerseits in irrsinnigem Verlangen. Sie richtete sich auf ihrem Kissen auf, spreizte die mageren Arme und Beine, öffnete sich ganz und sagte leise, aber leidenschaftlich: »Komm! Nun komm, so komm doch!« Und er kam, schwankend und unter der Gewalt einer in ihm tosenden wilden Kraft von einem unbezähmbaren Zittern befallen. Er kam. Glas fiel ihm ins Gesicht, Licht blendete ihn, aus seinen Augen sprühten Feuerstrahlen, die ihm offenbar helfen sollten, Aglaja besser zu sehen. »Nun komm doch, Liebster! Komm, mein Kleiner!«, beschwor sie ihn. Direkt vor ihrem Bett hielt er inne, als seien ihm Bedenken gekommen. Und schwankte wieder, so stark, dass er beinahe auf den Rücken gekracht wäre. Schon berührte sein gusseiserner Hinterkopf fast den Fußboden, als eine rätselhafte Kraft seinen Sturz abfing, ihn aufrichtete, zur Decke hochschleuderte und von dort wieder zurückholte. Abermals erbebte er und stürzte sich mit dem Schrei »Ach, wie so trügerisch!« auf Aglaja, und sie empfing ihn mit gespreiztem Körper.

Das Lied erfüllte den Raum, Explosionen krachten, Glas klirrte, Deckenbalken barsten und zerbrachen, in Aglaja knackte etwas. Sie begriff nicht, dass es ihre Knochen waren, was da knackte.

»Aah!«, schrie sie, von einem wilden, jähen Gefühl erfüllt, wie es niemand je erfahren hatte.

Und aus ihrer Brust schoss eine Flamme.


19 Nie zuvor, heißt es, hatten die Ortsansässigen zu winterlicher Zeit ein derartiges Gewitter erlebt. Ja nicht einmal außerhalb des Winters. Durch Blitzschläge, Windböen und die Windhose war alles ringsum in Flammen aufgegangen, zerstört, verwüstet, niedergewalzt, zerfetzt worden. Das Kraftwerk, das

Tanklager und das Kraftfahrzeugdepot waren abgebrannt. Das Mühlenkombinat lag in Trümmern. Doch wer Zeuge dessen geworden war, wie das Haus, in dem Aglaja gewohnt hatte, brannte und in die Luft flog, der konnte keine Worte finden, um dieses Schauspiel zu beschreiben. Einige begannen etwa so: »Na, das war, na, das, na das ...« Und verstummten, immer noch aufs Äußerste betroffen. Natürlich war allen klar, dass das nicht einfach so ein Brand gewesen war und nicht einfach eine Explosion und nicht einfach mehrere Explosionen, sondern etwas weit Größeres.

Nach der Explosion kamen alle möglichen Fachleute aus dem Gebiet und aus Moskau nach Dolgow, die Bruch- und Trümmerstücke auflasen und in Plastikbeuteln mitnahmen. Die verschiedensten Versionen wurden aufgebracht. Zum Teil völlig verrückte. Zunächst war sogar von einem Erdbeben die Rede. Ein Erdbeben in unserer seismologisch höchst stabilen Gegend! Dann begann man nach Anzeichen einer tschetschenischen Spur zu suchen. Erst nachdem auch die letzte der phantastischen Vermutungen verworfen war, erinnerte man sich der GmbH »Feuerwerk« und kam letzten Endes zu dem Schluss, die wahrscheinlichste Ursache der ersten Explosion müsse das sich entladende Gewitter gewesen sein. Der Blitzschlag sei von einem von Wankas Geräten als Fernsteuerungssignal aufgefangen worden. Die Explosion des ersten Geräts habe eine Kettenreaktion ausgelöst: Bomben, Minen, Granaten, mit TNT gefüllte Sprengkörper, Salpeterbeutel, Dynamitkisten, die Gasflaschen des Kollektors. Nicht umsonst sei dieser Keller »Klein-Hiroshima« genannt worden.

Die Feuerwehr, man muss es ihr lassen, war rechtzeitig zur Stelle gewesen. Sie rollte ihre Schläuche aus, doch in letzter Sekunde stellte sich heraus, dass das Wasser im Fass gefroren war (in den Feuerlöschfässern pflegt das Wasser bereits oberhalb der Null-Grad-Grenze zu gefrieren), die Schläuche durch die Abnutzung undichte Stellen hatten und die Pumpe nicht funktionierte. Deshalb liefen die Feuerwehrmänner lediglich um das Flammenmeer herum, das sich auf ihren Helmen spiegelte, und zerrten mit ihren Brandhaken weg, was aus dem Feuer herausrollte. Angekohlte Balken, Pfosten, Stücke von Türen, Tischen und Stühlen. Zusammen mit alldem flog noch etwas Verkohltes Längliches aus dem Feuer, eine Art Balken. Die Feuerwehrmänner zogen es ein Stück weg und stellten erst jetzt fest, dass dies kein Balken, sondern ein noch lebender Körper mit Arm- und Beinresten war. Natürlich stürzte das gesamte Personal des Rettungswagens zu diesem lebenden »Holzklotz«, der schwelte und prasselte und offenbar sogar etwas von sich gab. Der Arzt Sinelnikow näherte sein Ohr dem Loch, das einmal ein Mund gewesen war, und vernahm durch das Prasseln die Worte:

»Recht hatte er, als er sagte: Auf unserer Straße wird es noch ein Fe…«

Damit hauchte der verkohlte Körper seinen letzten Lebensrest aus und lag still. Alles Übrige, was im Haus organischer Natur gewesen war, verbrannte, alles Eisen schmolz. Die Statue verwandelte sich in einen formlosen Barren. Von den lebenden Wesen einschließlich Schurotschka-Durotschkas und ihrer Katzen blieb nichts bis auf den Geruch von verbranntem Fleisch und den vom Feuer mitverschlungenen Haaren. Natürlich erinnerten sich viele Schurotschka-Durotschkas und ihrer diversen Vorhersagen, auch wie sie von eisernen Vögeln gesprochen hatte, die angeflogen kämen, und dass ein Toter auf einen Lebenden fallen würde. Viele verliehen Schurotschka im Nachhinein prophetische Gaben, dabei hatte sie über keinerlei Gaben verfügt, sondern war einfach eine Irre gewesen, die wie ehedem der berüchtigte Nostradamus von sich gab, was ihr durch das wahnsinnige Hirn ging. Und selbstverständlich fanden sich mystisch veranlagte Leute, die Schurotschkas Wahnsinnsreden umdeuteten, das Unbrauchbare unbeachtet ließen, das Verwertbare aufpolierten und den realen Ereignissen anpassten, als hätte die Hellseherin sie im Sinn gehabt.

Von Wanka Shukows Gästen und ihm selbst blieb natürlich nichts übrig, abgesehen von einem zwei Häuserblöcke weiter gefundenen verkohlten Rest eines Plastikbeins mit Lederriemchen. Er war voll geschrieben mit lateinischen Buchstaben, chemischen Formeln, elektronischen Adressen und Zahlen. Zu lesen war auch noch der in großer russischer Schrift draufgemalte Satz: »Ich räche mich für Afghanistan!«

# EPILOG

Ich kam zu Beginn des Sommers nach Dolgow. Und sofort fiel mir auf, wie viel sich hier zum Besseren verändert hatte und wie viel unverändert geblieben war. Nach wie vor boten auf dem Bahnsteig alte Frauen den Reisenden ihre Waren an, jetzt allerdings mit erweitertem Sortiment. Nicht mehr nur gekochte Kartoffeln und saure Gurken, sondern auch Beljaschi genannte Pasteten mit Fleischfüllung, Bier, Coca-Cola und zusätzlich zu den Esswaren Druckerzeugnisse, hauptsächlich einer Richtung: *Playboy*, *Penthouse*, die Broschüre *Sextechnik für Senioren*. Mit diversen Empfehlungen und bildlichen Darstellungen.

Auf dem sehr sauberen Bahnsteig gab es etliche Stände, an denen man Eis, Kaugummi, Hamburger, Cheeseburger, »Hot Dogs«, Snickers (sowohl zum Essen als auch zum An-den-Füßen-Tragen), Matrjoschkas mit den Gesichtern namhafter Politiker, Armeemützen und -koppel, militärische Ab- und Ehrenzeichen, Hausschuhe, Brillen, Mohairgarn, kurz, alles Mögliche haben konnte. Seit meinem letzten Besuch hatte die Stadt offenkundig Anschluss an die Weltzivilisation gefunden, wovon zumindest dieser Hinweis für durchreisende Ausländer zeugte: »The paid toilet is behind a corner. The price is upon an agreement.« Und auf der anderen Seite, in der Grünanlage vor dem Lenindenkmal (der stark bemooste Iljitsch sitzt bis jetzt dort), fand ich ebenfalls ein Hinweisschild: »Do not tear flowers out! Do not walk on the grass!«

Obwohl ich als Mitbetroffener alles in den letzten anderthalb Jahrzehnten in Russland vor sich Gegangene aus nächster Nähe beobachtet hatte, machte Dolgow selbst auf mich einen seltsamen

Eindruck. Eine unnatürliche Überlagerung von Merkmalen des alten und des neuen Lebens. Dieselben krummen Straßen mit denselben Bezeichnungen: Lenin-, Sowjetische, Marxistische Straße, andere nach Alexej Stachanow und dem XXII. Parteitag der KPdSU benannt, und dazwischen die Krumme, die Postquer-, die Kloster-, die Kirchstraße. Ich fand mühelos die Komsomolgasse und die Stelle, wo Aglajas Haus gestanden hatte. Wahrscheinlich waren auch die Nachbarhäuser abgerissen worden und hatten Gebäuden Platz gemacht, die sich für eine einfache Kreisstadt zu extravagant ausnahmen. Granitverkleidete Sechsgeschosser mit großen Fenstern und Blautannen vor dem Haupteingang des einen, der mit seinen vier Säulen wohl als Hauptgebäude fungierte. Das gesamte Gelände war mit einem hohen Zaun aus Metallstäben mit vergoldeten Spitzen und einem sich automatisch schließenden Tor eingefasst und wurde bewacht. An dem Tor hing ein Schild: Balneologischer Komplex »Dolgower Mineralwasser«. Drinnen auf dem Parkplatz sah ich eine ganze Kollektion teurer ausländischer Wagen. Ich erkundigte mich beim Wächter, was dieser Komplex denn darstelle. Er sagte, das sei eine Wasserheilanstalt für sehr wohlhabende Leute.

»Für ›neue Russen‹?«, fragte ich.

»Für Ausländer auch«, sagte der Wächter. »Unser Wasser kann es in seiner chemischen Zusammensetzung mit dem Karlsbader aufnehmen, die Kur ist zwar teuer, aber immer noch billiger als dort. Und das Trinkwasser verkaufen wir in ganz Russland. Sogar in Moskau.«

»Und wem gehört das alles?«, wollte ich wissen.

»Felix Filippowitsch Bulkin natürlich.«

»Bulkin? Er hat das alles gebaut?«

»Nicht nur das. Für den Bau der neuen Kirche hat er gesorgt. Einen Nachtklub und ein Kasino in seinen Besitz übernommen, zwei Restaurants eröffnet, zwei Supermärkte. Ein reicher Mann. Aber ein guter. Sehen Sie den Kinderspielplatz da? Den hat er der Stadt geschenkt. Und außerdem unterhält er auf eigene Kosten ein Altenheim.«

»Da ist er also der hiesige Oligarch«, sagte ich.

»Ja, so kann man es nennen«, stimmte der Wachmann zu.

Der Kinderspielplatz unterschied sich in nichts von Millionen anderen, vielleicht bis auf das Plakat, auf dem eine schwarze Hexe »kaukasischer Nationalität« dargestellt war, die ein weißblondes Kind in ihren Sack steckte, darunter die Mahnung: »Eltern! Nehmen Sie sich in Acht vor Kidnapping!« Dann kam eine lange hohe Betonmauer, hinter der ich ein architektonisches Wunder entdeckte – ein rotes Backsteinpalais mit vier Türmen. Dem Petersschloss in Moskau ähnlich.

Ich fragte eine Passantin, wem das Schloss gehöre.

»Pest«, sagte sie.

»Wohnt er da drin?«

»Das nicht, er ist nur zeitweise hier. Wohnen tut er in Moskau.«

Dann sah ich ein Zementwerk und eine Tankstelle und noch etwas, was, wie ich von Leuten aus dem Ort erfuhr, ebenfalls Pest gehörte, von dem die einen mit Gleichgültigkeit, andere mit Ehrerbietung und die dritten mit großer Feindseligkeit sprachen.

Die Allee des Ruhms erschien mir wie eine Miniaturausgabe des Friedhofs am Moskauer Jungfrauenkloster. Zwischen den zugewucherten Gräbern der Helden aus früheren Zeiten und protzigen Grabmälern neuer Autoritäten entdeckte ich nicht gleich die schlichte Begräbnisstätte mit einer Granitplatte, die allem Anschein nach unlängst an die Stelle des alten Steins getreten war. In Goldschrift standen darauf die Lebensdaten und Namen Andrej Jeremejewitsch Rewkins, der einen heldenhaften Tod gestorben war, und seiner auf tragische Weise ums Leben gekommenen Witwe Aglaja Stepanowna. Und etwas weiter unten: »Den unvergesslichen Eltern von ihrem Sohn Marat«.

Ich blieb ein Weilchen stehen und musste über die Vergänglichkeit des Lebens nachdenken, bevor ich weiterging. Viel hatte sich in Dolgow verändert, doch der Denkmalssockel stand nach wie vor, als sollte er für den Fall der Fälle erhalten bleiben. So war es auch. Er wurde tatsächlich nicht abgerissen, weil, wie ich später erfuhr, in den hiesigen Köpfen am laufenden Band Ideen geboren wurden, wenn schon nicht Stalin selbst, so doch einen anderen hinzustellen, den man gern dem Volk nahe bringen, genauer gesagt, umgekehrt – dem man das Volk nahe bringen wollte. Dafür wurden bald Marschall Shukow, bald Akademiemitglied Sacharow, der Schriftsteller Solshenizyn, Pjotr Stolypin und Nikolai II. in Erwägung gezogen. Felix Bulkin ging in seiner Dreistigkeit so weit, sich Hoffnungen zu machen, für eine Riesensumme Geld könnte er ein Denkmal gesetzt bekommen als Symbol der neuen Zeiten, in denen nicht politische und militärische Führer, sondern Geschäftsleute die Geschicke der Welt lenkten. Jene, die das Sagen im Kreis hatten, besaßen zum Glück genügend Verstand und Mut und eine Majorität von einer Stimme, um Bulkins Vorschlag zu verwerfen, dennoch zweifelten die Leute nicht im Geringsten daran, dass ganz bestimmt jemand, und zwar in absehbarer Zeit, auf den Sockel gehoben würde. Aber wer? Die Frage harrte weiter ihrer Lösung, das Rondell war jedenfalls gepflegt und mit Tausendschönchen bepflanzt und der niedrige schmiedeeiserne Zaun frisch gestrichen.

Nachdem ich, vor dem Sockel stehend, diffusen Gedanken nachgehangen hatte, sah ich auf die Uhr, stellte fest, dass es Zeit war, zu Mittag zu essen, und machte mich auf zu meinem Hotelrestaurant. Auf dem Weg dorthin erwartete mich die Begegnung mit einem Menschen, den ich in diesem Leben nicht mehr wiederzusehen gehofft hatte. Als ich an einem zweigeschossigen Haus mit Staketenzaun und einem Schild vorbeikam, dessen falsche Schreibung statt von Pflege der hier untergebrachten Senioren von deren Verachtung sprach, fiel mein Blick auf einen beleibten alten Mann, auf dessen großem Kopf die grauen Haarreste nach allen Seiten abstanden. Er saß, in eine Decke gehüllt, im Rollstuhl und las, mit der linken Hand die Brille festhaltend, ein Buch. Ich erkannte ihn sofort und lief zu ihm hin.

»Admiral!«, rief ich erfreut. »Sind Sie es wirklich?«

Er riss sich von seiner Lektüre los, hob den Kopf, schob die Brille hoch, und seine Lippen umspielte der Anflug eines Lächelns.

»Ah, Sie sind das!«, sagte er mit blecherner Stimme. »Wundert es Sie, dass ich noch lebe? Wundern Sie sich nicht. Hinfällige Organismen leben lange. Weil sie nicht verbrennen, sondern verglimmen.«

Er lebte nicht nur, sondern war, wie ich sogleich feststellte, im Vollbesitz seiner geistigen Kräfte und erinnerte sich an alles. Auch darüber solle ich mich nicht wundern, bat er.

»Ich bin mein Leben lang ein denkendes Gewächs gewesen. In Marasmus verfallen die, bei denen das Gehirn lange untätig bleibt. Ich dagegen habe immer über etwas nachgedacht, und die Zellen wurden mit Blut versorgt.«

Wir riefen uns vergangene Zeiten in Erinnerung, sprachen über Aglaja, über Schubkin …

»Ach ja, übrigens«, sagte ich, »wissen Sie nicht, wie es ihm geht? Ich habe vor einem Jahr einen Brief von ihm bekommen. Er schrieb, dass er zum wahren Glauben – dem Glauben der Ahnen – gefunden und die Absicht habe, *Holzeinschlag* seinen neuen Überzeugungen entsprechend zu überarbeiten.«

»Das wird ihm leider nicht mehr möglich sein«, meinte der Admiral seufzend. Und auf meinen fragenden Blick hin fügte er hinzu: »Er hat nach der Beschneidung eine Blutvergiftung bekommen und ist gestorben.«

Beide seufzten wir ein paarmal tief und traurig, aber was soll man machen? Wir einigten uns darauf, dass Schubkin ein langes und alles andere als einfaches Leben gelebt habe und glücklicher gewesen sei als viele, weil er stets und inbrünstig an etwas geglaubt habe.

»Und Sie«, fragte ich den Admiral, »haben Sie sich der Religion zugewandt, oder sind Sie Atheist geblieben?«

»Ich habe mich weder etwas zugewandt noch von etwas abgewandt. Ich glaube weder dass es einen Gott gibt noch dass es keinen gibt.«

»Wie das?«, sagte ich verwundert. »Wenn Sie an das eine nicht glauben, müssen Sie ja wohl an das andere glauben.«

»Ich muss gar nichts«, beharrte er. »Ich sehe einfach keine Beweise, die für oder gegen die Existenz Gottes sprechen. Aber einen Glauben habe ich – ich glaube daran, dass unser Sein das menschliche Begriffsvermögen übersteigt.«

»Aber!«, widersprach ich. »Bei der rasanten Entwicklung der Wissenschaft ist es völlig unausbleiblich, dass wir …«

»Je mehr uns die Wissenschaft offenbart«, unterbrach mich der Admiral, »desto klarer wird es, dass sie zum Hauptsächlichen niemals vordringen wird.«

Ich gab ihm zum Teil Recht, schlug jedoch vor, auf die Erde herabzusteigen, und fragte, wie seiner Meinung nach die Leute heute in Dolgow lebten.

»Wie sie gelebt haben, so leben sie«, sagte der Admiral. »Wer die Möglichkeit hat zu klauen, der klaut. Wer keine hat, der arbeitet. Wer arbeitet, der hat nichts zu essen.«

»Und Sie?«, wollte ich wissen.

»Nun, ich arbeite ja nicht. Also füttert mich jemand durch. Und zwar unser Wohltäter Herr Bulkin. Er füttert mich und noch andere, die ganze Stadt füttert er durch, und die Leute scherzen, wenn es Pest nicht gäbe, wären wir alle hier längst gestorben.«

»Sagen Sie mir doch mal was dazu, Admiral. Vor kurzem noch haben wir unter einem schrecklichen totalitären Regime gelebt. Wir hatten keine Freiheit. Wir durften nicht die Bücher lesen, die wir lesen wollten, man hinderte uns, an Gott zu glauben, verbot uns, die Regierung zu kritisieren, Witze zu erzählen, ausländische Sender zu hören, über den Tod, über Sex zu sprechen, Handel zu treiben, ins Ausland zu fahren. Wir haben einen Abgeordneten unter einem Kandidaten ausgewählt und immerzu von der Freiheit geträumt. Und nun ist sie da, aber sie gefällt uns nicht. Und sehr viele wollen die Rückkehr zu den alten Verhältnissen, träumen sogar von Stalin. Woran liegt das eigentlich?«

»Darauf kann ich Ihnen Folgendes antworten«, sagte der Admiral. »Bis vor kurzem haben wir in einem Zoo gelebt. Alle hatten ihre eigenen Käfige. Die Raubtiere die einen, die Pflanzenfresser die anderen. Alle Bewohner des Zoos träumten natürlich von der Freiheit und wären am liebsten aus ihren Käfigen ausgebrochen. Jetzt hat man uns die Käfige geöffnet. Wir haben sie verlassen und festgestellt, dass man das Vergnügen, nach Herzenslust im Gras herumzulaufen, mit dem Leben bezahlen kann. Ohne Abstriche gut haben es hier nur die Raubtiere, die jetzt die Freiheit besitzen, uns in unbegrenzter Zahl zu fressen. Und nachdem wir diese Freiheit genossen, nachdem wir genügend Angst ausgestanden haben, überlegen wir, ob es nicht vielleicht besser wäre, in den Käfig zurückzukehren, aber so, dass auch die Raubtiere wieder reinkommen. Zwar werden wir ihnen weiter zum Fraß vorgeworfen werden, aber wenigstens unter Einhaltung entsprechender Normen. Und deshalb sehen wir uns um und suchen …«

»Nach wem?«, fragte ich.

»Nun, sagen wir, nach einem Zoodirektor. Der Ordnung schafft und alle in ihre Käfig steckt, er wird die Raubtiere kräftig füttern, aber auch uns mit Heu und mit Kraut versorgen, und hin und wieder werden wir uns für gute Führung über ein Möhrchen freuen können.«

»Mit dem Direktor meinen Sie Stalin?«

»Jemanden von seinem Schlag.«

»Wird das ein Kommunist sein?«

»Ich denke, er wird sich anders nennen. Aber die Eiriwiwe, mit der wir bei ihm zu rechnen haben, wird sich nicht wesentlich von der alten unterscheiden, weil es überhaupt nur wenige Varianten gibt. Ihre Grundlage bildet der Traum, alle gleichermaßen glücklich zu machen. Das Rezept für seine Verwirklichung ist uns vertraut: den Reichen etwas wegnehmen, um es unter den Armen zu verteilen, die Bürokraten bestrafen, die Feinde vernichten.«

»Aber es ist doch schon bekannt, dass sich dieser Traum nicht verwirklichen lässt, weil …«

»Wir wissen alle, warum das so ist. Jeder Mensch als Einzelner weiß es. Aber die einzelnen Menschen bilden zusammen das Volk. Und das Volk ist ein naives Wesen. Es ist imstande, sich tausendmal betrügen zu lassen und beim tausendersten Mal wieder zu glauben, was man ihm verspricht.«

»Aber es genügt doch nicht, an etwas zu glauben, man muss auch an jemanden glauben.«

»Eine richtige Überlegung«, meinte der Admiral schmunzelnd. »Aber dieser Jemand bereitet sich schon auf seinen Auftritt vor, probt vor dem Spiegel seine Gestik.«

»Wissen Sie auch, wie er aussieht?«

»Natürlich weiß ich das«, sagte der Admiral. »Er trägt schlichte Kleidung. Halbmilitärische. Er ist anspruchslos. Materieller Besitz ist ihm gleichgültig. Der von Luxusartikeln erst recht. Groß ist er nicht, aber stämmig, etwa so wie Sie gebaut.«

»Dann haben wir diesen Menschen ja vielleicht schon gefunden«, sagte ich, angenehm berührt.

»Nein«, sagte der Admiral, »Sie taugen für diese Rolle nicht. Sie zweifeln zu sehr an sich selbst, sprechen hastig und fuchteln viel mit den Händen. Jener Mensch verhält sich rätselhaft, spricht langsam und beinahe leise, aber stets selbstsicher. Seine Gesten sind sparsam, doch ausdrucksstark. Ein Blick von ihm genügt, die Männer in Schrecken zu versetzen, während die Frauen ganz anders darauf reagieren, doch ist er impotent.«

»Sind Sie sicher, dass er impotent ist?«

»Völlig sicher. Zum wirklichen Volksidol kann nur der werden, für den es keine anderen Leidenschaften und Versuchungen gibt als den Willen zur grenzenlosen Macht über Körper und Seelen.«

»Na, das ist vielleicht ein Bild, das Sie da entwerfen!«

»Ein ganz gewöhnliches Bild«, sagte der Admiral. »Das gewöhnliche Bild eines Tyrannen. Solche Leute zeichnen sich nicht durch große Vielseitigkeit aus.«

Fast die ganze letzte Nacht im Hotel fand ich keinen Schlaf. Genauer gesagt, ich schlief sofort ein, doch kaum war ich eingeschlafen, da begegnete mir jener Mensch im Traum, von dem mir der Admiral erzählt hatte. Er stand auf dem Sockel und winkte mir lächelnd zu. Es war ein freundliches Lächeln, aber es entsetzte mich, so dass ich aufwachte. Danach traute ich mich nicht, wieder einzuschlafen. Ich wälzte mich hin und her, schaltete das Licht ein, versuchte es mit Lesen. Beim Lesen fielen mir die Augen zu, und wieder erschien er, lächelte mir spöttisch von dem Sockel zu. Als ich am Morgen Dolgow verließ, fuhr ich mit dem Taxi über den Platz des Sieges. Dichter Nebel lag über der Stadt, Häuser, Bäume, Masten und andere große Dinge verschwanden in ihm oder tauchten auf. So auch der Sockel. Natürlich war er leer. Er musste schon deswegen leer sein, weil die Zeit noch nicht gekommen war, dass jemand darauf seinen Platz einnahm, wer immer es sei. Der Sockel war leer, wie hätte ich als Realist ohne den geringsten Hang zu irgendwelcher Mystik daran zweifeln können, dass er leer war.

Da ich mir selbst komisch vorkam mit meinen nächtlichen Phantasiebildern, wandte ich mich um in der albernen Absicht, mich noch einmal zu überzeugen, dass alles so aussah, wie es auszusehen hatte. Der Sockel war noch zu sehen. Der untere Teil ging im Nebel unter, und deshalb erweckte der obere den Anschein, von der Erde losgerissen zu sein und zu schweben. Über dem Sockel aber fügten sich Nebelschwaden durch meine möglicherweise irritierte Phantasie zu einer Figur. Etwas Menschenähnlichem. Es sah mir nach, lächelte spöttisch und winkte mit der erhobenen rechten Hand.

Andrej Wolos
*Churramobod – Stadt der Freude*

Roman
Aus dem Russischen von Alfred Frank

Wenn Sieger zu Besiegten werden. Andrej Wolos' »Roman in punktierter Linie« erzählt von der Geschichte der Russen in Tadshikistan. Seit 1868 waren sie Kolonialherren dieses an Afghanistan grenzenden Gebietes. 1991 begann für sie mit der Unabhängigkeitserklärung der Republik Tadshikistan eine Zeit von Rückzug und Vertreibung.

»Ein Roman, der zu den Glücksfällen der russischen Gegenwartsliteratur zählt.«

*Frankfurter Allgemeine Zeitung*

»In Wolos' Sprache treffen sich trockener Witz, persische Erzählkunst und märchenhafte Bilder zu einer mitreißenden Mischung.«

*Deutschlandfunk*

»Ein Stück Literatur, das zum Besten gehört, was in den letzten Jahren in Russland geschrieben worden ist.«

*Neue Zürcher Zeitung*

BERLIN VERLAG

Juan Miñana
*Nachrichten aus der wirklichen Welt*

Roman
Aus dem Spanischen von Willi Zurbrüggen

Barcelona 1963: Gabriel und Teddy, zwei junge Spanier, arbeiten als Produktionsassistenten bei den Dreharbeiten zu der amerikanischen Großproduktion *Circus World*. Eines Tages ist der Hauptdarsteller, John Wayne, urplötzlich verschwunden. Gegen das Versprechen, für das Wiederfinden Waynes nach Hollywood mitgenommen zu werden, machen sich die beiden jugendlichen Helden auf die Suche nach dem alternden Star.

»Eine großartige und aufs Schönste zu Herzen gehende Geschichte, die mit viel Witz und Spannung darüber nachdenkt, welche Möglichkeiten dem bleiben, der sich vornimmt, in der heutigen Welt ein Held zu sein.«

*El País*

»Muss man nun den guten alten Zeiten nachtrauern? Nicht, wenn die Erinnerung daran so unterhaltsam daher kommt, wie Juan Miñanas *Nachrichten aus einer unwirklichen Welt*.«

*Der Tagesspiegel*

# BERLIN VERLAG